Gerd Friederich

# *Der Dorfschulmeister*

Roman

AF214727

SILBERBURG

**Dr. Gerd Friederich,** Jahrgang 1944, studierte in Würzburg (Lehramt), Tübingen (Pädagogik, Philosophie, Tiefenpsychologie, Landeskunde) und Nürnberg (Malerei). Er arbeitete in Schulen, Schulverwaltung und Institutionen zur Lehrerbildung. Jetzt lebt er im Taubertal, schreibt Romane und malt Porträts und Landschaften.

Im Folgeband »Fräulein Lehrerin« beschreibt Gerd Friederich die Geschichte von Sophie, der Tochter des Dorfschulmeisters. Sie gehörte zu den ersten Lehrerinnen in Württemberg.

2. Auflage der
Taschenbuchausgabe 2018

© 2016/18 by Silberburg-Verlag GmbH,
Schönbuchstraße 48, D-72074 Tübingen.
Alle Rechte vorbehalten.
Umschlaggestaltung: Anette Wenzel, Tübingen,
unter Verwendung einer Reproduktion des Gemäldes
»Dorfschule von 1848« aus den Jahren 1895/96 von Albert Anker.
Die Originalausgabe mit festem Einband
ist 2008 bis 2010 in 1. bis 4. Auflage unter der
ISBN 978-3-87407-783-5 im Silberburg-Verlag erschienen.
Lektorat: Margot Adrion, Bietigheim-Bissingen.
Druck: CPI books, Leck.
Printed in Germany.

ISBN 978-3-8425-1466-9

Besuchen Sie uns im Internet und entdecken Sie
die Vielfalt unseres Verlagsprogramms:
**www.silberburg.de**

**Ihre Meinung ist wichtig ...**

... für unsere Verlagsarbeit. Wir freuen
uns auf Kritik und Anregungen unter:

**www.silberburg.de/Meinung**

Gerd Friederich
Der Dorfschulmeister

*Für Jutta und Maximiliane*

# Königreich
# Württemberg 1842

E r tobte. Bauer wollte er werden. Er war keine Person der Geschichte, aber alles um ihn herum im Königreich Württemberg war genau so, wie es in diesem Roman steht. Den Hof seines Vaters wollte er übernehmen und in Oberschwaben bleiben. Das harte Bauernleben, die Feste im Kirchenjahr, die weiten Felder und die sanften Hügel liebte er, denn er kannte nichts anderes. Nur einmal war er mit seinem Vater in Ravensburg gewesen, eine beschwerliche Tagesreise mit dem Pferdefuhrwerk. Die kleinen Dörfer lagen nicht auf der Route der Postkutschen, und Eisenbahnen gab es in Württemberg noch nicht.

Hansjörg Rössner, vierzehn Jahre alt, stand im März 1842 kurz vor der Schulentlassung. Acht Jahre lang hatte er die einklassige Dorfschule besucht und besser als die meisten seiner Mitschüler lesen, schreiben und rechnen gelernt. Er freute sich, wenn ihm die Pfarrfrau ab und zu ein Buch lieh. Gern las er den *Oberschwäbischen Anzeiger,* über dem sein Vater täglich brütete, und den *Schwäbischen Merkur,* den der Pfarrer von der ersten bis zur letzten Zeile verschlang und dann Hansjörgs Vater schenkte. Spielte fahrendes Volk mit Fiedel, Dudelsack und Pfeife im Gasthaus zum Tanz auf, dann lauschte er mit offenem Mund. Seit er auf dem Jahrmarkt im Nachbardorf eine Waldkircher Drehorgel gehört hatte, träumte er davon, selber Musik zu machen.

In der Schule hatte Hansjörg auswendig gelernt, wie sein Heimatland entstanden war: Sonderfrieden von 1802, den

Herzog Friedrich von Württemberg mit Napoleon geschlossen hatte und der sich für den Württemberger mit einem neuen Titel und mit ansehnlichem Landgewinn auszahlte; Bevölkerungszuwachs von 650 000 Einwohnern auf 1 400 000; feierliche Proklamation des Königreichs am 1. Januar 1806. Freie Reichsstädte, Bistümer, Klöster, Stifte, Ordensgebiete, Reichsrittergüter, Grafschaften, Fürstentümer und vorderösterreichische Landbezirke in Oberschwaben, zusammenfassend als Neuwürttemberg bezeichnet und überwiegend katholisch, hatte Napoleon dem protestantischen Altwürttemberg zugeschanzt.

Anfangs war das Königreich Württemberg ein reiner Agrarstaat, das wusste der Junge von den Alten im Dorf. Achtzig von hundert Einwohnern lebten damals von der Landwirtschaft und vom Weinbau, zwanzig vom Handwerk und von Dienstleistungen, vor allem beim Militär, aber auch als Dienstboten und Tagelöhner. Die wenigen Straßen waren in einem erbärmlichen Zustand. Zudem behinderten Binnenzölle, Brücken- und Wegegelder den Warenverkehr. Der Viehbestand im Land war niedrig und die Anbaumethoden veraltet. In Altwürttemberg herrschte Realteilungsrecht: Das bäuerliche Hab und Gut wurde auf alle Kinder verteilt, und die Höfe schrumpften von Generation zu Generation. Dagegen galt im neuwürttembergischen Oberschwaben das Anerbenrecht: Die Höfe durften beim Erbgang nicht geteilt werden; deshalb gab es dort auch große und reiche Bauern. Zur Armut in der Gründungszeit des Königreichs kam noch das Kriegselend hinzu; Soldaten zogen durchs Land und nahmen sich, was sie in Häusern, Ställen und Scheunen fanden.

Das in evangelische und katholische Landstriche, altwürttembergische und neuwürttembergische Gebiete, viele arme Dörfer und wenige reiche Städte zerrissene Königreich musste nach seiner Gründung zunächst regierbar gemacht werden. Darauf hatte Hansjörgs Schulmeister mehrfach hingewiesen, wenn die Alten in Sommerfelden über den »dicken Friedrich« schimpften, Württembergs ersten König. Natürlich sei der ein selbstherrlicher Zar gewesen, aber gerade deshalb der richtige Mann für den Anfang. Mit Gewalt habe König Friedrich in seiner zehnjährigen Regierungszeit von 1806 bis 1816 einheitliche Rechts-, Verwaltungs- und Infrastrukturen durchgesetzt. Sein Nachfolger, dessen 25-jähriges Thronjubiläum man kürzlich auch in Oberschwaben gefeiert hatte, galt dagegen als umsichtiger Reformer. Seit seinem Regierungsantritt herrschte Frieden nach außen und Fortschritt im Inneren des Königreichs. Manches hatte sich schon zum Besseren gewendet: die Straßen, die ersten Fabriken, die modernen Acker- und Weinbaumethoden und die stabilere Währung.

Die Württemberger lebten nach dem eingewurzelten Grundsatz: Alles beim Alten lassen! Mit Hartnäckigkeit und Schlitzohrigkeit versuchte König Wilhelm, diese Mentalität zu brechen. Vorschriften und Traditionen, die den freien Warenverkehr im Land behinderten, beseitigte er nach und nach. Mit freiem Binnenverkehr allein konnte er die wirtschaftlichen Probleme Württembergs nicht lösen. Also suchte er sich Verbündete unter den Nachbarstaaten und trat dem Zollverein, der süddeutschen Währungsunion, verschiedenen Eisenbahn- und Postabkommen und dem Telegraphenverein bei. So kam auch der Export allmählich wieder in Schwung. Das wichtigste Mittel zur wirtschaftlichen und gesellschaftlichen Modernisierung war für König Wilhelm jedoch die Bildung, vor allem die Gewerbe- und Volksbildung.

1842 war Württemberg immer noch ein Agrarland mit dörflicher Kulturlandschaft. Es gab nur 6 Städte mit mehr als 10 000 Einwohnern und 130 Kleinstädte, aber 1700 Dörfer und 8000 Weiler. Entsprechend war die Schulstruktur: 12 Lateinschulen, 3 Lyzeen, 7 Gymnasien und 9 Realschulen, aber 2125 Volksschulen. König Wilhelm hatte in Hohenheim die erste landwirtschaftliche Hochschule mit angeschlossener Pflugfabrik und Gewerbeschulen für Acker-, Wein- und Gartenbau gegründet und in Tübingen den ersten Lehrstuhl für Staatswirtschaft errichtet. Jetzt förderte er Winterabendschulen, Sonntagsgewerbeschulen und höhere gewerbliche Lehranstalten.

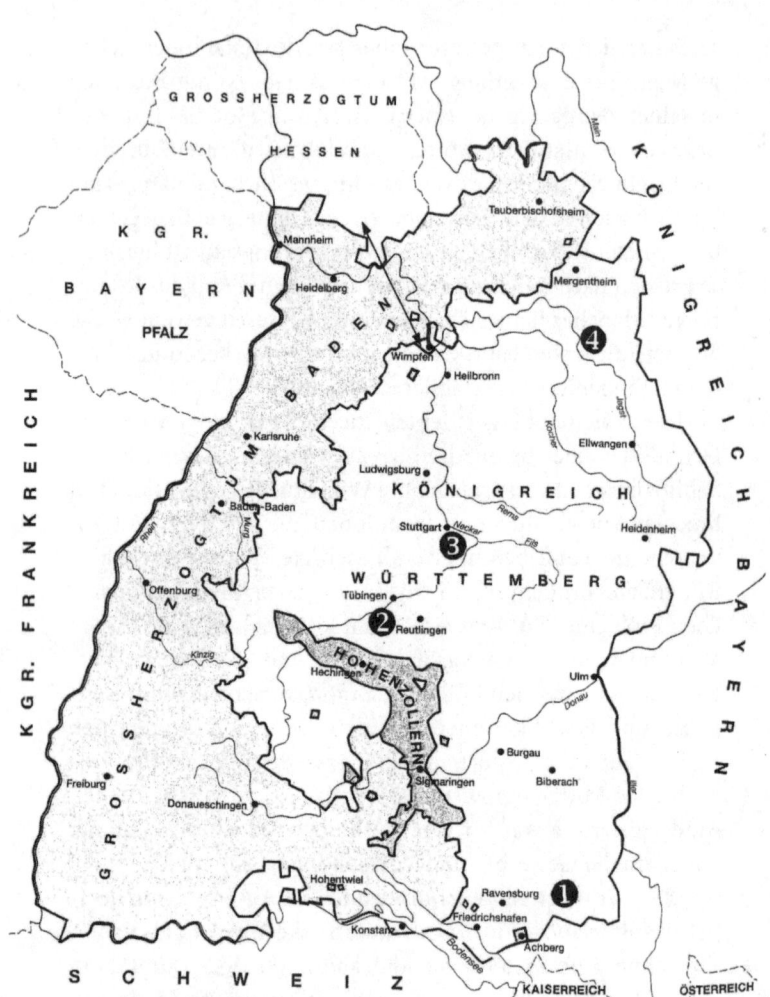

*Königreich Württemberg um 1850*

1 *Sommerfelden in Oberschwaben*
2 *Ringelfingen am Albtrauf*
3 *Neustadt auf den Fildern*
4 *Winterhausen in Hohenlohe*

Die Hauptlast der Volksbildung trugen die Pfarrer und die Schulmeister. Hansjörgs Vater hatte die berühmte Ackerbauschule in Hohenheim besucht und war Mitglied im Kirchenkonvent. Er unterstützte seinen Pfarrer nach besten Kräften. Als Verehrer des Königs und Verfechter der königlichen Reformpolitik war der Rössnerbauer selbst zum Erneuerer in Sommerfelden geworden. Hansjörgs Mutter, eine belesene Frau, half dem Dorfschulmeister, wo immer sie konnte. Sie wusste, dass der Lehrer als Kirchendiener über das Schulehalten und das obligatorische Mesneramt hinaus sonntags und an den Winterabenden die schulentlassene Jugend im Baumveredeln und in den neuen Saatzuchten, in der Buchführung und im Grund- und Aufrisszeichnen unterrichten musste und für die Unterweisung der armen Dorfjugend in allerlei nützlichen Handfertigkeiten zuständig war.

Sommerfelden war eine ganz junge Gemeinde. Die Reichsstädte Isny und Leutkirch waren zwar seit der Reformation ganz und Ravensburg zur Hälfte evangelisch, aber ansonsten war Oberschwaben bis 1806 streng katholisch. 1811 hatte der evangelische König Friedrich die Reichsstadt Buchhorn und das Klosterdorf Hofen zwangsweise zur Stadt Friedrichshafen vereint und einen Freihafen am Bodensee gegründet. So kamen viele evangelische Beamte aus Stuttgart und Umgebung nach Oberschwaben. Ihrem Beispiel folgten evangelische Bauern aus dem Neckartal, die nach wiederholten Missernten nicht donauabwärts oder über den Atlantik auswandern wollten, sondern einen Neuanfang im eigenen Land suchten. Sie erwarben ehemalige Kirchengüter in Bodenseenähe, die im Zuge der Säkularisation verlassen worden waren, gründeten evangelische Weiler wie Sommerfelden und übernahmen das dort geltende Anerbenrecht.

Die Konfession spielte 1842 immer noch eine große Rolle. Handwerker, Gewerbetreibende, Ärzte, Apotheker und Verwaltungsbeamte waren die Ersten, die sich in Städten und Dörfern der anderen Konfession niederließen. Im Gegensatz zu den höheren Schulen waren die Volksschulen streng konfessionell; die Lehrerausbildung, den Lehrplan, die Schulbücher und die Unterrichtsmethode bestimmten immer noch die Kirchen. Ein evangelischer oder katholischer Volksschüler, der Lehrer werden wollte, musste seine Heimat in der Diaspora verlassen. Mädchen durften in Württemberg erst ab 1860 Lehrerin werden.

*Auch wenn die Personen und Handlungen dieses Romans frei erfunden sind, so lassen sich die gesellschaftlichen, politischen und wirtschaftlichen Angaben ebenso geschichtlich nachprüfen wie die pädagogischen und schulpolitischen Aussagen. Die wichtigsten Fachbegriffe sowie die Lehrerausbildung werden am Schluss des Buches erläutert.*

# Sommerfelden 1842

»Hau ab! Das meinst du doch!« Der Junge schäumte vor Zorn. Seine Augen blitzten. Die Lippen bebten, und die Muskeln zuckten im Gesicht.

»Überleg dir gut, was du sagst«, zischte sein Vater.

»Fort mit dem Kerl, sag's doch!«

»Das verbitt ich mir!«

»Weg soll ich!« Er schnappte nach Luft. »Verschwinde! Sag's doch!«

»Halt's Maul!«

Ich schlag ihn tot, fuhr es dem Jungen durch den Kopf. Die Galle schoss ihm ins Blut. Sein Hass kochte über. Er spie Gift. Er sah rot und verkrampfte. Seine Arme und Beine wurden starr.

Er sprang auf, steif und wild. Den Stuhl stieß er um. Das Glas in seiner Hand fiel zu Boden. Es zerklirrte in tausend Scherben.

Und er schrie, schrill und weiß vor Wut.

»Ich soll fort?«, höhnte er und stampfte auf. »Aus dem Weg haben willst du mich! Gib's zu! Fort! Fort mit dem Kerl!«

Seine Stimme überschlug sich. Mit letzter Kraft stieß er hervor: »Nicht mit mir!«

Mit drei Sätzen war er an der Tür, riss sie auf, schlug sie mit voller Wucht hinter sich zu.

Die eisernen Töpfe und Pfannen klapperten auf dem Herd. Die Schüsseln und Teller schepperten in den Regalen. Fensterscheiben zitterten. Der Schäferhund, der neben der Küchentür lag, bellte kurz auf.

Ein paar lange Sekunden blieb alles ruhig.

»Das duld ich nicht!« Der Bauer schlug mit der Faust auf den Tisch. »Nicht in meinem Haus!« Er schluckte heftig und riss Mund und Augen auf. »So nicht!« Dann presste er die Lippen zusammen. Alle Muskeln in seinem Gesicht traten hart hervor. Krebsrot wurde sein Hals. Die Halsschlagader pochte. Stille.

»Geht hinauf in eure Kammern, Kinder. Ich komm nachher zu euch«, flüsterte die Bäuerin.

Die drei Mädchen und der Zehnjährige, der erschrocken am Tisch saß und ratlos seine Mutter anstarrte, erhoben sich leise und verließen die Küche. Der Hund trottete mit hängendem Schwanz hinterdrein.

»Und wenn du ihn totschlägst, ändern wirst du ihn nicht. Lass ihm Zeit.« Ruhig schaute die Bäuerin ihren Mann an. »Lass ihm Zeit. Das muss er erst schlucken und verdauen.« Sie sah ihn bittend an.

Er schwieg. Sie stand auf, sammelte die Scherben vom Boden auf und legte sie in die Pfanne auf dem Herd. »Unser Hansjörg ist ein guter Junge, das weißt du.«

Sie setzte sich wieder zu ihrem Mann an den Tisch. »Ich geh gleich zum Schulmeister. Ocker ist ein kluger Mann. Unser Hansjörg versteht sich gut mit ihm. Der Schulmeister sagt dem Buben, dass wir's gut meinen.«

Schweigen.

»Eine solche Widerred duld ich nicht in meinem Haus«, polterte der Bauer. »Dem zeig ich, wer Herr im Haus ist.« Zornig strich er mit seiner rechten Hand wieder und wieder über die schwere Tischplatte, als müsse er Krümel wegwischen.

»Denk dran, was wir uns geschworen haben, als du den Buben zum ersten Mal im Arm hattest. Es soll unser Kind sein, Hans, so haben wir's ausgemacht. Ich bitt dich, reg dich nicht auf. Der Bub ist durcheinander, und du auch.«

Schweigen.

»Versündig dich nicht an unserem Buben, Hans. Tu ihm nichts. Lass – ihm – Zeit«, wiederholte die Bäuerin langsam und flehend. »Der Schulmeister und ich werden's richten.«

Die Bäuerin wartete nicht auf Antwort. Sie band sich den Schurz im Gehen ab und verließ die Küche. Der Hund kam im Hausflur auf sie zu. Sinnend blieb sie stehen und kraulte ihn hinter den Ohren. Sie sah nicht auf und tastete mit der linken Hand nach dem Kleiderrechen, hängte den Schurz auf und nahm ihre Sonntagsjoppe vom Haken. Sie sah vor sich hin und dachte nach. Sie stand vornüber gebeugt, dachte nach und schlüpfte in die Jacke. Dann hob sie den Kopf, tat mit einem Ruck den ersten Schritt und wandte sich zur Stiege.

Sie zögerte. »Ach, hätt ich beinahe vergessen«, sagte sie vor sich hin und kehrte um. Sie nahm ein Kopftuch von der Ablage, setzte es auf und verknotete es stramm im Nacken.

Energisch stieg sie in den oberen Stock, wo sich ihre beiden Buben eine Kammer teilten. Sie trat hart auf. Ihre Tritte hallten im ganzen Haus wider.

Hörbar sog sie die Luft ein, als sie ohne anzuklopfen in die Kammer trat. Hansjörg war nicht da. Sein kleiner Bruder stand am Fenster und sah auf den Hof hinab. Weinte er? »Geh, Wilhelm, sperr das Fenster auf. Das Wachs auf den Dielen riecht streng.«

Das Fenster klemmte, wie häufig in diesen feuchten Tagen. Deshalb stemmte sich der Junge mit der einen Hand am linken Fensterflügel ab, während er mit der anderen am Fenstergriff riss. Ein dumpfer Ton wie ein Schuss, und kalte Luft strömte ins Zimmer.

»Ich will nicht, dass der Hansjörg wegen mir den Hof verlassen muss, Mutter.« Der Junge war dem Weinen nahe und schmiegte sich an sie.

Die Bäuerin nahm ihn in die Arme und sagte ernst: »Was sein muss, soll man nicht aufhalten, Bub.«

Sie packte ihren Jungen an den Schultern, schob ihn auf Armlänge von sich und sah ihm in die Augen. »Geh zur oberen Tagweide, Wilhelm, und sag dem Knecht, er soll heimkommen. In der Küche steht sein Vesper. Dann soll er dem Vater beim Holzrücken helfen.«

Sie ließ den Jungen los. »Zieh deinen Kittel an; draußen ist's kalt.«

Sie schob ihn zur Tür. »Bis es zum Sonntag läutet, musst du auf das Vieh aufpassen. Dann treibst du die Kühe in den Stall.«

»Ich will aber nicht, dass der Vater den Hansjörg haut«, sagte Wilhelm und nahm schniefend Mütze und Wolljacke vom Türhaken.

»Geh jetzt. Hunde, die bellen, beißen nicht.« Die Bäuerin schubste den Jungen aus dem Zimmer und stieg hinter ihm die Treppe hinab.

Mit großen Schritten eilte die Bäuerin über ihren Hof und auf der Dorfgasse zur Kirche. Sie sah nicht nach links und rechts und achtete, entgegen ihrer Gewohnheit, nicht auf das nasskalte Wetter, bei dem sie meist kurzatmig wurde.

Hart trat sie die Schottersteine in den weichen Grund und zog ihre Ellbogen an die Hüften, als ob sie gleich losrennen wollte. Wie ein Fuhrwerk beanspruchte sie die Straßenmitte und überrollte alles, was vor ihr lag. Sie sah nicht, dass ihr der Häfnerbauer fragend nachsah. Sie hörte nicht, dass der Schmied seinen Ambosstakt unterbrach, und beachtete nicht, dass ihr die Nachbarin etwas zurief.

An der Treppe vor dem Kirchplatz nahm sie zwei Stufen auf einmal. Mit beiden Händen riss sie die große Kirchentür auf, die mit einem dumpfen Schlag an die Außenwand knallte.

Sie erschrak, als ihre ersten Schritte durch die Kirche hallten. Sie hielt den Atem an, zögerte kurz, trat dann leise auf und zügelte ihren Gang. Sie faltete die Hände, als sie zum Kruzifix über dem Altar aufsah und sich ihm langsam näherte. Ihre Lippen sprachen ein stummes Gebet. Vor dem Absatz zum Altar blieb sie stehen und schaute Schulmeister Ocker zu, der wie jeden Samstagnachmittag sein Mesneramt in der Kirche versah.

Ocker hatte sie kommen hören, beachtete sie zunächst nicht und steckte neue weiße Kerzen auf die Kerzenständer vor dem Flügelaltar. Dann richtete er sich auf und drehte sich erwartungsvoll zu ihr um.

»Immer fleißig, Herr Lehrer.«

Weil die Bäuerin vor den Altarstufen verharrte, kam er zu ihr herunter. Er war jünger als sie und einen Kopf größer.

»Wie Sie wohl wissen, Rössnerbäuerin, will der Herr Pfarrer am Sonntag eine schöne Kirche«, sagte er und gab ihr die Hand. »Seit alters her ist's in Sommerfelden üblich, wie anderswo auch, dass der Dorfschullehrer am Samstag nach der Schule die Kirche herrichtet.«

»Ihr Vorgänger«, wandte die Bäuerin ein, »hat's net gar so wichtig g'habt.«

Der Schulmeister ging darauf nicht ein. »Um sechs Uhr muss ich fertig sein mit Putzen, Kerzen aufrichten, Blumen aufstecken, Kirchhof kehren und noch vielem mehr. Dann muss ich den Sonntag einläuten.«

»Haben Sie heut viel zu tun?«

Ocker sah sie fragend an.

»Könnten Sie Hilfe brauchen?«

Er seufzte und blickte sie versonnen an.

»Soll Ihnen mein Hansjörg helfen?«

Er stutzte und sperrte die Augen auf.

»Wegen dem Buben bin ich da, Herr Lehrer. Der Hansjörg ist heut beim Mittagessen auf und davon.«

Der Schulmeister sah ihr in die Augen. Sie wich seinem Blick aus, rückte ihr Kopftuch zurecht und schwieg.

»Wenn man einen Hund schlägt, dann läuft er weg. Trotzdem ist er unser treuester Begleiter.«

Sie runzelte die Stirn und sah Ocker ungehalten an. Sie wollte etwas sagen, beherrschte sich aber. Er wich ihrem Blick nicht aus, bis sie langsam zu sprechen begann: »Hiebe verträgt unser Hansjörg, aber bei Kummer und Schande leidet er wie ein Hund. Und heute haben wir ihm eine bittere Pille gegeben. Wir haben ihm gesagt, dass er nicht Rössnerbauer wird. Da hat er Gift und Galle gespuckt.«

Der Schulmeister zuckte zusammen: »Den ganzen Hof wollt ihr am Hansjörg vorbei dem Jüngsten vermachen? Alles für euren Wilhelm? Alles Hab und Gut? Und nichts für den Hansjörg?«

»Oh, Herr Lehrer, Sie leben noch nicht so lange in Oberschwaben wie ich. In unserer gemeinsamen Heimat am Neckar bekommt jedes Kind seinen Teil am Erbe. Aber hier gelten andere Gesetze, auch wenn Sommerfelden ein evangelisches Dorf ist. Hier erbt einer alles, wie es im katholischen Oberschwaben schon seit langer Zeit Brauch ist.«

»Das weiß ich wohl. Aber ist es nicht so, dass der Älteste erbt? Euer Hansjörg ist doch der Ältere und Wilhelm vier Jahre jünger?«

»Geschrieben steht's anders. *Einer* erbt alles, so steht's im Gesetz, nur *ein* Erbe gilt. Die Reihenfolge, wer zuerst ans Erben kommt, steht nicht im Gesetz. Den Hof aufteilen, das ist gegen das Gesetz.«

Der Schulmeister warf den Kopf zurück, als wolle er widersprechen.

»Meistens erbt der Älteste«, sagte die Bäuerin, »das ist wahr. Aber hin und wieder kann man sich nicht an die Regel halten.«

»Und warum, Rössnerbäuerin, ist dann euer Hansjörg davongelaufen? Hat er das alles nicht gewusst?«

Sie schüttelte den Kopf: »Unser Hansjörg hat bis heute geglaubt, er wird einmal Rössnerbauer und Wilhelm muss in einen anderen Hof einheiraten oder ein Handwerk lernen.«

Der junge Mann riss die Augen auf und traute seinen Ohren nicht: »Was? Ihr habt den Hansjörg ohne sein Wissen aufs Glatteis geführt? Jetzt bricht er ein, und ihr wundert euch, dass er mit Händen und Füßen strampelt und um sich schlägt?«

Sie sah ihn unwillig an.

Er ließ sich nicht beirren: »Wie sonst soll er wieder festen Boden unter die Füße bekommen? Er muss sich wehren. Oder habt Ihr erwartet, dass er Euch um den Hals fällt und sich bedankt?«

»Es ist, wie's ist, Herr Lehrer«, gab sie ihm mit einem zornigen Blick und einer hilflosen Geste zurück. »Der Wilhelm wird Bauer, und unser Hansjörg muss in die Lehr. Wir haben ehrliche Gründe, warum wir's so anpacken müssen. Glauben Sie mir, Herr Lehrer.«

Ocker wandte sich zum Altar, zögerte einen Augenblick, drehte sich dann wieder um und trat dicht an die Bäuerin heran: »Und warum kommen Sie damit zu mir?«

»Weil er bei einem Schulmeister in die Lehr soll«, sagte sie ihm ins Gesicht. Als sie darin Staunen und Fragen las, wurde sie ruhiger und fügte hinzu: »Unser Hansjörg ist ein Büchernarr wie unsere Sophie – und wie Sie, Herr Lehrer. Bevor er zum verstorbenen Schulmeister Möhrle in die Schul gekommen ist, hat er alle Buchstaben gekannt. Wo was zu lesen ist, da kann er nicht vorbei.«

Ocker beugte den Kopf und rieb sich das Genick: »So, so, ein Schulmeister soll er werden.« Mit der Hand strich er über den Holzknauf an der vordersten Kirchenbank, blickte hinauf zur Kanzel, als habe er von dort etwas gehört und wiegte den Kopf hin und her. »Ja, Schulmeister könnt er werden, aber«, er zögerte, trat zwei Schritte zurück und sah die Frau streng an, »aber spät fällt Ihnen das ein, Bäuerin. In zwei Monaten kommt der Hansjörg aus der Schule.«

»Ich bitt Sie, Herr Lehrer, reden Sie dem Buben zu. Es soll Ihr Schaden nicht sein. Ich schick den Hansjörg zum Sonntagsläuten her. Er hat viel Zeit, mit Ihnen zu reden.«

Die Rössnerin fühlte den Stolz auf ihren Besitz, als sie in ihren Hof einbog und ihr Hab und Gut vor sich liegen sah: das große Wohnhaus, davor den Gemüse- und Blumengarten, die Stallungen und die Scheune.

Freundlich grüßte sie zur Nachbarin hinüber, als die neugierig zu ihr herübersah.

Das Kopftuch band sie fester, denn der Wind fegte über den Hof und wirbelte Staub auf. Sie blickte zum wolkenverhangenen Himmel auf. Ein trüber Spätwintertag, wie er im Alpenvorland im März häufig vorkam, ließ der Sonne keine Sicht und kündigte den nahen Frühling an. Sie erspähte einen weißen Flaum, der über den Hof segelte, folgte ihm mit aufgerissenen Augen und lächelte. Sie erinnerte sich, dass sie als Kind ihrer Großmutter gerne half, frische Daunen in die

Überzüge aus Leinen zu stopfen. Als der Flaum in Kopfhöhe an ihr vorüberflog, fing sie ihn im Flug. Es war eine winzige Gänsefeder. Und sie dachte bei sich, dass das ein gutes Zeichen sei.

Sie steuerte auf das mittlere Gebäude zu, als die Haustür aufging und Sophie heraustrat.

»Hast den Hansjörg gesehen?« Ihre Älteste antwortete nicht sofort, also schob sie eine Vermutung nach: »Ist er bei seinen Lieblingen im Stall?«

Das Mädchen zuckte mit den Achseln.

Die Bäuerin eilte an den Schweine- und Kuhställen vorbei, hörte das Vieh wiederkäuen und öffnete das Tor zum Pferdestall.

Sie blieb stehen. Als sich ihre Augen an das Dämmerlicht gewöhnt hatten, zog sie das Tor von innen zu. Am anderen Ende des Stalles erspähte sie ihren Ältesten bei den Fohlen.

Das erste Pferd, das ihr den Kopf entgegenstreckte, kraulte sie am Hals. Sie sah sich um und bemerkte, dass von den sechs Pferden zwei fehlten. Sie ging auf ihren Sohn zu und legte ihm von hinten die Hand auf die Schulter. Der streichelte mit beiden Händen über das niedere Holzgatter hinweg ein Fohlen und schien seine Mutter nicht zu beachten.

»Der Vater und der Rossknecht sind mit den zwei Braunen zum Holzrücken fort?«

Hansjörg schloss die Augen und beschäftigte sich weiter mit dem Jungtier.

»Hast mit dem Vater g'redt?«

Er schüttelte den Kopf.

»Hast dich im Heuboden versteckt?«

Er nickte unmerklich.

Sie spürte die Angst und die Trauer des Jungen, strich ihm über den Rücken, ließ die Hand auf seiner linken Schulter liegen und schwieg.

Endlich zog sie die Hand von dem schmächtigen Jungen und stellte sich neben ihn an die hüfthohe Lattentüre zum Fohlenstand.

»Ich hab mir gedacht, dass ich dich bei deinen Lieblingen find, Hansjörg«, sprach sie ihn von der Seite an. »Ich war beim Schulmeister und hab ihm gesagt, dass du auch Lehrer werden sollst. Er wird uns helfen.«

Weil der Junge nicht antwortete, trat sie dichter an ihn heran, fasste ihn am Oberarm und sagte: »Nur einer kann den Hof erben, Hansjörg, so ist's Gesetz, und das weißt du.«

Er rührte sich nicht.

»Wir haben unsere Gründe, dem Wilhelm den Hof zu überschreiben. Ich kann sie dir nicht verraten. Ich kann's nicht, und ich darf es nicht. Hansjörg, frag mich bitte nicht, warum.«

Er kraulte das Fohlen am Hals.

»Es ist zu deinem Besten, glaub mir bitte, Bub. Der Vater und ich, wir haben ehrenwerte Gründe.«

Er schwieg beharrlich und blies dem Fohlen in die Nüstern.

»Wenn du hier in Sommerfelden oder drinnen in der Stadt in die Lehr gehst, dann bleibst bei uns auf dem Hof. Da kannst du mit den Pferden ausreiten. Als Lehrling vom Schulmeister darfst lesen, immerzu lesen. So schön hättest du's als Bauer net.«

Hansjörg warf ihr einen kurzen Blick zu. Er sah die Daunenfeder in ihrer Hand. Die Vorliebe seiner Mutter für Federn kannte er.

»Nachher gehst zum Schulmeister in die Kirch. Er bittet schön, dass du ihm beim Sonntagsläuten hilfst.«

Er sah sie fragend an.

»In der Küche steht ein Korb; den nimmst deinem Lehrer mit. Und nach dem Läuten bleibst bei ihm. Er will mit dir reden. Wenn du heimkommst, findest dein Abendvesper in der Küche. Dann siehst den Vater heut nimmer, und bis morgen ist sein Ärger verraucht.«

Die Bäuerin klopfte ihrem Buben auf die Schulter, bat ihn nochmals, den Korb mit den Gaben für den Schulmeister nicht zu vergessen und eilte aus dem Stall.

Um halb sechs schleppte Hansjörg einen Henkelkorb zur Kirche. Wiederholt setzte er ihn ab, schüttelte den Arm aus und nahm ihn mit der anderen Hand wieder auf.

Schulmeister Ocker kehrte gerade den Kirchplatz. Als er den Jungen hinter sich keuchen hörte, drehte er sich um und fragte: »Wo willst du mit deinem schweren Korb hin, Hansjörg?«

»Einen schönen Gruß von meiner Mutter soll ich sagen, und sie dankt für Ihre Hilfe.« Er streckte seinem Lehrer mit Mühe den Korb entgegen. Der nahm ihn, setzte ihn ab und schlug das Tuch zurück, das den Inhalt zudeckte.

»Das sind großherzige Gaben.« Ocker würdigte die Eier, den Speck, die Würste, das eingelegte Fleisch, das Obst und die Nüsse, die den Korb bis an den Rand füllten. »Ich danke dir, Hansjörg. Sag deiner Frau Mutter meinen besten Dank.«

Er nahm den Korb auf und sagte: »Kehre bitte den Kirchhof zu Ende. Ich bringe den Korb meiner Frau und bin gleich wieder da.«

Beim letzten Wort eilte der junge Mann zum nahen Schulhaus, in dem seine Wohnung im ersten Stock lag.

Der Junge schwang den Reisigbesen, bis ihn eine Staubwolke einhüllte. Bevor er die Arbeit beenden konnte, war Ocker wieder da, nahm ihm den Besen aus der Hand und sagte: »Meine Frau freut sich über die guten Sachen und lässt deiner Frau Mutter herzlich danken. Vergiss das nicht, Hansjörg.«

Nach ein paar Besenstrichen lag der Platz vor der Kirche sauber im Abendlicht.

»Jetzt wollen wir den Sonntag einläuten.« Ocker lächelte den Jungen an und steuerte ihn, die rechte Hand auf dessen Schulter und in der linken den Besen fest umklammert, durchs Seitenschiff der Kirche zu einer weiß getünchten Tür hinter dem Aufgang zur Empore. Dort ließ er den Jungen los und zog einen großen Schlüssel aus der Hosentasche.

Mit beiden Händen öffnete er Schloss und Türe. Vor der Wendeltreppe, die zum Glockenstuhl und zur Kirchturmuhr im Kreis hinaufdrehte, lag rechter Hand eine Kammer. Da hinein stellte er den Besen, wandte sich zur Treppe und bat seinen Schüler: »Geh langsam, Hansjörg. Wir müssen noch genug Luft fürs Uhrenaufziehen und zum Glockenläuten haben.«

Der Junge stürmte los.

»Langsam«, bremste der Lehrer, »es ist noch lange nicht sechs Uhr. Wir haben noch genug Zeit, Schulmeister Hansjörg.« Er lachte den Jungen schelmisch an, der verlegen grinste.

Sie stiegen auf den ausgetretenen Stufen, die zunächst aus Stein und dann aus Holz waren, nach oben, der Junge voraus und sein Lehrer hinterdrein.

»Das ist ein Teil der Lehrerarbeit, das Fegen, Uhrenaufziehen und Glockenläuten.«

Mehrmals torkelten sie gegen die Turmmauer, als zöge sie eine unsichtbare Kraft von der Turmmitte weg zu den kleinen Turmfenstern. Sie mussten sich an der kalten Außenwand abstützen.

Als sie halb oben waren, bat der Schulmeister um eine kleine Verschnaufpause. Hansjörg sah durch ein Fenster auf das Dorf hinab. In einer Senke umstanden Wohnhäuser, Ställe und Scheunen die Kirche. Direkt unter ihnen war das Pfarrhaus, daneben das Schulhaus. An der Dorfstraße stach das große Haus des Schultheißen ins Auge, in dem auch das Wirtshaus war und die Feuerspritze stand. Daneben lag das größte Anwesen im Dorf, der Rössnerhof. Angst kroch in dem Jungen hoch: Dort soll ich weg? Warum? Ihn fröstelte, er schüttelte sich.

»Was siehst du da?«, fragte Ocker, als spüre er die Not des Jungen.

Er zwängte seinen Kopf neben Hansjörg in die Fensteröffnung und wollte ergründen, was den Jungen ängstigen könnte. Er ahnte den Grund.

»Jeden Samstag, wenn ich zur Turmuhr hinauf muss, schau ich auf Sommerfelden herab.«

Er blickte den Jungen prüfend von der Seite an. »Ich bin dann hin und her gerissen. Die schöne Aussicht lockt.«

Er machte eine kleine Pause. »Manchmal möchte ich dann meinen Koffer packen und etwas Neues ausprobieren.«

Hansjörg sah ihn verwundert an und begann, die Häuser unter sich zu zählen.

»Manchmal denke ich, dass ich mit dem hier zufrieden sein sollte.« Ocker beobachtete den Jungen. »Dann packt mich die Angst vor dem Neuen.«

Ocker hielt den Atem an. Sie lauschten dem Uhrwerk über ihnen. »Dann zähl ich Häuser wie du.«

Hansjörg erschrak.

»Wie viele sind's?«

»57, ohne Kirche.«

»Als ich so alt war wie du, Hansjörg, da musste ich mein Dorf verlassen und weit weg zu einem Schulmeister in die Lehre. Das war hart und schön zugleich.«

Hansjörg drehte sich zu seinem Lehrer um und lehnte sich an die Mauer.

»Nach der Lehre habe ich als junger Lehrer in Heilbronn gelebt. Das ist eine große Stadt am Neckar. Da hat es mir gefallen.«

»Und warum sind Sie dann nicht geblieben?«

»Weil ich heiraten wollte. Nur Schulmeister verdienen genug, um eine Familie zu ernähren. Und in Heilbronn hätte ich noch viele Jahre warten müssen, bis man mich zum Schulmeister gewählt hätte.«

Hansjörg schüttelte unmerklich den Kopf.

»Deshalb hab ich mich in Sommerfelden beworben. In den kleinen Gemeinden verdient man zwar lange nicht so viel wie in den Städten, aber dafür kann man schon in jungen Jahren Schulmeister werden.«

»Und wie gefällt Ihnen Sommerfelden?«

»Wenn mich die Sehnsucht packt, ziehe ich mit Sack und Pack ins Neckartal zurück. Sommerfelden ist schön, Hansjörg. Anderswo«, er zögerte eine Sekunde, »ist es vielleicht schöner.«

Der Junge sah seinen Lehrer mit großen Augen an. »Ich war noch nie fort. Nicht einmal dahinten.« Er schaute wieder zum Fenster hinaus und zeigte mit dem Finger in die Ferne. »Dort, wo die großen Berge sind, da war ich noch nie. Manche Leute sagen, es sei das ganze Jahr lang Schnee auf den Bergen. Stimmt das?«

»Viel Schnee und Eis. So hoch wie unsere Berge ist dort das Eis. Gletscher sagt man dazu.«

Der Lehrer deutete auf die Tagweide hin, die gleich oberhalb des Ortes war: »Schau! Ist das nicht dein Bruder Wilhelm?«

Auf der Allmende, am Südhang über der Gaststube beim Ochsenwirt, erahnte Hansjörg seinen Bruder, der mit einem Stecken zwei Kühe vor sich her trieb. Der Gedanke, sein kleiner Bruder müsse das Vieh von den Kleefeldern fernhalten, belustigte ihn. Sein Gesicht hellte sich auf, und er wandte sich wieder zur Treppe.

Sie stiegen bis zur Kirchturmuhr hinauf, zogen das Räderwerk auf und ölten es. Im Glockenstuhl prüften sie, ob die Seile noch fest saßen. Dann stiegen sie wieder hinunter. »Weißt du, Hansjörg«, sagte der Lehrer und holte tief Luft, »der Lehrer hat ein schönes Handwerk. Wenn wir den Sonntag eingeläutet haben, dann gehen wir in die Schule. Dort sag ich dir«, er blieb stehen und atmete tief durch, »wie man Lehrer wird und was man als Lehrer tun muss.«

Hansjörg blieb stehen und drehte sich zu dem Mann hinter ihm um. »Lieber wär ich Rössnerbauer.«

Bald darauf verkündeten die Glocken von Sommerfelden den nahenden Sonntag und riefen alle ins Dorf zurück, die noch auf den Feldern und im Wald arbeiteten.


»Setz dich ans Lehrerpult, Hansjörg«, bat der Schulmeister, als der Junge auf seinen vertrauten Platz in der ersten Schülerbank zusteuerte.

Hansjörg grinste; zögernd und unsicher ging er nach vorn. Vor dem Podest, auf dem das Pult stand, blieb er stehen und sah seinen Lehrer fragend an. Der forderte ihn mit einer ausladenden Handbewegung auf, das Podest zu besteigen. Hansjörg machte einen großen Schritt hinauf und setzte sich, verlegen lächelnd, auf den Platz, der seinem Lehrer gehörte.

»Passt wie angegossen«, lachte ihn Ocker an.

Der Junge kratzte sich verlegen am Hinterkopf und fragte: »Und wo setzen Sie sich hin, Herr Lehrer?«

»Aufs Pult, wie ich's oft mache.« Ocker stemmte sich, den Rücken zum Pult, mit beiden Händen auf der Tischplatte ab und setzte sich so darauf, dass er halb saß und halb mit der linken Fußspitze gerade noch den Fußboden berührte.

Dann blickte er seinen Schüler von der Seite an und sagte freundlich: »Lehrer werden, das kannst du dir nicht vorstellen, Hansjörg?«

»Daran hab ich bis heute nicht gedacht, Herr Lehrer. Sie wissen, ich mag Tiere: Pferde sind mir am liebsten.«

»Es gibt reiche und arme Lehrer, wie bei den Bauern.«

Hansjörg schwieg, das wusste er aus eigener Anschauung.

»Manche Lehrer betreiben nebenher noch eine Landwirtschaft und haben ein paar Tiere im Stall. Andere leben vom Schulgeld, das die Eltern zahlen, vom Getreide und vom Holz, das die Gemeinde liefert, und vom Geld und von den Gaben, die der Lehrer von der Kirche für seine Mesnerdienste bekommt.«

»Dann geht's den Schulmeistern gut?«, fragte der Junge.

»Gebratene Tauben fliegen uns nicht in den Mund, und im Schlaraffenland leben wir nicht. Aber Hunger leiden müssen wir nicht mehr.«

Hansjörg lachte und tat so, als fange er Vögel im Flug.

»Spotte nur. Vor bald vierzig Jahren«, der Junge hörte seinem Lehrer aufmerksam zu, »als unser Königreich Württemberg entstanden ist, da waren die Dorfschullehrer große Hungerleider. Jetzt sind viele Bauern ärmer dran als wir.«

Hansjörg horchte auf. Viele Bauern ärmer als ein Schulmeister? Er kannte die Spottlieder über die armen Dorfschulmeisterlein.

»Vergiss nicht, dass wir einen Hungerwinter hinter uns haben. Im letzten Jahr hat es schon im September geschneit. Die Bauern konnten die Ernte nicht einbringen.«

Von der Not vieler Bauern hatte Hansjörg gehört. Hier in Sommerfelden waren die Höfe groß, überlegte er, und konnten ein paar magere Ernten verkraften.

Er schaute sich im Schulsaal um, als sähe er ihn zum ersten Mal. Er betrachtete die grob gezimmerten Schulbänke, den Schulschrank und die weiß getünchten Wände, den eisernen Ofen neben der Zimmertür und das aufgeschichtete Brennholz daneben. Über der Tafel hing ein Kruzifix. Wie die Wohnstube daheim, dachte er, nur viel größer.

Ocker folgte dem Blick. »Hundert Kinder brauchen viel Platz.«

»Wo ist Platz?«, fragte der Junge und ließ seine Augen nochmals durch den Saal schweifen, in dem die Bänke dicht an dicht standen.

»Die Kinder sitzen in Sommerfelden wie die Hühner auf der Stange, weil wir keine modernen Schulmöbel haben. Die alten, die unser Dorfschreiner vor dreißig Jahren mehr schlecht als recht zusammengezimmert hat, sind klobig. Außerdem sind sie unpraktisch und nehmen zu viel Platz weg.«

Hansjörg warf Ocker einen fragenden Blick zu.

»Bei den Subsellien, wie man die neuen Schulmöbel nennt, sind Tische und Bänke verschraubt. Da sitzen vier Kinder bequem in einer Bank und haben es beim Schreiben und Lesen leichter. Und im Schulsaal ist mehr Platz.«

»Und warum ist das so, Herr Lehrer?«

»Die Tischplatte der Subsellien ist schräg; die Kinder sitzen so beim Schreiben, Lesen und Rechnen von allein richtig.«

Hansjörg lachte. »Schreiben die Schüler dann den Berg hinauf?«

»Kindskopf. Weil jede Subsellie eine Vertiefung für das Tintenglas hat, kann es nicht mehr auf den Boden fallen, wie das bei uns öfters vorkommt.«

Hansjörg grinste. »Letzte Woche, zum Beispiel.«

»Und weil die Kinder die Tische und Bänke nicht mehr verrücken können, müssen sie still sitzen. So ist es einfacher, hundert Kinder in einem Saal ruhig zu halten und zu beaufsichtigen.«

»Sonst ist unser Schulsaal wie anderswo?«

»Ja und nein. Selbst wenn wir Subsellien hätten, wäre dieser Schulsaal nicht modern genug.«

»Was fehlt noch?«

»Die guten Schulen haben Bilder an den Wänden.« Ocker betrachtete sinnend die kahlen Mauern. »Bilder für den Anschauungsunterricht.«

»Und was lernt man im – Anschauungsunterricht?«

»Wie unsere Welt aussieht, das Königreich Württemberg und die anderen Länder auf der Erde. Und was *in* der Erde ist. Und welche Tiere und Pflanzen es in den fremden Ländern gibt.«

»Hört man da Geschichten über Tiger und Elefanten? Und über die Menschenfresser in Afrika?«

Der Schulmeister nickte und lachte.

»Und warum haben wir den Unterricht nicht?«

»Der Herr Dekan will ihn nicht. Die Schüler sollen die Schöpfungsgeschichte aus der Bibel lernen, meint er, und sich das Hirn nicht mit dummem Zeug vollstopfen.«

»Sind auf den Wandbildern in den modernen Schulen so schlimme Sachen drauf, Herr Lehrer?«

Ocker lachte. »Das Erdinnere, unbekannte Länder, fremde Menschen und wilde Tiere. Giraffen, Eisbären, Eskimos, Indianer und so. Die allerneuesten Bilder sind sogar farbig.«

»Und warum sollten wir das nicht haben?« Hansjörg kratzte sich am Hinterkopf. »Leben wir in Sommerfelden vielleicht noch wie die Leute vor zweihundert Jahren?«

Der Schulmeister biss sich auf die Unterlippe und schwieg.

»Ich hab gemeint, dass wir ein reiches Dorf sind und besser leben als anderswo.« Hansjörg war sichtlich enttäuscht.

»Sommerfelden ist kein armes Dorf. Und viel ist hier geschehen, seit dein Großvater und dein Vater auf der Ackerbauschule waren und den Bauern in unserer Gegend Neues beigebracht haben.«

»Meinen Sie?«

»Sie haben die neumodische Futterpflanze, den Klee, ins Dorf geholt und bessere Kartoffelsorten eingeführt. Den Wendepflug hat dein Großvater als Erster angeschafft. Den Bauern in Sommerfelden geht's gut.«

Hansjörg kannte zwar jede Einzelheit, aber so hatte er das Ganze noch nicht betrachtet.

»Die Rössnerbauern, lieber Hansjörg, haben auf dem Ödland und an den Wegrändern Apfel- und Birnbäume gepflanzt. Die anderen Bauern haben es nachgemacht. Jetzt hat jede Familie im Dorf Obst das ganze Jahr.«

»Das begreif ich nicht. Mit neuen Obstsorten und dem neumodischen Wendepflug können sie in Sommerfelden umgehen. Und vor ein paar Bildern über Afrika haben sie Angst?«

»Alle Menschen haben Angst vor dem Neuen.«

»Ich hab keine Angst, Herr Lehrer.«

Ocker sah dem Jungen lange und forschend ins Gesicht. Hansjörg errötete.

»Manche Eltern haben Angst davor, dass ihre eigenen Kinder klüger werden als sie selbst. Und noch mehr fürchten sich viele Menschen davor, die Kinder anderer Eltern könnten klüger werden« als ihre eigenen Kinder«, sagte der Lehrer.

Hansjörg sah sich nachdenklich im Schulsaal um. Ocker schwieg und ließ ihm Zeit. Er fror in dem unbeheizten Saal und sah gedankenverloren durchs Fenster. Mit dem Finger malte er Zeichen aufs Pult, bis er bemerkte, dass der Junge versuchte, sie zu entziffern.

»Du wirst es als Schulmeister gut haben und dir als Lehrer Tiere und auch ein Pferd halten können.«

Hansjörg sah seinen Lehrer fragend an.

»Du kannst Lehrer in einer reichen Gemeinde werden, Hansjörg, weil die sich den besten Kandidaten zum Schulmeister aussuchen kann. Und du wirst in ein paar Jahren zu den Klügsten unserer Zunft gehören.«

Der Junge warf ihm einen ungläubigen Blick zu.

Ocker lachte auf: »Oder du heiratest eine reiche Bauerntochter, wirst Schulmeister und spielst nebenbei den Bauern.«

Hansjörg grinste schelmisch und schwieg.

Der Lehrer fuhr fort: »Du musst aber nicht einheiraten. Deine Eltern sind reich und werden dich gut ausstatten.«

Hansjörg blickte verwirrt auf.

»Sie haben ein schlechtes Gewissen, weil du nicht den Rössnerhof kriegst. Da werden die Gulden nur so aus der Geldkatz springen. Wart's ab.«

»Hat Ihnen meine Mutter gesagt, warum sie den Wilhelm mir vorzieht, Herr Lehrer?«

Der Schulmeister sah, dass dem Jungen Wasser in die Augen schoss. Er legte ihm seine Hand auf den Arm, blickte zu Boden und sprach mehr zu sich als zu ihm: »Sie könne und dürfe darüber nicht sprechen, meinte sie, habe aber ehrenwerte und wichtige Gründe. Hat sie mir gesagt, und ich glaub's ihr.«

Der Junge schüttelte den Kopf.

»Dein Vater und deine Mutter haben erst heute mit dir darüber gesprochen. Bis auf den letzten Tag haben sie gewartet, die Sache zu entscheiden. Sie haben bis zuletzt einen Ausweg gesucht, glaub mir.«

Hansjörg schluckte mehrmals. »Ich bin sehr enttäuscht. Mein Vater hätte mir früher sagen können, was werden soll.«

Der Lehrer wollte einhaken, aber der Junge setzte unbeirrt hinzu: »Und wenn er ehrliche Gründe hat, mir den Rössnerhof nicht zu überschreiben, dann hätt er mit mir darüber reden können.«

»Lass gut sein, Hansjörg. Es gibt Dinge zwischen Himmel und Erde, über die man besser schweigt.«

»Bin ich vielleicht taub oder blind oder lahm? Bin ich ein Idiot, den man verstecken muss?« Hansjörg brauste auf und redete sich in Zorn. »Wenn ich gut genug bin, Lehrer zu werden, dann bin ich wohl gut genug, Bauer zu werden.« Er lief rot an und schlug mit der flachen Hand auf das Pult.

Beide schwiegen. Während der Junge steif dasaß, starr vor Schreck über den zweiten Zorn an diesem Tag, malte Ocker wieder Figuren aufs Pult.

Schließlich blickte der Lehrer seinem Schüler ins Gesicht und sagte leise: »Ich verstehe dich, Hansjörg. Bedenke, dass deine Eltern sich das lange überlegt haben und wichtige Gründe haben müssen.«

Hansjörg warf seinem Lehrer einen kurzen Blick aus feuchten Augen zu.

»Dein Vater ist ein kluger Mann.«

Hansjörg zuckte die Achseln, als bestreite er das.

»Wenn's was Neues gibt, ist dein Vater dabei. Er hat als Erster im Dorf einen Blitzableiter auf seinen Hof setzen lassen. Er ist zum reichsten Bauern in Sommerfelden aufgestiegen. Er ist unser Dorfrichter, obwohl er erst vierzig ist. Alle im Dorf hören auf seinen Rat.«

»Wenn er so klug ist«, beharrte der Junge, »dann hätt er erst recht mit mir reden können.«

»So siehst es du. Auch deine Mutter scheint die Entscheidung gut zu heißen.«

Hansjörgs Zorn loderte erneut auf, wie der Lehrer im Gesicht seines Schülers las, deshalb wies er ihn mit einer raschen Handbewegung zurecht. »Deine Mutter ist eine energische Frau, arbeitsam wie dein Vater und entschlossen wie er. Da haben sich zwei in der Ackerbauschule gefunden, die gut zusammenpassen.«

Ocker sah Hansjörg direkt in die Augen. »Glaubst du, dass deine Eltern etwas zu deinem Nachteil entscheiden würden? Zwei so kluge Leute, glaubst du das wirklich?«

»Ich begreif's nicht, was sie mit mir vorhaben. Sie wollen mich aus dem Haus haben, so seh ich das. Ich tät meinem Vater …«

»Halt!« Der Lehrer unterbrach ihn hart und sprang auf die Füße. »Du versteigst dich da in eine Richtung, die mir nicht gefällt, Hansjörg. Deine Eltern meinen es gut, schreib dir das hinter die Ohren. Und sie haben wichtige Gründe, die Sache anders als üblich anzupacken.«

Er stellte sich dem Jungen gegenüber und richtete den Zeigefinger auf ihn. »Seit dein Vater nach Sommerfelden zurückgekehrt und Rössnerbauer geworden ist, hat er vieles anders gemacht. Am Anfang haben die Leute im Dorf über ihn gelacht. Später ist ihnen das Lachen vergangen, und sie haben ihn beneidet und bewundert. So wird's auch diesmal sein.«

Der Lehrer eilte aus dem Schulsaal und ließ den Jungen verstört zurück. Hansjörg rührte sich nicht von der Stelle.

Nach kurzer Zeit kam Ocker wieder und hielt ein Heft in der Hand. »Mein Zirkularbuch. Da schreibe ich alle Anweisungen und Reskripte hinein, die im Dekanatbezirk von Pfarrer zu Pfarrer umlaufen.«

Er streckte das Heft dem Jungen entgegen und schlug es auf. »Ich lese dir jetzt mal vor, was du machen musst, damit du als Schulamtszögling – oder als Inzipient, wie die Pfarrer sagen – zugelassen wirst.« Er sah aus den Augenwinkeln, dass der Junge verträumt zu Boden blickte. »Hörst du mir überhaupt zu?«

Hansjörg nickte gedankenverloren, schaute auf und sagte: »Ja, ja.«

»Hier steht wörtlich: *Im März jedes Jahres müssen die Pfarrer jeden, der sich dem Schulstande widmen will, auf seine Fähigkeiten und Schulkenntnisse hin prüfen. Bei auffallender Untauglichkeit für den Schulstand ist die weitere Verfolgung des Plans abzuraten. Finden sie ihn aber fähig, so müssen sie mit dem Schullehrer beraten, wie dem Knaben der notwendige Unterricht zu seiner Vorbildung zu erteilen sei.*«

»Wir haben schon März, Herr Lehrer, da kann ich nicht mehr Schulamtszögling werden.«

»Gleich morgen red ich mit dem Herrn Pfarrer, dann werden wir dich prüfen, ob du zum Schulmeisterberuf taugst.«

»Eine Prüfung? Auch das noch!«, jammerte der Junge. »Da fürcht ich mich. Oh Schreck lass nach!«

»Dummes Zeug, hier steht in meinem Zirkularbuch, was geprüft werden muss: Biblische Geschichte, Schreiben, Lesen und etwas Rechnen, lauter Sachen, die du in der Schule gelernt hast.«

»Ich will mich nicht blamieren, Herr Lehrer«, stöhnte der Junge, »geht's nicht ohne Prüfung?«

»Nächste Woche kannst du dem Herrn Pfarrer und mir aufsagen, was du gelernt hast. Wie die Prüfung ausgehen wird, das weißt du schon jetzt.«

»Und dann komm ich nach Ostern zu Ihnen in die Lehr, Herr Lehrer?«

Der Schulmeister zögerte: »Das entscheidet der Herr Dekan.« Er machte eine Pause. »Einen Lehrling könnte ich gut brauchen.«

Hansjörg lauerte auf Zustimmung. Der Lehrer erkannte es mit einem raschen, prüfenden Blick und fügte an: »Hundert Kindern die Biblische Geschichte, die Religionslehre, das Lesen in der Bibel und im Lesebuch, das Schreiben und das Rechnen beibringen, das zerrt an den Nerven. Oft muss ich alle acht Jahrgänge zusammen unterrichten. Du wärst mir eine große Hilfe. Du achtest auf die Kleinen beim Vorlesen, und ich bring den Großen das Rechnen bei. Du passt auf, dass die Großen beim Abschreiben aus der Bibel nicht schwätzen und keine Dummheiten machen, und ich übe mit den Kleinen das Schreiben.«

»Da wird mein Bruder Wilhelm keine Freud haben, wenn ich ihm als Lehrer komme und mit dem Tatzenstecken das Einmaleins einbläue.«

Der Schulmeister lachte und schloss das Gespräch mit dem Hinweis, dass er jetzt gleich den Pfarrer informieren werde. »Es eilt, Hansjörg, es ist schon März.«


Nach dem Gottesdienst bat der Pfarrer die Rössnerbäuerin und ihren ältesten Sohn, sie sollten in ein paar Minuten zu ihm in die Amtsstube kommen.

Als sie das Pfarrhaus betraten, wartete der Pfarrer im Hausflur auf sie. Den Talar und den weißen Amtskragen hatte er abgelegt. Er führte die beiden in die Pfarrstube im Erdgeschoss.

»Kommen wir gleich zur Sache«, sagte er, setzte sich auf seinen Lehnstuhl hinterm Schreibtisch und bat Mutter und Sohn, auf der gedrechselten Holzbank Platz zu nehmen.

Hansjörg blieb an der Türe wie angewurzelt stehen und schaute sich mit offenem Mund um. Einen derartigen Raum hatte er noch nie gesehen. Er hatte nicht einmal gewusst, dass es so etwas wie ein Dienstzimmer überhaupt gab. Der Zimmertür genau gegenüber stand eine große Uhr zwischen zwei Sprossenfenstern, keine holzgeschnitzte Schwarzwalduhr wie zu Hause, sondern eine mit großem Zifferblatt und blank polierten Messinggewichten, die durch eine Glastüre blitzten und über die ein langes Perpendikel gemächlich hinwegschwang, das die Zeit hörbar in regelmäßige Portionen teilte. Zur Linken war die Wand hinter dem Schreibtisch, bis auf die beiden vorhanglosen Fenster, vom Dielenboden bis zur Zimmerdecke mit Büchern ausgefüllt, die in den Regalen standen oder lagen und an vielen Stellen in zwei Reihen hintereinander gestapelt waren. Zwischen Tür und Uhr verstellte die hölzerne Sitzbank den Besuchern den Weg und zwang sie, sich beim Niedersetzen dem am Schreibtisch Sitzenden zuzuwenden. Im Rücken der Besucher beherrschten zwei mächtige Schränke die Wand auf der rechten Seite, beide mit Leimfarben in erdigen Tönen bemalt.

Der Pfarrer sah schmunzelnd das Staunen des Jungen und die Neugierde in seinen Augen. »Warst noch nie in meiner Amtsstube, Hansjörg?«, fragte er ihn.

Als der Junge den Kopf schüttelte, holte er tief Luft und meinte: »Ich weiß, dass dich alles interessiert, was mit Büchern und Schreiben zu tun hat. Möchtest dich erst ein bisschen umschauen?«

Hansjörg nickte, seine Mutter schwieg.

»Viele Leute meinen, dem Pfarrer geht die Arbeit aus, wenn er in der Kirche und auf dem Friedhof nichts zu tun hat.« Der Pfarrer stand auf, öffnete eines der beiden Fenster hinter sich und setzte sich wieder. »Weit gefehlt. Ich muss Gottesdienste abhalten und Taufen, Hochzeiten und Beerdigungen gestalten. In der Schule, das weißt du, Hansjörg, unterrichte ich Religion. Ich bin für die ganze Schule verantwortlich.«

Er erhob sich, ging zu den beiden Schränken und sagte, zu Hansjörg gewandt: »Und ich muss für die Gemeinde viele Schreibarbeiten machen.« Er öffnete den rechten Schrank. »Hier sind meine Bücher. Die benütze ich, um eine gute Predigt zu schreiben.« Er schloss den linken Schrank auf und rief den Jungen zu sich: »Siehst du, das ist die Registratur, die alten und die neuen Schriftstücke über die Gemeinde und die Schule. Oben liegen die Akten, die ich immer wieder einsehen muss; unten sind die alten Papiere.«

»Was machen Sie mit den alten Sachen?«, wollte der Junge wissen.

»Die benütze ich selten. Das alte Kirchenbuch zum Beispiel«, der Pfarrer entnahm es dem untersten Fach, blies den Staub weg und schlug es auf, »hat viele Spalten, siehst du?«

Er legte dem Jungen das schwere Buch aufgeschlagen auf die Hände.

»Wer vor hundert oder zweihundert Jahren in der Gemeinde geboren und getauft worden ist, das steht da Jahr für Jahr drin. Und im vorderen Buchdeckel«, er schlug es vorne auf, »da sind alle Pfarrer von Sommerfelden bis auf den heutigen Tag verzeichnet.«

»Und wozu braucht man das?«

»Ab und zu muss ich nachschlagen, wer mit wem verwandt ist, damit ich einen Erbstreit schlichten kann.«

Hansjörg legte das Buch in den Schrank zurück.

Der Pfarrer nahm ein unhandliches Bündel heraus. Zwischen zwei dicken Pappdeckeln waren viele Papierbogen verschnürt. Er öffnete die Schnur und hielt ausgefranste Blätter in der Hand, die der Länge nach in der Mitte gefaltet waren. Die linken Blatthälften waren leer, die rechten eng beschrieben.

»Das ist ein Pfarrbericht. Siehst du die Überschrift hier? Lies mal vor, Hansjörg.« Er stellte sich neben den Jungen.

»Das in Großbuchstaben?«

Der Pfarrer deutete mit dem Zeigefinger auf das Papier. »Lies das vor.«

Der Junge buchstabierte laut: »PA-RO-CHI-A SOMMER-FELDEN auf das Jahr 1832«.

»Gut, Hansjörg. Das ist ein Parochialbericht.«

Der Junge sah den Pfarrer ratlos an.

»Parochia ist lateinisch und heißt Pfarrei. Das ist der Bericht über unsere Pfarrgemeinde von 1832. Den hat einer meiner Vorgänger gefertigt und dem Dekan, seinem Vorgesetzten, vorlegen müssen. Auch ich muss alle zwei Jahre ausführlich über unsere Pfarrgemeinde berichten. Du siehst, so ein Bericht hat sechzig bis hundert Seiten.«

»Was steht in so einem – Parochialbericht, Herr Pfarrer?«, fragte der Junge. Neugier hatte ihn gepackt.

»Auf der ersten Seite ist das Inhaltsverzeichnis, auf Lateinisch. Sieh hier, da steht zuerst *Ad Statum Parochiae.*«

Der Pfarrer fuhr mit dem Zeigefinger die Zeile entlang und sah den Jungen von der Seite an. »Im ersten Kapitel ist beschrieben, wie groß die Gemeinde ist und wie viele Menschen hier wohnen, Kinder und Erwachsene, Arme und Reiche, Getaufte und Ungetaufte.«

»Ungetaufte?«

»Juden und ungetauft verstorbene Säuglinge.«

Der Pfarrer erklärte dem Jungen Kapitel für Kapitel, was im Pfarramt über Sommerfelden bekannt war: Wovon die Leute leben; ob sie gute Christen oder Spitzbuben sind; wie viele Kinder nicht in die Schule gehen; was die Schule kostet; was der Schulmeister leistet; ob der Schultheiß die Gemeinde klug führt, wo der Heiligenpfleger helfen muss, und was in den letzten Jahren passiert ist.«

»Und woher weiß das alles der Pfarrer?«

»Seit zweihundert Jahren sitzen in den evangelischen Pfarreien der Pfarrer, der Schultheiß, der Heiligenpfleger und zwei oder drei ehrbare Bürger jeden zweiten Sonntagnachmittag zusammen. Das nennt man den Kirchenkonvent.«

»Mein Vater ist auch dabei.«

Der Pfarrer nickte. »Im Konvent tragen wir alles zusammen, was wir in den letzten Tagen gehört und gesehen haben. Und ich schreibe alles in dieses große Buch hinein.«

Er deutete auf einen dicken Folianten im Schrank. »Wer in den letzten Wochen geboren und gestorben ist. Wer heiraten möchte. Wer bestraft werden muss, weil er geflucht oder falsch Zeugnis abgelegt hat. Wer nicht in den Gottesdienst gekommen ist, und wer im Wirtshaus betrunken war.« Er sah den Jungen von der Seite an, der jedes Wort aufsog. »Das Buch heißt Kirchenkonventsprotokoll.«

Ein Wetterleuchten zog über das Gesicht des Jungen. Jetzt konnte er sich einen Reim darauf machen, warum montags so viele Schulstrafen verhängt wurden.

»Wenn Sie dann alles aufgeschrieben und überlegt haben, wer bestraft werden muss, dann geben Sie am Sonntagabend dem Lehrer den Auftrag, den Tatzenstecken und die Weidenrute herzurichten. Ist's nicht so, Herr Pfarrer?«

Der Pfarrer lachte schallend. »Du bist ein kluger Junge, Hansjörg.« Er lachte noch. »Nach jeder Sitzung des Kirchenkonvents kommt der Schulmeister zu mir in diese Amtsstube. Hier erfährt er von mir, wen er anderntags bestrafen muss. Am letzten Montag – weiß du's noch? – hat der Sohn vom Ochsenwirt fünf Streiche auf den Allerwertesten und der Jakob zwei Ohrfeigen gekriegt. Das haben wir am letzten Sonntag im Kirchenkonvent beschlossen. Und der Lehrer muss das in unserem Auftrag ausführen.«

Hansjörg wurde nachdenklich. »Woher haben Sie gewusst, dass der Johannes und der Jakob etwas angestellt haben? Und warum hat der Johannes fünf Hiebe gekriegt und der Jakob bloß zwei Maulschellen?«

»Das ist das große Geheimnis. Du weißt, wir haben in der Gemeinde unsere Angeber, wie wir dazu sagen. Die beobachten alles im Dorf und teilen es mir oder den anderen Mitgliedern des Kirchenkonvents mit.« Der Pfarrer kratzte sich verlegen am Hinterkopf und machte eine kleine Pause. »Der

Johannes und der Jakob, die waren letzte Woche auf dem Eis am Löschteich und haben heimlich ihre Schlittschuhe ausprobiert. Ich habe Euch im Religionsunterricht gesagt, dass ich das neumodische Zeug nicht dulde in meiner Pfarrei. Obendrein ist das Schlittschuhlaufen auf dem Teich gefährlich. Der Johannes hat den Jakob zu diesem Unfug angestiftet. Und der Jakob ist in seiner Gutmütigkeit dem Johannes gefolgt. Deshalb hat der Johannes eine härtere Strafe verdient als der Jakob.«

Jetzt lachte der Junge. Das hatte er nicht gedacht, dass es in der Gemeinde Heimlichtuer gab, die alles ausspähten und dann brühwarm dem Pfarrer hinterbrachten. »Gibt's auch bei uns in der Schule solche Angeber?«, wollte er wissen.

»Na, alles muss ich dir heute nicht verraten. Ich denke, du sollst Lehrer werden, da wirst du bald in alle Geheimnisse eingeweiht.«

Er wurde ernst, schloss zuerst den linken Schrank mit den vielen alten und neuen Schriftstücken, dann den rechten, wobei er auf die Bücher mit dem vergoldeten Rücken hinwies, auf die er besonders stolz war.

»Ich halte es für eine gute Sache, Hansjörg zum Lehrer auszubilden«, kam er auf den Zweck des Besuchs von Mutter und Sohn zurück und wandte sich an die Rössnerbäuerin. »Ich kenne Ihren Hansjörg vom Religionsunterricht und weiß, dass er ein kluger Junge ist.«

Er blickte den Jungen an, der errötete und verlegen auf seinem Stuhl hin und her rutschte. »Wenn ich rechtzeitig gewusst hätte, dass er nicht Rössnerbauer werden soll, dann hätte ich ihm Privatstunden gegeben, damit er das Landexamen bestehen kann.«

Die Bäuerin sah den Pfarrer fragend an.

»Das ist die Aufnahmeprüfung für eine Klosterschule. Und wenn man eine der vier Klosterschulen, die es für die evangelischen Schüler in unserem Königreich gibt, erfolgreich besucht hat, dann kommt man nach Tübingen ins Stift und studiert Theologie.«

Ungläubig sah die Rössnerbäuerin den Pfarrer an: »Unser Hansjörg, ein Studierter? Nein, Herr Pfarrer, das hätt ich nicht für möglich gehalten.«

»In den früheren Klöstern in Denkendorf bei Stuttgart, in Blaubeuren bei Ulm, in Bebenhausen nahe Tübingen und in der ehemaligen Zisterzienserabtei Maulbronn, an der Landesgrenze zum Großherzogtum Baden gelegen, gibt es solche Spezialschulen. Wenn Ihr mich früher in Eure Pläne eingeweiht hättet, Rössnerbäuerin, dann wäre euer Hansjörg ein guter Pfarrer geworden.«

Er blickte sie vorwurfsvoll an. Die Bäuerin zuckte unter ihrem Kopftuch zusammen und war sprachlos.

»Vielleicht«, fuhr der Pfarrer versöhnlich fort, »ist es nicht zu spät, und unser Musterschüler kann nach seiner Ausbildung zum Lehrer doch noch aufs Tübinger Stift. Freuen tät's mich.«

»Ich fürcht mich vor der Prüfung«, jammerte der Junge. »Der Lehrer hat mir gesagt, dass ich geprüft werden muss, bevor ich in die Schulmeisterlehre kann.«

Der Pfarrer fuhr ihn zwar hart an, aber seine Augen lachten: »Red keinen Unsinn, Hansjörg. Du weißt genau, dass wir dich prüfen müssen, obwohl wir das Ergebnis kennen. Du bist ein guter Schüler. Glaubst du im Ernst, dass du die Prüfung nicht bestehen wirst? Wenn *du* sie nicht bestehst, wer dann?«

Die Rössnerbäuerin, die sich absichtlich zurückgehalten hatte, fragte besorgt, was nach der Prüfung zu tun sei. Der Pfarrer spürte die Sorgen der Mutter um ihren Sohn und antwortete ausweichend: »Wenn der Schulmeister und ich Ihren Hansjörg geprüft haben, dann melden wir ihn dem Dekan als Lehreraspiranten. Der Dekan entscheidet dann, ob der junge Mann die Schulmeisterlehre beginnen darf.«

Hansjörg sah seine Mutter verzagt an. Die verstand sofort, was ihn bewegte und warf ihm einen aufmunternden Blick zu. »Darf ich«, fragte der Junge ängstlich, »beim Schulmeister Ocker hier in Sommerfelden in die Lehre?«

# Ringelfingen 1842

Seite an Seite kehrten Schulmeister Futter und sein Lehrling den Kirchplatz, der ungepflastert und löchrig war, nach dem Regen voller Pfützen stand oder jetzt, bei schönem Wetter, nach jedem Besenstrich aufstaubte und die beiden Reinemacher einpuderte. Der Staub biss Hansjörg in den Augen; immer wieder setzte er den Besen ab und wischte sich mit dem Ärmel die Tränen aus dem Gesicht. Dennoch hörte er aufmerksam seinem Meister zu, der ihm die Mesnerarbeiten erklärte, die zum Schuldienst in Ringelfingen gehörten.

»Das Wichtigste schreibst du dir für alle Zeiten hinter die Ohren.« Futter hielt inne und blickte an dem barocken Kirchturm hinauf. »Der Lehrer ist ein Kirchendiener. Die Volksschule gehört der Kirche, der Lehrer arbeitet für die Kirche und samstags und sonntags vor und in der Kirche.« Er stützte sich auf seinen Reisigbesen, hustete, spuckte Staub und setzte außer Atem hinzu: »Der Pfarrer ist der Schulvorstand und der Dekan unser oberster Vorgesetzter. Alles, was die geistlichen Herren wünschen, ist uns Befehl. Kapiert?«

»Mir scheint«, entgegnete Hansjörg, »den Lehrern an der Lateinschule und am Gymnasium hat der Pfarrer nichts zu sagen.« Er wischte sich den Staub aus den tränenden Augen. »Die lachen, wenn sie hören, dass wir den Mesnerdienst versehen müssen.«

»Stimmt, wer hat dir das geflüstert?« Futter sah seinen Lehrling erstaunt an. »Hierher nach Ringelfingen verirrt sich doch keiner von den gelehrten Schulherren.«

Hansjörg legte beide Hände auf das Ende seines Besenstiels und lehnte sich darauf. »Am letzten Samstag bin ich mit meinem Freund Eugen am Bach gesessen und habe einem Mann zugeschaut, der barfuß im Wasser herumgewatet ist wie die Fischreiher.«

Beim Gedanken an jenen Augenblick musste Hansjörg unwillkürlich laut lachen. »*So fangt Ihr keinen Fisch*, habe ich ihm zugerufen. Darauf er: *Will ich nicht, ich suche nach Schnecken.* Der Eugen hat sich gebogen vor Lachen: *Dann kommt heraus aus dem Wasser und geht in den Garten von unserem Pfarrer. Da könnt Ihr Schnecken holen, so viel Ihr wollt.* Da kam der Mann zu uns herüber, zeigte uns versteinerte Schnecken aus dem Bach und fragte uns, ob der Pfarrer unser Vater sei. Als er hörte, dass wir zum Lehrerinstitut des Pfarrers gehören, hat er geseufzt und uns bedauert: *So, so, arme Dorfschulmeisterlein wollt Ihr werden und billige Knechte für die Pfarrer.*«

»Die hohen Herren von den Bürger- und Lateinschulen und vom Gymnasium sehen auf uns Kirchendiener herab«, bestätigte der Schulmeister und wiegte den Kopf. »Die lassen uns überall spüren, dass sie was Besseres sind. Staatsdiener nennen sie sich.«

»Schulmeister Futter, das versteh ich nicht.«

»Die Herren Oberlehrer gehen nicht bei einem Schulmeister in die Lehre oder in ein Lehrerinstitut wie du.« Futter zog ein großes Tuch aus seiner Hosentasche, wischte sich die Augenwinkel aus und schnäuzte in den grünen Stoff. »Nein, sie studieren wie die Pfarrer an der Universität in Tübingen. Das sind lauter feine Leut, die mit uns nichts zu tun haben wollen.« Er faltete bedächtig das Tuch zusammen und steckte es wieder in die Hose. »Sie bekommen ihren Lohn aus dem Staatssäckel, und ihr Dienstherr ist nicht der Dekan, sondern die Regierung unseres Königs.«

Hansjörg lachte so laut, dass er sich verschluckte und mit Mühe am Besenstiel festhalten konnte.

»Warum lachst du, hab ich was Lächerliches gesagt?« Der Lehrer schlug mit seinem Besen in die Richtung des Jungen.

Als Hansjörg wieder Luft holen konnte, sagte er: »Ich hab mir vorgestellt, dass unser König mit ausgebeulten Hosen herumlaufen muss, weil er so viel Geld in seinem Hosensack kaum schleppen kann.«

»Du Kindskopf, glaubst du, unser König geht wie der Nikolaus mit einem Sack über der Schulter im Land herum und zählt seinen Staatsdienern persönlich die Gulden in die Hand?« Futter warf einen Blick auf die Kirchturmuhr, die nur einen Stundenzeiger hatte; für eine neue Uhr wie in Sommerfelden, die auch die Minuten anzeigen kann, hatte man hier in Ringelfingen kein Geld. Dann mahnte er Hansjörg, die Arbeit rasch zu beenden: »Auf geht's, junger Mann, schau mal auf die Uhr. Bald schlägt's vier. Es pressiert. Heut ist Mittwoch, und da hast du Pädagogikunterricht beim Herrn Pfarrer.«

Im Pfarrhaus saßen neun Fünfzehnjährige um einen langen Tisch, den Bauch an die Tischkante gepresst und beide Hände in schöner Disziplin flach auf den Tisch gelegt, wie es in den Lehrerseminaren üblich war. Mit den Füßen scharren und sich im Gesicht oder an den Armen und Beinen kratzen, war ihnen verboten, sogar wenn das grobe Leinenhemd auf der nackten Haut juckte und die gestrickten Strümpfe unter der knielangen Lederhose scheuerten. Pfarrer Steinhilber saß seitlich zum Tisch, die Beine übereinandergeschlagen, den linken Ellbogen auf die Tischkante gestützt und den Kopf in die Handfläche geschmiegt. Er blätterte nachdenklich in einem dicken Buch, das vor ihm auf dem Tisch lag. Sein schwarzer Kittel verdeckte zur Hälfte die große, blank geputzte Schultafel; links davon hing eine Landkarte des Königreichs Württemberg, und rechts neben der Tafel war eine Holzleiste in geringem Abstand zur Zimmerdecke an die Wand geschraubt; darauf war mit Stecknadeln eine Darstellung des Heiligen Landes geheftet. Sie zeigte eine Karte Palästinas zur Zeit des Neuen Testaments und etliche kleine Kupferstiche mit biblischen Motiven.

Ruckartig blickte der schwarz Gekleidete mit dem grau melierten Backenbart auf, setzte sich aufrecht an den Tisch, rückte seinen Stuhl gerade und sah jeden seiner Zöglinge streng an: »Vier Monate seid ihr schon in Ringelfingen und habt euch gewiss eingelebt. Das erste Heimweh ist hoffentlich verflogen. Im Umkreis von einer halben Stunde Fußmarsch ist jeder von euch bei einem Schulmeister untergekommen, bei dem ihr die praktische Seite des Schulehaltens erlernen sollt. Unser Hansjörg hat es am besten getroffen; er geht hier im Ort dem Schulmeister Futter zur Hand. Da spart er sich jeden Tag eine Stunde Fußmarsch; dafür muss er beim Mesnerdienst mithelfen.«

Hansjörg schwang unter dem Gefeixe seiner Leidensgenossen einen imaginären Besen.

Pfarrer Steinhilber beobachtete es aus den Augenwinkeln. »Die äußere Ordnung in meinem Seminar habt ihr kapiert. Heute wollen wir beginnen, innere Ordnung in euren Köpfen zu schaffen«, fuhr er schmunzelnd fort und sah Hansjörg an.

Er hielt ein Buch in die Höhe, das in hellbraunes Ziegenleder gebunden und mit einem goldenen Rückenschild verziert war, und fragte in die Runde: »Wer kennt dieses Buch?«

Eugen, der neben Hansjörg saß, meldete sich. »Das Buch hat Ihr Schulfreund geschrieben. Sie selbst haben's mir gesagt.«

»Christian Heinrich Zeller war nicht mein Schulfreund, er war mein Studienfreund. Ich habe ihn nicht auf der Schule, sondern auf der Universität in Tübingen kennen gelernt«, der Pfarrer strich sich mit der Hand über die Augen, »vor bald vierzig Jahren. Und seit dieser Zeit schreiben wir uns regelmäßig und treffen uns ab und zu, so Gott will.«

Hansjörg rechnete nach. Dann musste Steinhilber bald seinen sechzigsten Geburtstag feiern. So alt hätte er den schlanken Mann nicht geschätzt, der es »im Kreuz hatte«, wie er oft sagte. Er war nicht so dick wie viele andere Pfarrer. Wie hatte Schulmeister Futter neulich gesagt? *Unser Dekan ist ein Versuch der Natur, wie weit menschliche Haut dehnbar ist.*

Ein Lachen huschte über Hansjörgs Gesicht, das Pfarrer Steinhilber zu der Bemerkung veranlasste: »Unser Hansjörg lacht mal wieder in sich hinein. Immer himmelhoch jauchzend und zu Tode betrübt, gell, Hansjörg.«

Hansjörg wurde puterrot und setzte eine ernste Miene auf, während ihn Eugen grinsend von der Seite musterte.

»Mein Freund Christian Heinrich Zeller hat mir in Beuggen vorgemacht, was ich ihm hier in Ringelfingen nachzumachen versuche. Er hat vor zwanzig Jahren in einem alten Wasserschloss am Rhein, in der Nähe der schweizerischen Stadt Basel, aber noch im Badischen gelegen, ein Rettungshaus gegründet.«

Steinhilber sprach bedächtig und machte immer wieder Pausen, in denen er mit flinken Augen prüfte, ob ihm seine Seminaristen zuhörten. »In den fürchterlichen Kriegen Napoleons wurden viele Kinder zu Waisen. Und in den schlechten Ernten und strengen Wintern danach verarmten Hunderttausende, deren Kinder zu Bettlern und Dieben verkamen und verwahrlosten.« Er hielt ein und blickte versonnen auf das Buch, das vor ihm lag. »Zeller wollte die hilflosen Geschöpfe retten und ihnen eine neue Bleibe schaffen. Die Begabtesten sollten Lehrer werden. Deshalb hat er sein Rettungshaus mit einem Lehrerseminar verbunden.«

Steinhilber stützte sich mit beiden Ellbogen auf die Tischplatte, legte das Gesicht in beide Hände und rieb sich die Augen. Hansjörg schien es, als ob sich der Pfarrer Tränen abwischte. »Unter den armen Kindern«, sagte Steinhilber und sah vor sich hin, »gibt es viele kluge Köpfe, für die sich die Ausbildung allemal lohnt. Ihr würdet staunen, meine lieben Schüler, wenn ihr erfassen könntet, wie viele Pfarrer und Lehrer und welche berühmten Männer in ihrer Kindheit arm wie Kirchenmäuse waren.«

Der Pfarrer stand, das Buch in der linken Hand, schwerfällig auf und schrieb oben auf die Tafel:

### CHRISTIAN HEINRICH ZELLER

*Lehren der Erfahrung für*
*christliche Land- und Armen-Schullehrer*

Draußen rumpelte ein Ochsenkarren vorbei, deshalb befahl Steinhilber mit den Worten »Heut stinkt's mal wieder erbärmlich nach Mist, und der Lärm ist nicht auszuhalten« einem Schüler, die Fenster zu schließen.

Als der Junge wieder saß, legte der Pfarrer die Kreide auf die Tafelrinne, nahm das Buch in die rechte Hand, stützte sich mit der linken an der Tafel ab und fuhr fort: »Mein Freund Zeller hat alles, was er in den ersten fünf Jahren in seinem Lehrerseminar erlebt hat, aufgeschrieben und in drei Büchern verarbeitet. Den Buchtitel habe ich an die Tafel geschrieben. Die drei Bücher«, er streckte das Buch seinen Schülern entgegen, »habe ich zu einem dicken Wälzer binden lassen. Später reiche ich das Buch herum, damit ihr es bestaunen könnt.«

Eugen meldete sich, und der Geistliche rief ihn auf. »Herr Pfarrer, Sie sagten bei meiner Ankunft in Ringelfingen, jeder in Ihrem Seminar müsse das Buch besitzen?«

Steinhilber nickte. »Die Bücher habe ich vor Wochen bestellt. Wenn ich sie bekomme und wenn sie der Buchbinder aufgeschnitten und zu *einem* Band gebunden hat, so wie mein Exemplar«, er hielt es erneut hoch, »dann lesen wir es gemeinsam und arbeiten Seite um Seite durch.«

Die Jungen schauten ihm zu und schwiegen.

Steinhilber setzte sich, schlug das Buch auf, legte es auf den Tisch und las die Vorrede laut vor:

»*Gegenwärtige Schrift, deren erster Band hier erscheint, war und ist, wie der Titel andeutet, zunächst nur als Lehrbuch und als methodologische Anleitung für die Zöglinge und Lehr-Schüler der freiwilligen Armen-Schullehrer-Anstalt in Beuggen, während ihrer Vorbereitungszeit daselbst, bestimmt. Sie soll dazu dienen, diesen Zöglingen, bei deren Aussendung und Zerstreuung in nähere und entlegenere Gemeinden deutschen Stammes und deutscher Zunge, ein Andenken zu bleiben, das ihnen auf ihren Arbeitsplätzen und unter ihren Kinder-Scharen nützlich wäre.*«

Die Seminaristen hörten zu und beobachteten alles aufmerksam, doch sie rührten sich nicht.

Der Pfarrer stand erneut beschwerlich auf und trat vor die Tafel. »Zeller«, er deutete auf den Namen an der Tafel, »ist heute ein berühmter Mann. Viele Pfarrer haben sich ihn zum Vorbild genommen und ähnliche Anstalten gegründet. Ich auch, wie ihr seht.«

»Hat Zeller die Idee, eine Armenschule und eine Lehreranstalt zu gründen, selbst gehabt, oder hat er sie abgeschaut?«, fragte Hansjörgs Nebensitzer zur Linken dazwischen, ohne sich zu melden.

Pfarrer Steinhilber ging nicht darauf ein, dass der Junge die Melderegel verletzt hatte. »Mein Freund Zeller ist ein Schüler und Anhänger des berühmten Johann Heinrich Pestalozzi, der in der Schweiz mit einem ähnlichen Vorhaben gescheitert war. Über Pestalozzi werde ich euch im zweiten Lehrjahr noch mehr erzählen. Heute nur so viel: Pestalozzi hat Zeller in Beuggen, in seinem Schloss der Barmherzigkeit, besucht und anerkennend gesagt: Das war's, was *ich* wollte. Zeller hatte seine Idee von Pestalozzi, er führte sie aber besser aus als sein Lehrmeister.«

Steinhilber schrieb JOHANN HEINRICH PESTALOZZI über den Namen seines Freundes und zog einen Pfeil von Pestalozzi zu Zeller.

Die Jungen saßen regungslos auf ihren Stühlen.

Der Pfarrer nahm das Buch vom Tisch und stellte sich vor seinen Tafelanschrieb. »Zellers Werk ist in drei Bände gegliedert. Im *ersten* Band«, er zeigte mit dem ins Buch geschobenen Zeigefinger, wie umfangreich er war, »schreibt Zeller von den Schulen und von den Schullehrern. Im *zweiten* Band«, er nahm ihn zwischen Daumen und Zeigefinger, »berichtet er vom Schulunterricht. Und im *dritten* und letzten behandelt er die Schulzucht.«

Steinhilber sah seine Schüler einen nach dem anderen streng an und schmunzelte zufrieden. Die äußere Ordnung hatten sie gelernt, und diszipliniert waren sie aufs Ganze gesehen auch.

Er legte das Buch auf den Tisch zurück. »Ich lese euch jetzt die Einleitung zum ersten Band vor.« Er setzte sich schwerfällig und nahm das Buch wieder auf.

»Wenn der Mensch auf diese Welt kommt, so ist er ein schwaches, gebrechliches, hilfebedürftiges, unwissendes und unselbständiges Kindlein. In diesem Zustande ist er noch nicht, was er sein kann und sein soll; er muss es erst werden. Dazu bringt er allerlei geistige und körperliche Anlagen und Fähigkeiten zum Wirken und Empfangen mit. Die Anlagen, welche ein Kindlein auf diese Welt mitbringt, sind zwar noch unentwickelt und schlafend; aber sie sind einer Entwicklung, Weckung und Belebung fähig. Der himmlische Vater ist der einzig wahre, allerhöchste und allgemeine Erzieher der Menschen. Er erzieht durch den Sohn oder die vollendete Menschheit, in welcher Er sich offenbart und mitteilt. Darum ist der Sohn der gute Hirte und Bischof der Menschenseelen, ihr Lehrer, Priester und König. Da es, nach dem eigenen Ausspruche Gottes, nicht gut ist, dass der Mensch allein sei, so hat der Herr drei gesellschaftliche Vereine für die Menschheit gestiftet, worin der Mensch sich entwickeln soll, nämlich 1.) die Ehe, oder die häusliche Gesellschaft, 2.) den Staat, oder die bürgerliche Gesellschaft, 3.) die Kirche, oder die kirchliche Gesellschaft. Das sind die drei allgemeinen Menschenerziehungsanstalten.«

Steinhilber legte das Buch geöffnet und mit dem Gesicht nach unten auf den Tisch. »Warum muss man die Kinder erziehen? Was meint ihr?«

Drei Jungen meldeten sich.

»Gottfried, Eugen, Christian, in dieser Reihenfolge!«, befahl der Lehrer.

»Wenn die kleinen Kinder auf die Welt kommen, dann sind sie hilflos. Sie können nicht stehen, nicht gehen, nicht sprechen und nicht essen. Das alles und noch mehr müssen sie erst lernen. Wenn ihnen die Eltern das beigebracht haben, dann können sie nicht lesen, nicht schreiben und nicht rechnen. Deshalb müssen sie zur Schule.« Gottfried lehnte sich selbstbewusst zurück und blickte seine Kameraden an, als warte er auf Beifall.

Eugen warf Gottfried einen kurzen Blick zu und wandte sich dann an den Pfarrer: »Der Gottfried hat vergessen, dass alle Menschen von Geburt an sündig sind. In der Volksschule hat uns der Pfarrer erklärt, dass wir alle einen Schlangensamen in uns haben und gegen die Erbsünde ankämpfen müssen. Alle Menschen müssen auf den Weg zum Göttlichen geführt werden. Das ist die Hauptaufgabe der Erziehung, so haben wir's im Religionsunterricht gelernt.«

Der Pfarrer ermunterte Christian mit einer Handbewegung, sich zu äußern, denn der schmächtige, stille Junge war ängstlich und sorgte sich, unangenehm aufzufallen. Er meldete sich selten und hörte meistens mit großen Augen den anderen zu.

»Ich weiß nicht, wer meine Eltern sind. Ich bin im Waisenhaus aufgewachsen mit vielen anderen Kindern. Bin ich deshalb nicht erzogen?«

Diese Frage verwirrte Hansjörg. Das hatte er nicht bedacht, dass viele Kinder ohne Eltern aufwachsen. Sinnend betrachtete er den gegenübersitzenden Christian. Sterben die Eltern, wenn ihre Kinder noch zur Schule gehen, dann wird's schwierig. Wer zahlt das Schulgeld? Wer gibt den Kleinen zu essen? Vielleicht Verwandte? Vielleicht der Armenpfleger? Wenn Kinder in frühester Kindheit ihre Eltern verlieren, was dann? Waisenhaus oder – ? Ich werd Christian fragen, der weiß …

»Hansjörg, träumst du? Ich red mit dir.« Pfarrer Steinhilber sah ihn besorgt an. »Probleme, junger Mann?«

»Verzeihen Sie, Herr Pfarrer.« Hansjörg lief rot an, fasste sich ein Herz und sagte: »Ich hab über das nachgedacht, was Christian gesagt hat. Drei Gesellschaften hat Gott den Menschen gegeben, haben Sie gesagt, die häusliche, die bürgerliche und die kirchliche Gemeinschaft. Was ist, wenn die häusliche versagt oder die Eltern nicht da sind? Oder wenn sie die Kinder nicht erziehen wollen? Oder es nicht können?«

»Darüber haben wir uns unterhalten, Hansjörg. Ich will dir nicht verübeln, dass du uns nicht zugehört hast, weil du mit unserem Thema beschäftigt warst.«

Steinhilber stand erneut auf, ächzte und stützte mit der linken Hand seinen Rücken. Dann lehnte er sich an die Tafel und erklärte: »Eugen hat gesagt, dass die Menschen seit dem Sündenfall aus dem Paradies vertrieben sind und mit der Erbsünde leben müssen. Alle Menschen sind aus sündigem Samen gezeugt. Zu dieser Last, die jedes neugeborene Kind im Laufe seines Lebens abtragen muss, kommen noch die Gebrechen und Mängel seiner Eltern hinzu. Viele Eltern sind nicht einsichtig genug und wissen nicht, wie sie ihre Kinder richtig erziehen können.«

Er legte die Hände auf dem Rücken zusammen und stützte sich mit den Fingerspitzen an der Tafel ab. »Am meisten fehlt es solchen Eltern an der Einsicht in den Willen Gottes. Sie haben weder Lust noch Liebe, ihre Kinder zu erziehen. Sie müssten für ihre Kinder Opfer bringen, wozu sie nicht bereit sind. Sie laufen lieber ihren eigenen Vergnügungen nach und lassen ihre Kinder zu Hause ohne Aufsicht. Anderen Eltern fehlt es an Geld und Zeit, ihre Kinder richtig zu erziehen. Sie sind arm, müssen Tag und Nacht arbeiten und können dennoch den Mangel im Haushalt nicht beseitigen. Und viele Kinder haben keine Eltern mehr, weil die im Krieg gestorben sind oder weil sie eine Krankheit hinweggerafft hat.«

Steinhilber machte eine kleine Pause. »Oder weil der Vater oder die Mutter im Zuchthaus sitzen.« Er dachte nach. »Wenn nicht eine andere häusliche Gemeinschaft, zum Beispiel die Familie des Onkels oder der Tante, für das Waisenkind sorgt, dann müssen es die beiden anderen Gesellschaften tun, die bürgerliche und die kirchliche Gemeinschaft, und Rettungshäuser und Waisenanstalten einrichten. Das hat Pestalozzi mehrmals versucht und ist gescheitert. Zeller war mit seinem Schloss der Barmherzigkeit als Erster erfolgreich.«

Steinhilber nahm wieder die Kreide zur Hand und schrieb die drei Menschenerziehungsanstalten Ehe, Staat und Kirche und deren Aufgaben an die Tafel. Dann wusch er sich die Hände in der tönernen Waschschüssel, die auf einem schmiedeeisernen Ständer neben der Tafel stand und trocknete sich die Hände mit einem Tuch, während er sich zu seinen Schülern umdrehte: »So, ihr Lausbuben, jetzt seid ihr dran. Ich habe euch gesagt, dass wir ab heute ein Pädagogikheft führen. Nehmt das Heft zur Hand und schreibt vorne auf den Heftdeckel: *Pädagogik*.« Er buchstabierte das Wort und forderte seine neun Seminaristen auf, den Tafelanschrieb Buchstaben für Buchstaben ins Heft zu übertragen.

In Sommerfelden saßen der Rössnerbauer und seine Frau in der Küche. Sie redeten sich die Köpfe heiß. Ein Brief aus Ringelfingen hatte sie aus der Fassung gebracht. Hansjörg warf seinen Eltern vor, sie hätten ihn in der Fremde ausgesetzt. Einen vernünftigen Grund dafür gäbe es nicht, sonst hätten sie ihm den gesagt.

»Es ist, wie es ist«, sagte die Bäuerin, »und unseren Hansjörg können wir nicht ändern.«

»Rückgängig machen wir unsere Entscheidung nicht«, sagte der Rössnerbauer entschieden und unterstrich seine Meinung mit einer energischen Geste. »Ich kann den Buben gut verstehen. Aber da muss er durch. Und das packt er.«

»Und wenn wir ihn hier oder im Nachbarort in die Handwerkslehre gegeben hätten?«

»Lass gut sein, Elisabeth. Bauer oder Lehrer, was soll's.« Er zog die Augenbrauen zusammen und sagte mit rauer Stimme: »Wie oft sollen wir das noch besprechen? Jetzt wird's Zeit, dass sich unser Hansjörg in sein Schicksal fügt und mit dem Gejammere aufhört.«

Er nahm den Brief zur Hand, las zum wiederholten Mal den Satz »Ihr habt mich in der Fremde ausgesetzt« und schüttelte den Kopf.

»Vielleicht müssen wir uns mehr um ihn kümmern«, haderte die Bäuerin mit sich.

»Noch mehr? Wie viele Briefe hast du schon g'schrieben?«

Sie machte eine beschwichtigende Handbewegung.

»Wie viele Geschenke willst du dem Dekan noch machen, damit er dafür sorgt, dass es unser Hansjörg droben in Ringelfingen gut hat?«

»Und wenn ich die Helene bitte, unseren Hansjörg zu besuchen?« Die Rössnerin sah ihren Mann unsicher an. »Von Reutlingen ist's nicht weit bis nach Ringelfingen. Außerdem ist mir mein Bäsle noch was schuldig.«

»Der Emil wird seiner Helene was husten, wenn er mit ihr nach Ringelfingen fahren soll«, urteilte der Bauer hart und wischte mit seiner linken Hand durch die Luft.

Sie schwieg.

»Stell dir den Aufwand vor, Elsbeth. Postkutsche? Gibt's nicht, schätze ich. Hoch zu Ross? Zwei auf einem Gaul?«

Die Bäuerin lachte vor sich hin. »Die Zentnerlast kann kein Pferd so weit tragen.«

Der Bauer grinste. »Dann bleibt nur die Reisekutsche. Emils Gemaule kann ich mir lebhaft vorstellen, wenn er sein Malergeschäft einen halben Tag im Stich lassen muss.«

Sie saß wie ein Häufchen Elend auf ihrem Stuhl.

Er gab sich einen Ruck und sagte: »Probier's halt, wenn's dein Gewissen erleichtert.«

»Danke, Hans.« Die Bäuerin stand auf und legte ihrem Mann die Hand auf die Schulter, »ich schreib der Helene gleich einen Brief.«


An einem Sonntagmorgen wanderten Eugen und Hansjörg nach dem Gottesdienst über Hügel und Felder nach Süden. Hansjörg trug einen Stock auf der Schulter, an dem ein Bündel baumelte. In einem Waldstück hinter Belsen überschritten sie die Landesgrenze, wie ihnen die württembergischen Hirschstangen auf den Grenzsteinen verrieten, und kamen nach Hohenzollern. Sie waren so ins Gespräch vertieft, dass sie nicht merkten, wie rasch sie voranschritten.

»Am Freitagnachmittag war ich mit Schulmeister Futter in der Armenschule. Eugen, du kannst dir nicht vorstellen, wie arm diese Kinder sind. Barfuß sitzen sie am Tisch und …«

»… stinken wie der Mist, damit du sie nicht vergisst.« Eugen lachte. »Ich weiß, Hansjörg, ich hab's selber gesehen und gerochen.«

»Du mit deiner ewigen Reimerei. Machst du dich über die armen Würmer lustig?« Hansjörg zog den rechten Mundwinkel nach oben. Seine Augen verengten sich. »Der Christian in unserer Gruppe ist früher auch so zerlumpt und verhungert herumgelaufen, hat er mir gesagt. Er ist ein feiner Kerl mit einem großen Herzen und einem klugen Verstand.«

Eugen nickte wiederholt zustimmend mit dem Kopf.

Hansjörg war jedoch in Fahrt: »Der Steinhilber hat mit so einer merkwürdigen Stimme über Kinder gesprochen, die arm wie eine Kirchenmaus waren und aus denen doch etwas geworden ist. Ich glaube, er hat sich selber gemeint.«

»Über arme Kinder belustigen? Wie kommst du darauf, Hansjörg? Ich mein's ernst.« Eugen senkte den Blick und starrte betroffen auf den Weg vor sich. »Viele dieser Kinder müssen ohne Schuhe und mit ungewaschenen Kleidern herumlaufen, weil ihnen niemand hilft.« Er sah seinen Freund von der Seite an. »Sie waschen sich nicht. Sie baden sich nicht. Sie kämmen sich nicht. Womit und wie denn?« Er machte eine wegwerfende Handbewegung. »Alle Leute machen die Augen zu, damit sie das Elend nicht sehen.«

»Das musst ausgerechnet du sagen. Du mit deinem noblen Vater, dem hochherrschaftlichen Verwalter am Fürstenhof.«

»Hör mir auf mit dem.« Eugen wurde laut. »Der ist einer von der Sorte, die Pfarrer Steinhilber gemeint hat, als er von den Eltern sprach, die zu Hause versagen. Fein herausgeputzt und hoch zu Ross zieht der Herr Verwalter durchs Land. Daheim ist er selten. Ob wir was zu essen und anzuziehen hatten, interessierte den noblen Herren nicht.« Und leise fügte er an: »Wenn meine Mutter nicht gewesen wäre, gute Nacht.«

»Bei mir in Sommerfelden war's anders.« Hansjörg gab einen tiefen Seufzer von sich, und Eugen schwieg ganz gegen seine Art. »Mein Vater und meine Mutter haben mich umsorgt. Hansjörg hier! Hansjörg da! Und plötzlich war's aus und vorbei. Obwohl ich der Ältere bin, kriegt mein jüngerer Bruder Wilhelm den Hof. Und ich muss fort von daheim.« Wütend schlug er mit dem Fuß ein paar Grashalme am Wegrand ab.

Eugen ging irritiert neben seinem Freund her. Endlich brach er sein Schweigen. »Ich geb's ja zu. Eigenartig ist das Verhalten deiner Eltern schon. Die häusliche Erziehungsanstalt, wie der Zeller sagt, ist bei euch heil geblieben, und trotzdem hast du fort müssen.« Er kaute auf seiner Unterlippe herum. »Aber ändert sich was, wenn du dich darüber dreimal am Tag maßlos ärgerst?«

»Und du? Fünfundzwanzig Stunden am Tag ereiferst du dich über deinen Vater.«

»Ich hab auch allen Grund dazu, weil's in meine häusliche Erziehungsanstalt hineinregnet.« Eugen spuckte Gift und Galle. »Mein Herr Vater rennt«, er zuckte zusammen, »nein, er reitet den Weibsbildern hinterher.« Er blieb stehen und breitete die Arme aus. »Wer reitet so spät durch Nacht und Wind? Mein Vater ist's, ich glaub, der spinnt.«

Hansjörg lachte.

»Du hast gut lachen. Bei uns ist es zappenduster. Der Herr Verwalter hat weder Geld noch Zeit für uns übrig.«

»Lass gut sein, Eugen.«

Wieder gingen die beiden Freunde ein Stück schweigend nebeneinander her, nein, sie rannten, als ob sie ihren Zorn hinauslaufen wollten, weil sie ihn nicht hinausschreien konnten.

Plötzlich blieb Hansjörg wie angewurzelt stehen und stierte in die Luft.

»Ist was?« Eugen musterte seinen Freund.

»Wie wär's«, Hansjörg sah Eugen nachdenklich an, »wenn wir uns mal nicht aufregen?«

»Jetzt bin ich gespannt.«

»Könnten wir was für die unglücklichen Kinder der Armenschule tun?«

»Gute Idee.«

»Aber?«

»Wie sollen wir das anstellen? Den Kindern knurrt der Magen. Sie haben nichts zum Anziehen und keine Schuhe.«

»Dagegen können wir nichts machen.«

»Siehst du, das meine ich.«

»Eugen, Eugen, wozu lernen wir das Lehrerhandwerk?«

»Du meinst, wir sollten öfters in der Armenschule aushelfen?«

»Hast du gesehen, wie die armen Kinder schreiben? Hefte haben sie nicht.«

»Haben die meisten Volksschüler auch nicht.«

»Nicht einmal Schreibtafeln haben sie.«

Eugen wurde nachdenklich.

»Wie sollen die armen Teufel schreiben lernen? Sag's mir, Eugen! Wie, wenn sie nicht wissen, worauf sie das Schreiben üben können?«

»Schülertafeln müsste man für sie herstellen.«

Hansjörg riss im Vorübergehen einen Grashalm ab, steckte ihn in den Mund und kaute nachdenklich darauf herum. »Je mehr die Kinder wissen, desto besser können sie sich selber helfen.«

»Schreibtafeln.« Eugen rieb sich das Kinn. »Schreibtafeln selber machen, das wär was.«

»Stell dir vor, Eugen, wir könnten den Kindern zu Schreibtafeln verhelfen.«

Eugen sang: »Liebe Kinder, groß und klein, haltet diese Tafeln rein. Schmeißt sie nicht gleich an die Wand, sonst zerbricht der Tafelrand.«

Hansjörg konnte vor Lachen nicht mehr geradeaus gehen.

»Luftsprünge täten die Kinder machen«, sagte Eugen.

»Und wie macht man Schreibtafeln, du Luftspringer?« Hansjörg knuffte seinen Freund in die Seite.

Der dunkle Waldweg führte schlagartig ins grelle Licht.

Hansjörg packte Eugen am Arm. »Komm, lass uns rasten. Ich hab Hunger.«

»Pause ist immer gut.«

»Das Dorf da drüben«, Hansjörg zeigte nach Süden, wo die Sonne am Horizont stand, »das muss Stetten sein. Und die vielen Häuser rechts davon?« Er packte Eugen am Ärmel und deutete auf das Häusermeer. »Vielleicht Hechingen?«

Er setzte seinen Stock vorsichtig ab, damit das daran baumelnde Bündel nicht zu Boden fiel, knotete das Tuch auseinander und breitete es im Gras aus. Brot, Wurst, ein paar Rettiche, zwei Kohlrabi und eine Flasche Most kamen zum Vorschein. Lauter Gaben der Pfarrfrau als Ersatz für das entgangene Mittagessen.

Eugen zog die Wanderkarte, die Schulmeister Futter für sie gezeichnet hatte, aus der Hosentasche. »Wir sind hier.« Er zeigte mit dem Finger auf die Karte. »Hinter uns, das ist der Hechinger Forst. Und dann ist das Dorf vor uns auf dem gegenüberliegenden Flussufer?« Er zögerte und peilte über den Kartenrand hinweg. »Stetten! Das ist Stetten. Und der große Ort gleich daneben kann nur Hechingen sein. Du hast Recht.«

Hansjörg setzte die Mostflasche an den Mund, trank einen großen Schluck und reichte sie seinem Freund.

Eugen ließ die Karte zu Boden fallen, umschloss die Flasche mit den Lippen, schluckte und schüttelte sich: »Trinkst du einen kalten Most, kriegst du gleich den Schüttelfrost.«

Hansjörg gluckste und warf sich ins Gras.

Eugen verschluckte sich. Er hustete, setzte sich neben das Tuch und nahm erneut die Karte zur Hand. »Was bedeutet das Kreuz neben dem Ort Bisingen.«

»Ach, hab ich vergessen, dir zu sagen. Dort gibt es einen Schiefersteinbruch, sagt Futter.«

»Wie find ich das? Da zerbrechen wir uns die Köpfe, wie wir Schreibtafeln herstellen können. Und der ehrenwerte Seminarist Rössner vergisst, dass wir einen Schieferbruch direkt vor unserer Nase haben. Werden Schreibtafeln nicht aus Schiefer hergestellt, du oberschwäbischer Schnapsdackel?«

»O du hohenloher Hamballe, hast du noch nicht gehört, dass Schiefer und Schiefer zweierlei sind? Der Schiefer hier ist ölig und weich. Der Tafelschiefer ist hart und trocken.«

Eugen war baff und tat so, als ziehe er seinen Hut.

Hansjörg winkte ab. »Hat mir Schulmeister Futter gesagt.«

»O du Blitzkerle, genau weißt du's auch nicht. Hast noch nie einen Schiefer in der Hand gehabt. Gib's zu.«

Hansjörg grinste.

»Lass uns nachher in Stetten nach dem Schiefer fragen. Einverstanden?«

Hansjörg sah nachdenklich vor sich hin. »Mir geht im Kopf herum, was mein Lehrer in Sommerfelden mal nebenbei erwähnt hat.« Er kratzte sich hinter dem rechten Ohr. »Die Römer hätten mit einem Stift auf Wachstäfelchen geschrieben. Und die Leute früher mit Kreide auf lackiertes Holz.«

»Eine Schreibtafel aus Holz?« Eugen horchte auf.

»Dunkel angestrichen«, Hansjörg legte die Stirn in Falten, »mit rauer Farbe. Genau so wie die großen Wandtafeln. So könnte ich mir eine Schülertafel vorstellen.«

Eugen sprang begeistert auf und tanzte von einem Bein aufs andere. »Ist die Tafel nicht aus Schiefer, machen wir sie halt aus Kiefer.« Er klatschte vor Freude in die Hände.

Hansjörg schaute belustigt zu, legte sich auf den Rücken und betrachtete die Wolken, die sich über dem Neckartal auftürmten.

»Komm, Hansjörg, jetzt holen wir uns einen Schiefer. Und dann probieren wir in Ringelfingen aus, ob man besser auf Schiefer oder auf einem angemalten Holzbrett schreiben kann.«

Hansjörg wälzte sich auf die Seite, richtete den Oberkörper leicht auf und stützte seinen Kopf mit der linken Hand ab. »Setz dich hin, du Dichter und Erfinder, und iss, damit ich dich später nicht wie einen leeren Kartoffelsack heimtragen muss.«

Die Freunde aßen und tranken und alberten herum. Dann schnürten sie ihr Bündel zusammen. Eugen war jetzt an der Reihe, den Stock zu schultern.

In Stetten fanden sie einen Steinmetz, der ihnen ein Stück Schiefer schenkte, als sie ihm sagten, was sie suchten. »Ich glaub nicht, dass das was wird«, meinte er, »probiert's halt aus. Viel Erfolg.«

Zum Abendläuten waren sie wieder in Ringelfingen und erzählten nach dem Abendvesper ihren Seminarkameraden

auf dem Kirchplatz von ihrer Wanderung ins Hohenzollerische.

Hansjörg lief nervös im Klassenzimmer auf und ab. Die Tür
öffnete sich einen Spalt und Schulmeister Futters Kopf erschien: »Brauchst noch was, Hansjörg?«
Der Junge schüttelte den Kopf.
»Dann wünsch ich dir alles Gute.« Die Tür ging zu und
sofort wieder auf. »Ich wart vor dem Haus auf Pfarrer Steinhilber. Dann lass ich die Kinder rein.«
Hansjörg zog die Schultafel von der Wand weg und betrachtete die Kreidebilder auf der Rückseite. Dann prüfte er,
ob alle Gegenstände, die er im Unterricht zeigen wollte, vollzählig im Korb lagen, der auf dem Pult stand.
Die Tür öffnete sich. Schulmeister Futter kam herein, hinter ihm strömten die Kinder ins Klassenzimmer, die meisten barfuß, viele ungewaschen und ungekämmt, wie immer.
Über die Hälfte der Buben und etliche Mädchen trugen das
bis zu den Oberschenkeln herabreichende Blauhemd, das bei
jung und alt beliebt war, denn es war ein praktisches Kleidungsstück. Man könne es auf vier Arten anziehen und sei
immer frisch gekleidet, sagten die Bauern. Weil das langärm-
lige Hemd einen rechteckigen Halsausschnitt hatte, konnte man zunächst Vorder- und Rückseite vertauschen und
dann das ganze Hemd wenden und nochmals zweimal tragen. Hansjörg fiel ein Volkslied ein, in dem ein Knecht seine
Bäuerin daran erinnerte, er wolle alle acht Tage ein frisches
Hemd, denn dann habe er das alte viermal alle zwei Tage
durchgewechselt.
Ruhiger als sonst füllten die Kinder rasch die Bänke. Der
Lehrer hatte sie wohl vor dem Schulhaus streng ermahnt, heute aufmerksam zu sein.
Als letzter betrat Pfarrer Steinhilber den Saal und schloss
die Tür. Er gab dem Lehramtszögling die Hand und machte
ihm Mut: »Das ist heute deine allererste Unterrichtsstunde,
Hansjörg. Ich wünsche dir viel Erfolg.«

Schulmeister und Pfarrer nahmen hinter der letzten Bankreihe auf Stühlen Platz.

Es wurde im Schulsaal so still, dass man die Spatzen ums Schulhaus lärmen hörte. Als alle Augen auf Hansjörg gerichtet waren, trat er vor die Schultafel und sagte: »Guten Morgen, Kinder. Wir singen zum Anfang das Lied von Paul Gerhardt *Lobet den Herren, alle, die ihn ehren.* Alle zehn Strophen. Steht leise auf.«

Er schlug die Stimmgabel leicht ans Lehrerpult, nahm den Ton auf und sang die erste Strophe laut vor: »Lobet den Herren, alle, die ihn ehren; lasst uns mit Freuden seinem Namen singen und Preis und Dank zu seinem Altar bringen. Lobet den Herren.«

Er summte nochmals den Anfangston, hob beide Hände, blickte die Kinder ernst, aber freundlich an und gab das Zeichen zum Liedeinsatz. Mit flottem Takt dirigierte er das einstimmig gesungene Lied. Fröhliche Lieder darf man nicht getragen wie zur Beerdigung singen, hatte Steinhilber seine Zöglinge gelehrt.

Hansjörg stellte trotz seiner Erregung fest, dass die Schüler heute aufmerksamer waren als sonst. Er war dankbar, dass Futter die Kinder streng ermahnt hatte, gerade zu Beginn des Unterrichts bei der Sache zu sein, denn ein guter Anfang bringt Schwung in den ganzen Tag.

Dann forderte er die Kinder auf, still am Platz stehen zu bleiben. »Jesus Christus spricht: Selig sind, die Gottes Wort hören und bewahren.« Er wiederholte die Bibelstelle aus dem Lukas-Evangelium, die der Pfarrer am Sonntag in der Kirche vorgelesen hatte, sprach ein Gebet für Kinder aus dem Präparandenbuch und schloss die kleine Andacht mit dem Schulsegen: »Jeden Schritt und jeden Tritt geh du, lieber Heiland, mit. Gehe mit mir ein und aus; führe selber mich nach Haus. Amen.«

»Amen«, echoten die Kinder, setzten sich und verfolgten Hansjörg erwartungsvoll mit den Augen.

»Heute wollen wir wieder ausprobieren, wie man Wörter bilden kann. In der letzten Woche habt ihr viele Wörter mit verschiedenen Vor- und Nachsilben aufgeschrieben. Heute sollt ihr euch zwei Hauptwörter ausdenken und sie zu einem neuen Wort zusammenfügen. Ich zeige euch ein Beispiel: *Gänse* und *Feder* ergibt *Gänsefeder*.«

Die Kinder lachten.

Hansjörg winkte ab. »Ich weiß, das ist leicht. Deshalb mache ich die Aufgabe schwerer. Euer Auftrag lautet: Findet zusammengesetzte Hauptwörter. Alle neuen Wörter müssen aber ein und dasselbe Wort enthalten.«

Viele Kinder sahen ihn fragend an; ihnen war ins Gesicht geschrieben, dass sie den Auftrag nicht verstanden hatten.

»Ich gebe ein Beispiel: Dachfenster, Fensterbrett, Fensterscheibe. Welches Wort ist in allen drei zusammengesetzten Hauptwörtern enthalten?«

Viele Schülerhände streckten auf.

»Hans, weißt du's?«

»Fenster.«

»Hans, du weißt, du musst mit einem ganzen Satz antworten.«

»Das Hauptwort *Fenster* ist in allen drei Wörtern gleich geblieben, Herr …?«, Hans stutzte, überlegte kurz, sagte schnell »Herr Lehrer« und setzte sich.

Steinhilber und Futter grinsten; Hansjörg verzog keine Miene. »Gut, Hans. Mit dem Wort *Feder* wollen wir viele zusammengesetzte Hauptwörter bilden.«

Die meisten Kinder nickten.

»Christoph, gehe bitte an die Tafel und schreibe die Wörter an, die dir die Kinder zurufen.«

Christoph, der als Klassenbester dem Lehrerpult am nächsten sitzen durfte, stellte sich vor die Tafel und schrieb die Wörter hintereinander, die ihm die Kinder zuriefen.

Hansjörg hatte vergessen, dass zwei Beobachter jeden Satz und jede Bewegung im Saal kritisch vermerkten. Er folgte einer klaren und einfachen Lehrmethode. Zuerst die Kinder aufrufen, die sich ihrer Antwort sicher waren, dann die Kinder, die mehr Zeit zum Nachdenken brauchten. Und wenn

Christoph ein Wort falsch anschreiben sollte, den Fehler ohne Kommentar korrigieren. Kein Kind bloßstellen, sondern jedem Mut machen, das war seine Strategie.

Die Kinder hatten schnell heraus, dass man das Grundwort *Feder* an jeden Vogelnamen anhängen konnte. Sie machten sich einen Spaß daraus, ihrem Klassenbesten ausgefallene Vogelnamen zu diktieren, die er vielleicht nicht schreiben konnte: Reiherfeder, Pfauenfeder, Habichtfeder, Papageienfeder und viele andere.

»Ihr könntet jetzt alle Vögel aufzählen, die es auf der Welt gibt«, unterbrach Hansjörg die Namensflut, »das habt ihr gut erkannt. Mir genügt es, wenn ihr noch die Feder des größten und des kleinsten Vogels nennt.« Er sah sich im Schulsaal um. Kein Schüler meldete sich. Er wartete noch einen Augenblick und sagte dann: »Marianne und Werner, was meint ihr?«

»Der größte Vogel ist der Strauß.« Marianne lächelte triumphierend.

»Gut, Marianne. Jetzt bin ich gespannt, ob Werner den kleinsten Vogel kennt.«

Werner stand zaudernd auf und sagte nichts.

Hansjörg blickte über die Klasse hinweg. Keine Hand hob sich. Er wartete und sah einen Jungen in der letzten Reihe zögern, sich zu melden.

»Na, Martin, weißt du's?«

»Ich glaub, der kleinste Vogel ist der Zaunkönig.«

»Gut, Martin«, lobte Hansjörg den schüchternen Jungen und nickte Werner, der mit rotem Kopf in seiner Bank stand, freundlich zu als Zeichen, sich zu setzen. »Bei uns ist der Zaunkönig der kleinste Vogel. In Amerika gibt es einen noch kleineren Vogel. Er heißt Kolibri.«

Die Kinder lachten.

»Kolibri! Ein lustiger Name. Man schreibt ihn so, wie man ihn spricht: K–o–l–i–b–r–i.«

Christoph schrieb den seltsamen Namen an die Tafel.

»Der Kolibri ist etwas größer als eine Hummel und hat leuchtende Federn, rote, grüne, blaue und goldgelbe. Die Kolibrieier sind nicht viel größer als Erbsen. Vornehme Damen in den Städten tragen Kolibrifedern als Ohrgehänge.«

Die Kinder kicherten wieder.

Hansjörg gönnte den Schülern ihre Phantasiebilder von federgeschmückten Damen. Er wartete, bis wieder Ruhe einkehrte und sagte dann:»Christoph, hänge bitte an das Wort *Kolibri* das Wort *Feder* dran und schreib noch *Straußenfeder* und *Zaunkönigfeder* dahinter.«

Hansjörg rief Olga zu sich und gab ihr den Auftrag, den Kindern alle Gegenstände aus dem Korb zu zeigen und die richtigen Wörter dafür zu nennen und dann im Chor nachsprechen zu lassen. Christoph passte auf, ob ein Wort vorkam, das noch nicht an der Tafel stand, und ergänzte seine Liste.

Den Schülern machte es sichtlich Spaß, die Namen der Gegenstände im Chor zu rufen. Einige Male stutzten die Kinder, sie hatten die Dinge nicht in diesem Zusammenhang vermutet: Schreibfeder, Federkiel, Stahlfeder. Wieder andere konnten sie nicht benennen; die legte Olga beiseite.

Als Olga und Christoph Platz genommen hatten, erläuterte Hansjörg den Kindern die unbekannten Federn: eine eiserne Spiralfeder aus einem Türschloss, eine schwere Ringfeder, wie sie die Wagner zur Federung der Kutschen benutzen, eine neumodische Federwaage aus Messing.

Er demonstrierte, wie die Federwaage funktioniert und hängte vorsichtig den Korb dran. Ein Stab mit Markierungen glitt aus der Messinghülse. »Seht ihr, liebe Kinder, an den Ringen kann man ablesen, wie schwer der Korb ist. Schwere Dinge, die man an die Federwaage hängt, ziehen den Stab mit den Markierungsringen weiter aus der Hülse heraus als leichte.«

Ein Junge in der zweiten Reihe fragte neugierig: »Wie viel wiegt unser Korb?«

»Komm heraus und schau selbst nach«, antwortete Hansjörg.

Der Junge zwängte sich aus der Subsellie, lief zur Tafel, betrachtete aufmerksam das ihm fremde Instrument und sagte: »Drei Pfund?«

Hansjörg nickte.

Ein paar Buben tuschelten. Hansjörg forderte sie auf, laut zu sagen, worüber sie sich unterhielten. »Was ist in dem Stab mit den Ringen, Herr Lehrer?«

»Der Stab ist innen hohl, und darin sitzt eine Spiralfeder.«

»Siehst du, ich hab Recht«, sagte einer der Buben laut zu seinem Nebensitzer.

»Die Spiralfeder, die in der Hülse steckt«, erklärte Hansjörg, »wird von den Dingen, die man dranhängt, unterschiedlich weit aus der Messinghülse herausgezogen.« Er legte die eiserne Ringfeder in den Korb und wies den neben ihm stehenden Jungen an, das Gewicht an der Federwaage erneut abzulesen und ihm zu sagen, wie viel wohl die Ringfeder allein wiege. Das pfiffige Kerlchen sah mit einem Blick, dass man vom Gesamtgewicht, das die Federwaage jetzt anzeigte, das Gewicht des Korbes abziehen musste.

Über zwei Dinge, die Olga der Klasse gezeigt hatte, zerbrachen sich die Kinder erfolglos den Kopf: ein Blatt Papier mit einem langen Strich darauf und eine große schwarze Vogelfeder.

»Das da«, Hansjörg hielt das Blatt Papier hoch, »ist leicht zu verstehen. Ihr seht einen Strich. Das ist der Federstrich, den ich mit der Feder gezogen habe.« Er legte das Blatt zur Seite.

»Und das«, er streckte die schwarze Feder den Kindern entgegen, »ist eine Rabenfeder. Mich interessiert jedoch nicht der Name des Vogels, sondern die Aufgabe und die Form der Feder.«

Hansjörg suchte eine kleine, zerzauste Daunenfeder heraus und hielt sie neben die große, glatte Rabenfeder. »Das Wort *Feder* kann man nicht nur mit einem Vogelnamen zusammensetzen, wie zum Beispiel bei Entenfeder und Gänsefeder.«

Zwei Kinder meldeten sich.

»Matthias, weißt du die richtige Antwort?«

»Das neue Wort sagt uns, wo die Feder gewachsen ist. Auf dem Kopf des Vogels oder auf seiner Brust oder am Flügel.«

»Und was wolltest du sagen, Hans?«

»Es gibt Flaumfedern und Daunenfedern und Schwanzfedern und Schwungfedern.«

Er lobte beide Schüler und bat einen Jungen aus der ersten Reihe, die Tafel umzudrehen. Dort stand das Stundenthema: *Zusammengesetzte Hauptwörter.* Darunter waren vier Spalten, überschrieben mit *Amselfeder, Schwanzfeder, Schreibfeder* und *Federwaage.* Jedes der vier Wörter hatte Hansjörg mit einer kleinen Zeichnung illustriert.

»Die Kinder, die eine Schiefertafel besitzen, schreiben das jetzt von der großen Tafel ab und ordnen dann in die vier Spalten alle Wörter hinein, die Christoph angeschrieben hat«, befahl Hansjörg.

Ein Kind meldete sich und fragte: »Sollen wir die Bilder auch abmalen?«

»Nein, den Platz auf eurer Tafel braucht ihr für die Wörter.« Hansjörg holte weitere Kreidestücke aus seinem Pult. »Und wer keine Tafel hat, der darf auf die große Klassentafel schreiben. Vier Kinder können gleichzeitig an der großen Tafel arbeiten. Wer nicht mehr weiß, welche zusammengesetzten Hauptwörter Christoph angeschrieben hat«, er rückte die Tafel noch ein Stückchen von der Wand weg, »der darf bei seinem Banknachbarn oder auf der Rückseite der Klassentafel spicken.«

Hansjörg sah den Kindern bei der Arbeit zu. Die einen schauten einmal zur Tafel und schrieben dann rasch das Wort nieder. Andere mussten jeden Buchstaben einzeln abmalen. Wieder andere sahen hilfesuchend um sich, weil ihnen keines der Wörter mehr einfiel.

Die Schüler vor der Klassentafel schrieben ein Wort an, gaben die Kreide an ein wartendes Kind weiter, suchten auf der Tafelrückseite nach einem neuen Wort und stellten sich vor der Tafel wieder in die Warteschlange.

*Jedes Kind ist anders,* dachte Hansjörg. Noch nie war ihm das so bewusst geworden, weder als Schüler in Sommerfelden, noch in den ersten Monaten als Schulmeisterlehrling.

*Wenn jedes Kind seinen eigenen Weg beim Lernen gehen dürfte,*
*wie viel Kummer würde man ihm ersparen und wie erfolgreich*
*könnte es dann sein?*

»Ich muss eure Arbeit kurz unterbrechen. Bitte legt Griffel und Kreide aus der Hand und setzt euch auf euren Platz.«

Die Kinder folgten Hansjörg aufs Wort.

»Könnt ihr mir sagen, warum man Hauptwörter zusammensetzt? Überlegt den Unterschied zwischen *Feder* und *Stahlfeder,* zwischen *Feder* und *Gänsefeder.*«

Kaum hatte Hansjörg ausgesprochen, da flogen viele Kinderhände in die Luft. Er rief die Kinder nacheinander auf, sagte nichts und hörte sich die Antworten an.

»Die zusammengesetzten Wörter sagen uns, zu welchem Vogel die Feder gehört.«

»Die zusammengesetzten Wörter sagen uns, wozu der Vogel die Federn braucht. Die Schwungfeder zum Beispiel braucht er zum Schwungholen beim Fliegen.«

»Die zusammengesetzten Wörter sagen uns, wie die Federn aussehen. Ringfeder oder Spiralfeder oder so.«

Hansjörg stand mit offenem Mund da. Kinder, die in ihrem Dorf eingesperrt waren, deren Eltern mit Mühe lesen und schreiben konnten, hatten die Gesetze der Wortbildung durchschaut. Was könnten diese Kinder erreichen, wenn sie bessere Schulen besuchen dürften und bessere Lehrer hätten als ihn? Beschämt bat er die Kinder, den Schreibauftrag zu Ende zu führen.

Am Samstag der folgenden Woche teilte Pfarrer Steinhilber Hansjörg mit, er bekomme nach Schulschluss Besuch und sei heute von der Mithilfe beim Mesnerdienst befreit.

Eben schlug es vom Kirchturm ein Uhr, als eine einachsige Kutsche auf den Kirchplatz fuhr. Hansjörg, der im Kreis seiner Seminarkameraden auf der Kirchenmauer saß und auf das Mittagessen wartete, sprang herab und näherte sich langsam den beiden Reisenden, die gemächlich vom Wagen stiegen. Ein bärtiger Mann mit breitkrempigem Reisehut knöpfte sich den braunen Überwurf auf, zog ihn von den Schultern und legte ihn auf seinen Sitz in der Kutsche.

»Bist du der Hansjörg?«, fragte der Mann freundlich und strahlte über das Gesicht, als ihm der Junge zulachte. »Und ich bin dein Onkel Emil.« Er schüttelte Hansjörg kräftig die Hand. »Das letzte Mal, als ich dich gesehen habe, da warst du noch ein Hosenscheißer und bist mit vollen Windeln auf allen Vieren am Boden herumgekrochen und hast Ameisen mit deinen kleinen Fingerchen aufsammeln wollen.«

Der breitschultrige Mann lachte, klopfte seinem verdutzten Neffen auf die Schulter und führte ihn um die Kutsche herum zu seiner Frau, die gerade ihren Umhang auf ihren Kutschsitz legte. »Das ist deine Tante Helene.«

Hansjörg streckte der korpulenten Mittvierzigerin die Hand hin, die sie ergriff und herzlich drückte. »Ich freue mich, dich endlich zu sehen, lieber Hansjörg. Deine Mutter hat mir viel über dich geschrieben.« Sie öffnete das Hutband, nahm den Hut vom Kopf und legte ihn auf den Überwurf.

»Lass dich anschauen, Bub«, sagte sie und musterte ihn von Kopf bis Fuß.

»Bub!«, ereiferte sich der Mann, »Bub! Schau ihn an! Das ist kein Bub mehr. Das ist ein junger Mann. Der kann schon Bäume ausreißen und fünf dicke Bratwürst auf einmal verdrücken.«

»Gell, du weißt, wie ich's meine, Hansjörg«, wandte sich die Tante erneut an den Jungen und sah ihm aufmerksam ins Gesicht. »Weißt du, wir wohnen nicht so weit von hier.«

»Ich weiß. Meine Mutter hat mir gesagt, dass Onkel Emil ein Malergeschäft in Reutlingen hat. Sie hat mir geschrieben, ich soll euch besuchen. Aber wie komm ich nach Reutlingen?«

»Mit meinem neuen Gig ist's eine schöne Spazierfahrt. In anderthalb Stunden waren wir hier.« Der Onkel zeigte stolz auf seine neue Errungenschaft, nahm einen Ledereimer vom Rücksitz und hängte ihn dem Pferd um, das sich sogleich über den Hafer hermachte.

»Du hast wohl noch keinen Gig gesehen?«

Hansjörg war noch schüchtern; er schüttelte den Kopf. Das nahm sein Onkel zum Anlass, seinen Neffen und dessen Kameraden, die neugierig von der Kirchenmauer herübersahen, einzuladen. »Ihr könnt ruhig näher kommen«, rief ihnen der Onkel zu. »Wollt ihr meine einachsige Kutsche anschauen?«

Er wusste, wie man junge Leute begeistern kann. »Da staunt ihr, gell«, sagte er zu den Jungen, als sie ihn umringten. »Alles künftige Schulmeister?«

Die Jungen nickten, und der Mann nahm das schmunzelnd zur Kenntnis. Sich vor Zuhörern in Pose setzen, das gefiel ihm. »Die Engländer erfinden immer neue und immer bessere Kutschen. Das hier ist ein englisches Modell, ein leichter Einachser, bei dem über jedem Rad eine Blattfeder sitzt.« Er deutete auf die schwarzen, geschwungenen Eisenbänder hinter den Radspeichen. »Beide Federn sind nochmals mit einer schweren Eisenfeder verbunden. Erst darauf ist die Kutschbank montiert.«

Die Jungen folgten den Ausführungen mit offenem Mund.

»Auf dem Wagen sitzt man bequem. Hinter die Sitzbank habe ich mir einen Kasten einbauen lassen. Da drin kann ich meine Malerfarben und mein Handwerkszeug transportieren und auf Sonntagsfährtchen ein paar nette Sächelchen für den Magen mitnehmen.«

»Und auf den Regen kannst du pfeifen, Onkel«, lobte Hansjörg das Fahrzeug und deutete auf das Verdeck.

»Ein Klappverdeck, was ganz Besonderes. So kann ich bei Regen meine Baustellen trocken erreichen.«

Die Jungen umstanden die Kutsche und hörten dem fremden Mann bewundernd zu.

»Kann mir einer von euch den Eimer mit Wasser füllen?« Der Onkel hob einen Blecheimer aus dem Transportkasten und gab ihn einem der Jungen.

»Du spannst vor deinen Gig nur ein Pferd, Onkel Emil?« Hansjörg war stolz auf seinen Besuch und warf sich vor seinen Kameraden in die Brust.

»Diese Einachser sind so leicht und durch die Federung so geländegängig, dass sie ein Pferd spielend ziehen kann. Drei Poststunden weit trabt mein Hansi mit diesem Gig in einer Stunde. Ich nehme an, ihr als angehende Schulmeister wisst, was eine Poststunde ist?« Er blickte die Jungen prüfend an.

»Etwa so viel wie eine Wegstunde«, meinte Eugen.

Der Onkel wollte etwas erwidern, doch Hansjörg kam ihm zuvor: »Du musst wissen, Onkel Emil, dass Eugens Vater ein wichtiger Mann bei einem Fürsten im Hohenlohischen ist.«

»Eugen hat recht. Eine Wegstunde ist etwas mehr als eine Poststunde.« Der Onkel nahm den vollen Wassereimer, der ihm in diesem Augenblick in die Hand gedrückt wurde, stellte ihn vor sein Pferd und tätschelte dem Wallach den Hals.

»Dreimal so schnell wie ein guter Wanderer zieht mein Hansi über die Landchaussee dahin. Da flitzen die Chausseebäume an einem vorbei. Von Reutlingen hierher nach Ringelfingen geht's öfters leicht bergauf. Deshalb waren wir fast anderthalb Stunden unterwegs. Auf ebener Strecke wären wir eine Viertelstunde früher da gewesen.«

Die Tante trat hinzu. Sie trug einen schweren Korb in der rechten Hand, der mit einem Tuch abgedeckt war. In der linken hielt sie ein Buch.

»Deine Mutter hat mir aufgetragen, dir etwas zu lesen mitzubringen. Etwas von Justinus Kerner. Unser Buchhändler in Reutlingen hat gemeint, die *Seherin von Prevorst* sei für einen angehenden Schulmeister sehr zu empfehlen.« Sie drückte ihm das Buch in die Hand, und Hansjörg dankte für das Geschenk.

»Und jetzt möchte ich deinem Pfarrer und deinem Schulmeister einen kleinen Besuch abstatten, Hansjörg. Das gehört sich so. Zeigst du mir bitte, wo die beiden Herren wohnen?«

Der Onkel spöttelte: »Weißt du, lieber Hansjörg, deine Tante möchte dir zuliebe deinen Vorgesetzten ein paar Würste schenken.« Die Jungen lachten. »Geh kurz mit, aber komm gleich wieder. Du musst mir erzählen, wie's dir geht und was du so die Woche über treibst.«

Hansjörg nahm seiner Tante den Korb aus der Hand und ging mit ihr zum Schul- und Pfarrhaus, während der Onkel die Jungen ausfragte: »Und was müsst ihr die Woche über schaffen, ihr Schulmeisterlehrlinge?«

»Ich hab gestern über hundert Gänsekiele zu Schreibfedern geschnitten.«

»Und ich muss jede Woche die Kirchturmuhr aufziehen und täglich die Glocken läuten.«

»Und ich hab die Federmesser vom Pfarrer und vom Schulmeister geschärft und die Bleistifte der beiden Herren angespitzt.«

»Lehrjahre sind keine Herrenjahre, in keinem Beruf«, meinte der Onkel. »Schulehalten müsst ihr nicht?«

Eugen übernahm die Sprecherrolle. »Allein dürfen wir es noch nicht, aber unter Aufsicht. Meistens sitzen der Schulmeister und der Pfarrer hinten drin und beobachten, wie wir uns anstellen. Erst neulich hat Hansjörg eine Sprachkundestunde halten müssen.«

»Und wie war er, mein Hansjörg?

»Schulmeister Futter hat ihn gelobt. Er sei ein Naturtalent, hat unser Seminarleiter gesagt.«

»Zwanzig Stunden in der Woche sind wir in der Schule und helfen unserem Schulmeister«, kam Christoph auf die erste Frage zurück. »Und zwanzig Stunden werden wir von Pfarrer Steinhilber unterrichtet in Pädagogik, Biblischer Geschichte und Religionslehre, im Lesen und Schreiben, im Schönschreiben und in der Sprachlehre, im Rechnen und in Musik. Und dann müssen wir noch Klavier- und Orgelspielen üben, das Chorleiten erlernen, Bücher studieren und viel auswendig lernen.«

»Und wann seid ihr fertige Schulgesellen?«

»Insgesamt vier Jahre sind wir hier in Ringelfingen«, sagte Eugen.

Christoph ergänzte: »In den ersten beiden Jahren sind wir Präparanden. Dann machen wir eine Prüfung. Und dann bleiben wir nochmals zwei Jahre hier als Seminaristen, müssen dann aber viele Schulstunden selber halten und noch mehr aus Pädagogikbüchern lernen.«

Hansjörg kam zurück: »Der Herr Pfarrer hat gesagt, wir sollen zum Essen kommen. Du auch, Onkel Emil.«

Sie gingen zum Pfarrhaus, die Jungen zügig vorweg, der Onkel mit seinem Neffen plaudernd hinterdrein.

Pfarrer Steinhilber begrüßte den Onkel herzlich und dankte für die Geschenke, die er im Auftrag von Hansjörgs Mutter erhalten habe.

Im Seminarsaal war für alle gedeckt, den Pfarrer, seine Frau und seine drei noch unverheirateten Töchter, die neun Seminaristen und Hansjörgs Onkel und Tante aus Reutlingen.

Der Pfarrer sprach den Mittagssegen. Dann trug die Hausmagd das Essen auf: Krautsuppe, Fleischküchlein mit Salzkartoffeln und Dörrzwetschgen in der Brühe.

»Das ist ein nobles Mittagessen«, sagte der Onkel zufrieden.

»Ja, ja, die Kosten für das Seminar, ein leidiges Thema«, entgegnete Pfarrer Steinhilber. »Wenn ich von der Regierung nicht für jeden Präparanden und Seminaristen 50 Gulden Zehrgeld und für den ganzen Kurs nochmals 100 Gulden für Bücher bekäme, müsste ich mein Seminar schließen.« Er machte mit Daumen und Zeigefinger die Geste des Geldzählens. »Mit den 25 Gulden Schulgeld, die mir die Eltern zahlen oder der Armenpfleger, wenn ich einen Waisenjungen aufnehme, könnte ich Ausbildung, Kost und Logis nicht finanzieren.«

»So großzügig ist unsere Regierung?«, staunte der Onkel.

»Das sieht nur so aus«, winkte Steinhilber ab. »Im staatlichen Lehrerseminar in Esslingen gibt es nicht genügend Ausbildungsplätze. Und das zweite staatliche Seminar für evangelische Lehrer, das nach Nürtingen kommen soll, ist erst in der Planung.« Er hielt seiner Hausmagd den Teller hin. »So verdient der Staat gleich doppelt an den privaten Lehrerseminaren. Erstens kostet die staatliche Ausbildung weit mehr als unsere. Und zweitens«, er dankte für den voll beladenen Teller, »wären die Schulen längst zu Kinderbewahranstalten verkommen, wenn wir Privaten nicht viel mehr Lehrer als der Staat ausbilden würden. Der Lehrermangel ist riesengroß.«

Während die Jungen mächtig zulangten, um sich rasch den Bauch vollzuschlagen, und untereinander flüsterten, tauschten die Erwachsenen allerlei Artigkeiten aus.

Nach dem Tischgebet bat der Onkel seinen Neffen, er möge draußen auf dem Kirchplatz ein paar Minuten warten. Dann solle er ihm und seiner Tante auf einem Verdauungsspaziergang rund ums Dorf seine neue Heimat zeigen.

Onkel und Tante teilten dem Seminarleiter vertraulich mit, dass sich Hansjörgs Eltern Sorgen machten. Der Junge leide nicht unter der Arbeit im Seminar und in der Schule, aber er hadere noch mit der Entscheidung, ihm nicht den Rössnerhof zu vererben. Hansjörg vermute, sein Vater wolle ihn aus dem Haus haben. Entsprechend seien seine Briefe nach Hause voller Vorwürfe und Bitterkeit.

»Herr Pfarrer, bitte reden Sie unserem Hansjörg ins Gewissen, dass er sich in sein Schicksal fügen soll«, bat die Tante.

»Ungewöhnlich ist die Entscheidung schon, den Jüngeren zum Alleinerben einzusetzen«, wandte Pfarrer Steinhilber ein. »Gibt's dafür einen Grund?«

Der Onkel zog die Augenbrauen hoch und kratzte sich am Kopf. »Gottes Wege sind unerforschlich, wie Ihr Kirchenleut zu sagen pflegt. Warum unser Vetter in Sommerfelden die Sache so kompliziert macht, wissen wir nicht.«

»Es ist, wie es ist«, schnitt die Tante ihrem Mann das Wort ab, »jetzt muss man das Beste draus machen. Bitte stehen Sie unserem Hansjörg bei, Herr Pfarrer.«

Steinhilber und seine Frau reichten den Gästen die Hand, die sich für die Ausbildung ihres Neffen und das Mittagessen bedankten und versprachen, bald wiederzukommen.

Auf dem Kirchhof verabschiedeten sich Onkel und Tante von Hansjörgs Kameraden und machten sich auf den Weg durchs Dorf.

Hansjörg zeigte seine Lieblingsplätze, die versteinerten Schnecken im Bach, den Badeplatz der Seminaristen und den

Turnplatz der Dorfjugend. Auf dem Weg zurück zur Dorfkirche besichtigten sie den Schulsaal, Hansjörgs Arbeitsstelle.

Ob er mit seiner Arbeit als Lehrer zufrieden sei, fragte ihn die Tante.

»Eigentlich schon«, sagte Hansjörg, aber einmal in der Woche sei in der Schule Aufsagestunde, meistens in der zweiten Nachmittagsstunde am Freitag. Da müssten die Kinder der Reihe nach die aufgegebenen Gesangbuchverse und Bibelsprüche auswendig aufsagen. Jedes Kind käme an die Reihe, und alle hätten Angst davor, weil sie bald öfter, bald seltener bestraft würden. Schulmeister Futter sei zwar ein umgänglicher Mann, aber Kopfnüsse, Tatzen und Hosenspannen verteile er großzügig.

»Das ist eine gute Erziehung. Zum Lehrer gehört der Stock und zur Erziehung das Geschrei und die Tränen der Kinder«, wischte der Onkel Hansjörgs Meinung mit einer weit ausholenden Geste beiseite.

»Du solltest einmal sehen, Onkel Emil«, erregte sich Hansjörg, »wie sich die Kinder fürchten. Mit einer Mischung aus Angst, Schadenfreude und Aufregung fiebern sie dem Augenblick entgegen, wenn der Stecken spricht und der Verstand ausgeschaltet ist.« Mit ausladenden Handbewegungen unterstützte und bekräftigte er seine Meinung. »Da ist die Erziehung am Ende, Onkel Emil.«

Der Onkel wollte etwas erwidern, doch seine Frau gab ihm heimlich ein Zeichen, er solle sich zurückhalten.

»Die Schulstrafen haben nichts mehr mit Erziehung zu tun, Onkel Emil«, redete sich Hansjörg in Fahrt. »Schwätzen, zum Nebensitzer umschauen, einen Fehler machen, nicht schnell genug aufstehen, wenn der Lehrer was fragt, ein Schnörkel zuviel beim Schönschreiben machen – und schon haut der Futter mit dem Stecken über die Schülerköpfe drein, bis Blut spritzt. Ich schwör dir's, Onkel Emil, so werd ich's nie machen, oder ich werd nicht Lehrer.«

Als sie am Haus des Wagners und Schreiners vorbeikamen, fiel Hansjörg ein, den Onkel zu fragen, wie er Schreibtafeln herstellen würde.

»Schiefer ist nicht Schiefer. Der Schiefer hier in unserer Gegend ist zu ölhaltig, um darauf zu schreiben. Schlag dir die Idee aus dem Kopf. Ich habe öfters Schiefer an Hausfassaden verarbeitet und kenne mich mit dem Material aus. Der richtige Tafelschiefer kommt entweder aus dem Appenzeller Land in der Schweiz oder aus dem Schiefergebirge, das liegt an der Grenze zwischen Thüringen und Bayern.«

»Eugen und ich«, Hansjörg war sichtlich enttäuscht, »wollten in der Arbeitsschule Schreibtafeln herstellen und den armen Kindern schenken.«

»Macht sie aus Holz und streicht sie mit Tafelfarbe an, so wie die großen Schultafeln. Die sind auch nicht aus Schiefer.«

»Und das geht?« Hoffnung und Zweifel spiegelten sich auf dem Gesicht des Jungen wider.

»Ihr müsst Hartholz nehmen und sauber abschleifen. Ich besorg euch die Tafelfarbe. Die enthält Graphitstaub, wie die Bleistifte, und Tonerde. Die Tafeln kann man mit Kreide oder einem weichen Griffel beschreiben und nass abwischen. Und man kann sie wieder mit Farbe ausbessern, wenn sie zerkratzt sind.«

Die Tante sah, dass Hansjörg übers ganze Gesicht strahlte. Sie nahm sich vor, dem Jungen zum Erfolg zu verhelfen. »Gell, Bub, schreibst deiner Mutter keine so garstigen Briefe mehr«, sagte sie zu ihrem Neffen. »Sie sorgt sich um dich.«

Hansjörg warf ihr einen kurzen Blick zu und schwieg.

Als sie wieder auf dem Kirchplatz ankamen, sagte sie: »Besuch uns mal in Reutlingen, Hansjörg. Frag den Pfarrer, ob dich ein Fuhrmann mitnehmen kann. Wir kommen auch wieder nach Ringelfingen.«

Der Onkel klopfte dem Jungen auf die Schulter und sprach ihm Mut und Geduld zu. Und Hansjörg dankte für den Besuch und die mitgebrachten Geschenke.

Nach dem Mittagessen am Montag musste Hansjörg zu Pfarrer Steinhilber. Er war sich keiner Schuld bewusst, und doch fühlte er sich unwohl, als er die Amtsstube betrat und seinen

Seminarleiter vom Schreibtisch aufblicken und ihn aufmerksam mustern sah.

»Nimm Platz, mein Junge.« Steinhilber stand ächzend auf, trat ans Fenster und öffnete es.

Hansjörg horchte auf. Steinhilber war zwar bestimmt, aber immer höflich. Doch heute schien es dem Jungen, als höre er einen kritischen Unterton heraus.

Der Pfarrer setzte sich wieder an seinen Schreibtisch, lehnte sich auf seinem Stuhl zurück, legte beide Unterarme auf die Armlehnen und sah Hansjörg von oben her mit gerunzelter Stirn an. »Dein Onkel und deine Tante haben dich besucht, weil sich deine Familie um dich sorgt. Auf deinen Vater hättest du einen Zorn?«

Hansjörg sah kurz auf, unschlüssig, ob er antworten sollte, und senkte dann den Kopf. Der Pfarrer beobachtete ihn erwartungsvoll, schwieg jedoch und wartete ab.

»Wie würden Sie reagieren, wenn man Sie irgendwo aussetzt und Ihnen nicht sagt, warum?«

»Dass du«, der Pfarrer deutete kurz mit dem Zeigefinger auf den Jungen, »zum Schulmeister geboren bist, das sagt dir nichts?«

»Ich hätt gern gewusst, warum ich nicht mehr in Sommerfelden sein darf.«

»Dass du fast mühelos ein Studium absolvieren könntest, das hat dir schon dein Pfarrer in Sommerfelden gesagt, wie ich weiß.«

»Und warum hat man's nicht rechtzeitig eingefädelt?« Hansjörg hob den Kopf und sah seinem Gegenüber direkt in die Augen.

»Nicht eingefädelt? Dass du in einer behüteten häuslichen Gemeinschaft aufgewachsen bist, dass du ein vorzüglicher Schüler in der Schule warst, dass du hier im Seminar alle anderen übertriffst, dass sich deine Eltern Tag und Nacht um dich sorgen und Onkel und Tante auf die Reise zu dir schicken, ist das alles vielleicht Zufall?« Steinhilber konnte seinen aufkeimenden Ärger nicht verbergen. Hansjörg sah betreten zu Boden.

Der Pfarrer dachte eine Weile nach. »Wie kommst du auf die absurde Idee, Hansjörg, deine Eltern wollten dich loswerden?«

»Die Schulmeisterei gefällt mir.« Der Junge wich dem forschenden Blick des Pfarrers aus. »Über Schulmeister Futter kann ich mich nicht beklagen. Auch mit meinen Seminarkollegen komme ich gut aus.« Er sah seinem Gegenüber kurz in die Augen. »Das ist's nicht, was in mir kocht. Ich gönne meinem Bruder Wilhelm den Rössnerhof.« Er sah wieder zu Boden. »Trotzdem! Von heut auf morgen war ich Schulmeisterlehrling. Kein Wort zuvor. Keine Begründung nachher. Ich spüre deutlich, dass da etwas nicht zusammenpasst.« Ungewollt war der Junge heftig geworden.

Steinhilber sah versonnen zum Fenster hinaus, die Augen weit geöffnet, als betrachte er Bilder aus einer längst vergangenen Zeit. Erinnerungen stiegen in ihm auf, und er staunte über vergessene Szenen in seinem Leben.

Hansjörg scheute sich, den Pfarrer anzusprechen, der so nah vor ihm saß und doch so fern zu sein schien. Träumte der Mann vor ihm?

Langsam kehrte Leben in den Mann am Schreibtisch zurück. Mit beiden Händen fuhr er sich übers Gesicht und rieb seine Augen. »Und kein Wort, warum so und nicht anders?«

»Kein Wort, ich schwör's Ihnen.« Hansjörg war wieder ganz ruhig. »Das macht mich ja so stutzig und wütend. Warum ist's so gekommen? Ich möchte ganz einfach wissen, wozu das alles gut sein soll. Ist die Wahrheit so schrecklich, dass man sie mir nicht sagen kann?«

»Lieber Hansjörg, ich sage dir jetzt etwas, was du vielleicht erst in ein paar Jahren verstehen kannst.«

Unruhe stieg in dem Jungen auf, und er rutschte auf seinem Stuhl hin und her.

Steinhilber bemerkte es, stand auf, ging um den Schreibtisch herum, legte die Hand auf die schmale Schulter des Jungen und sagte: »Keine Sorge, Hansjörg, du wirst deinen Weg machen.«

Er öffnete den Bücherschrank.

»Gestern hab ich Zellers wunderbares Werk vom Buchbinder bekommen. Sieh her«, Hansjörg sah den Pfarrer liebevoll über die goldbedruckten Buchrücken streichen, »ich geb dir dein Exemplar schon heute.«

Steinhilber setzte sich an seine schwere Schreibkommode, schlug das Buch auf, öffnete das Tintenglas, tauchte seine englische Stahlfeder, auf die er so stolz war, hinein und schrieb: *Leben heißt, aufstehen und weitergehen.*

»Hansjörg, mach es wie der Prophet Elia in der Bibel. Der saß in der Wüste unter einem Strauch und haderte mit seinem Schicksal, bis ihm eine Stimme befahl: *Steh auf und geh weiter.* Und Elia ging.«

Er reichte dem Jungen das geöffnete Buch über den Schreibtisch hinweg. Der las die Widmung, bedankte sich und stand auf. Steinhilbers Lippen umspielte ein feines Schmunzeln, als er den Jungen aufstehen sah. *Wirkt,* dachte er.

»Steh auf und gehe Schritt für Schritt, mein Junge. Lass das Jammern. Es ist, wie es ist; und es ist gut so.«

Vier Wochen später trafen sich Schulmeister Futter, Eugen und Hansjörg am Mittwochnachmittag in der Werkstatt von Schreinermeister Staib. Die beiden Jungen schleppten einen Eimer. Staib hörte sie kommen, öffnete ihnen das breite Tor und hieß sie in der Werkstatt willkommen, in der es nach Holz und Leim roch.

»Malermeister Zoller aus Reutlingen hat Wort gehalten. Er hat uns fertige Tafelfarbe geschickt. Kostenlos! Als Geschenk für die Kinder unserer Armenschule«, freute sich der Schulmeister.

»Und ich stifte, wie ich's Pfarrer Steinhilber versprochen habe, das Buchenholz für die Tafeln«, fügte Staib stolz an.

Er griff in den Halsausschnitt seines Blauhemds, das auf den Achseln mit einem gelb-roten Eichelmuster bestickt war, und holte aus einer inwendigen Tasche einen dicken Bleistift hervor. »Na, dann wollen wir mal.«

»Malermeister Zoller hat seiner Farblieferung eine handgeschriebene Gebrauchsanweisung beigefügt.« Futter zog sie aus seiner Lederhose und las laut vor: »*Erstens Hartholz so fein wie möglich glätten. Zweitens Farbe vor dem Verstreichen gut aufrühren, nicht zu dick aufstreichen und zwei Tage trocknen lassen. Drittens die trockene Farbe leicht anschleifen, nass abwischen, kurz abtrocknen lassen; dann ein zweiter dünner Farbaufstrich. Diesen drei Tage trocknen lassen.*«

»Das kommt später«, sagte Staib mit einer energischen Handbewegung. »Erst müssen wir sägen und schleifen.« Er führte seine Besucher ans Fenster, vor dem eine Holzplatte aufgebockt war. »Ich hab das Tafelholz schon vorbereitet und dünnes Buchenholz über Kreuz zu Schichtholz verleimt, damit sich die Schreibtafel nicht verzieht, wenn sie nass wird.« Er nahm drei Holzbrettchen in die Hand und ging zum Schleifstein, der in der gegenüberliegenden Ecke der Werkstatt stand. »Ihr schleift die Schnittkanten glatt und rundet die Ecken ab«, sagte er zu den Jungen, »und Schulmeister Futter hilft mir, die Rohlinge auszusägen.«

Er führte genau vor, wie man die Holzkanten an den Schleifstein drücken muss. Dann forderte er die Jungen auf, es selber auszuprobieren. »Mit Gefühl, Buben, mit Gefühl schleifen, nicht mit Gewalt. Holz ist kein Eisen.« Er nahm ihnen das Brettchen weg und prüfte den Holzschliff mit dem Daumen. »Nicht schlecht für den Anfang. Glatt ist's wohl, aber ihr habt Dellen hineingeschliffen.«

Er rief die beiden ans Fenster und zeigte ihnen, wie man das Werkstück mit den Daumen abtasten und mit den Augen im Licht- und Schattenspiel überprüfen kann. »Ihr habt das Holz nicht im richtigen Winkel an den Schleifstein gehalten.« Er ermahnte sie, das Werkstück gleichmäßig anzudrücken.

Eugen und Hansjörg waren mit Feuereifer bei der Sache. Fachmännisch prüften sie immer wieder ihre Arbeit mit dem Daumen, hielten die Schleifstellen ins Licht und baten Schreinermeister Staib um sein Urteil, der sich bereitwillig beim Sägen stören ließ. »Gut gemacht. Wenn euch die Arbeit in der Schule nicht mehr schmeckt, dann könnt ihr bei mir in die Lehre gehen.«

»Schreiner und Lehrer«, sagte Futter und konnte sich gerade noch ein Lachen verkneifen, »haben ja so viele Gemeinsamkeiten. Beide müssen sägen, hobeln, leimen und schleifen.«

Staib winkte ab. »Jetzt kommt die Feinarbeit«, sagte er, »das Schleifen und Polieren der Schreibflächen.«

Hansjörg tippte sich an die Stirn und ging mit den drei Brettchen zum Schleifstein.

Staib lachte laut auf. »Mit dem schmalen Schleifstein wird die breite Schreibfläche doch uneben, du Dubbeler.« Der Schreinermeister eilte herbei und nahm Hansjörg die Brettchen ab. »Die müsst ihr mit der Hand schleifen und polieren.«

Hansjörg zog das Genick ein, und Eugen neckte ihn: »Willst du sie ganz fein polieren, musst du sie mit Fett einschmieren.«

Hansjörg schnitt ihm eine Grimasse.

Staib nahm eine große Büchse vom Regal. »Ihr wollt doch die Tafeln von den Armenschülern fertigen lassen. Die sollen sich ruhig ein paar Handfertigkeiten aneignen.« Er stellte die Büchse auf die Werkbank und legte die Brettchen nebeneinander. »Schmirgel- oder Bimssteinpapier, das meine englischen Kollegen in jüngster Zeit verwenden, ist viel zu teuer. Und mit der Abziehklinge können eure Schüler ohne monatelanges Üben nicht umgehen.« Er schüttete etwas Sand aus der Büchse auf die Brettchen. »Wir nehmen feinen Sand. Man könnte auch gestoßenes Glas oder pulverisierten Bimsstein zum Schmirgeln verwenden.«

Er nahm ein Holzklötzchen, das man mit der rechten Hand umschließen konnte, und zerrieb damit den feinkörnigen Sand mit kreisförmigen Bewegungen auf der Unterlage.

»Da!« Er drückte jedem der beiden angehenden Lehrer ein Klötzchen in die Hand. »An die Arbeit!«

Während sich Eugen und Hansjörg über ihr Werkstück beugten, ging Staib wieder ans Fenster, sägte weitere Tafeln aus, kam zurück zur Werkbank, prüfte die Arbeit der Jungen und ermahnte sie, mit Gefühl zu schmirgeln. Als er mit ihrer Arbeit zufrieden war, wies er sie an, den Sand wieder in die Büchse zu kehren, ihre Klötzchen mit einem Lederstreifen zu umwickeln und damit die Schreibflächen zu polieren.

Nach etwa einer Stunde, als Eugen bereits mehrfach seine schmerzenden Handflächen auf Blasen überprüft hatte, nickte Staib seinen Gehilfen zu, zog erneut den Bleistift aus seinem Blauhemd, legte die Schiefertafel seines Sohnes auf die polierten Holztafeln und markierte in der rechten oberen Ecke das Loch, durch das man später eine Schnur für den Tafellappen ziehen konnte. »Außerdem«, erklärte er, »kann man da die Tafel zum Trocknen aufhängen, wenn man sie auf beiden Seiten anstreicht.« Dann durchbohrte er das Holz mit dem Spiralbohrer.

Schulmeister Futter nahm erneut die Gebrauchsanweisung zur Hand und las laut vor: »*Zweitens Farbe vor dem Verstreichen gut aufrühren, nicht zu dick aufstreichen und zwei Tage trocknen lassen.*«

Eugen rührte die Farbe mit einem sauberen Stöckchen um, dann überzogen die beiden Jungen die Tafeln auf beiden Seiten mit der dunkelgrauen Farbe.

Am darauffolgenden Mittwoch betrat Schulmeister Futter, Eugen und Hansjörg im Gefolge, nach dem Mittagessen das Schulhaus. Jeden Mittwoch und Samstag hatten die Volksschüler nachmittags unterrichtsfrei. Dafür mussten die armen Kinder, deren Eltern das Schulgeld nicht zahlen konnten, zusätzlich zur Volksschule die Armenschule besuchen und dort allerlei Handarbeiten erlernen. Pfarrer Steinhilber, der das Amt des Armenpflegers in Ringelfingen selbst ausübte, hatte die Nachmittagsschule gegründet, unterstützt vom Kirchenkonvent. Andernorts versah ein gewählter oder amtlicherseits ernannter Kastenpfleger dieses Amt, aber Steinhilber wollte ein Zeichen setzen und die Armenfürsorge als wichtige Aufgabe herausstellen und voranbringen.

»Man muss den Müßiggang verhindern. Wenn die Eltern nichts besitzen und weder Vieh noch Felder noch ein Gewerbe zu versorgen haben«, war Steinhilbers ständige Rede, »dann muss man die Begabungen der armen Buben und Mädchen wecken, Auge und Hand üben und den Schülern Lust und Liebe zur Arbeit frühzeitig einpflanzen.«

Vor dem Handfertigkeitsunterricht bekamen die Armenschüler ein warmes Mittagessen, bezahlt aus dem Armenkasten und reihum von den Bäuerinnen des Ortes zubereitet. Deshalb gingen die Schülerinnen und Schüler, die daheim nicht satt wurden, gern in die Armenschule.

Die Mädchen verspannen und färbten Schafwolle, strickten Strümpfe und Joppen und nähten sich Röcke, Blauhemden und Kopftücher. Alles, was sie am Leib trugen, war selbst gemacht. Die Jungen verarbeiteten Rinderhorn zu Knöpfen und Kämmen und fertigten allerlei Besen und Bürsten. Von jeder Serie bekam jedes Kind ein Mahn- und Erinnerungsstück nach Hause. Überschüssige Waren verkaufte der Pfarrer und bezahlte davon das Schulgeld für die Volksschule. Ab und zu besorgte er einem arg zerlumpten Burschen auch eine Hose oder ein Hemd.

Kaum hatte sich die Tür zum Schulsaal hinter Schulmeister Futter geschlossen, da wurde sie heftig wieder aufgerissen. Die Schüler sprangen auf, als sie Pfarrer Steinhilber erblickten. Er wies die Kinder an, sich still auf ihren Platz zu setzen und gut aufzumerken.

»Heute ist ein guter Tag«, begann Steinhilber seine kurze Rede. »Schulmeister Futter und die Schullehrlinge Eugen Luz und Hansjörg Rössner haben sich eine besondere Arbeit für die älteren unter euch ausgedacht.«

Steinhilber nahm Hansjörg eine fertig lackierte Schreibtafel aus der Hand und hielt sie hoch. »Die Zwölf- bis Vierzehnjährigen unter euch werden in den nächsten Wochen lernen, wie man solche Schreibtafeln herstellt. Die erste Tafel darf jeder selbst behalten. Und dann müsst ihr für eure jüngeren Mitschüler Tafeln herstellen. Wenn ihr gelernt habt, gute Ta-

feln zu machen, dann verkaufen wir sie an die Schulen ringsum und kaufen vom Erlös den Entlassschülern Stahlfedern
und Papier.«

Steinhilber legte die fertige Tafel zur Seite und nahm einen
Rohling vom Stapel. »Malermeister Zoller aus Reutlingen hat
uns die spezielle Tafelfarbe geschenkt. Schreinermeister Staib
verdanken wir das verleimte Buchenholz. Eugen und Hansjörg«, er deutete auf seine beiden Seminaristen, »haben für
euch die Tafelkanten in der Schreinerwerkstatt geschliffen
und ein Loch für den Tafellappen gebohrt.« Steinhilber um-
fuhr mit dem Zeigefinger die Tafel und zeigte auf die Boh-
rung. »Und jetzt kommt eure Arbeit.«

Hansjörg und Eugen breiteten vor jeder Bank zwei Säcke
auf dem Boden aus und gaben jedem Oberstufenschüler eine
verleimte Rohtafel, etwas Sand und ein Holzklötzchen zum
Schleifen.

Schulmeister Futter erklärte den Auftrag und schrieb zur
Sicherheit die Arbeitsschritte an die große Wandtafel.

Die älteren Kinder knieten auf dem Sack und schmirgelten
mit Kreisbewegungen ihre Tafeln. Sie waren mit Feuereifer
und Stolz bei der Sache. Die Aussicht auf eine eigene Schreibtafel, eine Stahlfeder und Papier beflügelte sie, denn nur die
reicheren Kinder besaßen moderne Schreibmaterialien.

Die jüngeren Armenschüler reckten die Hälse, um zu sehen, wie sich ihre Schulkameraden anstellten. Schulmeister
Futter musste seine ganze Autorität aufbieten, um sie zu ihren
vertrauten Stoff- und Hornarbeiten zu zwingen.

Nach ungefähr einer Stunde hatten die geschicktesten
Schüler beide Schreibflächen ihrer Tafel glatt geschmirgelt.
Eugen wies drei Mädchen in die abschließende Feinpolitur
ein, und Hansjörg zeigte drei Jungen, wie man die polierten
Holztafeln auf beiden Seiten lackiert, an einem Nagel aufhängt
und dann die farbfreie Ecke zupinselt. Die übrigen Tafelma-
cher mussten weitere Rohlinge schmirgeln.

Die Zeit verging im Flug. Es war kurz vor vier Uhr, die
ersten lackierten Tafeln hingen zum Trocknen aus, als Pfar-

rer Steinhilber, der gleich nach seiner Ansprache wieder nach Hause geeilt war, zurückkehrte, Hansjörg auf die Seite nahm und ihm einen Brief aushändigte. Besorgt beobachtete er den Jungen, der beim Lesen einen roten Kopf und feuchte Augen bekam.

»Komm nach draußen, Hansjörg«, sagte er und legte ihm den Arm um die Schultern.

# Wieder in Sommerfelden

Am folgenden Morgen saß Hansjörg im Postwagen nach Ravensburg. Pfarrer Steinhilber hatte tags zuvor ein Schreiben erhalten, dem der Brief an Hansjörg beigefügt war. Der Rössnerbauer hatte den Seminarleiter gebeten, seinen Sohn sofort auf die Heimreise zu schicken. Steinhilber war in die Armenschule geeilt und hatte Hansjörg ins Seminar geholt, wo die Pfarrfrau dem Jungen half, das Nötigste zusammenzuraffen und in eine Reisetasche zu packen. Der Pfarrer lieh ihm zwei Silbergulden, ein paar Sechserkreuzer und eine Geldkatze dazu, die er dem Jungen unters Hemd schnürte, während er ihm allerlei Vorsichtsregeln einschärfte. Vor dem Pfarrhaus wartete schon der Armenknecht mit dem Pferdewagen, um Hansjörg nach Engstingen zu kutschieren.

In der Engstinger Posthalterei verbrachte Hansjörg eine kurze und unruhige Nacht. Die fremde Umgebung, das unbequeme Lager auf dem Boden der Gaststube und das nächtliche Kommen und Gehen der Gäste brachten ihn um den Schlaf. In aller Herrgottsfrühe bestieg er hundemüde den Postwagen.

Die gut ausgebaute Chausseestraße führte entlang der hohenzollerischen Landesgrenze über Bernloch und Zwiefalten ins Donautal und von dort nach Süden. Die Strecke sei nicht so bequem wie die alte Schweizerstraße von Tübingen nach Stockach am Bodensee, hatte Steinhilber gesagt, dafür kürzer. Sie erspare außerdem den Reisenden die Grenzübertritte ins Hohenzollerische, dann ins Badische und wieder ins Württembergische. »Deutschland ist immer noch ein Flickenteppich«, hatte er ärgerlich hinzugefügt. Jeder Landesfürst wolle seine eigenen Soldaten und seinen eigenen Hofstaat, weshalb die Deutschen alle naslang an einer dämlichen Herrschafts-grenze eine Landesfürsten-Gedenkstunde einlegen und ein Geldopfer bringen müssten.

Anfänglich nahm Hansjörg seine Umgebung nicht wahr, weder die Mitreisenden noch die Landschaft, die an der Post-kutsche farbenprächtig vorbeizog. Er las mehrmals den kur-zen Brief, den ihm Pfarrer Steinhilber ausgehändigt hatte: *»Lieber Hansjörg, komm bitte schnell nach Hause. Ich bin krank und muss dich dringend sprechen. Pfarrer Steinhilber wird dir das Reisegeld leihen. Ich freue mich auf dich. Deine Mutter.«*

Hansjörgs erster Gedanke war: Das ist nicht Mutters Handschrift. Warum hatte die Mutter nicht selbst geschrie-ben, sondern der Vater? Sie beherrschte doch die Kunst des Schreibens vorzüglich. War sie so krank, dass sie nicht mehr die Feder führen konnte?

Er bedeckte sein Gesicht mit der linken Hand und zwang sich, nicht loszuheulen. Wenn sich seine Augen mit Tränen füllten, dann schloss er sie, bis er sich wieder beherrschen konnte.

Seinem Gegenüber, einem älteren Herrn in vornehmer Reisekleidung, blieb das nicht verborgen. »Schlechte Nach-richten?«, fragte er besorgt.

Hansjörg schluckte und schwieg.

Der Mann erzählte von Stuttgart, wo er den Postwagen be-stiegen hatte, von der regen Bautätigkeit in der Landeshaupt-stadt und vom kürzlich abgehaltenen Volksfest, das alljähr-lich seit über 25 Jahren in den Neckarauen stattfinde, auf dem Cannstatter Wasen, wie die Einheimischen sagen. »Unser Kö-nig Wilhelm war auch da, wie jedes Jahr, und hat die Sieger des Pferderennens persönlich prämiert.«

Langsam drangen die Nachrichten und Kuriositäten in Hansjörgs Bewusstsein und ließen ihn aufmerksamer werden. Er begann, dies und das nachzufragen und erhielt einen farbi-gen Bericht über die riesige Fruchtsäule, das Wahrzeichen des Volksfestes. Er staunte über die Pferderennen und die Pfer-deprämierungen, das Fischerstechen auf dem angrenzenden

Neckar, das Mastbaumklettern, die Seiltänzer und Moritaten-sänger, die Kasperlebuden und die Menagerien voller wilder Tiere sowie das lustige Treiben in den Wein- und Bierzelten und an den Sauerkraut- und Wurstständen.

»Und in der Nähe des Volksfestplatzes«, berichtete der Unbekannte, »finden Industrie- und Landwirtschaftsausstel-lungen statt. Da kann man die neuesten Pflüge und Obst- und Traubenpressen bewundern und die schönsten Manufaktur-waren. Unser König hat heuer vor dem Wettpflügen das beste Pflugmodell aus der staatlichen Ackerbaufirma in Hohenheim vorgestellt und die erste Furche höchstpersönlich ins Feld ge-pflügt.«

Hansjörg kam aus dem Staunen nicht mehr heraus.

»Und jetzt musst du heim zu den Eltern, wie ich vermute«, schloss der Mann seinen Bericht.

»Meine Mutter ist schwer krank«, verriet Hansjörg und verfiel wieder ins Grübeln.

Der Fremde wollte den Jungen aufheitern und erzählte, dass man früher von Stuttgart aus nur zwischen der Schwei-zerstraße über Tübingen, Tuttlingen an den Bodensee und der viel längeren Donaustraße über Göppingen, Ulm und Bibe-rach wählen konnte. König Wilhelm habe das Straßennetz in Württemberg gut ausbauen und die neue Staatsstraße von Reutlingen über Riedlingen und Saulgau nach Ravensburg anlegen lassen, auf der sie gerade unterwegs seien.

Als sie durch Aulendorf rumpelten, berichtete der Mitrei-sende, dass man in diesem oberschwäbischen Barockstädt-chen einen Bahnhof bauen wolle, weil hier die Schwäbische Eisenbahn durchfahren werde auf der Strecke von Stuttgart über Ulm und Biberach nach Friedrichshafen am Boden-see. Dann könne man in sechs bis sieben Stunden von der Landeshauptstadt ans Schwäbische Meer reisen. »Du wirst's bald erleben, junger Freund. In längstens zehn Jahren ist es so weit.«

Am späten Nachmittag, als sich die Reisegruppe dem Oberamt Ravensburg näherte, fuhr die Kutsche an einem

Teich entlang und wirbelte ein paar Federn auf. Eine weiße Daune schwebte am Fenster der Kutsche vorbei, schmiegte sich an die Scheibe, an der Hansjörg saß, fuhr ein Stück mit und ließ sich vom Fahrtwind davontragen. Hansjörg blickte ihr lange nach.

Gegen Mittag des folgenden Tages fuhr Hansjörg in Sommerfelden ein. Der Posthalter von Ravensburg hatte ihn am Abend erwartet und am nächsten Morgen auftragsgemäß an einen Fuhrmann vermittelt, der ihn nach Hause brachte.

Als sich der Wagen dem Rössnerhof näherte, wusste Hansjörg augenblicklich, dass er zu spät kam. Die Fensterläden seines Elternhauses waren geschlossen, und vor der Haustür hing ein schwarzes Tuch.

Hansjörg entlohnte den Fuhrmann und hob seine Reisetasche vom Wagen, als Wilhelm aus dem Haus stürzte und ihm entgegenflog. »Die Mutter ist tot«, schluchzte er, »denk dir nur, die Mutter ist tot.«

Hansjörg legte den Arm um seinen kleinen Bruder. »Ich hab's gleich an der verhangenen Tür gemerkt.« Die Tränen rollten ihm übers Gesicht.

Sophie, seine älteste Schwester, rannte auf ihn zu und nahm ihm die Tasche aus der Hand. Das schwarze Tuch, das die Haustür zur Straße hin verhüllte, schob er scheu und widerwillig zur Seite.

Im Hausflur kam ihnen der Vater entgegen, der seinen ältesten Sohn stumm umarmte und um Fassung rang. Endlich sagte er: »Die Mutter hat so g'hofft, dich noch einmal sehen zu dürfen. Jede Stund hat sie g'fragt, wann du kommst. Gestern Nachmittag haben wir den Herrn Pfarrer g'holt, der hat ihr das Abendmahl g'reicht. Bald darauf ist sie g'storben.« Ein Weinkrampf schüttelte ihn, dann gab er sich einen Ruck und schob Hansjörg in die Wohnstube.

Die Mutter war in der Mitte des abgedunkelten Zimmers aufgebahrt. Zwei Kerzen warfen ein fahles Licht auf ihr Gesicht. Im Halbkreis saßen die Nachbarsfrauen und hielten

Totenwache. In dem Raum war es gespenstisch und stickig; verschiedene Gewürze mischten sich zu einem widerlichen Geruch.

Im Dämmerlicht konnte Hansjörg seine beiden jüngeren Schwestern Katharina und Franziska erkennen. Sie lächelten ihm traurig zu.

Das große Wort führte die Leichensagerin. Bei allen einheimischen Verwandten sei sie gewesen und habe angesagt, wann die Beerdigung stattfindet. Sogar die Verwandten in den Nachbarorten habe sie aufgesucht und die entfernter Wohnenden brieflich oder durch Kurier informiert.

Die dicke Mischung aus Gewürzen, Schnaps, Most und menschlichen Ausdünstungen nahm Hansjörg den Atem. Er riss den Mund auf, schnappte nach Luft und atmete mehrmals tief durch. Die Frauen verstummten und blickten neugierig zu dem Jungen auf. Es wurde totenstill. Sein Herz pochte wild, als ihn sein Vater mit einer sanften Handbewegung voranschob.

Weinend näherte sich Hansjörg seiner toten Mutter. Ihre Augen waren geschlossen und die Hände vor der Brust gefaltet. Ihre erkalteten Finger umschlossen, wie es in Sommerfelden Sitte war, eine Zitrone, die im Kerzenschein grell aufleuchtete und zur trüben Stimmung merkwürdig kontrastierte. Ein feines Lächeln umspielte den Mund der Verstorbenen. Das berührte ihn seltsam und tröstete ihn zugleich. Er kniete neben der Mutter nieder und legte seine Hände auf ihre. »Verzeih mir, Mutter, dass ich zu spät gekommen bin«, flüsterte er. »Da, wo du jetzt bist, geht es dir gut. Das lese ich dir von den Lippen ab. Bleib bei mir. Lass mich nicht allein, hörst du?«

Langsam stand er auf und wischte sich die Tränen aus den Augen. Die Frauen schoben ihm einen Stuhl hin, direkt neben den Kopf der Toten.

»Rössnerbauer, wo wir jetzt alle beisammen sind«, übernahm die Leichensagerin wieder die Regie, »müsst Ihr noch entscheiden, ob der Kirchenchor am Grab singen soll oder ob Ihr ein Leichenblasen unserer Dorfmusikanten wollt. Und

Schulmeister Ocker lässt fragen, ob er eine Lieblingsmusik für die Rössnerbäuerin spielen oder singen soll.«

»Kirchenchor? Was meinst du, Hansjörg?« Und als der zustimmend den Kopf beugte und die Augenlider schloss, sagte der Bauer zur Leichensagerin: »Die Rössnerbäuerin freut sich im Himmel, wenn ihr der Schulmeister mit seinem Kirchenchor die Ehr antut. Und über den 67. Psalm, so wie ihn Martin Luther g'sungen hat, wär sie glücklich.«

»Im Stall des Rössnerhofes sind die Tiere gestern wild gewesen«, meinte eine Nachbarin, und eine andere fügte an: »Und der Schäferhund hat sich nicht mehr beruhigt.«

»Weiß die Einnäherin Bescheid?«, fragte eine der Totenwächterinnen.

»An meinem Geschäft fehlt nichts«, antwortete die Leichensagerin schnippisch. »Gleich kommt sie. Schon gestern hab ich die Rössnerbäuerin mit der Schnur abg'messen und die Schnur zum Schreiner gebracht. Noch vor dem Mittag bringt er den Sarg.«

Die Rössnermagd machte sich an den Pflanzen und am Geschirr zu schaffen. Sie hob jeden Blumenstock kurz hoch, rüttelte ihn und setzte ihn an einen anderen Platz. Dann ordnete sie das Geschirr im Glasschrank neu. »So ist's recht, Sofie«, lobte die Leichensagerin die Magd, »man muss hinter dem Tod dreingehen. Vergiss nicht, in der Küche das Mehl, das Brot, das Obst und die Kartoffeln zu schütteln und im Keller die Mostfässer und Krautstanden zu berühren.«

Die Magd lächelte ihr dienstbeflissen zu: »Und dann geh ich in den Stall und sag den Tieren den Tod der Bäuerin an, wie's bei uns guter Brauch ist.«

Erst jetzt fiel Hansjörg auf, dass die große Schwarzwalduhr angehalten und mit einem schwarzen Tuch verhüllt war.

Der Bauer trug zusammen mit der Küchenmagd Brot, Wurst, Kaffee und Most in die Stube und forderte dann, Geschirr und Besteck verteilend, alle auf, sich für die Totenwache zu stärken. Hansjörg gab er einen Wink, ihm in die Küche zu folgen.

»Setz dich zu mir auf die Bank, Hansjörg«, bat der Vater. »Hast Hunger?« Und als der Junge den Kopf schüttelte, setzte er ihm ein Glas Most vor.

»Gestorben ist die Mutter, weil sie's an der Lunge hatte.« Der Bauer wischte sich mit einem Tuch die Tränen aus den Augen. Im Sommer habe sie geklagt, sie bekomme zu wenig Luft. »Ganze Nächte lang hat sie durchg'hustet. Mehrmals ist sie am Boden g'legen, hat sich öfters erbrochen und g'röchelt.« Er schnäuzte sich, während Hansjörg aus dem Fenster sah und seinen Gedanken nachhing. »Der Bader hat ihr Spitzwegerichsaft und Brusttee gegeben. Die Wagnerbäuerin hat ihr Lungenkraut gebracht und Knoblauch mit Speck gekocht. Dann hab ich die Mutter zum Wundarzt nach Ravensburg g'fahren.«

Seine Stimme wurde wieder fester. »Der hat g'meint, dass sich innerhalb von neun Tagen entscheidet, ob sie wieder g'sund wird.« Er wischte mit der Hand über die Augen. »Er hat ihr Schlüsselblumen, Wacholderbeeren, Lungenkraut und Efeublätter herg'richtet für Tee und Wickel. Wahrscheinlich hat ihr die lange Fahrt in die Stadt und die kalte Zugluft eher g'schadet als g'nützt.«

Die Stimme zitterte, und er brach wieder in Tränen aus: »Ab dem Tag ging's steil bergab. Die Mutter hat sich die Lunge aus dem Leib g'hustet und ist mehrmals in ihrer Atemnot ohnmächtig g'worden.« Er weinte still in sich hinein.

Hansjörg stierte vor sich hin.

Dann beendete der Bauer schluchzend seinen Bericht: »Und gestern um fünf ist sie g'storben.«

Gestern um fünf, sinnierte Hansjörg und dachte an seine Herfahrt. Um fünf, als die Federn stoben.

Es klopfte an der Küchentür. Die Einnäherin streckte den Kopf herein. »Wenn's recht ist, Rössnerbauer, tät ich jetzt die Rössnerin waschen und ihr die Leichenkleidung anlegen. Bist einverstanden, wenn ich ihr ein weißes Sterbehemd und weiße Strümpf anzieh und eine weiße Haube aufsetz?«

»Ich dank dir, Gerhild. Mach's so, wie's der Brauch ist.« Gefasster setzte er hinzu: »Der Schreiner kommt gleich. Ich lass, wie dir die Leichensagerin wahrscheinlich schon g'sagt hat, für meine Elisabeth einen b'sondern Sarg machen. Meine liebe Frau im g'liehenen Gemeindesarg zum Friedhof tragen, das will ich nicht. Sie soll nicht bloß im Leinentuch begraben werden.«

Am nächsten Tag versammelten sich die Schulkinder nach dem Mittagessen vor dem Rössnerhof. Die Sargträger kamen ins Haus und wuschen sich die Hände in einer Blechschüssel, die ihnen die Leichensagerin hingestellt hatte. Sie schüttete das Waschwasser unter die Bahre und sprach dazu: »Du, Rössnerbäuerin, sollst deine ewige Ruhe haben.« Dann trugen die vier Männer den offenen Sarg vor das Haus und setzten ihn auf zwei Schemeln ab.

Die Männer und Frauen aus dem Ort und die angereisten Verwandten zogen schweigend am Sarg vorbei und bildeten einen Halbkreis. Die Schulkinder stellten sich neben der Toten auf, und Schulmeister Ocker dirigierte Martin Luthers Begräbnislied »Nun lasset uns den Leib begraben und daran keinen Zweifel haben, er werd am Jüngsten Tag auferstehn und unverweslich hervorgehn.«

Während die Kinder sangen, trat der Rössnerbauer an den Sarg. Die Tränen rannen ihm über die Wangen, als er seine Frau zum letzten Mal liebevoll betrachtete, ihr vertrautes Gesicht, ihre verschlossenen Augen und ihre zupackenden Hände. Langsam wischte er sich mit dem schwarzen Bahrtuch die Tränen ab, hielt den Stoff feierlich an der Schmalseite in die Höhe und legte ihn sanft und liebevoll auf das Gesicht der Toten. Ein weißes Kreuz auf schwarzem Grund verhüllte den Kopf der Verstorbenen.

Dann verschlossen die Träger den Sarg. Jedem der vier Männer drückte Sophie einen Rosmarinzweig in die Hand.

Auf dem Weg zur Kirche ging Hansjörg neben Sophie, die ihn mehrmals fragend ansah. Vor ihnen schritten der Pfarrer und der Vater mit den drei jüngeren Geschwistern. Hinter ihnen folgten der ganze Ort und noch viele Gäste aus den umliegenden Dörfern. Die Männer hatten schwarze Hüte oder Kappen auf, die Frauen trugen schwarze Kopftücher, an denen Klagbändel bis zur Nasenspitze herabhingen. Einige ältere Frauen hatten ihr Gesicht mit einem schwarzen Trauerflor verhüllt.

»Fürcht dich nicht, Sophie«, flüsterte Hansjörg seiner Schwester zu, »wir werden es schaffen. Heut und morgen und in Zukunft. Das sind wir unserer Mutter schuldig.«

Sophie schossen die Tränen in die Augen.

»Hast kein Sacktuch?« Er steckte ihr sein weißes Taschentuch zu und drückte kurz ihre Hand: »Weißt, gemeinsam sind wir stark.«

In der Kirche saß er zwischen Sophie und seiner jüngsten Schwester, der siebenjährigen Katharina, um die er seinen Arm legte und sie an sich drückte. Er spürte, dass das Kind zitterte und sich ängstigte.

Der Pfarrer würdigte die Verdienste der Mutter um ihre Familie und um die Gemeinde. Sie habe mit ihrem Mann viel Gutes für das Dorf getan, für die Armen immer ein offenes Herz gehabt und viel zur Renovierung der Kirche gespendet.

Als Hansjörg den Sargträgern zum Grab folgte und die Trauergemeinde einen Choral anstimmte, sagte er leise zu Sophie: »Ich hab nur an die Mutter denken müssen und nicht viel in der Kirche mitbekommen. Du musst mir heut Abend alles haarklein erzählen.«

Sophie schubste ihn sanft mit der rechten Schulter. »Es war eine schöne Kirch. Ich werd's dir ausführlich berichten.«

Als der Vater am offenen Grab stand und einen Strauß roter Rosen auf den Sarg warf, überwältigte ihn der Schmerz. Mit Mühe hielt er sich auf den Beinen. Hansjörg hakte ihn unter und führte ihn in die Reihe der Umstehenden zurück. Dann trat er an die Grube, zeigte seiner Mutter im Sarg den Strauß Herbstastern, die er am Morgen in ihrem Garten gepflückt hatte, und sagte laut, so dass es alle hören konnten: »Leb wohl, Mutter. Ich dank dir für alles und behüte uns.« Er warf mit einer sanften Handbewegung jede Blume einzeln der

Mutter zu und ließ zum Schluss fünf Daunenfedern, für jedes Kind eine, auf den Sarg hinabsegeln. Der Pfarrer, zu dem er sich umsah, blickte ihn fragend an, sagte aber nichts, denn im gleichen Augenblick überreichte ihm der Rössnerbauer zwei Zitronen.

Der Leichenschmaus fand, wie es sich in Sommerfelden eingebürgert hatte, im Wirtshaus statt. Der Rössnerbauer hatte die Trauergäste nicht zum üblichen Vesper eingeladen, sondern zu »etwas Warmem«, wie die reichen Bauern sagten: einer Nudelsuppe mit eingelegtem Rindfleisch, zu dem Meerrettich, Weißbrot, Bier, Most, Schnaps und Kaffee gereicht wurden. Zum Nachtisch servierten die Schankmägde Käse und Hefezopf. Dem Alkohol wurde kräftig zugesprochen, so dass im Wirtshaus bald eine fidele Stimmung herrschte.

»Auf einer oberschwäbischen Beerdigung geht's lustiger zu als auf einer Stuttgarter Hochzeit«, sagte der Wirt zu Hansjörg, als der für einen Augenblick dem Trubel entfliehen wollte und vor die Türe trat. »So ist's bei uns seit alters her der Brauch, damit die Leut beim Reden, Essen und Trinken von der Trauer wieder in den Alltag zurückfinden. Geh wieder hinein und schenk den Gästen ein. Die Krüge auf den Tischen werden doch nicht schon wieder leer sein?«

In diesem Augenblick streckte der Rössnerbauer den Kopf durch den Türspalt. »Ich hab dich g'sucht«, wandte er sich an den Wirt. »Alles, was heut übrig bleibt, lässt an die Armen austragen. Vergiss es nicht. Und bevor ich heimgeh, will ich den Leichenschmaus bezahlen, damit meine liebe Elisabeth im Himmel ihre Ruhe findet.«

Am nächsten Morgen ordnete der Rössnerbauer nach dem gemeinsamen Frühstück an, wie die Trauerzeit zu gestalten sei und was er von seinen Kindern und vom Gesinde erwarte. Im Haus solle es still sein, und außerhalb hätten sich alle ruhig und freundlich zu verhalten. Er wolle, dass die Knechte und Mägde ein halbes Jahr und die Kinder sechs Wochen lang schwarze Kleider tragen. Die Küchenmagd werde jedem, der kein passendes Kleidungsstück besitze, eines nähen oder über die Leichensagerin borgen. »Jeder hat seine Aufgabe.« Er machte eine Pause und sah jedem am Tisch in die Augen. »Ich erwarte, dass jeder in der nächsten Zeit sein Bestes gibt, zum Andenken an meine liebe Frau und zur Ehre der Rössnerbäuerin.«

Er gab Hansjörg den Auftrag, zum Pfarrer, zum Lehrer und zur Leichensagerin zu gehen und das Begräbnis, das Glockenläuten und die Musik zu bezahlen. Er solle den Pfarrer bitten, für die Mutter in den nächsten Gottesdiensten zu beten. Die Magd werde als Dankeschön Seelen backen, mit viel Kümmel und Speckwürfeln bestreut, und ins Pfarrhaus bringen.

Sophie wies er an, zusammen mit Hansjörg zum Schreiner zu gehen. Der solle, wie in Sommerfelden üblich, ein hölzernes Grabkreuz fertigen, mit Rosen und Ranken bemalen und mit dem Namen der Toten beschriften. Wenn es fertig sei, was hoffentlich bald geschehe, so möge er es vorbeibringen. Als Bauer und Mitglied im Kirchenkonvent sei er es seiner geliebten Frau schuldig, das Kreuz auf seinem eigenen Rücken zum Friedhof zu tragen.

Der Rössnerbauer kündigte an, er wolle mit dem Rossknecht und dem Stallknecht zu den Obstwiesen. Der Stallknecht solle zwei große Eimer mit Kalk und Schornsteinruß füllen und Weißbürsten herrichten, damit man die Bäume anstreichen und gegen Hasenfraß und Moosbewuchs schützen könne. Dann solle er einen fein gewebten Sack mit Stein- und Düngesalz abfüllen; die Baumscheiben bräuchten einen Dünger, damit die Früchte im nächsten Jahr größer und würziger werden. Der Rossknecht solle Holzstickel auf den Wagen laden, denn an manchen Stellen müssten sie auch die Zäune flicken. Bei der Arbeit in den Obstwiesen könne man gut nachdenken, das sei am Tag nach der Beerdigung genau das richtige Geschäft.

Er beendete das Frühstück mit einem Gebet, sagte den Knechten, sie sollten das Werkzeug und die Zaunhölzer jetzt herrichten, und bat Hansjörg, noch einen Augenblick sitzen zu bleiben.

Als sie allein in der Küche waren, holte der Rössnerbauer einen Brief aus der Tasche, sah Hansjörg lange an und strich dabei, die Augen fest auf seinen Sohn geheftet, das Papier glatt.

»Deine Mutter ahnte ein paar Tage vorher, dass sie bald sterben muss. Nur noch eine Sorge hat sie umgetrieben: Sie könnte dich nicht mehr wiedersehen. Sie hat alle Kräfte aufgeboten. *Nur noch ein paar Minuten mit meinem Hansjörg reden,* das war ihr letzter Wunsch. Am Sonntag hat sie g'merkt, dass es mit ihr zu Ende geht. Unter größten Schmerzen und mit letzter Kraft hat sie dir einen Brief g'schrieben.«

Der Rössnerbauer schob das Papier über den Tisch. Hansjörg wurde es heiß im Gesicht. Mit zittrigen Händen nahm er den Brief und riss ihn auf.

*»Mein geliebter Hansjörg, ich weiß, dass du dich schwer damit abfinden kannst, auch ein Schulmeister zu werden. Weil du ein guter Schüler warst und weil du deine Nase gern in Bücher gesteckt hast, habe ich mir vor drei Jahren erstmals überlegt, dich diesen schönen Beruf lernen zu lassen. Dein Vater war dagegen. Er wollte dich zum Rössnerbauern machen. Für die Landwirtschaft brauche man einen klugen Kopf, hielt er mir entgegen. So konnten wir uns lange nicht einigen. Erst an jenem Samstag im vorletzten Februar, als wir uns in der Küche gestritten haben, hat er in meinen Plan eingewilligt. Es war der letztmögliche Zeitpunkt, eine solche Entscheidung zu treffen. Dein Vater hat eingesehen, dass ich nicht von meinem Plan abzubringen war. Wir haben uns für deinen Bruder Wilhelm als Rössnerbauer entschieden und dich als begabten Schulmeister gewünscht. Pfarrer Steinhilber aus Ringelfingen und deine Tante und dein Onkel aus Reutlingen haben mir geschrieben, dass wir eine gute Wahl getroffen haben, die zu deinem Vorteil sein wird. Werde ein tüchtiger Lehrer, der seine Kinder lernen lässt und gütig mit ihnen umgeht.*

*So viel zu deiner Zukunft. Noch etwas zu deiner Vergangenheit: Dass du mir das liebste unter meinen Kindern warst, das weißt du, und dass dein Vater dich zum Rössnerbauern machen wollte, das weißt du jetzt. Aber er ist nicht dein leiblicher Vater, so wie ich nicht deine leibliche Mutter bin. Wir haben dich wenige Tage nach deiner Geburt an Kindes statt angenommen, weil du keine Eltern mehr hattest. Wir haben dich auf unseren Namen taufen lassen und kein Wort darüber verloren, weil du unser geliebter Sohn bist und bleiben wirst. Ich muss dir das jetzt sagen, weil ich keine Lüge und kein Verschweigen ins ewige Leben mitnehmen will. Haltet zusammen und vergesst mich nicht, so wie ich euch alle vom Himmel herab beschützen werde. Es umarmt dich deine Mutter.*«

Mit wachsender Unruhe beobachtete der Rössnerbauer seinen Sohn, der am Hals und im Gesicht rote Flecken bekam und die letzten Sätze unter Tränen las.

Endlich schob Hansjörg seinem Vater den Brief hin, verschränkte die Arme auf dem Tisch, legte den Kopf darauf und heulte hemmungslos.

Der Rössnerbauer las das Vermächtnis und stierte vor sich hin. In Zeitlupe fuhr er sich mit beiden Händen übers Gesicht und sagte leise und jedes Wort betonend: »Wir wollten dir das ersparen. Vielleicht vor deiner Hochzeit hätten wir dir's g'sagt. Wenn überhaupt. So hatten wir's ausg'macht, deine Mutter und ich.«

Hansjörg richtete sich auf und sah ihm kurz in die Augen. »Und wer sind meine richtigen Eltern?«

»Ich weiß es nicht, Hansjörg.« Der Bauer warf hilflos die Arme in die Luft. »Auf Ehr und Gewissen, ich weiß es nicht. Der Pfarrer in Plieningen, wo wir in der Ackerbauschule g'arbeitet haben, hat uns g'fragt, ob wir dich an Kindes statt annehmen würden. Er hat uns nicht lang bitten müssen.«

»Und was soll jetzt werden?«

»Es geht so weiter wie bisher.«

Hansjörg setzte ein ungläubiges Grinsen auf.

Der Bauer hob die Augenbrauen. »Weil du ein kluger Kopf bist und deine Nase gern in Bücher steckst, hat dir deine Mutter den Lehrerberuf auf'zwungen.« Er legte die rechte Hand auf die seines Sohnes: »Sie hat es gut g'meint, und sie hat richtig entschieden. Das weißt du. Dein Seminarpfarrer hat es auch g'sagt.«

Hansjörg zog die Unterlippe hoch und verschränkte die Arme hinter der Stuhllehne.

Der Bauer stand auf. »Wenn meine Elsbeth dir nicht verraten hätt, dass du ein ang'nommenes Kind bist, von mir hättest du's nicht erfahren. Für mich gibt es keinen Unterschied zwischen einem eigenen Kind und einem ang'nommenen.«

»So denkst du. Aber die anderen Leute?«

»Werden es nicht erfahren«, unterbrach ihn der Bauer barsch, setzte sich wieder und wischte mit einer schnellen Geste seiner linken Hand alle Argumente vom Tisch. »Von mir auf Ehr und Gewissen nicht. Und dir rat ich: B'halt 's für dich. Es ist nicht wichtig für dein Leben, und für meins schon gar nicht. Du bist und bleibst mein Sohn. Amen.«

Wie benebelt begleitete Hansjörg seine ältere Schwester zum Schreiner und überließ ihr das Wort. Sophie bat den Handwerker, bald ein schönes Holzkreuz zu schreinern, zu bemalen und zum Rössnerhof zu bringen.

Hansjörg schwieg beharrlich. Sophie sah ihren Bruder prüfend an, der mit seinen Gedanken weit weg war.

Als sie die Werkstatt verließen, stellte Sophie ihn zur Rede. »Was ist mit dir, Hansjörg?«

Der Bruder zuckte die Achseln.

Die Schwester bedrängte ihn: »So red schon. Hat's dir über Nacht die Sprache verschlagen?«

Der Junge brach in Tränen aus.

Sophie fasste ihren Bruder am Oberarm und zog ihn von der Hauptstraße weg in eine Seitengasse. Nach wenigen Schritten waren sie aus dem Dorf hinaus und auf dem Feldweg zu den Allmendewiesen.

»Du weißt, Hansjörg, dass du mir alles sagen kannst. Und du weißt, dass ich den Mund halten kann.« Sie packte ihn mit beiden Händen an den Schultern und schüttelte ihn. »Raus mit der Sprache. Was ist los? Kann ich dir helfen?«

»Bei der Sache kann mir niemand helfen.«

»Gestern hast du gesagt, *gemeinsam* sind wir stark. Und heute gilt's schon nicht mehr?«

»Gilt, aber nicht in *der* Sache. Die verträgt das Schnaufen nicht.«

Sophie stellte sich breitbeinig vor ihren Bruder hin und packte ihn an seinem Wams. »Ich schwör's dir, ich werde schweigen wie ein Grab. Du kannst mir vertrauen, das weißt du.«

»Und zum Vater und zu den Geschwistern kein Wort? Und keine versteckte Andeutung?«

»Ich geb dir die Hand drauf, Hansjörg.« Sie hielt ihm die Hand hin, und Hansjörg schlug ein: »Wenn du plauderst, rede ich mit dir nie mehr ein Wort.«

Dann erzählte der Junge dem Mädchen beim Weitergehen, was die Mutter in ihrem letzten Brief mitgeteilt hatte.

Sophie blieb auf dem nassen Grasweg stehen und strahlte Hansjörg an: »Jetzt hast du zwei gute Nachrichten auf einmal bekommen. Der Vater hat dich zum Rössnerbauern machen wollen, und die Mutter bestätigt dir, was wir alle gewusst haben, dass du ihr Liebling warst.«

Er sah sie verdattert an.

Sie stupste ihn in die Seite. »Willkommen in der Rössnerfamilie.«

Bei diesen Worten spiegelten sich Ratlosigkeit und Verblüffung auf Hansjörgs Gesicht wider. So hatte er die Sache noch nicht betrachtet. »Ich bin jetzt nicht mehr dein Bruder.«

Sophie lachte. »Blödsinn. Du warst, du bist und du bleibst unser Bruder, meiner und der von Wilhelm, Franziska und Katharina, die wissen nichts anderes.« Sie trat dicht an ihren Bruder heran und maß ihn mit den Augen. »Der Vater hat Recht. Halt den Mund und rühr in der Sach nicht rum. Dann interessiert sich niemand für die alte Geschichte.« Sie machte eine ausladende Handbewegung. »Schau dich um, Hansjörg. Überall Waisenkinder. Hunderttausende von Waisenkindern, weil es Krieg, Hungersnot und Krankheit gibt oder alles auf einmal. Da bist du als angenommenes Kind eine Luxusausgabe von einem Waisenkind.«

»Luxusausgabe?«, empörte sich Hansjörg.

»Luxusausgabe«, beharrte Sophie. »So sagen die Leute in Frankreich, wenn man mehr hat, als man zum Leben braucht. Das Wort hat mir die Mutter erklärt.« Sie lachte ihn an. »Das Einzige, was du nicht hast, ist ein Papier, auf dem geschrieben steht, wer für drei, vier oder fünf Tage deine Eltern waren. Aber«, sie fasste ihn wieder an den Schultern und drehte ihn zu sich herum, »wer deine Eltern und deine Geschwister siebzehn Jahre lang waren und bis in alle Ewigkeit bleiben werden, das weißt du hoffentlich noch. Oder?«

»Ich wüsst zu gern, wo ich geboren bin und wer meine richtigen Eltern sind. Das ist wie eine Narbe auf meiner Seele. Verstehst du das, Sophie?«

»Ja, versteh ich. Aber vergiss die Hauptsache nicht! Gewiss, dir fehlt ein Stückchen zum großen Glück. Wirft man deshalb alles andere auf den Misthaufen?«

Sophie packte Hansjörg erneut am Arm und zwang ihn, stehen zu bleiben. »Hier in Sommerfelden kein Wort darüber. Versprich es mir.« Sie fasste den Jungen mit beiden Händen an den Jackenaufschlägen. »Versprich es mir, Hansjörg. Es gibt immer genug Leute, die sich über Kleinigkeiten das Maul zerreißen. Schwör's mir, Hansjörg, zu niemandem ein Wort.«

Hansjörg gab seiner Schwester erneut die Hand. Sie versprachen sich gegenseitig, ihr Geheimnis für sich zu bewahren.

Gleich nach dem Mittagessen füllte Sophie einen Henkelkorb mit Fleisch, Wurst, Käse und Obst und drückte Hansjörg einen Silbergulden in die Hand. »Der ist fürs Glockenläuten und den Chorgesang. Und sag dem Meister Ocker einen Gruß von mir«, rief sie ihrem Bruder nach, als der aus dem Haus stürmte, »und bevor du zur Leichensagerin und zum Herrn Pfarrer gehst, kommst nochmals bei mir vorbei.«

Hansjörg hob die Hand und rannte zum Schulhaus.

Dort klopfte er an die Tür zur Schulmeisterwohnung, gab Ocker den Korb und das Geld, dankte für die Mitwirkung bei der Beerdigung und plauderte mit seinem alten Lehrer im vertrauten Schulsaal, in dem er acht Jahre seines Lebens verbracht hatte, über seine Ausbildung im Seminar und seine ersten Schulstunden als Lehrling in Ringelfingen. Voller Stolz berichtete er von den Schreibtafeln und versprach, beim nächsten Besuch eine Holztafel mitzubringen.

Dann hastete er zum Rössnerhof zurück, wo ihm Sophie den Korb mit Rauchfleisch, Käse und frisch gebackenen Seelen für den Pfarrer erneut füllte und Geld für die Begräbnisgebühren und die Leichensagerin in die Hand zählte. »Gehst zuerst zum Herrn Pfarrer, Hansjörg«, bat Sophie, »die Leichensagerin zerreißt sich sonst das Maul wegen der Gaben für den Pfarrer.«

Hansjörg traf seinen ehemaligen Religionslehrer in der Amtsstube im Pfarrhaus an. Er bezahlte die Gebühren, legte das Rauchfleisch und den Käse auf den Tisch und überreichte die nach Käse und Schinken duftenden Seelen mit der Bitte, für die Mutter zu beten.

»Tragen Sie den Tod meiner Mutter ins Pfarrbuch ein?«, fragte er listig.

Der Pfarrer dankte für die Gaben, stand ächzend auf, holte den schweren Folianten aus dem Schrank und schlug die aktuelle Seite des Kirchenbuchs auf. »Hier«, er deutete mit dem Zeigefinger auf den letzten Eintrag, »habe ich's schon vermerkt.«

Er stellte sich neben den Jungen, so dass Hansjörg den Eintrag mitlesen konnte: »Am 7. Oktober ist verstorben Elisabeth Rössner vulgo Rössnerbäuerin an der Schwindsucht. Christliche Beerdigung am 9. Oktober. Hat viel für die Renovierung unserer Kirche und für die Armen der Gemeinde gespendet.«

»Und was steht über die Geburt und Taufe meiner Mutter da drin, Herr Pfarrer?«

Der Pfarrer schlug das Buch zu und zuckte die Achseln. »Nichts, Hansjörg. Da musst du in der Kirchengemeinde, wo deine Mutter geboren ist, im Kirchbuch nachschauen.«

»Dann ist die Hochzeit meiner Eltern wohl auch nicht in Sommerfelden verzeichnet?«, fragte Hansjörg zur Sicherheit, sah zur Seite und beulte mit der Zunge die linke Wange aus.

»Deine Geburt und deine Taufe auch nicht.« Der Pfarrer hob die rechte Augenbraue. »Deine Eltern waren, wenn ich's recht weiß, zu der Zeit in Hohenheim in der königlichen Ackerbauschule.« Er legte das Buch in den Schrank zurück. »Das wird dort im Pfarrbuch stehen.«

Hansjörg warf ihm einen dankbaren Blick zu und lächelte. *Tatsächlich, keine Spur in Sommerfelden,* dachte er und verabschiedete sich sinnend vom Pfarrer. Ganz in Gedanken überquerte er den Kirchplatz, rempelte im Vorbeigehen den Dorfschmied an, entschuldigte sich und rannte zur Leichensagerin.

# Junglehrer in Neustadt 1847

Im Gasthof »Rössle« ging es hoch her. Der Tabakqualm waberte in dicken Schwaden unter der niederen Zimmerdecke hin und her. Die Gläser im Regal hinter dem Schanktisch klirrten vom Geschrei der Gäste, und die Luft war zum Schneiden, sie war »rossig«, sagten die Stammtischbrüder.

Die wichtigsten Leute des Dorfes waren versammelt. Bauern und Handwerker, ältere und jüngere Männer mit und ohne Hut, die meisten in gelbledernen Kniehosen und bestickten Hemden und Kitteln. Der neue Pfarrer, der sich, anders als sein Vorgänger, gern unter die Schäflein seiner Gemeinde mischte, stand ganz in Schwarz gekleidet mitten in der bunten Schar. Sogar Schulmeister Hartmann, der sonst kein Wirtshaus betrat, weil er sich zu den Pietisten zählte, war erschienen, um das Geburtstagskind zu ehren, für den der Männergesangverein »das Feschtle« ausrichtete.

Mit Mühe verschaffte sich Pfarrer Maier in dem Stimmengewirr Gehör. »Hoch lebe unser Dirigent!«, beendete er seine kurze Lobrede auf Provisor Hansjörg Rössner. Hochrufe von allen Seiten. Zügig wurden die Gläser gelehrt, denn es war heiß und dämpfig im Saal.

»Ich danke Ihnen, verehrter Herr Pfarrer«, schrie Hansjörg in die Runde, »trinken wir auf das Wohl unseres Gesangvereins.«

Wieder schlug der Lärm über den Wirtshausbesuchern zusammen. Zwei Schankmägde mühten sich, die geleerten Gläser und Krüge schnell zu füllen.

»Ja, auf das Wohl unserer Liedertafel. Bald können wir das einjährige Bestehen mit einem Festle feiern«, übertönte der

Wirt das Geschrei. Er war Schultheiß von Neustadt und zugleich Vorstand des neuen Vereins.

Der Pfarrer lud, weil er sich in dem Getümmel nicht anders zu verständigen wusste, den Schultheißen, den Schulmeister und den Provisor mit wilden Gesten ein, sich mit ihm an den Stammtisch zu setzen.

»Emma, einen Krug mit Rotwein, schnell, es brennt«, rief der Wirt einer Schankmagd zu und ließ sich ächzend neben dem Pfarrer auf der Sitzbank nieder. Schulmeister Hartmann runzelte die Stirn und setzte sich schweigend dazu.

»Schultheiß, wie seid Ihr in Neustadt auf die Idee gekommen, einen Gesangverein zu gründen?«, fragte der Pfarrer, der erst im Frühjahr nach Neustadt versetzt worden war.

Der Wirt setzte sein persönliches Henkelglas, in das er seinen Namen hatte eingravieren lassen, vorsichtig ab und kratzte sich im Genick. »Die Plieninger haben seit ein paar Jahren einen Sängerbund. Einmal in der Woche kommen die Männer im Wirtshaus zusammen und singen.«

Der Pfarrer nickte; er hatte schon verstanden, senkte den Kopf und grinste vor sich hin.

»Und einmal im Jahr«, fuhr der Wirt fort, »veranstalten die Plieninger an Kirchweih ein Sängerfest. Uns haben sie zum Zujubeln und Beifall klatschen immer eingeladen.« Er nahm einen tüchtigen Schluck. »Darum haben ein paar Stammtischbrüder im vorletzten Winter hier an *dem* Tisch beschlossen, unseren eigenen Verein zu gründen.«

»Und dann haben die mich gefragt, ob ich ihnen nicht den Dirigenten spielen könnt«, meldete sich Schulmeister Hartmann zu Wort. Man sah ihm die Empörung an. »Ich hab's abgelehnt, weil wir Wichtigeres zu tun haben.«

»Wichtigeres?«, fragte der Pfarrer, und der Schultheiß legte die Stirn in Falten.

»Wie schlecht war die Ernte im letzten Jahr? Und in den Jahren davor?« Hartmann hob warnend den Zeigefinger. »Das Ende der Welt ist nahe, das Reich Gottes wird kommen.« Er trommelte mit den Fingern der linken Hand auf die Tischkante und deckte mit der rechten sein Glas zu, damit ihm der Wirt nicht einschenken konnte. »Da kann man doch nicht jede Woche ins Wirtshaus hocken und fidele Liedchen trällern.«

Der Schultheiß zog die Augenbrauen hoch und versuchte, ein verächtliches Lächeln zu unterdrücken.

Der Schulmeister ließ sich nicht beirren: »Außerdem kenne ich die neumodischen Lieder nicht.« Er zog mit der linken Hand einen Schlussstrich durch die Luft. »Und die Lieder, die mein Kirchenchor singt, die sind den Herren vom Gesangverein nicht gut genug.«

»Auch wir singen Kirchenlieder«, mischte sich Hansjörg ein. »Wir haben die wichtigsten Choräle für das Kirchenjahr im Programm«, er sah aus dem Augenwinkel, dass der Schulmeister ärgerlich wurde, »und viele schöne Volksweisen.«

»Die wichtigsten Choräle«, höhnte Hartmann.

»Wir singen erst wenige Monate zusammen.« Hansjörg hob abwehrend beide Hände. »Da haben wir uns noch keinen großen Vorrat an Liedern und Chorälen erarbeiten können.« Versöhnlich setzte er hinzu: »Was die Kirchenlieder betrifft, da können und wollen wir uns nicht mit Ihrem Chor messen, verehrter Herr Schulmeister.«

»Wie wär's«, schlug der Schultheiß vor, »wenn bei unserem Festle im Herbst beide Chöre auftreten, der Kirchenchor *und* der Gesangverein?«

Der Pfarrer bemerkte, dass Schulmeister Hartmann kurz vorm Explodieren war. Deshalb kam er dessen Antwort zuvor: »Über diesen Vorschlag sollten wir in aller Ruhe nachdenken. Ich bin jetzt an meiner letzten Dienststelle angekommen, und in meinen bald vierzig Dienstjahren habe ich eins gelernt«, er hob den rechten Zeigefinger und sah den Schulmeister an: »No net hudle, wie man in Tübingen sagt. Erst einmal drüber schlafen.« Er wandte sich an Hansjörg: »Sagt, Herr Provisor, woher habt Ihr die Kenntnisse von den Liedern, die Ihr Eurer Liedertafel einstudiert?«

»Ich hab das Lehrerseminar in Ringelfingen besucht, und mein Seminarleiter, Pfarrer Steinhilber, hat in Tübingen studiert.«

»Auch ich war am Tübinger Stift«, fiel ihm der Pfarrer ins Wort.

»Dann wissen Sie, Herr Pfarrer, dass Friedrich Silcher Universitäts-Musikdirektor in Tübingen und Lehrer am Stift ist.«

Pfarrer Maier lächelte verschmitzt.

Hansjörg schlug sich mit der flachen Hand vor die Stirn: »Ich Esel, da erzähl ich Ihnen vom Silcher, Herr Pfarrer, und Sie kennen ihn?«

Der Pfarrer lachte. »Ich kenn' den Friedrich Silcher gut. Er ist ein paar Jahre jünger als ich. Wir sind uns beim Stiftlertreffen öfters begegnet.«

Schulmeister und Schultheiß spitzten die Ohren. Der Pfarrer, ein Musikfreund? Anders als sein Amtsvorgänger weltlichen Liedern zugetan?

»Woher«, fragte Pfarrer Maier, »kennt Ihr Silchers Lieder und Kompositionen, Herr Provisor?«

»Das wollt ich gerade erzählen. Im dritten und vierten Lehrjahr mussten wir dreimal in der Woche auf der Kirchenorgel üben. Und jeden Mittwoch- und Samstagabend hat uns Pfarrer Steinhilber Silchers dreistimmige Choräle dirigieren gelehrt.«

»Steinhilber, Steinhilber.« Der Pfarrer dachte nach. »Ist das ein Freund vom Silcher?«

»Weiß ich nicht, Herr Pfarrer«, sagte Hansjörg.

»Etwas jünger als ich, so groß wie ich, schlank, grauer Backenbart und volles Haupthaar, glatt nach hinten gekämmt?«

»Und hat's im Kreuz«, vervollständigte Hansjörg das Bild.

»Dann kenn ich ihn. Der steckt immer mit dem Silcher zusammen, wenn wir Jahrestreffen in Tübingen haben. So, so, Steinhilber heißt der.«

»Sie kennen wohl alle Pfarrer in Württemberg?«, stellte der Schultheiß verwundert fest.

Maier trank einen kleinen Schluck von seinem Rotwein und wischte sich mit dem Handrücken den Mund ab. »Wir kommen alle aus demselben Stall, dem Tübinger Stift. Und mit den Jahren lernt man viele Berufskollegen näher kennen.« »Auf Ihr Wohl, Herr Pfarrer.« Der Wirt prostete allen am Tisch Sitzenden zu und lachte. »Jetzt weiß ich endlich, was ein Stiftskopf ist.«

Pfarrer Maier schmunzelte, setzte sein Glas ab und wandte sich wieder an Hansjörg: »Und welche Lieder hat Steinhilber mit seinen Seminaristen einstudiert?«

Hansjörg musste sich nicht lange besinnen. »*Ich weiß nicht, was soll es bedeuten* – so hat das Lieblingslied von Pfarrer Steinhilber geheißen. *Ännchen von Tharau* hat mir gut gefallen. Und mein Freund Eugen hat sich oft das Lied *Morgen muss ich fort von hier* gewünscht. In der Adventszeit haben wir gern Silchers Liedsätze *Alle Jahre wieder* und *Kommt Kinder, lasst uns gehen gen Bethlehem* gesungen.«

Der Wirt prostete ihm erneut zu. Hansjörg ließ den Deckel seines Bierkrugs aufschnappen und gönnte sich einen geziemenden Schluck. »Reihum haben wir den Chor dirigieren müssen, erst im Seminar, dann in der Kirche.« Er setzte den Krug ab. »Pfarrer Steinhilber hat uns jeden Tag gepredigt, Kirchenchöre leiten und Gesangvereine fördern sei unsere Christenpflicht.«

»Gesangvereine fördern?« Schulmeister Hartmann schüttelte ärgerlich den Kopf.

Martin Luther habe gesagt, die Musik sei eine Zuchtmeisterin, berichtete Hansjörg aus seiner Ringelfinger Seminarzeit, wohl wissend, dass sein Schulmeister kein Lehrerseminar besucht haben konnte, weil es damals noch keines gab. Die Musik mache griesgrämige Leute gelinder und sanftmütiger, sittsamer und vernünftiger, habe Luther behauptet. Einen Schulmeister, der nicht singen könne, so Luther, den respektiere er nicht, denn Sänger seien fröhliche Menschen, die ihre Sorgen hinwegsingen.

»Jetzt wird mir einiges klar.« Pfarrer Maier, der sein Weinglas mit beiden Händen umfasst und gedankenverloren hin und her gedreht hatte, blickte auf. »Silchers Liedertafel in Tübingen ist das Vorbild für die Neustadter Liedertafel, und die hiesigen Sänger üben die Chorsätze ein, die Silcher für seine Liedertafel komponiert hat.«

»So ist's, Herr Pfarrer«, bestätigte der Wirt.

Hartmann stand auf und entschuldigte sich für den Rest des Abends. Der Wirt blickte ihm kopfschüttelnd nach und zwinkerte Hansjörg zu.

»Letzte Woche sagtet Ihr etwas von einer Armenschule.« Der Pfarrer legte seine linke Hand auf Hansjörgs Arm. »Das müsst Ihr mir noch erklären. Nicht wahr, Herr Schultheiß, das wäre was für unsere armen Kinder? Wenn der Schulmeister Recht hat und die Hungersnot größer wird, dann trifft sie die armen Kinder am härtesten.«

Der Wein half den Stammtischbrüdern, sich bis in die späte Nacht hinein in die Details der Armenbetreuung zu vertiefen. Der Pfarrer ließ sich eine Zigarre bringen und paffte aus Mund und Nase.

Gegen Mitternacht erzählte er allerlei Schwänke aus seinen früheren Pfarreien. In ein paar Jahren gehe er in Ruhestand und jetzt gleich ins Bett. Aber zuvor wolle er noch wissen, was Hansjörg über sein neues Amt als Schulprovisor denke.

»Ich versteh Sie nicht, Herr Pfarrer.«

»Na, na«, sagte der Pfarrer verschmitzt, und die Tafelrunde stellte ihre Ohren in den Wind. »Die jungen Lehrer sind gut ausgebildet und schlecht bezahlt. Das verdrießt bei der Arbeit. Ist's nicht so, Herr Provisor?«

Als Hansjörg errötete, sagte der Pfarrer beschwichtigend: »Nichts für ungut.« Der alte Herr nahm die Zigarre aus dem Mund und tätschelte dem jungen Lehrer die Hand. »Den Kindern das Lesen, Schreiben und Rechnen beibringen, als Vollstrecker des Kirchenkonvents die Kinder mit Backpfeifen, Tatzen und Hosenspannen drangsalieren, dem Pfarrer untertänigst und dem Schulmeister willfährig als Hilfsmesner zur Hand gehen, das verdrießt.«

Er nickte Hansjörg, der ihn mit offenem Mund anstarrte, freundlich zu, paffte durch seine Zigarre hindurch und fuhr sich mit beiden Händen über die Augen. Mit schwerer Zunge sagte er: »Vierzig Jahre lang habe ich mir den Zirkus angeschaut. Ich beneide Sie nicht um Ihr Amt.« Er lachte ihn freundlich an. »Keine Sorge, Herr Provisor, solang ich den Kirchenkonvent leite, müssen Sie die Kinder nicht mit Backpfeifen und Haselnussstecken malträtieren.« Er erhob sich schwerfällig. »Gute Nacht, meine Herren, schlafen Sie wohl.«

Schultheiß, Schulmeister und die übrigen Mitglieder des Kirchenkonvents trafen sich am Sonntagnachmittag in der Amtsstube im Pfarrhaus. Auf Wunsch von Pfarrer Maier war auch Hansjörg gekommen, obwohl er nicht dem Kirchenkonvent angehörte.

Der Schultheiß, der als Gemeindevorstand der zweite Mann im Kirchenkonvent war, setzte sich neben den Pfarrer. Er trug seine Amtstracht, einen dunkelblauen Rock mit weiten Schößen und silbernen Knöpfen, eine rote Weste und einen dreieckigen Filzhut, gelblederne Beinkleider und genagelte Schuhe.

»Meine Herren«, eröffnete der Pfarrer die Sitzung, »ich danke Ihnen, dass Sie gekommen sind. Außergewöhnliche Zeiten erfordern besondere Maßnahmen. Wir wollen uns heute mit einem einzigen Thema befassen: mit den Folgen der Missernten. Schulmeister Hartmann, der sich seit Jahren Notizen über das Wetter macht, wird uns zunächst berichten.«

»Eigentlich, Herr Pfarrer«, Hartmann breitete seine Unterlagen vor sich aus und sah ihn fragend an, »müsste ich mit dem Winter 44 auf 45 beginnen.«

Maier stimmte mit einer Geste zu.

Der Schulmeister nahm einen Zettel in die Hand und berichtete, den Blick auf seine Aufzeichnungen geheftet: »Am 1. November 1844 hat der Winter mit starkem Frost und viel Schnee eingesetzt. Im Februar 1845 lag der Schnee vier Fuß hoch, und die Straßenwärter konnten die Chausseestraßen nicht mehr freischaufeln. Das Eis war so dick, dass es auf dem Neckar mit Pulver gesprengt werden musste. Die Wölfe kamen aus dem Elsass über den zugefrorenen Rhein in den Schwarzwald, und von da bis an den Neckar. Die Fabriken und Manufakturen standen aus Wassermangel still. Der Warenverkehr kam zum Erliegen. Das Ende vom Lied: Die einfachen Leute hatten kein Einkommen mehr, aber die Lebensmittelpreise explodierten. Noch im März hatten wir sibirische Kälte mit Eis und Schnee.«

»Einige Menschen sind erfroren«, ergänzte der Schultheiß. »Die älteren Leute konnten sich nicht an einen so strengen Winter erinnern.«

»Das war erst der Anfang vom Lied«, setzte Hartmann seinen Bericht fort. »Der tiefe Schnee, der bis in den April liegen blieb, ließ das Winterkorn in den Saatfeldern faulen. Und im Mai setzte zu allem Übel noch ein trockener Sommer ein. 46 Hitzetage habe ich gezählt und halb so viel Regen wie früher beobachtet. Die Ernte fiel darum im vorletzten Jahr erbärmlich aus. Die Getreidepreise stiegen gewaltig. Das Kartoffelkraut war schon lange vor der Sommervakanz verdorrt. Deshalb gab es bei der Kartoffellese nicht viel mehr zu ernten als man an Saatkartoffeln gesteckt hatte. Auch die Obstbäume brachten wenig Ertrag.«

»Drei Gulden für den Scheffel stand der Roggenpreis im Herbst 45«, erinnerte sich der Kirchenbauer. »Und im folgenden Winter ging's grad so weiter.«

»Genau so war's.« Der Schulmeister suchte ein anderes Blatt aus seinen Notizen heraus. »Das Jahr 1846 brachte eine noch größere Missernte. Trockenheit, dann Überschwemmungen, Unwetter und Hagel vernichteten das Heu, das Getreide und das Obst. Teuerung und Hungersnot waren die Folge.«

Hartmann schüttelte den Kopf, weil er an die Not und das Elend vieler Menschen dachte. »Der Kampf ums tägliche Brot nahm in etlichen Familien schier unvorstellbare Ausmaße an. Manch armer Teufel musste ein Stück Ackerland gegen einen Korb Dörrobst eintauschen. Die Lebensmittelpreise stiegen und stiegen. Die niederen Staatsdiener erhielten Sonderzulagen, und die Regierung kaufte Getreide aus Übersee, um die ärgste Not zu lindern.«

»Vergesst nicht, Schulmeister, dass im letzten Herbst fünf Bauern in unserem Dorf vergantet sind. Der Hinterbauer hat sich in der Scheune erhängt, weil sein Hof überschuldet war und er die Schmach der Gant nicht erdulden wollte. Und aus Neustadt und Umgebung sind über zwanzig verarmte Familien nach Amerika ausgewandert.«

Hansjörg sah fassungslos von einem zum anderen; so großes Elend kannte er nicht aus Sommerfelden.

Der Schulmeister, der das bemerkte, fuhr ungerührt fort: »Und das ist noch nicht alles, Herr Provisor. In diesem Februar war's heiß. Alles blühte und grünte. Dann kam der Winter zurück, wissen Sie es noch? Bis weit ins Frühjahr hinein hatten wir Schnee. Am 18. April lag der Schnee noch über einen Schuh hoch, grad so viel wie am schönsten Christtag. Die Knospen an den Bäumen sind erfroren. Und seitdem herrscht Trockenheit. Das Getreide hat wenig Frucht angesetzt. Im April hat es in Berlin Brotkrawalle und Schlägereien um die letzten Kartoffeln gegeben, stand in der Zeitung.«

»Auch bei uns, Schulmeister«, meldete sich der Schultheiß zu Wort, »auch bei uns gab's im April einen Brotkrawall.« Er holte tief Luft, weil er erregt war. »Der Oberamtmann hat uns Schultheißen davon in einer Sitzung erzählt. Eine aufgebrachte Menschenmenge hatte sich in Stuttgart in der Hauptstädter Straße zusammengerottet und nach Brot geschrien. Die Stadtgardisten konnten die Menge nicht bändigen. Unser König Wilhelm wollte die Meute beruhigen und hat zu später Stunde versucht, sich hoch zu Ross einen Weg durch die Aufrührer zu bahnen, umgeben von seiner Infanterie. Als der König in Bedrängnis geriet, haben die Soldaten in die Luft geschossen. Ein unbeteiligter Schustergeselle brach tödlich getroffen zusammen. Zur Beruhigung der Magennerven hat die Regierung in den darauf folgenden Tagen das Rauchen auf öffentlichen Straßen und Plätzen in und um Stuttgart erlaubt.«

»Wenn Sie mich fragen, Herr Pfarrer«, fasste der Schulmeister die Ausgangslage zusammen, »dann sind das alles Zeichen für das nahe Weltende, wie es in der Bibel steht.«

»Ich dank Ihnen, Schulmeister, für den ausführlichen Bericht«, zog der Pfarrer das Wort wieder an sich und wandte sich an den Gemeindevorsteher: »Schultheiß, Ihr habt vergessen zu erwähnen, dass die Regierung wegen der Krawalle das Cannstatter Volksfest für dieses Jahr abgesagt hat.«

»Gut, dass Sie mich dran erinnern, Herr Pfarrer. Gleich morgen gebe ich dem Dorfbüttel den Befehl, es auszuschellen.« Er sah ernst in die Runde. »Der Gemeinderat und ich, wir sind bereit, alles zu tun, was die Not der Neustadter lindern kann.«

»Also, meine Herren«, Pfarrer Maier machte eine kleine Pause und nahm seinen Konvent ins Visier, »was schlagen Sie vor? Die Regierung hat die Bäcker gezwungen, das Brot zum Preis von 1840 zu verkaufen und zahlt ihnen einen Ausgleich: 14 Kreuzer kostet wieder der Sechspfünder Roggenbrot und 1 Kreuzer das Weißbrötchen. Aber das Mehl ist viel teurer als vor zwei Jahren. Fleisch können sich ärmere Leute nicht mehr leisten. Wachskerzen, Kernseife und ausgelassenes Unschlitt sind bald nicht mehr zu bezahlen.«

Mit der Ordnung der Männerrunde war es vorbei. Alle bejammerten ihre Not, viele beklagten sich über die Obrigkeit, einige riefen Vorschläge zur Abhilfe über den Tisch, bis der Pfarrer in die Hände klatschte: »Jeder von uns hat seine liebe Not, mit diesen teuren Zeiten fertig zu werden. Es gibt Leute bei uns auf den Fildern, denen steht das Wasser bis zum Hals. Die können sich nicht mehr selber helfen.«

Er machte wieder eine Pause, bis ihn alle ansahen, dann sagte er langsam und betonte jedes Wort: »Wie können *wir* helfen?« Er machte mit dem Zeigefinger einen Kreis, der alle am Tisch einschloss: »*Wir*, meine Herren! Was schlagen Sie vor?«

Die Männer schrien durcheinander: Brot an die Armen verteilen – Geld aus der Gemeindekasse zu niedrigen Zinsen verleihen – Saatgut verteilen – den Armen Arbeit besorgen – eine Armenschule gründen – eine Suppenküche im Schulhaus einrichten.

»Bedenken Sie«, Maiers Worte gingen im Lärm unter, deshalb hob er die Stimme: »Bedenken Sie, so viele Leute sind wir nicht, als dass wir das alles tun könnten.«

Die Männer stutzten und sahen ihren Vorsitzenden ratlos und fragend zugleich an.

»Wir sollten einen Verein gründen, Mitstreiter gewinnen und nur die Vorschläge verwirklichen, die schnelle Ergebnisse bringen.«

»Ein Filderverein«, meldete sich Hansjörg zu Wort, unterbrach sich selbst, weil ihm niemand zuhörte, und setzte schließlich erneut an: »Ein Filderverein könnte Notleidenden helfen und für alle anderen Hilfe zur Selbsthilfe organisieren.«

Sie erwogen das Für und Wider eines solchen Vereins und einigten sich, es damit zu probieren.

»In schlechten Zeiten«, fasste Maier das Ergebnis zusammen, »soll sich der Verein um das Wohl der Menschen sorgen, und in guten Zeiten die Kultur und die Unterhaltung fördern. Wenn wir alle Gemeinden auf den Fildern für unseren Filderverein begeistern, dann erreichen wir etwas. Gemeinsam sind wir stark.«

Er rief seine Magd herbei und beauftragte sie, den Herren einen Most einzuschenken und Brot aufzuschneiden. Als jedes Konventsmitglied ein volles Glas vor sich hatte, hob Maier sein Henkelglas, dankte dem Konvent für so viel Gemeinsinn und bat die Männer, für den neuen Verein kräftig zu werben. Seiner Meinung nach sollte sich der Filderverein anfangs darauf konzentrieren, eine Armenschule aufzubauen, Brot an Bedürftige zu verteilen und das Saatgut für die nächste Aussaat zu beschaffen.

In geselliger Runde saßen die Männer noch über eine Stunde zusammen, erinnerten sich an die Wetterkapriolen und Missernten der letzten Jahre, erörterten erste Hilfsmaßnahmen und plauderten über den zu gründenden Verein.

Pfarrer Maier bat zum Schluss, der Schultheiß möge bis zur nächsten Sitzung des Kirchenkonvents einen schriftlichen Vorschlag für die Unterstützung der Landwirtschaft ausarbeiten. Den Schulmeister beauftragte er, sich Gedanken über Suppenküche und Brotverteilung zu machen. Und Hansjörg trug er auf, alles, was er in der Ringelfinger Armenschule gesehen und gelernt habe, zu Papier zu bringen.

Eine Viertelstunde vor sieben schloss Hansjörg den Schulsaal für die Unterstufenschüler auf, wie es in Neustadt sommers üblich war. Er setzte sich ans Pult und achtete darauf, dass jedes Kind, das hereinkam, still an seinen Platz ging und sich ruhig verhielt. Vom allerersten Schultag an hatte er in Neustadt seine Schüler streng ermahnt, pünktlich zum Unterricht zu kommen.

Kaum war der siebte Schlag der Kirchturmuhr verhallt, stand er auf und schloss leise die Zimmertür. Mit Gebet und Morgenlied begann er den Unterricht. Dann ging er nochmals zur Tür, öffnete sie und ließ die Zuspätgekommenen eintreten. Er hoffte, so alle 109 Kinder zur Pünktlichkeit zu erziehen und ohne Strafen auszukommen.

Die acht- bis zehnjährigen Buben und Mädchen forderte er auf, das tags zuvor begonnene Lesestück in der Bibel aufzuschlagen, dreimal still zu lesen und dann die vereinbarten Textstellen zu memorieren. In einer halben Stunde werde er die Bibelzitate abfragen und auswendig vortragen lassen. »Bis dahin höre ich von euch keinen Mucks, verstanden?«, ermahnte er sie. »Martin und Olga: Ihr passt auf, dass sich alle anständig aufführen.«

Mit den Sechs- und Siebenjährigen führte er Kopfrechnungen durch: »Welche Zahl haben wir in der letzten Rechenstunde zerlegt, Christian?«

Der Junge sprang auf: »Wir haben die Zahl 6 zerlegt, Herr Provisor.«

»Woraus besteht die Zahl 6?«

Viele Kinder meldeten sich. Er rief drei Mädchen auf.

»Die Zahl 6 besteht aus 4 und 2.«

»Die Zahl 6 besteht aus 3 und 3.«

»Die Zahl 6 besteht aus 5 und 1.«

Hansjörg lobte: »Das habt ihr euch gut gemerkt. Jetzt eine schwierige Frage: Welche Tiere haben 6 Beine?«

Die Kinder nannten zunächst verschiedene Käfer, den Maikäfer, den Marienkäfer und den Hirschkäfer. Dann kamen sie in Fahrt und zählten alle Arten von Insekten auf, Schmetterlinge und Libellen, Bienen und Hummeln, Fliegen und Heuschrecken.

Hansjörg stellte allerlei Scherzaufgaben. »Wie viele Beine hat ein Käfer mehr als ein Hund?« – »Wie viele Beine hat die Maus weniger als der Maikäfer?« – »Von 6 gesteckten Kürbiskernen gingen 4 auf, wie viele nicht?« – »Nennt mir 2 Tiere, die zusammen 6 Beine haben.« – »Nennt mir 3 Tiere, die zusammen 8 Beine haben.« – »Wie viele Räder insgesamt sind an einem Heuwagen und an einer Mistkarre?«

Hatten sich viele Kinder beim Rechnen mit bloßen Zahlen noch schwer getan, so lösten sie diese anschaulichen Aufgaben flink und mit großer Freude.

Die Kinder rechneten eifrig, bis es klopfte. Draußen stand die Magd des Zieglerbauern und weinte. Alle Kinder starrten gebannt zur Tür und spitzten die Ohren. Unter Schluchzen brachte die Magd hervor, der Bauer sei beim Holzfahren von seinem eigenen Leiterwagen überrollt worden, als die Pferde durchgingen. Die Anna solle gleich mit ihr heimkommen.

Anna, die wie die anderen Kinder alles mit angehört hatte, brach in Tränen aus. Hansjörg ging an ihren Platz, nahm sie in den Arm und brachte sie vor die Tür. Dort legte er seine Hand auf ihren Scheitel und versuchte, das Mädchen zu trösten, bevor es mit der Magd wegging.

Hansjörg wusste, dass sich die Kinder erst beruhigen mussten, bevor sie wieder lernen konnten. Darum unterbrach er den Unterricht und ließ sie erzählen, was sie bewegte. Sie berichteten über ähnliche Unglücksfälle in den letzten Jahren. Sie zählten auf, welche Neustadter Schüler ohne Vater oder

Mutter aufwachsen und warum. Sie schilderten, wie Unglücke ganze Familien zerstörten. Und sie philosophierten über das Leben und den Tod.

Hansjörg hörte gebannt zu, was die Kinder erzählten und wie sie es sagten, ernst und feinfühlig, ohne sich das Wort abzuschneiden und ohne Zutun ihres Lehrers.

»Die Eltern geben ihren Kindern gerne ihre eigenen Vornamen, damit ein Stück von ihnen weiterlebt, wenn sie sterben müssen«, meinte ein Neunjähriger. Und ein Mädchen fügte an: »Eltern sorgen über ihren eigenen Tod hinaus für ihre Kinder.«

*Warum heiße ich Hansjörg? Haben auch meine leiblichen Eltern über ihren eigenen Tod hinaus für mich vorgesorgt?* Hansjörg war so in Gedanken versunken, dass er nicht merkte, wie ihn die Kinder anstarrten. Erst als ein Mädchen in die Stille hinein »Herr Provisor, was fehlt Ihnen?« rief, erkannte er, dass er mit seinen Gedanken weit weg gewesen war.

Er wischte sich mit der Hand übers Gesicht und nahm den Unterricht wieder auf.

Nach der Sonntagspredigt forderte Pfarrer Maier die Dorfbewohner auf, in den beiden kommenden Wochen das Getreide zu ernten. Das habe der Gemeinderat am Abend zuvor nach der Feldbegehung beschlossen. In der Schule sei so lange Vakanz. Sollte sich das Wetter verschlechtern und müsse man die Ernte unterbrechen, dann werde die Schule sofort wieder geöffnet. Er beendete den Gottesdienst mit der Bitte, Gott möge den Menschen gnädig sein und ihnen nach etlichen Missernten wieder volle Scheuern schenken. Dann sprach er den Erntesegen.

Hansjörg, der im Gegensatz zum Schulmeister keine Felder zu bewirtschaften hatte, bat den Pfarrer um Erlaubnis, nach Hohenheim und in die Nachbardörfer wandern zu dürfen. Jeden Abend komme er nach Neustadt zurück für den Fall, dass wegen schlechten Erntewetters wieder unterrichtet werden müsse. Er wolle endlich das Schloss und die berühmte Ackerbauschule in Hohenheim besuchen und sich ein Bild von Land und Leuten auf den Fildern machen.

»Nehmt Ihr mich mit nach Hohenheim, Herr Provisor? Auch ich war noch nie dort.« Hansjörg konnte die Bitte nicht abschlagen, obwohl er sich gern allein in der Ackerbauschule umgeschaut hätte.

Wie jeden Tag läutete Hansjörg am nächsten Morgen um sechs Uhr die Kirchenglocken, dann klopfte er an der Tür zum Pfarrhaus, das neben der Kirche lag. Pfarrer Maier erwartete ihn und bat ihn, in die Pfarrküche zu kommen, wo sie gemeinsam frühstückten.

Sie wanderten an der Körsch entlang bis Plieningen, wo eine kleine Holzbrücke das Flüsschen überquerte. Nach wenigen Schritten auf der anderen Flussseite bog ihr Weg nach Norden ab und führte sie nach Hohenheim.

Der eine Flügel des Hohenheimer Schlosses glich eher einer Ruine. Das sahen sie schon beim Näherkommen. Manche Türen und Fenster waren mit Verschlägen zugenagelt. Marder und Eulen hausten wohl darin.

Im anderen Schlossflügel war die Ackerbauschule untergebracht.

Pfarrer Maier fragte einen jungen Mann, der gerade aus dem Ökonomiegebäude kam, an wen man sich wenden müsse, wenn man sich hier etwas umschauen wolle. »Gehen Sie zum Herrn Oberlehrer. Nach dem Hauptportal die zweite Tür links. Ich begleite Sie dorthin.« Der junge Mann brachte sie an den gewünschten Ort.

Oberlehrer Denzel freute sich über das Interesse der beiden Besucher und bot sich an, sie durch die Lehranstalt zu führen. Beim Aufstieg in den oberen Stock erklärte er, wie die Fachschule organisiert sei. »Geleitet wird unsere Anstalt von Direktor Baumann. Ihm untersteht erstens die Lehrabteilung, der ich vorzustehen die Ehre habe, zweitens die landwirtschaftliche Abteilung mit Fachkräften für die verschiedenen land- und forstwirtschaftlichen Aufgaben, für den Gartenbau, die Obstbaumzucht, die Schafzucht, die Pflanzenzucht.« Er blieb einen

Augenblick lang stehen und atmete tief durch. »Und drittens die Hauswirtschaft mit einer Hauswirtschafterin, Mägden und Knechten. Unser Direktor und die Lehrer sind studierte Pfarrer, so wie ich. Und wie fast alle württembergischen Theologen haben wir an unserer Landesuniversität in Tübingen studiert und im Stift gewohnt.« Er legte auf dem Treppenabsatz eine Verschnaufpause ein. »Und Sie, wo haben Sie studiert?«

Maier lachte. »Ich bin ein Stiftler, was sonst?«

Oberlehrer Denzel setzte seine Führung fort: »Hier in Hohenheim bringen wir jungen Leuten die Landwirtschaft bei. Außerdem erproben wir neue Futter- und Gemüsepflanzen und züchten Obst- und Getreidesorten. Gerade probieren wir Topinambur aus«, er blieb erneut stehen und wies durch ein Fenster auf einen Haufen von dicken Pflanzenstängeln vor dem Schloss hin. »Das ist eine aus Nordamerika stammende Sonnenblume, die sich wegen ihrer Knollen gut als Viehfutter eignet.« Er deutete mit ausgestrecktem Zeigefinger auf eine grüne Fläche. »Und hinter dem Haufen – sehen Sie die dunkelgrünen Felder? – da machen wir gerade Anbauversuche mit dem Riesenklee.«

Maier nickte versonnen. »Die Zeitungen sind voll von dieser Wunderpflanze«, bestätigte er.

»Leider, leider.« Denzel legte die Stirn in Falten und erhob den Zeigefinger. »Diese angeblich neue Kleesorte, die den Bauern überall gegen teures Geld aufgeschwatzt wird, ist in Wirklichkeit eine altbekannte Pflanze, die in einigen Gegenden wild wächst. Sie treibt holzige Stängel und hat wenige Blätter. Deshalb gibt sie kaum Futter und wird vom Vieh gemieden.«

»Das ist mir neu. Das müssen wir unters Bauernvolk bringen, Herr Provisor«, wandte sich Maier an Hansjörg, »damit nicht noch mehr in Neustadt übers Ohr gehauen werden.«

Im Obergeschoss führte Denzel durch die beiden Schlafsäle. Jeder Schüler habe sein eigenes Bett mit Strohsack, und jeweils zwei Buben belegten gemeinsam einen Schrank. »Ungefähr 60 Schüler können wir in unserer Anstalt unterbringen.«

»Und was machen die jungen Leute nach ihrer Ausbildung?«, wollte Pfarrer Maier wissen.

»Sie werden Gutsherren oder Pächter von Staatsgütern, hier bei uns oder im Ausland.« Denzel blieb stehen und redete mit Händen und Füßen: »Sogar in Russland arbeiten unsere Ackerbauschüler. Manche Absolventen übernehmen den Hof ihres Vaters oder arbeiten als Wagner, Schmied oder Baumwart oder gründen eine Schäferei. Manche finden als landwirtschaftliche Regierungsberater in halb Europa eine Stelle.«

Sie stiegen, in ein Gespräch über die Verbesserung der Landwirtschaft vertieft, wieder ins Erdgeschoss hinab und kamen in die Hauswirtschaft mit Küche, Speisekammer, Waschküche und Speisesaal. In der Küche trafen sie auf eine rotwangige Mittvierzigerin und zwei junge Mägde. »Das ist unsere Hauswirtschafterin, Frau Volk, die gute Seele in unserem Betrieb«, stellte Denzel die resolute Frau seinen Besuchern vor. »Zusammen mit drei Mägden und zwei Knechten ist sie für die Hausökonomie verantwortlich.«

Die Hauswirtschafterin drückte, weil sie nasse Hände hatte, mit dem Handrücken ihr Kopftuch zurecht und lachte den Besuchern zu.

Denzel warf einen kurzen Blick in den Speisesaal, stellte fest, dass niemand drin saß und bat dann die Wirtschafterin: »Könnten Sie, Frau Volk, für unsere Gäste, Herrn Pfarrer Maier und seinen Provisor, und auch für mich Kaffee und Kuchen auftischen?« Er wandte sich an Hansjörg: »Ich habe mir Ihren Namen nicht gemerkt, Herr Provisor.«

»Rössner heißt er«, sagte Pfarrer Maier und nickte Hansjörg freundlich zu. »Herr Rössner dirigiert auch die Neustadter Liedertafel. Ein junger Mann mit Zukunft.«

»So, so, Rössner heißen Sie«, sagte die Hauswirtschafterin nachdenklich, trocknete sich die Hände an einem Küchenhandtuch ab und kam auf die Gäste zu. »So ein Zufall. Als ich hier vor vielen Jahren als Küchenmagd angefangen habe, da hatten wir einen Baumwart. Der hieß Hans Rössner. Das war ein tüchtiger Obstbauer.« Sie hob anerkennend die linke

Hand. »Ein geschicktes Händchen für neue Obstsorten hat er gehabt. Er hat die Elisabeth geheiratet, die hier Magd war und mit mir eine Dachkammer im zweiten Stock geteilt hat.«

Hansjörg spürte, wie ihm die Röte ins Gesicht schoss. Darum drehte er sich zum großen Flurfenster um und sagte zu Pfarrer Maier, auf die schöne Aussicht hinweisend: »Dort drüben liegt Plieningen, und rechts davon sieht man gerade noch den Kirchturm von Neustadt. Ich hätt nicht gedacht, dass das so nahe beieinander ist.«

Der Angesprochene warf einen kurzen Blick aus dem Fenster und wandte sich dann an die Hauswirtschafterin: »Und wie ist der Tagesablauf im Haus?«

»Sommers müssen die Schüler um fünf Uhr aufstehen, winters um sechs. Dann müssen sie sich am Brunnen im Hof waschen, ihre Betten nach Vorschrift machen und die Stuben ausfegen und nass aufwischen.«

Die Hauswirtschafterin drehte sich rasch zu den beiden Mägden um und wies sie mit einer energischen Handbewegung an, im Speisesaal für die Gäste den Tisch zu decken. »Um sechs, winters um sieben kommen meine Buben zu mir in die Hauswirtschaft. Da gibt's Frühstück hier im Speisesaal, Suppe mit Schwarzbrot. Um halb zehn bekommen sie Äpfel oder Birnen von unseren eigenen Obstbäumen, wenn sie im Schloss bleiben und Unterricht haben.«

Sie unterbrach sich kurz und bat eine der vorbeieilenden Mägde, Apfelkuchen zum Kaffee zu servieren. Dann wandte sie sich wieder Pfarrer Maier zu. »Müssen die Buben morgens aufs Feld, dann geben wir ihnen ihr Vesper mit. Um zwölf Uhr wird hier im Haus gegessen: mittwochs und sonntags Fleisch oder Bratwürste, sonst Suppe und Gemüse. Einmal in der Woche gibt's eine Dampfnudel dazu.«

Maier nickte anerkennend, und die Wirtschafterin setzte mit einer raumgreifenden Handbewegung, als sei das alles ihr Revier, ihren Bericht fort: »Nachmittags sind die Schüler draußen, mal auf dem Feld, mal im Garten, mal in der Werkstatt. Nach dem Mittagessen nimmt sich jeder Schüler eine Scheibe

Brot und einen halben Liter Most mit. Um sechs Uhr sitzen die Buben wieder hungrig im Speisesaal und löffeln eine dicke Gemüsesuppe und essen Brot dazu. Oder sie bekommen eine Milchsuppe mit eingelegtem Brot.«

»Und sommers wie winters«, fügte Denzel an und führte die Gäste in den Speisesaal, wo ihnen die Hauswirtschafterin Kaffee und Kuchen servierte, »ist nach dem Abendessen nochmals Unterricht. Winters müssen die Buben um acht ins Bett, sommers um neun Uhr.«

Er machte eine einladende Geste: »Setzen Sie sich bitte.«

Hansjörg bat, ihn für einen Augenblick zu entschuldigen und wandte sich an die Hauswirtschafterin, sie möge ihm den Weg zum Abort zeigen. Als sie auf dem Flur waren, sagte er zu ihr: »Ja, der Hans Rössner ist mein Vater. Meine Mutter ist vor fünf Jahren gestorben.«

Die Frau schlug die Hände vors Gesicht und wurde blass. Deshalb sagte Hansjörg rasch: »Gerne würde ich mehr aus ihrer Jugendzeit erfahren. Darf ich Sie morgen oder übermorgen nochmals aufsuchen?«

»Ich bin immer da. Am besten kommen Sie ohne Anmeldung direkt zu mir in die Hauswirtschaft.«

»Dass meine Eltern hier in der berühmten Ackerbauschule gearbeitet haben, darauf bin ich stolz. Aber ich möchte das nicht jedermann auf die Nase binden.«

»Vorhin, als ich den Namen Ihres Vaters erwähnte, sind Sie rot geworden.« Forschend blickte die Frau dem jungen Mann ins Gesicht. »Ähnlich sehen Sie der Elisabeth nicht.«

Hansjörg errötete, und die Wirtschafterin strahlte ihn an: »Sie können sich darauf verlassen, dass ich nur mit Ihnen über Ihre Eltern spreche. Ich freue mich, wenn Sie mich besuchen.« Ihre Miene verfinsterte sich. »Sie müssen mir unbedingt erzählen, was mit meiner lieben Lizi passiert ist.«

Nach der Kaffeepause zeigte Denzel seinen Gästen die Stallungen, die Gemüsegärten, die Werkstätten und die Werkzeugkammer, während die Schüler im Schulsaal saßen und landwirtschaftliche Grundkenntnisse paukten.

»Jeder Schüler hat sein persönliches Geschirr, wie das bei uns heißt: eine Schaufel, eine Hacke, eine Gabel, einen Rechen, eine Gartenschere und einen Arbeitsschurz. Und jeder Schüler hat eine Werkzeugnummer. Auf jedem Stück«, Denzel nahm eine Hacke auf und zeigte auf eine Zahl, die in den hölzernen Schaft eingebrannt war, »verrät uns die Nummer, wem das Werkzeug gehört. Einmal in der Woche wird alles Werkzeug auf Vollständigkeit, Brauchbarkeit und Sauberkeit überprüft. Wir arbeiten hier nach dem Sprichwort: *Wie der Herr, so's G'scherr*. Noch Fragen, meine Herren?«

»Und zu welcher Kirchengemeinde gehört Ihre Lehranstalt, Herr Oberlehrer?«, wollte Hansjörg wissen.

»Geburten, Hochzeiten und Sterbefälle werden in den Kirchenbüchern von Plieningen festgehalten. Hohenheim ist nur ein Schloss und keine Gemeinde. Aber Gottesdienste halten wir selber ab. Pfarrer gibt's hier genug«, sagte Denzel und winkte mit der Hand ab, als sei ihm jede weitere Frage dazu lästig.

Pfarrer Maier dankte für die Führung und machte sich mit Hansjörg auf den Weg nach Plieningen.

Unterwegs begeisterte der junge Mann seinen Vorgesetzten von der Idee, das Gesehene und Gehörte gleich niederzuschreiben und daraus ein kleines Büchlein über *Land und Leute auf den Fildern* zu machen, das man im Anschauungsunterricht der Schule gut verwenden könne. Die künftigen Pfarrer und Lehrer hätten dann, wenn sie auf die Fildern versetzt werden, eine kurzweilige Lektüre, die ihnen das Eingewöhnen am neuen Dienstort erleichtere. Darum habe er vorsorglich gefragt, zu welcher Kirchengemeinde Hohenheim gehöre; in Plieningen könnte man vielleicht etwas in der Kirchenregistratur über die Hohenheimer Lehranstalt nachlesen.

Als sie ins Nachbardorf kamen, steuerte Maier direkt auf das Pfarrhaus neben der Kirche zu, klopfte und stellte sich als der neue Kollege aus dem Nachbardorf vor. Wie unter Pfarrersleuten üblich, wurden die beiden Wanderer ins Haus gebeten und zum Mittagessen eingeladen.

Maier berichtete seinem Kollegen, sein Begleiter dirigiere die neu gegründete Liedertafel in Neustadt, was er im Seminar in Ringelfingen gelernt habe, und wolle jetzt einen kleinen Führer über die Fildergemeinden schreiben. Ihr Gastgeber lachte laut auf: »Die Welt ist klein. In Ringelfingen waltet der Steinhilber, nicht wahr, Herr Provisor?«

Hansjörg bejahte es verdutzt, und der Plieninger Pfarrer reimte: »*Bist du der Pfaff von Ringelfingen, / so musst du dort vor allen Dingen / die Schäflein lassen fröhlich singen.*«

Als ihn seine beiden Besucher erstaunt ansahen, klärte er sie auf: »Vor über zehn Jahren hat mir mein alter Studienfreund Steinhilber beim Jahrestreffen der Stiftler in Tübingen gesagt, dass er nach Ringelfingen versetzt werde. Das freute ihn mächtig, weil er so keinen Tagesmarsch von seinem geliebten Tübingen entfernt sei. Und unser Zimmergenosse Zeller aus alten Studentenzeiten, der stand daneben und hat diesen holprigen Dreizeiler gemacht, weil man der Ringelfinger Kirchengemeinde damals nachsagte, eine Schafherde mache eine bessere Musik als sie.«

»Na, das scheint sich gründlich geändert zu haben.« Maier berichtete über die Liedertafel, und Hansjörg erzählte, wie Steinhilber im Seminar die dreistimmigen Liedsätze eingeübt habe. Er erläuterte, wie man das angedachte Büchlein über die Landschaft auf den Fildern mit Beschreibungen, Skizzen und ein paar bekannten Liedern der Gegend ausgestalten könne.

»Eine Beschreibung von Land und Leuten auf den Fildern«, griff der Plieninger Pfarrer die Idee auf, »wäre für uns alle nützlich. Das sollten wir, lieber Herr Kollege, unserem Dekan vortragen und ihn um Unterstützung bitten. Und wie kann ich Ihnen behilflich sein, lieber Provisor?«, fragte er Hansjörg.

»Mir wäre viel geholfen, wenn ich einen Blick in Ihr Kirchenbuch werfen könnte. Ich möchte mir einen Eindruck verschaffen, was man aus Büchern zusammentragen kann und was man bei den Leuten erfragen muss.«

Der Pfarrer führte Hansjörg ins Amtszimmer, holte ihm die beiden vorhandenen Kirchenbücher aus dem Schrank und bat ihn, er möge sich selbst kundig machen. Notizzettel und Bleistift lägen auf dem Tisch bereit. Er wolle in der Zwischenzeit mit seinem Amtsbruder ein Gläschen auf gute Nachbarschaft trinken. Wenn das Essen auf dem Tisch stehe, werde er ihn rufen lassen.

Wie in allen Kirchenbüchern waren die Einträge nach Jahren geordnet. Hansjörg fand schnell das Gesuchte und schrieb es ab.

Über die Hochzeit der Eltern stand dort: *»An Michaelis sind in den heiligen Stand der Ehe getreten: Hans Rössner, Bürger der oberschwäbischen Gemeinde Sommerfelden und Baumwart in Hohenheim, und Elisabeth geborene Rummler, Ökonomiemagd in Hohenheim.«*

Über Sophies Geburt und Taufe war vermerkt: *»Den 23. Juni wurde geboren und am 5. Sonntag nach Trinitatis wurde getauft Sophie Rössner, Tochter des Hans Rössner und dessen Ehefrau Elisabeth, Dienstleute in Hohenheim.«*

Aufgeregt blätterte Hansjörg im Kirchenbuch. Wenn die Sophie zwei Jahre älter ist als ich und wenn … Er blätterte weiter. Da stand es: *»An Donnerstag vor Rogate wurde getauft der acht Tage zuvor geborene Hansjörg Rössner als Sohn des Hans Rössner und dessen Ehefrau Elisabeth, beide aus Hohenheim.«*

Er schrieb sich den Satz ab und überprüfte seinen Aufschrieb nochmals Wort für Wort: *Getauft als Sohn des Hans Rössner und dessen Ehefrau.* So stand es da. Er stutzte. Hätte der Eintrag nicht anders lauten müssen, zum Beispiel: *Getauft wurde der Sohn des Hans Rössner?* Er grübelte über die zwei Wörter *als Sohn* so lange, bis er wusste, was sie andeuten und verbergen sollten: Hans Rössner war nicht sein leiblicher Vater. Er übernahm in einem unbekannten Schauspiel die Rolle des Vaters. Der Pfarrer, nicht der Rössnerbauer, hatte ins Kirchenbuch geschrieben: *Getauft als Sohn des Hans Rössner.* Also war der Pfarrer in das Spiel eingeweiht. Und wenn beide wussten, was hier gespielt wird, dann wusste es die Elisabeth Rössner erst recht, denn das Taufkind hatte sie nicht zur Welt gebracht.

Hansjörg grinste kopfschüttelnd vor sich hin: Da haben die drei eine Komödie aufgeführt, und niemand hat's gemerkt. Nicht einmal die anderen Dienstleute in Hohenheim?

Er sah in den Buchdeckeln nach, ob dort die Namen der Pfarrer standen, wie in Sommerfelden. Hinten fand er alle aufgelistet; ein gewisser Friedrich August Gläser hatte ihn getauft.

Hansjörg notierte den Namen und steckte den Zettel in die Hosentasche, legte den Bleistift sorgfältig an seinen Platz zurück und blätterte weiter in dem dicken Buch.

Er nahm das, was auf den folgenden Seiten stand, nicht mehr bewusst wahr, denn er malte sich in Gedanken die Szenen aus, die der Satz im Kirchenbuch zusammenfasste: Seine eigene Taufe in der Kirche nebenan, das augenzwinkernde Einvernehmen des Pfarrers mit dem jungen Ehepaar Rössner, die vertraulichen Vorgespräche und die Vereinbarung zum Stillschweigen.

Als er zum Mittagessen gerufen wurde, bedankte er sich: »In diesem Kirchenbuch sieht man, wie genau die Pfarrer ihre Aufgabe wahrnehmen und alles in ihrer Gemeinde protokollieren. In Sommerfelden, meinem Heimatort in Oberschwaben, hat mir der Pfarrer sein Kirchenbuch gezeigt – und die Parochialberichte. Aus denen kann man noch mehr herauslesen, weil darin der Pfarrer alles, was er über seine Pfarrgemeinde weiß, schön zusammengefasst hat.«

»Was haben Sie für einen klugen Provisor«, wandte sich der Plieninger Pfarrer lobend an seinen Neustadter Amtskollegen. »Sie können gerne wiederkommen und unsere Parochialberichte studieren, Herr Provisor«, lud er Hansjörg ein.

Hansjörg sah Pfarrer Maier an und sagte dann zu dessen Kollegen: »Ich komme bestimmt noch öfters vorbei, wenn ich mir einen Plan für das Büchlein zurechtgelegt habe.«

Am nächsten Morgen wanderte Hansjörg allein nach Hohenheim und bat die Hauswirtschafterin, ihm von seiner Mutter zu erzählen.

Die Frau ging mit ihm in den Speisesaal, stellte Malzkaffee und Kuchen auf den Tisch und begann, von ihren Anfängen in der Hohenheimer Ökonomie und von ihrer ersten Begegnung mit Elisabeth zu berichten.

»Ihre Mutter und ich, wir waren etwa gleich alt. Ich bin hier Magd geworden, weil wir zu Hause neun Kinder waren und eine kleine Landwirtschaft besaßen. Meine Mutter hat vom ersten bis zum letzten Sonnenstrahl gearbeitet, winters zehn und sommers sechzehn Stunden und mehr am Tag. Tagaus, tagein, das ganze Jahr. In der Küche und im Stall, im Garten und auf dem Feld. Unser Hof ist trotzdem nie schuldenfrei geworden. Darum hat mein Vater eines Tages zu mir nach dem Mittagessen gesagt: *Du musst in Stellung, damit wir einen Esser weniger an unserem Tisch haben.* Ich hab Rotz und Wasser geheult und nicht mehr geschlafen, aber Vater und Mutter blieben hart. Unser Pfarrer hat dafür gesorgt, dass ich hierher nach Hohenheim gekommen bin.«

Die Frau wischte sich mit dem Zipfel ihrer Schürze über die Augen und stierte vor sich hin, als blättere sie in alten Erinnerungen. Hansjörg wagte es nicht, sie in ihren Gedanken zu stören. Er saß reglos auf seinem Stuhl und sah sie teilnahmsvoll an.

»Getröstet hat mich in der Anfangszeit die Lizi, Ihre Mutter.« Sie blickte kurz auf. »Die hat nicht von zu Hause fort müssen; die hat fort wollen.«

Hansjörg hörte gebannt zu: »Freiwillig von daheim fort? Warum?«

»Genaues weiß ich nicht.« Sie sah ihn nachdenklich an. »Lizi hat sich nicht in die Karten schauen lassen. Sie hat nur mal nebenbei gesagt, dass sie Streit mit ihrem Vater hatte, weil er ihr vorschreiben wollte, wen sie heiraten sollte. Da sei sie lieber fort, obwohl ihre Eltern große Weinberge und gute Kartoffeläcker hatten.« Sie schob sich ein Stück Kuchen in den

Mund, kaute langsam und schwenkte mit Kaffee nach. »Lizi hat immer gewusst, was sie will. *Den Dickkopf hab ich vom Vater geerbt,* hat sie zu mir gesagt.« Die Wirtschafterin sah ihren Gast fragend an.

Hansjörg schüttelte den Kopf. »Ich kenne meinen Großvater Rummler kaum.« Er hob hilflos die Hände.

»Au, das riecht nicht nach Freundschaft.«

Er machte eine abwehrende Geste. »Sommerfelden, wo unser Hof liegt, ist weit weg von der Heimat meiner Mutter. Zwei bis drei Tage braucht man für die Hinfahrt und nochmal so viel für die Rückfahrt.«

Hansjörg straffte seinen Rücken und sagte bestimmt: »Die Fahrt kostet viel Geld und noch mehr Zeit. Eine Woche müsste man für einen kurzen Besuch einplanen. Im Frühjahr, Sommer und Herbst kann man keine Woche vom Hof weg. Und im Winter ist die Reise zu beschwerlich. Außerdem«, er setzte seinen linken Ellbogen auf den Tisch, schmiegte seine Wange in die linke Hand und sah die Wirtschafterin lächelnd an, »außerdem haben's Großvater und Großmutter Rummler nicht so mit dem Schreiben gehabt. Sie haben dafür öfters eine Weinprobe und uns Kindern ein paar Spielsachen mit der Post oder mit einem Fuhrmann geschickt.«

Helene wiegte verständnisvoll den Kopf. »Bei der Hochzeit war ich Trauzeuge. Da habe ich Lizis Eltern kennengelernt.«

»Und die Eltern meines Vaters, wo waren die?«

»Die Hochzeit fand in der Erntezeit statt, kurz vor dem Erntedankfest. Da konnte der Rössnerbauer gar nicht fort. Hans war traurig, hat's aber verstanden und verschmerzt.« Sie machte einen Schmollmund. »Der Rummler war Weinbauer. In jenem Jahr war ein schöner Altweibersommer, die Weinlese war erst im Oktober, und die Kartoffeln hatte er schon gerodet. Darum ist er mit seiner Frau zur Hochzeit gekommen. Für ihn war es ja bloß eine halbe Tagesreise.«

Hansjörg kratzte sich verlegen am Hinterkopf und meinte dann: »Ich verstehe nicht, warum man ausgerechnet an Michaelis Hochzeit halten muss.«

Die Hauswirtschafterin lachte und stand auf, um in der Küche noch etwas Kuchen zu holen. »Hätten Sie unseren früheren Direktor gekannt, dann würden Sie's verstehen. Der Michaelistag war für ihn der heilige Tag unserer Lehranstalt.« Sie stellte sich vor Hansjörg hin, formte mit den Armen einen weltumspannenden Kreis und sprach mit tiefer und bewegter Stimme: »An Michaelis«, sie machte eine Pause, »da lässt der Erzengel Michael seine himmlischen Heerscharen rasten und geleitet die Verstorbenen persönlich vor den Thron Gottes.« Sie holte tief Luft: »Und an Michaelis, da verschmelzen Sommerende und Ernteschluss.«

Hansjörg brach in schallendes Gelächter aus.

»Heute lachen wir darüber«, die Hauswirtschafterin schmunzelte, »damals hätte keiner zu lachen gewagt.«

Sie eilte in die Küche, kam mit einer gefüllten Kuchenplatte zurück, legte Hansjörg ungefragt ein drittes Kuchenstück auf den Teller und setzte sich wieder. »Lizi und Hans waren Dienstleute. Unser Direktor setzte selbstherrlich fest, wann seine Dienstboten heiraten mussten. Widerrede zwecklos. An Michaelis heiraten zu dürfen, galt in seinen Augen als Auszeichnung, die er nur seinen besten Dienstleuten gönnte.«

»Und Großvater Rummler war mit Hans Rössner als Schwiegersohn einverstanden?«

»Sie wollen es aber genau wissen, Herr Provisor.« Sie sah Hansjörg in die Augen und lachte: »Sie kennen doch die Antwort. Glauben Sie, dass sich Lizi von ihrem Vater vorschreiben ließ, wen sie zu heiraten hat? Da hätte sie gleich auf dem Hof ihrer Eltern bleiben können. Nein, nein. Lizi war hell im Kopf und wusste, dass sie als drittes Kind der Rummlers in einen Hof einheiraten oder einen Dienstboten zum Mann nehmen musste, wenn sie ihr eigenes Regiment führen wollte, einen Schulmeister zum Beispiel. So war sie, meine Lizi, nicht wahr, Herr Provisor?«

»Ja«, sagte er, »gewiss«, sagte er und sah versonnen vor sich hin. Wie hatte die Mutter in ihrem letzten Brief geschrieben? Er schloss die Augen, bis er in seinem Gedächtnis den Satz fand: *Du sollst auch ein Schulmeister werden.*

»Hans Rössner«, setzte die Hauswirtschafterin ihren Bericht fort, »war ein gut aussehender, strammer Bursch. Schon sein Vater war, wie die alten Dienstboten oft erzählt haben, an unserer Lehranstalt. Er hatte einen großen Hof in Oberschwaben. Die Partie hätten andre Weibsleut auch gern gemacht. Meine Lizi war schneller als alle anderen und hat sich den netten Burschen geangelt. Und der Herr Oberlehrer hat gespottet: Sie kam, er sah, sie siegte.«

»Ja, so war sie, meine Mutter«, bestätigte Hansjörg, »klug, zupackend, zielstrebig. Dass ich Schulmeister werden soll, hat *sie* ausgeheckt. Da bin ich mir sicher.«

»Und wie viele Geschwister haben Sie noch außer der Sophie?«

»Einen Bruder und zwei Schwestern.«

»Oberschwabenkinder«, meinte die Hauswirtschafterin schlagfertig.

Hansjörg sah sie verblüfft an: »Wie meinen Sie das?«

»Wenn hier in Hohenheim nur Sophie geboren ist, dann haben Sie und ihre drei Geschwister die Sonne zum ersten Mal im Oberschwäbischen erblickt. Stimmt's?«

Ach so war das; von meiner Taufe in Plieningen weiß die gute Frau nichts, dachte Hansjörg.

»Noch einen Kaffee, Herr Provisor?« Ohne eine Antwort abzuwarten, schenkte ihm die Frau ein und legte ihm noch ein Stück Kuchen auf den Teller. »Und jetzt will ich wissen, wie's meiner Lizi in Sommerfelden ergangen ist und warum sie so früh sterben musste.« Dann goss sie sich Kaffee nach und lauschte gebannt und gerührt Hansjörgs Bericht.

Hansjörg nahm den direkten Weg über die Felder nach Neustadt, watete ohne Schuhe, Strümpfe und Lederhose durch die Körsch und war zum Mittagessen wieder in seiner Kammer, wo er von der Wurst und den Äpfeln kostete, die ihm die Hauswirtschafterin zugesteckt hatte.

Seine Kammer lag im Schulhaus unter dem Dach. Gehobelte Bretter waren gegen die Dachbalken genagelt, so dass sich die Mittagshitze unter den Ziegeln staute und durch die Ritzen drückte. Einen Stock tiefer lag die Schulmeisterwohnung, darunter im ersten Stock der Schulsaal der Oberklasse und im Erdgeschoss das Klassenzimmer der jüngeren Schüler.

Jeder Schritt auf den Holzdielen war in der darunter liegenden Wohnung zu hören. Deshalb wunderte er sich nicht, als es an der Kammertür klopfte und Schulmeister Hartmann eintrat: »Von der Wanderung zurück, Herr Provisor?« Er war gekommen, um Hansjörg zu bitten, ihm bei der Ernte zu helfen.

Hansjörg sagte zu und zog mit der ganzen Schulmeisterfamilie aufs Feld.

Wie es bei den Schnittern auf den Fildern Sitte war, wickelte sich der Schulmeister drei Halme um den Leib und forderte Hansjörg auf, es ihm nachzumachen. Dann schnitt jeder der beiden Männer mit der Sichel eine Handvoll Getreidehalme ab und hielt sie der Schulmeisterin hin, die ein paar Tropfen von dem mitgebrachten Wasser darüberspritzte, während ihr Mann den Erntesegen sprach.

Schulmeister Hartmann sichelte sich als Vorschnitter durch das wogende Ährenfeld. Hansjörg folgte ihm im Abstand von drei Schritten und verbreiterte als zweiter Schnitter die angelegte Schnittspur. Dahinter kam die Schulmeisterin; sie band die geschnittenen Halme mit Stroh zu Garben, die ihre Kinder zusammentragen mussten. Die älteste Tochter stellte immer drei Garben aufrecht gegeneinander und bog eine vierte als Dach darüber.

»Langsam gehen, Kinder, langsam«, schimpfte die Schulmeisterin, »wenn ihr mit den Garben so rennt, dann beutelt ihr die besten Körner aus.«

Viertel vor sechs gab der Schulmeister seiner ältesten Tochter den Auftrag: »Geh in die Kirche und läute die Abendglocke. Wir kommen bald nach.«

Als sie die Glocke hörten, nahmen der Schulmeister und Hansjörg ihre Kappen ab und sprachen ein Dankgebet, in das die Schulmeisterin einstimmte. Dann stellten die drei Erwachsenen die restlichen Garben zusammen und machten sich mit den Kindern auf den Heimweg.

»Zum Abendvesper sind Sie unser Gast, Herr Provisor«, sagte Hartmann zu Hansjörg, als sie vor dem Schulhaus ankamen.

Hansjörg nahm die Einladung dankend an, zog sich kurz in seine Kammer zurück, um sich zu waschen, und stieg dann zur Schulmeisterwohnung hinunter.

Während sie die Milchsuppe löffelten und Brot und Käse dazu aßen, erzählte Hansjörg, was Pfarrer Maier und er in Hohenheim über die Ackerbauschule erfahren hatten.

»Pfarrer Maier und der Pfarrer von Plieningen haben mich ermuntert, ein Heimatbuch über das Leben auf den Fildern zu schreiben«, schloss Hansjörg seinen Bericht. »Und weil in der Erntezeit keine Singstunde ist, beginne ich jetzt gleich damit.«

Er dankte für die Stärkung und versprach, bis zur Sichelhenke zu helfen, wenn sie das wollten. Er stieg in seine Kammer hinauf, legte sich aufs Bett und las in seinem Lieblingsbuch, den *Schönsten Sagen des klassischen Altertums*. Der Ringelfinger Seminardirektor hatte seinen Lehramtszöglingen dieses dreibändige Werk von Gustav Schwab an jenem Abend zur Anschaffung empfohlen, als der Schriftsteller und Theologe Schwab, der im Nachbarort Gomaringen lebte, seinen Freund Steinhilber besuchte und den Seminaristen aus dem dritten Band vorlas.

Hansjörg zündete in seiner Kammer die Tischkerze an und holte aus dem Schrank einen neuen Kanzleibogen, seine Schreibfeder aus englischem Stahl, auf die er besonders stolz war, und das Tintenglas. Er setzte sich an den Tisch und begann seine Aufzeichnungen mit der schwungvollen Überschrift: *Lebensbeschreibung eines Waisenkindes*. Dann faltete er die erste Seite des Doppelbogens der Länge nach so, dass auf der Vorderseite links eine schmale und rechts eine breite Spalte entstand. Mit Bleistift und Lineal zog er Linien über beide

Spalten hinweg. Über die linke Spalte schrieb er »*Wann?*« und über die rechte »*Was?*«.

Die erste Zeile füllte er so aus: »*Michaelis 1824: Hochzeit von H. und E. in P.*«

Darunter verzeichnete er: »*23. Juni 1825: S. in H. geboren und am 5. Sonntag nach Trinitatis in P. getauft.*«

In die dritte Reihe schrieb er: »*2. Mai 1827: H. in ? geboren und Donnerstag vor Rogate in P. getauft. Mutter von H. in der Zeit vom 2. bis 10. Mai 1828 gestorben? Vater von H. gestorben?*«

Auf der vierten Linie notierte er: »*1846: H. auf erster Dienststelle in N.*«

Hansjörg stand von seinem gebrechlichen Schreib- und Esstisch auf, hob die Reisetasche vom Schrank, zog unter dem ledernen Innenboden den Abschiedsbrief der Rössner-bäuerin hervor und las ihn zweimal: »*Mein geliebter Hansjörg, ich weiß, dass du dich schwer damit abfinden kannst, auch ein Schulmeister zu werden.*« Dann sprach er sich den Satz mehr-mals mit geschlossenen Augen vor, während er sich vom Tisch zum Schrank und wieder zurück tastete.

»Blind wie ein Maulwurf seid Ihr, Herr Provisor«, schalt er sich und trat ans Dachfenster. »*Auch ein Schulmeister wer-den*«, flüsterte er und sah hinaus in die Abenddämmerung. »Wer bei den Rössners war Lehrer, und wer bei den Rumm-lers?« Er sann ein Weilchen vor sich hin. »Ich weiß keinen.«

Er setzte sich wieder an den Tisch, streckte die Beine weit von sich, rutschte auf dem Stuhl bis zur Kante vor und lehnte sich mit geschlossenen Augen zurück:»Und wie sorgen Eltern über ihren eigenen Tod hinaus für ihr Kind vor? Mit Geld? Mit einem persönlichen Erinnerungsstück? Mit einem Brief oder mit einer mündlichen Botschaft?«

Er setzte sich wieder aufrecht hin und nahm das kleine Glas zur Hand, das auf seinem Tisch stand und in dem er verschiedenfarbige Federn sammelte. »Da hast du mir eine schwere Aufgabe gestellt, Elisabeth Rössner.«

Er legte den Brief in den Kanzleibogen und klemmte die-sen mit spitzen Fingern so hinter dem Schrank zwischen den

Brettern der Rückwand fest, dass man ihn nicht erspähen konnte, wenn man von beiden Seiten hinter den Schrank sah.

Während er einen Apfel aus Hohenheim aß, holte er ein neues Schreibheft und einen leeren Kanzleibogen aus dem Schrank, legte beides auf den Tisch, setzte sich davor und überlegte. In einem Heft konnte kein Blatt verloren gehen, aber die einmal gewählte Reihenfolge der Einträge ließ sich nicht mehr korrigieren. Dagegen konnte man zwischen losen Blättern jederzeit neue Seiten einfügen. Deshalb entschied er sich für einzelne Kanzleibogen. Wenn man mit jedem Kapitel ein neues Blatt beginnt, dachte er sich, dann kann man die Kapitel bis zur Fertigstellung des Büchleins immer wieder neu ordnen.

Auf die erste Linie der ersten Seite schrieb er die Überschrift: *Hohenheim.* Darunter notierte er alles, was er über das Schloss gesehen und über die Ackerbauschule gehört hatte. Jede Einzelheit, die er im Gedächtnis hatte, brachte er zu Papier. Und er drückte sich so aus, dass sich kein Leser kritisiert oder abgestoßen fühlen konnte. »Ich muss mir die Leute warmhalten. Wer weiß, wozu sie mir noch behilflich sein können«, murmelte er leise vor sich hin.

Er war so in seine Arbeit vertieft, dass er nicht bemerkte, wie die Dämmerung der Nacht gewichen war und die Kerze nur noch einen kleinen Lichtkreis auf den Tisch warf. Als das Wachslicht heruntergebrannt war und zu flackern begann, zog er rasch sein Nachthemd an. Noch bevor er im Bett lag, war es in der Kammer dunkel.

Anderntags machte er sich wieder mit der Schulmeisterfamilie zur Ernte auf und arbeitete den ganzen Tag hart. Als er am Abend mit dem Schulmeister ins Dorf zurückkehrte, stand Pfarrer Maier vor dem Pfarrhaus und wartete auf den *Schwäbischen Merkur.* »Mein Blättle«, pflegte er zu sagen, obwohl es in nahezu allen schwäbischen Pfarrhäusern gelesen wurde, zumindest in den evangelischen. Er rief Hansjörg von weitem zu: »Die Reitende Post hat mir einen Brief für Sie gebracht, Herr Provisor. Hoffentlich keine schlechten Nachrichten.«

Hansjörg bedankte sich, riss den Briefumschlag mit dem Zeigefinger auf und las. Pfarrer und Schulmeister blickten ihn erwartungsvoll an. »Mein Vater muss mich dringend sprechen. Ich müsste für drei oder vier Tage um Urlaub bitten, Herr Pfarrer.«

Pfarrer Maier sah den Schulmeister fragend an. Der zuckte die Schultern. Hansjörg bemerkte das und sagte beschwichtigend: »Eins nach dem anderen, Herr Pfarrer. Schulmeister Hartmann hat heute auf dem Feld gemeint, dass wir morgen die Ernte eingebracht haben. Sein Amt in Neustadt ist nur dürftig mit Schulgütern ausgestattet.«

Der Schulmeister sah seinen Provisor ruhig an und breitete zustimmend und resignierend zugleich die Hände aus.

»Wenn ich am Freitag reisen dürfte«, sagte Hansjörg, »dann könnte ich am Dienstagabend wieder da sein.«

»Und ich kann am Wochenende den Mesnerdienst ohne Sie versehen«, ergänzte der Schulmeister.

»Wenn Ihre Reise bis dahin den Aufschub duldet, Herr Provisor, dann soll's mir recht sein«, willigte der Pfarrer ein.

# Wieder in der alten Heimat

Mit den letzten Sonnenstrahlen traf Hansjörg am Samstagabend in Sommerfelden ein. Als er in den Rössnerhof einbog, stürmte der Schäferhund freudig wedelnd auf ihn zu und sprang an ihm hoch. Hansjörg kraulte den alten Gefährten aus Schülerzeiten im Nacken und stieg, das Tier neben sich, die drei steinernen Stufen zur Haustüre hinauf. Auf sein Rufen »Wilhelm! Wilhelm!« antwortete ihm niemand. »Na, der wird wohl im Stall sein«, sagte er zu dem Hund, öffnete die Tür und betrat den Hausflur.

»Ach, du bist's.« Sein Vater stand unter dem Türrahmen zur Küche. »Ich hab dich rufen hören. Sei herzlich willkommen. Der Wilhelm ist in der Singstund und kommt erst später heim. Und die Mädchen sind bei der Pfarrerin. Komm rein, Hansjörg, bist gewiss hungrig und müde nach der langen Reise.«

Hansjörg reichte seinem Vater zögernd die Hand und sah ihm prüfend in die Augen: »So, so, in der Singstunde ist der Wilhelm. Ist hier noch keine Erntezeit?«

»Hast vergessen, dass wir mit der Ernte immer zwei bis drei Wochen später dran sind als die Bauern im Neckartal?« Der Rössnerbauer machte eine kleine Pause. »Möchtest was trinken?«

Ohne eine Antwort abzuwarten, nahm der große, schlanke Mann einen irdenen Krug und zwei Gläser von einem kleinen, runden Tisch, schenkte goldgelben Most in die Gläser und setzte sich an den Küchentisch. Ein Glas schob er seinem Sohn zu, der sich ihm gegenüber niederließ. »Birnen mit Äpfeln geben den besten Most. Zum Wohl, Hansjörg. Willkommen in Sommerfelden.«

Die beiden Männer nahmen einen kräftigen Schluck. Sie schwiegen. Beide starrten auf den Tisch. Die große Kuckucksuhr, die in der Wohnstube stand, hörte man eilend die Zeit teilen.

»Ich hab nicht erwartet, dass dich mein Brief sofort nach Hause treibt. Aber erhofft hab ich's.«

Verlegen schaute der Ältere für einen kurzen Augenblick zum Jüngeren hinüber. Dann setzte er die Ellenbogen auf den Tisch und legte das Gesicht in beide Hände. Hansjörg wandte sich seinem Vater zu, sah ihn ruhig an und sagte nichts.

»Ja, Hansjörg, du bist ein Waisenkind, und ich bin auch eines. Ich hab das g'wusst, seit ich denken kann. Und es ist mir nicht gut bekommen. Ich bin als Kind überall rumg'schubst worden und im Waisenhaus in Stuttgart g'landet. Ich war ein Nichts und Niemand, einer, an dem sich andere die Hände abg'wischt haben. Wir wollten dir das ersparen.«

Für eine Sekunde hob der Rössnerbauer den Kopf. Seine Pupillen verschwammen in den feuchten Augen. Er legte sein Gesicht wieder in seine Hände und fuhr mit den Fingern mehrmals über die geschlossenen Lider.

Beide Männer schwiegen einige Augenblicke. Dann sagte Hansjörg leise: »Und ich dachte, dass du der Sohn des Rössnerbauern bist.« Er wies mit seinem linken Daumen über die Schulter auf einen schwarzen Bilderrahmen zwischen den beiden Küchenfenstern.

Der Ältere sah kurz dorthin, wo der alte Brautsegen hinter Glas hing, und sagte: »*Seid fröhlich in Hoffnung, geduldig in Trübsal, haltet an am Gebet. Ordne unsern Gang, Jesu, lebenslang. Den Brautleuten Christoph und Franziska Rössner zur ewigen Erinnerung an ihren Hochzeitstag.*«

»Na, das hast du dir gut ins Gedächtnis eingegraben«, wunderte sich Hansjörg.

»Ich verdank dem Rössnerbauern und seiner Frau viel.« Er wischte mit einer Handbewegung den Satz vom Tisch und korrigierte sich: »Nein, alles. Sie haben mich an Kindes statt bei sich aufg'nommen und mich wie ihren eigenen Sohn behandelt.«

»Ich kann's nicht glauben. Niemand hier in Sommerfelden ist das aufgefallen?«

»Sie haben es seinerzeit so schlau eing'fädelt wie später meine liebe Elisabeth mit dir.« Er legte zwei Finger seiner rechten Hand auf den Mund und sah gedankenverloren vor sich hin.

Nach mehr als einer Minute, in der ihn Hansjörg aufmerksam musterte, setzte er sich aufrecht hin, neigte den Kopf auf die Seite und legte eine lange Beichte ab: König Wilhelm habe auf der Staatsdomäne Hohenheim bei Stuttgart eine landwirtschaftliche Versuchs- und Musteranstalt und eine Ackerbauschule eingerichtet. Mit ein paar anderen Waisenkindern aus Stuttgart und Ludwigsburg sei er nach Hohenheim gebracht worden, wo man die verarmten Buben zu guten Ackerknechten und Gutspächtern erziehen wollte. Außer den Lehrern, die ihnen morgens das Lesen, Schreiben und Rechnen eintrichterten, habe es an der Ackerbauschule zwei Landwirtschaftsmeister gegeben. Die hätten ihnen an den Nachmittagen gezeigt, wie man die Felder von Unkraut und Steinen säubert, Getreide, Kartoffeln, Rüben und Klee pflanzt, pflegt und erntet und wie man Obstbäume veredelt und das Obst zu Saft und Most verarbeitet. Im Winter hätten sie ihnen beigebracht, wie der Samen für das Frühjahr gereinigt wird, wie man Körbe aus Weiden herstellt, Holz sägt und spaltet, Dächer flickt, Zäune aufrichtet, Sensen und Pflüge schärft und Schuhe flickt. Er sei dem Christoph Rössner zugeteilt gewesen. Der habe ihm alles beigebracht, was ein guter Bauer können muss.

»Gesucht und gefunden.« Hansjörg hatte die Ellbogen auf den Tisch gestemmt und die Hände aufeinandergelegt. Aufmerksam und besorgt nahm er jedes Wort auf. Noch nie hatte er den Vater so viel auf einmal reden hören.

Der Bauer nippte an seinem Glas und setzte seine Beichte fort. Seine Stimme bebte: »Der Christoph Rössner ist gleich nach der Gründung der Ackerbauschule nach Hohenheim gekommen. Ungefähr zur gleichen Zeit wie ich. Er war schon ein paar Jahre im Dienst der Königsfamilie.« Er nahm sein

Glas in die Hand, trank aber nicht daraus. »Als Gärtner hat er im Schloss Ludwigsburg g'schafft. Er war schon verheiratet. Im Hohenheimer Schloss hat er mit seiner Frau über dem Internat der Schüler g'wohnt.«

Er nahm einen Schluck, stellte das Glas ab, legte die Stirn in Falten und dachte nach. »Beide haben sich rasch mit dem stillen, blonden Jungen ang'freundet, dem sie täglich begegnet sind. Ich hab ihre Nähe g'sucht, am Nachmittag bei der Arbeit und am Sonntag nach der Kirche. Und als der Tag des Abschieds näher rückte, weil meine Schulzeit zu Ende ging, und ich immer ängstlicher fragte, was aus mir würde, hat mich die Rössnerin an einem Sonntagnachmittag in ihre Wohnstube eing'laden. Dort haben mich die beiden dann g'fragt, ob ich nicht mit ihnen als ihr Sohn nach Sommerfelden ginge, wo sie den Rössnerhof übernehmen wollten. Sie hätten kein eigenes Kind.«

Der Bauer lehnte sich zurück und sah Hansjörg mit hängenden Schultern an.

»Niemand in Sommerfelden hat gefragt, wie der Großvater zu einem Jungen gekommen ist?« Hansjörg blickte ungläubig drein.

»Er war bald zwanzig Jahre fort von Sommerfelden.« Der Bauer rutschte auf seinem Stuhl hin und her und trommelte mit den Fingern nervös auf den Tisch. Zuerst habe der Christoph Rössner mit seiner Frau in Ludwigsburg und dann in Hohenheim gelebt. Dann sei er doch nicht nach Sommerfelden, sondern nach Wilhelmsdorf übergesiedelt. Zuvor habe er ihn an Kindes statt angenommen und in allen Dokumenten als Hans Rössner eintragen lassen. König Wilhelm hatte den Pietisten erlaubt, im Pfrungener Ried eine Brüdergemeinde zu gründen und nach ihren eigenen Regeln zu leben. Der Christoph Rössner sei von den Siedlern gefragt worden, ob er als kluger und erfahrener Praktiker nicht etwas Neues auf die Beine stellen wolle. Sie hofften, ihn als Denker und Lenker für den schwierigen Anfang zu gewinnen, denn das war der Christoph Rössner, und sie erreichten ihr Ziel.

So habe er mit seinen neuen Eltern etliche Zeit in jenem oberschwäbischen Sumpfgebiet zugebracht. Der Anfang sei erbärmlich und hart gewesen. Dreimal in kurzer Zeit habe sie der König besucht, ihnen Mut zugesprochen und großzügige Hilfe gewährt. Deshalb hätten sie das neu gegründete Dorf ihm zu Ehren *Wilhelmsdorf* genannt. Wilhelmsdorf liege zwei Tageswanderungen von Sommerfelden entfernt; mit dem Pferdegespann sei es nur eine halbe Tagesfuhre. Einmal im Jahr seien sie in die alte Heimat gekommen. Dabei habe ihn der Christoph Rössner überall als seinen Sohn vorgestellt. Der Altbauer habe wohl gewusst, dass sein Enkel ein angenommenes Kind ist, habe aber nie darüber gesprochen. Und dann sei der Alte eines Tages überraschend gestorben.

»Darum musste der Christoph Rössner als einziger Erbe zurück auf seinen Hof.« Der Bauer rückte dicht an den Tisch heran, legte beide Unterarme auf die Tischplatte und beugte sich nach vorn. Den Blick auf den Tisch geheftet, beendete er seinen Bericht: »Bald darauf haben mich die Hohenheimer g'fragt, ob ich nicht an die Ackerbauschule zurückkehren könne und die Arbeit meines Vaters fortsetzen wolle. Ich würd die Lehranstalt und die Arbeit auf dem Gut kennen, hätte Erfahrungen in Wilhelmsdorf g'sammelt, sei gut ausgebildet und könne zupacken. So landete ich ein zweites Mal im Hohenheimer Schloss.«

»Und bist Baumwart geworden«, ergänzte Hansjörg.

Der Rössnerbauer setzte sich ruckartig auf und sah ihn erstaunt an.

»Und hast die Elisabeth Rummler in der Dorfkirche in Plieningen geheiratet, wo du die Sophie und mich hast taufen lassen.«

»Warst du …?«

Hansjörg nickte. »Im Hohenheimer Schloss? Ja, und in Plieningen. Und in der Ackerbauschule.« Er grinste. »Da hat mir die Hauswirtschafterin Helene einiges über die Mutter erzählt.«

»So, Helene ist jetzt Hauswirtschafterin in Hohenheim. Das freut mich.«

»Und der Denzel ist Oberlehrer.«

»Ich hab g'wusst, dass du nach deinen Wurzeln graben und nach Hohenheim gehen wirst.« Der Rössnerbauer sah Hansjörg mit schief gelegtem Kopf an. »Das war kein Zufall, deine erste Stelle als Provisor auf den Fildern? Du hast es so g'wollt?« Hansjörg grinste den Rössnerbauern an.

»Und ich wollte nicht, dass du in der Ackerbauschule erfährst, dass ich als Waisenkind dorthin gekommen bin. Früher oder später hättest du erfahren, dass in den ersten Jahren nur Waisenkinder in Hohenheim aufg'nommen worden sind. Ich wollte, dass du es von mir erfährst.«

Beide schwiegen. Dann sah Hansjörg dem Rössnerbauern fest in die Augen: »Wenn wir schon bei der Vergangenheit sind, Vater, dann wüsste ich zu gern, was das zu bedeuten hat.« Er zog einen Zettel aus der Hosentasche und las laut vor: *»An Donnerstag vor Rogate wurde getauft der acht Tage zuvor geborene Hansjörg Rössner als Sohn des Hans Rössner und dessen Ehefrau Elisabeth, beide aus Hohenheim.«*

»Den Satz hab ich noch nie gehört.« Der Rössnerbauer erwiderte Hansjörgs Blick. »Was er bedeutet, das weißt du.« Er lehnte sich zurück und schlug die Beine übereinander. »Mit dem Pfarrer in Plieningen haben wir ausg'macht, dass wir dich auf den Namen Rössner taufen, weil du noch nicht getauft warst. Deshalb hat er wohl diesen Satz g'schrieben.«

»Er steht im Kirchenbuch von Plieningen.«

»Niemand hat g'merkt, dass du nicht unser leiblicher Sohn bist.« Die Freude über den gelungenen Streich sah man dem Bauern an. »Weil du noch nicht getauft warst, als du nach Plieningen gebracht worden bist, hatte man dir eine aufg'schlagene Bibel unter das Kopfkissen g'schoben. Aufg'schlagen war der 91. Psalm. Der stellt das ungetaufte Leben unter den Schutz des Allmächtigen.«

Er nippte wieder an seinem Glas, während sich Hansjörg nach vorn zu ihm beugte.

»Als das meine Elisabeth g'sehen hat, da hat sie den Pfarrer mächtig unter Druck g'setzt und ihn aufg'fordert, dich sofort zu taufen. Sie hat behauptet, du könntest von der Reise krank g'worden sein. Und wenn du ungetauft sterben würdest, dann wäre er als Pfarrer schuld. Da hat der Pfarrer panisch nach seiner Frau g'schrien und ist mit ihr und meiner Elisabeth in die Kirche g'stürmt und hat dich getauft. Ich hab das erst später erfahren.«

»Das wird immer toller«, stellte Hansjörg kopfschüttelnd fest.

»So selten ist das nicht.« Der Bauer machte eine abwehrende Geste. »Die meisten Kinder werden in den ersten drei Tagen getauft, weil viele Säuglinge sterben und kein ungetauftes Kind auf dem Friedhof beerdigt werden darf. Viele Mütter sind zu schwach, um schon ein oder zwei Tage nach der Entbindung in die Kirche zu gehen. Dann fehlen sie bei der Taufe ihres eigenen Kindes. Besteht Lebensgefahr für das Neugeborene, dann tauft der Pfarrer sofort und wartet nicht, bis der oder jener da ist. Sogar die Hebamme darf die Nottaufe geben.«

»Hat der Pfarrer gewusst, wen er da tauft?«

Der Rössnerbauer lachte. »Der hat doch alles eing'fädelt.« Der Pfarrer habe das verwaiste Kind von einem Kollegen übernommen und dann die Elisabeth Rössner einbestellt. Und an jenem Donnerstagabend, seinem drittletzten Arbeitstag als Baumwart in Hohenheim, sei er mit seinen Schülern vom Feld heimgekommen. Die Helene habe ihn an der Tür zum Speisesaal abgepasst: Die Magd des Plieninger Pfarrers habe Elisabeth nach Plieningen geholt, und auf dem Weg dorthin habe sich die Lizi den Knöchel verstaucht. Deshalb bleibe sie auf Einladung der Pfarrfrau die Nacht im Pfarrhaus und komme am nächsten Morgen zurück, um unser Hab und Gut zusammenzupacken.

Hansjörg gab einen tiefen Seufzer von sich.

»Du musst wissen«, sagte der Rössner, »dass wir zwei Tage später für immer nach Sommerfelden gezogen sind.«

»Und wann hast du mich zum ersten Mal gesehen?«

Ein sanftes Lächeln umspielte den Mund des Bauern und seine Augen strahlten. »Elisabeth ist am Freitag in aller Früh aus Plieningen zurück'kommen und hat mir erzählt, dass man dich tags zuvor still und heimlich im Pfarrhaus abg'liefert hat. Sie war außer sich vor Freude. *Jetzt pack ich noch unsere Habseligkeiten zusammen, verabschiede mich von der Helene, dem Direktor, den Mägden und Knechten und gehe dann mit Sophie ins Pfarrhaus zurück. Bei dem Drunter und Drüber ist es für das kleine Mädchen besser, wenn es den Männern beim Aufladen nicht im Weg steht,* hat sie zu mir g'sagt.«

Jedermann in Hohenheim habe gewusst, dass die junge Rössnerin im Plieninger Pfarrhaus gern gesehen war. Dass sie eine Nacht dort verbrachte, sei nichts Besonderes gewesen.

»Bevor sie ging, hat sie mich beschworen, niemandem etwas von dem Buben zu sagen.«

Hansjörg schüttelte den Kopf und grinste zugleich: »Nicht zu fassen, wie ihr die Leute hinters Licht geführt habt.«

»Noch am selben Tag war der Rossknecht meines Vaters mit einem Zweispänner in Hohenheim an'kommen, so wie ich es brieflich mit meinem Vater vereinbart hatte. Michel hat mir beim Aufladen unserer Siebensachen g'holfen. Am anderen Morgen haben wir nochmals ausgiebig im Speisesaal g'frühstückt. Als Michel und ich den Wagen besteigen wollten, standen meine Schulbuben vor dem Schloss. Auch die Knechte, die Mägde und die Helene waren da. Und der Direktor hat eine kleine Ansprache g'halten, und dann sind wir losg'fahren.«

Hansjörg schüttelte ungläubig den Kopf.

Der Bauer lachte in sich hinein. »Vor Plieningen stand Elisabeth am Wegrand. Sogar der Pfarrer und die Pfarrerin waren da. Das Bild vergesse ich meiner Lebtag nicht mehr: An der einen Hand hing die kleine Sophie, und im Arm lagst du und hast mich mit großen Augen ang'schaut. Sei unserem Hansjörg ein guter Vater, hat Elisabeth g'sagt und dich mir in die Arme g'legt. Seitdem g'hörst du zu uns. Und zwei Tage später waren wir in Sommerfelden.«

Hansjörg lachte jetzt auch. »Und wer hat meinen Namen ausgesucht?«

»Du weißt ja, dass man den Namen erst bei der Taufe aussprechen darf. Macht man's früher, dann bringt das Unglück, sagen die Leute. Ich wollte dich auf den Namen Wilhelm taufen lassen, weil mir g'fallen hat, wie uns der König in Wilhelmsdorf g'holfen hat. Aber Elisabeth hat g'meint, dem ersten Buben möchte sie meinen Namen geben. *Erst unser zweiter soll Wilhelm heißen,* hat sie g'sagt.« Der Bauer schwieg eine Weile. »Richtig abg'sprochen haben wir uns nicht. Und dann ist alles viel schneller kommen. Meine Frau hat dich auf den Namen Hansjörg taufen lassen. Alles ist so schnell gegangen. Sie hat sich nicht mehr mit mir absprechen können.«

Sie saßen am Tisch und hingen ihren Gedanken nach.

Dann berichtete Hansjörg über seine Arbeit in der Schule und über seine Erfolge mit der Liedertafel und vergaß nicht zu erwähnen, dass er ein Büchlein über Land und Leute auf den Fildern begonnen habe.

Den Rössnerbauern freute das. Er erzählte von seiner Arbeit als Baumwart und wie er die Obstkulturen auf den oberen Viehweiden angelegt habe. Bevor er aufstand, um nochmals nach dem Vieh im Stall zu sehen, bat er Hansjörg inständig, niemand in der Familie und erst recht niemand im Dorf seine traurige Kindheit als Waisenjunge zu verraten.

Am nächsten Morgen waren alle Rössners auf dem Heimweg von der Kirche. Hansjörg bat seine Schwester Sophie, mit ihm durch den Ort zu spazieren und ihm zu zeigen, was sich in Sommerfelden verändert hatte.

»Und wer soll kochen, du Provisor?«, lachte Sophie, »was glaubst du wohl, was mir die Herrschaften sagen, wenn das Essen nicht pünktlich auf dem Tisch steht?«

»Geh ruhig mit deinem Bruder eine Runde«, ermunterte sie der Rössnerbauer. »Die Magd ist da, und Wilhelm und ich helfen heute gern in der Küche mit.« Und als Wilhelm eine Schnute zog und Sophie fragend ihren Vater ansah, fügte der stirnrunzelnd an: »Geh mit ihm.«

Sophie und Hansjörg bogen von der Hauptstraße ab und machten sich im strahlenden Sonnenschein zur oberen Viehweide auf, ohne sich über den Weg abzusprechen.

Als sie bei den eigenen Obstwiesen ankamen, besah sich Hansjörg die Arbeiten des Vaters. Auffällig waren die getünchten Baumstämme, die mit Klebebändern gegen Insekten umwickelt waren, und die aufgehackten und gedüngten Baumscheiben. Alle Bäume, die alten und die jungen, waren saftig grün. Kein toter Ast. Überall Frucht, die in der Sonne reifte. Bienen und andere Insekten summten.

»Komm, setz dich, Sophie«, bat Hansjörg seine Schwester und ließ sich ins Gras fallen, »erzähl mir, was es Neues in Sommerfelden gibt.«

Sophie setzte sich vorsichtig ins Gras, zog ihren Rock über die angewinkelten Knie und berichtete über ihren Alltag im Rössnerhof und im Dorf. Aufregendes war nicht darunter.

Hansjörg fiel auf, dass sie mehrmals ihren alten Schulkameraden Eduard erwähnte. Dies und die Art und Weise, wie sie den Namen aussprach, ließ ihren Bruder aufhorchen.

»Hast was mit dem Eduard?« Er grinste sie an.

»Du spinnst wohl«, fuhr ihn Sophie an, schneller und entschlossener als nötig gewesen wäre. Hansjörg sah sie versonnen an, bis sich feine Lachfalten um seine Augen zeigten und sie errötete.

»Der Baumwart Rössner, wie er leibt und lebt«, lenkte er ab und wies anerkennend auf die Bäume ringsum hin.

Sophie blickte ihren Bruder fragend an.

»Ich war in Hohenheim in der Ackerbauschule und im Nachbarort Plieningen, da, wo du getauft worden bist. Das ist nicht weit von meiner Schulstelle in Neustadt. Im Plieninger Kirchenbuch habe ich den Eintrag über deine und meine Taufe nachgelesen. Und in der Ackerbauschule habe ich die Jugendfreundin unserer Mutter getroffen, die Helene. Sie ist jetzt Hauswirtschafterin und versorgt die Lehrer und Schüler in Hohenheim. Die hat mir erzählt, dass unser Vater dort als Baumwart gearbeitet hat, bis die Mutter kam und sich ihn geangelt hat.«

»Du redest dummes Zeug, Hansjörg«, protestierte Sophie, »unsere Mutter hat sich keinen Mann geangelt.«

»Sie kam, er sah, sie siegte, sagte man im Schloss, als unsere verehrte Frau Mutter als Dienstmagd angefangen und bald darauf den Hans Rössner geheiratet hat. Unser Vater, so hat's die Helene aufgefasst, galt als eine gute Partie. Als reicher Hoferbe und angenehmer Arbeitskollege scheint er den Frauen in Hohenheim den Kopf verdreht zu haben, wohl eher unabsichtlich.«

»Und du hast ihn, als du Lehrer werden solltest, als das große Ungeheuer dargestellt, weißt du noch?«, neckte ihn seine Schwester.

»War dumm von mir.« Er legte die Stirn in Falten, setzte sich neben Sophie und umschlang seine Knie mit den Armen. »Jetzt weiß ich, dass ich Lehrer geworden bin, weil die Mutter das so wollte. Überhaupt hat unsere Mutter die Hosen angehabt, wie mir scheint. Dass ich adoptiert worden bin und Hansjörg heiße, war ihr Werk. Unser Vater hat zu allem Ja und Amen gesagt.«

Hansjörg legte sich auf den Rücken, schob den linken Arm unter den Kopf und betrachtete die Bäume und den Himmel.

»Hast du rausgekriegt, wer deine Eltern sind?«

»Darüber will ich mit dir reden, Sophie. Vielleicht kannst du mir bei der Suche nach dem richtigen Weg helfen.«

»Na, sag's schon, kleiner Bruder«, forderte ihn Sophie grinsend heraus, »du bist der uneheliche Sohn eines reichen Prinzen, und ich muss demnächst *Ihro Durchlaucht* zu dir sagen.«

Hansjörg wälzte sich zur Seite, kniff seine Schwester in die Hüfte, richtete sich halb auf und spielte den Überraschten. »So hab ich's noch nicht betrachtet. Das wird ja immer komplizierter.« Er wurde ernst. »Bisher hab ich geglaubt, meine richtige Mutter ist bei meiner Geburt gestorben und mein wirklicher Vater schon vorher. Oder er hat sich rechtzeitig aus dem Staub gemacht. Und jetzt bringst du mich auf einen neuen Gedanken. Vielleicht lebt meine Mutter noch und wollte mich nicht haben, weil ich ein unehelicher Bastard bin. Oder sie konnte mich nicht ernähren, weil sie sehr arm war.«

Sophie riss einen Grashalm aus und zog ihn durch die Zähne. »Lass uns mal planmäßig vorgehen, so wie's die Mutter immer gemacht hat.« Sie spuckte den Halm aus. »Was weißt du genau, Brüderchen?«

Hansjörg setzte sich auf, nahm ein kleines Stöckchen zur Hand, das er im Gras fand, und zeichnete damit Figuren auf die Erde. Sophie sah ihm interessiert zu. »Ich habe alles, was ich weiß, zusammengetragen und aufgeschrieben. Ich weiß, an welchem Tag ich geboren und an welchem ich getauft worden bin. Ich weiß, dass die Rössners nicht meine leiblichen Eltern sind. Aber sonst weiß ich nichts Genaues. Mehr hat mit Sicherheit der Pfarrer gewusst, der dich und mich in Plieningen getauft hat. Und mehr hat auch deine Mutter gewusst.«

»Deine Mutter, wie das klingt«, protestierte Sophie.

»Ich will damit sagen, dass die Rössnerbäuerin in alles eingeweiht gewesen sein muss, nicht der Rössnerbauer. Dass ich beiden viel zu verdanken habe, das ist mir inzwischen aufgegangen.«

Er deutete mit seinem Stöckchen auf ein Grasbüschel: »Wenn das da ich bin, dann sind das hier«, er kreuzte zwei Grasbüschel links davon an, »mein leiblicher Vater und meine leibliche Mutter. Und das hier«, er machte eine Armbewegung nach rechts, »sind die Rössners, die mich adoptiert haben. Die Verbindung von meinen leiblichen Eltern zu den Rössners geht über den Pfarrer von Plieningen und die Elisabeth Rössner, wenn überhaupt.«

»Also müssen wir das Leben unserer Mutter vor deiner Taufe ganz genau auskundschaften«, meinte Sophie.

»Und den Pfarrer von Plieningen ausfindig machen«, ergänzte Hansjörg.

»Und was soll *ich* dabei tun, Brüderchen?«

»Im Brief, den mir unsere Mutter kurz vor ihrem Tod geschrieben hat, steht, dass ich ein Adoptivkind bin. Aber er beginnt mit einem merkwürdigen Satz.« Er schloss die Augen und las die Einleitung aus dem Gedächtnis vor: »*Mein ge-liebter Hansjörg, ich weiß, dass du dich schwer damit abfinden kannst, auch ein Schulmeister zu werden.*«

Sophie sah ihn fragend an: »Na und, was ist daran merk-würdig?«

»*Auch* ein Schulmeister, verstehst du, *auch* ein Schulmeis-ter. Die Mutter hat nicht geschrieben, ich soll Schulmeister werden. Nein, sie sagt, ich soll *auch* einer werden. Das hat et-was zu bedeuten, Sophie, ich spür es.«

»Wie ein anderer Schulmeister, den sie kannte?«

Hansjörg tauschte verständnisvolle Blicke mit Sophie aus. »Eine ganze Nacht habe ich über diesem einen Satz gegrübelt, bis mir eingefallen ist, dass sie diesen Satz schon einmal ge-sagt hat. Als ich im Stall bei den Fohlen gestanden bin und verdauen musste, dass ich nicht Rössnerbauer werden darf, sondern Schulmeister werden muss, da hat sie's gesagt. *Du sollst auch Lehrer werden,* hat sie gesagt. Die Mutter war beim Schulmeister Ocker gewesen. Damals hab ich gedacht, sie ver-gleicht mich mit dem Ocker. Heute weiß ich, dass sie einen anderen Lehrer im Kopf hatte. Sie hat mich so von der Seite angeschaut, als ob sie prüfen wollte, ob ich dem ähnlich sehe.«

»Und ich soll feststellen, ob unsere Mutter einen Lehrer gekannt hat, der mit ihr angebandelt hat?«

»Gibt's in unserer Verwandtschaft oder Bekanntschaft überhaupt einen Lehrer?«

»Bei den Rössners nicht, Hansjörg, und bei den ober-schwäbischen Bekannten und Freunden auch nicht. Ich kann mich auf keinen Lehrer besinnen.«

»Und bei den Rummlers?«

»Die Bietigheimer Verwandtschaft und Bekanntschaft kenne ich zu wenig. Die wohnen alle zu weit weg.«

»Man müsste die Rummlers auskundschaften.«

Die beiden saßen nebeneinander im Gras. Sophie kaute an einem neuen Grashalm und sah nachdenklich ins Dorf hin-ab. Hansjörg umspannte mit der linken Hand seine Knie und malte mit der rechten allerhand Figuren ins Gras.

»Ich wüsste, wie man's anstellen könnte«, unterbrach Sophie die Stille.

Hansjörg sah sie neugierig an.

»Übernächste Woche beginnt die Ernte. Nach Erntedank ist hier die meiste Arbeit getan. Bei den Rummlers steht aber die Hauptarbeit erst noch bevor, die Traubenlese. Ich hab so was noch nie mitgemacht. Die Mutter hat mir davon erzählt. Ich wäre gern auch einmal dabei. Außerdem ist's an der Zeit, die Bietigheimer Großeltern zu besuchen. Nicht einmal zur Beerdigung unserer Mutter konnten sie kommen, weil sie gerade Trauben lesen mussten, und weil sie nicht rechtzeitig hätten hier sein können. Wenn mich der Vater für zwei oder drei Wochen fort lässt, dann werden sich die Großeltern über meinen Besuch freuen, und ich kann ihnen bei der Traubenernte helfen.«

»Der Eduard wird sich nicht freuen«, stichelte Hansjörg, und Sophie stieß ihm die Faust zwischen die Rippen: »Komm, lass uns heimgehen, du Hutsimpel, du neunmalg'scheiter.«

Am übernächsten Mittwoch marschierte Hansjörg, einen Lederbeutel über die linke Schulter gehängt, morgens um fünf Uhr aus Neustadt hinaus. Zügig und ohne Halt eilte er auf Degerloch zu, das er in einer starken Stunde erreichte. Eine Viertelstunde später sah er die Landeshauptstadt vor sich im Talkessel liegen.

Überwältigt von dem Eindruck setzte er sich ins Gras und betrachtete die einmalige Kulisse. Rechts stand die Sonne knapp über dem Horizont und beleuchtete den Neckar, der glitzernd nach Norden zog. Das schmale Band, das den Fluss zunächst begleitete und dann von den vielen Häusern verschluckt wurde, musste die Eisenbahn sein, denn er hörte eine Lokomotive pfeifen und sah eine große Rauchwolke die Spur entlangkriechen. Das Häusermeer, das alle Hügel umspülte und schon die Berge hinaufzüngelte, ängstigte ihn. Mehr als 50 000 Menschen leben hier, hatte er in einem Buch gelesen. Wie soll ich da den Schulinspektor finden? Und noch etwas beunruhigte ihn: Aus dem Tal schallten helle und dunkle Töne herauf und hallten zwischen den Bergen wider. Wenn er zu Hause auf den Obstwiesen saß und auf Sommerfelden hinabsah, dann summten die Bienen um ihn herum. Vielleicht hämmerte der Schmied oder der Wagner, oder es läuteten die Glocken, aber sonst war es still. Doch hier war alles laut und riesig und fremd.

Hansjörg fröstelte und stand auf. Er folgte einer steilen Straße talwärts, auf der lebhafter Verkehr herrschte. An manchen Stellen war sie so steil, dass er ins Laufen kam. Er blieb oft stehen und schaute ins Tal. Die Häuser links und rechts der Straße wurden prächtiger und höher. Bis zu sechs Stockwerke zählte er. Als er eine Kreuzung überquerte, hatte seine Straße plötzlich einen Gehweg, eine sauber gepflasterte Spur nur für Fußgänger. Vom Hörensagen wusste er, dass die Hauptstädter dazu Trottoir sagen. Eine Tafel besagte, dass er sich in der Königstraße befand. Rechts davon lag, wie er an der Bauweise der Häuser unschwer erkennen konnte, die Altstadt. Dorthin bog er ab.

Gerade schlug es sieben Uhr, als er auf dem Marktplatz ankam. Um den Brunnen vor dem Rathaus war ein Viktualienmarkt aufgebaut. Am Rande verkaufte ein Köhler seine Holzkohle. Neben ihm hatte ein Töpfer seine Krüge und Schüsseln auf Stroh ausgelegt und sein Geschirr in Holzkisten aufgestapelt. Ein Mann im bestickten Blauhemd erklomm auf einer Leiter seinen himmelhoch beladenen Wagen, und zwei Männer und eine Frau zerlegten, von gaffenden Kindern umringt, ein gerade erschlagenes Schwein.

Dem Rathaus gegenüber standen die Häuser dicht an dicht, fünf- und sechsstockig, ohne Gassen dazwischen. Zum Marktplatz hin boten Arkaden Schatten bei Sonne und Schutz bei Regen. Hinter den Arkaden lagen prächtige Geschäfte mit großen Fenstern. Allerhand Waren lockten durch die Scheiben hindurch, darunter vieles, was er noch nie gesehen hatte.

Er kaufte sich beim Bäcker eine Brezel, weil er nicht wagte, einen Vorübereilenden anzusprechen, und fragte, während er bezahlte, nach dem Schloss. »Wenn Sie aus dem Laden kommen und in die Höhe schauen, dann sehen Sie die Turmspitze der Stiftskirche. Gehen Sie die Gasse an der Kirche entlang bis zum neuen Schillerdenkmal. Rechter Hand ist das Alte Schloss und gleich dahinter das Neue.«

Vor der Bäckerei steckte Hansjörg die Brezel in seinen Lederbeutel, fand ohne Mühe die Stiftskirche und folgte der gepflasterten Gasse zum mittelalterlichen Schloss. Durch einen Torbogen hindurch stieß er auf eine breite Allee. Er überquerte sie und blieb wie angewurzelt stehen. Vor ihm lag der riesige Schlossplatz.

An einem gewaltigen Brunnen vorbei schlenderte er zu einer Säule, die den Platz überragte. Er umrundete das rund hundert Fuß hohe Denkmal und entdeckte eine Bronzetafel: *Dem treuen Freund seines Volkes, König Wilhelm dem Vielgeliebten, widmen die Stände Württembergs dieses Denkmal zur Feier seines fünfundzwanzigjährigen Regierungs-Jubiläums, den 30. Oktober 1841.*

Hansjörg drehte sich im Kreis und sah viele Soldaten und schwarz gekleidete Männer, die über den Platz eilten. Vornehme Herren flanierten an der Seite prächtig herausgeputzter Damen zu dieser frühen Stunde durch die Parkanlagen.

Auf der einen Seite des Platzes stand das Neue Schloss, ein langer, dreigeschossiger Prachtbau, aus Sandstein gemauert, mit einem langen Mittelbau und zwei Seitenflügeln. Zwei Schilderwachen versperrten den Zugang zum Innenhof. Auf der anderen Seite, dem Schloss genau gegenüber, entdeckte Hansjörg ein großes Gebäude mit Säulengängen. Neugierig überquerte er den Schlossplatz, blieb stehen, schaute nochmals zur Jubiläumssäule zurück und ging dann zielstrebig weiter, als er seinen Namen rufen hörte. Er drehte sich nach allen Seiten um; kein bekanntes Gesicht weit und breit. Beim zweiten Anruf blieb er stehen.

»Das gibt's doch nicht!«, rief er aus, als Eugen vor ihm stand, sein bester Freund aus Ringelfinger Seminartagen.

»Ich freue mich, dich wiederzusehen, Hansjörg.«

»Eugen!« Hansjörg sah seinen Freund mit offenem Mund von Kopf bis Fuß an. »Eugen, wie hast du dich verändert!«

Eugen hatte viel längere Haare als in Ringelfingen; sie bedeckten seine Ohren und waren seitlich gewellt. Ein sauber ausrasierter Backen- und Kinnbart umrahmte das pfiffige Gesicht. Über dem weißen Leinenhemd trug er ein kurzes, dunkelblaues Wams und einen russischgrünen Gehrock mit kurzem Vorderleib. Um den Hals hatte er eine dunkelblaue Seidenbinde geschlungen und vorn mit einer Doppelschleife verknotet, über die der weiße Hemdkragen geschlagen war. Eine graue Tuchhose mit weißen Strümpfen und schwarzen Bundschuhen ergänzten das Bild des modisch gekleideten Städters.

Hansjörg stand die Bewunderung ins Gesicht geschrieben, und er nickte ein paar Mal anerkennend. »Sauber, sauber. Aus dem Luftspringer ist ein feiner Stadtmensch geworden.«

»Oft hab ich mir Gedanken gemacht, was wohl aus dir geworden ist.«

»Und ich hab mir überlegt, an das Konsistorium zu schreiben und deine Anschrift zu erbitten. Wo kommst du her, Eugen?«

»Von der Eisenbahnstation. Die liegt gleich da hinten.« Er wies mit dem Daumen hinter sich. »Auf der Nordseite des Schlossplatzes.« Ein lang gezogenes Pfeifen übertönte alles. »Hörst du's? 7 Uhr 30, das ist die Eisenbahn nach Ludwigsburg, die ihre Abfahrt ankündigt. Ich bin zum sechsten Mal in Stuttgart und heute zum zweiten Mal mit der Eisenbahn gekommen. Ich sag dir, ein tolles Gefühl. Aber was red ich, du bist gewiss auch schon mit der Schienenkutsche gefahren.«

»Ich bin noch nie in einer Eisenbahn gesessen.«

»Da hast du was versäumt, Hansjörg. Schnell und bequem ist die Bahnfahrt. Von Obertürkheim über Cannstatt nach Stuttgart – keine halbe Stunde. Und du landest mitten in Stuttgart.« Eugen musterte verstohlen seinen alten Freund. »Ich muss zur Schulkonferenz der neuen Provisoren.«

»Und warum bin ich hier?« Hansjörg grinste. »Was glaubst du wohl?«

Eugen schlug sich an die Stirn.

Hansjörg lachte. »Ich bin zu Fuß da. Heut morgen um halb fünf bin ich in Neustadt auf den Fildern losmarschiert.«

»So, so, in Neustadt gibst du den Provisor. Und mich hat's nach Heumaden verschlagen. Das wird ungefähr so weit von Stuttgart entfernt sein wie Neustadt. Ich schätze, annähernd anderthalb Stunden zu Fuß.«

»Ich hab dich im Hohenlohischen vermutet. Wolltest du nicht nach der Seminarzeit nach Hause?«

»Blödsinn. Ich wollte gerade nicht heim und nach der Pfeife meines alten Herrn tanzen. Komm, lass uns noch ein Stück die Königstraße hinaufgehen. Es reicht, wenn wir fünf Minuten vorher im Konferenzraum sind und vor dem Eisenfresser strammstehen müssen.«

Hansjörg zuckte zusammen und sah seinen Freund stirnrunzelnd an: »Eisenfresser?«

»Der Schulinspektor für den Oberamtsbezirk Stuttgart ist für seine Paragraphenreiterei bekannt. Weißt du das nicht?«

»Ich hör mir den Herrn Inspektor mal an. Vielleicht wird's nicht halb so schlimm.«

Eugen setzte seine Tasche ab und zog ein Handschreiben heraus. »Kennst du diesen Runderlass?«

Hansjörg warf einen kurzen Blick auf das Papier und schüttelte den Kopf: »Mein Pfarrer hat mir nur den Termin für die Konferenz genannt.«

»Dann les ich dir mal vor, was unser Schulinspektor seiner Aufforderung zur Schulkonferenz angefügt hat.« Eugen räusperte sich: »Am nämlichen Tage hat auch derjenige – er wird seinen Namen wohl wissen –, welcher bei der letztjährigen Konferenz wegen Unpässlichkeit nicht erschienen ist, anwesend zu sein. Eine Unpässlichkeit ist vorübergehend; wer das Jahr über spazierengehen und Wirtshäuser besuchen kann, der kann auch an einem einzigen Tag an einer Konferenz teilnehmen.«

Hansjörg lachte, doch Eugen wetterte: »Wenn der saubere Herr mit einem Untergebenen einen Strauß ausfechten will, dann soll er das dem Betreffenden selber sagen und keinen solchen Dreck an alle Pfarrer und Lehrer schreiben.«

»Reg dich ab, Eugen, zeig mir lieber was von Stuttgart.«

Eugen schlug den Weg zur oberen Königstraße ein und erklärte Hansjörg die Sehenswürdigkeiten der Residenzstadt. Dem Stadtflügel des Neuen Schlosses gegenüber war eine riesige Baustelle. »Das wird das neue Kronprinzenpalais. Im letzten Jahr haben die Bauarbeiten begonnen.«

Eugen stellte sich mit dem Rücken zur Baustelle. »Komm mal hierher. Na, was siehst du da?« Er zeigte auf eine gerade fertiggestellte Allee. Sie lief zwischen dem Alten und Neuen Schloss hindurch auf ein palastähnliches Gebäude zu.

»Noch ein Schloss, oder was ist das dahinten?«, fragte Hansjörg.

»Das Wilhelmspalais. Da residiert unser König Wilhelm.«

Hansjörg riss die Augen auf: »Der wohnt nicht im Schloss?«

»Schon seit fünf Jahren nicht mehr. Im Schloss sitzt die Regierung. Lauter Amtsstuben. Zwischen dem Wilhelmspalais und dem künftigen Kronprinzenpalais liegt ein schöner Park.«

Weil sie genug Zeit hatten, spazierten sie die Allee entlang bis vors Wilhelmspalais. Nach der Engstelle zwischen den beiden Schlössern öffnete sich der Blick auf ein weitläufiges Panorama.

»Das ist der Englische Garten, durch den der Nesenbach fließt.« Eugen blieb stehen und deutete quer über den Park auf ein großes Gebäude: »Und das da ist die Kunstgalerie, erst vor ein paar Jahren fertig geworden.«

Dort seien die königlichen Gemälde- und Skulpturensammlungen ausgestellt, erklärte Eugen. König Wilhelm habe nicht nur die Landwirtschaft und den Ausbau der Straßen und der Eisenbahn im Auge, sondern sei auch ein großer Bauherr.

Weil der König in den letzten drei Jahrzehnten die Ausgaben für den königlichen Hof gewaltig gesenkt habe, sei jetzt genug Geld für solche Gebäude da. Seit im Schloss nicht mehr das Raffen zähle, sondern das Schaffen, gehe es mit Württemberg voran, philosophierte Eugen.

Sie gingen schweigend weiter, bis Hansjörg plötzlich stehen blieb und fragte:»Eugen, bist du krank?«

Eugen sah seinen Freund entsetzt an:»Mal den Teufel nicht an die Wand. Wie kommst du auf den Blödsinn?«

»Weil du das Reimen verlernt hast.«

Eugen stellte sich auf der Allee in Pose, reckte das Kinn nach vorn und bildete mit Daumen und Zeigefinger der rechten Hand einen kleinen Kreis, durch den hindurch er sprach: »Weil Wilhelm spart an Wein, Weib und Pracht, hat sich das Geld verhundertfacht.«

Hansjörg lachte.»Ja, so kenn ich dich wieder.«

Vor der Wache am Wilhelmspalais kehrten sie um, spazierten die Allee zurück und bogen in die Königstraße ein. Eugen erzählte, das Rauchen auf öffentlichen Straßen und Plätzen sei bei einem Gulden Strafe verboten. Aber auf das herkömmliche Schweineschlachten in den Gassen vor ihrem Haus könnten die Stuttgarter immer noch nicht verzichten, obwohl der Magistrat das nicht länger dulden wolle. Zwanzig Männer, die man nach ihrer Stimmkraft ausgewählt habe, würden von Sonnenuntergang bis Sonnenaufgang als Nachtwächter die Straßen der Haupt- und Residenzstadt überwachen und die Stunden ausrufen.

»Auf der rechten Seite siehst du das Stockgebäude«, setzte Eugen seine Führung fort.»Das war einmal eine Seidenspinnerei. Jetzt sind ein Weinhandelskontor und verschiedene Manufakturen drin. Das Haus hat mehrere Aufgänge, so groß ist es. Wenn wir mal wieder in Stuttgart sind, dann gehen wir hinein.«

Am Ende der Königstraße lag auf der linken Seite ein dreigeschossiges Haus.»Wir sind da. Unser Tagungslokal.« Eugen schob Hansjörg auf die andere Straßenseite und betrat das Gebäude durch einen Seiteneingang.

Die beiden Freunde stiegen in den ersten Stock hinauf und kamen in einen kahlen Raum, ungefähr so groß wie ein Schulsaal. An der Stirnseite standen ein Pult und ein Lehnstuhl auf einem Podest. Ein breiter Mittelgang führte nach vorn, links und rechts davon waren 40 bis 50 Stühle auf mehrere Reihen verteilt. Nach und nach betraten weitere junge Männer den Saal. Manche begrüßten sich mit großem Hallo, andere setzten sich wortlos auf einen freien Stuhl. Die hinteren Stühle wurden zuerst besetzt; erst als es hinten keine freien Plätze mehr gab, ließen sich die später Kommenden mit saurer Miene in den ersten Reihen nieder. Eugen und Hansjörg saßen in der letzten Reihe.

Ein paar Minuten nach neun Uhr kam ein älterer Herr mit Bart und Kneifer herein, ging nach vorn und bestieg das Podest. Augenblicklich verstummten die jungen Leute und beobachteten, wie der hagere, ernste Mann ein Buch und einen Zettel auf das Pult legte und sich dann auf den Lehnstuhl setzte. Er zog eine Uhr, die an einer dicken Silberkette hing, aus der Tasche, blickte öfters aufs Zifferblatt und beobachtete die jungen Männer.

Plötzlich erhob er sich. Schlagartig herrschte lähmende Stille. Er patrouillierte mit den Augen die Sitzreihen entlang. »Meine Herren Provisores. Es ist genau neun Uhr cum tempore, wie die gebildeten Leute sagen, oder in Ihrer Sprache: Viertel nach neun. Quod cito fit, cito perit. Mit Latein fängt die Bildung erst an. Merken Sie sich das. Deshalb für Sie als Nichtlateiner zum Mitschreiben: Wer pünktlich anfängt, hört pünktlich auf.«

Er räusperte sich und setzte sich wieder. »Ich bin Ihr Bezirksschulinspektor, zuständig für die Schulen im Oberamt Stuttgart. Ich werde heute zwei Punkte besprechen, a) die Berufspflichten eines Provisors und b) die Anstellungsprüfung, die Sie zu absolvieren haben.«

Schulinspektor Müller blickte über seine Brille hinweg in den Saal. Als sich niemand regte, fuhr er fort: »Beginnen wir mit den Dienstpflichten.«

Über eine Stunde lang verlas er Paragraphen und Reskripte über die Schuldisziplin, die zulässigen Schulstrafen, die in der Schule zu traktierenden Unterrichtsfächer, die Einteilung des Unterrichts auf die Stunden des Tages und der Woche, die wichtigsten Lehrmethoden und das Verhältnis des Provisors zum Schulmeister und zum Pfarrer.

Hansjörg schrieb sich das Wichtigste in Stichworten auf. Als Schreibunterlage benützte er den *Süskind,* wie Pfarrer Maier zu sagen pflegte, die neueste Handausgabe der Schulvorschriften. Der Dorfpfarrer hatte ihm das Buch zugesteckt, als er ihm die Aufforderung zur Schulkonferenz überbrachte. »Nehmt das Buch mit und Papier und Schreibzeug dazu. Ich kenne den Herrn Bezirksschulinspektor. Glaubt mir, Herr Provisor, macht Notizen von allem, was der Müller sagt«, hatte ihn sein Pfarrer vorgewarnt. Darum hatte sich Hansjörg zwei Butterbrote und einen Apfel in den Lederbeutel gesteckt und Papier, Bleistift, ein Federmesser und das Buch dazu.

Nach einer kurzen Pause rief Inspektor Müller jeden Provisor einzeln auf, hieß ihn nach vorne kommen und sich und seine Arbeit vorstellen. Zu jedem Bericht gab er einen Kommentar ab, beklagte das eine Mal die Ärmlichkeit der Schulverhältnisse, lobte das andere Mal den Ortspfarrer, der sich für seine Schule krummlege, tadelte dieses und verbot jenes. Bei Hansjörg hörte er kommentarlos zu, als der vom Filderverein, dem geplanten Buch über die Fildergemeinden, der erfolgreichen Liedertafel und der Armenschule erzählte.

Als der Inspektor die Junglehrer abgekanzelt hatte, zog er gegen die Lehrerseminare vom Leder. Sie führten die jungen Lehrer zum Standesdünkel und trügen die Hauptschuld daran, dass die Klagen über die Volksschulen überhandnähmen. Die Seminare bildeten ungläubige, der göttlichen Weisheit und damit der Kirche abgewandte Lehrer heran. Im Seminarunterricht verlasse man die religiöse Mitte der Pädagogik und verbreite sich nach der Peripherie des menschlichen Lebens hin. Die Herren Seminarlehrer gefielen sich darin, ihre Seminaristen zu weit bilden zu wollen und verführten sie so in die Hecken und Zäune des Philosophierens und Spekulierens. Damit setze man in die Köpfe der jungen Leute nur Ansprüche hinein, die das Schulmeisterleben nicht befriedigen könne.

»In manchem Seminar«, belustigte sich der Inspektor, »lehrt man die Seminaristen sogar ein paar Nebensächlichkeiten aus der Psychologie, als ob die Erziehung der Kinder etwas mit dem Seelenleben zu tun hätte.«

Dann warf Müller einen Blick auf seine Taschenuhr, stellte fest, dass es Mittag war und unterbrach die Veranstaltung für eine Stunde.

»Konferenz!«, schnaubte Eugen, als er mit Hansjörg wieder auf der Königstraße stand. »Das soll eine Schulkonferenz sein? Dass ich nicht lache.«

Hansjörg grinste vor sich hin. Er erkannte seinen Eugen wieder.

»Du lachst! Und mir ist zum Kotzen!«, schimpfte Eugen weiter. »Ich hab geglaubt, dass eine Konferenz so etwas wie eine Besprechung ist. Hörst du, Hansjörg, ein Gespräch unter Gleichgesinnten. Der Müller ist ein Einschleifer, ein Wortklauber, ein Wortverdreher, ein …«

»Jetzt beruhig dich, Eugen.«

»Will ich aber nicht. Schon im altfränkischen Landrecht stehet geschrieben: Regt dich auf ein großer Tropf, hau ihm gleich was auf den Kopf.«

Hansjörg schmunzelte und wurde schnell wieder ernst: »Einen nach dem anderen vor der versammelten Mannschaft bloßzustellen, das zeugt nicht von Vertrauen und Menschenkenntnis. Auch ist kein Hauch von Wertschätzung im Saal. Aber der Überblick über die Rechtslage in der Schule war knapp und gut.«

Eugen ärgerte sich immer noch. »Stell dir vor, Hansjörg, unser Seminarlehrer Steinhilber oder der berühmte Zeller aus Beuggen hätten sich die Predigt gegen die Seminare anhören müssen. Gift und Galle hätten sie gespuckt. Die sind auch Pfarrer. Die könnten die Behauptung, sie würden gegen die Kirche arbeiten, nicht auf sich sitzen lassen.«

»Grad deshalb mach ich mir keine großen Sorgen. Meinem Pfarrer in Neustadt hätt's bei der Gardinenpredigt auch die Sprache verschlagen.«

Eugen konnte sich nicht beruhigen und meinte kopfschüttelnd: »Der berühmte Riecke, der das Staatliche Seminar in Esslingen leitet, hat vor ein paar Jahren mit seinen Seminaristen den württembergischen *Volksschullehrerverein* gegründet und gibt die Zeitschrift *Volksschule* heraus. Und was ist der?« Er warf die linke Hand in die Luft. »Pfarrer!«

»Ich stell mir das so vor.« Hansjörg blieb auf der Königstraße stehen. »Die Pfarrer, die wissen, wie erbärmlich unsere Volksschulen sind und wie Kinder um ihre Lebenschancen in diesen veralteten Schulen betrogen werden, die wollen Veränderungen. Aber die Pfarrer, die sich davor fürchten, weil sie vom alten System profitieren, die wollen von Veränderungen nichts wissen. Und wir Volksschullehrer stehen zwischen den Fronten und hören über uns die Kugeln pfeifen.«

»Schießen die Pfarrer mit Kugeln und Schrot, fürchten wir Lehrer den frühen Tod«, reimte Eugen.

Zwei Kinder, in Lumpen gehüllt, umkreisten sie und bettelten um einen Kreuzer. Als Hansjörg in seine Tasche griff, sagte Eugen energisch: »Lass dein Geld stecken. So lösen wir die Probleme der Armen nicht.«

Sie gingen auf der Königstraße bis zur Allee vor dem Schlossplatz, setzten sich neben einem Brunnen unter eine Kastanie, aßen ihr mitgebrachtes Vesper und tranken Wasser dazu.

Sie erinnerten sich an die gemeinsame Zeit in Ringelfingen, wärmten alte Geschichten aus dem Seminar auf und verabredeten, nach der Veranstaltung durch den Englischen Garten nach Cannstatt zu wandern und dort den Abendzug um halb acht Uhr zu besteigen, der über Unter- und Obertürkheim nach Esslingen fahre. Von Obertürkheim, wo der Zug vor acht Uhr ankomme, wollten sie dann gemeinsam über den Neckar nach Hedelfingen und Heumaden hinaufsteigen. Hansjörg könne dann gleich weiterwandern und wäre noch vor Einbruch der Dunkelheit daheim; auf die Art wisse er auch, wo sein Freund jetzt zu Hause sei.

Am Nachmittag erläuterte der Schulinspektor die verschiedenen Schulvakanzen. »Es gibt dreierlei Vakanzen: die Marktvakanz, die allgemeine Vakanz und die spezielle Vakanz. Wenn am Schulort ein Jahrmarkt stattfindet, dann ist den Kindern schulfrei zu geben. Nicht jedoch, wenn Markt im Nachbarort ist. Ende September oder Anfang Oktober ist in unserem Oberamtsbezirk die allgemeine Vakanz. Alle Schulen haben dann drei Wochen geschlossen, damit die Kinder ihren Eltern bei der Krauternte oder bei der Weinlese helfen können. Und die spezielle Vakanz legt der Ortspfarrer in Absprache mit dem Schultheißen fest, so wie's den Bauern am Ort nützt.«

Dann erwähnte er noch das Urlaubsverfahren. »Wenn Sie einen Krankheits- oder Todesfall in der eigenen Familie haben, dann kann Ihnen der Pfarrer Sonderurlaub geben, sofern die Schulkinder versorgt sind. Ich sage *kann*, denn darauf haben Sie keinen Anspruch. Das liegt im Ermessen Ihres Pfarrers.«

Müller blickte streng in die Runde. »Eines schreiben Sie sich hinter die Ohren, meine Herren Provisoren: Ohne Genehmigung des Pfarrers, der für Ihre Schule verantwortlich ist, dürfen Sie den Schulort niemals verlassen. Weder an Werktagen noch an Feiertagen, weder an Schultagen noch in der Vakanz.«

Der Inspektor stieg vom Podest und ging, die Arme auf dem Rücken verschränkt, auf dem Mittelgang hin und her. Er philosophierte über den Zweck der Dienstprüfungen, bestieg wieder das Podest und las die Bestimmungen über die Anstellungsprüfung vor: Abschreiben eines Textes in deutscher und lateinischer Schrift, Diktiertschreiben in deutscher Schrift, Fertigung eines Aufsatzes über ein pädagogisches Thema, Verfassen eines demütigen Bittbriefes an die vorgesetzte Behörde, Kopfrechnen und Tafelrechnen, Memorieren der wichtigsten Stücke aus Bibel und Christenlehre und Kenntnisse der gebräuchlichsten Kirchenlieder.

Er machte eine kleine Pause und wartete auf Fragen. Keiner wagte es, das Wort an ihn zu richten. Er setzte seinen Monolog fort und beschrieb abschließend, wie eine Schulvisitation bei ihm abzulaufen habe und was bereitliegen müsse, wenn er auf Schulbesuch komme.

Hansjörg schrieb alles mit. Schweigend und verängstigt verließen die jungen Leute den Tagungsraum.

Plaudernd und mit viel Rast schlenderten die beiden Freunde die Königstraße hinunter, durch den Englischen Garten und am Neckar entlang bis nach Cannstatt. Dort schauten sie dem bewegten Treiben zu, das auf dem Bahnhofsvorplatz herrschte. Damen und Herren in vornehmer Kleidung eilten herbei, gefolgt von Gepäckträgern mit großen und kleinen Koffern und Hutschachteln. Dienstleute karrten allerlei Kisten, Koffer und Kartons zum Gepäckwaggon. Ein Postexpeditor schleppte auf dem Rücken einen Sack, in dem sich offensichtlich die abgehende Post befand.

Eine halbe Stunde vor Abfahrt des Zuges wurde die Stationskasse geöffnet. Hansjörg und Eugen kauften sich Billette für die III. Klasse, das Stück zu vier Kreuzern.

Kurz darauf öffnete der Türsteher den Zugang zum Bahnhof und kontrollierte ihre Billette. Als der Zug von Stuttgart kommend vor den Bahnhof rollte, stieß die Lokomotive, die »Neckar« hieß, gewaltige Dampfwolken aus und quietschte schrill und ohrenbetäubend, bis sie endlich stand. Der Zugmeister schlug die Glocke an, die auf dem Bahnsteig hing und rief: »Einsteigen, meine Herrschaften!« Nach zwei Minuten schlug er die Glocke ein zweites Mal an, befahl »Zurrrücktreten!« und schwang sich aufs Trittbrett zum Abteil der I. und II. Klasse. Die Lokomotive pfiff, und der Zug mit seinen vier Wagen setzte sich unter gewaltigem Ächzen langsam in Bewegung.

Hansjörg war begeistert. Er lachte, deutete mal auf dieser, mal auf jener Seite aus dem Fenster, bewunderte den Kanonenofen, in dem ein Holzfeuer die Fahrgäste wärmen könnte, klopfte Eugen auf die Schenkel und plapperte in einem fort. Eugen freute sich über die Ausgelassenheit seines alten Kameraden und vor allem darüber, seinen Freund wieder in der Nähe zu wissen.

In Obertürkheim stiegen sie zügig durch die Hedelfinger Weinberge den Neckarhang hinauf und kamen kurz nach halb neun Uhr im Schulhaus in Heumaden an. Hansjörg nahm die Einladung zu einem Erfrischungstrunk in Eugens Kammer an und bat zugleich um Verständnis, dass er wenig Zeit habe. Eugen begleitete seinen Freund auf dem weiteren Weg, bis Hohenheim in Sicht kam, dann kehrte er um, während Hansjörg mit großen Schritten auf Neustadt zumarschierte, wo er kurz nach zehn Uhr eintraf.

Vier Wochen später, es war Anfang Oktober, klopfte es in der dritten Unterrichtsstunde an der Tür des Schulsaals. Draußen stand Schulinspektor Müller und hinter ihm, mit hängenden Schultern, Pfarrer Maier.

»Wollen Sie uns nicht hereinbitten, Herr Provisor?« Der Inspektor schob den verdatterten Junglehrer zur Seite und drängte, ohne eine Antwort abzuwarten, in den Saal, bestieg das Lehrerpodest und setzte sich ans Pult, klappte den Deckel auf und kontrollierte den Inhalt.

»Ich bin auf der Durchreise, Herr Provisor, und will einen kleinen Antrittsbesuch machen, keine Schulvisitation.«

Die Kinder, die beim Eintritt der Gäste wortlos aufgestanden waren, verfolgten das Schauspiel, das ihnen die Erwachsenen boten, mit großen Augen und gespitzten Ohren.

Hansjörg blickte hilflos zum Lehrerpult hinauf und bemerkte, dass sich Pfarrer Maier nach einem Stuhl umsah. »Ich bitte um eine Sekunde Geduld, Herr Schulinspektor, ich muss Herrn Pfarrer Maier noch einen Stuhl aus dem oberen Schulsaal herunterholen.«

Hals über Kopf stürzte er aus dem Saal und kehrte wenige Augenblicke später mit hochrotem Kopf zurück, stellte den Stuhl vor die erste Schülerreihe und bat seinen Pfarrer, Platz zu nehmen. Der dankte leise, zwinkerte ihm aufmunternd zu und sagte freundlich zu den Schülern: »Setzt euch, Kinder.«

»Woran arbeiten Ihre Schüler gerade, Herr Provisor?«, fragte der Inspektor streng vom Pult herab.

Hansjörg, überrascht durch den Besuch, war noch außer Atem. »Wir haben uns auf der Landkarte orientiert, damit die Kinder die biblische Geschichte besser verstehen. Und damit sie begreifen, dass Deutschland und das Heilige Land zweierlei sind.« Er sah über zweihundert Kinderaugen auf sich gerichtet und errötete. »Soll ich im Unterrichten fortfahren, Herr Schulinspektor?«

Inspektor Müller gab ihm einen Wink, und Hansjörg ließ die Viertklässler auf der einen Landkarte, die rechts neben der Tafel hing, das Heilige Land, den See Genezareth und das Tote Meer, Jerusalem und das Mittelmeer zeigen und auf der zweiten das Königreich Württemberg und Deutschland. Er fragte seine Schüler, was Deutschland sei, und sie sagten, dass es viele Tagesreisen vom Heiligen Land entfernt liege und aus zahlreichen großen und kleinen Staaten bestehe. Württemberg, Bayern und Preußen gehörten auch dazu. Das schrieb er an die Tafel.

Als Hansjörg von den Kindern wissen wollte, welche anderen deutschen Staaten an Württemberg grenzen, unterbrach ihn der Schulinspektor barsch: »Genug auf der Landkarte herumgetrabt, Herr Provisor. Kommen Sie endlich zu den wichtigen Dingen. Bringen Sie mir die Schultabelle.«

Hansjörg eilte zur Tür, um die tabellarische Übersicht über die Namen, die Herkunft, das Alter, den regelmäßigen Schulbesuch und die Schulleistungen der Kinder aus der Aktenkammer zu holen.

Der Inspektor stellte den Kindern Kopfrechnungen, bis ihm Hansjörg die Liste mit zitternden Fingern aufs Pult legte. Er nahm sie mit kaum verhohlenem Nasenrümpfen zur Hand, rief jeweils zwei nebeneinandersitzende Kinder auf und stellte ihnen eine gemeinsame Aufgabe. Hatte der in der Sitzordnung um einen Platz zurückgesetzte Schüler die Rechenaufgabe schneller gelöst als der vor ihm sitzende oder wusste nur der die Antwort, so machte Müller einen Vermerk auf der Liste.

Dann forderte der Inspektor jeweils vier Kinder aus der letzten und der ersten Bank auf, Kirchenlieder und Memorierstücke aus dem Katechismus auswendig aufzusagen. Stirnrunzelnd hörte er sich den Vortrag der Kinder an und warf Hansjörg jedes Mal einen fragenden Blick zu, wenn ein Kind nicht weiterwusste, vor allem dann, wenn es in der ersten Bank stand.

Gegen halb zwölf stieg der Schulinspektor vom Podest, ging zur Tür, verabschiedete sich von den Kindern, die sich erhoben hatten, und sagte beim Hinausgehen zu Hansjörg, jedoch so laut, dass es die Schüler hören konnten: »Wir haben ein paar Punkte zu besprechen, Herr Provisor. Herr Pfarrer Maier hat Ihre Arbeit gelobt. Mir scheint, da gibt es noch viel zu tun, bevor ich Sie loben kann. Ich werde Ihrem Pfarrer mitteilen, wann sie mich in meiner Amtsstube in Stuttgart zu besuchen haben. Grüß Gott, Herr Provisor.«

In der übernächsten Woche, die allgemeine Herbstvakanz im Oberamt Stuttgart hatte gerade begonnen, musste sich Hansjörg am Mittwoch um drei Uhr in der Kanzlei des Schulinspektors einfinden. Pfarrer Maier steckte ihm für den weiten Weg eine Flasche Most, ein Brötchen und ein Stück Wurst zu. Er wusste, dass die Teuerung den jungen Leuten wenig zum Leben ließ, und bat Hansjörg, um die Mittagszeit aufzubrechen. »Zum Glück ist das Wetter gut, Herr Provisor. Und vergesst nicht, im Himmel wird die Rechnung aufgesetzt, nicht auf Erden«, versuchte er ihn zu trösten. Länger als eine halbe oder dreiviertel Stunde werde ihn der Schulinspektor nicht hinhalten, dann könne er gegen sechs Uhr wieder in Neustadt sein. Sollte es schlechtes Wetter geben, so solle er in Degerloch beim Pfarrer übernachten und erst morgen früh heimkommen. »Hier hab ich einen Bittbrief an meinen Kollegen in Degerloch, für den Fall, dass der Himmel zumacht. Und Gott befohlen, lieber Provisor.«

Hansjörg eilte nach Stuttgart, so schnell er konnte. Heute nahm er von niemandem Notiz und interessierte sich für nichts. Kurz nach zwei Uhr war er im Stadtzentrum von Stuttgart, setzte sich wieder auf jene Bank, auf der er mit Eugen gesessen hatte, und aß und trank. Dann wurde er ruhiger.

Der Bezirksschulinspektor rief ihn pünktlich um drei Uhr in seine Amtsstube und eröffnete ihm, was er zu bemängeln habe.

»Bei meiner kleinen Antrittsvisite habe ich Ihr Steckenpferd sofort erkannt, Herr Provisor: die Realien. Dünkelhaft sind Sie mit den Schülern auf der Landkarte herumgetrabt, soviel sie nur konnten. Die Reise in die weite Welt war Ihnen wichtig.«

Er rückte seine Schreibgeräte auf dem Tisch zurecht. »Und ich sage Ihnen: Bleibe im Lande und nähre dich redlich. Die fremden Namen klangen seltsam aus dem Mund der Kinder, die über die Grenzmark ihres Dorfs noch nie hinausgekommen sind. Ihr Herumtreiben in der Welt ist mir wie eine Ernte ohne Frucht erschienen. Wo ein Lehrer ein solches Steckenpferd hat, da steht es schlecht um die Schule und ihre Bildung. Die Realien gehören in die Realschule und in die höheren Lehranstalten, nicht in die Volksschule.«

Er hob die Stimme und drohte mit dem Zeigefinger: »Merken Sie sich das ein für alle Mal, Herr Provisor. Konzentrieren Sie sich auf Religion, Singen, Lesen, Schreiben und etwas Rechnen, da haben Sie alle Hände voll zu tun. Das war mein erster Kritikpunkt. Haben Sie dazu etwas zu sagen, Herr Provisor?«

Hansjörg sah seinem Gegenüber direkt in die Augen und sagte ernst: »Nein, Herr Schulinspektor.«

»Mein zweiter Punkt betrifft Ihre Unordnung im Schulsaal«, fuhr Müller fort.

Irritiert fragte Hansjörg zurück: »Meine Unordnung? Das verstehe ich nicht.«

»Versteht er nicht, der Herr Provisor.« Inspektor Müller schüttelte den Kopf und sagte höhnisch: »Sie wissen genau, was ich meine. Die Kinder sollen Sie nach ihrem Können im Schulsaal platzieren. Der beste Schüler vorn auf Platz eins, der schlechteste hinten auf dem letzten Platz. Lozieren nennt man das. Oder haben Sie das in Ihrem Seminar nicht gelernt?«

Hansjörg fuhr sich mit beiden Händen übers Gesicht, holte tief Luft und erwiderte: »Ich verehre die großen Pädagogen. Alle verwerfen das Lozieren. Aber ich loziere meine Schüler trotzdem. Nur von festen Lokationstagen, wie das manche Schulmeister tun, halte ich nicht viel.«

»Hält der Herr Provisor nicht viel«, echote der Inspektor und spottete: »Sie haben ja schon so viel Erfahrung gesammelt.«

»Wie ein gestandener Schulmeister gewiss nicht. Aber ich habe beobachtet, dass sich die guten Schreiber nur an den Tagen Mühe geben, an denen sie überprüft werden.«

»Nur Leistung zählt, Herr Provisor. Leistung allein. Wer in der Schule nichts kann, hat vorne beim Lehrer nichts verloren. Aus den Augen mit den Nichtskönnern und nach hinten setzen!«

Hansjörg holte tief Luft. Ihm fiel Eugens andächtiger Zweizeiler ein: *Regt dich auf ein großer Tropf, hau ihm gleich was auf den Kopf.* Er wurde ganz ruhig. »Vielerlei Arbeiten nach Dienstantritt in Neustadt haben es mir längere Zeit nicht möglich gemacht, meine Schüler zu lozieren«, sagte er sachlich. »Die Kinder sitzen also nicht nach ihren Kenntnissen und Fortschritten, das weiß ich wohl. Aber die Lokation ist nicht die Ursache dafür, dass die Kinder unterschiedlich sind, und sie verringert diese Unterschiede auch nicht, sagt Pestalozzi.«

Er zögerte einen Augenblick und wartete auf eine Einwendung des Inspektors. Der starrte ihn jedoch mit hochgezogenen Augenbrauen an.

Hansjörg legte beide Zeigefinger und beide Daumen zusammen und sah auf seine Hände. »Ich habe vor zwei Wochen die Schülerleistungen überschlagen, eine Zensurtabelle geschrieben und den Sitzplatz für jeden Schüler notiert. Dabei habe ich festgestellt, dass einige Kinder um sechs bis zehn

Plätze nach vorne rücken, andere um ebenso viele nach hinten weichen müssten, wenn man die Kinder nach der Tagesform lozieren wollte.«

Er blickte kurz auf. »Das brachte mich in große Verlegenheit. Mir wurde klar, dass ich mir damit die Zuneigung und das Vertrauen meiner Schüler verscherzt hätte.«

Er machte wieder eine kleine Pause und rutschte auf seinem Stuhl hin und her. Der Inspektor schwieg beharrlich, er wollte ihn verunsichern.

»Nach vielem Nachdenken kam ich auf die Idee, die Schüler sollten sich selbst lozieren.«

Hansjörg nahm nicht wahr, dass der Inspektor nervös mit den Fingern auf den Tisch trommelte. »Kinder, sagte ich, ihr wisst, dass eine große Ungleichheit zwischen euch entstanden ist und die wenigsten auf den Plätzen sitzen, die ihnen nach den Schulleistungen zustehen. Darum will ich den Dritt- und Viertklässlern die Lokation überlassen. Alle Kinder willigten ein.«

Der Inspektor trommelte immer heftiger auf sein Pult.

Hansjörg ließ sich davon nicht beirren, denn er sah es nicht, weil er sich so in die Sache hineingesteigert hatte. »Ich schrieb die Punkte an die Tafel, die man bei der Lokation berücksichtigen muss: 1. Religionslehre und Auswendiglernen, 2. Lesen, 3. Schönschreiben, 4. Rechtschreiben, 5. Aufsatz, 6. Rechnen, 7. Anschauungsunterricht, 8. Wohlverhalten. Ich fing an, die Stimmen zu sammeln: Fritz, wer verdient nach deiner Meinung den ersten Platz bei Nr. 1? Wem gibst du in diesem Fach deine Stimme, Jakob? Wer verdient den ersten Platz nach Nr. 2? Und so fort. Ich führte an der Tafel eine Strichliste, zählte die Stimmen aus und verlas dann das Ergebnis: Eugen ist nach eurer Meinung in vier Punkten der Beste und in drei der Zweitbeste; er hat damit seinen ersten Sitzplatz behauptet. Franz verdient den zweiten Platz, weil er in drei Punkten der Beste und in zwei der Zweitbeste ist. Und so fort.«

Der Inspektor zeigte ein schiefes Lächeln. »Und wie habt Ihr bei gleicher Punktzahl entschieden, Herr Provisor?«

»Da hat das bessere Wohlverhalten den Ausschlag gegeben. Kein einziges Kind hat sich gegen diese Lokation gewehrt. Und ich versichere Ihnen, Herr Schulinspektor, dass ich die Lokation nicht ordentlicher und gewissenhafter hätte machen können.«

Der Inspektor strich mit seiner linken Hand durch die Luft, als wische er alles aus, was er gehört hatte. »Das ist Spekulation, Herr Provisor, reine Spekulation und keine ernst zu nehmende Pädagogik.«

»Herr Schulinspektor, bedenken Sie: Kinder müssen verstehen, was wir ihnen in der Schule sagen und anerziehen. Verstehen sie's nicht, dann können wir auf keinen Erfolg hoffen. Verstehen sie's jedoch, wie kann die Methode dann falsch sein?« Hansjörg lehnte sich zurück und sah seinen Vorgesetzten abwartend an.

Der Schulinspektor ließ sich auf keine Diskussion ein und beendete das Gespräch: »Konzentrieren Sie sich auf den Unterricht und ihre Dienstgeschäfte, Herr Provisor. Da haben Sie noch viel zu lernen und noch mehr zu tun. Weniger in den Wirtshäusern herumsingen und die Zeit mit allerlei Zeug vergeuden, das rate ich Ihnen dringend, Herr Provisor. Dann bleibt Ihnen genügend Zeit, sich um eine ordentliche Lokation zu kümmern. Dann müssen Sie keinen pädagogischen Unsinn reden. Und noch einen Rat gebe ich Ihnen: Lassen Sie die Parteilichkeit für die armen Kinder.«

Hansjörg sah überrascht auf, weshalb der Inspektor mit erhobenem Zeigefinger hinzufügte: »Ja, ja, man spürt, wie Sie die armen Kinder freundlicher und nachsichtiger behandeln als die Kinder vermögender Leute. Merken Sie sich: Die Armut ist etwas Geheiligtes, und in Verbindung mit Christus verliert sie alles Entehrende und Geringe.«

Damit war die Besprechung beendet. Hansjörg stand auf, senkte den Kopf, verabschiedete sich, ohne den Pfarrer anzusehen, mit einem leisen »Grüß Gott« und verließ fluchtartig das Amtsgebäude.

Am Schillerdenkmal packte er sein restliches Vesper aus und prostete dem Dichter mit seiner Mostflasche zu: »Nur Beharrung führt zum Ziel, nur die Fülle führt zur Klarheit, und im Abgrund wohnt die Wahrheit.«

Jetzt war ihm nicht mehr so unwohl. In der Buchhandlung am Marktplatz kaufte er im Übermut ein Kochbuch, das er seiner Schwester Sophie bei nächster Gelegenheit schenken wollte. Es trug den Titel *Supp', Gemüs' und Fleisch* und enthielt eine *Vollständige Kunst des Einmachens der verschiedenen Früchte.* Das kostet mich viel Geld, 48 Kreuzer, einen halben Wochenlohn, fuhr es ihm durch den Kopf. Aber er wollte seiner Schwester eine Freude machen. Beim Hinausgehen sah er auf einem Tisch nahe der Ladentüre die Bücher von Berthold Auerbach ausliegen. Öfters schon hatte er gehört, wie die *Schwarzwälder Dorfgeschichten* dieses schwäbischen Schriftstellers gerühmt wurden. Und so entschloss er sich spontan, wenn auch mit einem tiefen Seufzer, weil er ans Geld dachte, sich den ersten Band zu gönnen.

Dann marschierte er aus Stuttgart hinaus und mit jedem Schritt, der ihn näher zu den Fildern brachte, wurde ihm besser.

Pfarrer Maier wollte sofort hören, wie es seinem Junglehrer ergangen war. Noch unter der Haustür des Pfarramtes ließ er sich von Hansjörg in groben Zügen berichten, was der Schulinspektor auszusetzen hatte. »Das alte Lied«, tröstete ihn Maier, »die Lokation ist bei uns Pfarrern genauso umstritten wie bei euch Pädagogen«, und führte ihn ins Amtszimmer.

Der Pfarrer zündete die Kerzen auf einem dreiarmigen Leuchter an, stellte ihn auf den kleinen Ecktisch und setzte sich zu Hansjörg auf die gepolsterte Eckbank.

»Der Schulinspektor darf die Lokation einfordern«, sagte Maier nachdenklich, »weil er für die Schulen im Oberamt zuständig ist. Aber«, er hob den Zeigefinger und sah Hansjörg in die Augen, »für den Filderverein, die Liedertafel und die Armenschule bin ich zuständig. Da lass ich mir von niemandem dreinreden. Die Liedertafel ausgenommen, sind das doch mildtätige Einrichtungen. Die kann mir keiner verbieten, ja, sie sind Teil der christlichen Nächstenliebe.« Und erregt fügte er an: »Wen ich bitte, mir dabei zu helfen, ist *meine* Sache.«

Hansjörg sah den Pfarrer schweigend an, der sich zurücklehnte, das Kinn rieb, einen Augenblick mit geschlossenen Lidern nachdachte und ruhig sagte: »Was die Liedertafel betrifft, so soll mir der Herr Schulinspektor nur kommen.«

Maier stand auf und nahm ein schwarz eingebundenes Buch aus dem Regal, blieb vor der Bücherkulisse stehen und schlug das Buch auf. »Wenn ich mich noch recht erinnere, dann gibt es im *Süskind* einen eigenen Abschnitt über die Gesangvereine.«

»Ich meine, Herr Pfarrer, im Kapitel über die Bildung der Lehrer steht etwas.«

Maier drückte Hansjörg das Buch in die Hand. »Sucht selbst, ich kann das klein Gedruckte nimmer so gut lesen.« Er verließ die Stube und kam mit einem Mostkrug und zwei Gläsern wieder.

Hansjörg hatte die Stelle im Buch gefunden. »Hier, Seite 273 beginnt der Abschnitt über die Gesangvereine.« Er blätterte die Seite um und las vor: »Am 21. März 1843 hat die oberste Kirchen- und Schulbehörde angemahnt, dass sämtliche Behörden das Singen gutheißen und unterstützen sollen.«

Er sah lächelnd auf, als ihm der Pfarrer ein Glas mit goldgelbem Saft vorsetzte, bedankte sich und vertiefte sich wieder in das Buch. »Und hier steht, Herr Pfarrer, dass man nur dann etwas gegen Gesangvereine einwenden darf, wenn die Teilnehmer keinen ordentlichen Lebenswandel führen oder sich nach dem Singen unziemlich verhalten.«

»Kurz und gut, der Herr Schulinspektor kann uns nur an den Karren fahren, wenn im Wirtshaus gelärmt wird oder die Singstunde zum Besäufnis ausartet.«

Hansjörg warf die Arme in die Höhe: »Das gab's noch nie, Herr Pfarrer.«

Maier wischte den Einwand mit einer Handbewegung vom Tisch: »Weiß ich. Ich mein ja bloß, dass wir so weitermachen wie bisher. Und Ihr, Herr Provisor, Ihr werdet ab heute in Gottes Namen alle Vierteljahr lozieren und mir die Schultabelle vorlegen. Steht die Schulvisitation an, und dazu muss sich der Herr Inspektor vorher anmelden, dann gebt Ihr mir die Tabelle ein paar Tage vorher, und ich zeichne sie ab. Visitiert der Herr Inspektor den Unterricht, dann kriegt er nur noch Lesen, Schreiben, Rechnen und Religionslehre zu sehen. Dann hat die pedantische Seele ihre Ruhe.«

Hansjörg lachte und trank auf das Wohl seines Gastgebers.

»Wie weit sind die Vorbereitungen für unsere Armenschule gediehen?«, fragte der Pfarrer und hielt sein Glas gegen das Kerzenlicht; mit zufriedener Miene genehmigte er sich einen kräftigen Schluck.

»Wir Lehrer aus Plieningen und Neustadt sind uns einig, dass wir die Armenschüler in der einen Woche in unserer Schule und in der darauffolgenden in Plieningen unterrichten. Dann haben die Kinder nur alle zwei Wochen einen weiteren Schulweg. Die Armenpfleger schreiben uns die Namen der Kinder heraus, die allerlei Nützliches lernen sollen.«

»Großartig. Hohes Lob.« Pfarrer Maier strahlte. »Das nenne ich tätige Nächstenliebe. Und was wird aus Ihrer Idee, Schreibtafeln in der Armenschule herzustellen?«

»Die Armenpfleger haben bei den beiden Schreinern in Plieningen und Neustadt je fünfzig Brettchen aus Buchenholz zuschneiden lassen. Zur Stunde besorgen sie einen Eimer Tafelfarbe. Nach der Herbstvakanz können die Armenschüler sofort mit den Schleifarbeiten beginnen.«

Maier schlürfte den Most und schwenkte ihn genießerisch im Mund. »Die erste Tafel, die fertig wird, bekommt der Müller nach Stuttgart geliefert.« Er lachte Hansjörg an. »Der wird eine Freude haben.«

Hansjörg hatte Lachfältchen um die Augen, blieb jedoch sachlich. »Wollen Sie die Armenschule feierlich eröffnen? Gemeinsam mit Ihrem Nachbarkollegen?«

Der Pfarrer blickte nachdenklich in das Kerzenlicht. »Wird schwierig sein.« Er rieb sich das Kinn. »Eine Schule gemeinsam eröffnen? Ganz was Neues.« Hansjörg wartete und schwieg.

Maier fasste sich an die Nasenspitze, drückte seinen Mund mit der linken Hand zu einer Schnute zusammen, dachte eine Weile nach und sagte dann: »Das Beste wird sein, wir verlesen in beiden Kirchen am letzten Sonntag in der Herbstvakanz die Namen der Kinder, die zur Armenschule dürfen. Ich sage dürfen und nicht müssen, und ich meine es so. Das werde ich den Gottesdienstbesuchern in einer kleinen Ansprache begreiflich machen. Alle sollen wissen, dass es ein Glück ist, eine solche Schule besuchen zu dürfen.«

Er stand auf und ging in seiner Amtsstube auf und ab. »Pfarrer und Bürgermeister müssen dann in der ersten Schulstunde in Plieningen und in Neustadt die Kinder willkommen heißen. Vielleicht sollten wir ihnen eine Kleinigkeit schenken, ein Rosinenbrötchen oder eine Brezel, damit sie gerne wiederkommen.«

Pfarrer Maier blieb stehen. »Das wär's wohl für heute, Herr Provisor. Oder gibt es noch etwas zu besprechen?«

Hansjörg senkte verlegen den Kopf. »Ich möchte meinen Großvater und meine Großmutter in Bietigheim besuchen. Ich habe sie mehr als 15 Jahre nicht mehr gesehen. Und ich habe von meiner älteren Schwester Sophie einen Brief bekommen. Sie ist gerade in Bietigheim zu Besuch.«

»Können sich Ihre Großeltern denn so viel Besuch leisten?«

»Sie sind besser dran als andere Bauern. Sie haben große Weinberge, Kartoffeläcker in den sandigen Flussauen und Getreidefelder. Dazu Kühe, Schweine und allerlei Federvieh. Mit meiner Schwester könnte ich zum ersten Mal eine Traubenlese mitmachen.«

»Na, dann trage ich morgen ins Schulprotokollbuch ein, dass ich den Verwandtenbesuch genehmigt habe. Nehmt die Eisenbahn, Herr Provisor. Im *Schwäbischen Merkur* habe ich gelesen, dass man seit voriger Woche von Obertürkheim über Cannstatt bis nach Bietigheim fahren kann.«

# Besuch in Bietigheim

Tags darauf stiefelte Hansjörg gegen acht Uhr nach Hohenheim. Der Rösslewirt hatte ihm seine kleine Rückentrage ausgeliehen, einen fein geflochtenen Korb mit Deckel und ledernen Trageriemen. Darin lagen vom Pfarrer eine Flasche Most und vom Wirt ein halber Laib Brot und eine halbe Wurst. Leibwäsche, das Buch für Sophie und Auerbachs *Dorfgeschichten,* die er sich fürs eigene Vergnügen mitnahm, waren in Wachspapier eingeschlagen.

In Hohenheim machte er eine kurze Rast bei der Hauswirtschafterin, erzählte ihr, der Rössnerbauer habe sich darüber gefreut, dass »seine Helene« für das Wohl und Wehe der Ackerbauschüler verantwortlich sei. Er hoffe, in Bietigheim ein paar lustige Tage bei den Großeltern zu erleben und mit Sophie die Traubenlese zu genießen.

Die Freundin der Mutter legte Hansjörg ein paar Äpfel und Birnen in den Korb und bat ihn, wenn er wieder in der Gegend sei, bei ihr vorbeizuschauen, was er versprach.

In Heumaden traf er Eugen in seiner Dachkammer an. Er erzählte ihm von der zweiten und dritten Begegnung mit dem Schulinspektor und verschwieg nicht, dass Pfarrer Maier ihn nach besten Kräften unterstütze. Eugen rannte ins Pfarrhaus und holte sich die Genehmigung für eine Wanderung an den Neckar. Dann machten sie sich gemeinsam auf den Weg nach Obertürkheim. »Mir tut es gut«, sagte Eugen, »in der Vakanz frische Luft zu schnappen und mit dir ein wenig zu plaudern.«

Bevor die Eisenbahn um halb zwei in Obertürkheim abfuhr, studierten sie den ausgehängten Fahrplan und verabredeten, dass Eugen seinen Freund in einer Woche wieder am Bahnhof abholen werde.

Zehn Minuten nach drei stand Hansjörg auf dem Bahnsteig des nagelneuen Bietigheimer Bahnhofs. Er fragte den Türsteher nach dem Weg zur Altstadt.

»Da gibt's zwei. Gleich links die Wobachschlucht runter und an der Enz entlang. Oder über den Ulrichsbuckel ins Städtle.«

»Und was ist näher?«

»Das steile Fußwegle die Wobachschlucht nunter. Aber die meisten Leute nehmen den Ulrichsbuckel, weil er bequemer ist.«

Hansjörg folgte den anderen Reisenden die etwas weitere Fahrstraße zur Metter und zur Enz hinab. Schon von weitem sah er, wie sich auf dem anderen Flussufer mächtige Häuser über einer bergan steigenden Stadtmauer auftürmten.

Durchs untere Tor betrat er die altertümliche Giebelwelt der Altstadt und folgte der steilen Pflasterstraße, an reich geschmückten Fachwerkhäusern vorbei, bis er vor dem Rathaus stand. Es war ein prächtiges Gebäude mit einer breiten Außentreppe, einem überdachten Freierker und einem schlanken Turm, der ab dem ersten Stockwerk an die Außenfassade angemauert war. Sein spitzes Dach stach weit über das fünfgeschossige Haus hinaus. Auf dem Marktplatz stand ein Brunnen mit vier gusseisernen Wasserspeiern, aus dessen Mitte Herzog Ulrich von Württemberg hoch emporragte.

Hansjörg fragte nach dem Winzer Rummler und bekam sofort Auskunft. Die Treppen rechter Hand gehe es hinauf zum Küfer, und gleich daneben sei der Rummlerhof.

Er klopfte an die rebenumrankte Haustür. Niemand antwortete. Ein Küfergeselle von nebenan rief ihm zu: »Die sind alle bei der Weinlese. Vor dem Abendläuten kommt niemand nach Hause.« Hansjörg stellte sich als Enkel des Hausbesitzers vor und erhielt den Rat, er solle ums Haus herumgehen und sich im kleinen Bauerngarten aufs Bänkle setzen, bis die fidele Weingesellschaft eintreffe.

Hansjörg befolgte den Rat, setzte seine Trage ab, nahm einen Apfel heraus und setzte sich auf die kleine Bank. Als er den Apfel gegessen hatte, überlegte er sich's anders und sagte dem Nachbarn, er wolle sich die Stadt anschauen; zum Abendläuten werde er zurück sein.

Am Rathaus entdeckte er eine kleine Gasse, die an der Stadtmauer entlangführte. Hier hatten Handwerker ihre Werkstätten, ein Maler, ein Polsterer, ein Schreiner und ein Spengler. Er stieg eine enge Treppe hinauf und gelangte zu einer höher gelegenen Gasse. Auf der linken Seite stand ein mächtiger, vierstöckiger Fachwerkbau, über dessen Haupttor *Lateinschule* stand. Gegenüber war ein altes Fachwerkgebäude mit einer langen Außenmauer, die einzustürzen drohte.

Hansjörg folgte der Mauer, bis ihm ein düsterer Durchschlupf die Möglichkeit bot, nach rechts wieder auf eine belebte Straße zu kommen. Die Vorderfront des langen Kastens ließ ihn vermuten, dass er vor einem alten Schloss stand; jetzt waren darin allerlei Ämter und die Realschule untergebracht. Die Straße führte ihn zum Marktplatz zurück. Er folgte ihr wieder bis zum Unteren Tor, bog nicht auf den Fußweg zum Bahnhof ab, sondern ging geradeaus und stand bald darauf an einem tosenden Wehr, das den Zusammenfluss der schmalen Metter mit der breiten Enz regulierte.

Hier sah er eine Weile dem Treiben der Flößer auf der Enz zu, die gleich hinter dem Wehr eine Anlände hatten.

Er schlenderte langsam in die Unterstadt zurück, spähte in diesen Hinterhof und schaute in jene Seitengasse. Die Abendglocken von der mächtigen Stadtkirche, deren Turm die Altstadt überragte, weckten ihn aus seinen Tagträumen.

Ein paar Minuten später stand er im letzten Abendlicht vor dem Gehöft der Rummlers. Noch bevor er klopfte, öffnete sich die Haustüre und eine fröhliche Schar begrüßte ihn mit großem Hallo. Sie seien vor dem Läuten heimgekehrt, weil es in den Weinbergen zu dunkel wurde. Der Nachbar habe ihnen gesagt, dass Besuch gekommen sei.

Ein älterer Mann mit Schnauzbart drückte ihn an die Brust und sagte: »Willkommen, Hansjörg, ich bin dein Großvater. Und das«, er zeigte auf eine Frau im neuen, grünen Schurz neben sich, »das ist deine Großmutter. Komm rein und sei uns herzlich willkommen.« Im Hausflur stand plötzlich Sophie vor ihm und fiel ihm um den Hals: »Na, Schulmeister«, sie zwickte ihn in die Seite, »das ist eine Überraschung.«

In der Wohnstube, die gediegen eingerichtet war und Wohlstand verriet, stellte ihm der Großvater seinen Sohn und seine Schwiegertochter vor: »Das ist dein Onkel Hannes, der den Hof übernommen hat, mit seiner Gerda.« Die beiden gaben ihm die Hand; man sah ihnen an, dass sie sich über seinen Besuch freuten.

»Komm, Gerda, die Leut haben Hunger«, rief die Großmutter dazwischen und verschwand mit ihrer Schwiegertochter in der Küche.

Der Altwinzer ging mit Hansjörg ins Wohnzimmer voraus; ihnen folgten der Jungbauer und dessen Kinder sowie seine jüngste Schwester, die bei der Traubenlese half, wie jedes Jahr. Alle setzten sich um den großen Eichentisch und fragten Hansjörg aus: Woher er jetzt komme, ob er mit der Eisenbahn am neuen Bahnhof angereist sei, wie lange er bleiben könne und wie ihm die Schulmeisterei schmecke. Der Onkel rief seine Frau herein und wies sie an, die guten Gläser aus dem Wohnzimmerbüfett zu holen. Sie stellte jedem ein Glas hin, der Onkel schenkte Rotwein ein und unterbrach die Fragerei: »Jetzt trinken wir auf das Wohl von unserem Hansjörg. Sei uns willkommen, lieber Neffe. Wir freuen uns alle, dass du da bist. Prosit, Hansjörg.«

Hansjörg musste mit jedem anstoßen und viele Fragen beantworten. Er fühlte sich vom ersten Augenblick an heimisch, gerade so, als habe er immer dazugehört.

Beim Abendessen, es gab gebratene Spätzle mit Sauerkraut und Rauchfleisch, fragte ihn der Großvater, wie er als Lehreranfänger die Teuerung verkrafte.

Hansjörg berichtete, dass er jährlich 100 Gulden in bar bekomme und keine Naturalien, wie das bei den Schulmeistern der Fall sei. Auf den Monat habe er somit rund acht Gulden zur Verfügung. Davon könne er sich jeden dritten Tag ein

Roggenbrot und ab und zu Schweinefleisch kaufen. Hauptsächlich die notwendigen Bücher, das Schreibpapier, die Kerzenlichter und die Seife gingen ins Geld. Weil ihn der Pfarrer gut leiden könne und der Bürgermeister ihn unterstütze, und weil er die Liedertafel in Neustadt dirigiere und jetzt in der Armenschule und im Filderverein mithelfe, werde er mitunter zum Essen eingeladen. Das Geld sei knapp, zu essen habe er aber immer. Ab und zu stecke ihm der eine oder andere Bauer ein Brot oder Eier oder eine Wurst zu.

»Das wär gelacht, wenn der Sohn vom reichen Rössner in Oberschwaben und der Enkel vom Weinbauern Rummler in Bietigheim am Hungertuch nagen müsste«, meinte der Onkel und prostete ihm erneut zu.

Dann setzte man ihn über den Rummlerhof in Kenntnis und erzählte ihm einiges über Bietigheim. Unter dem Hof sei ein tiefer, gemauerter Weinkeller, den er morgen besichtigen könne. Bei den Nachbarn sei's genau so. Die Weinlagen an den Steilhängen der Enz brächten einen vorzüglichen Rotwein hervor. Deshalb sei Bietigheim eine bedeutende Weinhandelsstadt. Und sei ein Weinjahrgang mal nicht ergiebig, so gleiche das der Kartoffel- und Getreideanbau aus.

Der alte Rummler betonte, wie wichtig es sei, »sei Sach« zusammenzuhalten: »Seit dem Misswuchs im letzten Jahr sind Scharen von Bettlern in Bietigheim eingefallen. Du machst dir kein Bild davon, Hansjörg. Auf Gemeindekosten haben wir manchen verganteten Einwohner nach Amerika geschafft. Vor der Überfahrt mussten die ihr Bürgerrecht aufgeben und haben dafür einen Zuschuss für die weite Reise bekommen. Ich rate meinen Enkeln immer wieder: *Macht die Augen auf, wen ihr heiratet. Verliebt ist man kurz, aber leben muss man ein ganzes Leben lang.*«

Hansjörg bat, man möge ihm den Abtritt zeigen, wie man hier sagte. Dort zog er einen Zettel und einen Bleistift aus der Hosentasche – er hatte sich seit seinem ersten Besuch in Hohenheim angewöhnt, Stift und Papier stets bei sich zu tragen – und kritzelte den eben gehörten Ausspruch aufs Papier: *Macht die Augen auf, wen ihr heiratet; verliebt ist man kurz, aber leben muss man ein ganzes Leben lang.* Passt, dachte er, die Elisabeth Rummler hat sich den Satz oft anhören müssen. In wen war sie verliebt gewesen? War der Unbekannte ein Lehrer?

Vor dem Frühstück gab der Onkel, wie am Abend zuvor versprochen, seinem Neffen ein Paar alte Stiefel, eine Arbeitshose, einen blauen Schurz und eine Jacke. So unterschied sich Hansjörg in nichts mehr von den Traubenlesern und fühlte sich beim Morgenkaffee in der fröhlichen Runde wohl, als gehöre er schon lange dazu. Sie saßen um den großen Küchentisch, vier Frauen aus der Nachbarschaft waren auch dabei, löffelten Milchsuppe und aßen Brot und Käse zum Malzkaffee.

Der Onkel fuhr mit dem Altbauern auf dem Leiterwagen voraus, weil die Rösser die breite Straße durchs Enztal zu den Weinbergen nehmen mussten. Er hatte Holzfässer und größere und kleinere Zuber geladen. Die Traubenleser zogen mit großem Hallo auf einem schmalen Pfad zur hinteren Lug und zum Hirschberg, wie man Hansjörg erklärte. Mal ging Sophie neben ihm und flüsterte ihm zu, sie habe noch keinen Lehrer unter den Rummlers ausfindig machen können. Mal schloss die jüngere Schwester seiner Mutter, die Magda hieß, zu ihm auf und wollte wissen, wie und warum die Elisabeth gestorben sei. Mal fragten ihn die Cousinen aus, wie man Lehrer werde und was man außer Unterrichten noch tun müsse.

Als die fidele Gruppe am Weinberg ankam, schloss die Tante eine niedere Lattentür auf, die in eine geräumige Höhle führte. Die Tür war in die oberste Weinbergmauer eingelassen, die aus großen Feldsteinen aufgesetzt war. Die Tante schlüpfte hinein und reichte Weinbergmesser und kleine Holzzuber heraus und bat, »Lesepärchen« zu bilden, wie sie sagte: »Jedes Pärchen nimmt sich eine Reihe Rebstöcke vor. Der eine schneidet die Trauben auf der oberen und der andere auf der unteren Seite der Reihe ab. Jedes Pärchen nimmt sich einen Zuber mit. Ist er voll, dann tragt ihn zum Hannes an den Wagen. Passt auf und fallt mir net die Weinbergstaffeln 'nunter.«

Magda kam auf Hansjörg zu und fragte: »Bilden wir ein Pärchen, Hansjörg?« Und als er zustimmte, gab sie ihm ein Messer, hob einen Zuber auf und sagte: »Komm, wir gehen auf die unterste Schranne.«

Er folgte ihr die steilen, unebenen Stufen hinab, bewunderte im Vorbeigehen die hohen Natursteinmauern, auf denen sich viele Eidechsen sonnten, aß einen kleinen Pfirsich, den ihm die Tante reichte, und ließ sich zeigen, wie man die Trauben von den Reben schneidet.

»Blätter, die bei der Lese stören, kannst du abreißen und auf den Boden werfen. In den Zuber dürfen sie nicht fallen, der Hannes will einen sauberen Wein«, riet ihm die Tante. »Faulige Trauben, so wie hier«, sie zeigte ihm einen Fruchtstand, an dem viele Beeren verklumpt waren, »die schneiden wir heraus und werfen sie weg.«

Während sich Tante und Neffe von Rebstock zu Rebstock vorwärts arbeiteten, musste Hansjörg viele Fragen beantworten: Ob der Rössnerbauer wirklich ein so angesehener Mann sei; ob sich ihre Schwester in Sommerfelden wohl gefühlt habe; ob er tatsächlich der Liebling seiner Mutter gewesen sei, wie die Sophie behaupte; wie er zum Lehrerberuf gekommen sei und ob er ihn gerne ausübe – und dergleichen mehr.

Hansjörg gab bereitwillig Auskunft, erzählte von seiner Arbeit in Neustadt und fragte vorsichtig zurück, wie die Mutter ihre Jugend in Bietigheim verbracht habe und ob sie gern als Magd nach Hohenheim gegangen sei.

Die Tante schilderte ihre ältere Schwester Elisabeth als gute Schülerin und Leseratte, die alles, was ins Haus geflattert sei, kurz und klein gelesen habe. Sie sei gradlinig gewesen wie ihr Vater, vielleicht könne man es stur nennen. Sie habe sich nur etwas sagen lassen, wenn sie schließlich davon überzeugt war. Überreden konnte man sie gegen ihren Verstand nicht.

Hansjörg lachte: »So war sie, die Rössnerin, gradheraus und klug. Nicht eine Sekunde lang hat sie die reiche Bäuerin herausgehängt. Im Gegenteil, war Hilfe nötig, dann war sie bei den ersten, die zugepackt haben. In Sommerfelden war sie beliebt.«

»Bist stolz auf deine Mutter, Hansjörg?«, wollte die Tante wissen.

»Ach, weißt du, Tante Magda, aus dem Wörtchen hör ich den Hochmut heraus, das Hochfahrende und Prächtige. Nein, stolz war sie nicht, und ich bin's auch nicht. Meine Mutter tät mich schelten, wenn ich sagen würde, ich sei stolz auf sie. Selbstbewusst war sie, ja, selbstbewusst ist das richtige Wort. Und bescheiden. Kämpfen hat sie können; versteckt hat sie sich vor keinem. Und so möcht ich's für mich halten: selbstbewusst und stark und bescheiden.«

Nach einiger Zeit kam die Tante auf seine Seite und riet ihm: »Streck dich, Hansjörg. Stundenlang gebückt vor den Reben hocken, da sind wir am Abend kreuzlahm. Siehst du da unten die Enz?« Sie stellte sich auf die Zehenspitzen, zog die Ellbogen auf den Rücken, um die Verkrampfung in den Schulterblättern zu lösen, und deutete mit dem Kinn ins Tal.

Hansjörg irrte mit den Augen im Tal umher. Sie fasste ihn am Arm und deutete mit der rechten Hand steil nach unten. »Direkt vor uns, der Fluss da unten. Da! Schau! Die Enz.« Das schmale Silberband glänzte durch Büsche hindurch in der Sonne. Er beschattete seine Augen mit der Hand und sah, dass sich die Enz in die Lug und den Hirschberg hineingefressen und die Weinberge auf seiner Seite so steil gemacht hatte. »Drüben, hinter den Besigheimer Weinbergen«, die Tante deutete nach links, »fließt der Neckar. Und hinter Besigheim mündet die Enz in den Neckar. Über den Neckarbögen sind die Felsengärten. Da wächst der Besigheimer Wein, genauso wie am Hang gegenüber.«

Als sie einträchtig nebeneinanderstanden und ins Tal blickten, fragte Hansjörg beiläufig: »Ich verstehe nicht, Tante Magda, warum meine Mutter das alles hinter sich gelassen hat und als Dienstmagd nach Hohenheim gegangen ist.«

»Du musst wissen, Hansjörg, dass ich sieben Jahre jünger bin als deine Mutter. Sie war das dritte Kind und ich das vierte, eigentlich das sechste, aber zwei Buben sind bald nach der Geburt gestorben. Der Hannes ist der älteste von uns Geschwistern. Dann kommt die Bertha, die hat einen Schreinermeister geheiratet; gleich neben dem Rathaus wohnt sie. Heuer hilft sie ihrem Schwager bei der Traubenlese. Der ist auch Wengerter. Letztes Jahr hat sie bei uns ausgeholfen.« Sie schaute Hansjörg verdutzt an: »Jetzt hab ich den Faden verloren. Was wollte ich sagen? – Ach ja, warum die Elisabeth fort ist, gell?« Hansjörg lächelte sie zustimmend an.

»Wenn zwei sture Köpf zusammenschlagen, dann gibt keiner zu, dass es ihm weh tut«, sagte die Tante und blickte versonnen ins Tal. »Mein Vater und die Elisabeth, die hatten öfters miteinander Krach. Keiner hat nachgeben wollen. Drum ist die Elisabeth fort. Ich war da noch klein und kann mich nicht mehr genau erinnern. Frag die Bertha, die hat mit deiner Mutter in einer Kammer geschlafen, die weiß mehr.«

Zügig arbeiteten sie weiter, nahmen einen Schluck aus der Weinflasche oder aus dem Wasserkrug und leerten Zuber um Zuber in das große Fass auf dem Wagen.

Als sich der lange Pfiff der Lokomotive an den Felshängen des schmalen Tales brach, sagte die Tante: »Jetzt gönnen wir uns eine Pause, Hansjörg. Hast du den Mittagszug gehört? Seit letzter Woche richten wir uns nach der Eisenbahn. Morgens um sieben, mittags um zwölf, nachmittags um dreiviertel vier und abends um sechs Uhr fährt der Zug nach Stuttgart ab. Die Kirchenglocken hört man in den Weinbergen selten, die Eisenbahn immer.«

Sie stiegen die engen Steinstufen hinauf, scherzten mit den anderen Weinlesern über das Kreuz mit dem Kreuz und setzten sich, auf der obersten Schranne angekommen, neben der Weinberghütte auf die Weinbergmauer oder auf eine der vielen Staffeln. Sie tranken einen Riesling, aßen Wurst, Käse, Brot und Zwiebeln und stießen auf den neuen Wein an.

Am Sonntag bewunderte Hansjörg inmitten seiner Verwandten die Stadtkirche und genoss das wunderbare Orgelspiel. Die ältere Schwester seiner Mutter war gekommen, saß neben ihm und lauschte andächtig der Predigt. Nach der Kirche bat sie ihn, mit ihr mitzukommen und bei ihr zu Mittag zu essen. Ihr Mann schlug ihm auf die Schulter, sagte »Jetzt komm halt mit« und lachte ihn an.

»Geh ruhig mit der Bertha«, ermunterte ihn der Großvater, und Sophie kündigte an, sie werde ihn am Nachmittag abholen.

Zum Haus des Schreinermeisters war es ein Katzensprung. Es lag in der Gasse, die unterhalb des Rathausplatzes der Stadtmauer folgte und die Hansjörg am Tag seiner Ankunft bis zur Lateinschule und zur verfallenden Residenz gefolgt war. Der dreistöckige Fachwerkbau des Schreiners mit seinen bleiverglasten Fenstern im Erdgeschoss verriet, dass hier die Armut kein Zuhause hatte.

»Wir bewohnen das Erdgeschoss, und unser Ältester hat sich mit seiner Frau im ersten Stock einquartiert.« Die Tante deutete am Haus hinauf und sagte, der schöne Erker gehöre zur Wohnstube des Sohnes. »Und im zweiten Stock haben die Gesellen und Mägde ihre Kammern. So, komm herein in die gute Stube, Hansjörg.«

Auf dem polierten Dielenboden der Wohnstube lag ein Teppich. Darauf stand unter einem Kronleuchter ein mächtiger, quadratischer Eichentisch, den acht gepolsterte Stühle einrahmten. Die gehäkelte Tischdecke, durch die ein blaues Samttuch schimmerte, zeigte in der Mitte und auf allen vier Seiten Rosenornamente. Die Wand links neben der Tür nahm ein samtbezogener Dreisitzer ein. Davor stand ein niedriger, ovaler Sofatisch, auf dem vier rote Kristallgläser auf silbernem Tablett funkelten. Zwei hohe, reich verzierte Lehnstühle schlossen die Sitzgruppe ab. Die nächste Wand wurde zur Hälfte von einem schweren Eichenschrank mit rankenverzierten Türen und Schubfächern verdeckt. Ihm gegenüber stand neben einer bemalten Truhe ein prächtiger Geschirrschrank, bis oben hin mit goldgerändertem Porzellan gefüllt. Das Mittagslicht fiel durch die farbig verglaste Fensterfront und warf pastellfarbene Kringel auf die Möbel. An den tapezierten Wänden hingen Landschaftsbilder in vergoldeten Barockrahmen.

Hansjörg blieb wie angewurzelt stehen und betrachtete ausgiebig die prächtige Stube. Onkel und Tante blinzelten sich zu und schwiegen.

»So lässt sich's leben«, bewunderte Hansjörg die ihm fremde Welt.

Die Tante forderte ihn auf, sich aufs Sofa zu setzen. Der Onkel öffnete den Eichenschrank und entnahm ihm eine Flasche, schenkte dunkelroten Wein in drei Kristallgläser ein und verteilte sie. »Zum Wohl, Hansjörg, willkommen bei uns.«

Hansjörg, der schon Platz genommen hatte, stand auf. Sie stießen vorsichtig mit den kostbaren Kelchen an und setzten sich dann. »Ein köstlicher Wein«, begeisterte sich der Onkel, gönnte sich gleich noch einen Schluck und forderte seinen Neffen auf, von sich und Sommerfelden zu erzählen.

Aus den Rückfragen schloss Hansjörg, dass Sophie hier gewesen war. Mit seiner Mutter habe er sich gut verstanden, bestätigte er, und mit seinem Vater komme er gut aus. Zupackend sei die Mutter gewesen, energisch und klug. Sie habe gerne Bücher gelesen und in Kalendern geschmökert, habe immer wieder Sachen herausgeschrieben, vor allem Rezepte und Ratschläge für die Landwirtschaft oder interessante Sätze. In einem Deckelglas habe sie Federn gesammelt, verschiedene Daunen vor allem.

Die Tante lachte. »Federn hat sie schon gesammelt, als sie mit mir die Kammer teilte. Bevor die Gänse- und Entenfedern ins eigene Bettzeug gestopft oder verkauft wurden, hat sich die Elsbeth in den Federhaufen gesetzt, dass die Federn stoben. Über und über mit Federn bedeckt, hat sie versucht, einzelne mit der Hand zu fangen. Die Mutter hat geschimpft, und die Elsbeth hat gejauchzt. Das hat sie als Kind gern gemacht.«

»Meine Schulstelle ist in der Nähe von Hohenheim und Plieningen, wo die Eltern geheiratet haben. Ich hab mir den Eintrag des Pfarrers ins Kirchenbuch angeschaut und den Vermerk über Sophies Taufe nachgelesen. Hast du bei der Hochzeit und bei Sophies Taufe und bei meiner eigenen Taufe mitgefeiert, Tante Bertha?«

»Bei der Hochzeit waren wir dabei. Ich weiß noch, dass wir mit meinen Eltern mitgefahren sind und der Akademiedirektor deinen Vater über den grünen Klee gelobt hat.« Sie besann sich. »Aber bei der Taufe?« Sie zögerte. »Wie war das noch?« Die Tante blickte ihren Mann ratlos an.

»Bei Sophies Taufe bist du im Kindsbett gelegen, weißt du's nimmer, Bertha?« Der Onkel schenkte sich nochmals ein.

»So war's. Meine Eltern waren mit Magda bei Sophies Taufe, und du hast die Nottaufe bekommen, stimmt's?« Als Hansjörg versonnen nickte, setzte sie hinzu: »Da war kein Fest.«

»Eins versteh ich nicht, Tante Bertha: Wieso war meine Mutter überhaupt in Hohenheim? Das hat mir bis heute noch niemand erklären können, und fragen kann ich sie nicht mehr.«

»Das war eine einfache und komplizierte Geschichte zugleich. Die einfache ist gleich erzählt: Elsbeth war so ein Dickschädel wie der Vater. Kaum war sie konfirmiert, hat sie ihm bei jeder sich ergebenden Gelegenheit widersprochen. Der Hannes war der einzige Bub und der Erbe, dem hat man alles durchgehen lassen. Ich war das erste Mädchen und hab lernen müssen, mich unterzuordnen. Die Magda war das Nesthäkchen und hat sich alles erlauben dürfen. Und auf der Elsbeth haben alle rumgehackt. Die hat viel einstecken müssen, aber auch viel ausgeteilt. Hat ihr der Vater eine Ohrfeige verpasst, dann ist es öfters vorgekommen, dass sie die Türen hinter sich zugeknallt hat. In der Stimmung hat sie dann alles, was ihr gerade in die Hände gefallen ist, in eine Ecke gepfeffert und ist ins Städtle gerannt. Nach zwei Stunden war sie wieder da. Bester Laune! Gut möglich, dass sie den Vater angegrinst und geneckt hat: *Hast dich wieder beruhigt?* Manchmal war der Vater gleich wieder am Kochen. *Die muss aus dem Haus,* hat er dann geschrien. Die Elsbeth hat bloß gelacht. Einmal hat sie zu ihm gesagt, als er wieder einmal getobt hat: *Alter Mann, was nun?* Da hat es ihn vor Wut schier zerrissen.«

Hansjörg schüttelte den Kopf. »So stur war meine Mutter nicht. Das kann nicht der Grund gewesen sein, warum sie fort ist.«

Die Tante drehte ihr Weinglas auf dem Tisch hin und her und blickte versonnen vor sich hin. »Wenn sich die Elsbeth mit dem Vater gestritten hat, dann war sie abends wieder in bester Laune. Das stimmt. *Mach dir keine Sorgen, Bertha,* hat sie zu mir gesagt, wenn wir im Bett lagen oder morgens vor dem Aufstehen miteinander geredet haben. Dann kam die merkwürdige Geschichte mit dem jungen Lehrer. Kaum war der in Bietigheim, schon hat Elsbeth von ihm geschwärmt. Mein Vater hat sie angeschnauzt: *Mach die Augen auf, wen du heiratest; verliebt ist man kurz ...*«

»*Aber leben muss man ein ganzes Leben lang*«, fiel ihr Hansjörg ins Wort. Die Tante sah ihn überrascht an. »Den Satz hab ich vorgestern vom Großvater gehört.«

»Elsbeth hat sich in der Sache nicht in die Karten schauen lassen. Mit mir hat sie nicht über den Lehrer gesprochen. Sie hat geschwiegen, und die Leut haben hintenrum gefragt: *Ist was mit eurer Elisabeth?* Der Vater hat gleich befürchtet, sie verrenne sich da in was. Er ist zum Stadtpfarrer, mit dem er öfters einen Schoppen getrunken hat, und hat ihn gefragt, ob er nicht eine gute Stelle wüsste, wohin die Elsbeth so schnell wie möglich fort könne und das Gehorchen lerne. Der Stadtpfarrer hat die Elsbeth aufs Pfarramt einbestellt, und fort war sie.«

»Warum hast du gesagt, die Geschichte sei kompliziert?«

»Weil keiner genau gewusst hat, ob die Elsbeth mit dem jungen Lehrer angebändelt oder das Gerede nur ausgenützt hat, um den Vater zu reizen und endlich fort zu dürfen. Eins weiß ich genau: Sie ist gern fort. Und der junge Mann ist, wie's bei den Lehrern öfters vorkommt, bald darauf aus Bietigheim verschwunden.«

»Genug in der Vergangenheit herumgestochert«, beendete der Onkel das Gespräch, »jetzt kommt die Gegenwart. Ich zeig unserem Neffen aus Oberschwaben meine Werkstatt. Und du, Bertha, du machst uns was Gutes zum Essen.«

Hansjörg bestaunte die Werkstatt, die an die Rückseite des Hauses angebaut war. Sie war anders und viel größer als die in Ringelfingen. Er beschrieb dem Onkel die Maschinen und die Werkzeuge, die er bei Meister Staib gesehen und teilweise benützt hatte, als er seine ersten Schreibtafeln fertigte.

»Mein Ringelfinger Kollege muss wohl eher gröbere Arbeiten verrichten, Leiterwagen reparieren, Werkzeuge für den Stall und die Feldarbeit herstellen, Dielenböden in die Häuser einpassen und lauter solche Sachen, weil seine Kunden Bauern sind. Ich bin Möbelschreiner. Von mir wollen die Städter einen Tisch, ein Büfett, schöne Stühle und prächtig verzierte Bilderrahmen. Und weil Bietigheim eine ansehnliche Stadt ist, gibt's viele Aufträge und genug Arbeit für drei Gesellen und zwei Lehrbuben.«

Er lachte Hansjörg an. »Das mit den Schreibtafeln interessiert mich. Erzähl mal.«

Hansjörg berichtete, dass die Reutlinger Verwandtschaft Tafelfarbe besorgt und Schreinermeister Staib die Rohlinge aus dünnem, verleimtem Buchenholz ausgesägt und dann fein geschliffen habe.

»Und das gibt gute Schreibtafeln?«, fragte der Onkel zweifelnd.

Bevor sie wieder in die Wohnstube zum Mittagessen zurückkehrten, schob der Onkel seinem Neffen ein goldenes Fünf-Gulden-Stück in die Hand: »Steck's weg und red nicht drüber.«

Am späteren Nachmittag klopfte Sophie an die Haustür und forderte ihren Bruder auf, mit ihr vor dem Abendessen noch einen Spaziergang durch Bietigheim zu machen.

Als sie auf dem Marktplatz standen, sagte Hansjörg seiner Schwester, er habe ein Geschenk für sie. Am Abend bekomme sie es; die anderen sollten es aber nicht erfahren.

Sophie hatte gleich zwei Geschenke für ihn aus Sommerfelden mitgebracht, die sie ihm eigentlich erst vor der Abreise überreichen wollte. »Der Vater hat mir fünf silberne Doppelgulden für dich mitgegeben. Er sorgt sich, dass du wegen der Teuerung nicht genug zu essen hast. Und ich hab für dich einen Geldgürtel beim Sattler machen lassen, in dem man Münzen verstecken kann, ohne dass es ein Fremder merkt. Ich geb ihn dir heut Abend. Probier dann mal aus, ob du die fünf Münzen darin findest.«

Sie gingen nicht die Hauptstraße hinab zum Unteren Tor, sondern wählten die steile Treppe, die nach einem engen Mauerdurchbruch von außen an die Stadtmauer angemauert war und in engen Windungen zur Metter hinabführte.

Als sie sich vorsichtig die steilen Staffeln hinuntertasteten, berichtete Hansjörg, dass die Mutter vor ihrer Hohenheimer Zeit mit einem Lehrer bekannt gewesen sei. »Ich kann's dir nicht erklären, Sophie. Ich spür's, dass an der Geschichte was dran ist. Ich muss eine Brücke finden vom letzten Jahr der Mutter in Bietigheim zu meiner Taufe in Plieningen.«

»Die Brücke kannst du von zwei Enden her bauen, Hansjörg. Vom Plieninger Pfarrer, der dich getauft hat und gewusst haben muss, was vor sich ging. Und vielleicht von irgendwelchen Leuten, denen unsere Mutter in Bietigheim etwas angedeutet hat, bevor sie wegging.«

»Und wem hat sie sich in Bietigheim wohl anvertraut?« Hansjörg fuchtelte mit dem Zeigefinger dicht vor ihrer Nase herum. »Ihrem Vater nicht und ihrer älteren Schwester auch nicht, so viel steht fest.« Er packte Sophie an der Schulter und drehte sie zu sich herum. »Was hättest du an ihrer Stelle getan? Die Mutter eingeweiht? Oder eine Freundin? Oder vielleicht sogar den Pfarrer, der ihr die Stelle in Hohenheim besorgt hat?«

Sophie blieb stehen und blickte gedankenverloren auf die dicht gefügten Häusergiebel, die über die Stadtmauer hinausragten; angestrengt dachte sie nach. Hansjörg ging ein paar Schritte weiter und wartete, bis sie wieder zu ihm aufgeschlossen hatte.

»Und wenn du doch den Pfarrer ansprichst, der dich getauft hat?«

»Dann kann ich gleich meinen Schulinspektor fragen. Fast alle Pfarrer in Württemberg kennen sich persönlich oder zumindest dem Namen nach. Sie kommen aus dem gleichen Stall, dem Tübinger Stift. Da fragt einer den anderen und dieser noch jenen, und am End kannst du's gleich in die Zeitung drucken.« Hansjörg machte eine abwehrende Geste. »Nein, Sophie, meinen Taufpfarrer frag ich nicht! Ich weiß zwar nicht, in welcher Pfarrei er jetzt steckt. Aber ich weiß seinen Namen und könnte es leicht herausbringen. Es gibt nur ein paar hundert evangelische Pfarrer im Königreich.«

»Also dann konzentrieren wir uns ganz auf das Bietigheimer Umfeld unserer Mutter?«

»Nein!« Hansjörg hob die Stimme. »Es hat schon Sinn, in Plieningen und Umgebung nachzuforschen.« Er sah ihr in die Augen, solange er sprach. »Wenn mich mein Taufpfarrer aus einem Waisenhaus geholt hat, dann war der Waisenhauspfarrer eingeweiht. Bin ich ein Findelkind, das meine leibliche Mutter in ihrer Not ausgesetzt hat, dann ist der Finder zu seinem Pfarrer gegangen. Vergiss nicht: Die württembergischen Pfarrer sind für alles zuständig. Wurde ich in eine arme Familie hineingeboren, die keinen weiteren Esser verkraften konnte, dann hat der Ortspfarrer Bescheid gewusst und mich stillschweigend nach Plieningen vermittelt. Bin ich unehelich geboren, dann hat mich ein barmherziger Pfarrer gleich nach der Geburt weitergegeben, um die Schande der Mutter zu vertuschen.« Er hob den Zeigefinger. »Und wenn meine Mutter bei meiner Geburt gestorben ist und kein Verwandter mich aufnehmen wollte, dann hat mich irgendwer zum Pfarrer gebracht.« Er sog die rechte Wange ein, hielt sie mit den Zähnen fest und dachte eine Weile nach. »Unterm Strich heißt das«, fasste Hansjörg seine Gedanken zusammen, »der Plieninger Pfarrer hat einen Amtsbruder als Helfer gehabt. Das steht für mich fest. Das Pfarramt ist in Württemberg die Schaltstelle für alles. Wenn man etwas weiß, dann dort. Wenn man für ein Neugeborenes etwas tun kann, offen und gesetzestreu oder vertraulich und am Rande des Erlaubten, dann im Pfarramt.«

Sophie sah ihren Bruder bewundernd an. »Und wie willst du den Helfer finden?«

»Mich umhören, Sophie.« Er kniff ein Auge zusammen. »Den Leuten, die um meinen Taufpfarrer in Plieningen herum waren, die Zunge lupfen. Und vor allem genau hinhören. Mit wem war er in Tübingen im Stift? Von wem hat er Post bekommen? Wer hat ihn besucht? Welche Pfarrer hat er öfters erwähnt?«

Hansjörg sah Sophie nachdenklich an. »Ja, so machen wir's. Ich studiere die Bücher und Akten im Plieninger Pfarramt und frag mal diesen und mal jenen.« Er nickte ein paar Mal vor sich hin. »Du weißt, dumme Fragen sind die besten. Und fragt mich einer, warum ich das alles wissen will, dann klopfe ich auf meine Notizen und sage: Ich schreibe ein Buch.«

Sophie lachte: »Und was soll bei all der dummen Fragerei herauskommen?«

»Das hast du mich schon einmal in Sommerfelden gefragt. Ein verlorener Königssohn?« Er zog die linke Augenbraue hoch, grinste seine Schwester an und zuckte die Achseln. »Wohl eher ein verstoßenes, uneheliches, unerwünschtes Findelkind.« Er ballte die Faust. »Ich will wissen, wer meine Mutter war und warum sie sich nicht um mich gekümmert hat.«

Sophie sah ihren Bruder überrascht an. So viel Tatendrang und Hartnäckigkeit hatte sie nicht erwartet.

Hansjörg blieb stehen. »Ich will's wissen und verstehen. Mein Zuhause ist Sommerfelden. Mein Vater heißt Hans Rössner. Und meine liebste Schwester …«, er tippte ihr mit dem Zeigefinger auf die Nasenspitze, »… heißt Sophie. Das war so, und das bleibt so, ganz gleich, was bei meiner Suche herauskommt.«

»Und was erwartest du von mir?«

»Dass du mir bei der Suche hilfst und mir mit Rat und Tat zur Seite stehst.« Er legte seinen Arm um ihre Schultern. »Du bist der einzige Mensch, mit dem ich offen darüber reden kann. Vier Augen und vier Ohren sehen und hören mehr als zwei.«

Sie gingen ein paar Schritte. Dann bat Hansjörg: »Frag mal die Großmutter, ob an der Behauptung etwas Wahres ist, unsere Mutter sei wegen eines Lehrers auf und davon. Kundschafte aus, ob die Mutter eine enge Freundin hatte und horch sie aus. Geh mal in die Volksschule in Bietigheim und stell dich dem Schulmeister als die Tochter der Elisabeth Rummler vor, die von ihrer alten Schule und ihren Lehrern geschwärmt habe.«

Sie schaute ihn versonnen an. Deshalb schärfte er ihr ein: »Nie direkt fragen, Sophie! Lass die Leute reden und hör nur zu.«

Sophie legte ihre Stirn in Falten und stemmte die Hände in die Hüften. »Du hältst mich wohl für blöd?«

Hansjörg machte eine wegwerfende Handbewegung, als wolle er seiner Schwester bedeuten, so habe er es nicht gemeint. »Entweder verläuft alles im Sand, und wir finden nichts. Oder ich erfahre den Namen meiner Mutter. Vielleicht auch den meines Vaters. Dann gibt es zwei Möglichkeiten: Die Verbindung zur Elisabeth Rummler war zufällig. Oder sie war beabsichtigt und geplant.«

»Versteh ich nicht.«

»Entweder wollte sie irgendeiner Frau, die in Not war, helfen. Dann hat sie dem Plieninger Pfarrer ihre Hilfe angeboten. Oder sie hat die hilfsbedürftige Frau gekannt, die schwanger war, und wusste, dass die das Neugeborene nicht durchbringen konnte. Das könnte eine Freundin gewesen sein ...«, Hansjörg zögerte, »... oder eine Nebenbuhlerin.«

Sophie sah ihren Bruder entsetzt an. Hansjörg schnitt ihr eine Grimasse. »Reg dich nicht auf, Schwesterlein. Ich glaub's zwar nicht, aber ... «

»... aber eines haben alle Möglichkeiten gemeinsam, Brüderchen.«

Hansjörg blickte seine Schwester forschend an: »Jetzt bin ich aber gespannt.«

»Am Anfang stand in jedem Fall Armut und Elend. Deine Mutter, wer immer sie war, saß in der Patsche. Sie war in Not. In großer Not.«

Am Donnerstag nahm Hansjörg den Mittagszug. Sophie, die ihn zum Bahnhof begleitete, versprach ihm beim Abschied, sich in Bietigheim vorsichtig umzuhören. »Du kannst mir auch mal schreiben.«

»Und wenn der Vater merkt, dass ich in meiner Vergangenheit herumwühle?«

»Der Postbote kommt immer zuerst zu mir, weil ich ums Haus bin.« Sophie tippte ihrem Bruder mit dem Zeigefinger auf die Brust. »Der Vater ist entweder auf dem Feld, im Stall oder im Kirchenkonvent oder sonstwo. Wenn du zwei Briefe in einen Umschlag tust, dann kannst du mir im einen Vertrauliches berichten. Den anderen lese ich beim Abendessen vor. Dann freuen sich alle, und jeder weiß, dass du geschrieben hast.«

»Raffiniert«, lobte Hansjörg seine Schwester und versprach, ihr zu schreiben, wenn's nicht zu viel kostet.

»Die vier Kreuzer bin ich dir nicht wert?«

Er winkte ab. »Ein paar Briefe im Jahr kann ich mir schon leisten.«

Als sie sich der Schranke zum Bahnhofsgelände näherten, schnauzte sie der Türsteher an, sie sollten entweder ihre Billette vorweisen oder sich vom Bahngelände fernhalten. Sophie ärgerte sich über den Kerl, doch Hansjörg lachte: Württembergische Postexpediteure und Eisenbahnkondukteure würden bloß von ihren Uniformen zusammengehalten; der Kasernenton komme aus den Kleidern und nicht aus dem Hirn.

Hansjörg genoss die Eisenbahnfahrt über Asperg, Ludwigsburg und Feuerbach nach Stuttgart. Dort stieg er in den Zug nach Süßen um. Bei der Einfahrt in Obertürkheim sah er Eugen schon von weitem vor dem Bahnhof auf und ab gehen.

Die beiden Freunde kletterten durch die Rebhänge hinauf nach Heumaden. Hansjörg stöhnte unter seiner Rückentrage. Der alte Rummler hatte ihm beim Abschied sechs Flaschen Rotwein, Rauchfleisch und Hartwürste hineingepackt und sechs Silbergulden zugesteckt, die im neuen Geldgürtel verborgen waren wie die Doppelgulden des Vaters.

Eugen nahm seinem Freund die Last ab mit dem Spruch: »Eine schwere Rückentrage ist doch eine große Plage!« Er lachte gutmütig.

Kurz vor vier Uhr betraten sie die Provisorkammer in Heumaden. Eugen bat Hansjörg um etwas Geduld, eilte ins Pfarramt und erbettelte einen Tag Urlaub: Sein Seminarfreund sei angekommen und müsse noch nach Neustadt. Er wolle ihn dorthin begleiten und werde am übernächsten Morgen zurück sein.

Als er wieder seine Kammer betrat, stand eine Flasche Wein auf dem Tisch. Eine Wurst lag daneben. »So, Hansjörg, möchte ich meine Hilfe nicht verstanden wissen. Ich hab dir gerne deinen Buckelkorb getragen.«

Hansjörg ging darauf nicht ein, sondern rechnete ihm vor: »Eine Flasche Wein für dich und eine für mich. Zwei für meinen Pfarrer, der mich vor dem Schulinspektor in Schutz nimmt. Und eine für meinen Schulmeister. Die sechste leeren wir heute Abend gemeinsam bei mir. Abgemacht?«

»Ich freu mich drauf, mit dir wieder einen ganzen Tag zusammen zu sein.«

Kurz vor Einbruch der Dunkelheit marschierten sie in Neustadt ein und polterten in den zweiten Stock des Neustadter Schulhauses hinauf.

»Bequemer hast du's auch nicht«, stellte Eugen fest.

»Es gibt keine bequemen Provisorenkammern, mein Lieber. Wir Lehramtsgesellen sind die Sparschweine im Schulwesen. Weißt du das noch nicht?«

»Ich wäre froh, wenn ich meine Dachstube wenigstens heizen könnte. Nach stürmischen Winternächten bin ich in meinem Bett immer eingeschneit.« Eugen schluckte ärgerlich und wischte weitere Gedanken mit einer ausholenden Geste weg. »Na ja, früher soll's den Provisoren noch viel schlechter ergangen sein. Wir haben wenigstens genug zu essen.«

»Komm, ich stell dich dem Pfarrer und dem Schulmeister vor.« Hansjörg leerte den Tragekorb bis auf drei Flaschen und stieg seinem Freund hinterdrein in den darunter liegenden

Stock. Er klopfte beim Schulmeister, stellte Eugen als seinen Nachtgast vor und übergab eine Flasche Rotwein.

Im nahen Pfarrhaus überreichte er dem beliebten Ortsgeistlichen zwei Flaschen Wein und bestellte Grüße aus dem Rummlerhof.

Im Rössle gab Hansjörg den Tragekorb mit bestem Dank zurück und bestellte für sich und seinen Freund ein warmes Nachtessen.

Eugen wehrte ab: »Nicht für mich.«

Hansjörg bestand auf seiner Bestellung und erklärte dem Wirt: »Mein Freund Eugen war mit mir im Lehrerseminar. Der hat immer Kohldampf. Aber heut fremdelt er noch ein bisschen und geniert sich.«

Der Wirt lachte, und Eugen schnitt eine Grimasse.

Hansjörg zwinkerte dem Wirt zu. »Eugen ist heute mein Gast und übernachtet bei mir.«

Die beiden Freunde sahen sich neugierig im Gasthaus um. Die Stube war leer.

»Die Neustadter ernten Filderkraut«, erklärte der Wirt die ungewohnte Stille in seiner Gaststube. »Oder sie hobeln daheim ihr Kraut und stampfen es in Fässer ein. Vielleicht verirrt sich der eine oder andere später noch zu uns.«

»Ja, was wären die Fildern ohne das berühmte Filderkraut«, spottete Hansjörg.

»Bei uns gibt's heut Abend auch Kraut. Einverstanden, Herr Gesangverein?«, neckte ihn der Wirt.

»Wer viel verdrückt von diesem Kraut, sich dabei leicht die Hos versaut«, reimte Eugen, und der Wirt lachte lauthals.

»Her mit dem besten aller Sauerkräuter«, sagte Hansjörg, ließ sich am Stammtisch nieder und zog Eugen zu sich auf die Eckbank herab.

Der Wirt fragte, ob's erlaubt sei, schob einen Stuhl heran und setzte sich zu den beiden Freunden. Unaufgefordert schenkte er drei Gläser Most ein.

Hansjörg erzählte von der Weinlese in Bietigheim und von dem vergnüglichen Zusammentreffen mit seinen Verwandten.

Bald darauf servierte die Wirtin den Gästen und ihrem Mann Knöpfle mit Kraut und einem ordentlichen Stück Fleisch. Sie holte noch einen Teller und einen Löffel aus der Küche, setzte sich dazu und aß mit.

»Unser Filderkraut isch saugut«, lobte der Wirt. Seine Frau belehrte ihn: »Noch besser wird's, wenn man einen Schuss Wein und Trauben oder Wacholderbeeren beim Aufwärmen hineinrührt.«

Der Wirt stand auf, holte in der Küche ein paar Scheiben Brot und verteilte sie an die beiden Gäste und seine Frau. Einige Minuten hörte man nur die Löffel klappern und ab und zu ein hohles Geräusch, wenn ein Glas ausgetrunken wurde. Dann schenkte der Wirt sofort aus dem Krug nach.

Hansjörg, der seinen Teller schnell geleert hatte, lehnte sich zurück und fragte den Wirt, wie weit die Planungen für den Filderverein und die Armenförderung gediehen seien.

»Es gibt immer mehr arme Leut, die am Hungertuch nagen«, mischte sich die Wirtin ein.

Ihr Mann schüttelte verwundert und besorgt den Kopf. »Als Bauer und Wirt befürchte ich, dass die nächste Ernte vielleicht wieder schlecht ausfällt. Und als Schultheiß weiß ich, dass die Armut größer ist als in den Zeitungen steht.« Er schob den Teller von sich und legte den Löffel hinein. »Die Regierung will nicht, dass viel davon ins Blättle kommt. Es regt die hohen Herren auf, wenn die Anzeigen- und Intelligenzblätter voller Vergantungen sind und die Gemeindebüttel die Versteigerungen in den Dörfern ausschellen.« Er nahm einen großen Schluck Most und schwenkte ihn genießerisch im Mund. »Am liebsten wär's denen, wenn die verarmten Bauern und Handwerker wortlos ihr Bündel schnüren und sang- und klanglos nach Amerika verschwinden würden. Dann verlieren sie nämlich ihr Heimatrecht und den Anspruch auf den letzten Rest von Hilfe aus dem Armenkasten.«

Eugen zog ein Taschentuch mit Monogramm aus der Hose und wischte sich den Mund ab. »Manchmal darf ich bei meinem Schulmeister in die Cannstatter Zeitung gucken.« Er blickte den Wirt aufmerksam an: »Da liest man die Teuerung und die Not zwischen den Zeilen.«

Eugen machte eine kleine Pause, weil die Wirtin aufstand, die Teller ineinanderstapelte, die Löffel obendrauf legte und in der Küche verschwand. Dann fuhr er fort: »Die Preislisten, die einmal jährlich zum Jahrmarkt abgedruckt werden, zeigen deutlich, dass die Lebensmittel wieder teurer geworden sind. Mein Schulmeister schreibt die alten Preise neben die neuen an den Zeitungsrand. Und die vielen Vorschläge, wie man Brotmehl strecken kann, die kreist er in der Zeitung rot ein.«

»Ich les keine Zeitung.« Hansjörg zog verächtlich die Mundwinkel nach unten, machte mit seiner linken Hand eine Geste, als wolle er etwas wegwerfen, und nahm einen Schluck Most. »Erstens kann ich mir das nicht leisten. Und zweitens dürfen die Zeitungen sowieso nichts über wichtige Sachen schreiben.«

»Na, da sind heute zwei kritische Geister zusammen.« Der Wirt schenkte seinen Gästen nach, blickte sich kurz um und sagte leise: »Zugegeben, es sind lausige Zeiten.«

Hansjörg widersprach. »Noch keine 40 Jahre ist's her, da war das Elend noch größer. Jedes Jahr ein neuer Krieg. Dazu Missernten und Fürstenwillkür. Die Herren da oben haben in Saus und Braus gelebt, und das Volk hat gehungert. Das ist anders geworden.«

»Unser König Wilhelm hat die Ausgaben für seinen Hof gewaltig heruntergeschraubt«, stimmte Eugen zu. Es gehe trotz allem aufwärts, weil die Regierung viel bewege. Sie lege neue Straßen an, erschließe das Königreich mit der Eisenbahn, errichte neue Schulen und Fachschulen und baue viele prachtvolle Häuser. Allein im Handel und im Transportgewerbe hätten einige tausend Männer Arbeit gefunden, als Fuhrmann, als Straßenwärter, als Brückenbauer, als Schaffner oder Lokomotivführer. So komme Geld unter die Leute. Aber in der Landwirtschaft gehe die Entwicklung zu langsam voran, behaupte sein Vater, und der müsse es als Verwalter eines mächtigen Fürsten wissen.

»Meinen Sie, dass die Armen an ihrem Schicksal selber schuld sind?« Der Rösslewirt sah ihn fragend von der Seite an.

»Nein, um Himmels willen, nein! Wo denken Sie hin.« Eugen hob abwehrend die Hände. »Ich meine nur, wir dürfen nicht warten, bis die Obrigkeit alle Probleme löst und ein warmer Geldregen aufs Land fällt.« Man müsse sich in den Gemeinden mehr um die Armen kümmern, vor allem um die armen Kinder. Und man müsse Kraft, Zuversicht und Wissen in ihre Köpfe säen, damit sie stark würden und sich selber helfen könnten.

»Hilfe zur Selbsthilfe meint mein Freund«, fasste Hansjörg Eugens Idee zusammen und zwinkerte dem Wirt zu. »Schon im Seminar in Ringelfingen ist der vor lauter Ideen an acht von sieben Wochentagen übergelaufen.«

»Hilfe zur Selbsthilfe, das gefällt mir«, wiederholte der Wirt, »das muss ich mir merken.« Er kratzte sich am Hinterkopf und dachte nach. »Und wie kann man armen Kindern helfen, damit sie sich nach der Schule selber helfen können?«

»Erst muss man wissen, warum die Kinder arm sind, und dann kann man etwas tun.« Eugen hatte sich warmgeredet und rückte näher an den Tisch. »Nehmen wir einmal an, ein Bauer hat einen kleinen Hof und sieben Kinder. In der nächsten Generation muss jedes Kind als Siebtelbauer von einem kleinen Acker und einer Kuh leben. Ist die Ernte schlecht, hat der Erbe nichts zu essen, kann seine Kuh nicht füttern und macht in seiner Not aus dem Saatgut Brot und Hafermus. Und im nächsten Jahr?«

»Macht er Schulden«, antwortete der Wirt. »Schulden und nochmals Schulden.«

»Und das Ende vom Lied?«, fragte Eugen drängend.

»Gant!« Der Wirt nickte.

Eugen brachte den Gedanken zu Ende. »Was bleibt ihm außer dem Strick?« Seine Augen verengten sich. »Auswandern oder betteln. Die Zahl der Menschen, die von ein und demselben Stück Land leben müssen, wird immer größer.«

»Und was können wir tun?« Der Schultheiß schlug mit der flachen Hand auf den Tisch: »Sagt, Ihr Herren Provisoren, was tun?«

»Die ständigen Erbteilungen abschaffen«, sagte Hansjörg. »Nur einer erbt, so wie's bei uns in Oberschwaben Gesetz ist. Da sind die Höfe groß und gesund und überleben mehrere Missernten.« Hansjörg sah vom Wirt zu Eugen und senkte den Kopf. »Ich weiß, wovon ich rede, mein Vater hat einen solchen Hof. Mein Bruder Wilhelm erbt ihn ganz allein. Ich hab von unserem Hof fort und Lehrer werden müssen.«

»Komm, komm, Lehrer werden müssen«, spottete der Wirt, »so unglücklich sehen Sie nicht aus.«

»Ich hab anfangs gekratzt und gespuckt.«

Der Wirt starrte ihn ungläubig an.

»Doch, doch«, sagte Hansjörg, »fragen Sie den Eugen. Heute sehe ich's ein, es war der richtige Weg. Jetzt erbt mein Bruder einen großen Hof, auf dem Knechte und Mägde Arbeit haben und der Notzeiten überstehen kann.«

Der Schultheiß rückte dicht an den Tisch heran und legte seine rechte Hand auf Eugens Arm. »Und was heißt das für Neustadt?«

»Dass alle armen Kinder die Schule und die Armenschule besuchen müssen. Jeden Tag.« Eugen betonte das Und, stützte sein Kinn in die linke Hand und zeichnete mit der rechten Figuren auf den Tisch. »Sie müssen mehr können als die anderen Kinder. Und wenn die Eltern das Schulgeld nicht aufbringen können, dann ist es für den Armenkasten das Wichtigste, für sie das Schulgeld zu bezahlen.«

»Das reicht nicht aus, Eugen«, meldete sich Hansjörg nachdenklich zu Wort. »Nach der Schulzeit müssen sie in die Lehre, damit sie ohne Acker und Kuh leben können.«

Eugen hob die Augenbrauen und sah seinen Freund ernst an. »Deshalb darf die Hilfe zur Selbsthilfe nicht mit der Schulentlassung enden, Hansjörg.« Er nahm den Wirt ins Visier. »Da fängt sie erst richtig an, Herr Schultheiß. Wir müssen jedem jungen Burschen eine Lehrstelle suchen und jedem jungen Mädchen eine Stellung als Magd auf einem großen Bauernhof.«

»Oder in einer Gaststube«, fiel ihm der Wirt ins Wort.

»Oder dort.« Eugen dachte nach. »Die klugen Mädchen kann man auch in Stuttgart oder in Cannstatt unterbringen. Das ist doch nicht weit von hier. Da gibt es viele Familien, die eine Hausmagd oder ein zuverlässiges Kindermädchen oder eine gute Hauswirtschafterin suchen.«

»Auch die neuen Kinderbewahranstalten stellen kluge Mädchen ein«, fügte Hansjörg hinzu. »Und wir könnten in Manufakturen und Fabriken fragen, ob es freie Stellen gibt.«

»Eine neue Form von Bettelfuhre?«, warf der Wirt ein.

»Wie meinen Sie das?« Hansjörg sah den Schultheiß verblüfft an.

»Bisher haben wir Bettelkinder vom Dorfbüttel einfangen und mit dem Ochsenkarren an die Grenze zum Nachbarort fahren lassen, damit keines vorher davonlaufen kann. Sie wollen das alles ohne Zwang machen. Sie schaffen die armen Würmer mit List nach der Schulentlassung aus dem Dorf.«

»Wenn Sie's so sehen wollen.« Hansjörg klopfte mit den Fingerspitzen auf den Tisch. »Entscheidend ist: Die armen Kinder müssen weg vom Nichtstun. Denn noch größer als ihr Hunger und ihre Armut ist ihre Ausweglosigkeit. Sie müssen eine Aussicht auf Besserung haben. Und sie müssen zur Verbesserung ihrer Lage selbst etwas beitragen. Das brauchen sie für ihre Selbstachtung. Und wenn sie sich selber helfen sollen, dann müssen sie etwas im Kopf haben.« Er stieß seinen Freund mit dem Ellbogen in die Seite: »Jetzt sag du's, Eugen.«

»Also lautet das Rezept: Jeden in die Schul geschleppt.«

Der Wirt lachte.

»Schultheiß, unser Dichter hat Recht. Eiserner Schulzwang für jedes arme Kind in Neustadt, das noch nicht 14 Jahre alt ist. Lernen, lernen, lernen. Klüger sein als andere, den anderen eine Nasenlänge voraus sein. Das wäre der sicherste Weg aus der Armut.«

An einem Novembertag klopfte die Pfarrmagd in den Abendstunden ans Schulhaus und brachte Hansjörg einen Brief von seiner Schwester.

Er dankte der jungen Frau, zündete einen Kerzenstummel an, setzte sich an seinen wackligen Tisch und öffnete den Brief.

Sophie berichtete, es sei ihr gelungen, eine Freundin der Mutter ausfindig zu machen. Die Mutter habe vor ihrem Weggang nach Hohenheim von einem jungen Mann geschwärmt, der Jörg oder so ähnlich geheißen habe. Die Freundin könne sich aber nicht mehr erinnern, ob der junge Mann Lehrer oder Handwerksgeselle gewesen sei. Auch beim Schulmeister in der Volksschule beim Bietigheimer Rathaus habe sie vorgesprochen. Der alte Mann halte die Mutter noch in bester Erinnerung, denn die Elisabeth Rummler sei eine gute Schülerin gewesen. Außerdem habe er jedes Mal, wenn er im Rummlerhof das Schulgeld einkassieren musste, ein paar Flaschen Wein geschenkt bekommen. Und keinen billigen Fusel, sondern guten Rotwein, habe er geschwärmt. Die jungen Provisoren und Unterlehrer wechseln ständig, meinte er, weil an seiner Schule mehrere Lehrer die vielen Schüler unterrichteten. An den einklassigen Landschulen arbeite dagegen nur ein Lehrer. Sei der krank, so versetze der Bezirksschulinspektor einen Provisor oder Junglehrer von einer größeren Schule dorthin. An seiner Schule sei deshalb ein Kommen und Gehen; mancher junge Lehrer bleibe nicht einmal einen Monat hier.

Ein Provisor, der auf den Vornamen Jörg gehört habe, sei vor langer Zeit auch in der Lehrerparade gewesen, erinnerte sich der Schulmeister. Die Bücher für die Schule führe der Stadtpfarrer, und die Personalliste liege beim Bezirksschulinspektor. Mehr könne er dazu nicht sagen.

Dass der Sohn der Elisabeth Rummler jetzt Schulmeister werden wolle, das freue ihn. Er bitte seinen Kollegen, ihn zu besuchen, wenn er wieder nach Bietigheim komme.

Hansjörg ging mit dem Brief in der Hand ans Dachfenster seiner Kammer und sah in die Filderlandschaft hinaus, die sich im Abendlicht dunkelblau färbte. Rössnerbauer Hans – Junglehrer Jörg – Provisor Hansjörg. Zufall oder Absicht?

Er öffnete das Sprossenfenster und atmete die kühle Luft tief ein.

Und wie könnte man den ehemaligen Junglehrer Jörg ausfindig machen? Einen von 6000 Lehrern im Königreich aufspüren, war das überhaupt möglich? Vielleicht ist aus ihm längst ein Schulmeister geworden, wohlbestallt und verheiratet.

Hansjörg ging in seiner Kammer auf und ab, setzte sich an den Tisch, legte sich aufs Bett, nahm seinen Zimmermarsch wieder auf und sah sinnend aus dem Fenster. Er zermarterte sich den Kopf und dachte lange nach. Schlussendlich kam er zum Ergebnis, dass der leibliche Vater vermutlich nicht mehr lebte. Sollte er sich dennoch, wider Erwarten, seines Lebens freuen, inmitten seiner Familie, dann hätte er seinen kleinen Jungen gewiss zu sich genommen. Auch dann, wenn die leibliche Mutter bei der Geburt ihres Kindes gestorben sein sollte, hätte er seinen Jungen nicht weggegeben. Denn fast alle Witwer mit Kindern heirateten wieder, wenn die Frau im Kindbett starb, so war's Brauch. Die meisten Junglehrer waren nicht verheiratet, aber alle heirateten, sobald eine Schulmeisterstelle in Aussicht war, denn unverheiratete Schulmeister wurden von den Pfarrern als sittliche Gefahr für Schule und Pfarrgemeinde angesehen. Also konnte der leibliche Vater nur tot sein, schlussfolgerte Hansjörg. Bliebe noch der unwahrscheinliche Fall, dass die Mutter bei der Geburt ledig war und sich der Vater vorher aus dem Staub gemacht hatte. Aber in jeder Gemeinde wäre ein solcher Volksschullehrer sofort aus dem Kirchendienst entfernt worden. Deshalb kam diese Möglichkeit eigentlich nicht in Betracht.

Hansjörg holte seine Aufzeichnungen hinterm Schrank hervor und setzte sich an den Tisch. Auf der Innenseite des Kanzleibogens skizzierte er mit Bleistift den aktuellen Stand seiner Nachforschungen: Obenhin setzte er in die Mitte des Blattes einen kleinen Kreis, in den er die Initialen seines Namens kritzelte. Darunter zeichnete er zwei Kreise; den linken nannte er »Rössnerbauer«, den rechten »Rössnerbäuerin«. Und darunter malte er nochmals zwei Kreise. In den linken schrieb er »Mutter unbekannt«, in den rechten »Vater unbekannt, vermutlich vor zwanzig Jahren gestorben – Vorname Jörg? Junglehrer?«. Auf der rechten Innenseite des Papierbogens notierte er alle denkbaren Möglichkeiten, warum er nicht bei seinen leiblichen Eltern aufgewachsen war.

Er kaute auf dem Bleistift herum und überlegte, wer seine Finger im Spiel gehabt haben könnte, dass er zum Hansjörg Rössner wurde? Er zog von seinem Kreis zu dem der Rössnerbäuerin eine Verbindungslinie, auf die er *Nottaufe in Plieningen* und *Vorname Hansjörg* schrieb. Neben diese Linie malte er einen sechsten Kreis, in den er *Pfarrer Müller* schrieb.

Mit der linken Hand fuhr er sich mehrmals übers Gesicht und rieb sich die Nasenwurzel. Dann zog er entschlossen eine Linie von der Rössnerbäuerin zu seinem leiblichen Vater und setzte drei Ausrufezeichen daneben. Die zwei mussten sich gekannt haben, und zwar aus gemeinsamen Tagen in Bietigheim. Das sagte ihm sein Gefühl.

Er hielt sich das Geschriebene auf Armlänge vors Gesicht und betrachtete die Skizze. Wenn es einen Junglehrer namens Jörg in der Umgebung der Rössnerbäuerin gegeben hatte, der vor zwanzig Jahren gestorben war, dann konnte er dessen Leben nur durch Zufall auskundschaften. Kein aktuelles Lehrerverzeichnis wies ihn noch aus. Es gab in Württemberg, wie er aus dem amtlichen Statistikhandbuch wusste, rund 10 000 Wohnplätze. Sechs große Städte, zehn kleinere und 24 Landstädtchen, dazu noch 96 große Marktflecken, 1 698 Dörfer und 8 010 Weiler. So viele Orte konnte er beim besten Willen nicht aufsuchen und dort nach einem Junglehrer Jörg forschen. Keine Chance, den Mann zu finden, wenn der Zufall nicht mitspielte.

Und für den eigentlich undenkbaren Fall, dass der Vater noch leben sollte, könnte er ihn immer noch auf der Gehaltsliste aller Volksschullehrer ausfindig machen. Das Konsistorium als oberste Schulbehörde musste eine solche Liste führen. Woher sonst sollte die Behörde wissen, wer demnächst eine Unterlehrer- oder Schulmeisterprüfung abzulegen hatte? Wie sonst konnten die Zeitungen und amtlichen Statistiken auflisten, wie viele Lehrer in jedem Bezirk unterrichten?

Hansjörg stellte sich erneut ans Fenster und blickte aufs dunkle Dorf. Könnte es auch eine Verbindung zwischen der Rössnerbäuerin und seiner leiblichen Mutter gegeben haben? Er sah angestrengt in den Nachthimmel hinein. Ganz ausschließen durfte er das nicht. War eine Freundin der Rössnerin in Not geraten?

Er setzte sich wieder an den Tisch, entzündete eine neue Kerze und verband auch diese beiden Kreise auf seiner Skizze mit einer gestrichelten Linie, schrieb aber drei große Fragezeichen daneben.

Er holte neues Papier aus seinem Reisekoffer, schraubte sein Tintenglas auf und begann einen Brief.

Mitten im ersten Satz stutzte er und legte die Feder zur Seite. Wie wohl ihm beim Gedanken an Sommerfelden wurde. Er schlang seine Füße um die Stuhlbeine, verschränkte die Arme hinter der Stuhllehne und fiel ins Grübeln. Ganz allmählich gestand er sich ohne Wenn und Aber ein, dass Sommerfelden sein Zuhause, der Rössnerbauer sein Vater und Sophie seine Schwester waren und auf alle Zeit blieben, gleichgültig, was die Nachforschungen ergeben sollten. An seiner Zugehörigkeit zur Rössnerfamilie durfte er keinen Zweifel aufkommen lassen.

Er setzte sich mit neuem Schwung an den Tisch, nahm die Feder auf und schrieb herzliche Grüße an alle im Rössnerhof. Seine Schwester bat er in einem gesonderten Schreiben, alle Bietigheimer Freundinnen und Bekannten der Mutter auszukundschaften, die vor über zwanzig Jahren schwanger gewesen waren, aber kein Kind großgezogen hatten. Er selbst werde sich nochmals in Hohenheim umhören.

Und morgen, sagte sich Hansjörg, stand auf und trat erneut ans Fenster, morgen frage ich Pfarrer Maier, wie man die

Namen der Pfarrer, Schultheißen und Lehrer herausbekommt, die vor zwei, drei Jahrzehnten hier geamtet haben. Und wenn er fragt, wozu das alles? Hansjörg nickte sich aufmunternd zu. Es gibt in jeder Gemeinde Personen, deren Namen und Taten man der Nachwelt erhalten sollte; das wird dem Pfarrer einleuchten.

Er legte sich ins Bett und las in Schwabs *Sagenbuch,* bis seine Erregung verklungen war. Dann löschte er die Kerze.

Anderntags traf Hansjörg den Pfarrer in der Schule an, der auf dem Weg zu seiner wöchentlichen Religionsstunde bei den älteren Schülern war. Hansjörg berichtete ihm in wenigen Sätzen von seiner Idee, im geplanten Filderbuch jedem Ort ein Verzeichnis der wichtigsten Personen anzufügen.

Pfarrer Maier sprach ihm Mut zu. »Das ist ein Kinderspiel, Herr Provisor. Es gibt Diensthandbücher und Pfarrer- und Lehrerverzeichnisse, aus denen man alles herausschreiben kann. In meiner Amtsstube habe ich das neueste *Statistische Handbuch der evangelischen Kirche im Königreich Württemberg.* Da stehen alle evangelischen Kirchenstellen und Pfarrer drin.«

Hansjörg war zufrieden und heiter. »Darf ich Sie heute vor dem Abendläuten stören und das Buch einsehen?«

»Kommt vorbei, Herr Provisor. Und bis dahin sehe ich nach, ob ich auch ein Handbuch für die Schulen und Lehrer habe. Wenn nicht, überleg ich mir, bei wem wir es ausleihen können.«

Als Hansjörg über die Mittagspause in seiner Kammer saß, hörte er draußen den Dorfbüttel schellen. Er öffnete das Fenster und horchte: »Ab dem nächsten Montag findet jeden Werktag eine geregelte Omnibusfahrt nach Obertürkheim statt. Die Abfahrt des Wagens ist täglich um halb sieben Uhr am Rössle. Der Wagen erreicht rechtzeitig die beiden Morgenzüge, die Westbahn nach Esslingen, Plochingen, Göppingen, Süßen und die Nordbahn nach Stuttgart, Ludwigsburg, Bietigheim. Die Rückfahrt in Obertürkheim erfolgt nach Ankunft der letzten Abendzüge aus beiden Richtungen, so dass die Reisenden gegen neun Uhr wieder in Neustadt sind.«

Die Kinder zeigten am Nachmittagsunterricht wenig Interesse. Die Aussicht, jeden Tag mit einem vierspännigen Omnibus nach Obertürkheim und von dort mit der Eisenbahn in das große Königreich hinausfahren zu können, war in allen Neustadter Familien das Mittagsgespräch gewesen. In ihren Gedanken saßen die Buben und Mädchen in Bus und Bahn und bereisten ferne Gegenden.

Sie tuschelten und wisperten hinter vorgehaltener Hand, lächelten und flüsterten und warfen sich verschmitzte, neugierige Blicke zu. Hansjörg beobachtete das eine Weile, dann unterbrach er den Schreibunterricht und forderte die Kinder auf, von ihren Träumen und Wünschen zu erzählen. Erst danach konnten sich die Schüler wieder aufs Lernen konzentrieren und arbeiteten willig bis zum Ende des Unterrichts mit.

Hansjörg rannte zum Pfarrhaus, das wenige Schritte vom Schulhaus entfernt lag. Maier saß in seiner Amtsstube und studierte in seinen Büchern.

»Willkommen, lieber Provisor. Ich habe das Verzeichnis herausgelegt.« Als Hansjörg vor seinem Schreibtisch stehen blieb, bat ihn der Pfarrer, für einen Augenblick Platz zu nehmen. »Oder seid auch Ihr in Aufruhr wegen der neuen Omnibuslinie nach Obertürkheim?«

»In Aufruhr nicht, Herr Pfarrer, aber ich freue mich, dass wir jetzt an die Eisenbahn angeschlossen sind.«

Maier setzte eine belustigte Miene auf. »Die neue Zeit. Das wird hier auf den Fildern viel verändern.«

»Wie meinen Sie das, Herr Pfarrer?«

»Jeder, der ein paar Kreuzer für die Pferdedroschke bezahlen kann und nochmals so viel für die Eisenbahn, der erschließt sich das ganze Königreich Württemberg und bleibt nicht länger in seinem Dorf hocken. Nächstes Jahr soll die Eisenbahn bis Heilbronn und übernächstes Jahr über Biberach und Ravensburg bis nach Friedrichshafen am Bodensee fahren. Stammt Ihr nicht von dort, Herr Provisor?«

Hansjörg sah aus blauen Augen verträumt vor sich hin.

»Was ist mit Ihnen, Herr Provisor, raubt Ihnen die neue Zeit die Sinne?«

»Als meine Mutter im Sterben lag, da war ich zwei Tage lang von Ringelfingen nach Sommerfelden unterwegs, erst mit einem Fuhrmann, dann mit der Postkutsche und nochmals mit einem Privatkutscher. Und in der Postkutsche saß mir ein Mann gegenüber, der hat mir prophezeit, bald könne ich mit der Eisenbahn in einem halben Tag von Stuttgart an den Bodensee fahren. Ich hab's nicht glauben wollen. Und jetzt ist es wahr.«

»Die neue Zeit lässt sich nicht aufhalten.« Pfarrer Maier blickte aus dem Fenster. »Nehmen wir sie als ein Geschenk Gottes.«

Dann schlug er ein Buch, das auf dem Schreibtisch lag, an der Stelle auf, an der ein Lesezeichen herausragte. »Das Buch ist nicht auf dem allerneuesten Stand; es ist schon über zehn Jahre alt. Hier, unter Neustadt, ist noch mein Amtsvorgänger verzeichnet, Pfarrer Mönikheim. Ich war seinerzeit Pfarrer in Roßwaag im Oberamt Vaihingen.« Er blätterte ein paar Seiten weiter. »Hier haben wir's. Da seht Ihr das Besondere an diesem Buch: Alle evangelischen Pfarrer stehen drin, und zu jeder Pfarrei gibt es eine Kurzbeschreibung des Ortes. Über Roßwaag, wo ich seinerzeit gewesen bin, steht: *Das Pfarrdorf an der Enz hat 687 Einwohner und liefert einen der besten Weine des Landes. Die Kirche wurde 1495 erbaut. Spuren römischer Niederlassungen sind im Ort entdeckt worden.*«

Hansjörg lehnte sich auf seinem Stuhl zufrieden zurück. »Da finde ich wichtige Auskünfte über alle Gemeinden auf den Fildern.«

»Wenn Ihr, lieber Provisor, für jeden Ort ein neues Blatt anlegt und fleißig alles notiert, was Ihr zu lesen und zu hören bekommt, dann entsteht rasch ein schönes Nachschlagewerk über die Fildern.«

Pfarrer Maier überreichte Hansjörg das Buch, der es in Hochstimmung anblätterte und dann an der Stelle aufschlug, an der das Lesezeichen steckte. Er las die Beschreibung von Neustadt vor: »*Freundliches Pfarrdorf, auf der Filderebene rechts der Körsch gelegen; 947 Einwohner; Kirche von 1556 mit einem interessanten Ölberg; ergiebige Landwirtschaft, vor allem Filderkraut, Getreide und ertragreiche Obstwiesen.*«

»Hätten wir weitere ältere und neuere Verzeichnisse, dann fändet Ihr noch mehr Angaben.«

»Wie kommen wir an solche Bücher, Herr Pfarrer?«

»Übernächste Woche muss ich nach Stuttgart. Ich werde den neuen Omnibus ausprobieren. Darauf freue ich mich. Wenn ich im Dekanat Literatur finde, die für uns nützlich ist, dann bringe ich sie mit. Schleppen muss ich die Bücher ja nicht. Die Eisenbahn und der Omnibus tragen sie für mich.«

»Dann eile ich jetzt heim und schreibe das Wichtigste aus diesem Buch heraus, wenn ...«, Hansjörg hielt es in die Höhe, »wenn Sie es mir für ein paar Tage ausleihen.«

Der Pfarrer stimmte freundlich zu. Hansjörg dankte und eilte nach Hause. Dort zündete er eine Kerze an, holte mehrere leere Kanzleibogen aus seinem Koffer, setzte sich an den Tisch und linierte das Papier.

Als er das Buch aufschlug, fiel ihm ein, dass er in Plieningen von einem gewissen Pfarrer Gläser getauft worden war. Das Register am Schluss des Buches verwies auf drei Geistliche namens Gläser. Der gesuchte Friedrich August Gläser lebte, wie das Nachschlagewerk von 1835 belegte, vor zehn Jahren nicht mehr im Nachbarort, sondern amtierte in Obersontheim im Oberamt Gaildorf. Na, da hat er sich verbessert, kam Hansjörg in den Sinn, aber vermutlich arbeitet er inzwischen woanders, denn evangelische Pfarrer werden alle zehn Jahre versetzt.

# Unruhige Zeiten

Pfarrer Maier bat Schulmeister Hartmann und Provisor Rössner am Mittwochnachmittag nach dem ersten Advent zu sich ins Pfarramt.

»Wie Sie wissen, war ich mit dem Omnibus in Stuttgart und habe an der Konferenz unseres Bezirksschulinspektors teilgenommen«, eröffnete er das Gespräch. »Den Omnibus kann ich Ihnen wärmstens empfehlen. Er ist schnell, bequem und zuverlässig.«

»Wenn's nicht so viel kosten tät«, wandte der Schulmeister ein.

»Drücken Sie große Geldsorgen, Schulmeister?«, fragte der Pfarrer stirnrunzelnd.

»Wenn ich mir's erlauben darf, Herr Pfarrer«, mischte sich Hansjörg vorwitzig ein, »möchte ich dazu etwas sagen.«

Hartmann warf den Kopf in den Nacken und sah seinen Lehrgehilfen überrascht von der Seite an, weshalb Hansjörg verstummte.

»Raus mit der Sprache«, ermunterte ihn der Geistliche.

»Bedenken Sie bitte, Herr Pfarrer, was Schulmeister Hartmann leistet, in der Schule, als Mesner und für die Kirchenmusik. Und bedenken Sie ferner, wie gering seine Schulstelle im Vergleich zu anderen Gemeinden ausgestattet ist. Überall im Land wird gegenwärtig die schlechte Bezahlung der Schulmeister beklagt. Hier in Neustadt ist sie besonders schlecht, obwohl wir kein armes Dorf sind.«

Pfarrer Maiers Miene wechselte zwischen ungläubigem Staunen und amüsiertem Zustimmen. »Gut gebellt, Herr Provisor. Bedenkt, der Bezirksschulinspektor hält Ihn für einen Rebellen.«

Hansjörg zuckte zusammen, doch sein Vorgesetzter fügte belustigt an: »Ich bin nicht Ihr Schulinspektor.« Maier wurde ernst. »Ich stimme Ihnen zu. Die Besoldung unseres Schulmeisters ist nicht gerecht und unserer Gemeinde unwürdig. Das habe ich schon kapiert, obwohl ich noch nicht lange in Neustadt bin. Ich will mich gerne beim Schultheißen und beim Kirchenkonvent für eine bessere Entlohnung verwenden. Der Schulinspektor hat uns Pfarrern gestern genau dazu Vorhaltungen gemacht.«

Schulmeister Hartmann, der verlegen auf den Schreibtisch starrte und immer noch Hansjörgs Worte abwog, hob den Blick und sah den Pfarrer unsicher und fragend von unten her an.

»Ihr habt richtig gehört, Meister Hartmann. Die Regierung macht uns Vorhaltungen wegen der Volksschulen. Eine amtliche Kommission hat festgestellt, dass der Zustand der Schulen auf dem Land erbärmlich ist, was sich auf das Volk und unseren christlichen Glauben schlecht auswirke.«

Pfarrer Maier stand auf und holte seine Aufschriebe vom Fenstersims. »Wir Pfarrer müssen darum bis zum Jahresende einen Sonderbericht verfassen.«

Er setzte sich wieder, seufzte und schlug das Skript auf: »Ich habe mir auf der Konferenz aufgeschrieben, wie der Bericht gegliedert sein soll: Schulverhältnisse, Ausstattung der Schule, Zustand der Schullokale, Schulversäumnisse, vorhandene Lehrmittel, Neuanschaffungen aus dem Schulfonds und Zustand der Armen- und Kleinkinderschulen, sofern vorhanden.«

»Wie können wir Ihnen behilflich sein, Herr Pfarrer?« Hartmann beugte sich vor und stützte seinen linken Ellbogen auf den Schreibtisch, gerade so, als wolle er sich kopfüber in die Arbeit stürzen.

»Wir gehen den Auftrag Punkt für Punkt durch.«

Die beiden Lehrer nickten ihrem Vorgesetzten dienstbeflissen zu.

»Beginnen wir mit Ihrer Besoldung, Herr Schulmeister.«

»Die Gemeinde zahlt mir 40 Gulden im Jahr. Weitere 93 Gulden muss ich bei den Eltern als Schulgeld selbst einkassieren. Für Mesnerdienst und Kirchenmusik bekomme ich jährlich 10 Gulden.«

»Macht 143 Gulden in Geld«, rechnete der Pfarrer laut vor. »Und wie hoch schätzt Ihr Eure Einnahmen aus den Nutzungsrechten?«

»Wie Sie wissen, Herr Pfarrer, habe ich hinter dem Schulhaus einen winzigen Gemüse- und Krautgarten und noch zwei kleinere Getreidefelder an der Körsch. Mit dem Brennholz, das mir die Gemeinde liefert, müssen wir, mein Provisor und ich, die beiden Schulzimmer heizen. Aber mir rechnet man alles Holz als Einkommen an. Von der Gemeinde bekomme ich jedes Jahr nach dem Erntedankfest sieben Scheffel Dinkel und acht Scheffel Weizen. In der Stellenausschreibung, die vor einem Dutzend Jahren bei meiner Wahl zum Schulmeister erstellt wurde, hat man alle Nutzungsrechte zusammen mit 41 Gulden im Jahr angesetzt.«

»Macht zusammen 184 Gulden.« Pfarrer Maier stand auf, öffnete den linken Aktenschrank und nahm ein Buch heraus.

»Darf ich noch etwas anfügen, Herr Pfarrer?«, fragte Hansjörg behutsam. Als er den Angesprochenen, der das Buch aufschlug, nicken sah, sagte er vorsichtig: »Bedenken Sie, Herr Pfarrer, was wir über die Teuerung im Kirchenkonvent gesprochen haben. Wegen der Missernten sind die Preise seit ein paar Jahren stark gestiegen und die Ernten auf den kleinen Feldern geringer geworden. Für 143 Gulden kann Schulmeister Hartmann von Jahr zu Jahr immer weniger kaufen.«

»In diesem Handbuch für die Volksschulen sind Stellenbeschreibungen abgedruckt.« Pfarrer Maier blätterte darin. »So gering ist keine andere Schulmeisterbesoldung weit und breit. Und das Buch ist«, er schlug es vorne auf und sah auf dem Titelblatt nach, »1837 gedruckt worden.« Er biss die Zähne zusammen und schluckte. »Ich muss das mit dem Schultheißen besprechen.«

»Gestatten Sie mir untertänigst, Herr Pfarrer, dass ich noch etwas anfüge?« Der Schulmeister sah seinen Vorgesetzten bittend an. Als der schwieg, fuhr er fort: »Der Provisor bekommt nicht einmal den im Schulgesetz von 1836 vorgesehenen Mindestlohn von 120 Gulden und hat keine heizbare Kammer.«

»Und wie viele Kammern können Sie heizen, Herr Schulmeister?«

»Eine, Herr Pfarrer, aber das reicht aus, wenn wir die Zimmertüren offen lassen.«

Sie erörterten die Schulversäumnisse und den Schulfonds, und die beiden Lehrer beklagten den Zustand der Schullokale. Der Pfarrer notierte alles und lachte schließlich bekümmert auf. »Da wird unser Schultheiß die Augen gen Himmel verdrehen. Ich höre ihn schon stöhnen: *Wer soll das bezahlen, Herr Pfarrer?*« Er ahmte das Dorfoberhaupt nach und sagte, als ihn die beiden Lehrer belustigt anschauten, mit zusammengekniffenen Augen: »Ihr habt gut lachen. Mehr Geld für den Schulmeister, mehr Geld für den Provisor, einen Ofen für den Provisor und beide Schullokale weißen. Verstehen kann ich's, wenn der Schultheiß aufheult.«

»In aller Bescheidenheit, Herr Pfarrer«, wandte der Schulmeister ein, »die Eltern zahlen in Neustadt halbjährlich für jedes Kind 48 Kreuzer Schulgeld. Aufs ganze Jahr gesehen also 96 Kreuzer. Davon bekomme ich 30 Kreuzer, macht zusammen 93 Gulden bei 186 Schülern, wie ich vorhin schon sagte. 66 Kreuzer verbleiben der Gemeinde. Davon muss sie die Schulsäle herrichten, die Schule mit Materialien für den Unterricht ausstatten, für den Schulmeister Brennholz, Dinkel und Weizen liefern und sechs Kreuzer pro Kind in den Schulfonds abführen, so steht's im Gesetz.«

»Die Rechnung ist mir neu.« Maier zog die Augenbrauen hoch und sah Hartmann fragend an.

»Auf Ehr und Gewissen, sie ist richtig, Herr Pfarrer. Zieht man von den 66 Kreuzern die sechs ab, die in den Schulfonds fließen, dann kassiert unsere Gemeinde jährlich genau einen Gulden für jeden Schüler. Bei 186 Schülern sind das zusammen 186 Gulden. Die Gemeinde verdient also an der Schule, weil sie nicht die gesetzlich vorgeschriebenen Leistungen erbringt.«

»Die Gemeinde kassiert jährlich 186 Gulden bei den Eltern?« Pfarrer Maiers Augen verengten sich. »186 Gulden ohne angemessene Leistung?«

»Jedenfalls nicht für die Schule, Herr Pfarrer.«

Hansjörg sah den Schulmeister achselzuckend an und blickte dann zu Pfarrer Maier, der nach kurzem Zögern meinte: »Da werde ich mit unserem Schultheißen ein ernstes Wort zu reden haben.«

Maier entließ die beiden Lehrer mit dem Auftrag, ihm binnen einer Woche eine Liste der Anschaffungswünsche für das neue Schuljahr vorzulegen und die aktuellen Schulverhältnisse, die Ausstattung der gesamten Schule, den Zustand der beiden Schullokale und die Schulversäumnisse zu notieren.

Beim Abschied legte der Pfarrer Hansjörg fünf Bücher in den Arm. »Die habe ich in Stuttgart für Sie ausgeliehen.«

Nach der Besprechung eilten die beiden Lehrer im Schneegestöber ins Schulhaus zurück. Unterwegs bat Hartmann seinen Gehilfen, nach dem Abendläuten zum Essen zu ihm zu kommen.

Als Hansjörg vom Glockendienst ins Schulhaus zurückkehrte und an der Wohnungstür im zweiten Stock klopfte, öffnete ihm der Schulmeister, nahm ihn an beiden Händen und dankte für die Unterstützung. »Dass Sie Pfarrer Maier gesagt haben, meine Stelle müsse man besser besolden, vergesse ich Ihnen nie.« Er schluckte. »Ihnen kann ich's ja sagen: Es fällt mir sehr schwer, sechs hungrige Mäuler zu stopfen.«

Hartmann führte seinen Gehilfen in die Wohnstube. Die Holzdielen waren geölt und die Wände geweißt. Ein Tisch, sechs ungepolsterte Stühle, eine einfache Kommode und eine Kuckucksuhr waren die ganze Einrichtung. In der Ecke stand ein gusseiserner Ofen, auf dem heißes Wasser in einer Blechkanne summte.

Am Tisch saßen die beiden ältesten Mädchen im Dämmerlicht. »Guten Tag, Herr Lehrer«, sagten sie freundlich und blickten nur kurz von ihrer Näharbeit auf.

»Meine Frau verdient als Flickschneiderin ein bisschen was dazu, damit wir uns über Wasser halten können«, sagte Hartmann verlegen, »und die Mädchen helfen ihr dabei.«

Hansjörg sah seinen Schulmeister erstaunt an, deshalb setzte Hartmann hinzu: »Dem neuen Pfarrer hab ich's noch nicht gebeichtet. Ich hab mich geniert.« Er nahm zwei Stühle, die am Tisch standen, stellte sie vors Fenster und bat seinen Gehilfen, sich zu ihm zu setzen.

»Herr Lehrer«, rief das jüngere Mädchen Hansjörg hinterher, »ich weiß ein Rätsel für Sie.«

»Sag's mir geschwind«, sagte Hansjörg freundlich und blieb stehen.

»Ein eisernes Gäule und ein flächsernes Schwänzle. Je ärger das Gäule springt, desto kürzer wird das Schwänzle. Was ist das?«

Hansjörg verdrehte die Augen, und die Mädchen kicherten.

»Sag's mir«, bat Hansjörg, »ich bin zu dumm für dein Rätsel.«

»Ist doch ganz einfach: eine Nähnadel mit Faden.« Das Mädchen hielt seine Nadel in die Höhe. »Guck, so wie diese.«

Die beiden Lehrer setzten sich vors Fenster, mit dem Rücken zum Tisch und zu den nähenden Kindern.

»Ich glaube nicht, Herr Schulmeister, dass die Gemeindeoberen uns schaden wollen«, nahm Hansjörg das Gespräch über die Besoldung der Lehrerstellen wieder auf. »Sie sind nur nachlässig, verfallen in ihren alten Trott und vergessen, unsere Gemeinde für die neue Zeit zu rüsten. Es fehlt ihnen an Ideen, wohin sie die Gemeinde führen sollen.«

»Die Menschen dürfen, nein, sie müssen darauf vertrauen, dass die Obrigkeit ihr Wohl im Auge hat. Sonst handelt sie wider Gott.«

»Ich ertrag es nicht, Herr Schulmeister, dass die armen Kinder winters barfuß laufen und um ihr Essen betteln müssen. Wenn sie nicht in die Schule dürfen, dann haben sie den ganzen Tag keinen Platz, wo sie sich aufwärmen können.« Hansjörg drehte den Kopf zur Seite und blickte versonnen durch die Fensterscheibe in den sternklaren Nachthimmel. »Im Seminar in Ringelfingen haben wir die Schriften des Armeninspektors Zeller und Pestalozzis Protokolle über Menschen in Not lesen müssen. Bis zum Kindsmord werden arme Eltern getrieben. Pestalozzi hat dazu viele Geschichten aufgeschrieben, die in der Schweiz tatsächlich passiert sind. Wenn man das einmal gelesen oder gehört hat und seine Augen vor dem Elend auf dieser Welt nicht verschließt, dann kann man die tägliche Not der armen Kinder nicht übersehen.«

»Sie sprechen, als ob Sie selber im Elend oder im Waisenhaus aufgewachsen wären.«

»Im Gegenteil, ich bin in einer häuslichen Gemeinschaft aufgewachsen, wie der Zeller aus Beuggen sagt, in der ich alles bekommen habe, was sich ein Kind wünscht.«

»Herr Provisor, ich bitte Sie um Verzeihung. Ich habe Sie anfangs für einen lebensgierigen Burschen gehalten, der nur sein Vergnügen sucht und Lieder trällert, damit er recht oft ins Gasthaus kommt.«

Hansjörg ging darauf nicht ein, sondern berichtete ausführlich über die Begeisterung Luthers für die Musik.

Die Frau des Schulmeisters kam herein, begrüßte Hansjörg herzlich und bat ihre Töchter, die Näharbeiten abzuräumen, den Tisch zu decken und die Tischkerzen anzuzünden. Hartmann prüfte kurz über die Schulter, ob der Tisch zu seiner Zufriedenheit gedeckt wurde und wandte sich wieder seinem Gehilfen zu: »Dass Luther ein so großer Verehrer der Musik war, ist mir neu.«

»Im Seminar hat man uns mit Luthers Liedern vertraut gemacht«, sagte Hansjörg, »und seine Auffassung von der Musik gelehrt.«

»Lassen Sie hören. Ich habe kein Seminar besucht; so was gab's zu meiner Zeit nicht.«

»Man muss die Musik in den Schulen lehren, hat Luther gepredigt und gefordert, ein Schulmeister muss singen können, sonst sehe er ihn nicht an.«

»Von Gesangvereinen hat er nichts gesagt.«

»Vereine? Ja, die sind neu, die Turn- und Gesangvereine. Aber Sänger gab's schon immer. Und Sänger, sagt Luther, sind fröhliche Leute, die ihre Sorgen mit Singen zerstreuen.«

»Das hat Luther gesagt?« Hartmann zweifelte immer noch.

»Luther hat alle Christen aufgefordert, das Singen als die beste Kunst und Übung überall zu pflegen, weil sie Gericht und Hadersache überwinde. Wie kann da ein Gesangverein unchristlich sein?«

»Sie tun grad so, als sänge Luther in Ihrer Liedertafel mit.«

»Pfarrer Steinhilber hat gesagt, er sei sich sicher, dass Luther in einem Gesangverein mitgesungen hätte, wenn es zu seiner Zeit schon Vereine gegeben hätte.«

»Gut, ich gebe mich geschlagen. Es sei so.«

»Die Liedertafel kann uns helfen, die Not der armen Kinder zu mildern.«

»Wie das, Herr Provisor?«

»Ihr wunderbarer Kirchenchor, Herr Schulmeister, öffnet Sonntag für Sonntag die Herzen der Neustadter. Meine Liedertafel tut das werktags, wenn auch nicht so gut wie Ihr Chor. Wenn beide Chöre zusammen auftreten, dann könnten wir viel Geld für die Armen sammeln.«

»Abgemacht, Herr Provisor.« Hartmann sah mit einem Blick über die Schulter, dass der Tisch gedeckt war und seine Frau und seine beiden Jüngsten sich Küchenhocker geholt hatten. »Kommen Sie und setzen Sie sich an den Tisch. Teilen Sie bitte unser bescheidenes Mahl.«

Sie nahmen ihre Stühle mit und setzten sich. In der Tischmitte stand eine große Schüssel, mit geschälten Pellkartoffeln und Kraut gefüllt. An jedem Platz lagen ein Holzteller und ein Holzlöffel.

Der Schulmeister sprach das Tischgebet, dann legte seine Frau dem Gast und ihren vier Kindern Kartoffeln und Kraut auf den Teller. Hartmann bediente sich selbst. Die Schulmeisterin lud sich die Reste auf ihren Teller.

Die Kinder erzählten, was sie nach der Schule gemacht und erlebt hatten. Hansjörg spürte, wie herzlich die Schulmeisterfamilie miteinander sprach und wie fröhlich die Stimmung während des Essens war.

Während sie aßen, kamen der Schulmeister und sein Gehilfe überein, den Neustadtern die bekannten Weihnachtslieder vorzutragen und die eine oder andere neue Melodie einzuführen.

Nach dem Essen zogen sich die Frau und alle vier Kinder in die Küche zurück. Hartmann und Hansjörg blieben am Tisch sitzen und entwarfen eine Beschaffungsliste für den Schulfonds: Pädagogikbücher für die Lehrer zur Vorbereitung des Unterrichts und vor allem Lernmaterialien für die Kinder: Griffel und Kreide, kleine Tafelschwämmchen, Tintenpulver, 20 neue Tintengefäße und Papier für arme Schulkinder.

Hansjörg dankte für das Essen und die Gastfreundschaft, vor allem aber für das Wohlwollen und das Vertrauen, das er für seine Arbeit empfange.

In seiner Kammer blätterte er die fünf entliehenen Bücher durch, verglich die Personenregister und suchte nach einem Provisor, Unterlehrer oder Schulmeister mit Vornamen Jörg.

Das älteste Stellenverzeichnis stammte aus dem Jahre 1830. Zu der Zeit musste der Gesuchte etwa 25 bis 30 Jahre alt gewesen sein.

Es gab mehrere Lehrer mit diesem Vornamen. Keiner passte zu den Vorgaben. Sie waren alle zu alt, und keiner war in Bietigheim gewesen.

Hansjörg stand auf und ging ans Fenster. Sinnend schaute er auf das nächtliche Dorf. Wenn meine Vermutung stimmt, sagte er leise vor sich hin, dann war dieser Jörg 1830 nicht mehr im Schuldienst. Vielleicht lebte er da schon nicht mehr.

Er setzte sich wieder an den Tisch und schrieb im Kerzenlicht zwei Briefe, einen an seinen Vater und die Geschwister, den anderen an Sophie.

Im ersten schilderte er seinen Arbeitsalltag, beschrieb seine Bemühungen um die Kinder der Armenschule und erzählte von den Fortschritten, die das Buch über die Fildergemeinden machte.

Im zweiten Brief legte er seiner Schwester offen, dass er einen Zusammenhang mit dem unbekannten Junglehrer vermute, obwohl er noch keine Spur zu ihm gefunden habe. Es gäbe nur zwei Möglichkeiten, seine eigene Herkunft aufzuklären. Entweder stoße er zufällig auf eine Spur zu dem Unbekannten. Oder er müsse das Umfeld seines Taufpfarrers Friedrich August Gläser in Plieningen noch genauer unter die Lupe nehmen. Der sei von Plieningen zunächst nach Obersontheim versetzt worden, wie die Pfarrbücher berichten. Jetzt predige Gläser an einer der drei evangelischen Kirchen in der Residenzstadt Ludwigsburg. In der letzten Woche sei er voller Verzweiflung gewesen und habe Gläser, entgegen seiner ursprünglichen Absicht, doch direkt ansprechen oder anschreiben wollen. Im letzten Augenblick sei ihm jedoch klar geworden, dass ein Pfarrer von Amts wegen über Vertrauliches nicht sprechen dürfe. »Deshalb mache ich's jetzt so wie die Spinnen. Ich habe ein Netz um Pfarrer Gläser gesponnen und liege auf der Lauer, ob und wer sich darin verfängt. Vielleicht muss ich lange warten, bis es in meinem Spinnennetz zappelt.«

Der Heiligabend 1847 fiel auf einen Mittwoch. Um sieben Uhr hielt Pfarrer Maier, der Neustadter Tradition folgend, eine Abendandacht und lud zum großen Weihnachtsfest am nächsten Morgen ein.

Der Gottesdienst am ersten Weihnachtstag blieb noch lange das Tagesgespräch in Neustadt, denn Pfarrer und Kirchenchor boten der Gemeinde eine unvergessliche Feier. Schulmeister Hartmann hatte mit seinem gemischten Kirchenchor mehrere vierstimmige Choräle eingeübt, die von Martin Luther komponierte und gedichtete Weise *Vom Himmel hoch, da komm ich her,* das alte Reformationslied *Lobt Gott, Ihr Chris-*

*ten alle gleich,* Paul Gerhardts *Fröhlich soll mein Herze springen* und als Höhepunkt Johann Sebastian Bachs Kantate *Ich steh an deiner Krippen hier.*

Hansjörg hatte Pfarrer und Schulmeister überzeugt, die Kirche festlich auszuschmücken. Auf jeder Kirchenbank lagen Tannenzweige und standen Kerzen, so wie es in der Beuggener Armenanstalt üblich war. Die Neustadter saßen im Kerzenschein und hörten die Weihnachtsbotschaft. Sie lauschten der Musik und nahmen die Predigt mit Andacht auf. Einen solchen Gottesdienst hatten sie in ihrer Kirche noch nicht erlebt. Auf den Gesichtern spiegelten sich das Kerzenlicht und die Freude über das Gesehene und Gehörte wider. Bei der Abkündigung bat der Pfarrer, für die Armen der Gemeinde zu spenden und am Samstag nach dem Abendläuten hier in der Kirche die große Weihnachtsfeier mitzuerleben. Über zehn Gulden lagen im Opferstock.

Am dritten Weihnachtstag war die Kirche schon vor sechs Uhr bis auf den letzten Platz gefüllt. Die Schulkinder standen dicht gedrängt am Aufgang zur Kanzel und konnten das Fest kaum erwarten. Die Liedertafel hatte ihren ersten öffentlichen Auftritt, und der Kirchenchor war vollzählig um den Schulmeister versammelt.

Die Kirchenglocken läuteten den Abend ein. Als sie verklangen, wurde es still in der Kirche. Die Schüler der Unterklasse stellten sich vor dem Altar auf und sangen zweistimmig *O Tannenbaum* und *Ihr Kinderlein kommet.*

Das letzte Lied war den Neustadtern unbekannt. Man sah ihren ergriffenen Gesichtern an, dass es ihnen gefiel.

Pfarrer Maier stellte sich mitten unter die Kinder, sagte ein herzliches Willkommen und bat die Besucher, sich auf Altes und Neues, Vertrautes und Fremdes einzustellen. Die Schüler hätten nach dem bekannten *O Tannenbaum* ein neues Lied gesungen, das erst vor ein paar Jahren in Bayern entstanden sei. Es rufe die Kinder an die Krippe in Bethlehems Stall und verankere die frohe Botschaft des Weihnachtsfestes in den Kinderherzen.

Dann spielten Buben und Mädchen aus allen Schulklassen auf den Altarstufen die Herbergssuche nach. Die Eltern konnten sich nicht sattsehen an ihren Kindern, die selbstbewusst und sicher vor der ganzen Gemeinde auftraten.

Pfarrer Maier gab den Schauspielern einen Wink, sich auf die Altarstufen zu setzen. Dann stellte er sich auf die oberste Stufe und sagte mit fester Stimme: »So wie die Katholiken an Weihnachten eine Krippe aufstellen, so holen wir Evangelischen seit Luthers Zeiten einen Christbaum als Sinnbild des Weihnachtsfestes in die gute Stube. Schauen wir zu, was aus diesem Brauch in manchen Gegenden Deutschlands geworden ist.«

Im selben Augenblick öffnete sich die Tür zur Sakristei, und sechs ältere Schüler schleppten eine Tanne, die in einem Holzblock steckte, in die Kirche und richteten sie vor der Kanzel auf. Der Baum war mit Äpfeln, Nüssen und Tannenzapfen geschmückt. Andere Kinder stellten um den Baum herum Kerzen auf und entzündeten sie.

Die Krippenspieler räumten ihren Platz für die Liedertafel. Dirigiert von Hansjörg, dem man die Aufregung von weitem ansah, sangen die Männer des Dorfes drei Weihnachtschoräle von Friedrich Silcher: *Herbei, o ihr Gläubigen,* dann *Kommt Kinder, lasst uns gehen gen Bethlehem* und schließlich *Alle Jahre wieder.*

Der Schultheiß trat vor und hielt eine kurze Ansprache: In den Zeiten der Not müsse man zusammenstehen, sagte er, so wie das heute geschehe. Junge und Alte, Arme und Reiche seien in diese Feier eingebunden. Den Gottesdienst am ersten Weihnachtstag und die heutige Feier nehme er als Zeichen des Aufbruchs zu einem guten Miteinander in schwierigen Zeiten, ja, man könne sogar von Notzeiten sprechen.

Die Oberklasse sang anschließend zweistimmig *Es kommt ein Schiff geladen* und dreistimmig *Vom Himmel hoch, da komm ich her.*

Pfarrer Maier zwängte sich zwischen den Schulkindern und dem Tannenbaum hindurch und stieg auf die Kanzel. Zunächst verlas er die Weihnachtsgeschichte. Seit alters her, sagte er, beschenke man sein Gesinde zu Weihnachten, so wie die Heiligen Drei Könige das Jesuskind im Stall von Bethlehem mit ihren Gaben bedacht hätten. Das Bibelwort *Also hat Gott die Welt geliebt* gelte zu Weihnachten in besonderer Weise. Vor allem denen, die wenig zum Leben und zum Freuen hätten, müssten wir unsere Liebe zeigen. »Helfen Sie alle mit, liebe Neustadter«, rief er den aufmerksamen Zuhörern zu, »den armen Kindern in unserer Gemeinde unsere Liebe zu zeigen.«

Dann erzählte er von Rothenburg ob der Tauber, von Nürnberg und Dresden. Dort würden seit Jahrhunderten Weihnachtsmärkte abgehalten, wo man den Kindern eine kleine Freude bereite. Neustadt sei zwar keine Großstadt, liege aber auch nicht hinterm Mond. Darum hätten die Kinder in der Armenschule allerlei Nützliches hergestellt, das sie im Anschluss an diese Feier im Rössle ausstellten und verkauften. Der Erlös komme den Schülern der Armenschule zugute.

»Mit dem bekannten Weihnachtslied *O Tannenbaum* haben wir unsere Feier eröffnet«, beendete der Pfarrer seine Ansprache, »mit einem neuen wollen wir es beschließen. In Gebhardts *Musikalischem Hausfreund* ist vor ein paar Jahren ein neues Weihnachtslied aus Österreich abgedruckt worden, das sich Schulmeister Hartmann und Provisor Rössner für das Ende unserer Feier aufgehoben haben.«

Kirchenchor und Liedertafel, dirigiert vom Schulmeister, sangen vierstimmig *Stille Nacht, heilige Nacht.*

Ergriffen lauschten die Neustadter, heiter verließen sie die Kirche und fröhlich plaudernd schlenderten sie zum Rössle.

Dort bewunderten sie die Stroh- und Filzarbeiten der Armenschüler, die selbst gemachten Schreibtafeln und die großen und kleinen Flechtkörbe. Nach einer Stunde war alles verkauft.

In der Gaststube ging es hoch her. Die Stammtischbrüder klopften Sprüche und rissen Witze. Zypern, behauptete einer, sei eine Insel, wo die besten Weine der Welt wachsen und die Weinpanscher mit den Ohren ans Rathaustor angenagelt würden. In Stuttgart, behauptete ein anderer, bestehe seit kurzem eine Kaffeehausgesellschaft, in die nur ledige und selbstständige junge Männer aufgenommen würden. Nach den Statuten sei der selbstständig, der einen eigenen Hausschlüssel habe. Die Stammtischbrüder stellten unter großem Gelächter fest, dass keiner einen eigenen Schlüssel besaß.

Erst gegen Mitternacht leerte sich die Gaststube.

Tags darauf verließen die beiden Lehrer gemeinsam zur Mittagszeit das Schulhaus und eilten Seite an Seite durch das nasskalte Winterwetter zum nahen Pfarrhaus. Weil das Echo auf die beiden Feiern so überwältigend war, hatte sie Pfarrer Maier eingeladen. Sogar der Schultheiß war da, obwohl er an diesem trüben Dezembersonntag in seiner Schankstube viel zu tun gehabt hätte.

Bei Gänsebraten, Rotkohl und Kartoffelklößen dankte der Pfarrer dem Ortsvorsteher für die gute Zusammenarbeit zwischen Kirche und Gemeinde und den beiden Pädagogen für das gute Miteinander im zu Ende gehenden Jahr.

»Ein Lichtblick in Zeiten der Not«, pflichtete der Schultheiß bei.

»Hier auf den Fildern ist die Not nicht so groß wie in den Städten«, meinte der Pfarrer.

»In diesem Jahr hatten wir in unserer Gemeinde fünf Gantfälle, davon zwei von Handwerkern«, wandte der Schultheiß ein.

»Und die Lebensmittel sind heuer um ein Zehntel teurer geworden«, sagte der Schulmeister.

»Und doch bleibe ich dabei: Die größte Not ist nicht durch Missernten verursacht worden, sondern durch Misswirtschaft, überholte Gesetze und alte Zöpfe, die man endlich abschneiden muss«, entgegnete der Pfarrer.

»Die Einnahmen für unsere Gemeinde brechen weg«, jammerte der Schultheiß. »Die Schafweide, bisher gegen Gebühren verpachtet, wirft nicht mehr viel ab. Und die Lasten steigen, vor allem für den Straßenbau und die Feuerwehr.«

»Genau das meine ich, Schultheiß. Mit den Einnahmen aus der Schafweide kann man keine moderne Gemeinde führen. Wollen Sie die Eisenbahn, die neuen Straßen und die moderne Feuerwehr verhindern, nur weil unsere Schafweide zu wenig abwirft?«

»Ich bin nicht gegen die neue Zeit, Herr Pfarrer, beileibe nicht, wenn ich nur wüsste, wie ich sie finanzieren soll.«

»Die Gemeinde muss von den hohen Armenkosten entlastet werden«, sagte Pfarrer Maier. »Wenn wir unser ganzes Geld für die Fehler der Vergangenheit ausgeben, dann haben wir keines mehr für die Gestaltung der neuen Zeit.«

»Was schlagen Sie vor, Herr Pfarrer?«, fragte der Schultheiß, warf die Hände in die Luft und zwinkerte Hansjörg über den Tisch zu.

»Wir brauchen erstens ein neues Konzept für die Armenfürsorge. Die Armenschule ist ein erster und wichtiger Schritt. Und zweitens müssen wir unseren Bauern zu besseren und vielfältigeren Ernten verhelfen.«

»Und wie, Herr Pfarrer?«, rief Hartmann dazwischen.

»Wie? Ich weiß es nicht. Aber eins steht fest: Geht es den Bauern in Neustadt gut, dann geht es allen in unserer Gemeinde gut«, sinnierte der Pfarrer.

Der Schultheiß holte tief Luft und sprach dann darüber, wie er als Oberhaupt der Gemeinde Neustadt den Armen unter die Arme greifen und arme Schüler fördern wolle.

Hansjörg schwieg. Er war überrascht, weil das, was Eugen an jenem Samstagabend im Gasthof vorgeschlagen hatte, jetzt vom Schultheißen als eigene Idee dargestellt wurde.

»So gehen wir's an«, lobte Pfarrer Maier und dankte für so viel Gemeinsinn und Nächstenliebe. Die beiden Lehrer stimmten in das Loblied ein.

Sie prosteten sich zu und vereinbarten, das vorgeschlagene Armenprogramm rasch anzupacken.

»Lieber Schultheiß«, mahnte Maier, »unsere Bauern dürfen wir dabei nicht vergessen. Geht's denen gut, dann haben auch unsere Handwerker zu tun.«

»Und was können wir tun, Herr Pfarrer?«, fragte der Schultheiß.

»Vor fünfzig Jahren hat der berühmte Gipsapostel, mein Namensvetter Johann Friedrich Mayer, als Pfarrer in Kupferzell Versuche gemacht, wie man die Felder mit Gips düngt und wie man die Äcker und Gärten gegen allerlei Schädlinge schützen kann.«

»Sie meinen, wir sollten mehr düngen?«

»Ich weiß es nicht, Schultheiß, davon verstehe ich zu wenig. Ich meine aber, wir sollten die Fachleute der Ackerbauschule befragen. Wenn man schon die besten Ratgeber in allernächster Nähe hat, dann sollte man mit denen zusammenarbeiten.«

»Und das heißt, Herr Pfarrer?«

»Einen Landwirtschaftsverein gründen, Schultheiß.«

»Hier in Neustadt?«

»Gerade hier, wo man Fachleute aus Hohenheim dazuholen und befragen kann, ob es besseres Saatgut gibt, ob sie uns neue Wirtschaftsmethoden, neue Feldfrüchte und neue Geräte empfehlen können. Zum Beispiel den neuen Wendepflug. Und in Untertürkheim, keine zwei Fußstunden entfernt, haben wir doch große Gipsbrüche. Die könnte man nutzen.«

Nach dem Sonntagsgottesdienst machte sich Eugen mit Genehmigung seines Pfarrers auf den Weg nach Neustadt. Hansjörg sah ihn von weitem durchs Fenster, rannte die breite Holztreppe hinunter und erwartete ihn vor der Schultür. Er bat ihn, in die Dachkammer hinaufzusteigen und sich aufzuwärmen; er komme gleich nach.

Dann eilte er ins Rössle, ließ sich dort, wie zuvor verabredet, Gaisburger Marsch in einen Topf füllen und lief damit zum Schulhaus zurück.

»Du hast jetzt einen Ofen?« Eugen stand davor, nickte anerkennend und rieb sich die Hände über der Ofenplatte.

»Liebesgabe von der Gemeinde«. Hansjörg stellte den Topf auf den Rand der Ofenplatte, zog mit einem Schürhaken die beiden inneren Metallringe auf die Seite und warf ein Holzscheit in die Glut. Dann schob er die Metallringe wieder an ihren Platz zurück und stellte den Topf drauf. »Hab ich Pfarrer Maier zu verdanken. Es sei eine Schande, hat er dem Schultheißen und dem Kirchenkonvent ins Gewissen geredet, dass der Provisor in seiner Kammer frieren muss wie ein Hund, während sich seine Sangesbrüder im warmen Bett wälzen.«

»Das nenne ich Fortschritt«, stellte Eugen fest.

»Du siehst, mein neuer Ofen gibt warm, und kochen kann ich auch drauf.« Hansjörg nahm zwei Teller und zwei Löffel aus dem Schrank, schnitt zwei dicke Scheiben vom Brotlaib ab, den er in einem Kästchen aufbewahrte, und bat seinen Freund, sich an den Tisch zu setzen. Er werde sich's auf dem Bett gemütlich machen.

Sie aßen mit Genuss den sämigen Eintopf und das körnige Roggenbrot und plauderten über die Schule und das kaum fassbare Zeitgeschehen, das Deutschland und Württemberg in wenigen Monaten völlig verändert hatte. Dann lüfteten sie die Kammer, wuschen Topf, Teller und Löffel in einem Holzzuber im Erdgeschoss und setzten sich in Hansjörgs Schulsaal.

Dort nahm Hansjörg das Reskriptenbuch aus dem Schrank, schlug die Verordnung über die Anstellungsprüfung auf und las vor:

»*Die Anstellung eines Lehrers ist die förmliche Übertragung eines Schuldienstes mit allen seinen Rechten und Erträgnissen an eine taugliche Persönlichkeit, die ihre Befähigung durch eine zweite Prüfung, die Anstellungsprüfung, nachgewiesen hat. Prüfungsgegenstände sind dieselben wie bei der ersten Prüfung, nur werden gründlichere Kenntnisse und größere Lehrgewandtheit gefordert.*«

»Wieder Vorlesen, Schreiben in deutscher und lateinischer Schrift, Rechtschreiben, Aufsatz, Kopf- und Tafelrechnen, Sprachkunde, Religion und Sittenlehre«, schnaubte Eugen.

»Du hast die Musik vergessen und die Schulbücherkunde.«

»O Gott«, Eugen schlug die Hände vors Gesicht, »auf der Orgel vorspielen, Kirchenlieder trällern und vielleicht noch was vom Silcher vorjubeln?«

Hansjörg lachte. Eugen breitete hilflos die Arme aus und sagte ärgerlich: »Ich gönn's dir, dass du in der Prüfung mit deiner Musik glänzen kannst. Aber ich? Was mach ich?«

»Du wirst der Prüfungskommission Kostproben deiner Dichtkunst vortragen, dann ...«

»Singen muss ich wie ein Rabe, denn dazu fehlt mir jede Gabe.« Eugen grinste seinen Freund an. »Meinst du, das überzeugt sie?«

Hansjörg lachte. »Sag von vornherein, dass dir kein Talent zur Musik in die Wiege gelegt worden ist und dass du nicht zum Musiker taugst, nicht einmal mit Gewalt.«

»Wer einen Furz gewaltsam braut, sich dabei leicht das Hemd versaut.«

Hansjörg bog sich vor Lachen. »Ja, so versteht's jeder. Trichterst du deinen Schülern die Kirchenlieder ein, schon ist die Kommission auf deiner Seite. Außerdem kannst du mit deinen sprachlichen und dichterischen Pfunden im Deutschunterricht wuchern.«

»Meinst du?« Eugen nagte auf seiner Unterlippe herum.

»Lass deine Schüler die Kirchenlieder ochsen, bis sie alle Verse im Schlaf hersagen können. Dann, mein lieber Eugen, fressen dir die geistlichen Herren aus der Hand.«

»Fressen sie mir aus der Hand, komm ich in den Lehrerstand.«

Die Freunde verabredeten, sich zum gleichen Prüfungstermin zu melden und sich gemeinsam vorzubereiten. Hansjörg wollte Eugen den Aufbau einer erfolgreichen Musikstunde beibringen, und Eugen sollte für Hansjörg die Grundsätze für den Lese-, Schreib- und Rechtschreibunterricht zusammenstellen. Sie waren sich einig: Gemeinsam sind wir stark; brüderlich vorbereitet werden wir die Prüfung gut bestehen.

Dann stiegen sie wieder in Hansjörgs Kammer hinauf und schwatzten dort über dieses und jenes. Eugen war in den Württembergischen Volksschullehrerverein eingetreten, den einige Junglehrer vor fünf oder sechs Jahren gegründet hatten; er versuchte, Hansjörg für diese Standesorganisation zu begeistern: »Schau, eben haben wir drunten im Schulsaal festgestellt, dass wir gemeinsam stark sind und viele Ziele erreichen können, die heute noch unvorstellbar sind.«

»Ich weiß nicht, Eugen, ob das etwas für mich ist. Schule halten, in der Armenschule unterrichten, die Liedertafel dirigieren, im Landwirtschaftlichen Verein mitarbeiten und ein Buch schreiben, das gefällt mir. Aber die Politik ist nichts für mich.«

Eugen setzte seinem Freund auseinander, dass er nicht Vereinsvorstand oder Schriftführer der Vereinszeitung werden müsse, um die Sache der Volksschullehrer in dieser Umbruchzeit zu unterstützen. »Gib dir einen Ruck, Hansjörg. So kann's nicht bleiben. Für das ganze Volk eine billige Volksschule und für ein paar Tausend vornehme Hansel in Deutschland ein paar Hundert Luxusschulen. Wir brauchen eine gemeinsame Schule für alle Kinder in Deutschland. Denen, die glauben, sie seien was Besseres, müssen wir die Zähne zeigen und unseren Verstand beweisen.«

Eugen warb so lange, bis Hansjörg endlich einwilligte, sich als Vereinsmitglied einzuschreiben. »Der Leiter des berühmten Esslinger Lehrerseminars, der weit über die Landesgrenzen hinaus bekannte Pfarrer Riecke, ist Kandidat des Volksvereins. Wenn sogar der die Sache der Lehrerschaft und des Volkes vertritt, wie kann da ein einfacher Lehrgehilfe zurückstehen?«

Mit diesem Argument rang er seinem Freund das Versprechen ab, mit ihm ab und zu Veranstaltungen des Lehrervereins und des Volksvereins zu besuchen.

Im April 1849 marschierten Eugen und Hansjörg stramm nach Obertürkheim und bestiegen den Mittagszug, der um 2 Uhr 24 abfuhr und sechs Minuten später in Esslingen ankam.

Sie folgten dem Strom der Menschen, der sie zur Festhalle geleitete, wo an diesem Sonntagnachmittag eine allgemeine Volksversammlung stattfand, zu der sowohl der Volksverein als auch der Lehrerverein eingeladen hatten. Es ging um die neue Reichsverfassung. Der Festsaal war längst bis auf den letzten Platz gefüllt, auch die Stehplätze waren schon vergeben. Deshalb ließen die Saalwächter niemand mehr in die Halle. Eugen kannte zwei der Türsteher gut aus dem Lehrerverein und überredete sie, ihn und Hansjörg durch eine Seitentür in die Halle schlüpfen zu lassen, wo sie sich inmitten einer Schar von Junglehrern einen Stehplatz erkämpften.

Eugen stellte Hansjörg seinen Vereinskameraden vor, die den Neuen mit freundschaftlichem und kräftigem Schulterklopfen dazu beglückwünschten, dass er sich auf die Seite der Freiheit und Gerechtigkeit geschlagen habe.

»Schau, Hansjörg«, Eugen zeigte mit dem Finger auf das Podest, »ganz links sitzt Theodor Georgii. Siehst du ihn?« Und als sein Freund nickte, erklärte er ihm: »Der ist hier in Esslingen geboren. Er ist Jurist. Nächsten Sonntag will er in diesem Saal den Deutschen Turnerbund gründen. Bei der letzten Sitzung des Lehrervereins hat er für die beiden Hauptziele seines Bundes geworben: ein einiges deutsches Vaterland und ein gesundes Leben mit froher Sportlichkeit.« Eugen legte seinem Freund die Hand auf die Schulter. »Ich glaub, ich komm nächsten Sonntag wieder her und werde auch Mitglied bei den Turnern. Die kämpfen hart gegen Fürstenwillkür und für ein vereintes Deutschland.«

Hansjörg wollte etwas erwidern, doch ein Mann im Gehrock bestieg eine kleine Plattform, die auf dem Podest stand, und rief in den Saal: »Männer!« Er räusperte sich. »Männer! Die Grundrechte des deutschen Volkes sind von unseren Abgeordneten in Frankfurt beschlossen und wenigstens bei uns in Württemberg für gültig erklärt worden. Dafür sind wir unserem König dankbar.«

Im Saal hätte man eine Stecknadel fallen hören. Gebannt hingen die Menschen an den Lippen des Redners, der sich die Kehle aus dem Hals schrie und schon von früheren Auftritten heiser war.

»Männer!«, schrie er wieder und reckte die rechte Hand empor, »eine neue Zeit ist angebrochen. In einer Woche gründen die Turner mit unserem lieben Theodor Georgii an der

Spitze«, er deutete auf ihn, der sich unter tosendem Beifall halb von seinem Sitz erhob, »den Deutschen Turnerbund. Und mein lieber Freund Karl Pfaff«, dieser saß neben Georgii und stand kurz auf, »bereitet gerade die Gründung des Schwäbischen Sängerbunds als das Bindeglied zwischen den Gesangvereinen vor.« Beifall und Bravorufe von allen Seiten unterbrachen den Redner. »Jetzt haben unsere Parlamentarier in Frankfurt über die Grundrechte hinaus die erste deutsche Verfassung erarbeitet. Heute geht es darum, unseren König durch diese Versammlung zu bewegen, die neue Reichsverfassung anzuerkennen. König Wilhelm muss einsehen, dass das württembergische Volk sich als Teil des deutschen Volkes versteht, das nach Einigkeit strebt und von den nationalen Gedanken der Freiheit und Brüderlichkeit beseelt ist.«

Zwei Festredner erklärten die neue Verfassung Abschnitt für Abschnitt. Sie beschworen die Zuhörer, das in Frankfurt Beschlossene als Grundordnung für das ganze deutsche Volk zu bejahen.

Der Eingangsredner ergriff wieder das Wort. Mit heiserer Stimme forderte er dazu auf, ihm durch Handzeichen kundzutun, ob er König Wilhelm im Auftrag des württembergischen Volkes bedrängen solle, die Reichsverfassung anzuerkennen. Alle im Saal hoben die Hand.

Im Sog vieler Junglehrer fielen auch Eugen und Hansjörg nach der Versammlung in eine Gaststätte in der Nähe des Bahnhofs ein. Beim Bier erörterten die jungen Leute erregt und lautstark das Gehörte und erzählten sich gegenseitig das Neueste aus Württemberg.

Im Norden des Landes, vor allem im Hohenlohischen, und im Westen seien Rentbeamte misshandelt und Steuerakten verbrannt worden. Der *Schwäbische Merkur* habe gemeldet, sagte einer, in Hohenlohe scheine man am Vorabend eines neuen Bauernkrieges zu stehen, wie vor dreihundert Jahren. Dort oben wohne ein aufsässiges Völkchen.

In Niederstetten an der Grenze zu Würzburg, berichtete ein anderer, hätten unzufriedene Bauern die Domänenkanzlei angezündet, wie bei der Februarrevolution in Paris. In Frankreich habe der König abdanken müssen, und die Franzosen hätten die Republik ausgerufen.

In Baden und im hohenzollerischen Hechingen sei die Revolution ausgebrochen. Dort wolle man in den Städten keinen Fürsten mehr dulden, sondern eine Republik ausrufen. Und in den Dörfern fordere man von den Grundherren, auf die jahrhundertealten Zwangsabgaben zu verzichten, verkündete ein Dritter.

In Stuttgart, sagte ein Vierter, gehe das Gerücht um, die Franzosen seien auf dem Anmarsch und wollten Württemberg besetzen. Deshalb überlege man, ob man eine Volkswehr aufstellen solle.

Im Zug verabredeten Eugen und Hansjörg, in drei Wochen an der Esslinger Versammlung des Lehrervereins teilzunehmen, auf der Seminardirektor Riecke über das Thema *Die Grundrechte und die Volksschule* sprechen werde.

Der Schultheiß stand am Samstagabend hinter dem Schanktisch, trocknete Gläser ab und beobachtete die Unruhe und Erregung in seinem Gasthaus. Er spitzte die Ohren wie ein Luchs, rief zur allgemeinen Beruhigung der Gemüter eine Runde Freimost aus und setzte sich an den Stammtisch. Allmählich zog er das Wort an sich. Er machte seinen Zuhörern klar, dass die Neustadter Bauern, anders als in vielen Gebieten, die erst vor vierzig Jahren zu Württemberg gekommen waren, schon lange nicht mehr unter dem unbarmherzigen Regiment von Standes- und Grundherren stünden. Deshalb gäbe es hier keinen Grund zur Sorge. Als Ortsvorsteher wisse er, dass die Regierung alle Grundlasten im Land aufheben wolle, und zwar ohne Entschädigung für die Standesherren. Bei Lichte besehen sei das Chaos eine Chance für Neustadt. Während die Dörfer, in denen man noch den Zehnten abführen müsse, ihre Vergangenheit bewältigen, könne man in Neustadt nach vorne schauen und die Zukunft gestalten, wenn man schlau sei. Er bat, den Landwirtschaftlichen Verein zu unterstützen. Gemeinsam könnte man sich einen neuen Pflug und eine Futterschneidemaschine leisten, neue Saatsorten ausprobieren und zusammen mit den Hohenheimern neue Wege zu besseren Ernteerträgen finden.

Dann stand er auf und holte aus seinem Amtszimmer, das direkt neben dem Gastraum lag, ein Plakat.

»Erst vorhin habe ich aus Stuttgart mit der Schnellpost ein paar Anschlagzettel bekommen. Morgen wird sie unser Büttel ausrufen und anschlagen«, sagte er seinen Stammtischbrüdern. Er stellte sich vor den Schanktisch und wollte die Neuigkeit vorlesen.

»Ruhe! Seid mal still«, schrie einer der Stammtischbrüder durch den Saal. Doch rundherum lärmte es weiter.

Der Schultheiß ging an den Nebentisch und sagte zu Hansjörg: »Sie haben eine laute Stimme. Bitte lesen Sie vor, Herr Provisor.«

Hansjörg stand auf. Als die Leute den Schultheißen und den Lehrer nebeneinanderstehen sahen, ihren Schultes mit erhobener rechter Hand, verebbte das Geschrei.

Hansjörg las mit lauter Stimme vor:

*»Württemberger! Die großen Weltbegebenheiten, deren Wirkungen für unser Land sowie für unser großes gemeinschaftliches Vaterland noch nicht zu übersehen sind, haben die größte Aufregung hervorgebracht. In diesem entscheidenden großen Augenblick spricht euer König zu Seinem treuen Volk. Bewahrt euch jetzt wieder euren echt deutschen Charakter, fest in dem Vertrauen in die göttliche Vorsehung, deren Allmacht und Weisheit das Schicksal der Völker lenkt, treu gegen eure Regierung und Verfassung, die eure Rechte und Eigentum beschützt; Ruhe, Ordnung und Gehorsam vor dem Gesetz ist die heiligste und notwendigste Pflicht. Reichen wir unsern deutschen Brüdern die Hand; wo unserem Vaterland Gefahr droht, werdet ihr Mich an eurer Spitze sehen. Segen unserem Vaterland, Heil und Ruhm für ganz Deutschland. Wilhelm, von Gottes Gnaden König von Württemberg.«*

Einen Augenblick blieb es ruhig, dann brandete Jubel auf, und der Schultheiß brachte einen Hochruf auf den König aus. Alle in der Gaststube stimmten ein.

An den Tischen wurde heiß debattiert. Der Höllenlärm und die stickige Luft waren unerträglich.

Hansjörg verabschiedete sich und bat um Verständnis für seinen frühen Abgang. Er müsse noch ein paar Dinge für den Unterricht vorbereiten.

In seiner Kammer zündete er die Tischkerze an, suchte seine Notizen heraus und setzte sich. Im trüben Lichtschein las er zum dritten Mal Sophies Brief, den er am Nachmittag erhalten hatte. Alle Schwangeren in der Verwandtschaft und im Freundeskreis der Mutter hätten ihre Kinder selbst aufgezogen. Über ein Neugeborenes, das außer Haus gegeben wurde, sei hier nichts bekannt. »Nimm es, wie es ist, Hansjörg«, beendete Sophie ihren Brief. »Du bist und bleibst mein Bruder. Und der Vater lässt mit keiner Silbe erkennen, dass er in dir etwas anderes als seinen Sohn sieht, auf den er stolz ist. Er erzählt hier im Dorf überall herum, wie vorbildlich die Neustadter mit ihrem Filderverein und der Armenschule seien und welchen Anteil du daran hast.«

Hansjörg schlug seine Nachforschungen auf und vermerkte auf der Skizze: »Beziehung der Rössnerbäuerin zur leiblichen Mutter weder in Verwandtschaft noch in Bekanntschaft nachweisbar.«

Dann schlug er den zweiten Band von Auerbachs *Dorfgeschichten* auf, den ihm Pfarrer Maier ausgeliehen hatte, streckte die Beine weit von sich und las, bis ihm die Augen zufielen.

Am Pfingstsonntag wanderte Hansjörg nach dem Gottesdienst bei strahlendem Sonnenschein über Plieningen nach Hohenheim. Er hatte einem Neustadter Bauern, der im Schloss für den Landwirtschaftlichen Verein Saatgut holen musste, einen Brief für die Hauswirtschafterin mitgegeben. Und die Jugendfreundin der Rössnerin hatte ihm auf dem gleichen Weg ausrichten lassen, er solle am ersten Feiertag zum Mittagessen zu ihr kommen. Sie freue sich auf seinen Besuch; etwas Abwechslung würde ihr guttun.

Als Hansjörg in der Hauswirtschaft des Schlosses ankam, stellte er fest, dass ein paar Ackerbauschüler, die Waisenkinder waren und nicht heimfahren konnten, und viele Bedienstete im Speisesaal saßen und auf das Essen warteten.

Helene, die gerade Kartoffelsuppe auftischte, sah Hansjörg in der Tür stehen und eilte auf ihn zu. Sie begrüßte ihn herzlich und geleitete ihn an den Tisch des Hauspersonals. Sie stellte ihn dem Baumwart und der Küchenmagd vor und bat ihn, Platz zu nehmen. Provisor Rössner sei Lehrer in Neustadt und schreibe im Auftrag von Pfarrer Maier an einem Buch über die Fildergemeinden, sagte sie. Er sei heute hier, um ein paar Informationen über die Ackerbauschule zu sammeln.

Der Baumwart, der etwa so alt war wie Pfarrer Maier, zog den Gast gleich ins Gespräch: »Was sagen Sie zu den neuesten Ereignissen in Deutschland, Herr Provisor?«

Hansjörg erzählte, was er neulich in der Gaststätte gehört hatte und was der Schultheiß hatte ausschellen lassen.

Sein Gesprächspartner war politisch interessiert und berichtete, König Wilhelm habe Presse- und Versammlungsfreiheit versprochen. Er philosophierte über die unterschiedlichen politischen Lagen in den süddeutschen Staaten. »Während die Leute in Baden und Hohenzollern auf den Straßen demonstrieren und ihre Forderungen nach mehr Demokratie herausschreien«, sagte er, »findet die Revolution in Württemberg in Versammlungssälen statt. Wir haben eine Eselsgeduld mit unserer Regierung. Bis wir uns aufregen, ist die Revolution anderswo längst vorbei.«

»Red nicht so viel dummes Zeug, Rudolf«, mischte sich Helene ein. »Unser König hat längst erkannt, was zu tun ist. Er hat neue Freiheiten gewährt und eine neue Regierung eingesetzt. Jetzt ist der Dampf aus der Sache raus, und wir können in Ruhe weiter schaffen.«

»Wenn die Weiber Politik machen«, wischte der Baumwart die Einwendung mit einer großen Geste vom Tisch und schlug versehentlich seinem Nebensitzer in den Teller, »dann endet sie immer im Kochtopf.« Sprach's und löffelte ärgerlich seine Suppe in sich hinein.

Helene zwinkerte Hansjörg verstohlen zu und neckte ihren Nebensitzer: »Auch bei dir, mein lieber Rudolf, geht die Politik durch den Magen. Hättest ja zur Versammlung des Esslinger Bürgervereins gehen können. Aber nein, der Herr Baumwart sitzt am Tisch und schlägt sich den Bauch voll. Große Reden schwingen und Würste verdrücken, das ist deine ganze Politik.«

Rudolf wollte etwas sagen. Helene stand auf, gebot ihm mit einer energischen Geste zu schweigen und holte aus der Küche eine Platte, auf der Bratwürste und Salzkartoffeln aufgetürmt waren.

»Lass dem Hansjörg noch eine Wurst übrig«, ermahnte sie ihren Kollegen, verschwand erneut in der Küche und kehrte mit einer Schüssel Krautsalat zurück.

»Und was soll in Ihrem Buch drinstehen, Herr Provisor, wenn's fertig ist?«, fragte der Baumwart und legte Hansjörg eine große Bratwurst auf den Teller.

Hansjörg beschrieb sein Vorhaben: Die geographische und geologische Lage der Gemeinden, ihre Geschichte und ihre Kultur. Auch wolle er darstellen, wovon die Menschen leben. Und zu jeder Gemeinde solle eine Liste der wichtigsten Persönlichkeiten des Ortes gehören.

»Kennen Sie den Pfarrer Gläser von Plieningen?«, fragte er den Baumwart.

»Wer wird den nicht kennen.«

»Können Sie mir etwas über ihn erzählen? Wie war er? Was hat er für Plieningen geleistet? Wer war sein Vorgänger?«

»Der Gläser war gern bei uns im Schloss«, berichtete der Baumwart. »Du, Helene, bist ihm öfter begegnet als ich.«

»Er war ein fideler Mann, immer vergnügt, immer für ein Späßchen zu haben«, erinnerte sich die Hauswirtschafterin.

»Einige Male ist er mit seinem Freund hier vorbeigekommen, der war Pfarrer in der Nachbarschaft. Wie hat der geheißen, Helene?«

»Du meinst den Reiser, der auf den Apfelkuchen scharf war wie der Hund auf die Wurst.«

»Ja, Reiser hat er geheißen. Wenn der Gläser und der Reiser im Anmarsch waren, dann haben wir gerufen: Helene, einen Rotwein für den Gläser und einen Apfelkuchen für den Reiser. Weißt du's noch?«

»Das war ein lustiges und hungriges Gespann.« Helene lachte in sich hinein, dachte nach und sagte: »Als der Gläser von Plieningen fortging, ist bald darauf auch der Reiser weggezogen.«

»Und für den Gläser ist so ein Langweiler gekommen. Komisch, den Namen weiß ich nicht mehr. Wenn er mir einfällt, sag ich Ihnen Bescheid, Herr Provisor.«

Nach dem Essen setzten sich Helene und Hansjörg in den Park und unterhielten sich über die Ereignisse der letzten Wochen und Monate.

»Zum ersten Mal in meinem Leben habe ich eine Zeitung gelesen«, sagte die Hauswirtschafterin.

Hansjörg sah sie erwartungsvoll an: »Und?«

»Langweilig. Anzeigen, nichts als Anzeigen. Ganze Liegenschaften werden da verscherbelt und Holz und Kleesamen verkauft.«

Hansjörg erwiderte: »Vor einem Jahr war's noch langweiliger. Jetzt stehen wenigstens amtliche Bekanntmachungen und Berichte über die unruhigen Zeiten drin.«

Sie sprachen über Land und Leute, über den Alltag in Hohenheim und Neustadt. Behutsam lenkte Hansjörg das Gespräch auf eher Persönliches, bis er gezielt fragte, welche Freundinnen und Bekannte seine Mutter in Hohenheim gehabt habe.

Helene erzählte, dass die Knechte und Mägde vor zwanzig Jahren Tag und Nacht im Dienst waren und arbeiten mussten. Arbeiten und schlafen, das sei der Tages- und Jahresrhythmus gewesen. Etwas anderes habe es nicht gegeben. Und bei den Festen und Feiern der Herrschaften habe das Küchenpersonal noch mehr arbeiten müssen. »Außer mit mir hat die Elisabeth keine Freundschaften pflegen können. Und als sie geheiratet hat, war's nicht anders.«

»Keine kleine Reise, kein plötzliches Fehlen?« Hansjörg belauerte die Frau und hakte nach: »War sie nie fort?«

»Nichts davon.« Helene schloss die Augen und dachte nach. »Halt, da fällt mir ein«, sagte sie zögernd, »kurz bevor sie mit ihrem Hans nach Oberschwaben weggezogen ist, hat Pfarrer Gläser für Elisabeth drei Tage Urlaub beim Direktor erbeten.«

»Und?« Hansjörg war hellwach.

»Elisabeth hat sich in aller Früh auf den Weg nach Stuttgart gemacht und ist wohl von dort aus weitergefahren, vielleicht nach Bietigheim zu ihren Eltern. Genaueres hat sie nicht verraten. Als sie wiederkam, war sie ein paar Tage lang durcheinander und verstört. Ich hab sie gefragt, was los sei.« Helene sah Hansjörg in die Augen. »Sie hat mir keine Antwort gegeben.«

Der vom Lehrerverein angemietete Saal war eine halbe Stunde vor Beginn der Veranstaltung bis auf den letzten Platz gefüllt. Sowohl zahlreiche Provisoren und Unterlehrer waren nach Esslingen gekommen als auch viele Schulmeister aus der Landeshauptstadt und aus den Oberämtern Stuttgart und Esslingen. Die Seminaristen des Lehrerseminars, das nur wenige Schritte entfernt lag, saßen vollzählig im Saal, um sich die schulpolitische Rede ihres Direktors anzuhören.

Gustav Adolph Riecke, ein etwa fünfzigjähriger, schlanker Mann mit Kneifer, stammte aus einer altwürttembergischen Pfarrerdynastie, hatte in Tübingen Theologie und Philosophie studiert und anschließend die bekanntesten Erziehungsanstalten in Deutschland und in der Schweiz bereist. Mit Pestalozzi war er befreundet. Bevor er 1839 die Leitung des Esslinger Lehrerseminars übernahm, hatte er einem privaten Seminar in Besigheim am Neckar vorgestanden. Er galt als einer der führenden deutschen Pädagogen und war vom Volksverein zum Kandidaten für die Landtagswahl erwählt worden.

»Meine Herren Kollegen«, Riecke hüstelte und räusperte sich, »ich will Ihnen heute ein paar Gedanken über den Einfluss des demokratischen Prinzips auf die Schule vortragen.« Er bemerkte, dass er in den hinteren Reihen nicht gut verstanden wurde. Deshalb räusperte er sich erneut und sprach so laut er nur konnte.

Der sächsische Lehrerverein, führte er aus, habe ein Programm verabschiedet, wonach die schulpflichtigen Kinder nicht mehr getrennte Schulen besuchen sollten, sondern eine Einheitsschule. So weit könne und wolle er nicht gehen. Das Kirchliche, insbesondere das Konfessionelle müsse die Grundlage der Erziehung bleiben. Aber er sehe wohl, dass die Demokratisierung Deutschlands voranschreite. Demokratie bedeute: Herrschaft des Volkes. Für die Schule des Volkes, die alte Volksschule, heiße das: mehr Vertrauen in das Volk und mehr Bildung für das Volk. Deshalb müsse man die Volksschule von der Bevormundung der Kirche emanzipieren. Die Religion habe sich in vielerlei Hinsicht so zum Dogma verdichtet und verhärtet, dass sie die freie menschliche Bildung und Entwicklung behindere. Die Volksschule müsse moderner werden, neue Lehrinhalte zulassen, besseren Unterricht bieten und sich von der Allmacht der Theologen und insbesondere von der Tyrannei der Altphilologen befreien. Er schloss mit den Worten: »Wir brauchen mindestens die doppelte Anzahl gut ausgebildeter Lehrer, wenn meine Forderungen in den Volksschulen auch nur annähernd erreicht werden sollen.«

Die Zuhörer dankten Riecke mit tosendem Beifall.

Der Lehrerverein hatte im benachbarten Wirtshaus mehrere Tische reservieren lassen. Deshalb trieb Eugen seinen Freund zur Eile an und führte ihn schnell dorthin, wo sie noch zwei freie Plätze eroberten. Die Schankmagd stellte ungefragt jedem Gast ein Bier auf den Tisch, und wenige Augenblicke später waren die beiden Freunde in eine hitzige Debatte mit anderen Junglehrern verwickelt.

Die Notlage der Bevölkerung habe sich vergrößert, weil Schnee, Regen und Überschwemmungen den Bauern auch dieses Jahr hart zusetzten. Alles, außer Brot, werde von Jahr zu Jahr teurer. Viele Handwerker hätten keine Aufträge mehr. In Calw, Heilbronn, Kirchheim unter Teck und in Riedlingen protestierten die Bürger gegen die Regierung auf der Straße. Und in Ulm sei der Jahrestag der französischen Februarrevolution von Württembergern und Bayern gemeinsam gefeiert worden. Um die Grenze zwischen beiden Staaten hätten sich die Demonstranten nicht geschert und die Gendarmen auf beiden Seiten missachtet. Einem württembergischen Grenzer, der sich der Meute in den Weg stellen wollte, habe man ein paar kräftige Ohrfeigen verpasst und zwei bayerischen das Schießpulver in die Donau geschüttet.

Der *Schwäbische Merkur* habe einen Aufruf an die Politiker abgedruckt, endlich die wirtschaftlichen und sittlichen Verhältnisse der ärmeren Menschen zu verbessern. Der gewaltige Sturm, der über Deutschland hinwegfege, müsse auch den armen Kindern ein besseres Wetter bringen.

Vierzig Abgeordnete der neu gewählten Abgeordnetenkammer hätten einen Preis von 40 Gulden in Gold für denjenigen ausgelobt, der die Grundrechte volkstümlich und gemeinverständlich auf vier Druckbogen erklären könne.

Der Rektor des zweiten evangelischen Lehrerseminars in Nürtingen, Pfarrer Eisenlohr, sei beim König denunziert und angeklagt worden, berichtete ein Junglehrer. Eisenlohr habe angeblich seine Schulamtszöglinge gegen die Kirche aufgewiegelt, was der Seminarrektor heftig bestreite.

Als Hansjörg sein Bierglas geleert hatte, drängte er Eugen, mit ihm nach Hause zu fahren, denn er müsse sich heute noch im Neustadter Wirtshaus sehen lassen. Er habe Pfarrer Maier versprochen, ihm umgehend über Rieckes Rede zu berichten. Nur unter der Bedingung habe er überhaupt Neustadt verlassen und nach Esslingen fahren dürfen.

Noch vor acht Uhr saß Hansjörg im Neustadter Rössle und berichtete seinem Pfarrer ausführlich über das, was er in Esslingen gehört und gesehen hatte. Maier hörte aufmerksam zu, sah nachdenklich vor sich hin und wandte sich dann dem Tagesgespräch im Lokal zu.

Auch hier im Wirtshaus war die politische Lage im Land das wichtigste Thema. Ein Sangesbruder war gerade aus Stuttgart zurückgekehrt und erzählte, was er in der Landeshauptstadt gesehen und gehört hatte: Die Stadtkasse sei geplündert worden; leider, so spotte man in den Gassen Stuttgarts, hätten die Diebe den Herrn Stadtdirektor nicht mitgenommen. Die Waggons der Eisenbahn seien überfüllt; von Stuttgart nach Cannstatt brauche die Lokalbahn statt ein paar Minuten jetzt eine volle Stunde, weil das politische Barometer steige und steige und die Leute am Reisefieber litten. In Stuttgart gehe das Gerücht um, der württembergische Außenminister verdiene unglaubliche 3600 Gulden im Jahr.

Der neben dem Pfarrer Sitzende, ein begeisterter Zeitungsleser, gab zum Besten, ein Volksschullehrer, der behauptete, der König sei nicht von Gottes, sondern von Teufels Gnaden und Fürstenwort und Bubenwort seien eins, sitze jetzt in Göppingen im Gefängnis.

Und das allerneueste Gerücht besage, meinte der Wirt, die württembergische Regierung wolle Papiergeld statt Gold- und Silbermünzen einführen.

Pfarrer Maier hörte sich die ungeheuerlichen Nachrichten zunächst schweigend an, nippte an seinem Weinglas und sagte nachdenklich: »Wenn ein solch entsetzliches Durcheinander herrscht und die Meldungen sich überstürzen, dann kann es leicht passieren, dass einer die Wahrheit sagt.«

Was er damit meine, fragten die verdutzten Stammtischbrüder ihren Pfarrer; ob er vielleicht ein verkappter Demokrat sei. »Sind die Republikaner lauter Wölfe, so wären die Regierungstreuen ja lauter Schafe«, sinnierte er. »Und weil beides nicht stimmt, ist es nicht leicht, heutzutage die Wahrheit zu finden.« Er legte beide Hände mit den Handflächen nach oben auf den Tisch. »Der König behauptet, er sei von Gottes Gnaden, und der Göppinger Volksschullehrer behauptet das Gegenteil. Hat einer von euch den lieben Gott gefragt, was der dazu meint?« Und als die Stammtischbrüder den Kopf schüttelten, drehte der Pfarrer seine Handflächen um und sagte: »Na also.«

Der Neustadter Pfarrer war, das wussten die Dorfbewohner, an seiner letzten Pfarrstation angekommen und zu einem herzensguten Menschen gereift, der für seine Kirchengemeinde und ihre bockigen Schäflein ein großes Herz hatte. Er ließ vieles und viele gelten, suchte die Verständigung und mied den Streit. Er ließ, das wurde den Stammtischbrüdern klar, die neuen politischen Ansichten ebenso gelten wie die alten.

Ab sofort, berichtete der Schultheiß, seien tägliche Reiseverbindungen von Stuttgart nach Antwerpen eingerichtet, mit der Bahn bis Mainz, mit dem Dampfschiff bis Köln und von dort in einem Tag mit der Eisenbahn bis Antwerpen. Von dort gingen regelmäßig am 1. und 15. jeden Monats solide, gekupferte Dreimast-Postschiffe nach New York und New Orleans in Amerika ab. So leicht und so billig sei den Schwaben das Auswandern noch nie gemacht worden.

Der Schreiner, den sie heimlich Wackernagel nannten, weil er sechzehn Kinder hatte, meldete, nach der Esslinger Schnellpost machten der dortige Arbeiterverein und die Volkspartei gemeinsame Sache. Beide Vereine hätten den Esslinger Seminarrektor Riecke als ihren gemeinsamen Kandidaten für die erneute Landtagswahl vorgeschlagen. Denn König Wilhelm habe die 1848 gewählte Volkskammer wieder aufgelöst, weil die Abgeordneten zum Ärger seiner Majestät und der Regierung entschieden für Volksrechte eingetreten waren. Jetzt müsse man wohl oder übel noch einmal wählen und denen da oben zeigen, wer Herr im Haus ist.

Hansjörg ergänzte, er habe Riecke am Nachmittag auf einer Versammlung des Lehrervereins gehört und den Eindruck gewonnen, Riecke stehe als Pfarrer treu zu seiner Kirche und zu seinem König, wolle aber die Rechte des Volkes besser als bisher gewahrt wissen.

»Das sind lausige Zeiten, meine Herren«, fasste Pfarrer Maier die Neuigkeiten zusammen, »Pfarrer gegen Pfarrer,

Lehrer gegen Lehrer, Republikaner gegen Konstitutionelle, Bürger gegen die Regierung und die Regierung gegen ihre Bürger.«

Hansjörg stand auf und entschuldigte sich: »Ich muss noch auf meine zweite Prüfung lernen, Herr Pfarrer.«

»Wann ist's soweit, Herr Provisor?«

»In drei Wochen ist alles rum, hoffentlich.«

In seiner Kammer angekommen, zog Hansjörg seine Aufschriebe hinter dem Schrank hervor und brütete über den Notizen. Die Spur zu seinen leiblichen Eltern führte über Bekannte von Pfarrer Gläser, das stand für ihn jetzt zweifelsfrei fest. Denn das war der einzige Weg, der sich nicht im Nebel reiner Spekulationen verlor, sondern mit handfesten Informationen gepflastert war. Sechs Geistliche, die eng mit Gläser befreundet waren, hatte er nach vielen Gesprächen in Plieningen und Hohenheim aus den Stellenverzeichnissen herausgefiltert. Die Namen der sechs schrieb er unter seine Skizze und rahmte sie dick ein. Ihre gegenwärtigen Dienstorte wollte er in den nächsten Wochen und Monaten ermitteln. Das nahm er sich fest vor.

Im nächsten Frühjahr musste Hansjörg zur obersten Kirchenbehörde nach Stuttgart. Pfarrer Maier hatte ihm eine Vorladung des Konsistoriums überbracht. Er sei in Anklagezustand versetzt, weil er sich kirchenfeindlicher Umtriebe schuldig gemacht habe.

Am Abend hatte es kräftig geschneit, und in den frühen Morgenstunden ging ein Schneeregen über den Fildern nieder. Hansjörg bestieg, wie mit Pfarrer Maier abgesprochen, den vierspännigen Omnibus und nahm in Obertürkheim die Eisenbahn nach Stuttgart. So kam er viel zu früh, aber trocken und sauber in der Hauptstadt an.

Als er das Konsistorium betrat, erfuhr er, dass er nicht der einzige Beschuldigte war. In Gruppen standen Junglehrer zusammen, die eine Vorladung erhalten hatten. »Das habt ihr jetzt von eurer Revolution«, rief ihm der Hausmeister gallenbitter nach, als er die Treppen in den angewiesenen zweiten Stock hinaufstieg.

Dort fand er rasch den Raum, in dem er sich einzufinden hatte. Er klopfte, aber niemand antwortete. Vorsichtig drückte er die Türklinke nieder und spähte in das kleine Zimmer, in dem rechts von der Tür ein langer Tisch den halben Raum füllte. Zwischen Wand und Tisch standen drei gepolsterte Lehnstühle und vor dem Tisch ein einzelner, einfacher Holzstuhl.

Hansjörg schloss wieder die Tür und blieb vor dem Raum stehen. Die Anordnung in dem Zimmer sprach Bände. Drei Ankläger werden mir gegenübersitzen. Er machte sich auf ein hartes Verhör gefasst.

Nach ein paar Minuten kamen zwei Herren im Gehrock den Flur entlang, schauten den jungen Mann von Kopf bis Fuß neugierig an, blickten prüfend in den Raum, ließen sich beim Eintreten gegenseitig den Vortritt und schlossen die Türe hinter sich. Kurz darauf eilte ein dritter Mann herbei, sagte aufmunternd »Noch einen Augenblick« und verschwand in dem Zimmer.

»Provisor Hansjörg Rössner!«

Hansjörg zuckte zusammen. Er war in Gedanken auf dem Flur auf und ab gegangen und hatte nicht bemerkt, dass sich die Tür geöffnet hatte. Einer der beiden Gehröcke wies ihn mit einer knappen Geste an, hereinzukommen und sich auf den Holzstuhl vor dem Tisch zu setzen, und nahm selbst auf dem mittleren Lehnstuhl hinter dem Tisch Platz.

»Sie sind Provisor Hansjörg Rössner?«, fragte er den Beschuldigten, sah ihn jedoch nicht an, sondern blätterte in einer Akte.

Hansjörg nickte, warf einen kurzen Blick auf die beiden außen Sitzenden, die ihn beobachteten, und sagte leise: »Ja.«

»Sie werden beschuldigt, ihre Dienstpflichten nicht ordnungsgemäß erfüllt zu haben.« Der Aktenverwalter blickte auf und sah den jungen Mann streng an.

Hansjörg wich dem anklagenden Blick nicht aus, sagte aber nichts.

»Im Unterricht haben Sie ordentliche Lehraufgaben zurückgestellt und pflichtwidrig Gegenstände behandelt, die dem jugendlichen Alter Ihrer Schüler nicht angemessen sind.«

Der Ankläger stierte ihn an, doch Hansjörg schwieg beharrlich.

»Sie werden ferner beschuldigt, politische Tendenzen unterstützt zu haben, die berufswidrig sind. Sie sind angezeigt worden, weil Sie zum Umsturz mit Freiheitsliedern und aufrührerischen Reden beitragen wollten.«

Hansjörg sah dem Ankläger direkt in die Augen und presste die Lippen aufeinander.

»Haben Sie nichts zu Ihrer Verteidigung zu sagen?«, brauste der Vorsitzende des Tribunals zornig auf.

»Keiner dieser Vorwürfe ist richtig.«

»Sie wollen leugnen?«

»Ich sage die Wahrheit.«

»Sie haben eine merkwürdige Auffassung von Wahrheit, Provisor.«

Hansjörg war irritiert und schwieg.

»Lozieren Sie Ihre Schüler, Provisor? Ja oder nein?«

Daher weht der Wind, fuhr es Hansjörg durch den Kopf. »Ich loziere, wie es Pestalozzi, Denzel, Riecke und die anderen Pädagogen machen.«

»Und wie machen es die?«

»Zurückhaltend. Das Lehren und Lernen sei die Hauptsache in der Schule, sagen diese berühmten Pädagogen, nicht das wöchentliche oder tägliche Prüfen und Umsetzen der Kinder.«

»Stimmt es, dass Ihre Schüler sich selbst lozieren?«

»Nicht immer. Die Sitzordnung im Schulsaal trägt nicht viel zum Lernen bei.«

»Der Herr Provisor weiß ja sehr genau, was richtig und was falsch ist.«

Hansjörg schwieg.

»Hat Ihnen Ihr Schulmeister Dienstversäumnisse vorgeworfen?«, fragte der rechts Sitzende, der als letzter gekommen war, »oder war Ihr Pfarrer mit Ihnen unzufrieden?«

»Mit Schulmeister Hartmann arbeite ich Hand in Hand. Wir haben gemeinsam eine Weihnachtsfeier gestaltet, er mit seinem Kirchenchor und ich mit der Liedertafel. Und Pfarrer Maier hat mir wiederholt gesagt, dass er mit meiner Arbeit zufrieden ist.«

»Das wissen wir doch schon, Herr Kollege«, zog der Vorsitzende wieder das Wort an sich und wandte sich an den Angeklagten: »Sie haben eine Schwäche für die Realien, Provisor?«

»Gemeinnützige Kenntnisse sind, wie Riecke sagt, für die Landbevölkerung unverzichtbar, denn ...«

»Riecke ist beim König in Ungnade gefallen«, unterbrach ihn der Vorsitzende schroff, »und auch in Anklagezustand versetzt. Wissen Sie das nicht?«

»Ich wollte sagen, dass ich die Realien zwar für unverzichtbar halte, die ordentlichen Lehraufgaben aber nicht vernachlässige.«

»Ihr Bezirksschulinspektor ist da anderer Meinung. Überrascht Sie das?«

»Er hat mich deshalb nach Stuttgart kommen lassen. Ich dachte, das Missverständnis sei ausgeräumt.«

»Missverständnis?«

Hansjörg verstummte, biss sich auf die Unterlippe und blickte zu Boden.

»Schulinspektor Müller hat Sie aufgefordert, nicht parteilich zu sein. So steht es hier in meinen Unterlagen. Wollen Sie das bestreiten?« Hansjörg schüttelte den Kopf.

»Sie sprechen arme Kinder in besonderer Weise an. Die Armut ist, wenn man vom Christentum durchdrungen ist, etwas Geheiligtes, geheiligt durch das arme Leben Jesu. Sie spielen sich als Richter auf und setzen die Schüler aus ordentlichen Verhältnissen hinter die armen Kinder zurück.«

»Erlauben Sie, dass ich auf Christian Heinrich Zeller hinweise, nach dessen *Lehren der Erfahrung* uns Pfarrer Steinhilber im Ringelfinger Seminar zu Landschul- und Armenlehrern ausgebildet hat. Zeller sagt, es gibt verschuldete und unverschuldete Armut. Ist sie verschuldet, dann nicht vom

Kind, sondern von den Eltern. Ist sie unverschuldet, dann muss irgendwer dem Kind helfen. So oder so, arme Kinder sind auf Wohltaten angewiesen. Erst recht in der Schule, um sie aus ihrem Jammertal zu führen.«

Auf den Gesichtern der beiden Gehröcke wechselte der Unmut zur Empörung, denn sie empfanden die Antwort als anmaßende Zurechtweisung.

Der rechts sitzende Herr wandte sich höflich an Hansjörg: »Die Schule in Neustadt ist Ihre erste Dienststelle?«

Hansjörg senkte den Kopf, hob ihn dann langsam und sah den Fragesteller direkt an: »Ja, meine erste Dienststelle. Davor habe ich, wie ich schon sagte, bei Pfarrer Steinhilber in Ringelfingen gelernt.«

»Und was ist Ihnen, wenn Sie an Ihre Seminarzeit zurückdenken, in Erinnerung geblieben?«

»Die Ausbildung nach der Pädagogik von Christian Heinrich Zeller, mit dem Pfarrer Steinhilber befreundet war. Dann die Arbeit in der Armenschule und die Einführung in Silchers Chormusik.«

»Und was davon haben Sie in Neustadt verwirklicht?«

»Ich dirigiere die Liedertafel Neustadt und habe auf Bitte von Pfarrer Maier eine Armenschule für die armen Schüler aus Neustadt und Plieningen aufgebaut. In der haben wir allen Schülern Schreibtafeln gefertigt und allerlei Nützliches, für das wir auf einem Weihnachtsmarkt ein schönes Sümmchen losschlagen konnten.«

»Herr Kollege Reiser, das alles wissen wir«, fuhr der Vorsitzende dazwischen und drehte sich ärgerlich zu seinem linken Nebensitzer um.

Hansjörg staunte den Angesprochenen mit offenem Mund an.

»Die Frage ist nicht«, belehrte der Vorsitzende seinen Kollegen, »ob Provisor Rössner ehedem Gutes hatte hoffen lassen, sondern ob er sich unbotmäßig und aufrührerisch aufgeführt und ein Benehmen an den Tag gelegt hat, das sich mit dem Beruf des Jugendbildners nicht verträgt.«

Hansjörg hörte nicht mehr zu. Reiser, Reiser? Er ging in Gedanken seine Nachforschungen durch.

»Waren Sie am 9. November letzten Jahres in Esslingen?«, fragte der Vorsitzende scharf. »Waren Sie dort, ja oder nein?«

Es war Hansjörg, als lägen seine Aufschriebe vor ihm. Fassungslos starrte er Pfarrer Reiser an, der seinen Blick irritiert erwiderte.

»Antworten Sie, Provisor Rössner, ja oder nein?«

Pfarrer Reiser kam Hansjörg zu Hilfe: »Der Herr Vorsitzende möchte von Ihnen wissen, ob Sie am 9. November in Esslingen waren. Beantworten Sie bitte seine Frage.«

Hansjörg blickte verwirrt den Vorsitzenden an und sagte: »Ja, ich war dort.«

»Sie geben zu, an der Veranstaltung des Volksvereins zu Ehren des Robert Blum, eines abgeurteilten Aufrührers, teilgenommen zu haben?«

»Nein, Herr Vorsitzender.«

»Ja. Nein. Was gilt jetzt?«

»Ich war bei der Veranstaltung. Ich bin dort hingegangen, weil mir Blums Kinder leid getan haben.«

»Diese Spitzfindigkeit verbitte ich mir. Sie waren also dort. Haben Sie sich an der Spende beteiligt, die man im Anschluss an die Veranstaltung durchgeführt hat?«

»Ich habe für die Kinder des hingerichteten Robert Blum gespendet. Die armen Kinder sind unschuldig; sie wollen leben und müssen versorgt werden.«

»Reden Sie sich nicht heraus, Provisor. Sie waren recht oft in Esslingen bei den Veranstaltungen des Lehrervereins und des Volksvereins, wie uns zugetragen worden ist.«

Hansjörg senkte den Kopf.

»Sie haben in Esslingen im Kreis der Junglehrer lose Reden gegen die Regierung geführt. Dafür gibt es Zeugen.«

Hansjörg schwieg.

»Sind Sie Mitglied im Deutschen Turnerbund?«

Er schüttelte den Kopf.

»Gehören Sie dem Schwäbischen Sängerbund an?«

Er nickte.

»Sie haben unbotmäßige Lieder mit ihrer Liedertafel eingeübt?«

»Wir haben die Lieder gesungen, die meine Sänger gewünscht haben und die es als Chorsatz gibt.«

»Solche Lieder wie *Die Gedanken sind frei?*«

»Ja.«

»Warum?«

»Im März 1848 hat unser König Wilhelm Presse- und Gedanken- und Versammlungsfreiheit verkündet. Er hat ausdrücklich gesagt, alle entgegenstehenden Gesetze und Verordnungen sind *und bleiben* aufgehoben. Ich habe es selber im *Schwäbischen Merkur* gelesen. Andere Gesangvereine haben diese Lieder auch gesungen.«

»Die haben nicht die Grenzen der Besonnenheit, der Mäßigung, des Anstandes und der Dienstpflichten verletzt, die Ihnen als Lehrer und Jugendbildner gesetzt sind.«

»Sie werden keinen Pfarrer finden, Herr Vorsitzender, der mir nachsagen kann, ich sei pflichtvergessen oder würde gegen die Kirche handeln.«

»Und warum sitzen Sie dann heute hier?«

Hansjörg blickte Pfarrer Reiser direkt in die Augen und sagte, jedes Wort betonend, zu ihm: »Weder Pfarrer Gläser, der mir in Plieningen die Nottaufe gespendet und mich meinen Eltern zugetan hat« – Hansjörg stockte und beobachtete, wie Pfarrer Reiser die Augen aufriss, dann fügte er, an den Vorsitzenden gewandt, hinzu – »noch der Pfarrer in meiner oberschwäbischen Heimatgemeinde Sommerfelden, noch Seminardirektor Steinhilber in Ringelfingen und erst recht nicht Pfarrer Maier in Neustadt haben etwas Tadelnswertes gesagt oder mir irgendeine kirchenfeindliche oder pflichtvergessene Handlung vorgeworfen.«

»Und Ihr Schulinspektor? Der auch nicht?«

Hansjörg schwieg.

»Wir haben genug gehört. Warten Sie draußen vor der Tür.«

Während der Vorsitzende zu seinem rechten Nebensitzer so etwas wie »freches Benehmen« murmelte, verließ Hansjörg den Raum und ging im Flur auf und ab.

Er machte sich keine Illusionen über das Urteil des Vorsitzenden.

Er war sich sicher, dass Pfarrer Reiser derselbe war, der mit Pfarrer Gläser öfters in Hohenheim Apfelkuchen verdrückt hatte.

Was wusste Reiser von den Vorgängen in Plieningen?

Die Minuten verstrichen, die Tür blieb zu. Waren sich die drei Herren in ihrem Urteil nicht einig? Hansjörg ging weiter auf und ab, sah Würdenträger über den Flur gehen und in dieser oder jener Tür verschwinden. Er beobachtete mehrere junge Männer, die der Kleidung nach Lehrer waren und sich hier auch verantworten mussten.

Endlich streckte der Vorsitzende den Kopf aus der Tür und rief: »Provisor Rössner!«

Hansjörg betrat erneut den Raum, nahm auf dem Anklagestuhl Platz und hörte sich ohne Regung das Urteil an: Er habe die Grenzen der Besonnenheit überschritten und seine Dienstpflichten verletzt. Sein politisches Benehmen sei nicht hinnehmbar. Er werde an eine noch zu bestimmende Volksschule strafversetzt.

Hansjörg stand auf, sagte »Grüß Gott« und verließ den Raum.

Pfarrer Maier bekam Mitte Dezember einen persönlichen Brief. Darin teilte ihm Oberkirchenrat Reiser vertraulich mit, Provisor Rössner müsse eine neue Stelle antreten, das sei unausweichlich. Er rate dazu, der Strafversetzung mit einer Bewerbung auf eine Patronatsstelle zuvorzukommen. Im Oberamt Gerabronn sei eine Unterlehrerstelle ausgeschrieben, für die der Fürst von Hohenlohe-Winterhausen das Patronatsrecht ausübe. Die Stelle werde gut besoldet, und der Patronatsherr sei ein freisinnig denkender Mann, der viele Sympathien für junge Leute hege, die einen eigenen Kopf haben. Wenn sich Provisor Rössner bewerben wolle, so müsse er sich rasch entscheiden. Der Bewerbung seien ein Zeugnis des Schulmeisters und des Ortspfarrers beizufügen sowie das Ergebnis der beiden Lehramtsprüfungen in beglaubigter Abschrift.

Pfarrer Maier ließ Hansjörg in sein Amtszimmer im Pfarrhaus kommen und gab ihm den Brief zu lesen.

»Ihre Wegversetzung ist wohl endgültig beschlossen, Herr Provisor.«

»Davon bin ich ausgegangen, Herr Pfarrer. Nach dem Strafgericht im Konsistorium ist mir die Versetzung angekündigt worden. Und dieser Brief hier sagt unmissverständlich, dass kein Weg daran vorbeiführt.«

»Und wie soll's jetzt weitergehen?«

»Ich bitte Sie und den Schulmeister, mir ein Zeugnis auszustellen, damit ich mich so schnell wie möglich um die Patronatsstelle bewerben kann.«

»Ihr wollt Euch in die Abhängigkeit eines Reichsfürsten begeben, der seine Unterordnung unter die württembergische Krone noch nicht verwunden hat?«

»Ob Konsistorium oder Schulinspektor oder Reichsfürst, Unterordnung bleibt Unterordnung.« Ein Lächeln huschte über Hansjörgs Gesicht. »Der alte Feldschütz von Sommerfelden hat zu uns Buben oft gesagt: Der Blitz haut immer von oben nach unten. Nie andersrum. Merkt euch das.«

Pfarrer Maier lachte.

»Dann schon lieber die Unterordnung unter einen Patronatsherrn, Herr Pfarrer, wenigstens so lange, bis Gras über meine Geschichte gewachsen ist.«

»Sie wissen, Herr Provisor, dass ich diese Entwicklung zutiefst bedaure. Ich trage eine Mitschuld daran.«

Hansjörg sah seinen Pfarrer verdutzt an.

»Sie, Herr Provisor, sind ein Bauernopfer. Die Herren im Konsistorium wollen an den Pfarrern, die sich in den Revolutionsjahren auf die Seite des Volkes geschlagen haben, ein Exempel statuieren. Der Riecke wurde strafversetzt; in Loffenau, an der Grenze zu Baden, ist er kaltgestellt worden. Der Eisenlohr ist noch im Anklagezustand und muss sich rechtfertigen, obwohl er nachweislich unschuldig ist und verleumdet wurde. Aber mich können die Herren nicht mehr maßregeln, weil ich sowieso bald aufhöre. Sie, lieber Provisor, müssen für mich den Kopf hinhalten.«

»Sie trifft keine Schuld, Herr Pfarrer.«

»O doch. Ihr Freund Eugen hat keine Versammlung des Volksvereins und der Volksschullehrer ausgelassen, und dem ist nichts passiert, weil sein Pfarrer lammfromm ist. Ich dagegen bin denen in Stuttgart zu liberal und deshalb ein Dorn im Auge. Man trifft Sie und meint mich, weil man mich isolieren will.«

»Machen Sie sich um mich keine Sorgen, Herr Pfarrer. Die zweite Dienstprüfung habe ich bestanden. Das kann man nicht mehr widerrufen. Mein Buch ist gedruckt. Die Armenschule klappt von Monat zu Monat besser. Für mich ist's an der Zeit, neue Herausforderungen zu suchen.«

»Ich hoffe, Sie finden Ihr Glück und wir in Neustadt einen so fleißigen Lehrgehilfen wie Sie. Ich werde Sie nicht vergessen, Herr Provisor. Gott befohlen.«

Dem alten Herrn standen Tränen in den Augen. Er erhob sich von seinem Schreibtisch, ging auf Hansjörg zu und umarmte ihn.

»Hier«, er trat ein paar Schritte zurück und nahm ein Buch vom Tisch, »hier, lieber Herr Provisor, habe ich ein kleines Präsent für Sie, das Ihnen sinnfällig vor Augen führen soll, dass ich in Gedanken auf all Ihren Wegen präsent sein werde.«

Er drückte ihm Wilhelm Hauffs *Lichtenstein* in die Hand, jenen historischen Roman aus der württembergischen Reformationszeit, in dem der Held auch zwischen Wahrhaftigkeit und Nibelungentreue wählen musste.

Hansjörg öffnete das Buch und las, zunehmend von Rührung gepackt, die Widmung, die mit kalligraphischer Schrift gestaltet war: »Meinem lieben Provisor Hansjörg Rössner als Dank und Anerkennung für treue Dienste von seinem alten Dorfpfarrer Eugen Maier.« Und ganz unten auf dieser Seite stand in kleiner Schrift: »Empfehlend verweise ich auf die letzte Strophe vom Lied des Geächteten im 19. Kapitel.«

Der junge Mann schlug die angewiesene Seite auf:

### Lied des Geächteten

*Ihr warft mich aus den eignen Toren,*
*doch einmal klopf' ich wieder an,*
*drum Mut! Noch ist nicht all' verloren,*
*ich hab' ein Schwert und bin ein Mann.*
*Ich wanke nicht; ich will es tragen;*
*Und ob mein Herz darüber bricht,*
*so sollen meine Feinde sagen,*
*er war ein Mann und wankte nicht.*

# Unterlehrer in
# Winterhausen 1851

Bei Eis und Schnee traf Hansjörg kurz nach sechs Uhr
abends in Winterhausen ein. Nach langer Beratung mit
Pfarrer Maier und dem Schultheißen hatte er nicht die
Eisenbahnroute bis Göppingen und dann die Postkutsche
über den Welzheimer und Mainhardter Wald ins Hohenloher
Land gewählt. Er war mit dem Acht-Uhr-Zug nach Heilbronn
gereist. Dort hatte er den Omnibus nach Künzelsau bestiegen,
wo er gerade noch den Wagen nach Blaufelden erwischte.

In Winterhausen angekommen, lud der Kutscher Hansjörgs Gepäck mitten auf der Hauptstraße ab und zeigte seinem
Fahrgast, weil die Straßen menschenleer waren, wo die wichtigsten Leute wohnten. Dann verschwand das Gespann im
Schneegestöber auf der Jagsttalstraße in Richtung Blaufelden.

Hansjörg sah sich in seiner neuen Heimat um. Im Amts-
haus brannte kein Licht. Auf der gegenüberliegenden Straßenseite, im Pfarrhaus, waren mehrere Fenster erleuchtet. Hier
klopfte er an die Haustür und stellte sich vor, als ihm die Magd
öffnete. Sie bat ihn ins Haus und führte ihn in die Amtsstube von Pfarrer Schütz, der sofort herbeieilte und ihn herzlich
willkommen hieß.

»Gleich gibt's Abendbrot«, sagte der Pfarrer freundlich.
»Sie essen mit uns, Herr Rössner. Dann führe ich Sie ins Schulhaus, wo unser alter Schulmeister mit seiner Frau wohnt. Dort
ist auch eine Dachkammer für Sie hergerichtet.«

Hansjörg war erleichtert, dass sein neuer Vorgesetzter so
entgegenkommend und höflich war. Keine Vorhaltungen,

nicht einmal ein Hinweis auf die Strafversetzung, was er insgeheim befürchtet hatte.

Die Magd setzte eine Schüssel Wasser auf die Waschkommode im Flur, legte Seife und Handtuch daneben und bot Hansjörg an, sich nach der langen Reise frisch zu machen. Dann solle er ungeniert in die Stube am Ende des Flurs kommen.

Hansjörg wusch sich Hände und Gesicht, klopfte an besagte Tür und trat in ein geräumiges Speisezimmer ein. Der Pfarrer, seine Frau und fünf Kinder, alle im Schulalter, saßen schon um den Esstisch. Die Pfarrfrau stand auf und sagte zuvorkommend: »Nehmen Sie bitte Platz, Herr Lehrer.« Sie wies Hansjörg den Stuhl neben sich an. Der Pfarrer sprach ein Tischgebet. Dann servierte die Magd das Abendessen, Pellkartoffeln mit Quark, eingelegten Essiggurken und Salat aus schwarzen Winterrettichen.

Während des Essens musste Hansjörg zunächst Auskunft über sich geben. Er berichtete von seiner Schulzeit in Sommerfelden, vom frühen Tod der Mutter und von der vorzüglichen Ausbildung in Ringelfingen. Die Kinder tuschelten und kicherten und warfen dem Gast, der möglicherweise ihr neuer Lehrer werden konnte, neugierige und fröhliche Blicke zu.

»Pfarrer Maier hat mir einen Brief geschrieben«, sagte der Hausherr und fügte, als ihn Hansjörg etwas beunruhigt ansah, hinzu: »Keine Sorge, Herr Rössner. Pfarrer Maier hat Sie über den grünen Klee gelobt. Er hat mich gebeten, Ihre Ideen nach Kräften zu unterstützen.«

Hansjörg sah verlegen auf seinen Teller.

»Sie sollen ein Buch geschrieben, einen Chor geleitet und viel für arme Schüler getan haben, sogar mit eigenem Geld. Wo haben Sie sich das Können angeeignet?«

Hansjörg schilderte die Musikabende am Seminar, beschrieb haarklein, auf welche Weise er Silchers Choräle und das Dirigieren erlernt hatte, und malte seinen Zuhörern aus, wie es in der Armenschule zuging. Die Kinder hörten mit offenem Mund zu. Der Pfarrer wollte Einzelheiten wissen und stellte viele Fragen, und Hansjörg erklärte ihm, wie er die Armenschüler Holztafeln fertigen und einfache Kleidungsstücke, vor allem bestickte Blauhemden, nähen ließ.

Schließlich bat Hansjörg die Pfarrfrau um Nachsicht, dass er aus seinem Koffer etwas holen müsse. Er stand auf, eilte in den Flur und kehrte mit seinem Heimatbuch zurück. »Für Sie, Herr Pfarrer«, sagte er und legte ihm dar, wie er aus Büchern und vor allem aus Akten der Pfarrämter und Gemeinden das Wichtigste über das Leben auf den Fildern zusammengetragen und Interessantes aus Gesprächen mit Pfarrern, Lehrern, Bauern und Handwerkern hinzugefügt habe.

»Jetzt verstehe ich, warum Pfarrer Reiser wollte, dass wir Ihnen unsere Unterlehrerstelle anvertrauen.«

Hansjörg sah seinen neuen Vorgesetzten überrascht an: »Meinen Sie den Herrn, der im Konsistorium arbeitet?«

Schütz nickte. »Pfarrer Reiser hatte vor über zwanzig Jahren seine erste Pfarrstelle hier im Nachbarstädtle. Wussten Sie das nicht?«

Hansjörg schüttelte den Kopf. *Wo bin ich da gelandet, und wer hat da im Hintergrund die Fäden gezogen?* Hoffnung keimte in ihm auf.

»Reiser hat als junger Pfarrer viel Zeit mit unserem Fürsten Gottfried verbracht. Beide sind gleich alt. Beide, der Fürst und Reiser, gehörten zum Dichterkreis um den verstorbenen Grafen Alexander von Württemberg, einem Onkel unseres Königs Wilhelm.«

»Greifen Sie zu, Herr Lehrer, Sie müssen von der langen Reise hungrig sein«, sagte die Pfarrerin. Sie warf ihrem Mann einen tadelnden Blick zu und nötigte Hansjörg, sich nochmals den Teller zu füllen.

»Unser Fürst Gottfried und Pfarrer Reiser«, wandte sich der Hausherr an Hansjörg, »schreiben Gedichte und sind mit vielen freisinnigen Schriftstellern befreundet.« Sein Schmunzeln verriet, dass er über die Probleme seines Gastes mit dem Konsistorium Bescheid wusste.

Die Pfarrfrau unterbrach das Gespräch. »Ich nehme an«, sagte sie energisch, »Herr Rössner ist müde von der langen Reise. Hat das alles nicht Zeit bis morgen?«

»Du hast Recht«, gab ihr Mann klein bei. »Ich werde Herrn Rössner gleich zu seiner Kammer begleiten.«

Er legte das Besteck auf seinen Teller. »Ich muss allerdings rasch noch etwas Dienstliches ansprechen.«

Er bat Hansjörg um Verständnis, dass er ihn schon für morgen zum Schuldienst eingeteilt habe. Schulmeister Wieler sei über 70 Jahre alt und krank. Den bisherigen Unterlehrer, Hansjörgs Vorgänger, habe man vor ein paar Monaten zum Schulmeister in einer großen Marktgemeinde bei Heilbronn gewählt. Provisor Gundert, der zur Entlastung des Schulmeisters in der Oberklasse eingestellt worden sei, unterrichtete notgedrungen die Unterklasse allein und sei mit der Arbeit überfordert.

»Beginnt die Schule in Winterhausen winters um acht und sommers um sieben?«, fragte Hansjörg.

»Nein, wir haben seit ein paar Jahren gleiche Anfangszeiten, sommers wie winters um acht.«

Der Pfarrer sprach ein Dankgebet, bat seine Kinder, sich auf die Bettruhe vorzubereiten und sagte zu Hansjörg: »Ich führe Sie zum Schulhaus und mache Sie mit unserem Schulmeister und dem Provisor bekannt, der seine Kammer neben Ihnen hat.« Beim Aufstehen fügte er noch an: »Morgen um acht Uhr bin ich in der Schule und stelle Sie den Schülern der Unterklasse vor. Dann kann Provisor Gundert ab morgen wieder dem alten Schulmeister in der Oberklasse zur Seite stehen.« Er hob eine Augenbraue. »Dem armen Wieler setzen die Schüler ziemlich zu.«

»Ich danke Ihnen, Herr Pfarrer, dass Sie mich so freundlich aufgenommen haben. Und Ihnen, Frau Pfarrer, bin ich von Herzen dankbar für das gute Abendessen. So kann ich mich heute Abend sofort daran machen, den Unterricht für morgen vorzubereiten.«

»Sie wollen sich gleich in die Arbeit stürzen?« Pfarrer Schütz runzelte die Stirn.

»Der Anfang ist die Hälfte vom Ganzen, hat uns Seminardirektor Steinhilber in Ringelfingen gelehrt.«

Schütz nickte anerkennend. Er tippte sich mit dem Zeigefinger an die Stirn. »Dass ich's nicht vergesse, Herr Rössner, unser Fürst will Sie kennenlernen. Übermorgen hat er Audienz. Ich begleite Sie ins Schloss.«

Schon kurz nach sieben Uhr stieg Hansjörg am nächsten Morgen ins Erdgeschoss des Schulhauses hinab, wo der Schulsaal der Unterklasse lag. Er zündete die beiden Öllampen links und rechts neben der Wandtafel an. Dann heizte er den Ofen ein.

Er setzte sich ans Pult und betrachtete seinen neuen, im Dämmerlicht liegenden Arbeitsraum. Er war länger als breit. Die Subsellien waren in vier Reihen angeordnet, jeweils sechs Sitzbänke hintereinander in einer Reihe. Zwischen den Reihen waren schmale Gänge. Um acht Uhr werden rund 80 Kinder zu mir kommen, überschlug Hansjörg die Zahl der Sitzplätze, weniger als in Sommerfelden und in Neustadt.

Der Tür gegenüber war die Lichtseite des Raumes, sechs große Sprossenfenster dicht an dicht. Sie reichten von der Decke bis auf Bankhöhe herab. Unter den Fenstern war die Wand mit Holz vertäfelt. Die schmälere Rückwand, die der Tafel gegenüber lag, hatte vier kleinere Fenster. Ein schöner, heller Raum, stellte Hansjörg zufrieden fest.

Er stand auf und ging im Saal auf und ab. Rechts neben der Tafel hing ein Kruzifix. Die Schulgesetze für Kinder waren links von der Tafel angebracht. Die Ecke zwischen Tür und Rückwand füllte ein mächtiger Schrank aus. Bibeln und Katechismusbücher waren darin gestapelt. In einem großen Fach lagen ein Federmesser und geschnittene Gänsefedern, ein kleiner Papiervorrat, drei Schülertafeln und ein paar abgebrochene Griffel.

In der Ecke rechts neben dem Schrank lehnten drei lange, dünne Rollen, mit Stoffbändern verknotet. Hansjörg öffnete sie und legte sie über die hinteren Subsellien. Die erste Landkarte zeigte das Königreich Württemberg. Auf der zweiten war Palästina abgebildet. Die dritte Rolle war keine Landkarte, sondern eine Mustertafel der deutschen und lateinischen Buchstaben.

Hansjörg rollte die beiden Erdkundekarten wieder zusammen, verschnürte sie und stellte sie neben den Schrank. Für die Buchstabentafel suchte er nach einem Aufhänger. In der Nähe der Tür steckte ein Nagel in der Wand. Daran hängte er die Schautafel auf.

Die Wandtafel war in gutem Zustand. Vor ihr stand eine Waschschüssel auf einem schmiedeeisernen Gestell. In der Schüssel war sauberes Wasser.

Hansjörg prüfte den Ofen, legte noch etwas Holz nach und drosselte die Luftzufuhr. Dann schrieb er auf die Vorderseite der Tafel ein paar Rechenaufgaben und auf die Rückseite einen Text aus *Rochows Kinderfreund,* den er am Abend zuvor ausgewählt hatte. Als er damit fertig war, setzte er sich in die letzte Bankreihe und überprüfte seinen Tafelanschrieb:

»*Karl war hungrig und aß einmal so viel frisch gebackenes, warmes Brot, dass er davon lange krank wurde. Da konnte er weder essen noch schlafen, der Kopf tat ihm weh, und es drückte ihm wie ein Stein im Magen, auch war er immer verdrießlich und konnte nicht wie die anderen Kinder froh sein. Dabei sah er ganz gelb im Gesicht aus. Hätte nicht beizeiten ein verständiger Arzt ihm geholfen, so hätte er leicht an den Folgen dieser Unmäßigkeit sterben können.*«

Es klopfte, und Pfarrer Schütz trat ein. »So früh bei der Arbeit, Herr Rössner?«

»Ich sagte Ihnen, dass ich bei Pfarrer Steinhilber gelernt habe, den Anfang so genau wie möglich zu planen.«

»Und wie sind Sie mit den Räumlichkeiten zufrieden?«

»Hier herrscht Ordnung.« Er lächelte zufrieden. »Man hat mich offensichtlich erwartet.«

Der Pfarrer freute sich und reichte seinem neuen Lehrer die Hand.

»Der Raum ist hell und trocken«, sagte Hansjörg. »Alle Kinder sitzen in Subsellien. Bücher sind genug da. Und meine Kammer unterm Dach hat einen Ofen. Ich bin's zufrieden, Herr Pfarrer.«

»Wie wollen Sie den Unterricht beginnen?«

»Ich habe es bisher so gemacht: Eine Viertelstunde vor Unterrichtsbeginn schließe ich den Schulsaal auf und setze mich ans Pult. Jedes hereinkommende Kind geht still an seinen Platz, sucht sich eine Arbeit und muss sich ruhig verhalten. Sobald die Kirchturmuhr schlägt, schließe ich die Zimmertür. Mit Gebet und Morgenlied eröffne ich den Schultag. Dann lasse ich die Zuspätkommer eintreten, die so lange vor der Tür warten müssen. Im Verlauf des Vormittags frage ich jedes Kind, das zu spät gekommen ist, nebenbei und nicht vor der Klasse, warum es unpünktlich war. So erziehe ich die Kinder ohne Strafe zur Pünktlichkeit und erfahre zugleich, wo die Kinder der Schuh drückt.«

»Sie sind ein Meister Ihres Fachs, Herr Rössner. So machen wir's ab heute.« Schütz hatte eine sorgfältige und ausgeprägte Aussprache. »Sie setzen sich ans Pult, und ich stelle mich vor die Tür. Jedem Kind sage ich, es soll sich ruhig hinsetzen und sich still beschäftigen.« Er nahm Blickkontakt auf. »Wenn die Kirchturmuhr schlägt, dann schließe ich die Tür und halte die Zuspätgekommenen auf. Und Sie beginnen den Unterricht mit Gebet und Lied. Ist das Lied aus, dann komme ich mit den restlichen Kindern in den Schulsaal, stelle Sie als unseren neuen Lehrer vor und ermahne die Kinder, künftig jeden Morgen wie heute zu beginnen. Einverstanden?«

Hansjörg stimmte freudig zu und spürte ein Gefühl der Zufriedenheit und Wertschätzung in sich aufsteigen. »Ich danke Ihnen, Herr Pfarrer.«

Am nächsten Tag war Hansjörg, wie verabredet, kurz nach vier Uhr bei Pfarrer Schütz. Sie gingen die Hauptstraße hinauf, bogen am Mausoleum der Fürstenfamilie nach rechts von der Straße ab und stiegen zwischen Wiesen und Sträuchern den geschotterten Weg zum Schloss hinauf.

Pfarrer Schütz erklärte ihm, Fürst Gottfried sei ein leutseliger und liberaler Mann, achte aber auf Etikette. »Wenn wir in den Audienzsaal gerufen werden, bleiben wir an der Tür stehen und verbeugen uns. Machen Sie's mir nach. Erst wenn uns der Fürst auffordert, näher zu kommen, treten wir vor und bleiben stehen, es sei denn, er gebietet uns, Platz zu nehmen.«

Hansjörg hörte aufmerksam zu.

»Damit ich es nicht vergesse: Den Fürsten redet man mit Durchlaucht an.«

Im Innenhof des Schlosses strebte Pfarrer Schütz auf einen der beiden Ecktürme zu. Beim Näherkommen sah Hansjörg, dass hier eine steinerne Treppe direkt in die oberen Stockwerke führte und nicht durch ein Tor zum Innenhof hin verschlossen war.

Im ersten Stock öffnete der Pfarrer eine eisenbeschlagene Tür, hinter der ein langer Gang war. Ein livrierter Diener versperrte ihnen den Weg und fragte, was sie hierher führe.

»Ihre Durchlaucht erwartet uns, Pfarrer Schütz und Unterlehrer Rössner.«

Der Diener gebot ihnen zu warten, entfernte sich, öffnete bald darauf eine Tür von innen und sagte: »Ihre Durchlaucht lassen bitten.«

Die beiden Besucher traten unter die geöffnete Tür und verneigten sich stumm.

»Treten Sie näher, meine Herren, kommen Sie zu mir«, rief ihnen ein Herr in der Uniform des württembergischen Reiterregiments zu. Er stand von seiner zierlichen Schreibkommode auf und kam den beiden Besuchern zwei Schritte entgegen. »Willkommen, Herr Pfarrer.«

Pfarrer Schütz verneigte sich erneut. »Darf ich Ihnen unseren neuen Unterlehrer vorstellen, Durchlaucht?« Und als der etwa fünfzig Jahre alte Soldat mit der linken Hand eine zustimmende Geste in den Raum warf, setzte Schütz hinzu: »Sein Name ist Hansjörg Rössner. Er stammt aus Oberschwaben, hat die Lehrerausbildung am Seminar mit höchstem Prädikat bestanden und das zweite Examen mit Auszeichnung absolviert.«

Hansjörg verneigte sich stumm.

»Ich habe festgestellt, Durchlaucht, dass er so gut ist, wie es seine Papiere versprachen«, fügte der Pfarrer an.

»Man sagte mir, Sie hätten ein Problem mit dem Konsistorium gehabt, Herr Lehrer?«

»Ja, Durchlaucht«, sagte Hansjörg. »Man hat mir vorgeworfen, ich würde mich zu viel um die Armen kümmern. Der Pfarrer, der Schultheiß und der Schulmeister in Neustadt auf den Fildern waren allerdings anderer Meinung.«

Der Fürst sah Hansjörg prüfend in die Augen, der dem Blick kurz standhielt, ihm dann aber auswich. »Ja, in Stuttgart hat man die Hosen voll. Da geht die Angst um vor dem liberalen Gedankengut. Ich habe meine Lektion rechtzeitig gelernt, als die Bauern *Nieder Hohenlohe!* geschrien haben. In manchen neuwürttembergischen Gebieten waren Grund und Boden mit viel zu hohen Natural- und Geldabgaben belastet. Man hatte die Schraube überdreht.«

Hansjörg schwieg, hob für ein paar Sekunden den Blick und betrachtete neugierig den Fürsten.

»Mein Freund Ludwig Uhland hat die Zeichen der Zeit richtig gedeutet, als er sagte: *Es wird kein Haupt über Deutschland leuchten, das nicht mit einem vollen Tropfen demokratischen Öls gesalbt ist.* Hier müssen Sie keine Angst vor den Rechthabern in Stuttgart haben, Herr Lehrer. Sie müssen wissen, die Feinde meiner Feinde sind meine Freunde. Ich heiße Sie willkommen in Hohenlohe.«

Hansjörg riss die Augen auf und verbeugte sich erneut.

»Merken Sie sich eins, Herr Lehrer«, sagte der Fürst schmunzelnd. »Wo die Ochsen toben, da wächst kein Gras mehr.«

»Durchlaucht, ich danke für Ihr Wohlwollen, mir die Unterlehrerstelle anzuvertrauen. Ich werde mein Bestes geben, um mich der Aufgabe würdig zu erweisen.«

»Man hat mir berichtet, dass Sie zu dirigieren und zu schreiben verstehen, Herr Lehrer. Das freut mich sehr.«

Der Fürst wandte sich an den stumm danebenstehenden Pfarrer: »Unser junger Freund soll einen anständigen Chor dirigieren und ein gutes Buch über unser schönes Land zustande bringen. Wie Sie das arrangieren, ist Ihre Sache, Herr Pfarrer.«

In den folgenden Tagen arbeitete Hansjörg von früh am Morgen bis spät in die Nacht hinein. Außer Wandbildern für den Anschauungsunterricht und speziellen Schulbüchern fürs Lesen und Rechnen fehlte im Schulsaal nichts. Dafür waren die Schüler weder diszipliniert noch motiviert. Wie ihm die Kinder nach und nach erzählten, hatten sie in den letzten Wochen unregelmäßig die Schule besucht. Die Unterklasse, in der die Sechs- bis Zehnjährigen zusammen lernten, hatte den Provisor überfordert. Darum hatte er oft die Viertklässler um acht Uhr, die Drittklässler um neun und die Erst- und Zweitklässler erst um zehn Uhr einbestellt. Häufig hatte er überdies Buben und Mädchen getrennt unterrichtet. So waren viele Schulstunden ausgefallen. In manchen Wochen gingen die Kinder weniger als zehn Stunden zur Schule.

Hansjörg suchte Pfarrer Schütz im Pfarrhaus auf und bat um eine Unterredung. Er lobte die Arbeit des Provisors und die Umsicht des Schulmeisters. Beide seien jedoch mit ihren Kräften am Ende gewesen, der Schulmeister, weil er krank sei, und der Provisor, weil ihm die vier Altersgruppen in einer Klasse zu schaffen machten. Beide hätten deshalb nur das Allernötigste lehren können. Zu dritt könne man rasch wieder zu geordnetem Unterricht zurückfinden. Allerdings müsse man dazu den Stundenplan neu gestalten.

An den sechs wöchentlichen Schulvormittagen, rechnete Hansjörg vor, könne er 24 und an den vier Nachmittagen weitere acht Schulstunden halten. Wenn er die jüngeren und die älteren Schüler nur vier Wochenstunden getrennt und ansonsten alle Kinder gemeinsam unterrichte, dann könne er die Wissenslücken, die zwangsläufig entstanden seien, wieder schließen.

Hansjörg bat den Pfarrer, jede Altersgruppe seiner Klasse, auch die Erstklässler, zu 26 Schulstunden in der Woche verpflichten zu dürfen. Mit direktem und indirektem Unterricht könne er alle vier Jahrgänge altersgerecht unterrichten. Er werde, die Zustimmung vorausgesetzt, den Buben und Mädchen zwar getrennte Plätze im Klassenzimmer anweisen. Aber von einer Trennung der Geschlechter mit verschiedenen Stundenplänen halte er nicht viel: »Wenn man die Gemeinschaft beider Geschlechter in der Schule verhindert, wird die Sünde in der Welt nicht kleiner, Herr Pfarrer.«

»Das ist auch meine Meinung, Herr Rössner, zumal die kleinen Kinder in aller Regel noch gut miteinander auskommen. Machen Sie's, wie Sie es für richtig halten. Ich stärke Ihnen den Rücken. Und wenn Ihnen einer krumm kommt, sagen Sie's mir.« Schütz breitete die Hände aus und sah seinen neuen Lehrer freundlich an. »Machen Sie sich bitte bald Gedanken darüber, was wir fürs neue Schuljahr aus dem Schulfonds anschaffen sollten, um den Unterricht weiter voranzubringen.«

Ab der folgenden Woche unterrichtete Hansjörg die Buben und Mädchen der vier Unterstufenjahrgänge zumeist gemeinsam. Von Montag bis Samstag mussten die Kinder von acht bis zwölf und nachmittags, Mittwoch und Samstag ausgenommen, nochmals von zwei bis vier Uhr in die Schule.

Drei, vier Eltern, denen die Bildung ihrer Buben und Mädchen gleichgültig war und die ihre Kinder in der eigenen Landwirtschaft oder im Handwerksbetrieb als kostenlose Arbeitskräfte einspannen wollten, beschwerten sich beim Pfarrer. Sie fragten an, ob das seine Richtigkeit habe, was der neue Unterlehrer treibe. Alle anderen lobten Hansjörgs fröhliche und zupackende Art des Schulehaltens.

Der wechselseitige Unterricht gefiel den Schülern. Hansjörg teilte die Kinder nach ihrem Kenntnisstand in verschiedene Lerngruppen ein. Die Leseanfänger nannten sich Lesekrokodile. Wer sich ans Lesen ganzer Sätzchen heranwagte, gehörte zu den Leseelefanten. Und die guten Leser hießen Leselöwen.

Auch im Schreiben und Rechnen gab es Krokodile, Elefanten und Löwen. Die Löwen, das war mit den Kindern abgemacht, durften den Krokodilen und Elefanten helfen. So konnte Hansjörg zum Beispiel in der Rechenstunde die ersten zwanzig Minuten die guten Rechner direkt unterrichten, während die beiden anderen Gruppen, von guten Rechenlöwen unterstützt, ihre Rechenaufgaben still erledigten. Im zweiten Drittel der Stunde widmete er sich den Rechenelefanten, während die beiden anderen Gruppen indirekt unterrichtet wurden, für sich rechneten oder einen Rechenlöwen um Rat fragten. Und in den letzten zwanzig Minuten der Rechenstunde konzentrierte sich Hansjörg auf die Rechenanfänger, und die beiden anderen Gruppen lösten ihre Aufgaben still und für sich.

Viele Eltern, die an der Schule Interesse hatten, flüsterten Pfarrer Schütz zu, der neue Lehrer sei sein Geld wert und leiste gute Arbeit. »Den muss man hier anbinden, Herr Pfarrer«, sagte Buchbinder Gradmann, als er im Pfarrhaus Bücher ablieferte, »den geben wir nicht mehr her. Seit der neue Lehrer da ist, geht mein Wolfgang gern in die Schule.« Und der Schlosskutscher meinte nach dem Gottesdienst: »Als mich Seine Durchlaucht neulich bei einer Ausfahrt nach Langenburg und Gerabronn fragte, wie mein Christian mit seinem neuen Lehrer zufrieden sei, habe ich Seiner Durchlaucht erzählt, dass wir mit dem neuen Lehrer einen prächtigen Fang gemacht haben. Die Kinder folgen ihrem Lehrer aufs Wort, obwohl er bis heute noch keine Tatzen oder Backpfeifen verteilt hat. Seit der Neue da ist, herrscht Zucht und Ordnung in dem Laden, Herr Pfarrer.«

Auch die beiden Töchter des Pfarrers, die in Hansjörgs Klasse gehörten, berichteten ihrem Vater begeistert von ihrem neuen Lehrer, der ohne Ohrfeigen, Kopfnüsse und Hosenspannen zum Lernen ansporne und für alle Kinder ein gutes Wort habe.

Pfarrer Schütz bestellte die drei Lehrer an einem Mittwochnachmittag der vorösterlichen Fastenzeit in sein Amtszimmer ein. Die beiden Junglehrer waren ein paar Minuten vor drei Uhr da, setzten sich an den Besprechungstisch und unterhielten sich flüsternd, bis der Pfarrer die Stube betrat und sie mit Handschlag begrüßte.

Schulmeister Wieler kam, hustend und in einen langen Schal gewickelt, etwas verspätet. Er atmete schwer, entschuldigte sich überschwänglich für sein Zuspätkommen und ließ sich erschöpft auf den noch freien Stuhl fallen. Schütz beobachtete mit Sorge den alten Mann, der unter einer Lungenkrankheit litt.

»Ich werde unsere Besprechung kurz halten, Herr Wieler, damit Sie sich wieder ins Bett legen können. Der nasskalte März hat Sie arg strapaziert. Übermorgen ist der 1. April, da ist der warme Frühling nimmer weit.«

Schütz stellte zunächst die schwierige Situation dar, die unverschuldet nach dem Abgang des früheren Unterlehrers entstanden sei. Jetzt, da wieder drei Lehrer anpacken könnten, seien die Eltern mit der Schule zufrieden. Das erleichtere seine eigene Arbeit als Pfarrer der Gemeinde, weshalb er den Lehrern danken wolle. Heuer sei Ostern spät. Der Ostersonntag falle auf den 20. April. Deshalb bleibe noch genügend Zeit, das neue Schuljahr zu planen. Der Unterricht könne nach seiner Auffassung noch moderner und erfolgreicher werden. Darum wolle er rechtzeitig alle organisatorischen Entscheidungen fürs kommende Schuljahr treffen und festlegen, welche neuen Bücher und Schulgerätschaften beschafft werden müssten.

»Kommen wir zur Geschäftsverteilung im nächsten Schuljahr, meine Herren. Dazu muss ich Ihnen vorab eine Mitteilung machen. Sie wissen, dass wir hier eine Patronatsschule haben. Sie unterliegt zwar der kirchlichen Schulaufsicht, personell hat aber der Patronatsherr das Sagen. Seine Durchlaucht Fürst Gottfried hat mir für das neue Schuljahr mitgeteilt, er wolle die Erfahrungen unseres neuen Unterlehrers als Dirigent und Buchautor zum Wohle unserer Gemeinde genutzt wissen. Er hat mich beauftragt, in Winterhausen zusammen mit dem Schultheißen einen Gesangverein zu gründen und Herrn Rössner zu bitten, den Chor zu dirigieren. Und Seine

Durchlaucht wünscht, dass Sie, Herr Rössner, ein Heimatbuch schreiben.«

»Und wie soll der arme Rössner das alles unter einen Hut bringen, Herr Pfarrer?«, fragte der Schulmeister irritiert.

»Ins Schwarze getroffen, Herr Wieler. Das geht nur, wenn wir unseren Unterlehrer von Mesneraufgaben freistellen.«

»Mit meiner Gesundheit, Herr Pfarrer, ist's nicht mehr weit her. Ich kann doch nicht ...«

»Machen Sie sich keine Sorgen, Herr Wieler. Ich habe mir das so gedacht: Provisor Gundert erstellt einen Läuteplan. Die Schüler der Konfirmandenklasse sollen das Glockenläuten übernehmen.«

»Die Früh-, Mittags-, Vesper- und Abendglocke?«, fragte der Provisor verwundert.

»Alles, vom Sonntags-Kirchenläuten bis zum Glockendienst bei Hochzeiten und Beerdigungen. Alles können die großen Buben ohne Sie. Die Buben balgen sich doch ständig darum, wer an den Glockenseilen baumeln darf. Sie, Herr Gundert, müssen nur ein Auge darauf haben, dass die Läutebuben ihre Pflichten pünktlich erfüllen.«

»Und der Organistendienst? Und die Abdankung am Grab, wer soll die machen?« Der Schulmeister hüstelte und wickelte sich in seinen Schal ein, obwohl es in der Pfarrstube warm war.

»Keine Sorge, Herr Wieler.« Der Pfarrer wusste wohl, dass die reicheren Familien dem Schulmeister bei jeder Abdankung etwas zusteckten. »Die Aufgaben nimmt Ihnen niemand weg. Und wenn Sie aus Gesundheitsgründen mal diese oder jene Verrichtung in der Kirche nicht leisten können, so beauftragen Sie damit den Provisor, den ich hiermit zum stellvertretenden Mesner ernenne. Einverstanden, Herr Gundert?«

Der junge Mann stimmte eilfertig zu.

»Damit kommen wir zur Ausstattung unserer Schule. Wie viel Geld haben wir noch im Schulfonds, Herr Wieler?«

»Rund 43 Gulden.«

»Anschaffungsvorschläge, meine Herren?«

»Ich schlage vor, Herr Pfarrer«, meldete sich Hansjörg erstmals zu Wort, »dass wir 20 Gulden für Bücher, 5 für Verbrauchsmaterialien und 18 für Schulgerätschaften anlegen.«

Weil Schulmeister Wieler und Provisor Gundert ihren Kollegen fragend ansahen, bat der Pfarrer, den Vorschlag genauer auszuführen.

»Ein Pädagogikbuch kostet einen halben Gulden oder etwas mehr, ein Schulbuch etwa die Hälfte. Also können wir für 20 Gulden rund 15 Bücher für uns Lehrer und 30 Schulbücher für die Kinder anschaffen.«

»15 Pädagogikbücher«, Schütz nickte, »das reicht für den Anfang. Aber wozu Schulbücher?«

»Vor ein paar Wochen ist in Hall, also ganz in unserer Nähe, ein kleines Büchlein für die Erst- und Zweitklässler erschienen. Es heißt: *Neues ABC- und Lesebüchlein für kleine Kinder.*«

»Sind Sie, Herr Unterlehrer, auch so einer von den Schulverbesserern, die behaupten, Kinder könnten allein lernen, wenn man sie nur machen lässt?«, ereiferte sich der Schulmeister.

Hansjörg lachte, und Provisor Gundert grinste, denn Pfarrer Schütz rollte die Augen.

»Nein, lieber Schulmeister«, beteuerte Hansjörg, »das Buch macht weder die Schule noch die Lehrer überflüssig. Aber es hilft den Kindern beim Lernen, weil sie sich damit die Buchstaben leichter einprägen können.«

»Und wie das?«, wollte Schütz wissen.

»Zu jedem Buchstaben gibt es ein kleines Bild, zum Beispiel zum I einen Igel und zum U einen Uhu. Dann sind noch kleine Sätzchen für die ersten Leseübungen abgedruckt und ein paar Bilder, zu denen die Kinder etwas erzählen oder sogar kurze Sätzchen aufschreiben können.«

»Also etwas zum Lesen- und zum Schreibenlernen?« Schütz musterte aufmerksam seinen neuen Unterlehrer.

»Und die farbigen Bilder regen die Kinder zum Sprechen an.«

»Besorgen Sie schnell ein Musterexemplar, Herr Rössner. Die Sache gefällt mir. Wenn das Buch hält, was es verspricht, dann steigen wir da ein und legen uns einen Vorrat an guten Schulbüchern zu.«

Bei den Verbrauchsmaterialien, fuhr Hansjörg fort, habe er an Kreiden, Schwämme, Griffel, Stahlfedern, Tinte und Papier gedacht. Billige Bleistifte kosteten 1 Gulden und 34 Kreuzer das Gros, und für einfache Stahlfedern müsse man 2 Gulden und 15 Kreuzer für 100 Stück bezahlen. Für weniger als 3 Gulden könne man sich eine gute Portion Schreibgeräte zulegen, die für ein paar Jahre ausreiche, wenn man sparsam und pfleglich damit umgehe. Dann blieben immer noch 2 Gulden für Griffel, Kreide, Tinte und Papier übrig.

»Und die Preise stimmen? Ich dachte, die Schreibutensilien sind teurer«, meinte der Schulmeister.

»Ich habe in Stuttgart angefragt, und dort hat man in den Katalogen der Nürnberger Manufakturen nachgesehen.«

»Gut, Herr Rössner, und wie kommen Sie auf 18 Gulden für Schulgerätschaften?«, wollte der Pfarrer wissen.

»Der Unterricht in den gemeinnützigen Kenntnissen ist zwar noch umstritten«, antwortete Hansjörg. »Unbestritten ist aber seit Pestalozzi der Anschauungsunterricht. Wenn man den Kindern etwas über unseren König, über Stuttgart, über ein Bergwerk, einen Weinberg oder über wilde Tiere erzählen muss und ihnen ein anschauliches Bild ins Gedächtnis pflanzen will, dann braucht man dazu Schulwandbilder.«

Hansjörg nahm ein Buch zur Hand, das er mitgebracht und unter seinem Stuhl abgelegt hatte, und schlug es auf: »In diesem Handbuch sind Bauanleitungen, wie der Schreiner Subsellien anfertigen kann, und Empfehlungen, wo man preisgünstige Wandbilder besorgen oder wie man sie selber herstellen kann.«

Er schob Pfarrer Schütz das Buch über den Tisch zu. »In Berlin«, erläuterte Hansjörg, »gibt es eine Lithographiewerkstatt. Die stellt Anschauungstafeln für Kinder her. Da wird ein großes Bild auf Papier gedruckt, dann mit Schablonen koloriert und auf Karton aufgeleimt. In meinem Buch ist auf Seite 142«, Hansjörg wartete, bis Pfarrer Schütz die entsprechende Seite aufgeschlagen hatte, »ein Bild von einem großen Markt in einer Stadt abgedruckt, nicht koloriert und trotzdem eindrucksvoll.«

»Und wozu soll das gut sein?«, fragte der Schulmeister.

»Pestalozzi hat uns gelehrt, dass nur das in die Köpfe der Kinder eingeht, was zuvor in ihren Sinnen war. Er sagte, man müsse sich von allem, was man für wichtig erachtet, ein Bild machen. Darum hat er den Anschauungsunterricht eingeführt. Wer einen solchen Unterricht will, und wir haben ihn in unserer Schule, der muss die Sachen auch zeigen und darf nicht nur darüber reden. Im Kopf der Kinder sollen farbige Bilder entstehen. Das meint Pestalozzi mit seiner Lehre von der Anschauung im Unterricht.«

»Die Sachen in der Natur oder in unserer Gemeinde oder auf dem Bauernhof anschauen, das wäre richtig«, entgegnete Schulmeister Wieler.

»Das wäre die beste Anschauung«, erwiderte Hansjörg. »Aber wo können die Winterhausener Kinder ein Bergwerk anschauen oder ein Dampfschiff? Und im Umkreis von 20 Poststunden gibt's hier keine Eisenbahn. Deshalb müssen wir den Kindern auch Bilder zeigen.«

»Ich stimme Ihnen zu, Herr Rössner«, beendete der Pfarrer den kleinen Disput und machte eine kurze Pause. »Was kostet so ein Bild? Können wir uns das überhaupt leisten?«

»Nichts leichter als das, Herr Pfarrer«, eiferte sich Hansjörg. »Wir kaufen zwei Bilder, fix und fertig koloriert und auf Pappe geleimt, das Stück zu einem Gulden. Zwei Bilder von Dingen, die es hier nicht gibt, zum Beispiel ein Bild von der Eisenbahn. Oder von einem Fabriksaal. Oder ein Märchenbild für die Erstklässler. Darüber hinaus bestellen wir weitere zehn Papierbilder, nicht eingefärbt und nicht auf Karton aufgeklebt, das Stück zu einem halben Gulden. Unsere besten Schüler bemalen die Bilder und kleistern sie auf Karton. Buchbinder Gradmann ist unserer Schule wohlgesonnnen, er wird uns dabei helfen. Und die Bilder, die unsere besten Zeichner aus Büchern abmalen können, wilde Tiere oder ein Indianerzelt oder ähnliches, die machen wir in der Schule selber. Das ist zugleich eine gute Zeichenschulung für die großen Schüler.«

»Sie sind ein raffinierter Kopf, Herr Rössner«, sagte der Pfarrer.

»Wenn wir uns einen Plan machen, für welche Unterrichtsthemen Anschauungsbilder hilfreich wären, und Jahr für Jahr zwei fertige Tafelbilder kaufen und zehn selber herstellen, dann haben wir in ein paar Jahren eine vollständige Sammlung. Von jedem Gegenstand, über den man in der Schule sprechen muss und den unsere Kinder hier nicht zu sehen bekommen, haben wir dann ein Bild.« Hansjörg war aufgeregt, weil er von einer gut ausgestatteten Schule träumte.

»So wie ich Sie kenne, Herr Rössner, haben Sie schon einen fertigen Plan, stimmt's?«, lachte ihn der Pfarrer an.

Hansjörg errötete und verwies auf das Papier, das er in das Lehrerhandbuch eingelegt habe.

Am Abend schrieb Hansjörg einen Brief nach Sommerfelden. Eigentlich sei er strafversetzt, in Wahrheit fühle er sich belohnt. Pfarrer Schütz liege die Bildung und Erziehung der Kinder am Herzen. Die Schule sei gut ausgestattet und werde noch besser ausgerüstet. Mit den Kindern zu arbeiten, bereite ihm großes Vergnügen. Und jetzt habe ihm der Fürst den Auftrag erteilt, einen Gesangverein aufzubauen und ein Buch über Hohenlohe zu schreiben. Vom Mesnerdienst sei er freigestellt.

Seiner Schwester Sophie legte Hansjörg einen Zettel bei. Es gäbe eine merkwürdige Verbindung zwischen seinem neuen Dienstort und seiner beruflichen Laufbahn, die er noch nicht durchschaue. Einer der drei Oberkirchenräte, die ihn verhört hätten, habe wohl im Hintergrund die Fäden gezogen, dass er nach Winterhausen gekommen sei. Dieser Mann habe vor über zwanzig Jahren seine erste Pfarrstelle hier gehabt. »Es würde mich nicht überraschen, wenn auch unser Taufpfarrer

Gläser in jener Zeit in Hohenlohe war«, schloss er das Begleitschreiben an Sophie.

Der Ostermontag fiel auf den 21. April. Über Hohenlohe herrschte strahlender Sonnenschein. Die einflussreichsten Persönlichkeiten von Winterhausen schritten nicht über ihre Felder und prüften die Aussaaten. Sie hockten auch nicht vor ihren Häusern und wärmten sich in der Sonne. Sie schwitzten in dämpfiger Luft im Gasthaus, lauschten ihrem Pfarrer, hörten ihrem Schultheißen zu und debattierten bei Bier, Most, Obstler und viel Geschrei, ob man einen Gesangverein gründen solle.

Hansjörg saß neben Pfarrer Schütz. Der hatte ihn gebeten, in die Post zu kommen und sich darauf vorzubereiten, den Männern das Singen schmackhaft zu machen.

Der Bürgermeister, dem das Wirtshaus gehörte und der zugleich Posthalter war, kam hinter dem Schanktisch hervor und eröffnete die Versammlung: »Männer«, sagte er, »wir wohnen in Winterhausen. Draußen scheint die Sonne. Also sollten wir in unseren Herzen aus Winterhausen ein Sommerhausen machen.«

Pfarrer Schütz knetete die Seelen der Männer weich. Er pries das Singen als Zeitvertreib und Bereicherung des Gemeindelebens. Er wies auf Martin Luther hin, der gelehrt habe, Sänger seien zufriedener mit ihrem Leben als andere Zeitgenossen; da, wo man singe, gehe immer die Sonne auf und nicht nur an einem Tag wie heute. Und er erwähnte zum Schluss, dass Fürst Gottfried persönlich seine Residenzstadt ersuche, die Sangeskunst zu pflegen.

Hansjörg hatte eine pfiffige Rede vorbereitet. »Ich komme aus Sommerfelden«, begann er, »dort ist der Hintern des Königreichs.« Er machte eine kleine Pause. »Auf der Landkarte.« Die Männer im Saal grinsten. »Jetzt wohne ich in Winterhausen, dem Kopf des Königreichs. Und da ist bekanntlich das Hirn drin. Schaut Euch die Landkarte nur an.« Die Männer johlten und prosteten sich auf das Wohl ihrer auserwählten Bastion des Geistes zu. »Mit Musik, meine Herren, geht alles besser. Hirnschmalz und Musik, das gibt eine durchschlagende Mischung.«

Dann sang er das Lied *Ännchen von Tharau* vor, sagte die erste Strophe mehrmals langsam vor, bis alle sie mitsprechen konnten und übte die Melodie ein. Als er die Gasthäusler dirigierte, sang er die zweite Stimme, in die ein paar Sänger mit einfielen.

Donnernder Applaus und vielfältige Bitte, das Ganze zu wiederholen. »Ihr Wunsch ist mir Befehl, liebe Sangesbrüder. Noch einmal von vorn. Den Mund bitte weit aufmachen und die Schmalzbacken zur Seite gedrückt«, sagte er und schlug den Takt.

Pfarrer Schütz erhob sich, bat um Ruhe und fragte, wer bereit sei, zur Singstunde zu kommen und Vereinsmitglied zu werden. Über sechzig Männer meldeten sich. Hansjörg ging, vom Schultheißen unterstützt, von Tisch zu Tisch und notierte die Namen.

»Also Männer«, fasste Schütz das Ergebnis der Versammlung schmunzelnd zusammen, »jeden Mittwoch um acht Uhr sehen wir uns hier zur Singstunde, mit einer Ausnahme: In der Erntezeit, das heißt in der Schulvakanz, gibt's keine Singstunde.«

Der Pfarrer verabschiedete sich bald darauf. Er müsse noch den Vespergottesdienst vorbereiten. Die meisten Gäste blieben im Lokal. Die Luft war zum Schneiden und der Lärm unerträglich, aber die Stimmung war prächtig.

Der Schultheiß setzte Hansjörg ein Glas Frankenwein vor, drückte sich für einen Augenblick auf den freien Platz neben ihn und prostete ihm zu: »Zum Wohl, Herr Dirigent.« Er war doppelt zufrieden. Als Schultheiß hatte er den Wunsch seines Fürsten prompt erfüllt. Und als Wirt hatte er sich für einen weiteren Abend unter der Woche eine volle Gaststube gesichert.

»Das mit dem *Ännchen von Tharau* haben Sie prächtig hingekriegt, Herr Lehrer«, lobte er den künftigen Dirigenten. »Auf eine gute Zusammenarbeit in unserem Gesangverein!« Er prostete Hansjörg erneut zu, stand auf und entschuldigte sich mit dringenden Geschäften am Schanktisch.

Nach wenigen Augenblicken setzte sich ein fremder Herr auf den freien Platz. Er war von Kopf bis Fuß im Sonntagsstaat und nach neuester Mode gekleidet, grüner Sonntagsrock, gelbe Sonntagsweste, schwarze Reithose, Sonntagsstiefel. Den schwarzen Hut legte er vorsichtig neben sich auf die Bank, mit der Öffnung nach oben. In die warf er seine Handschuhe hinein. Die Zigarre behielt er im Mund, als er Hansjörg ansprach: »Ich freue mich, Sie kennen zu lernen, Herr Rössner.«

Als ihn Hansjörg fragend ansah, lachte er auf, als sei ihm das noch nicht vorgekommen: »Sie kennen mich nicht?«

Hansjörg schüttelte den Kopf.

»Ich bin der Forstverwalter Seiner Durchlaucht. Eugens Vater. Willkommen in Hohenlohe, Herr Lehrer.«

Er reichte Hansjörg huldvoll die linke Hand und nahm mit der rechten die Zigarre aus dem Mund.

»Gut gemacht, junger Freund, gut gemacht. Schönes Lied, das Sie da einstudiert haben. Werd ich bei Seiner Durchlaucht lobend erwähnen.«

Dann klopfte er Hansjörg gönnerhaft auf den Rücken, stand wieder auf und ging grußlos.

Bildung scheint er nicht viel zu haben, wenn man das Reiten, Schießen und Herumkommandieren abrechnet, dachte Hansjörg. Seinen Titel nennt er. Einen Namen scheint er nicht zu haben. So von oben herab war er schon lange nicht mehr begrüßt worden. Ihm fiel ein, wie wütend Eugen auf seinen Vater war.

Zwei Tage später war Georgi. 24 neue Erstklässler wurden eingeschult. Pfarrer Schütz hatte ihre Namen am Palmsonntag in der Abkündigung von der Kanzel verlesen und die Eltern ermahnt, am 23. April um acht Uhr ihre sechsjährigen Kinder persönlich ins Schulhaus und in die Kirche zu begleiten.

Der Pfarrer erwartete die Kinder mit ihren Vätern und Müttern vor dem Schulhaus. Fünf Kinder kamen mit ihrem Vormund, weil sie Vollwaisen waren. Als um acht Uhr die Kirchenglocken zu läuten begannen, zog Pfarrer Schütz mit den Kindern und Erwachsenen ins Schulhaus ein.

Hansjörg stand an der Tür zum Unterstufensaal und begrüßte jedes Kind und jeden Erwachsenen mit Handschlag und einem herzlichen Willkommen. Im Saal waren die vorderen Bänke unbesetzt. In den Subsellien dahinter saßen die Zweit-, Dritt- und Viertklässler. Die Türe und die Wände waren mit Tannenreisig geschmückt. Zwei hohe Leuchter, auf denen weiße Kerzen brannten, umrahmten die Tafel.

Ein paar Buben und Mädchen nahmen die Erstklässler bei der Hand und führten sie stumm an ihren Platz, auf dem ein blumenverziertes Namensschildchen lag. Pfarrer Schütz bat die Erwachsenen flüsternd, sich leise hinter der letzten Bankreihe und entlang der Türwand aufzustellen.

Als die Glocken verklangen, trat Hansjörg vor seine Klasse und gab den Chorkindern ein Zeichen. Zwanzig Schülerinnen und Schüler sammelten sich vor der Tafel und eröffneten die Feierlichkeit mit dem zweistimmigen Bittgesang:

*Komm, o Heil'ger Geist, und breite*
*über mich dein Gnadenlicht,*
*dass ich immer weiter schreite*
*in Erlernung meiner Pflicht.*
*Mache mir zum Lernen Lust,*
*gib, dass ich in meiner Brust*
*das Erlernte wohl behalte*
*und im Guten nicht erkalte.*

Pfarrer Schütz hielt eine kurze Ansprache. Er ermahnte die Eltern, ihre Kinder zu regelmäßigem Schulbesuch anzuhalten.

Dann geleitete er Schüler und Eltern in die Kirche. Er ging voraus, ihm folgten die neuen Erstklässler; manche drehten sich öfters zu ihren Eltern um. Hinter ihnen schritt Hansjörg, dann kamen die übrigen Unterstufenschüler, dann Schulmeister Wieler, dann die Oberstufenschüler, dann Provisor Gundert und schließlich die Eltern der Erstklässler.

In der Kirche warteten schon viele Gemeindemitglieder. Als Pfarrer Schütz und die Erstklässler durchs Mittelschiff einzogen, standen alle auf.

Die Oberstufenschüler umrahmten den kurzen Gottesdienst musikalisch. Pfarrer Schütz predigte über das Gleichnis vom ungerechten Hausvater. Er erläuterte anschaulich, warum Kinder für Familie und Gemeinde bedeutsam sind.

Dann übergab er Hansjörg die Schulgesetze, die tags zuvor noch an der Tafelwand im Schulsaal gehangen hatten, mit den Worten: »Empfangen Sie hier, teurer Lehrer Rössner, diese Schulgesetze, die Sie ab heute, wie die königlich württembergische Schulordnung befiehlt, Ihren neuen Schülern erklären und einüben müssen.«

Hansjörg las die Gesetze mit lauter Stimme vor.

Dann rief Pfarrer Schütz die Erstklässler vor die Kanzel, stellte Hansjörg mitten unter sie, gebot allen Anwesenden, sich von ihren Plätzen zu erheben und ließ alle Schulkinder geloben: »Wir Schüler geloben – unserm Lehrer – Ehre – Liebe – und Gehorsam.«

Der Oberstufenchor sang zum Schluss den dreistimmigen Chorsatz:

*Gott, wir sehen hier den Lehrer,*
*den uns deine Hand gesandt.*
*Segne gütig sein Geschäfte,*
*gib ihm Weisheit, Mut und Kräfte,*
*dass uns seine Lehr erbauet,*
*die wir ihm sind anvertrauet.*
*Steh ihm mächtig stets zur Seite,*
*mach durch ihn dein Wort bekannt.*

Unter Glockengeläut gingen die Kinder, wieder die Erstklässler voran, ins Schulhaus zurück, wo sie bis um zwölf Uhr den ersten Schultag im neuen Schuljahr zubrachten. Der Nachmittag war, wie jeden Mittwoch, unterrichtsfrei.

Den freien Nachmittag nützte Hansjörg zum ersten Besuch im fürstlichen Archiv. Fürst Gottfried hatte seine Verwaltung angewiesen, dem neuen Unterlehrer bei der Arbeit am Heimatbuch behilflich zu sein und ihm freien Zugang zum Archiv zu gewähren.

Biedermann, der fürstliche Verwaltungsaktuar, begrüßte Hansjörg freundlich und freudig erregt. Der Besuch bringe Abwechslung in seinen einförmigen Alltag und Leben in die fade Amtsstube. Zuerst führte er seinen Schreibtisch vor, ein neues Modell mit flacher Tischplatte und einem Aufsatz mit Postfächern. Er lobte auch sein Stehpult, das einst im Besitz des Eisenbronner Klosters gewesen sei. So könne er abwechselnd im Sitzen und Stehen arbeiten. Dann zeigte er seinem Besucher das Archiv, das mit dem Amtszimmer durch einen schmalen Gang verbunden war. In der hintersten Kammer, einem gefangenen Raum, lagerten die vertraulichen Akten, die fürstlichen Besitzurkunden und die Kriminalakten.

Hansjörg beobachtete heimlich den wuseligen Mann, der kaum still stehen konnte. Trotz seines Alters, er schätzte ihn auf weit über sechzig Jahre, war er nach neuester Mode gekleidet: kurze lederne Kniehosen, blaue Wadenstrümpfe und Schnallenschuhe. In der seitlichen Hosennaht steckte ein Messer. Das blaue Wams schmückten zwei Reihen Silberknöpfe, jeder so groß wie ein Doppelgulden. Auch an den Manschetten saßen Knöpfe. Um den Hals trug er ein rotes Tuch und auf dem Kopf eine schwarze Samtkappe.

Hansjörg bat den Aktuar, ihm einen Überblick über die Lagerbestände zu geben.

»Wie wollen Sie zu Werke gehen, Herr Lehrer?«

»Zunächst wie bei meinem ersten Buch, Herr Aktuar. Das Bekannte aus Büchern und Akten zusammentragen. Dann Leute befragen. Das neue Buch möchte ich aber breiter anlegen. Es soll allen, die sich für Land und Leute interessieren, etwas bringen.«

»Aber bedenken Sie, Herr Lehrer: Wer alles will, wird nirgendwo vollkommen sein.«

»Deshalb gerade nicht Dorfgeschichte an Dorfgeschichte reihen, Herr Aktuar. Die Pfarrer, Schultheißen und Lehrer nicht bloß auflisten, wie ich das in Neustadt gemacht habe. Vielmehr möchte ich den Lesern etwas übers Fürstenhaus und die Menschen hierzulande erzählen«, sagte Hansjörg. »Über das Leben und Arbeiten der Hohenloher. Ihre Freuden, Sorgen, Nöte, aber auch ihre Verfehlungen, Vergehen und Verbrechen. So stell ich's mir vor.«

»Also doch von allem etwas?«

»Aber kein umgekippter Zettelkasten, keine Kuriositätenschau, sondern ein ernsthafter Versuch, die Menschen in den Mittelpunkt zu rücken, die Hohenloher darzustellen und zu verstehen, die armen und die reichen, die Bauern, die Handwerker und die Lebenskünstler.«

»Und womit wollen Sie beginnen?«

»Mit den Menschen, Herr Aktuar, mit den Menschen. In Neustadt habe ich zuerst die Geschichte der Gemeinden skizziert und dann die Hauptpersonen benannt. Hier will ich's anders angehen. Erst die Menschen, dann die wichtigsten Sachen und ihre Geschichte.«

Der Aktuar sah ihn aufmerksam an und zog die Unterlippe hoch. Er dachte nach.

»Die Menschen sind die Hauptsache auf der Welt, Herr Aktuar. In ihnen offenbart sich das göttliche Walten und das irdische Gestalten.«

»Werden Sie oft herkommen?«

Hansjörg sah Biedermann fragend an: »Störe ich Ihre Amtsgeschäfte?«

»Nein, im Gegenteil. Ich frage mich, ob sich's lohnt, Ihnen einen eigenen Schreibtisch herrichten zu lassen.«

Hansjörg sah ihn ungläubig an.

»Glauben Sie's mir, Herr Lehrer, ich freue mich, wenn Sie mich oft besuchen. So kommt Leben in meine verdorrte und verstaubte Welt.«

»Dann wäre ich Ihnen für einen eigenen Tisch sehr dankbar.«

»Wissen Sie, Herr Lehrer, als ich nach der Schule hier als Amtsschreiber begonnen habe, da war das Haus Hohenlohe noch mächtig und galt viel in der Welt. Jetzt sind wir die armen Verwandten im neuen Königreich, gerade noch gelitten.« Biedermann gab einen tiefen Seufzer von sich. »Bei keiner königlichen Behörde konnte ich unterkommen. Kein Oberamt hat mich genommen. Man wollte den mediatisierten Fürstenhäusern und all ihren Bediensteten die kalte Schulter zeigen. So musste ich hier bleiben und Staub ansetzen, wie meine Akten.«

»Na, na, hier in Winterhausen weht ein frischerer Wind als in mancher Gemeinde um Stuttgart. Ich weiß, wovon ich rede.«

»Meinen Sie? Früher, ja, früher haben die Bauern die Augen aufgerissen und Kratzfüße gemacht, wenn sie mich gesehen haben. Sogar der Schultheiß ist ehrfurchtsvoll mit der Mütze in der Hand vor meinem Schreibtisch gestanden. Heute haben wir fürstlichen Schreiber weder Macht noch Geld.«

»Warten Sie's ab, Herr Aktuar, mein Buch wird den Schwaben zeigen, wo der wahre Fortschritt im Land herrscht.«

Der Amtsschreiber ging mit Hansjörg in den ersten Aktenraum zurück und zeigte auf das Fenster. »Morgen finden Sie da einen stabilen Tisch, einen bequemen Stuhl, Stahlfeder, Tinte und Papier vor. Alles nur für Sie.«

Hansjörg dankte überschwänglich und fragte, ob er den Herrn Aktuarius am Abend in der ersten Singstunde begrüßen dürfe. Statt einer Antwort stimmte Biedermann das *Ännchen von Tharau* an; das habe ihm gut gefallen.

»Dann wissen Sie, lieber Herr Aktuar und Sangesbruder, dass hier das Hirn unseres Landes sitzt und drunten im Süden der …«

Der Rest des Satzes ging im Gelächter des Schreibers unter. Der zog ein Schnupftuch mit rotem Monogramm aus seiner Lederhose und wischte sich damit über die Augen.

Hansjörg bat um Verzeihung, dass er so viel Zeit für sein Anliegen beansprucht habe. Er werde sich nun, falls es gestattet sei, noch ein, zwei Stunden in den Aktenräumen umsehen und einen Überblick verschaffen, welche Materialien er hier finden könne und was er sich anderswo beschaffen müsse.

»Kann ich Ihnen dabei behilflich sein, Herr Lehrer?«

Hansjörg zögerte und strich sich durch die Haare am Hinterkopf. Er blickte durchs Fenster hinaus auf den Innenhof des Schlosses, während ihn der Amtsschreiber gespannt beobachtete. »Wenn ich's mir recht überlege«, er drehte sich zu dem Fragenden um, »dann wäre es von großem Vorteil, wenn Sie bei dem Buch mitmachen würden.«

Der Aktuar strahlte ihn an.

»Sofern Ihre Durchlaucht zustimmt«, setzte Hansjörg hinzu.

»Ich werde den Fürsten bei nächster Gelegenheit um Zustimmung bitten.« Seine Augen leuchteten. »Er wird es gutheißen.«

»Abgemacht, lieber Aktuarius.« Hansjörg reichte ihm die Hand. »Wenn wir das Buch gemeinsam schreiben, dann wird es interessanter und zudem schneller fertig.«

Der Schreiber schlug freudig ein. »Und womit soll ich beginnen?«

»Könnten Sie die fürstliche Familie beschreiben? Die Fürsten der Reihe nach bis auf den heutigen Tag aufzählen? Ihre Lebensdaten, ihr Herrschaftsgebiet und die politischen und wirtschaftlichen Verhältnisse?«

»Da bin ich Fachmann. Da kann ich aus dem Vollen schöpfen. Soll ich die Fürsten von früher bis heute abhandeln? Oder umgekehrt, mit Fürst Gottfried beginnen und mich in die Vergangenheit zurückarbeiten?«

»Am besten folgen wir in allen Kapiteln der Zeitlinie: von früher bis heute.« Hansjörg rieb sich das Kinn. »Da fällt mir ein, noch besser wär's, wenn Sie mit mir zunächst die Liste der Pfarrer, Schultheißen, Verwalter und Lehrer in den Gemeinden erstellen, die zum fürstlichen Territorium gehören.«

Hansjörg sah die Fragen im Gesicht des anderen, darum fügte er an: »Ich bin hier noch neu, aber Sie kennen fast jeden in und um Winterhausen. Eine solche Liste würde mir das Arbeiten erleichtern, wenn ich mich in die religiösen Verhältnisse und die Sitten, die Volksbildung und die Wissenschaft und Kunst im Fürstentum einlese. Wenn mir Personen in den Büchern und Akten begegnen, die ich noch nicht kenne, dann kann ich sie schneller mit Hilfe dieser Liste zuordnen.«

Gemeinsam suchten sie im Archiv die Bücher zusammen, die Stellenverzeichnisse enthielten. Dann bat Hansjörg um vier doppelte Kanzleibogen und verteilte darauf die Überschriften *Pfarrer*, *Schultheißen*, *Verwalter* und *Lehrer*. Er nahm das erste Buch vom Stapel, schlug die Stellen auf, in denen über die Pfarrer rund um Winterhausen berichtet wurde und übertrug die Angaben auf den *Pfarrer*-Kanzleibogen, den er nochmals nach den Gemeinden unterteilte. Die Angaben über die Lehrer, die er im selben Buch fand, notierte er auf dem *Lehrer*-Blatt.

»Kapiert«, sagte der Aktuar.

»Wenn Sie, lieber Aktuar, alle Angaben aus den Büchern auf die vier Kanzleibogen herausgeschrieben haben, dann werden Sie vermutlich feststellen, dass die Listen nicht vollständig sind. Dann sehen wir in den Ortsakten der Gemeinden nach, ob wir weitere Angaben finden.«

»Ich kann auch meine Kollegen in den Gemeinden um Amtshilfe bitten. Ich kenne alle Amtspersonen in den Orten ringsum.«

»Eine vorzügliche Idee.«

Hansjörg verabschiedete sich; er wolle im Pfarramt nach weiteren Stellenverzeichnissen fahnden. Auf den Fildern habe er in den Pfarrämtern die nützlichsten Bücher gefunden. »Wir sehen uns am Abend in der Post, lieber Herr Biedermann.«


Die erste Singstunde war ein voller Erfolg. Nicht sechzig, sondern über achtzig Sänger waren gekommen, jüngere und ältere. Sie lernten anderthalb Stunden lang fleißig Liedtexte auswendig und übten neue Melodien ein. Nach der Singstunde saßen sie fidel bei Most, Bier und Wein zusammen und genossen die ungewohnte Gemeinsamkeit, die Pfarrer Schütz mit ihnen teilte.

Hansjörg bat den Aktuar, der statt der blauen Wadenstrümpfe nun weiße trug, am Tisch des Pfarrers Platz zu nehmen, gehöre er doch jetzt zu den Buchschreibern. Stolz legte der Aktuar das Verzeichnis der Pfarrer auf den Tisch; es sei fast fertig. Hansjörg nahm die Liste, ging mit dem Zeigefinger Zeile um Zeile durch und blickte irritiert auf: »Herr Pfarrer, sagten Sie nicht, dass Konsistorialrat Reiser hier in der Nachbarschaft als Pfarrer gelebt hat und mit unserem Fürsten befreundet war?«

Pfarrer Schütz bestätigte es.

»Den finde ich nicht auf der Liste«, wandte sich Hansjörg an den Aktuar.

»Reiser? Der war Pfarrer in Gerabronn, deshalb gehört er nicht auf unsere Liste.«

Hansjörg war verwirrt. »Und«, stammelte er, »und warum nicht?«

Biedermann klärte ihn auf, dass sie doch ein Heimatbuch über das Fürstentum Hohenlohe-Winterhausen schreiben wollten. Dazu gehöre Gerabronn nicht, denn das Städtchen sei zwar vor langer Zeit auch einmal hohenlohisch gewesen, aber dann zu Brandenburg-Ansbach geschlagen worden. Vor den napoleonischen Kriegen sei es auf dem Wege der Erbschaft an Preußen gefallen, 1806 zunächst bayerisch und erst 1810 württembergisch geworden.

»Und was ist mit Niederstetten und Langenburg, Bartenstein und Schrozberg, Leutzendorf und Reubach?«, fragte Hansjörg entgeistert.

»Sehen Sie, Herr Lehrer, das ist Geschichte. Niederstetten gehörte dem Fürsten von Jagstberg. Langenburg war die Residenzstadt derer zu Hohenlohe-Langenburg, einer anderen Hohenloher Linie. Leutzendorf und Reubach waren reichsstädtisch und gehörten hinüber nach Rothenburg ob der Tauber. Der Fürst von Bartenstein hatte sein eigenes Territorium; während der Französischen Revolution hat er Tausende von königstreuen Franzosen bei sich beherbergt. Und Schrozbergs Geschichte ist so kompliziert, dass selbst ich sie noch nicht ganz begriffen habe. Es gehörte einst dem berühmten Götz von Berlichingen, wurde an ein anderes Rittergeschlecht verhökert, kam dann zu den Fürsten von Hohenlohe, aber nicht zu Winterhausen, nicht zu Langenburg, sondern zur Öhringer Linie. 1806 wurde es württembergisch.«

Pfarrer Schütz lachte aus vollem Hals. »Das soll einer verstehen. Wenn es uns heute schon schwerfällt, die Orte nach ihrer Zugehörigkeit in unserer Jugendzeit zu ordnen, was können wir dann von den nachgeborenen Lesern des Heimatbuches in zehn oder zwanzig Jahren erwarten?«

»Und was schlagen Sie vor, Herr Pfarrer?«, fragte Aktuar Biedermann verwirrt.

Hansjörg brachte das Problem auf den Punkt: »Welche Orte nehmen wir in unser Heimatbuch auf und welche nicht, Herr Pfarrer?«

»Sie können sich nicht auf die Orte beschränken, die früher zu unserem Fürstenhaus gehörten.« Schütz blickte zwischen Aktuar und Unterlehrer hin und her und dachte einen Augenblick nach. »Erstens haben die Besitzverhältnisse früher alle paar Jahre gewechselt. Zweitens kennt keiner mehr die Geschichten aus grauer Vorzeit. Und drittens interessiert sich niemand für das alte Durcheinander. Schreibt ein Buch über das Oberamt. Da sind alle Nachbarorte beieinander. Und für die paar Leser, die sich noch für die alten Geschichten interessieren, können Sie die vergangenen Zustände erläutern, die längst die Jagst hinweggeschwemmt hat.«

»Und was wird Seine Durchlaucht dazu sagen?«, fragte der Aktuar besorgt.

»Es gibt keine andere sinnvolle Lösung als die flächendeckende Beschreibung der Orte, so wie sie geographisch schon immer nebeneinanderliegen und wie sie seit dreißig Jahren endlich auch politisch zusammengehören. Keine Sorge, ich red mit dem Fürsten. Wie ich ihn kenne, wird er über Ihre Sorgen milde lächeln.«

Bevor sich Pfarrer Schütz anderen Themen zuwandte, lud er den Aktuar ein, in den nächsten Tagen ein paar Bücher in seiner Amtsstube abzuholen, die der Unterlehrer herausgesucht habe.

Eine Woche später saß Hansjörg an seinem neuen Arbeitsplatz im Schlossarchiv und ging die vorbildlich erstellten Listen der Pfarrer und Lehrer des Oberamts Gerabronn durch. Unter den Gerabronner Pfarrern war jetzt auch Reiser aufgeführt. Und für Bächlingen an der Jagst verzeichnete die Liste einen Pfarrer namens Friedrich August Gläser, wie er vermutet hatte. Das musste derselbe sein, der ein paar Jahre später in Plieningen auftauchte.

Hansjörg stand auf und eilte in die Schreibstube. Der Aktuar saß nicht am Schreibtisch, sondern stand vor dem Stehpult, kaute auf seinem Bleistift herum und schaute versonnen aus dem Fenster.

»Darf ich Sie stören?«

Der Aktuar schreckte auf und legte den Bleistift in die Schreibschale. »Ich bin gerade bei der Reihenfolge unserer Fürsten. Mir fällt nicht ein, wie der Ururgroßvater unseres regierenden Fürsten Gottfried hieß?«

»Da dürfen Sie mich nicht fragen.« Hansjörg machte eine entschuldigende Geste. »Ich wollte mich bedanken für die Listen, die Sie auf meinen Tisch gelegt haben. Gute Arbeit, mein Lieber.«

Das Lob tat dem alten Aktuar sichtlich gut; dass ihn der junge Mann ehrte und achtete, freute ihn.

»Sie erlauben mir eine Frage zu der Aufstellung?« Hansjörg wartete die Antwort nicht ab. »In Bächlingen haben Sie einen gewissen Pfarrer Gläser verzeichnet. Kennen Sie ihn?«

»Wer den Reiser kennt, der kennt auch den Gläser. Unzertrennlich waren die beiden Vikare. Kennen Sie den Gläser?«

Hansjörg grinste: »Rotwein-Gläser und Apfelkuchen-Reiser? Wer kennt die nicht?«

Der Aktuar lachte. »So war's. Seine Durchlaucht Fürst Gottfried war der Dritte im Bunde. Bierfürst, Rotweingläser und Kuchenreiser haben die Leute hinter vorgehaltener Hand gelästert. Manche Nacht sind die nicht heimgekommen. Man hat gemunkelt, sie seien dann jagstabwärts versumpft.«

»Waren da ab und zu noch andere Pfarrer dabei?«

»Gut möglich. Unser Fürstenhaus besitzt seit dem ausgehenden Mittelalter zwischen Bächlingen und Eisenbronn eine Mühle. Die Fischrechte in der Jagst gehören dazu. Dort hat unser junger Fürst mit seinen Freunden geangelt und die Aalreusen geleert. Und unter der alten Trauerweide vor der Mühle haben sie sich einen Tisch und eine Bank gezimmert. Fürstentreff sagen die Leute heute noch zu der Stelle.«

»Ist der Ort leicht zu finden?«

»Wenn Sie wollen, können wir am Sonntag nach der Kirche dorthin wandern, immer der Jagst entlang. In anderthalb Stunden sind wir an Ort und Stelle.«

»Abgemacht, Herr Aktuar.«

Hansjörg ging zur Tür der Schreibstube, öffnete sie, besann sich anders, drehte sich um und fragte: »Bächlingen und Eisenbronn, sagten Sie?«

Der Aktuar nickte.

»Haben Sie eine Karte von dieser Gegend, Herr Aktuar, damit ich mich etwas vorbereiten und mir die Ortsnamen einprägen kann?«

Mit der Oberamtskarte kehrte Hansjörg an seinen Arbeitstisch zurück, schrieb sich die Orte um Winterhausen, Bächlingen und Eisenbronn auf ein Blatt Papier und dahinter die Namen der Pfarrer, die dort vor rund 20 Jahren ihre Theologenlaufbahn begonnen hatten.

Gegen halb fünf verließ er das Schloss und ging auf dem geschotterten Weg ins Städtchen hinab, an blühenden Forsythien vorbei, die man hier Goldflieder nannte. Auf Höhe des Mausoleums kam ihm eine Mittvierzigerin entgegen, die ihn von weitem musterte.

Hansjörg erkannte an der Kleidung, dass es eine Dame aus gutem Hause sein musste, denn sie trug einen Faltenrock aus schwarzem Krepp, unter dem weiße Strümpfe hervorstachen.

Ihre eng anliegende Jacke war aus grauer Halbseide und die weiße Schürze aus reiner Seide. Über den Kopf hatte sie ein geblüm-
tes Seidentuch geworfen, das ihr über die Schultern herabfiel.

Beim Näherkommen bemerkte Hansjörg, dass die Frau,
die verhärmt wirkte, ihn ansprechen wollte, es aber im letzten Augenblick unterließ. Er spürte, wie sie sich hinter seinem
Rücken nach ihm umdrehte und stehen blieb.

Hansjörg machte kehrt, ging auf die Frau zu und fragte:
»Kann ich Ihnen helfen?«

»Sind Sie der neue Unterlehrer, der Hansjörg Rössner?«

Hansjörg warf ihr einen erstaunten Blick zu: »Ja.«

»Dann freue ich mich, Sie endlich kennen zu lernen. Mein
Eugen hat mir viel von Ihnen erzählt.«

Hansjörg schüttelte der Frau herzlich die Hand.

»In seinem letzten Brief, den ich kurz vor Ostern bekommen
habe, hat mir Eugen geschrieben, Sie seien jetzt in Hohenlohe.
Genaueres wisse er nicht, und ich solle Sie ausfindig machen.«

»Am Ostermontag bin ich Ihrem Mann begegnet. Hat er
Ihnen das nicht erzählt?«

Sie warf den Kopf ruckartig zurück und ihre Pupillen verengten sich. »Der geht seine eigenen Wege.«

»Nachdem ich mich in Winterhausen etwas eingelebt habe,
wollte ich demnächst an Eugen schreiben. Wenn Sie möchten,
können Sie einen Brief an Ihren Sohn beilegen. Dann sparen
Sie sich die Kosten für den Postschein.«

»Das Angebot nehme ich gerne an. Kommen Sie mich
doch bald im Forsthaus besuchen. Das zweistöckige Gebäude
rechter Hand vor der Einfahrt zum Schlosshof.«

Am ersten Sonntag im Mai war strahlendes Wetter. Schon in
aller Frühe genossen die Kirchgänger die Wärme, und nach
dem Gottesdienst lockten das Licht und die farbenprächtige
Natur die Menschen ins Freie.

Hansjörg und der Aktuar gingen nicht den steilen Stich
nach Bächlingen hinab, sondern nahmen von der Kirche aus
den langen, aber bequemen Weg an die Jagst.

Biedermann führte Hansjörg in die kleine Dorfkirche, ein uraltes, schlichtes Haus, hinter mächtigen Bäumen und einer mannshohen Mauer versteckt. Die Innenwände waren mit verblassten Fresken bemalt. Links neben der Tür stand der steinerne Ritter Rezzo an der Wand und wachte über den Ein- und Ausgang der Besucher.

Sie schlenderten hinüber zur Mosesmühle, einer Getreide-mühle, die nach einem Müller namens Moses Preuninger hieß und vor ein paar Jahren um ein modernes Sägewerk erweitert worden war.

»Auf der Jagstwiese neben der Mühle«, der Aktuar zeigte auf einen schmalen Grünstreifen zwischen Fluss und Ufer-weg, »treffen sich im Sommer die Kinder zum Baden im Fluss.«

Dann steuerte er auf eine eigentümliche Holzbrücke zu. Sie war überdacht, mit Ziegeln gedeckt und hatte auf beiden Seiten Fenster, aus denen man aufs Wasser schauen konnte. Neben den Fenstern waren beschriftete Regale in die Brü-ckenwand eingearbeitet.

»Vor siebzig, achtzig Jahren haben durchreisende Zimmer-leute aus Siebenbürgen mehrere solcher Archenbrücken hier im Jagsttal errichtet. In den Regalen«, erklärte Biedermann, »hinterlegen die Handwerker und Bauern aus Bächlingen die Sachen, die der Postwagen mitnehmen soll. Im Gegenzug lässt der Postkutscher hier die Waren zurück, die der Dorfbüttel abholen und verteilen muss.«

Die beiden Wanderer verabredeten, der Jagst weiter fluss-abwärts zu folgen und erst im nächsten oder übernächsten Dorf ein Gasthaus aufzusuchen.

Nach einer Stunde erreichten sie den Fürstentreff. Vor ei-ner Getreide- und Sägemühle stand nahe am Fluss eine riesige Trauerweide. Darunter war ein runder Tisch im Boden ver-ankert, den auf der flussabgewandten Hälfte eine halbrunde Sitzbank einrahmte, von der man auf die Jagst hinausschauen konnte. Sie setzten sich und blickten auf den Fluss, in dem Fischreiher im seichten Uferwasser standen.

»Dass Sie mich mal besuchen, Herr Aktuar, das freut mich«, rief der alte Sägmüller von weitem und eilte mit einem Mostkrug und Gläsern herbei. Er begrüßte die beiden Gäste mit Handschlag, füllte drei Gläser und setzte sich an den Tisch.

Der Aktuar stellte Hansjörg vor und berichtete in knappen Zügen von ihrem fürstlichen Auftrag, ein Heimatbuch zu schreiben. Er bat den ergrauten Müllermeister, aus der Jugend des Fürsten und von den fidelen Gelagen hier unter dieser Weide zu berichten.

Die Augen des Müllers begannen zu leuchten, als er von den lustigen Vikaren erzählte, vom Reiser und vom Gläser, vom Haug aus Regenbach und vom Hofmann aus Michelbach. Oft seien sie hier gesessen, und Seine Durchlaucht mitten in der Runde. Dann hätten sie um die Wette Verse geschmiedet und Schnurren erzählt, hätten sich über mürrische Käuze aus dem Jagsttal und über die neuen Herren in Stuttgart belustigt und schauerliche Geschichten über Räuber, Mörder und Kindsverderber aufgetischt.

»Zum Wohle, meine Herren«, der Müller prostete seinen Tischnachbarn zu und verwies mit einer ausladenden Geste auf die prächtige Landschaft vor ihnen.

Hansjörg sprach die ihm unbekannten Namen Haug und Hofmann stumm vor sich hin, um sie sich besser einzuprägen. Dann legte er beide Hände um sein Glas, stellte viele Fragen und nippte ab und zu an seinem Most. Ob es beim Trinken und Erzählen geblieben sei, wollte er wissen, und ob es aus diesem friedlichen Tal auch Berichtenswertes gäbe, zum Beispiel Gaunereien oder gruselige Mordgeschichten.

Die jungen Männer, sagte der Müller und ging auf Hansjörgs Frage nicht ein, hätten leidenschaftlich gerne Karten gespielt. Im Gaigel, der schwäbischen Variante des Sechsundsechzig, und im Binokel, einem Melde- und Stichspiel, seien sie Meister gewesen. Der Fürst habe am liebsten mit seinen eigenen Karten gespielt, die er sich extra drucken ließ. Da sei seine ganze bucklige Verwandtschaft drauf verewigt, habe er gesagt. Ehemalige Kurfürsten und Könige sah man auf den Siebener-Karten, die man nur zum Abwerfen benötige. »Schmeißt du schon wieder einen König weg?«, habe dann der Fürst seine Freunde unter großem Gelächter gefragt, wenn die einen Siebener abwerfen mussten. Auf den wichtigen Karten waren die vier Vikare als Schippen-, Schellen-, Eichel- und Herz-Obristen dargestellt. Er wisse noch genau, erinnerte sich der alte Müller, dass der Reiser auf einer Karte als Herz-Ober im fürstbischöflichen Gewand, der Feldschütz von Nesselbach auf einer anderen als Schellen-König und der Besenbinder von Atzenroth auf einer weiteren als Eichel-König abgebildet gewesen seien. Da hätten sich die jungen Herren mit Sätzen wie *Besenbinder sticht Kurfürst* oder *Reiser sticht König* übertrumpft. Oder sie hätten an Sprüchen wie *Trumpf ist Seine Durchlaucht Feldschütz I.* ihren Spaß gehabt.

Er wisse noch, wie der Gläser an einem Abend so besoffen war, dass er da vorne, wo die Aalreusen sind, in den kleinen Graben gefallen sei. Als ihn der Hofmann herausziehen wollte und nicht auf die Beine kriegte, da habe der Gläser, auf dem Boden liegend, gelallt: »Bruder, glaubst du an die Auferstehung?« Der Fürst habe so gelacht, dass er einen Herzkasper bekam.

Kartenspiele an lauen Sommertagen, die Seine Durchlaucht mitmachte, hätten sich für gewöhnlich bis in die frühen Morgenstunden hingezogen. Den Kreuzgaigel zu viert habe der Fürst besonders gern gespielt. Der Kutscher habe dann die Nacht in der Mühle verbringen müssen, bis er die Herren im Morgengrauen heimschaukeln durfte. Oft seien die Herren »illuminiert zu Bette gegangen«, wie Seine Durchlaucht zu sagen pflegte.

Hier, schloss der Müller seinen Bericht und ging erst jetzt auf Hansjörgs Anliegen ein, sei man in einer Gegend, in der man selten das Haus verschließe und keine Diebe fürchten müsse. Die königlichen Gendarmen oder Landjäger, wie man sie jetzt nenne, kämen selten vorbei. Als sich die fidele Runde ein paar Jahre später in alle Winde zerstreut hatte, der Fürst in Esslingen am Neckar als Oberstleutnant beim Württembergischen Reiterregiment diente und aus den vier Vikaren ehrwürdige Pfarrer geworden waren, habe es allerdings hier in der Gegend zwei Kinderschändungen gegeben.

»Drüben in Lassbach«, der Müller zeigte auf einen Bergkamm auf der anderen Talseite, »da hat man die zwölfjährige Tochter des Schreiners geschändet und erdrosselt am Waldrand entdeckt. Und auf der Römerwiese bei Eisenbronn ist im Jahr drauf ein vierzehnjähriges Schulmädchen tot aufgefunden worden. Der Hofmann, der als einziger von den Vikaren hier in unserer Gegend geblieben und Pfarrer in Eisenbronn geworden war, der hat sich um die Eltern und Geschwister der beiden Mädchen gekümmert.« Der Müller sah Biedermann auffordernd an. »Sie müssen das doch besser wissen als ich, Herr Aktuar.«

Biedermann winkte ab. »Ist schon über zwanzig Jahre her. Und gefunden hat man die Verbrecher bis heute nicht.«

Der Schreiber und der Schulmeister wanderten weiter bis Eisenbronn, wo Hunger und Durst sie gleich ins Wirtshaus trieben. Die Schankmagd, eine Zwanzigjährige von ausgesuchter Schönheit und feinen Manieren, mit rotem Faltenrock, schwarzer Schürze und weißem Oberteil aus Baumwolle, bediente sie zuvorkommend und zurückhaltend zugleich. Bemerkungen der Stammtischbrüder überhörte sie und konzentrierte sich ganz auf ihre Arbeit.

Der Wirt war dafür umso gesprächiger. Er setzte sich zu ihnen an den Tisch, weil er den Aktuar vom Sehen kannte, und kam gleich auf den Winterhausener Gesangverein zu sprechen. Dass die in der verschlafenen Fürstenresidenz jetzt einen solchen Verein hatten und die Eisenbronner nicht, ärgerte ihn offensichtlich, weil die Singstunde dem Postwirt einmal in der Woche eine volle Schankstube garantierte. Umso erstaunter war er, als ihm der Aktuar verriet, dass der blutjunge Mann an seiner Seite, der Herr Unterlehrer, den Chor dirigiere. Ob er nicht Lehrer in Eisenbronn werden wolle, fragte der Wirt, süffisant lächelnd. »Wenn wir unseren Schulmeister vergiften, wie's mit dem Vater der Schankmagd geschehen ist, dann könnten Sie hier eine gut bezahlte Stelle antreten.« Er lachte und entfernte sich.

Das Mädchen, dem Hansjörg bei dem letzten Satz einen erstaunten Blick zugeworfen hatte, legte bei der schamlosen Rede des Wirts ihre Stirn in Falten und verengte ihre Augen. Die derben Worte verschlugen ihr und Hansjörg die Sprache.

Hansjörg überprüfte in der folgenden Woche, was er am Sonntag gehört und gesehen hatte. Er verglich die Pfarrer- und Lehrerlisten, die der Aktuar erstellt hatte, mit den gedruckten Stellenverzeichnissen und ergänzte die Angaben aus Berichten, die es zuhauf in den Ortsakten des Archivs gab.

Dann trug er alles zusammen, was er in den Akten über die Vikare Gläser, Haug, Hofmann und Reiser fand. Sie hatten gemeinsam die Klosterschule in Maulbronn besucht und sich ein Vierbettzimmer im dortigen Internat geteilt, hatten sich in Tübingen zum Theologiestudium eingeschrieben und im berühmten Stift wieder zusammen gewohnt. Sie hatten zur selben Zeit ihr Examen abgelegt und offensichtlich verabredet, die ersten Berufsjahre gemeinsam zu verbringen.

Alle vier galten als lebenslustig und politisch interessiert. Sie traten entschieden für arme Zeitgenossen ein, engagierten sich für die Schulbildung der Landbevölkerung und sammelten Ideen, wie man die Landwirtschaft fördern könne.

Sie kamen regelmäßig im Pfarrhaus in Michelbach zusammen, wo Hofmann als Vikar lebte und arbeitete. Wahrscheinlich trafen sie sich dort, weil Michelbach in der Mitte zwischen Gerabronn, Bächlingen und Regenbach lag. Vielleicht aber auch deshalb, weil Hofmann der Kopf der Gruppe zu sein schien.

Die Hilfsakte über Hofmann war dünn. Die Personalakte lag nicht im Archiv, sondern im Konsistorium in Stuttgart, wie der Aktuar wusste. Dennoch gab das magere Aktenbündel gute Auskunft über wesentliche Charakterzüge des Vikars Hofmann.

Hofmann war der älteste der vier Pfarrer, fünf Jahre älter als Reiser und Gläser. Er war entweder ein Waisenkind oder entstammte so ärmlichen Verhältnissen, dass er bis zum Pfarrerexamen aus dem Armenkasten und aus Stiftungen unterstützt werden musste. Wohl deshalb hatte er sich, wie die Armenakten auswiesen, als Vikar und Pfarrer nachdrücklich um arme Menschen gekümmert. Seine Spezialität waren Eingaben an die fürstliche Verwaltung. Er legte etliche Schreiben den Behörden vor mit der Bitte, arme Schlucker von dieser oder jener Abgabe zu befreien. Oft verband er eine Eingabe mit der Ermahnung, nicht verlauten zu lassen, dass er sich für den Betreffenden eingesetzt hatte.

Ein Briefwechsel war merkwürdig: Der Armenpfleger von Michelbach hatte Biedermann um Amtshilfe gebeten, weil er nicht wusste, wie er mit einer großen Spende umgehen müsse. Hofmann hatte dem Armenkasten 30 Gulden gespendet mit der Bedingung, die gesamte Summe an einen verarmten Witwer und Vater von vier kleinen Kindern weiterzureichen, ohne den Vikar als Spender zu nennen. Der Armenpfleger war der Meinung, er könne einen so hohen Geldbetrag nicht einem einzigen Empfänger ausbezahlen. Das sei gegen das Armenrecht, das nur kleine Almosen zulasse.

Hansjörg eilte mit dem Aktenbund in die Schreibstube zu Biedermann und bat um Aufklärung. Der schüttelte belustigt den Kopf: »Solche Sachen hat der Hofmann immer wieder gemacht. Öfters sind anonyme Spenden eingegangen mit handschriftlichen Vermerken, wer das Geld bekommen solle. Ich habe aber immer gewusst oder zumindest geahnt, dass der Hofmann dahintersteckt.«

Reiser und Gläser, sagte Biedermann und gab Hansjörg die Akte zurück, hätten nur eine Fußstunde voneinander entfernt gewohnt, vieles gemeinsam unternommen und die öffentliche Anerkennung gesucht. Gerne ließen sie sich bei öffentlichen Veranstaltungen als Wohltäter feiern. Anders Hofmann: er habe im Verborgenen gewirkt, zupackend, verschwiegen und zielstrebig, ganz die graue Eminenz der Wohltätigkeit. Haug dagegen sei zurückhaltend gewesen. Auf ihn gäbe es wenig Hinweise in den Akten; auch in seiner Gemeinde habe er wenig Spuren hinterlassen.

Hansjörg trottete in Gedanken durchs Archiv zu seinem Schreibtisch zurück, notierte das Gehörte und setzte sein Aktenstudium fort. Das Konsistorium hatte Reiser, Gläser und Haug nach Ablauf des Vikariats ins Altwürttembergische versetzt. Nur Hofmann war in Hohenlohe geblieben und Dorfpfarrer in Eisenbronn geworden. Später kam er als zweiter Pfarrer nach Künzelsau. Wenn das neueste Verzeichnis der Kirchenstellen noch stimmte, dann war er jetzt erster Pfarrer in Hall, der einst mächtigen und berühmten Salzmetropole und freien Reichsstadt am Kocher.

Um den muss ich mich kümmern, murmelte Hansjörg vor sich hin, stand von seinem Schreibtisch auf und ging in die Schreibstube zurück. Er bat den Aktuar, ihm die fürstlichen Kriminalakten zu zeigen, denn er wolle nachlesen, was über die Morde an den beiden Mädchen bekannt sei.

»Da werden Sie wenig Glück haben, Herr Lehrer«, entgegnete Biedermann mit einer entschuldigenden Geste.

Weil Hansjörg ihn fragend ansah, erläuterte ihm der Aktuar, dass Friedrich von Württemberg, gerade erst zum König erhoben, im Dezember 1805 vor einem großen Problem gestanden habe. Er habe die neuwürttembergischen Gebiete, die zum 1. Januar 1806 an Württemberg fallen sollten, mit den altwürttembergischen zu einem Staat vereinigen müssen. In dieser Geburtsstunde des neuen Königreichs Württemberg habe der König alle Beamten und Magistrate in Alt- und Neuwürttemberg ihres Dienstes enthoben und zugleich angekündigt, er werde alle im Amt bestätigen, wenn sie den Treueid auf das neue Württemberg und den neuen König leisteten. Von einer Minute auf die nächste waren alle Widersacher ihres Amtes enthoben und ihrer Macht ledig.

Am 2. Januar 1806, einem Mittwoch, mussten alle Württemberger, gleichgültig, ob sie evangelisch, katholisch oder jüdisch waren, in die Kirche oder Synagoge. Dort wurde ihnen von der Kanzel herab verkündet, dass sie ab sofort zum neuen Königreich Württemberg gehörten, Untertanen des König Friedrich seien und keine Volksversammlungen abhalten dürften. Sehr bald schon werde die bisherige Staatsverwaltung aufgehoben und aus einem Guss neu gemacht.

Als eine der ersten Maßnahmen, erklärte Biedermann, trieb der König den Straßenbau voran, damit alle Winkel im neuen Königreich von der Landeshauptstadt aus gut erreicht werden konnten. Außerdem ordnete er die Polizei und das Rechtswesen neu, um Recht und Ordnung zu vereinheitlichen.

Das Königreich wurde in 63 Oberämter eingeteilt, hinzu kam die Landeshauptstadt Stuttgart als 64. selbstständiger Verwaltungsbezirk. Alle Ämter, von den Gerichten über die Polizeistationen bis hin zu den Forstämtern und Schulbehörden, wurden in diese 64 Bezirke eingepasst. In jedem Oberamt wurde ein Amtsgericht eingerichtet, das ausschließlich dem Justizministerium in Stuttgart unterstand. In den Anfangsjahren des Königreichs wurden die bisher selbstständigen Hohenloher Fürsten bei spektakulären Kriminalfällen noch angehört und gelegentlich um ihr Urteil gefragt; später nicht mehr.

Als Mittelinstanz zwischen den Oberämtern und der Stuttgarter Landesregierung schuf König Friedrich zwölf Landvogteien. Während die Oberämter nach der Oberamtsstadt benannt wurden, zum Beispiel *Oberamt Gerabronn* oder *Oberamt Heilbronn,* hießen die Landvogteien nach Flüssen. Für Hohenlohe war die *Landvogtei Jagst* die Mittelbehörde, die ihren Sitz in Öhringen hatte. Später wurden die zwölf Landvogteien zu vier Kreisen zusammengefasst. Die Landvogtei Jagst ging im *Jagstkreis* auf, der seinen Amtssitz in Ellwangen hatte. In der Landvogtei Jagst in Öhringen und später im Jagstkreisamt in Ellwangen waren die oberen Landesbehörden untergebracht, unter anderem die Schwurgerichte.

Die Polizei hieß jetzt *Königliche Gendarmerie.* In jeder Oberamtsstadt wurde ein Polizeiposten, geleitet von einem Stationskommandanten, eingerichtet. In den ersten Jahren gab es sogar *berittene Gendarmen.* Das waren ehemalige Kavalleristen, Soldaten und Offiziere. Die große Mehrzahl der Gendarmen war jedoch unberitten, die sogenannten Landfüsiliere. Man nannte sie auch *Fußgendarmen*. Bald darauf wurden die Berittenen wieder ins Militär eingegliedert. Nur die Gendarmen zu Fuß blieben übrig. Später, vor etwa dreißig Jahren, hat König Wilhelm die Gendarmen in *Landjäger* umbenannt, weil es viele Klagen über die Polizei gab. Mit der Umbenennung in *Königliches Landjägerkorps* ging auch eine Umorganisation einher. Die alten Gendarmen wurden nach und nach durch Landjäger ersetzt.

Die Polizisten mussten im Dienst und in der Freizeit Uniform tragen; bürgerliche Kleidung war bei harter Strafe strengstens verboten. Sie waren für die Festnahmen zuständig, mussten die Gefangenen transportieren, die Verurteilten in den Gefängnissen beaufsichtigen und für die Ausführung von Leibstrafen, wie zum Beispiel Züchtigungen, sorgen. Bei Todesstrafen konnten sie gegen Rechnung einen erfahrenen Scharfrichter hinzuziehen.

»Sie sehen, lieber Herr Lehrer, bei uns im Archiv finden Sie alle Kriminalfälle vor 1806 und ausnahmsweise noch einige wenige bis 1830. Neuere Prozesse sind entweder im Oberamt in Gerabronn oder in der Öhringer Landvogtei oder im Jagstkreisamt in Ellwangen registriert und archiviert.«

»Wenn ich alles richtig verstanden habe«, fasste Hansjörg das Gehörte zusammen, »dann hat man vor fünfzig Jahren die alten Residenzstädtchen, freien Reichsstädte und Klöster entmachtet, die alten Strukturen vernichtet und neue geschaffen.«

»Genau so war's.« Biedermann sah ein Weilchen betrübt vor sich hin, hob dann den Kopf und sah Hansjörg gleichgültig an. »Vielleicht hatten die neuen Herren in Stuttgart keine andere Wahl. Sie mussten Altes und Neues zusammenfügen, wenn sie das neue Königreich von einem Punkt aus straff regieren wollten.«

»Und wer gibt uns jetzt Auskunft über unsere Kriminalfälle?«

Biedermann warf die Hände in die Höhe und zuckte die Achseln.

»Oder sollen wir das Kapitel in unserem Buch weglassen, Herr Aktuar?«

»Auf keinen Fall«, sagte Biedermann mit geschlossenen Lidern und schüttelte den Kopf. »Die Leser wollen in einem Heimatbuch erfahren, was die hohen Herren gedacht und getan haben. Sie wollen lesen, was die einfachen Leute umgetrieben hat. Welche Sorgen und Nöte sie bestehen mussten. Wann, wo und warum die Grenzen des Rechts und der Moral überschritten wurden.«

Hansjörg runzelte die Stirn. Ihn überzeugte das nicht.

Biedermann sah es. »Der Wirt in Eisenbronn hat doch den Mord am Schulmeister und seiner Frau erwähnt.« Er strich sich mit der linken Hand über die Augen, als wolle er lästige Erinnerungen wegwischen. »Sie hätten sehen sollen, was das für ein Auflauf war, als man das Mörderpaar vor den Toren Gerabronns geköpft hat. Schwarz vor Menschen waren die Wiesen und Felder rund um die Richtstatt. Nein, mein lieber Herr Rössner, das Kapitel müssen wir bearbeiten.«

»Wer gibt uns zuverlässige Auskunft, Herr Aktuar?«

»Wir befragen die Leute, die mit der Sache zu tun hatten. Aber zuerst besorgen wir uns die Kriminalakten aus Gerabronn. Dann sehen wir weiter. Vielleicht brauchen wir auch noch die Unterlagen aus Öhringen oder Ellwangen.«

Hansjörg gab sich geschlagen. »Wenn's denn sein muss«, sagte er, »aber ich befrage die Schankmagd in Eisenbronn.« Er grinste den Aktuar an. »Und sie können ja den Gerabronnern die Akten über die Mädchenschändungen und den Schulmeistermord abschwatzen.«

»So ist der Lauf der Zeit.« Biedermann fuhr sich gedankenverloren über die Augen. »Der junge Herr besucht die schöne Jungfer. Und ich alter Esel muss mich durch staubige Akten wühlen.« Er machte eine resignierende Handbewegung. »In Gottes Namen, Herr Lehrer.«

Bevor Hansjörg nach Hause eilte, um sich auf die Singstunde vorzubereiten, nahm er die Lehrerverzeichnisse und die Eisenbronner Ortsakten unter die Lupe und überprüfte sie auf Ungereimtheiten und Auffälligkeiten. Nichts Verwertbares. Enttäuscht stellte er die Suche ein.

Im Schulhaus angekommen, übergab ihm Provisor Gundert im Treppenhaus einen Brief. Hansjörg ging in seine Kammer, legte sich aufs Bett, öffnete den Brief und las. »Lieber Hansjörg, wie geht es dir in meiner alten Heimat?«

Eugen hatte über andere Junglehrer herausbekommen, dass sein Freund in Winterhausen gelandet war. Er fragte, ob er schon seiner Mutter oder seinem alten Herrn begegnet sei. »Nimm Dich vor dem in Acht«, warnte ihn Eugen, »er geht über Leichen und sucht nur seinen Vorteil.«

Ganz der alte Eugen, immer noch der zischende Hass auf den Vater, dachte Hansjörg und las den Schlusssatz: »Bitte besuch mal meine Mutter, wenn Du Zeit hast, und richte ihr herzliche Grüße aus.«

Hansjörg nahm sich vor, die Bitte bald zu erfüllen und seinem Freund ausführlich über sein Leben und die Schule in Winterhausen zu berichten.

Am Sonntag wanderte Hansjörg nach Eisenbronn, diesmal auf dem direkten Weg, der auf der Höhe über dem Jagsttal verlief. Er sah Bächlingen, Regenbach und den Fürstensitz im Tal liegen, bevor er direkt über Eisenbronn den steilen Pfad zum Fluss hinabstieg.

Auf der steinernen Bogenbrücke lehnte er sich über die Brückenmauer und sah eine Weile den Fischen im Wasser und den Fischreihern am Ufer zu. Ein altes Männchen schlenderte auf ihn zu und stellte sich neben ihn: »Sucht Ihr Euch den fettesten Fisch fürs Abendessen aus?«

Hansjörg lachte und versicherte, dass er für die Fische keine Gefahr sei, weil er keine Angel besitze. Um sie mit der Hand zu fangen, dafür sei er zu langsam. Aus den Augenwinkeln besah er sich den Sonderling, der in der Mode gekleidet war, die vor einem halben Jahrhundert in den Städten galt: Lederhose und schwarze Strümpfe, mit ledernen Kniebändern abgebunden. Blaues Baumwollhemd und rote Weste mit Knöpfen aus Zinn. Auf dem Kopf saß ein verbeulter Dreispitz. Hansjörg tippte auf einen Dorfbarbier oder einen Schneider.

Er sei auf dem Umweg zum Wirt, wo er sonntags seinen halben Morgenschoppen zu vertilgen pflege. Da werde von allem gesprochen, zum Glück nicht von seinem Metier. Davon könne er nichts mehr hören. Die Bauern bestellten sich selten einen neuen Rock. Mit der Konfirmandenhose und dem Hochzeitskittel kämen die Eisenbronner bis ins hohe Alter aus. Und das Flicken trage nicht viel ein, auch wenn man auf die Stör gehe und von Haus zu Haus um Arbeit frage. Und wenn man doch mal einen Auftrag bekomme, dann müsse man den Faden und das Tuch der Leute verarbeiten und bekomme ein dürftiges Essen vorgesetzt, damit man ihm den Lohn kürzen dürfe. An die 15 Kreuzer bekomme er da am Abend ausbezahlt und habe doch zehn Stunden gearbeitet und tausend Stiche gemacht. Jeder Tagelöhner verdiene das Doppelte oder Dreifache.

»Geht Ihr mit ins Wirtshaus?«, fragte ihn der Schneider. »Da hören wir das Neueste aus der hohen Politik und aus unserer Gegend.«

Hansjörg trottete neben dem Vorgestrigen die Hauptgasse hinauf zum Wirtshaus.

Der Wirt erkannte ihn sofort und begrüßte ihn mit erhobener linker Hand, während er mit der rechten einen gläsernen Bierkrug füllte.

Der Schneider setzte sich an den Stammtisch und bat Hansjörg, neben ihm Platz zu nehmen. »Den Fischegucker hab ich auf der Brücke aufgelesen«, erklärte er den Stammtischbrüdern, die den Neuen interessiert musterten.

Hansjörg sagte: »Ich komme von Winterhausen.«

»Er ist dort der neue Lehrer und Dirigent des Gesangvereins«, ergänzte der Wirt und setzte sich neben Hansjörg.

»Na, Herr Lehrer, Sie kommen wohl auf mein Angebot zurück?« Der Wirt grinste und erklärte den Stammtischbrüdern, er habe dem jungen Mann beim letzten Besuch gesagt, dass man in Eisenbronn einen Dirigenten gut brauchen könne. Notfalls müsse man wieder mal einen Lehrer vergiften, damit eine Stelle frei wird.

Die Stammtischbrüder lachten laut und derb.

»Sie wünschen, Herr Lehrer?« Hansjörg zuckte zusammen; er hatte weder gehört noch gesehen, dass die Schankmagd hinter ihn getreten war.

»Bitte bringen Sie mir ein Bier.«

Die Magd drehte sich wortlos um und entfernte sich.

»Was gibt's heute zum Mittagessen?«, rief ihr Hansjörg hinterher.

Die Magd kam zurück. »Bratwürste mit Kartoffelsalat, Herr Lehrer.«

»Gut. Eine Portion, bitte.« Hansjörg lächelte die junge Frau an, die seinen Blick ausdruckslos erwiderte.

Die Stammtischbrüder schauten Hansjörg erwartungsvoll an. »Und wie lässt sich der Gesangverein an, Herr Lehrer?«, fragte einer.

»Hervorragender Besuch der Singstunde. Jeden Mittwoch 80 Leute.« Hansjörg beobachtete den Wirt aus den Augenwinkeln. »Und nach der Singstunde ist die Stube beim Postwirt gesteckt voll.«

Der Schlag saß. Der Wirt stand wortlos auf und ging hinter dem Schanktisch auf und ab.

»Das beherrschen Sie, das Dirigieren?«, fragte der Nebensitzer des Schneiders.

»Ich hab's gelernt. Es ist kein Hexenwerk, wenn man's kann. Das ist mein zweiter Chor.«

»Sie dirigieren zwei Chöre?«

»Ich hab an meiner alten Dienststelle meinen ersten Chor dirigiert und leite jetzt in Winterhausen den zweiten.«

»Dann sind Sie ein alter Hase im neuen Geschäft.«

»Ein junger Hase in einem alten Geschäft. Schon bei den alten Griechen hat es Chöre gegeben. Sogar Martin Luther war ein begeisterter Sänger.«

Während sie so hin und her plauderten, überlegte Hansjörg, ob er nochmals auf die Morde im Jagsttal zurückkommen solle. Er verwarf den Gedanken, weil er keinen auf den Gedanken bringen wollte, er habe ein besonderes Interesse an diesen alten Geschichten. Und die Magd durfte er, das wurde ihm klar, hier im Gasthaus nicht auf den Tod ihres Vaters ansprechen, ohne die junge Frau zu kränken und die Stammtischbrüder neugierig zu machen.

Hansjörg überlegte hin und her: Wie könnte er mit der Schankmagd außerhalb der Gaststätte zusammenkommen?

In diesem Augenblick servierte ihm die Magd sein Mittagessen. »Lassen Sie sich's schmecken, Herr Lehrer.«

Hansjörg sah ihr in die Augen. Sie erwiderte seinen Blick. Dann nahm er den Löffel auf.

Die Magd kam an den Tisch zurück und fragte: »Wollen Sie einen frisch geriebenen Meerrettich dazu?«

»Hier gibt's Meerrettich?«, fragte Hansjörg erstaunt.

»Bei mir im Garten, Herr Lehrer.« Sie sah ihn freundlich und aufmerksam an.

»Sie haben einen eigenen Garten?«

»Ich nicht, aber meine Schwester, bei der ich wohne.« Sie sagte es aufmunternd und heiter. Hansjörg warf ihr einen liebevollen Blick zu.

Während die Magd in die Küche eilte, um Meerrettich zu holen, spielte Hansjörg den Erstaunten: »Ich hab gemeint, dass Schankmägde im Wirtshaus wohnen.«

Die Stammtischbrüder belehrten ihn, dass diese Gaststube an manchen Abenden leer sei wie die Speisekammer armer Leute. Die paar Gäste könne der Wirt dann selber bedienen. Nur samstags und sonntags sei es hier voll, manchmal auch mittwochs. Deshalb helfe die Helga zweimal, seltener dreimal in der Woche aus. Seit dem grausigen Tod ihrer Eltern lebe sie bei ihrer älteren Schwester.

»Ich dachte«, sagte Hansjörg und blickte sich vorsichtig um, ob die Magd mithören konnte, »ihr Vater sei ermordet worden.«

»Vater *und* Mutter«, antwortete der Schneider und betonte das Und. »Beide Eltern sind vergiftet worden. Und die kleine

Helga hat überlebt, weil sie erst drei Monate alt war und noch nichts von dem vergifteten Fleisch essen konnte.«

Als die Magd den Meerrettich brachte, verstummte der Schneider. Kaum war sie weg, fügte er an: »Ihr Bruder war schon aus dem Haus und Lehrbub beim Malermeister in Künzelsau. Und ihre ältere Schwester war verheiratet. Die hat den Säugling dann zu sich genommen.«

Die Stammtischbrüder wünschten ihm einen guten Appetit, während Hansjörg beim Kauen überlegte, wie er die Magd unter vier Augen sprechen könnte.

»Wird die Gaststube heute nach dem Mittagessen geschlossen?«, fragte Hansjörg in die Runde.

»Wo denken Sie hin, Herr Lehrer, heut geht's rund bis zum Abend«, antwortete der Schneider.

Heute hat die Schankmagd durchgehend in der Gaststätte zu tun, folgerte Hansjörg.

Er trank noch ein Bier, plauderte mit den Stammgästen und verabschiedete sich dann von seinen Tischgenossen.

Die Schankmagd stand vor dem Schanktisch. Er zahlte seine Zeche und bat sie, ihm den Weg zur Schule und zur Lehrerwohnung zu weisen. Und zum Wirt, der die Ohren spitzte, sagte er, für das Heimatbuch benötige er ein paar Angaben zur Geschichte des Ortes. Überdies sei es an der Zeit, sich bei den Herren Kollegen Schulmeister und Unterlehrer von Eisenbronn vorzustellen.

Die Magd begleitete Hansjörg vor die Wirtshaustür und beschrieb ihm, wo die Schule lag, in der die Lehrer wohnten.

Hansjörg fasste allen Mut zusammen und fragte die anmutige junge Frau, ob er sie anderswo, nicht im Gasthaus, sprechen könne. Ihre Pupillen weiteten sich. Sie errötete, stand stocksteif da und schwieg. Er nahm ihre Hand: »Auf Wiedersehen, Helga. Ich komme wieder.« Und leise setzte er hinzu: »Nur Ihretwegen.«


Die Tür zum Schulhaus stand offen. Als Hansjörg die ausgetretenen Holzstufen hinaufstieg und bewusst kräftig auftrat, hörte er im obersten Stock eine Tür gehen und sah einen jungen Mann, der sich übers Treppengeländer herabbeugte.

Hansjörg stellte sich vor und erläuterte sein Anliegen. Der junge Mann freute sich über den unverhofften Besuch, bat seinen Kollegen in seine Kammer und bot ihm einen der beiden Stühle an. Er erzählte ihm die Geschichte Eisenbronns, die er erst kürzlich im Unterricht abgehandelt hatte, in epischer Breite: Der Ort sei evangelisch und habe rund 700 Einwohner, beherberge aber auch eine achtköpfige katholische Familie. Bis 1806 sei die Gemeinde durchgängig im standesherrlichen Grundbesitz der Fürsten von Hohenlohe-Winterhausen gewesen. Die nebenan stehende Kirche stamme aus dem Jahr 1565, wurde also von Anfang an als evangelisches Gotteshaus erbaut. Wenn man am Ortsausgang vor der Steinbrücke nach links abbiege, komme man an einen kleinen Hügel. Was sich darin verberge, wisse man nicht; die Eisenbronner vermuteten eine vorgeschichtliche Grabstätte. Und am anderen Ortsende stehe die Ruine eines Klosters, in dem seit Jahrhunderten keine Mönche mehr gelebt hätten. Auf dem großen Platz vor der Steinbrücke finde regelmäßig ein Schweinemarkt statt, der von den Bauern der Umgebung gut besucht werde. Eisenbronn sei fest in Bauernhand. Nur ein Schneider, ein Schuhmacher, ein Maurer und ein Schreiner übten hier ihr Handwerk aus.

Als Hansjörg erwähnte, der Wirt habe etwas von Mordgeschichten erzählt, berichtete der Kollege, dass er darüber nichts Genaues wisse, weil er erst seit einem halben Jahr hier lebe. Vor über zwanzig Jahren habe man den Schulmeister und seine Frau tot in der Schulmeisterwohnung nebenan aufgefunden, vergiftet. Noch am gleichen Tag sei das Mörderpaar verhaftet und ein paar Wochen später in Gerabronn hingerichtet worden. Das Tragische an der Geschichte sei, dass am Vorabend vor dem Giftmord die vierzehnjährige Tochter eines hiesigen Bauern tot aufgefunden worden war. Drei Tote in drei Tagen. Darum seien die Gerüchte, beide

Taten stünden in einem Zusammenhang, bis heute nicht verstummt. Die Tatsachen sprächen jedoch gegen solche Vermutungen.

»Sie sagten, ein Mörderpaar habe die Tat begangen?«

»Ein junges Ehepaar. Der hiesige Unterlehrer und seine Frau.«

Hansjörg erblasste, verdrehte die Augen und musste sich an der Tischkante festhalten.

»Ist Ihnen nicht wohl, Herr Kollege?« Der junge Mann stand besorgt auf.

»Mir ist, als hätte ich mich zu schnell im Kreis gedreht.« Hansjörg fasste sich an die Stirn. »Kann ich bitte einen Schluck Wasser haben?«

Der junge Mann füllte einen Tonbecher und drückte ihn Hansjörg in die Hand. »Trinken Sie, Herr Kollege, trinken Sie.«

Hansjörg trank in kleinen Schlucken, lehnte sich auf dem Stuhl zurück und bedankte sich für die rasche Hilfe. »Und wie hieß der Unterlehrer, der vor über zwanzig Jahren den Mord begangen haben soll?«

»Das weiß ich leider nicht. Ich sagte schon, ich wohne noch nicht lange in Eisenbronn.«

»War das hier seine Stube?«

»Nein, er war verheiratet, und seine Frau erwartete ein Kind. Deshalb wohnte er beim Bauern Mangold unterm Dach. Der Hof wurde vor ein paar Jahren vergantet. Darum sind die Mangolds nach Amerika ausgewandert.«

»Können Sie mir den Weg zu dem Haus beschreiben?«

»Wenn Sie aus dem Schulhaus treten, dann rechter Hand die Gasse zur Jagst. Das drittletzte Haus auf der linken Seite.«


Vier Wochen später ließ der Aktuar Hansjörg ausrichten, die alten Kriminalakten aus Gerabronn lägen zur vertraulichen Einsicht im Archiv bereit. Hansjörg eilte noch am selben Tag nach Unterrichtsende ins Schloss.

Biedermann hatte die wenigen Papiere durchgesehen: »Viel ist's nicht.« Weil Hansjörg ihn überrascht und, wie ihm schien, vorwurfsvoll ansah, setzte er rechtfertigend hinzu: »Nur ein paar Seiten. Das ist normal bei Kriminalsachen.«

Er öffnete den Aktendeckel und blätterte die Unterlagen durch. »Zwei Schriftstücke zu den beiden Mädchenschändungen, das Urteil des Kriminalsenats im Schulmeistermord, die öffentliche Ankündigung der Hinrichtung, das Protokoll des Landjägerkommandanten und«, er klappte den Aktendeckel wieder zu, »fertig!«

Hansjörg schwieg.

Der Aktuar warf ihm einen besorgten Blick zu. Er vermutete, sein Besucher sei verschnupft, weil es nicht gelungen sei, alle Akten aus Gerabronn auszuleihen. »Mehr gibt's wirklich nicht zu den Morden um Eisenbronn, Herr Lehrer.«

»Kann das sein? Drei Sätze, und schon verliert einer seinen Kopf oder baumelt am Galgen?« Hansjörg war erregt.

»In den Anfangsjahren des Königreichs galt im Grundsatz noch die *Peinliche Halsgerichtsordnung* aus der Reformationszeit, die so genannte *Carolina*. Sie wurde erst 1732 durch die *Württembergische Malefizordnung* geringfügig modernisiert. Damals gab es keine Berufungsinstanz für den Verurteilten.« Biedermann schüttelte den Kopf, als könne er die alten Regelungen selbst nicht mehr begreifen. »Schuldspruch. Innerhalb von drei Tagen der Kopf ab. Der Nächste bitte.«

»Hat man früher keine Zeugen vor Gericht verhört?«

»Selten. Das haben doch die Gendarmen oder Landjäger vorher gemacht. Und nach dem Urteil hat sich niemand mehr für das Geschriebene interessiert. Man hat Papier gespart, weil es teuer war. Deshalb hat man nicht so viel aufgeschrieben wie heute.« Er machte eine kleine Pause und warf dem jungen Mann einen besorgten Blick zu. »Bedenken Sie doch, lieber Herr Lehrer: Die Tortur ist vor nicht allzu langer Zeit abgeschafft worden. Man hat die Gefangenen so lange gefoltert, bis sie ein Geständnis ablegten. Dann genügten zwei Sätze: Der

Angeklagte hat gestanden. Er wurde zum Tod oder zu einer anderen Leibstrafe verurteilt.«

Hansjörg schüttelte ungläubig den Kopf. In ihm kochte die Wut hoch, und doch konnte er seinem Ärger keine Luft machen. Wie denn hätte er Biedermann seinen ohnmächtigen Zorn erklären sollen?

Der Aktuar sah zwar, dass sein Besucher erregt war und merkwürdig betroffen schien. Erklären konnte er es sich aber nicht. »Vergessen Sie nicht, Herr Lehrer, erst seit zwölf Jahren haben wir in Württemberg ein neues Strafrecht. Erst seit acht Jahren gibt es eine landeseinheitliche Strafprozessordnung mit einem Berufungsgericht in Stuttgart. Während der politischen Unruhen vor zwei Jahren ist die Todesstrafe sogar ganz abgeschafft worden. Doch viele Württemberger sehnen die alten Zeiten wieder herbei. Deshalb wird im Landtag überlegt, die Todesstrafe erneut einzuführen.«

Hansjörg nahm dem Aktuar wortlos den dünnen Aktenbund aus der Hand und ging mit steifen Beinen in sein Archivzimmer.

Er warf die Akten auf den Tisch, setzte sich und legte sein Gesicht in beide Hände. Er zitterte am ganzen Körper, denn er ahnte, was da auf ihn zukam. Ihm wurde übel. Er zwang sich, gleichmäßig zu atmen. Starr vor Abscheu und Widerwillen saß er eine Weile vor den Gerabronner Gerichtspapieren und stierte sie an. Endlich überwand er sich und öffnete den dünnen Aktenbund. Mit geschlossenen Augen holte er mehrmals tief Luft, dann las er das Urteil:

*»Das Schwurgericht der Landvogtei Jagst hat am 3. März 1828 im Namen des Allmächtigen für Recht erkannt: Der Unterlehrer Jörg Wiegner und seine Ehefrau Olga geborene Baumann werden wegen des gemeinschaftlich begangenen heimtückischen Mordes an zwei unbescholtenen Bürgern der Gemeinde Eisenbronn im Oberamt Gerabronn zum Tode durch das Schwert verurteilt.*

*Der Schulmeister Johann Feucht von Eisenbronn und seine Ehefrau Amalie geborene Kaiser sind am Morgen des 16. Januar*

1828, einem Donnerstag, tot in ihrem Bette liegend aufgefunden worden. Auf dem Tisch standen noch die Reste eines Mahles, das die beiden Eheleute am Abend zuvor genossen hatten und das ihnen zum Tode gerichtet worden war. In einem Gefäß waren die Reste einer Metzelsuppe und von Kesselfleisch. Das Essen war vergiftet, wie der Scharwächter sogleich vermutete und der fürstliche Leibarzt bestätigte.

Der Tatverdacht fiel sofort auf den Unterlehrer Jörg Wiegner und dessen Ehefrau Olga geborene Baumann, weil sie als einzige in Eisenbronn tags zuvor geschlachtet hatten.

Die Beschuldigten bestritten von Anfang an jede Beteiligung an der Tat. Sie leugnen bis heute, obwohl ihnen die Tat zweifelsfrei nachgewiesen werden konnte.

Die Zeugen wurden im Oberamt Gerabronn gehört. Der Scharwächter der Gemeinde Eisenbronn versichert, dass das vom Schulmeister und seiner Ehefrau genossene Mahl vergiftet war. Der fürstliche Medicus aus Winterhausen bezeugt, dass das Schulmeisterehepaar keines natürlichen Todes gestorben ist, sondern eine große Portion Arsenik mit den Würsten und dem Fleisch verzehrt hat. Beide seien in ihren Exkrementen gelegen, hätten sich mehrmals erbrochen und seien schließlich qualvoll gestorben, alles Anzeichen für einen Giftmord. Der fürstliche Forstverwalter sagt aus, dass er als zuständige Amtsperson für die Gemeinde Eisenbronn im Beisein des Scharwächters einen elfjährigen Schuljungen verhört habe. Der Schuljunge schwört, dass er vom Unterlehrer und dessen Ehefrau den Auftrag erhalten habe, das frische Schlachtfleisch zum Schulmeister ins Schulhaus zu tragen. Er beteuert, dass er unverzüglich ins Schulhaus geeilt sei, kein Gift besitze und nicht wisse, wer solches habe. Er sei Schüler in der Oberklasse des Schulmeisters gewesen und von diesem gelobt worden. Das habe der Unterlehrer gewusst, weshalb er gerade ihm den Auftrag gegeben habe.

Die Beschuldigten bestreiten nicht, dem Schuljungen den Auftrag erteilt zu haben, verwahren sich aber entschieden gegen den Vorwurf, dem Geschlachteten Gift beigemischt zu haben.

*Sie besäßen kein Gift und hätten das Fleisch und die Würste dem verehrten Kollegen als Liebesgaben zugedacht.*

*Wie der Schultheiß von Eisenbronn bestätigt, war der Unterlehrer wegen seiner guten Kenntnisse in der Gemeinde wohl gelitten und konnte sich berechtigte Hoffnungen auf die Nachfolge des Schulmeisters machen.*

*Das Schwurgericht kommt zu der Überzeugung, dass die Beschuldigten die Tat gemeinsam begangen haben. Es kommt ferner zu der Feststellung, dass die Beschuldigten die Tat begangen haben, um in den Genuss der gut besoldeten Schulmeisterstelle zu gelangen, da beide Mörder ohne Besitz sind und die Mörderin bald niederkommt.*

*Das Gericht hält es deshalb für erwiesen, dass Jörg Wiegner und seine Frau Olga dem Schulmeister aus Heimtücke nach dem Leben getrachtet haben.*

*Weil Jörg Wiegner, Unterlehrer zu Eisenbronn, und seine Frau Olga, im siebten Monat schwanger, somit der Tat überführt sind, ergeht folgendes Urteil: Das Mörderpaar wird zum Tode durch Enthauptung verurteilt.«*

Hansjörg fiel das Urteil aus der Hand. Er achtete nicht darauf. Er war wie gelähmt. Regungslos starrte er aus dem Fenster. Er sah nichts, und er achtete auf nichts. Aber eine innere Stimme rief so laut, als komme sie von draußen: *Meine Mutter, mein Vater, was habt ihr erleiden müssen!* Leiser flüsterte sie ihm zu: *Und ich lebe.*

Minutenlang saß er versteinert am Tisch und nahm seine Umgebung nicht wahr. Tränen liefen ihm übers Gesicht.

Nach einer Weile stand er auf, ging ans Fenster und sah in den Schlosshof hinaus. »*Ja, Elisabeth Rössner, das hast du gut gemacht*«, murmelte er leise vor sich hin. »*Sag mir, wie hast du's angestellt?*«

Er stützte sich mit der linken Hand am Fenstergriff ab, wischte sich mit der rechten die Augen trocken und setzte sich wieder an den Tisch.

Das zweite Aktenblatt war ein kleines Plakat, vielleicht ein Handzettel. Es verkündete, dass Jörg und Olga Wiegner auf dem Blutgerüst vor dem Stadttor von Gerabronn um die Mittagsstunde öffentlich gerichtet werden, weil sie des gemeinschaftlich begangenen, heimtückischen Mordes am Schulmeisterehepaar in Eisenbronn überführt seien.

Im dritten Schriftstück waren die Zeugenaussagen und Vernehmungen gesammelt, die Feststellungen des Scharwächters und des Arztes sowie die Unschuldsbeteuerungen der Angeklagten. Neue Einzelheiten enthielt die Vernehmung des Schuljungen:

*»Der elfjährige Jakob Sauer, Sohn des Schreinermeisters Michael Sauer, hat dem fürstlichen Forstverwalter Luz im Beisein des Scharwächters von Eisenbronn bezeugt und mit dem Schwörstab bekräftigt, dass er die Metzelsuppe und das Kesselfleisch von dem Unterlehrer Jörg Wiegner und dessen Ehefrau Olga am Abend des 15. Januar auf Bitten des jungen Paares dem Schulmeister gebracht habe. Er sei zufällig am Haus, wo die Wiegner wohnten, vorbeigekommen, als die gerade geschlachtet hätten. Der Unterlehrer habe ihn gefragt, ob er sich eine Wurst verdienen wolle. Die Frau des Provisors habe dann ein Gefäß geholt, Suppe, Fleisch und Würste hineingetan und gesagt: Damit der Herr Schulmeister genug kriegt. Die Frau des Unterlehrers hat eingeräumt, dass das Gefäß, das beim vergifteten Schulmeister stand, ihr gehöre und dass sie und ihr Mann den Buben gebeten hätten, die Suppe und das Fleisch samt Würsten dem Schulmeister zu bringen. Sie hätten kein Gift hineingetan, sondern selbst davon gekostet und seien ohne Schaden geblieben.«*

Hansjörg klappte die Akte zu und stand auf. Er lief zwischen den Regalen und Schränken im hinteren Aktenraum auf und ab, unfähig, einen klaren Gedanken zu fassen. Seine Nerven waren zum Zerreißen gespannt. Er sprach vor sich hin, plapperte unverständliches Zeug, verstummte wieder, murmelte etwas zwischen den Zähnen, zog hier ein Aktenbündel heraus und öffnete dort einen Schrank, alles ohne Sinn und Verstand.

Plötzlich blieb er mit einem Ruck stehen und verschränkte die Arme auf dem Rücken. Die Wiegners wurden am 3. März verurteilt. Hatte nicht der Aktuar gesagt, dass Todesurteile innerhalb von drei Tagen vollstreckt wurden? Also mussten sie Anfang März hingerichtet worden sein. Sein eigener Geburtstag lag jedoch zwei Monate später, am 2. Mai. Waren die Wiegners doch nicht seine Eltern?

Er ging zu seinem Schreibtisch zurück und notierte sich die wichtigsten Angaben aus den Gerabronner Akten.

Als er den letzten Punkt gesetzt hatte und den Aktendeckel wieder auf die Papiere legte, bemerkte er, dass der vordere Karton seitenverkehrt auf den Papieren verschnürt war, denn auf der Rückseite, die ursprünglich die Vorderseite gewesen sein musste, stand: *Mordsache Schulmeister Eisenbronn, 1828.* Und darunter war mit Rotstift vermerkt: *Nach Intervention von Vikar Hofmann, Eisenbronn, und auf Anraten Seiner Königlichen Durchlaucht wurde die Hinrichtung des verurteilten Ehepaares Wiegner auf den zweiten Tag nach der Geburt des Kindes verschoben.*

Er ging im Zimmer auf und ab und sprach leise vor sich hin: *Hofmann, immer wieder Hofmann. Der muss mehr über die Hingerichteten wissen. Sind das überhaupt meine Eltern? Jörg Wiegner. Olga Wiegner. Die Namen klingen gut, vertraut, freundlich, warm. Heißt die Frau unseres Kronprinzen Karl nicht auch Olga?* Und ein merkwürdiger Gedanke durchzuckte ihn: *Olga und Helga. Wie ähnlich das klingt!*

Er wurde beim Gedanken an Helga ruhiger und setzte sich wieder an den Tisch. Doch die Zweifel kehrten zurück: *Sind die Wiegners wirklich meine leiblichen Eltern? Irrtum ausgeschlossen?* Er nahm ein Blatt Papier und schrieb die Gründe auf, die dafür und dagegen sprachen: *Dafür spricht der Vorname Jörg, auch der Beruf des Mannes deutet in diese Richtung. Außerdem passt mein eigenes Geburtsdatum letztendlich doch in die Biographie der Wiegners. Aber dagegen spricht die Mordtat an sich: Die eigenen Eltern Mörder? Heimtückische Mörder? Unvorstellbar!*

Er brütete über dem Papier. Er stand auf, ging ein paar Schritte hin und her und setzte sich wieder. *Unbestreitbare und unwiderrufliche Sicherheit? Absolute Sicherheit, dass ich*

*Hansjörg Wiegner bin, habe ich erst, wenn ich mit Pfarrer Hofmann gesprochen habe,* sagte er zu sich.

Er sprang auf und knirschte vor Wut mit den Zähnen. *Und wenn's so ist,* zischte er und ballte die Faust, *dann will ich wissen, für wen meine Eltern den Kopf hinhalten mussten.*

Hansjörg nahm den Aktenbund und schlug ihn kurz auf den Tisch, rannte zum Aktuar und rief ihm im Vorbeieilen zu: »Danke für die Akten, lieber Biedermann.« Er warf die Papiere auf den Amtstisch. »Sie hatten Recht, die Unterlagen sind vollständig. Ich brauch sie nicht mehr. Aber ich werde mich noch etwas umhören.«

Und im Hinausstürmen warf er dem verdatterten Biedermann einen kurzen Blick über die Schulter zu: »Besten Dank für Ihre Bemühungen!«

Als Hansjörg aus dem Schlosshof rannte, regnete es. Die Abkühlung brachte ihn wieder in die Wirklichkeit zurück. Ihm fiel ein, dass er sich schon lange vorgenommen hatte, Eugens Mutter zu besuchen. Am Tor zur Dienstwohnung des Forstverwalters musste er mehrmals klopfen, bis er endlich Schritte hörte.

Die Haustür öffnete sich, und Eugens Mutter stand vor ihm. Nach einer Sekunde voller Erstaunen strahlte sie ihn an und bat ihn ins Haus.

»Eugen hat mir geschrieben, ich soll sie aufsuchen«, sagte Hansjörg. »Ich war gerade im Schloss, da dachte ich …«

»Willkommen, lieber Herr Rössner! Bitte keine Entschuldigungen. Ich freue mich doch über Ihren Besuch.« Frau Luz forderte ihn auf, hereinzukommen und ihr Gesellschaft zu leisten. Sie sei oft allein. Wenn Eugens bester Freund heute mit ihr zu Abend esse, dann sei das für sie ein unerwartetes Geschenk und eine große Ehre.

Sie führte ihren Gast ins Speisezimmer und bat ihn, sich gleich an den Tisch zu setzen.

Hansjörg berichtete ausführlich von der gemeinsamen Studienzeit in Ringelfingen und vom unverhofften Wiedersehen mit Eugen in Stuttgart.

Frau Luz, die eigentlich in der Küche das Abendvesper richten wollte, setzte sich neben ihren Gast.

Hansjörg schilderte seine ersten Monate in Winterhausen und erzählte, Fürst Gottfried habe ihn beauftragt, ein Heimatbuch zu schreiben. Deshalb komme er gerade aus Biedermanns Archiv. Dort habe er die Akten über zwei grausame Morde gelesen. »Vor über zwanzig Jahren gab es einen Giftmord in Eisenbronn, und tags zuvor fand man ein Schulmädchen erwürgt im Wald«, sagte er.

Eugens Mutter zuckte zusammen.

Hansjörg warf ihr einen überraschten Blick zu. »Sie können sich an die Geschichte noch erinnern?«

»Als wenn's heute wäre.«

»Wieso?«

»Bei mir hatten die ersten Wehen eingesetzt. Mein Mann hatte mir mittags in die Hand versprochen, nur kurz wegzugehen und gleich wieder heimzukommen. Er sollte die Hebamme holen, so hatten wir's mit der Geburtshelferin verabredet. Ich wartete und wartete, lag hilflos im Bett und habe mich dann noch mit letzter Kraft ins Nachbarhaus geschleppt.«

»Dort wurde Ihnen geholfen?«

»Die Nachbarin ist zur Hebamme gelaufen.« Frau Luz wich Hansjörgs fragendem Blick aus. »Eugen erblickte in der Nachbarwohnung das Licht der Welt. Mein Mann kam nicht rechtzeitig zurück.«

»Hat sich das später aufgeklärt?«

»Er hat behauptet, er sei aufgehalten worden.« Frau Luz sah betroffen zu Boden. »Zufällig kam ich ein paar Wochen später mit dem Angerbauern aus Bächlingen ins Gespräch. Er hatte im Auftrag meines Mannes für den Fürsten Holz geschlagen. Er erzählte mir, er habe die Hilferufe des Mädchens gehört und meinen Mann dort gesehen. Genau an dem Tag, an dem Eugen zur Welt kam.«

Hansjörg lachte. »Jetzt verstehe ich, warum Eugen Gift und Galle spuckt, wenn er über seinen Vater spricht.«

»Vor lauter Angst, seinem Vater zu begegnen, kommt mein Eugen selten heim.«

Hansjörg versprach, seinem Freund noch heute einen Brief zu schreiben. Er werde Eugen bitten, bald nach Winterhausen zu kommen und bei ihm zu übernachten. Die Sommervakanz beginne auf den Fildern früher als hier in Hohenlohe. Wenn Eugen zum Ende seiner Ferien komme, dann könnten sie in den letzten Schultagen vor der hiesigen Vakanz gemeinsam unterrichten. Das hätten sie schon lange geplant.

Frau Luz entschuldigte sich für einen Moment, ging in die Küche und servierte ein kaltes Abendvesper: Kräuterquark, Wurst, Käse, eingelegte Gurken und Brot.

Nach dem Essen dankte Hansjörg für die Verköstigung und das angenehme Gespräch, eilte in seine Kammer zurück und schrieb Eugen einen Brief. Er schilderte seinen Besuch im Forsthaus und bat seinen Freund, ihn recht bald zu besuchen. Gemeinsam wüssten sie dem Herrn Forstverwalter kraftvoll zu begegnen.

Weil er schon beim Schreiben war, entschloss er sich zu einem zweiten Brief. »Lieber Vater!« Zum ersten Mal in seinem Leben begann er so. Er berichtete vom guten Einvernehmen mit Pfarrer Schütz und vom neuen Gesangverein. Und er schilderte die Begegnung mit dem Fürsten in allen Einzelheiten. Sein Glück wäre vollständig, wenn ihn alle Rössners hier in Hohenlohe besuchen kämen, schrieb er. Sei das nicht möglich, so bitte er wenigstens den Vater, nach Winterhausen zu kommen. Wilhelm könne, wenn die Ernte vorbei sei, zusammen mit Sophie und den Knechten und Mägden den Hof ein paar Tage lang allein führen.

Schließlich verfasste Hansjörg ein paar Zeilen an Stadtpfarrer Hofmann in Hall. Er deutete sein Anliegen nur an. Auf den Fildern sei er Provisor gewesen. Dort sei er vor über zwanzig Jahren von dem Baumwart Hans Rössner und dessen Ehefrau Elisabeth an Kindesstatt angenommen worden. Die beiden hätten in der Hohenheimer Ackerbauschule gedient, genau in der Zeit, in der Hofmann Vikar in Eisenbronn gewesen sei. Jetzt schreibe er im Auftrag des Fürsten Gottfried an einem Heimatbuch und sei bei den Vorarbeiten auf den Giftmord am Schulmeister Feucht und dessen Frau und auf die Hinrichtung des Lehrerehepaares Wiegner gestoßen. Er frage an, ob er zu einem vertraulichen Gespräch nach Hall kommen könne und wann sein Besuch erwünscht sei.

# Aufklärungszeit

Am nächsten Morgen war Hansjörg hundemüde. Er hatte wenig geschlafen, weil er viel über Todesstrafen und Blutgerüste gelesen hatte und weil ihm vieles durch den Kopf gegangen war. Dennoch spürte er in sich eine große Ruhe, ja sogar eine beschwingte Heiterkeit. Er hatte seine Wurzeln gefunden, im Land zwischen Kocher und Jagst. Hier in Hohenlohe lag seine ursprüngliche Heimat, da war er sich jetzt schon sicher. Hier hatte er sich wahrscheinlich vom Hansjörg Wiegner zum Hansjörg Rössner verwandelt. Das musste er zwar noch endgültig abklären, aber von der größten Last fühlte er sich schon befreit. Hier wollte er bleiben. Mit Helga zusammenbleiben.

In der Schule alberte er mit den Schülern herum, erzählte Kinderwitze und ließ Ratespiele machen. Die Schüler merkten, dass ihr Lehrer heute gelöster war als sonst, und warfen ihm verschmitzte, neugierige und fröhliche Blicke zu, lächelten ihn an und flüsterten untereinander.

»Sie sind heute so anders, Herr Lehrer«, sagte eine Viertklässlerin zu ihm.

Hansjörg nickte. »Ja«, sagte er, »du hast Recht«, bestätigte er, »aber sag mir, wie viel Knöpfe du heute an deiner Kleidung spazieren trägst?«

Das Mädchen deutete mit dem Zeigefinger auf die Knöpfe an ihrem Leinenhemd und begann zu zählen: »Eins, zwei, …«

»Halt«, sagte Hansjörg, »raten sollst du. Zählen gilt nicht.«

Das Mädchen lachte, sagte aufs Geratewohl eine Zahl und begann kichernd nachzuzählen.

Das Mittagessen nahm er ausnahmsweise in der Post ein. »Ja ist denn heute schon Mittwochabend, Herr Lehrer?«, fragte der Wirt verdutzt.

»Warum?« Hansjörg sah den Postwirt schelmisch an. »Schmeckt Ihr Essen freitags schlechter als mittwochs?«

Der Wirt brach in schallendes Gelächter aus, schenkte zwei Glas Bier ein und setzte sich zu Hansjörg an den Tisch.

»Im Ochsen in Eisenbronn haben mich die Leute gefragt, ob ich nicht dorthin umziehen wolle und mithelfen könne, einen Gesangverein zu gründen.«

Der Postwirt grinste.

»Notfalls würden sie mal wieder ihren Schulmeister ermorden lassen, wenn keine Stelle für mich frei sei.«

»Unterstehen Sie sich, Herr Lehrer. Wir brauchen Sie hier in Winterhausen.«

Hansjörg sah den Wirt aus den Augenwinkeln an. Dessen Lachfältchen um die Augen waren verschwunden.

»Der alte Wieler ist ernstlich krank, Herr Lehrer. Das sieht doch ein Blinder. In Winterhausen wird bald eine Schulmeisterstelle für Sie frei.«

»Und was wollten die Eisenbronner andeuten, als sie von Mord sprachen?«

Der Wirt erzählte in epischer Breite, wie man die beiden geschändeten Mädchen gefunden habe und wie der Schulmeister samt seiner Frau ums Leben gekommen sei. Er berichtete von Gerüchten, die Morde hingen vielleicht zusammen. Der Scharwächter von Eisenbronn und der Gendarm von Gerabronn hätten in der Nähe der Leichen Abdrücke von Pferdehufen entdeckt. Den oder die Mörder müsse man deshalb zuerst unter fahrendem Volk und Berittenen suchen.

Hansjörg erwähnte, Fürst Gottfried habe ihm den Auftrag erteilt, ein Heimatbuch zu schreiben.

»Weiß ich, Herr Lehrer.«

»Dann wissen Sie auch, dass ich das Buch zusammen mit dem fürstlichen Aktuar schreibe.« Hansjörg nippte an seinem Bier. »Der weiß viel über Winterhausen und Hohenlohe.«

Der Wirt nickte beiläufig.

»Biedermann meint, in einem Heimatbuch wollten die Leute auch etwas über Gaunereien und Mordgeschichten lesen.«

»Das ist die Würze, Herr Lehrer, die darf in einem solchen Buch nicht fehlen.«

»Deswegen muss ich mir wohl oder übel die alten Schandtaten genauer anhören. Wer könnte mir dazu etwas erzählen, Herr Wirt?«

»Der Scharwächter von Eisenbronn ist tot.« Die Lachfältchen waren in seine Augenwinkel zurückgekehrt. »Aber der Gendarm Wagner lebt noch. Er hat die Morde untersucht und das Mörderpaar nach Gerabronn ins Gefängnis eingeliefert.«

»Wo find ich den?«

»In Michelbach. Dort lebt er auf dem Altenteil.«

Hansjörgs Kopf flog ruckartig in die Höhe. »Wo der Hofmann Vikar war?«

Der Wirt nickte. »Zum Wohl, Herr Lehrer.« Er erhob sein Glas und trank einen Schluck. Ärgerlich drehte er sich auf seinem Stuhl um. »Emma, wo bleibt das Essen für den Herrn Lehrer?«

»Wissen Sie, Herr Wirt«, Hansjörg nippte an seinem Bier, »wie ich abends von Eisenbronn nach Winterhausen zurückkommen kann?«

»Jetzt versteh ich nichts mehr, Herr Lehrer. Wollten Sie nicht nach Michelbach?«

»Zuerst möchte ich mich am nächsten Montag oder Dienstag in Eisenbronn umhören.«

»Sie werden uns doch nicht abtrünnig werden und als Lehrer in dieses Kaff ziehen, wie die Rotwelschen sagen?«

»Wär's so schlimm?«

Das Gesicht des Wirtes verhärtete sich.

»Kleiner Scherz. Wegen der Morde umhören will ich mich, bevor ich mit dem Landjäger rede.«

»Um wie viel Uhr wollen Sie von Eisenbronn zurück nach Winterhausen, Herr Lehrer?«

»Wenn ich am späteren Nachmittag gleich nach Schulschluss losmarschiere, dann bin ich frühestens gegen halb sechs in Eisenbronn. Eine Stunde wird wohl reichen, mich umzuhören.«

»Und warum gehen Sie nicht am Mittwoch? Da ist doch keine Nachmittagschule.«

»Am Mittwoch treffe ich mich mit dem Aktuar im Schloss. Und abends ist Singstunde, wie Sie ja wissen.«

»Also wollen Sie am Montag oder Dienstag gegen halb sieben oder später mit jemand mitfahren?«

Hansjörg legte seine Stirn in Falten. »Ich möchte nachts nicht allein durch den Wald irren.«

»Dann soll Sie der Bierführer mitnehmen.«

Der Wirt sah Hansjörgs fragendes Gesicht. Deshalb erklärte er ihm, dass er sein Bier nicht selber braue, sondern von der Gerabronner Brauerei beziehe. Jeden Montag klappere ein Brauereiwagen die Gasthäuser der Umgebung ab und fülle die Vorräte auf, die an den Sommerwochenenden arg zusammenschrumpften.

»Nach dem Bierführer können Sie die Uhr stellen. Montags um halb elf ist er bei mir. Dann kurvt er jagstabwärts von Gasthaus zu Gasthaus, und abends um acht rumpelt er auf der Rückfahrt wieder durch Winterhausen. Ich frag ihn am Montag, wann er heimwärts an Eisenbronn vorbeifährt.«

Die Wirtin servierte Hansjörg und ihrem Mann Fleischküchle mit Salzkartoffeln und stellte noch zwei Flaschen Bier auf den Tisch.

»Das Bier geht auf Rechnung des Hauses, Herr Lehrer. Ich bin Ihnen so dankbar, dass Sie unseren Chor dirigieren.«


Beim Unterricht am Nachmittag war Hansjörg müde. Das sommerliche Wetter, die stickige Luft im Schulsaal und das Bier taten ihre Wirkung.

Um vier Uhr jagte er seine Schüler mit erhobenem Zeigestock und grinsendem Gesicht aus der Schule, wünschte der fröhlichen Kinderschar einen schönen Sommerabend und machte sich sofort auf den Weg nach Bächlingen. Beim Angerbauern klopfte er an die Haustür. Niemand antwortete. Im Stall war kein Mensch. Die Nachbarin, die neugierig zu ihm herübersah, erklärte ihm, der alte Angerbauer sei mit seinen Enkeln auf der Badewiese neben der Brücke.

Dort saß er in Stallkleidung, eine Pfeife rauchend, im Gras und sah seinen beiden Enkelsöhnen beim Plantschen in der Jagst zu.

»So lässt sich's leben, Angerbauer«, sagte Hansjörg und setzte sich neben ihn ins Gras. »Ich bin der neue Unterlehrer von Winterhausen.«

»Der Gesangsapostel?«

Hansjörg lachte hell auf.

»Das ist nichts Unrechtes, Herr Lehrer. Die zwölf Apostel haben die frohe Botschaft des Herrn verkündet. Und Sie verkünden die frohe Botschaft der Musik.«

»Der Fürst will, dass ich ein Heimatbuch schreibe.«

»Und was steht dann drin in dem Büchle?«

»Lauter Geschichten. Von früher und von heut, von armen und von reichen Leuten, von rechten Christen und von Spitzbuben und Mördern.«

»Ah so.«

Hansjörg schwieg.

»Und jetzt wollen Sie ein paar Geschichten von mir hören?«

»So ist's, Angerbauer.«

»Und wie kommen Sie auf mich?«

»Die Frau des Forstverwalters Luz …«

»Ah so.« Er nuckelte an seiner Pfeife, paffte ein paar kleine Wolken hervor und sagte nochmals »So, so.«

Er sah auf die Jagst hinaus. Hansjörg tat es ihm nach. »Und was hat Ihnen die Luz erzählt, was ich wissen tät?«

»Dass Sie Holz gemacht haben, als das Eisenbronner Schulmädchen auf der Römerwiese ermordet wurde.«

»Hm.« Der Alte nahm die Pfeife aus dem Mund und legte sie neben sich ins Gras, fuhr sich mehrmals über sein runzliges Gesicht und nahm die Pfeife wieder auf.

»Geschrien hat es, wie ich noch nie einen Menschen hab schreien hören.«

»Und was haben Sie gemacht?«

»Wir waren beim Holzmachen. Der Johann, der Willi und ich.« Der Alte sah Hansjörg in die Augen. »Waren Sie schon mal auf der Römerwiese?«

Hansjörg schüttelte den Kopf.

»Eine große Wiese, mitten im Wald.« Er paffte wieder ein paar Züge. »Mit einem unheimlichen Echo. Wenn man laut schreit, dann hört man's drei- oder viermal. Dann weiß man nicht genau, woher der Schrei kommt, von der Wiese oder aus dem Wald.«

Hansjörg zupfte ein paar Gräser ab und zog sie sich durch die Zähne.

»Wir haben unsere Äxte weggeschmissen. *Wir müssen helfen,* hat der Willi gebrüllt. Dann sind wir zur Römerwiese gerannt.«

»Und?«

»Nichts. Kein Mensch weit und breit.«

»Und dann?«

»Ist der Luz gekommen, hoch zu Ross.«

Hansjörg kaute auf seinen Grashalmen herum.

»Wir haben ihm gesagt, jemand hat um Hilfe geschrien. Wir müssen suchen und helfen. Er hat uns angeschnauzt.« Er nahm die Pfeife aus dem Mund und unterstrich mit der Faust, die seine Pfeife umschloss, jedes Wort, dass die Funken stoben: »*Fürs Arbeiten zahl ich euch, nicht fürs Faulenzen,* hat uns der Luz beschimpft.«

»Und warum ist Ihnen die Geschichte nach so langer Zeit noch im Gedächtnis?«

»Weil mich der Gendarm Wagner nichts gefragt hat«. Er klemmte sich die Pfeife wieder zwischen die Zähne. »Noch am selben Abend haben die Eisenbronner mit Fackeln nach dem Mädchen gesucht. Sie war schon tot.«

Als er Hansjörgs Blick auffing, sagte er: »Und den Johann und den Willi hat der Luz auch nichts gefragt. Dabei hat er genau gewusst, dass wir dort Holz gemacht haben.«

»Und wieso weiß dann Frau Luz Bescheid?«

»Ein paar Wochen später war's Holzmachen rum. Ich hab im Forstamt meinen Lohn abholen wollen und ...« Er ließ den Satz in der Luft hängen und zog an seiner Pfeife. »Wenn ich schon mal im Städtle bin, hab ich mir gedacht, dann verkauf ich dort noch ein paar Eier.«

Er stopfte den Tabak mit dem linken Daumen und nuckelte an seiner Pfeife. »Die Frau vom Forstverwalter war nicht daheim.« Er winkte seinen Enkeln zu, die ihm etwas zuriefen. »Da hab ich halt am Nachbarhaus geklopft. Da waren zwei Frauen.« Wieder nahm er die Pfeife aus dem Mund. »Eine hat einen Säugling im Arm gewiegt. Sie haben sich über den Mord an dem Schulmädchen und die bevorstehende Hinrichtung in Gerabronn unterhalten. Da hab ich gesagt, dass ich das Mädchen habe schreien hören. Aber der Forstverwalter habe uns verboten, zu suchen und zu helfen.«

Er warf Hansjörg, der ihm gebannt zuhörte, einen gleichgültigen Blick zu. »*Sind Sie sicher?*, hat sich die Frau mit dem Kind aufgeregt. *Kennen Sie den Forstverwalter?*«

»Und weiter?«

»Und dann hat die andere Frau zu der mit dem Kind gesagt: *Komisch, dein Mann war doch in Gerabronn, als der Eugen auf die Welt gekommen ist, oder nicht?*«

Hansjörgs Stimme klang ruhig und beherrscht: »Was denken Sie über die Geschichte?«

Der Alte sah Hansjörg lange an. »Der Johann ist gestorben. Aber der Willi lebt noch. Und der Gendarm Wagner. Vielleicht wissen die mehr.«

»Und wo finde ich den Willi?«

»In Nesselbach.«

Hansjörg blickte hilflos drein.

Der Angerbauer sah das aus halb geschlossenen Augenlidern, lächelte verschmitzt und paffte nochmals. »Da über die Holzbrücke und gleich den Berg hinauf. In weniger als einer halben Stunde kommt Nesselbach.« Er sah wieder auf die Jagst hinaus. »Gleich das zweite Haus auf der linken Seite, wo ein schöner Blumengarten davor ist. Da wohnt der Willi.«

Hansjörg ging nicht den Weg nach Nesselbach hinauf, er rannte, bis ihm die Puste ausging. Dann blieb er stehen und schaute ins Tal hinab.

Unter ihm schmiegte sich Bächlingen an die Jagst, und die alte Kirche, die Mosesmühle, der Badeplatz und die hölzerne Brücke stachen aus dem Häuserhaufen hervor. Wenn man der Jagst, die sich durchs Tal schlängelte, etwas nach links folgte, dann sah man Winterhausen mit dem spitzen Kirchturm und dem Schulhaus daneben und zum Hang hin das mächtige Schloss mit den beiden Ecktürmen.

Geradeaus glitzerten die Dächer von Gerabronn, das auf der gegenüberliegenden Höhe lag, davor Langenburg, links davon Michelbach. Regenbach und Eisenbronn im Westen waren von den Jagsthängen verdeckt. Ein bezauberndes Fleckchen Erde, weite Wälder an den Hängen, breite Wiesen entlang der Jagst und schmale Felder auf beiden Seiten des Flusses, eingeklemmt zwischen den Wäldern und Wiesen.

Hier hatten die vier Vikare gelebt. Hier hatten sie sich in ihren Beruf hineingetastet und Lebensfreude gespeichert. Hier hatten sich seine Eltern ihre Zukunft aufbauen wollen, zusammen mit ihm.

Er schaute und schaute, bis ihm die Tränen übers Gesicht liefen.

Keine zwei Tage durften sie sich an ihrem Sohn erfreuen. Dann entwich ihr Leben von einem Augenblick auf den nächsten, blutig und im altertümlichen Ritual: Das vor den Toren Gerabronns roh gezimmerte Blutgerüst. Der gebeugte Nacken, der durch die Sonnenstrahlen sausende Stahl, die Blutfontäne der Mutter, die Blutlache auf dem Boden und das triumphierend der Meute gezeigte Haupt der Gerichteten. Dann das blutverschmierte Schwert und die Blutfontäne des Vaters. Und wieder der Henker, der mit blutiger Hand den Kopf der gaffenden Menge entgegenstreckte. Hingeschlachtet wie vor Tausenden von Jahren, als der Opferpriester seine bronzene Axt schwang und seine blutigen Gaben den Göttern weihte.

In der Nacht hatte Hansjörg alles gelesen, was er still und heimlich am Abend über Hinrichtung und Tod in seine Kammer schaffen konnte, hatte mit Entsetzen von den ekelerregenden Szenen erfahren, die sich um das Blutgerüst abzuspielen pflegten, weil die Zuschauer an das Blut der Enthaupteten kommen wollten. Man schrieb diesem Blut besondere Heilkraft zu. Die Menschen balgten sich darum, ihr Taschentuch in die Blutlachen zu tauchen. Für fünf Gulden das Stück verkauften die Henker blutgetränkte Stofflappen, und Apotheker boten bis zu dreißig Gulden für ein kleines Fläschchen Opferblut. Ein großer Jahrmarkt um ein finsteres Schlachtopfer.

Hansjörg rang nach Luft. Sein Atem ging stoßweise. Er würgte und erbrach sich.

Nicht einmal ein Grab gönnte man den Hingemetzelten. Die Leichen kamen, einem Befehl des ersten württembergischen Königs folgend, nach Ludwigsburg, Stuttgart oder Tübingen, wo sie medizinischen Versuchen dienten.

Hansjörg zwang sich, ruhig zu atmen. *Das darfst du nicht vergessen, nie mehr. Und verzeihen wirst du es niemandem,* sagte er zu sich. *Halt den Mund, Hansjörg. Der Rössnerbauer hat Recht. Zu niemandem ein Wort. Zu niemandem. Hörst du, Hansjörg?*

Er horchte in sich hinein und nickte. Endlich hatte er verstanden, warum sein Vater und die Rössnerin es so eingefädelt hatten.

Langsam stieg er den Rest des Weges nach Nesselbach hinauf. Er fand den alten Bauern, der winters, als er noch ein junger Bursche war, für den Fürsten ins Holz gegangen war.

Hansjörg richtete Grüße vom Angerbauern aus und leierte sein Sprüchlein vom Heimatbuch und dem beabsichtigten Kapitel über Spitzbübereien, Mord und Totschlag im Jagsttal herunter.

Der alte Bauer freute sich über die Abwechslung und lud Hansjörg ein, mit ihm aufs Bänkle hinterm Haus zu sitzen. Zwischen roten und gelben Blumen und reifendem Obst und Gemüse erzählte der alte Mann, wie es früher beim Holzmachen zuging.

Hansjörg musste nur still zuhören.

Ja, bestätigte der Alte, sie hätten, als das Schulmädchen auf der Römerwiese zu Tode kam, laut und deutlich die Hilferufe gehört. Der Forstverwalter habe ihnen untersagt, ihre Arbeit zu unterbrechen. Der Johann, mit dem er oft beim Holzrücken war, der habe ihm erzählt, er sei im Jahr zuvor in dem Waldstück beim Holzmachen gewesen, wo man die Zwölfjährige gefunden habe. Halb ausgezogen, geschändet, erwürgt und wie ein Stück ungenießbares Fleisch weggeworfen. Auch in jenem Fall sei der Luz, der ja die Aufsicht über die Holzmacher hatte, hoch zu Ross hinzugeprescht und habe die Holzknechte gezwungen, weiterzuarbeiten als wäre nichts geschehen. Euer Geschäft ist das Holzmachen, habe er gesagt, und alles andere gehe nur den Gendarmen und ihn etwas an. Wer ehrlichen Lohn wolle, der müsse ehrliche Arbeit abliefern. »Ja, so war der Luz, gerechter Lohn, aber keine Widerrede, kein unerlaubter Schritt, kein Wort zuviel. Wir Holzknechte haben unseren Chef gemocht, den Luz.«

Ob sie von den Gendarmen befragt worden seien, wollte Hansjörg noch wissen.

»Keiner von uns hat jemals eine Aussage machen müssen.« Hansjörg tat erstaunt: »Warum?«

»*Das muss ich für euch machen,* hat der Luz gesagt, *das ist mein Geschäft.* Im Wald, hat er uns bei jeder Gelegenheit unter die Nase gerieben, da habe er gleiche Rechte und Pflichten wie die Gendarmen. So sei's von alters her Gesetz und Brauch.«

Hansjörg dankte und machte sich auf den Heimweg. In Winterhausen ging er, am Schulhaus vorbei, hinauf zum Schloss. An den Pferdestall war die Remise angebaut, über der die Wohnung des Kutschers lag. Er klopfte an der Tür, entschuldigte sich für die Störung und bat den Kutscher um

Auskunft, wie man am schnellsten nach Hall komme. Er wolle den Stadtpfarrer besuchen, den Hofmann, der früher Vikar in Michelbach gewesen sei.

Der Kutscher strahlte. Den Hofmann kenne er gut. Er werde sich kundig machen und dem Herrn Lehrer bald Bescheid geben.

In den vier Schulstunden am übernächsten Samstagmorgen beschäftigte Hansjörg seine Schüler, wie üblich, mit wechselseitigem Unterricht. Zunächst Lesen, in der zweiten Stunde Rechnen, dann Schreiben und Anschauungsunterricht. Er entwarf im Gespräch mit den Kindern eine kleine Heimatkarte an der Tafel und lehrte den Buben und Mädchen die vier Himmelsrichtungen und die Nachbarorte rund um Winterhausen. Erstmals setzte er seine farbigen Tafelkreiden ein. Die Städte und Dörfer malte er als kleine und große rote Kreise in die Karte, die Jagst machte er blau, die Wälder grün und die Felder gelb.

Die Kinder waren begeistert. Wo er so schöne Kreiden her habe, wollten sie wissen.

»Selbst gemacht.«

Die Kinder himmelten ihn an.

»Es gibt besondere Bücher für Lehrer, da steht alles drin. Was für neue Sachen es für die Schule gibt. Und wie man sie selber machen kann.«

Die Kinder wollten das Geheimnis der Farbkreiden erfahren. Jetzt gleich, um es noch am selben Nachmittag zu Hause auszuprobieren.

»Man nimmt entweder verschiedenfarbige Gemüsesäfte oder farbige Erde«, sagte Hansjörg. »Weiche Steine, die man zerbröseln und zu Mehl verreiben kann, tun's auch. Den Saft, die Erde oder das Gesteinsmehl löst ihr in Wasser auf. Dann legt ihr die weiße Kreide hinein, bis sie sich voll gesogen hat. Zum Trocken Zeit lassen. Viel Zeit! Ganz langsam trocknen lassen, hört ihr?« Und nochmals mahnte er: »Nicht in die pralle Sonne legen!«

Direkt nach dem Unterricht wanderte Hansjörg bei strahlendem Sonnenschein über die Feldwege nach Michelbach, wo er gegen drei Uhr eintraf und auf Anhieb den pensionierten Landjäger Wagner ausfindig machte, der vor seinem Haus saß. Der begrüßte alle Vorübergehenden und wünschte ihnen einen guten Tag.

Hansjörg stellte sich als der neue Unterlehrer von Winterhausen vor, der mit dem Sohn des Forstverwalters, dem Eugen Luz, zusammen im Lehrerseminar gewesen sei. Jetzt solle er für den Fürsten Gottfried ein Heimatbuch schreiben. Weil er neu in Hohenlohe sei, bitte er, ihm etwas von früher zu erzählen.

»Hocken Sie sich hin, Herr Lehrer«, sagte der ehemalige Polizist, der sichtlich froh war, dass er einen Zuhörer gefunden hatte. Er rückte auf seiner Bank etwas zur Seite, um Hansjörg Platz zu machen.

Sein ganzes Leben breitete er vor dem jungen Mann aus. Er erzählte zunächst von seinen Anfängen als Gendarm, als er aus dem Militär ausgegliedert worden war. Es habe Reiter- und Fußgendarmen gegeben. Er habe zum Glück zu den Fußgendarmen gehört. Jeden Tag war Streit: Wer hat das Kommando, der Militärkommandant oder der neue Oberamtmann in Gerabronn oder der Fürst in Winterhausen? Zehn Jahre lang Zank und Streit, mal mehr, mal weniger. Dann wurden die Reitergendarmen zur Kavallerie versetzt und wieder ins Militär eingegliedert. Als Fußgendarm durfte er bei der Polizei bleiben. »Von da an ging's leichter. Dann hat der König die Gendarmerie umorganisiert. Aus den Gendarmen wurden Landjäger. Aber die meisten Leute können sich an den neuen Namen nicht gewöhnen und heißen uns immer noch die Gendarmen.«

Der alte Mann lauschte seinen eigenen Worten hinterher und nickte zur Bekräftigung ein paar Mal. »Stellen Sie sich vor, junger Mann, zu den Landjägern im Oberamt Gerabronn gehörten bis zu meiner Pensionierung ein Stationskommandant und – mich eingerechnet – vier Männer.« Er fuhr sich

nachdenklich übers ganze Gesicht. »Keine vierhundert Landjäger sorgen im Königreich für Ordnung.«

Die Kleidung sei militärisch gewesen, die Löhnung und
Verpflegung auch, die Dienstverrichtungen sowieso. Die neue,
landeseinheitliche Uniform habe aus der Kutka bestanden,
einem dunkelblauen Rock, der bis zu den Knien ging, dazu
breiter Gürtel, schwarzer Kragen, schwarze Ärmelaufschläge
und goldbestickte Epauletten auf schwarzem Grund. Dunkelblaue Beinkleider, schwarze Stiefel und eine Dienstmütze, ein
Tschako aus schwarzem Filz, vervollständigten die Uniform.
Wagner grinste und sagte: »Wir Landjäger waren prächtige
und schneidige Kerle. Bei den Weibern hatten wir einen Stein
im Brett.«

Disziplin und Gehorsam, Gehorsam und Disziplin, das sei
sein Geschäft gewesen. »Gendarm Wagner, stilllllgestanden!
Gendarm Wagner, Gefangenentransport bis an die Oberamts-
grenze begleiten! Gendarm Wagner, durch den Jahrmarkt
von Eisenbronn patrouillieren und aufpassen, dass sich keine Volksmassen zusammenrotten!« Er lachte. »Gendarm
Wagner, die Besoffenen auf dem Jahrmarkt einsammeln und
im Spritzenhaus einsperren! Gendarm Wagner, den steck-
brieflich gesuchten Staatsfeind auskundschaften und verhaften!« Er schlug im Sitzen die Hacken zusammen. »Jawolll,
Herr Kommandant, habe ich dann gebrüllt. Rrrechtsum und
Abmarsch!« Er entspannte sich wieder. »So war das, junger
Freund. Nur zum Schlafen durfte ich die Uniform ausziehen,
öfters nicht einmal dann.«

Er entschuldigte sich für einen Augenblick und kehrte mit
zwei Gläsern Most zurück. Seines stellte er auf der Bank ab.
Das zweite drückte er Hansjörg in die Hand und wünschte
gutes Gelingen für das Buch. Dann kramte er wieder in seinen
Erinnerungen.

Der Stationskommandant war für die Oberamtsstadt verantwortlich und musste sich immer in Gerabronn zur Verfügung halten. Der Oberamtsbezirk wurde in vier Reviere auf-
geteilt. Wagners Revier lag südlich von Gerabronn, also sei er

für Ruhe und Ordnung in den Gemeinden an der Jagst verantwortlich gewesen.

Hansjörg war sprachlos. »Wie war das möglich? Hatten Sie Siebenmeilenstiefel?«

Wagner lachte laut auf. »Nur Gefangenentransporte mit dem Wagen. Sonst alles zu Fuß.«

»Und wie oft im Jahr sind Sie dann zum Beispiel nach Eisenbronn gekommen?«

»Zum Jahrmarkt immer, das war Vorschrift. Auf Streife noch drei oder vier Mal im Jahr.«

»Wie konnten Sie da für Ruhe und Ordnung sorgen?«

Wagners Gesicht verhärtete sich. »Als Landjäger sitzt man immer auf dem Pulverfass. Zum Glück explodiert es selten.« Lachfältchen kehrten in seine Augenwinkel zurück. »Außerdem gibt es in jedem größeren Ort einen Scharwächter. Der passt im Auftrag des Schultheißen und im Namen der Landjäger auf. Und die fürstlichen Verwalter hatten früher eigene Zuständigkeiten.«

»Versteh ich nicht.«

»Der Luz zum Beispiel, der Vater von Ihrem Freund, der hatte das Kommando in allen Wäldern, die dem Fürsten gehören.«

Hansjörg fing Wagners Blick auf: »Auch bei Mord?«

»Immer. Und der fürstliche Wasserinspektor hatte das Kommando auf der Jagst.«

Wagner sah, dass das seinen Besucher interessierte. Deshalb stellte er fest: »Viele Wälder und die Jagst gehören dem Fürsten. Auch die Fisch- und Flößerrechte und die Mühlen- und Brückenbaurechte.«

»Der Wasserinspektor musste die Wasserleichen aus der Jagst holen?«

Wagner nickte. »Nur wenn die Wasserleiche einen Strick um den Hals hatte und vorher zweifelsfrei ermordet worden war, hat der Wasserinspektor die Landjäger zu Hilfe gerufen. Dann musste ich da hin.«

»Und wenn der Wasserinspektor meinte, da sei einer in der Jagst ertrunken?«

»Dann meldete er den Landjägern nur: unbekannte Wasserleiche geborgen. Ich habe mich dann beim Streifengehen umhören müssen, wer vermisst wurde.«

»Und wenn niemand vermisst wurde?«

»Aus. Ende. Meldung ad acta und ins Archiv.«

Hansjörg war sprachlos und schüttelte den Kopf.

»Stört ein Ertrunkener die Ruhe und Ordnung?«

»So gesehen, nein, Herr Wagner.«

»Sehen Sie, Herr Lehrer.« Der alte Landjäger lächelte verschmitzt. »Der frühere Oberamtmann von Gerabronn hat das alles mit dem Vater unseres Fürsten Gottfried ausgehandelt. Nach der Gründung des Königreichs ging ja noch alles drunter und drüber. Vor Napoleon hatten die Hohenloher Fürsten eigene Vögte, Verwalter und Aktuare. Die waren gut ausgebildet und haben etwas vom alten Recht verstanden. Und jetzt sollten diese Fachleute nichts mehr zu sagen haben, nur weil die Fürsten dem württembergischen König untergeordnet wurden?«

Hansjörg schüttelte unmerklich den Kopf.

»Sehen Sie, Herr Lehrer, so hat unser Oberamtmann auch gedacht.« Er nahm einen großen Schluck aus seinem Mostglas. »Er hat mit Seiner Durchlaucht vereinbart, dass die fürstlichen Amtleute weiterhin respektiert werden und dem Oberamt, der Justiz, der Gendarmerie und den anderen neuen Staatsbehörden zuarbeiten.« Er stellte sein Glas wieder neben sich auf die Bank. »Bei der Vereinbarung ist es geblieben. Das ist bei den Schulen nicht anders. Bei den Patronatsschulen entscheidet doch auch der Fürst, wer Lehrer werden soll, und nicht der königlich-württembergische Bezirksschulinspektor in Gerabronn.«

»Kürzlich war ich in Eisenbronn«, sagte Hansjörg möglichst beiläufig, »da hat mir der Wirt erzählt, dass dort vor über zwanzig Jahren zwei Mädchen erwürgt und das Schulmeisterehepaar vergiftet wurden.«

Wagner runzelte die Stirn.

»Wie«, fragte Hansjörg, »haben da die Gendarmerie und die fürstliche Verwaltung zusammengearbeitet?«

»Beim Giftmord hat der Scharwächter alles sauber nach Vorschrift gemacht.«

»Und wie geht das?«

»Er hat Gift vermutet. Also hat er sich das vom Leibarzt des Fürsten bestätigen lassen. Dann hat er zusammen mit dem Forstverwalter den Schüler verhört, der das vergiftete Essen gebracht hatte.«

»Warum hat er ihn nicht allein verhört? Der Forstverwalter war doch nur im Fürstenwald zuständig?«

»Der Luz war gerade in Eisenbronn, weil man die Schülerin am Abend zuvor erwürgt im Fürstenwald aufgefunden hatte. Wenn Eile geboten war, um Spuren zu sichern, dann musste eine Amtsperson für die andere tätig werden. So war's vereinbart.«

»Und wer hat das vor dem Schwurgericht bezeugt?«

»Jede Stelle hat ein Protokoll gemacht, der Scharwächter, der Forstverwalter und der Leibarzt. Im Protokoll stand, wie vorgegangen worden ist und was festgestellt wurde. Die Gendarmerie hat einen Bericht ans Gericht geschrieben und die Protokolle beigefügt. Der Richter hat alles gelesen, bevor er ein Urteil fällte. Jederzeit durfte er Beteiligte kommen lassen oder noch weitere Zeugen anhören.«

»Und bei der Verurteilung der Giftmörder war das nicht nötig?«

»Der Fall war klar.« Der Landjäger machte eine wegwerfende Handbewegung. »Die Metzelsuppe und das Fleisch stammten zweifelsfrei von dem jungen Lehrerpaar. Das Essen war zweifellos vergiftet. Der Schulmeister und seine Frau sind an dem Gift gestorben.« Er seufzte. »Der Forstverwalter und der Scharwächter haben alles haarklein protokolliert. Da gab es nichts zu deuten.«

Hansjörg schüttelte ungläubig den Kopf.

»Das junge Lehrerpaar hat zwar seine Unschuld beteuert«, sagte Wagner ärgerlich, »aber geglaubt hat ihm niemand. Der Schulbub, der das Essen ins Schulhaus getragen hat, der war unschuldig. Das haben sogar die Festgenommenen ausgesagt. Wer soll's also gewesen sein?«

Hansjörg zuckte mit den Schultern.

Der Alte lachte. »Ich hab es mit eignen Ohren gehört, als unser Stationskommandant den verdächtigen Lehrer Wiegner schlussendlich im Gefängnis von Gerabronn gefragt hat: Ist das Gift vielleicht vom Himmel gefallen und ausgerechnet in die Metzelsuppe? Geben Sie's endlich zu, hat er ihn angeschnauzt und mit der Faust auf den Tisch gehauen, dass Sie das Gift hineingetan haben. Sonst hält man sie am Ende nicht nur für einen Mörder, sondern auch noch für einen widerlichen Lump.« Er nippte an seinem Most. »Genau so ist's vor Gericht gekommen.«

Hansjörg hatte genug gehört, fragte aber weiter: »Und was hatte die Gendarmerie bei den beiden erwürgten Mädchen zu tun?«

»Beide Morde geschahen im Fürstenwald. Also war der Forstverwalter zuständig. Trotzdem hat er zusätzlich noch die Scharwächter von Eisenbronn und Lassbach und den fürstlichen Leibarzt verständigt. Der Arzt hat die Todesursache festgestellt, und die Scharwächter haben die Spuren gesichert. Der Forstverwalter hat in einem Protokoll festgehalten, was er beobachtet und veranlasst hat. Dasselbe haben die Scharwächter getan. Und dann sind alle Unterlagen dem Oberamt übergeben worden. Mehr konnte der Luz nicht tun.«

»Und wer hat die Kinder ermordet?«

»Durchreisendes Gesindel.«

»Warum vermuten Sie das?«

»Im Norden unseres Oberamts, bei Riedbach und Gütbach, gab's damals noch zwei Kinderschändungen. Alle vier Verbrechen wurden entlang der Durchfahrtsstraße ins bayerische Ausland begangen. Ja, hätten wir zehnmal so viele Landjäger, dann könnten wir die Straßen und Waldwege überwachen und dem reisenden Spitzbubengewerbe ein Ende machen.« Er machte eine hilflose Geste. »So können wir nur in jedem zehnten Fall den Mörder dingfest machen.«

»Verehrter Herr Wagner, das werden nicht die einzigen Aufregungen in ihrer Dienstzeit gewesen sein.«

Der ehemalige Gendarm nippte an seinem Most und erzählte lang und breit von Diebstählen und Ehrenkränkungen, von Widersetzlichkeiten und Unbotmäßigkeiten, von Betrügereien und Gaunereien und von Körperverletzungen und Morden. Er berichtete von Gefangenentransporten und Fluchtversuchen, vom Arbeitshaus, von der Festungshaft und vom Zuchthaus.

Ihm schien es so, als würde der junge Unterlehrer zuhören. In Wahrheit war Hansjörg in Gedanken weit weg und stellte sich vor, wie die schrecklichen Ereignisse vor über zwanzig Jahren tatsächlich abgelaufen sein mussten.

Am Montag eilte Hansjörg sofort nach Schulschluss auf dem Höhenweg nach Eisenbronn. Der Wirt hatte ihm in der Mittagspause ausrichten lassen, der Bierführer sei da gewesen und habe hinterlassen, der junge Lehrer könne mit ihm kostenlos nach Winterhausen zurückfahren. Um halb acht Uhr warte er auf ihn vor der steinernen Brücke von Eisenbronn.

Noch vor halb sechs klopfte Hansjörg an Helgas Haustüre. Eine Bäuerin in Arbeitskleidung öffnete und musterte ihn von Kopf bis Fuß.

Hansjörg errötete, nahm allen Mut zusammen und fragte, ob er Helga sprechen könne.

»Warum?«, fragte die Bäuerin belustigt.

»Ich möchte die Helga was fragen.«

»Vielleicht kann ich Ihre Frage beantworten.«

Ein Fohlen trottete aus dem Stall und ging auf Hansjörg zu. Er lockte es mit einem Zungenschnalzer. Als es vor ihm stand, kraulte er es hinter den Ohren, blies ihm sanft in die Nüstern und prüfte mit leichtem Druck die Flanken.

Die Bäuerin beobachtete alles aufmerksam. »Sie sind nicht von hier. Gell, Bauer sind Sie nicht?«

»Ich bin der neue Unterlehrer von Winterhausen.«

Sie musterte ihn argwöhnisch und grinste mitleidig. »Ach, der Herr Dirigent. Und *Sie* verstehen was von Pferden?«

Er nickte.

»Warum?«

»Weil mein Vater einen Hof hat.«

»Und ein Pferd?«

»Sechs Pferde.«

»Sechs Pferde? Dann ist der ja Großbauer.« Die Bäuerin riss die Augen auf und schrie: »Helga! Helga!«

Sie lief zur geöffneten Stalltür und rief nochmals: »Helga! Komm! Besuch für dich!«

»Besuch für mich?«, hörte Hansjörg eine vertraute Stimme ungläubig fragen.

»Jetzt komm schon, Helga«, drängelte die Bäuerin.

Helga erschien in der Stalltüre und wollte gerade ihrer Schwester etwas sagen, als sie Hansjörg sah. Sie blieb in ihrer Arbeitskleidung wie angewurzelt stehen, wurde krebsrot im Gesicht und streifte sich das Kopftuch ab.

Hansjörg streichelte das Fohlen und warf ihr einen kurzen, aber liebevollen Blick zu. »Grüß Gott, Helga.«

Sie stand stocksteif da und brachte kein Wort heraus. Hinter ihr schlurfte der Bauer aus dem Stall, in der Hand eine hölzerne Heugabel, und besah sich staunend die Szene.

Die Bäuerin fasste sich am schnellsten und gab ihrer Schwester einen Wink, sie solle ins Haus verschwinden. Dann stellte sie den Gast ihrem Mann vor: »Das ist der neue Lehrer von Winterhausen. Sein Vater ist Großbauer und hat sechs Pferde.«

»Sind Sie der Dirigent?«, wollte der Bauer wissen. Und als Hansjörg bejahte, stellte er viele Fragen: Wo sein Vater den Hof habe? Wie groß der sei? Wie viel Stück Vieh er aufziehe? Ob die Mutter noch lebe? Wie viele Geschwister er habe und warum er Lehrer und nicht Bauer geworden sei?

Die Bäuerin hatte genug gehört. Sie rannte ins Haus. Hansjörg hörte sie herumkommandieren.

Bald darauf erschien Helga im schwarzen Sonntagskleid mit gestärkter Sonntagsschürze, weißen Strümpfen und Schnallenschuhen. Sie war frisch gewaschen und gekämmt, wie die feuchten Strähnen rund ums Gesicht verrieten.

Die Bäuerin kam aus dem Haus und befahl mit einer großen Geste: »Ihr zwei lasst uns jetzt eine Stunde allein. Bis dahin
haben wir die Stallarbeit erledigt.« Sie wandte sich Hansjörg zu
und sagte honigsüß: »Dann kommen Sie zu uns, Herr Lehrer.«

»Aber um halb acht wartet der Bierführer vor der Jagstbrücke auf mich«, wandte Hansjörg ein.

Die Bäuerin machte eine wegwerfende Handbewegung.
»Bis dahin ist noch viel Zeit.« Sie schob Helga neben Hansjörg, packte ihren Mann am Oberarm und führte ihn, der sich
immer wieder nach dem jungen Paar umsah, durch die Stalltüre ab.

Hansjörg und Helga gingen die ersten Schritte schweigend
nebeneinander her. Dann sagte Hansjörg leise zu ihr, als wolle
er sie nicht erschrecken: »Sagte ich nicht, dass ich nur Ihretwegen wiederkomme?«

Sie schwieg und sah auf den Weg. Ein kleines Lächeln
huschte über ihr Gesicht.

»Gehen wir über die Brücke und auf der anderen Seite der
Jagst am Ufer entlang?«

Sie blickte ihn nicht an und ging neben ihm her.

»Ich bin gleich nach der letzten Schulstunde um vier Uhr
losgerannt, um Sie zu sehen.«

Sie sah ihn kurz von der Seite an.

»Mittwochs, samstags und sonntags helfen Sie im Gasthaus aus. Dort wollte ich Sie nicht ansprechen.«

Sie lächelte ihn einen Augenblick lang an. »Ja, der Wirt ist
neugierig.«

Er erzählte ihr von seinem Unterricht, von seinen Schülern und den Freuden und Sorgen seines Berufes. Sie hörte
geduldig zu, sah auf ihre Schuhe und warf Hansjörg gelegentlich einen Seitenblick zu.

Schließlich fragte sie ihn: »Und woher stammen Sie, Herr
Lehrer?«

Hansjörg berichtete von seiner Kindheit in Sommerfelden
in Oberschwaben, von der Arbeit seines Vaters und vom frühen Tod seiner Mutter.

»Wie alt sind Sie, Herr Lehrer?«

»Die Frage beantworte ich Ihnen erst, wenn ich Du sagen darf.«

Sie schwieg.

»Ich bin so alt wie du, genauer gesagt, du bist ein paar Monate älter als ich.«

»Woher weißt du das so genau?«

»Im Gasthaus erfährt man alles.«

Er tastete nach ihrer Hand, und sie ließ es geschehen. Hand in Hand spazierten sie an der Jagst entlang, sahen den Fischreihern zu und erzählten sich, was ihnen gerade in den Sinn kam.

Dann kehrten sie um, lösten die Hände, bevor sie zur Brücke kamen, und betraten das Haus, in dem Helga wohnte.

Die Bäuerin hatte sie erwartet und geleitete Hansjörg in die gute Stube. Er musste sich neben Helga setzen und viele Fragen beantworten. Helga schwieg und lächelte ihn aufmunternd an.

Eine Viertelstunde nach sieben verabschiedete sich Hansjörg mit großem Dank bei der Bäuerin und ihrem Mann. Helga begleitete ihn zur Brücke, wo sie sich, von der Brückenmauer gegen neugierige Blicke geschützt, an den Händen nahmen und dummes Zeug redeten.

»Schau, ich hab dir etwas mitgebracht.« Hansjörg zog ein seidenes Halstuch aus der Hosentasche. »Hab ich bei unserem Krämer für dich gekauft. Es ist nach der neuesten Mode und mit roten Rosen bedruckt.«

Helga errötete und schlang sich das Tuch um den Hals. »Das ist lieb von dir, Hansjörg. Ein getüpfeltes Halstuch hab ich schon, aber jetzt trägt man's geblümelt.«

Ein Peitschenknall weckte sie aus ihren Träumen. Von weitem sah man den Bierführer mit seinem Pferdegespann. Helga streichelte Hansjörg übers Gesicht und wünschte ihm eine gute Heimfahrt.

»Jetzt wirst du mich nicht mehr los, Helga«, sagte Hansjörg. »Darf ich nächsten Montag um halb sechs wiederkommen?«

Sie strahlte ihn an.

»Also nächsten Montag, hier um halb sechs.«

Sie lachte und eilte über die Brücke.

Der fürstliche Kutscher wartete auf Hansjörg vor dem Schulhaus, bis die Kinder nach dem Vormittagsunterricht mit großem Geschrei aus dem Schulhaus stürmten. Pfarrer Hofmann hatte auf diesen Mittwochnachmittag eingeladen. Fürst Gottfried, der von seinem treuen Kutscher nahezu täglich über alles, was in und um Winterhausen geschah, ins Bild gesetzt wurde, wollte bei Hofmann alte Erinnerungen auffrischen. Darum hatte er angeordnet, der Kutscher habe seinem alten Jugendfreund ein Geschenk nach Hall zu bringen und den Lehrer mitzunehmen. Alles andere solle der Kutscher mit dem Lehrer ausmachen.

Auf der neuen Staatsstraße von Wolpertshausen nach Hall, die über Cröffelbach und Weckrieden führte, kamen sie mit dem fürstlichen Gig rasch voran. Anderthalb Stunden später waren sie in der großen Stadt am Kocher. Der Kutscher kannte sich in Hall gut aus und zügelte das Pferd an prächtigen Häusern vorbei auf den abschüssigen Marktplatz unterhalb einer gewaltigen Freitreppe, über der sich eine Kirche auftürmte.

»Das ist St. Michael«, sagte der Kutscher, »und gleich rechts ist der Marktbrunnen und der Pranger. Und dort«, er deutete auf ein mächtiges Gebäude mit grauer Sandsteinfassade, »ist das Büschlerhaus. Da hat der deutsche Kaiser übernachtet, als er hier auf Besuch war.«

Hansjörg schaute sich bewundernd um.

»Hall duldete, wie alle freien Reichsstädte, nur den Kaiser über sich«, sagte der Kutscher. »Heute noch ist es eine stolze Stadt, die sich mit der neuen Regierung in Stuttgart schwertut.«

Die Kutsche hielt vor einem dreigeschossigen Haus, das neben einem prachtvollen Rokokogebäude stand. Eine breite Sandsteintreppe führte zum Eingang. Die Tür öffnete sich und ein älterer, schwarz gekleideter Herr kam die Treppenstufen herab.

»Willkommen in Hall, meine Herren«, sagte der Fremde freundlich. Er schüttelte dem Kutscher, dem die Wiedersehensfreude ins Gesicht geschrieben stand, überschwänglich die Hand und begrüßte ihn mit warmen Worten.

Dann trat er vor Hansjörg und reichte ihm ernst die Hand. Feierlich sagte er: »Herzlich willkommen, Herr Rössner. Ich warte schon lange auf Sie.«

Hansjörg zuckte zusammen. *Er wartet schon lange? Hatte er sich im Datum geirrt? Waren sie zu spät dran?*

Pfarrer Hofmann sah seinem Gast die Fragen an und beruhigte ihn: »Keine Sorge, mein lieber Herr Rössner. Sie sind pünktlich. Sie werden gleich verstehen, wie ich's meine.«

Der Kutscher lud die Weinpräsente des Fürsten ab und trug sie ins Pfarrhaus, während der Pfarrer Hansjörg mit ausgebreiteten Armen ins Haus geleitete und vor sich her in die gute Stube der Dienstwohnung führte.

»Bitte nehmen Sie Platz, Herr Rössner. Ich muss mich noch um den Wein kümmern.«

Hansjörg sah sich mit großen Augen um. Hier würde er gerne wohnen. Die eine Seite des Raumes füllten zwei mächtige Bücherschränke aus, nebeneinander und übereinander mit prachtvollen Büchern vollgestopft. Gegenüber stand ein Geschirrschrank mit vielen Schubladen und einer ausziehbaren Ablage, daneben eine reich verzierte Standuhr und ein Ofen mit einer gusseisernen Bildplatte auf der Vorderseite, wie sie bei wohlhabenden Leuten üblich war. Vor den Fenstern zum Marktplatz waren vier Ledersessel um einen runden Tisch gruppiert. Und Bilder, Bilder und nochmals Bilder an den Wänden, ein paar größere und viele kleine, in vergoldeten Rahmen gefasst und dicht an dicht gehängt.

Pfarrer und Kutscher traten ein und setzten sich zu Hansjörg.

Der Kutscher überreichte Pfarrer Hofmann ein in Seidenpapier eingeschlagenes kleines Päckchen: »Noch ein kleines Präsent Seiner Durchlaucht mit den allerbesten Grüßen.«

Hofmann packte das Geschenk aus und hielt ein Kartenspiel in den Händen, das Spuren heftigen Gebrauchs zeigte. Er lachte schallend. »Die alten Binokelkarten, die sich Fürst Gottfried extra herstellen ließ. Sehen Sie, lieber Herr Rössner«, er reichte Hansjörg eine Karte, die den Schellen-Ober im Bischofsgewand zeigte, »das soll ich sein. Das waren noch Zeiten.« Der Pfarrer berichtete knapp über die ausufernden Kartenpartien an der Jagst.

Hansjörg überreichte dem Gastgeber sein Buch über die Fildern, über das sich Hofmann freute. »Ein Stück Heimat von mir, ich war Pfarrer dort.« Pfarrer Hofmann betrachtete das Titelblatt. »Verfasst von Hansjörg Rössner.« Er sah seinen Gast überrascht an. »Das haben Sie gemacht?« Und als Hansjörg nickte, fügte er bewundernd an: »So weit habe ich es noch nicht gebracht.«

Sie unterhielten sich über die Straßenverhältnisse und die Verkehrsverbindungen. Der Kutscher beklagte den Zustand der Vizinalstraßen; nur die Staatsstraße von Cröffelbach bis Hall sei gut ausgebaut. Pfarrer Hofmann meinte, es sei auffällig, wie die Regierung in Stuttgart die neuwürttembergischen Gebiete im Norden immer noch benachteilige. Bis heute sei keine Eisenbahnlinie zwischen Stuttgart und Hall geplant.

Hofmann bat den Kutscher um Verständnis, dass er dienstlich etwas mit dem Lehrer zu besprechen habe. Er solle hier warten; man werde ihm einen Kaffee servieren. Dem Kutscher kam die Unterbrechung gelegen; er habe die Fahrt nach Hall dazu nutzen wollen, ein paar Besorgungen zu machen. Er werde in spätestens anderthalb Stunden wiederkommen.

Pfarrer Hofmann geleitete Hansjörg ins Amtszimmer, das im Erdgeschoss lag. Dort forderte er seinen Gast mit einer einladenden Geste auf, sich an den Besprechungstisch zu setzen. Er zog die Uhrenkette aus seiner Weste und öffnete mit einem kleinen Schlüssel, der an der Kette hing, eine für Hansjörg nicht einsehbare Schublade hinter dem Schreibtisch.

»Ich sagte zu Ihrer Verwirrung, lieber Herr Rössner, dass ich schon lange auf Sie warte. Das hier ist der Grund. Bitte lesen Sie selbst.« Er legte einen verschlossenen Brief vor Hansjörg auf den Tisch, ging ans Fenster, stellte sich mit dem Rücken zu seinem Gast vor die Glasscheibe und sah auf den Marktplatz hinaus.

Auf dem Briefumschlag stand »An meinen Sohn«. Hansjörg drehte den Brief mit zitternden Händen mehrmals um. Kein Absender. Fahrig fuhr er mit dem rechten Zeigefinger unter das Siegel, riss es auf und las.

*»Geliebter Sohn! Wir beten zu Gott, dass Er in seiner Weisheit und Güte Dich beschützt und zur Wahrheit führt. Du hast uns ausfindig gemacht, und darum wollen wir Dir zuerst sagen, dass wir diesen schrecklichen Tod unschuldig erleiden müssen. Niemand glaubt uns. Wir haben mit dem Verbrechen am Schulmeister in Eisenbronn und dessen Frau nichts zu schaffen. Wir sind unschuldig. Das schwören wir Dir im Angesicht des Todes. Gott ist unser Zeuge. Bitte glaube Du uns. Das ist unser letzter Wunsch.*

*Wir bitten Dich von ganzem Herzen: Bete für uns. Wir sind keine Mörder. Wir haben diese schwere Schuld nicht auf uns geladen. Aber wir lassen Dich in einer ungerechten Welt zurück. Das ist unsere Schuld. Verzeihe uns, geliebter Sohn.*

*Morgen früh werden wir dem Scharfrichter überantwortet. Unser letzter Gedanke gilt Dir, geliebter Sohn. Wir werden die ganze Nacht für Dich beten. Das ist das einzige, was wir für Dich noch auf dieser Welt tun können. Schon morgen werden wir Dich vom Himmel herab auf allen Deinen Wegen begleiten und beschützen.*

*Leb wohl, unser geliebter Sohn, bis wir uns dereinst im Himmel wiedersehen.*

*Deine treuen Eltern Jörg und Olga Wiegner.«*

Hansjörg saß stocksteif auf seinem Stuhl. Die Tränen liefen ihm übers Gesicht, bis er den Brief in seiner Hand nicht mehr entziffern konnte. Er legte ihn auf den Tisch und schluchzte hemmungslos.

Der Pfarrer stand regungslos am Fenster. Dann atmete er tief durch und öffnete einen Fensterflügel. Nochmals tat er einen langen Atemzug und drehte sich zu seinem Gast um. Er setzte sich an den Besuchertisch, links neben Hansjörg, und wandte sich ihm zu. »Ich habe Ihre Eltern gut gekannt, Herr Rössner. Ich habe in der Unterstufenklasse Ihres Vaters den Religionsunterricht gegeben.«

Hansjörg sah den Pfarrer aus feuchten Augen an.

Hofmann schwieg eine Weile und sagte dann energisch: »Sie haben mir bis zum letzten Tag glaubhaft versichert, sie seien unschuldig.«

»Sie hatten doch gar kein Gift gehabt.«

»Nein, Arsenik wurde bei ihnen nicht gefunden.«

»War das kein Beweis für ihre Unschuld?«

»Arsenik ist seit Jahrhunderten als Mordgift bekannt. Kein Mörder bewahrt es in seiner Wohnung auf.«

Hansjörg schüttelte den Kopf.

»Zweifellos starben der Schulmeister und seine Frau an diesem Gift. Die Durchfälle, das häufige Erbrechen und die verkrampften Arme und Beine der Ermordeten waren eindeutige Beweise. Alles sprach gegen Ihre Eltern.«

»Waren Sie bei der Hinrichtung dabei?«

»Nein, ich konnte das nicht, und Ihre Eltern wollten es nicht. Ich war am Abend vorher bei ihnen im Gefängnis. Da haben sie den Brief geschrieben und mir übergeben. Ihr letzter Wunsch war, ich solle den Brief niemandem geben außer Ihnen persönlich. Deshalb habe ich den Brief versiegelt.«

Hansjörg warf Pfarrer Hofmann einen kurzen, tränenreichen Blick zu.

»Sie glaubten fest daran, dass Sie sich auf die Suche nach Ihren Eltern machen würden.«

Hansjörg schluchzte auf.

»Ihr Vater gab mir den Brief mit den Worten: *Eines Tages wird unser Sohn kommen und wissen wollen, wer seine Eltern sind. Bitte geben Sie ihm dann diesen Brief und sagen Sie ihm, dass wir ihn unendlich lieben.*«

Hansjörg saß zusammengesunken und tränenüberströmt auf seinem Stuhl und starrte geradeaus. Endlich flüsterte er: »Wie konnte das geschehen?«

»Ich habe Ihre Eltern öfters im Gefängnis besucht. Ihr Vater hat einen Zusammenhang mit einer anderen Geschichte vermutet.«

»Mit einer anderen Geschichte? Etwa den Mädchenmorden?«

Pfarrer Hofmann schwieg zunächst; von seinem Gesicht konnte man die Ratlosigkeit ablesen. Dann sagte er leise: »Ich weiß es nicht. Mir hat Ihr Vater immer wieder dieselbe Geschichte erzählt. Er sei zur Römerwiese hinauf. Sie wissen, wo das ist?«

Hansjörg warf ihm einen zustimmenden Blick zu.

»Ihr Vater kannte sich um Eisenbronn herum gut aus. Es war zwar Winter, aber er wusste, wo er ein paar Kräuter zum Wurstmachen sammeln konnte. Er habe eine Frau schreien hören und seinen Korb stehen lassen, um der Frau zu helfen. Er sei in die Richtung gerannt, aus der die Schreie kamen. Da sei ein Reiter herangeprescht. Der habe so heftig an den Zügeln gerissen, dass der Rappen aufgestiegen sei und der Reiter sich nur mit Mühe auf dem Pferd halten konnte. Wutschnaubend habe er Ihren Vater angebrüllt, er solle sofort verschwinden.«

Hansjörg setzte sich ruckartig kerzengerade hin.

»Als Ihr Vater auf die Hilferufe hinwies, habe ihn der Fremde übel beschimpft und ihm mit Verhaftung gedroht. Da hinten seien Soldaten und Holzmacher, die hätten das Geschrei verursacht. Wenn er nicht sofort verschwinde und sein loses Maul halte, werde er ihn wegen Waldfrevels verhaften lassen.«

»Wusste mein Vater, wer der Reiter war?«

Der Pfarrer schüttelte den Kopf. »Ich war ein paar Tage vor der Hinrichtung im Gefängnis. Das Urteil war gesprochen, das Gericht wartete nur noch auf Ihre Geburt. Wir standen am Fenster und sahen auf den Hof hinaus. Da ist der Forstverwalter Luz über den Hof zur Gendarmerie gegangen. Ihr Vater wurde so aufgeregt, dass ihm die Stimme versagte. *Das ist der Reiter*, hat er schließlich gerufen, zitternd vor Wut, *der da hat mich bedroht*.«

»Hat mein Vater gesagt, wie das mit dem Jakob Sauer war, der die Metzelsuppe zum Schulmeister bringen sollte?«

»Als der Junge aus der Klasse des Schulmeisters zufällig am Haus Ihrer Eltern vorbeigekommen sei, hätten sie ihn gebeten, dem dienstälteren Kollegen eine warme Metzelsuppe ins Schulhaus zu bringen. Ihre Mutter habe ein Gefäß gefüllt und Fleisch und Würste hineingelegt, weil sie wusste, dass der Schulmeister frisch Geschlachtetes mochte. Der Junge sei unschuldig, haben Ihre Eltern immer wieder betont.«

»Wie kam die Verbindung nach Hohenheim zustande?«

»Als feststand, dass die Hinrichtung zwei Tage nach Ihrer Geburt stattfinden sollte, hat mich Ihr Vater gebeten, die Elisabeth Rummler in der Ackerbauschule ausfindig zu machen. Die habe ein gutes Herz, wie er aus seiner Zeit als Hilfslehrer in Bietigheim genau wisse. Wenn die das Kind zu sich nähme, dann fiele ihm ein großer Stein vom Herzen. Mit Unterstützung meines alten Freundes Gläser, der in jener Zeit Pfarrer in Plieningen war, habe ich dann die Elisabeth Rössner in Heilbronn getroffen, auf halber Strecke zwischen Eisenbronn und Hohenheim.«

»Sie kam nicht nach Gerabronn?«

»Das ging nicht. Die Reise wäre zu lang gewesen. Außerdem hätte man sie nicht ins Gefängnis hineingelassen.«

Hansjörg schniefte und wischte sich die Tränen aus dem Gesicht.

»Sofort hat die Rössnerin zugestimmt, das Neugeborene zu sich zu nehmen. Wenn's ein Junge wird, dann soll er Hansjörg heißen, hat sie gleich gesagt, nach meinem Mann Hans und nach dem Vater des Jungen.«

Hansjörg sah aus verträumten Augen vor sich hin.

»Händeringend hat Ihr Vater im Gefängnis darum gebeten, niemandem – vor allem Ihnen nicht – Ihre wahre Herkunft zu verraten. Wenn's der Junge wissen will, dann wird er die Spur bis nach Eisenbronn verfolgen, hat Ihr Vater zu mir gesagt.«

Hansjörg lächelte vor sich hin.

»Die Rössnerin war anfangs gegen die Heimlichtuerei. Mein Freund Gläser hat sie bearbeitet und ihr klar gemacht, dass es für das Kind am besten sei, wenn jeder denke, es sei ihr leibliches Kind.«

Hansjörg schluchzte laut auf.

Pfarrer Hofmann faltete die Hände und sprach ein Gebet für die Hingerichteten und dankte Gott, dass Hansjörg Rössner seine wahren Eltern aufspüren und bei seinen Stiefeltern behütet aufwachsen durfte.

Hansjörg beruhigte sich langsam. Es tat ihm gut, mit dem Pfarrer über den Sinn des Lebens zu sprechen. Er glaube, sagte er, nicht nur an die Gerechtigkeit Gottes, nein, er glaube auch an die Güte Gottes. »Es muss einen Sinn haben, dass ein Mensch auf der Erde ist. Da steckt doch Vertrauen drin, Herr Pfarrer, in so einem Leben, göttliches und menschliches Vertrauen. Sogar das Kind eines Mörders ist ein Geschöpf, in das Gott sein Vertrauen setzt.«

Hofmann bestärkte ihn: »Wir können darauf setzen, dass Gott gnädig, barmherzig und verzeihend ist. Gott hat uns nicht in die Welt gesetzt, um uns zu vernichten. Das gäbe keinen Sinn. Ihr Leben, lieber Herr Rössner, hat den gleichen Wert wie meines und das Ihrer leiblichen Eltern. Nur ein paar Unverbesserliche wollen das nicht einsehen, weil sie aus der Zwietracht und der Erniedrigung anderer Menschen ihren Nutzen ziehen.«

Sie waren sich einig über den Unsinn der Todesstrafe. Sogar der erste württembergische König Friedrich habe sich über die Galgen und Blutgerüste geärgert, die er bei seinen täglichen Ausritten um Stuttgart oder Ludwigsburg ansehen musste. Er befahl, alle abzureißen, die ihm in den Blick geraten könnten. Wenn eine Todesstrafe zu vollziehen sei, solle man an Ort und Stelle ein hölzernes Blutgerüst errichten und nach der Hinrichtung sofort wieder abreißen. Im Norden des Landes mussten die Galgen jedoch als Mahnzeichen stehen bleiben, weil der König den Hohenlohern nicht verzeihen wollte, dass sie sich 1806 gegen die neue Herrschaft aus Stuttgart gewehrt hatten.

Dass der geheime schriftliche Strafprozess oberflächlich gewesen sei und in der Vergangenheit zu vielen Fehlurteilen geführt habe, beklagten sie leidenschaftlich.

Sie waren so ins Gespräch vertieft, dass sie die Welt um sich herum vergaßen. Es klopfte an die Tür. Die Pfarrerin forderte sie auf, ins Speisezimmer zu kommen. Sie folgten ihr sofort. Der Kutscher war schon da und saß am Fenster; amüsiert betrachtete er die alten Binokelkarten. Der Kaffeetisch war gedeckt, und ein Marmorkuchen stand in der Mitte des Tisches. Als die Pfarrmagd mit frischem Kaffee eintrat, bat die Pfarrfrau zu Tisch.

Sie plauderten über gemeinsame Zeiten, über die fidelen Kartenspiele am Fürstensitz und den neuesten Klatsch aus Winterhausen.

Der Kutscher drängte zur Heimfahrt. Pfarrer Hofmann schickte seine Frau in den ersten Stock, das vorbereitete Geschenk für Seine Durchlaucht zu holen; er habe noch etwas im Arbeitszimmer vergessen.

»Kommen Sie, Herr Rössner.« Hofmann schob den jungen Mann in sein Büro und schloss die Tür. »Ich habe noch zwei Geschenke von Ihren leiblichen Eltern für Sie, Herr Rössner. Ihr Vater war Lehrer wie Sie. Er hat mir drei Bücher in Verwahrung gegeben, Pädagogikbücher, die er selbst benützt hat. Sie sind in diesem dicken Paket verpackt. Und in dem kleinen Päckchen ist eine kleine Handarbeit Ihrer Mutter. Am besten öffnen Sie die Verpackungen erst, wenn Sie wieder daheim sind.«

Am nächsten Morgen fühlte sich Hansjörg körperlich erschöpft, aber seelisch ausgeglichen, heiter und voller Lebenslust. Die ganze Nacht hatte er in den Büchern seines Vaters gelesen, die Randvermerke in der ihm noch fremden Handschrift eingehend studiert und das ovale Tischdeckchen immer wieder in die Hand genommen, das ihm die Mutter in ihrer Gefängniszelle gehäkelt hatte. In der Mitte war ein stolzer Schwan in das Muster eingearbeitet. Den Rand bildeten stilisierte Federn, Daunenfedern, Deckfedern und Schwungfedern, in endloser Reihenfolge. Die Rössnerbäuerin hatte zwar selten gehäkelt und gestickt, aber der Entwurf zu dieser Handarbeit hätte von ihr sein können. Für beide Frauen hatten Federn offensichtlich eine besondere Symbolkraft.

In einem der drei Bücher hatte er einen Zettel gefunden, der ihn die halbe Nacht beschäftigte. Sein Vater hatte auf dem Stück Papier den seltenen Namen Olga erläutert. Olga sei skandinavisch und bedeute: die Gesunde, die Heilige. Bei den Warägern, dem im Baltikum und in Russland siedelnden Wikingerstamm, habe man die Fürstentöchter häufig Olga genannt. Bei uns sei der Name Olga sehr selten, häufiger verwende man ihn in eingedeutschter Form. Fest stehe, Olga und Helga sei ein und derselbe Name.

Über eine Stunde hatte Hansjörg an seinem Fenster gestanden, in die Nacht hinaus gestarrt und gegrübelt. Für wen war der Zettel gedacht? Was bedeutete ihm Helga?

Wieder und wieder schweifte Hansjörg in Gedanken vom Unterricht ab, und jedes Mal kam ihm das Symbol der Feder in den Sinn und fielen ihm die Namen Olga und Helga ein.

Vor dem Nachmittagsunterricht stand er mit Provisor Gundert vor der Schulhaustür; er überredete ihn, auch in die Singstunde zu kommen und sich Schritt für Schritt ins Dirigieren einführen zu lassen.

Aktuar Biedermann, der auf dem Weg zum Schloss war, kam auf Hansjörg zu und sagte: »Der Herr Forstverwalter war heute morgen bei mir. Sie, Herr Lehrer, würden ihm nachspionieren, hat er behauptet. Und dann hat er gedroht, solche Hinterhältigkeiten lasse er sich nicht bieten.«

»Und, was haben Sie dem Luz geantwortet?«, wollte Hansjörg wissen.

»Ich habe ihm gesagt, dass wir ein Buch schreiben und auch über die alten Mordfälle der Gegend berichten. Da ist er rasend geworden: Das gehe mich überhaupt nichts an und den Lehrer erst recht.«

Hansjörg lachte: »*Wir* schreiben das Buch, Herr Aktuar, und *wir* bestimmen, was drinsteht, *nicht* der Luz.«

Hansjörg wandte sich wieder seinem Kollegen zu und machte ihm das Singen und Dirigieren schmackhaft, doch Gundert sträubte sich.

Pfarrer Schütz, der Religion in der Oberklasse lehrte, gesellte sich zu den beiden jungen Lehrern, hörte ein paar Augenblicke zu und fragte dann entgeistert: »Wollen Sie Ihren Auszug aus Winterhausen vorbereiten, Herr Rössner?«

»Im Gegenteil, Herr Pfarrer. Ich will den Einzug meines Freundes Eugen Luz einfädeln.«

»Luz? Ein Verwandter unseres Forstverwalters?«

»Sein Sohn, Herr Pfarrer.«

»Davon hat der Forstverwalter nichts gesagt.«

»Die sind wie Hund und Katze, der Herr Verwalter und sein Sohn.«

»Und wo soll Ihr Freund Lehrer werden?«

»Die Schülerzahlen steigen von Jahr zu Jahr. Die staatlichen Lehrerseminare in Esslingen und Nürtingen bilden viel zu wenig Lehrer aus. Deshalb herrscht überall im Königreich Lehrermangel.«

»Wohl wahr«, bestätigte der Pfarrer und zählte auf, in welchen Gemeinden rund um Winterhausen man nach Lehrern Ausschau halte.

»So lange es in Hohenlohe kein Lehrerseminar gibt, weder ein staatliches noch ein privates«, Hansjörg sah seinen Pfarrer stirnrunzelnd an, »so lange ziehen die jungen Männer, die Lehrer werden wollen, fort von hier.«

»Das haben wir Pfarrer mit Bezirksschulinspektor Ströbele auch schon ausführlich besprochen. Im Tempelhof bei Crailsheim sollen seit neuestem Armenlehrer ausgebildet werden.«

»Gibt's da schon examinierte Lehrer?«, fragte Hansjörg erstaunt.

»Nein. Außerdem hat Tempelhof nur ein paar Ausbildungsplätze. Die Hohenloher Pfarrer haben eine Petition nach Stuttgart geschrieben, baldmöglichst in Künzelsau ein Seminar einzurichten. Aber die Stuttgarter Regierung misstraut uns Hohenlohern. Sie wittert immer noch Widerstand bei uns und hält uns vor, wir wollten unser eigenes Süppchen kochen. Sie will alle Pfarrer, Richter und Lehrer im Altwürttembergischen ausgebildet wissen, um sie dort auf Linie zu bringen.«

»Mein Freund Eugen hat mit mir das Privatseminar von Pfarrer Steinhilber in Ringelfingen besucht. Er würde gerne wieder in seine Heimat zurückkommen.«

»Dann ermuntern Sie ihn.«

»Mein Eugen ist ein vorzüglicher Lehrer, aber …«

»Was fehlt ihm?«

»Er singt wie das Sägegatter der Bächlinger Mosesmühle, wenn es stottert und hackt.«

Pfarrer Schütz lachte schallend. »Er muss in der Schule bloß unterrichten, nicht stundenlang singen.«

»Seitdem jede zweite Gemeinde einen Gesangverein hat, erwartet man vom neuen Lehrer, dass er den Chor dirigiert. Gibt's dort noch keinen Verein, so soll er ihn gefälligst gründen und dirigieren. Das befürchtet mein Freund, und ich glaube, er sieht das richtig.«

»Und was ist Ihr Plan?«

»Eugen ist ein großer Spezialist für das Armenschulwesen. Wenn der die Sache in die Hand nimmt, dann muss man sich darum nicht mehr sorgen. Er ist ein guter Lehrer. Wenn er hier in einer Nachbargemeinde Schulmeister würde und einen Unterlehrer zur Seite hätte, der einen Chor dirigieren kann, …«

»Dann kommt Ihr Freund in seine Heimat zurück?«

»Der Gemeinde wäre geholfen, die Kinder hätten einen vorzüglichen Lehrer, mein Eugen wäre wieder in seiner Heimat und«, Hansjörg grinste den Junglehrer an, »Provisor Gundert bekäme eine besser bezahlte Unterlehrerstelle.«

Gundert spitzte die Ohren; so hatte er die Sache noch nicht betrachtet. Unterlehrer werden, mehr verdienen, das hörte sich gut an. Kaum hatte sich der Pfarrer dem Schulhaus zugewandt, willigte er sofort ein, zur nächsten Singstunde zu kommen.

Am Samstagnachmittag betrat Hansjörg die Gaststätte in Eisenbronn. Der Wirt begrüßte ihn wie einen Stammgast. Helga kam im selben Augenblick aus der Küchentür und winkte Hansjörg verstohlen zu. Der Wirt bemerkte es dennoch und fragte in seiner direkten und plumpen Art: »Wollt Ihr was von meiner Magd?«

»Ja, Herr Wirt. Sie werden sich bald eine neue Schankmagd suchen müssen.«

»Dacht ich's mir. Der Schneider hat so Andeutungen gemacht. Gibt's bald einen Gesangverein bei uns?«

»Nicht den Schulmeister vergiften, Herr Wirt«, sagte Hansjörg mit erhobenem Zeigefinger. »Ich warte zwar auf eine gute Stelle als Schulmeister, aber die wird nicht in Eisenbronn sein.«

Hansjörg bat den Wirt, er möge Helga erlauben, kurz vors Haus zu kommen. Er wolle sie etwas unter vier Augen fragen.

Vor der Tür nahm er Helga bei der Hand und sagte, er sei froh, dass die Heimlichtuerei ein Ende habe. Er liebe sie, deshalb wolle er sich so schnell wie möglich um eine Schulmeisterstelle bewerben. Ob sie ihm so lange die Treue halten wolle?

Helga sagte freudestrahlend, sie freue sich auf jede Begegnung mit ihm.

Hansjörg fragte, ob der Jakob Sauer noch hier wohne.

Helga kniff die Augen zusammen. »Willst du die alten Geschichten nicht ruhen lassen, Hansjörg?«

Er versicherte ihr, dass er nur noch dieses eine Mal eine Auskunft benötige. »Wenn du mit mir auf meine erste Schulmeisterstelle mitkommst, dann wird dich niemand mehr als

Waisenkind scheel angucken oder dich auf die alten Geschichten ansprechen. Keine Sorge, Helga, für deine Vergangenheit interessiert sich bald niemand mehr.«

Helgas Gesichtszüge entspannten sich. Sie zeigte ihm den Weg zum Jaköble, wie man hier den Sauer-Bauern nenne, der als Handwerkersohn in einen Hof eingeheiratet habe.

»Kommst nachher wieder zu mir?«

Er streichelte ihre Wange und enteilte in die angegebene Richtung.

Der Bauer war nicht auf seinem Hof. Er sei beim Rübenziehen, sagte die Bäuerin und erklärte Hansjörg den Weg zu dem nahebei liegenden Feld.

Schon von weitem sah Hansjörg, dass die Arbeit den Mann schwer ankam. Der Bauer richtete sich mehrmals aus seiner gebückten Arbeitshaltung auf, stützte sich auf seine Hacke und streckte den Rücken gerade.

»Immer fleißig, Herr Sauer?«, sagte Hansjörg beim Näherkommen. »Ein schweres Geschäft.« Er wusste, dass der Bauer für eine kleine Verschnaufpause dankbar war.

»Ein Saug'schäft.« Der Bauer warf die Hacke von sich und rieb sich mit beiden Händen den Rücken.

Hansjörg stellte sich vor und sagte sein Sprüchlein von dem Heimatbuch auf. Er wolle fragen, wie es beim Schulmeistermord zugegangen sei. Zugleich versicherte er dem Mann, dass er nicht befürchten müsse, in etwas hineingezogen zu werden. Und wenn er in seinem Buch über die alte Geschichte berichte, dann werde er keine Namen nennen.

»So recht weiß ich's nimmer. Ich war elf, müssen Sie wissen, und gerade im ersten Jahr in der Oberklasse beim Schulmeister Feucht.«

Der Bauer hakte seine sechskantige Feldflasche vom Hosenbund los, schraubte den Verschluss ab und gönnte sich einen großen Schluck Most. Er wischte sich mit dem Handrücken über den Mund und strich mit dem Zeigefinger seinen Schnauzbart glatt. »Die Ursula aus der Konfirmandenklasse ist am Abend tot g'funden worden. Erwürgt. Gleich am nächsten Tag haben wir in der Schule Lieder für die Beerdigung g'lernt.«

Er trank noch einmal, schraubte die Zinnflasche wieder zu und hakte sie am Hosenträger ein. »Ich bin von der Schule heim und am Haus vom Lehrer Wiegner vorbei. Da hat mich der g'fragt: *Magst dir eine Wurst verdienen?* Ich hab ja g'sagt.«

Der Bauer nahm seine Hacke wieder vom Boden auf und stützte sich mit beiden Händen drauf. »Da hat die Wiegnerin ein Geschirr mit Metzelsupp g'füllt und g'sagt: *Trag's zum Schulmeister. Er soll sich's schmecken lassen.* Und ich hab eine Wurst gekriegt.«

»Und wie hat das der Scharwächter erfahren?«, fragte Hansjörg.

»Unterwegs ist mir ein Reiter verkommen und hat nach dem Wiegner g'fragt. Ich hab ihm g'sagt, dass ich für den Wiegner das Geschirr zum Schulmeister tragen soll. Da hat der Reiter g'sagt: *Lass mal sehen, ob's was Rechtes ist.*«

Hansjörg wurde leichenblass und verbarg sein Gesicht mit den Händen.

»Ich hab mich auf die Zehenspitzen g'stellt und das Geschirr dem Reiter hinaufg'reicht. Er hat es g'nommen, hat hineing'rochen und g'sagt: *Riecht gut. So was tät mir auch schmecken.*«

Hansjörgs Gesicht verhärtete sich. »Und? Hat er's probiert?«

»Ja, hat er. Und dann hat er mich ausg'fragt: *Wie heißt du? Wo wohnst du? Was schafft dein Vater? Wie viel Geschwister hast du? Wie heißt dein Lehrer? Woher kennst du den Wiegner?*«

»Hat er Sie lange aufgehalten?«

Der Bauer zuckte die Schultern.

»Wie lange?«

»Ha, schon eine Weile. Er war halt neugierig.«

»Hat er nochmals die Metzelsuppe probiert?«

»Das weiß ich nimmer. Ich bin dann zum Schulmeister. Das ist alles.«

»Und den Reiter haben Sie nicht gekannt?«

»Am nächsten Tag ist der Schulmeister vergiftet g'wesen. Und seine Frau. Da ist der Scharwächter her zu mir und hat mich g'fragt, ob mich der Reiter g'sehen hätt.«

»Der Scharwächter hat schon gewusst, dass Sie dem Reiter begegnet sind?«

Der Bauer nickte, ließ seine Hacke fallen, öffnete seine Feldflasche und nahm noch einen Schluck. »Am Tag drauf, vielleicht waren es zwei Tage später, das weiß ich nimmer genau, hat mich der Scharwächter aufs Rathaus g'führt. Der Reiter ist am Tisch g'sessen und hat g'fragt, ob ich das Geschirr in die Schule getragen hätt.«

Hansjörg tat so, als schaue er zum Himmel. Tatsächlich beobachtete er den Mann aus den Augenwinkeln.

»Ich hab sagen wollen: Das wissen Sie doch selber.« Der Bauer machte eine verächtliche Geste. »Aber der hat mich ang'schnauzt, bevor ich den Mund aufg'macht hab: *Ja oder nein! Kein Wort mehr! Ja oder nein!* Da hab ich ja g'sagt.«

Hansjörg gab einen tiefen Seufzer von sich. »Das war alles?«

»Noi, der Scharwächter hat g'sagt, dass ich's mit dem Schwörstab in der Hand bezeugen müsst.«

Hansjörg schüttelte den Kopf.

»Ja, Sie können leicht den Kopf schütteln. Aber was hätt ich denn machen sollen? Der Reiter hat g'sagt: *Du hast das Gift ins Geschirr hinein. Gib's zu!* Ich hab gar nicht g'wusst, was der meint. Da hat der Scharwächter g'fragt, ob ich Gift hätt. Ich hab ihm g'sagt, dass ich noch nie Gift g'sehen hab und nicht weiß, wie Gift aussieht. Da hat der Reiter g'sagt, ich werd gleich verhaftet und komm ins Zuchthaus, wenn ich auch nur ein Sterbenswörtchen sagen tät. Ich bin doch nicht blöd. Der Ober sticht den Unter. Da hab ich mit dem Schwörstab g'schworen, dass ich nichts sag.«

»Und woher haben Sie erfahren, wer der Reiter war?«

»Den Scharwächter hab ich ein paar Tage später im Dorf g'sehen. Da hat er zu mir gesagt: Das hast du gut g'macht. Der

Herr Forstverwalter ist zufrieden mit dir. Da hab ich g'wusst, wer der Reiter war.«

»Die alten Geschichten«, sagte Hansjörg, »die soll man endlich ruhen lassen.«

Der Bauer nickte zustimmend und nahm wieder seine Hacke vom Boden auf. »Nichts für ungut, ich muss weitermachen.«

# Die neue Heimat

Der Schulmeister war am Ende seiner Kräfte und konnte sich nur noch mit Mühe auf den Beinen halten. Pfarrer Schütz bat deshalb Unterlehrer und Provisor ins Pfarrhaus.

»Meine Herren«, eröffnete Schütz die Besprechung, »die Lage ist ernst. Schulmeister Wieler ist zum dritten Mal innerhalb eines Jahres schwer erkrankt. Der Wundarzt meint, mit einer völligen Genesung sei nicht mehr zu rechnen.«

»Schulmeister Wieler quälte sich die letzten Tage durch den Unterricht«, bestätigte Provisor Gundert.

»Er atmet wie ein Dampfross«, ergänzte Hansjörg. »Nach jedem Satz ringt er nach Luft. Und alle zwei Minuten hustet er sich die Seele aus dem Leib.«

»Das Schulgesetz«, der Pfarrer nahm das Buch zur Hand, das mit dem Gesicht auf dem Tisch lag, »bestimmt in Artikel 54: *Einem Schulmeister steht ein Anspruch auf Enthebung von seinem Amte mit einem Ruhegehalt nicht zu.*«

Hansjörg schüttelte ärgerlich den Kopf. »55 Jahre treu gedient und kein Anspruch auf ein Plätzchen, wo man in Ruhe sterben kann. Armer Wieler.«

»Der Artikel im Schulgesetz hat noch einen Zusatz«, besänftigte ihn Schütz: »*Die Oberschulbehörde ist befugt, einen Schulmeister, der neun volle Jahre als solcher diente und entweder das siebenzigste Lebensjahr zurückgelegt hat oder wegen körperlicher Gebrechen ohne sein Verschulden dienstuntüchtig geworden ist, gegen Anweisung eines Ruhegehalts seines Amtes gänzlich zu entheben.*«

Hansjörg seufzte erleichtert und fragte: »Ist auch festgelegt, Herr Pfarrer, wie hoch das Ruhegehalt ist, wenn Herr Wieler sein Amt abgeben dürfte?«

Schütz blätterte in seinem Buch weiter und las die Ausführungsbestimmung vor: »*Das jährliche Ruhegehalt beträgt 50 Prozent des Durchschnittsertrags der letzten fünf Dienstjahre, höchstens 250 Gulden.*«

»Damit kann unser guter Wieler zwar keine großen Sprünge machen, aber leben könnte er davon«, sagte Gundert.

»Ich werde heute noch ein Gesuch an Seine Durchlaucht richten, unseren verehrten Schulmeister unter Hinweis auf diese gesetzliche Ausnahmeregelung von seinen Dienstaufgaben mit Ruhegehalt zu entpflichten. Entweder kann ihn die fürstliche Verwaltung von seinem Amt entbinden. Oder sie muss es von Stuttgart erbitten.«

»Ich muss heute sowieso ins Archiv und werde, wenn Sie, Herr Pfarrer, einverstanden sind, den Herrn Aktuar bitten, sich der Sache gleich anzunehmen«, fügte Hansjörg an.

Schütz nickte zustimmend. »Jetzt zum Hauptpunkt unserer Besprechung.« Er legte die Vorschriftensammlung zur Seite und lehnte sich auf seinem Stuhl zurück. »Was machen wir in den nächsten Wochen und Monaten, meine Herren, wenn wir mit zwei Lehrkräften auskommen müssen?«

»Gestatten Sie, Herr Pfarrer, dass ich nochmals auf das Vorige zurückkomme. Ich bin der Meinung: Erst das Hauptgeschäft, dann das Tagesgeschäft.«

Schütz grinste seinen übereifrigen Unterlehrer an: »Soll heißen, Herr Rössner?«

Der zog das Genick ein und wurde rot im Gesicht. »Bitte entschuldigen Sie, Herr Pfarrer, ich hab's nicht so gemeint.«

Der Pfarrer winkte ab, deshalb fügte Hansjörg an: »Ich dachte, wir sollten so schnell wie möglich wieder zu dritt unterrichten können.«

»Natürlich. Aber woher bekommen wir einen Lehrer? Auf einen Provisor aus den staatlichen Seminaren Esslingen und Nürtingen zu hoffen, ist wohl aussichtslos. Ich werde morgen die Herren Kollegen, die ein privates Lehrerseminar leiten, anschreiben. Pfarrer Esenwein hat vor langer Zeit eines in Steinheim gegründet, ganz in der Nähe von Marbach am Neckar. Dann gibt es die vorzügliche Anstalt in Ringelfingen, die Sie besucht haben, Herr Rössner. Seit über zwanzig Jahren besteht auch ein Seminar in Besigheim, und vor zehn Jahren hat das Seminar Lichtenstern eröffnet, das liegt in den Löwensteiner Bergen.«

»Meinen Sie, Herr Pfarrer, ein Brief von mir an meinen alten Seminarlehrer in Ringelfingen nützt Ihnen etwas?«

»Schreiben Sie, Herr Rössner, schreiben Sie bald und bringen Sie mir Ihren Brief vorbei. Ich leg ihn meinem Bittschreiben bei.« Schütz dachte nach. »Am Freitag ist Audienz. Ich werde den Fürsten inständig bitten, die Schulmeisterstelle sofort auszuschreiben und nicht die bürokratische Ochsentour abzuwarten, bis unser lieber Wieler entpflichtet ist.« Er sah Hansjörg ernst an. »Sie haben unserem Gundert den Floh ins Ohr gesetzt, er könne anderswo Unterlehrer werden.«

Hansjörg erschrak, kratzte sich am Hinterkopf und bemerkte kleinlaut: »Aber nur im Tausch für einen Lehrer von dort, hab ich gemeint.«

»Und welche Pläne haben Sie, Herr Rössner? Wollen Sie uns verlassen?« Schütz blickte ihn forschend an. »Wollen Sie zurück nach Oberschwaben?«

»Für eine Schulmeisterstelle bin ich wahrscheinlich noch zu jung. Aber wenn man mir eine anbietet, sage ich nicht nein.«

»Da werde ich Seine Durchlaucht am Freitag bitten müssen, Sie zum Bleiben zu verpflichten. Sie sind dem Fürsten noch das Heimatbuch schuldig, wenn ich mich recht erinnere, und können gar nicht weg.«

Gundert hatte das Hin und Her aufmerksam verfolgt und sah seinen Kollegen erneut erröten.

Pfarrer Schütz wandte sich seinen Unterlagen auf dem Tisch zu, schmunzelte zufrieden und fuhr sachlich fort: »Jetzt zu unserem Hauptproblem: Wie kommen wir in den nächsten

Wochen und Monaten mit den beiden Schulklassen über die Runden?«

»Wenn wir zwei Klassen und zwei Lehrer haben, dann ist wohl klar, dass jeder von uns eine Klasse führen muss«, meinte der Provisor.

»Das versteht sich von selbst, Herr Gundert. Die Gretchenfrage ist jedoch: Wie halten wir's mit der Relegation?«

»Ich kann nicht griechisch, Herr Pfarrer«, sagte Gundert.

»Brauchen Sie nicht, mein Lieber«, tröstete ihn Schütz, »das ist lateinisch und meint: Lassen wir Sie in Ihrer Klasse, oder verbannen wir Sie?«

Gundert sah verwirrt von einem zum anderen. Hansjörg ahnte, worauf der Pfarrer hinauswollte: »Sie meinen, wir sollten die Klassen tauschen?«

Der Pfarrer nickte. »Sie haben den Unterricht in der Unterklasse so organisiert, dass er jederzeit von einem anderen Lehrer übernommen werden kann. Die Oberklasse hat Schulmeister Wieler geführt, zusammen mit Ihnen, Herr Gundert.« Er nahm seinen Junglehrer ins Visier. »Trauen Sie sich zu, diese schwierige Klasse mit vier Altersjahrgängen ohne Aufsicht zu unterrichten?«

Gundert zögerte mit seiner Antwort und wiegte den Kopf hin und her.

»Sehen Sie«, sagte der Pfarrer, »das meinte ich. Für die ganze Schule wäre es besser, wenn Sie, Herr Gundert, die Unterklasse übernehmen und den wechselseitigen Unterricht, der schon eingeübt ist, beibehalten. Dann können Sie, Herr Rössner, in die Oberklasse aufsteigen und den Unterricht dort nach Ihrer Methode organisieren.«

Schütz streckte Gundert die offene Hand entgegen. »Eine solche Regelung hat nichts mit Ihrem Lehrgeschick zu tun«, er machte eine abwehrende Geste, »sondern beruht auf der größeren unterrichtlichen Erfahrung von Herrn Rössner. Sie dürfen das nicht als Tadel verstehen, sondern als einen Schachzug, der uns mehrere personelle Entscheidungen offen hält.«

Er stützte den rechten Arm auf die Lehne seines Stuhles und legte das Kinn in die Hand. »Nehmen wir an, Sie werden Unterlehrer in einer Nachbargemeinde, wie es Herr Rössner so gerne hätte, um seinem Freund die Rückkehr zu erleichtern. Dann bekommen wir, wenn's gut geht, für Sie einen Provisor oder einen Unterlehrer. Ist's ein Berufsanfänger, wo muss ich ihn einsetzen? In der Unterklasse, sagt das Gesetz. Nehmen wir weiter an, wir können bis Weihnachten oder bis zum nächsten Frühjahr die Schulmeisterstelle wieder besetzen. Welche Klasse muss der neue Schulmeister übernehmen? Die Oberklasse, so steht's im Gesetz. Und wenn wir wieder vollzählig sind, also drei Lehrer haben, was machen wir dann?«

Schütz blickte fragend von Gundert zu Hansjörg und von diesem wieder zum Provisor.

»Der dritte wird ja wohl ein Provisor sein«, meinte Hansjörg. »Dann muss der Unterlehrer die Unterklasse unterrichten und der Provisor dem Schulmeister in der Oberklasse assistieren.«

»Den alten Stiefel haben wir bis auf die Brandsohlen durchmarschiert.« Schütz wischte den Gedanken mit einer schnellen Handbewegung vom Tisch. »Nein, meine Herren, dann werfen wir nicht schon wieder alles über den Haufen, sondern versuchen eine bessere Organisation, die den größer werdenden Klassen gerecht wird.«

Schütz blickte die beiden Junglehrer verschmitzt an. »Wir bilden eine Unterklasse mit den Erst- und Zweitklässlern, dann eine Mittelklasse mit den Dritt-, Viert- und Fünftklässlern und eine Oberklasse mit den Sechst- bis Achtklässlern.«

Gundert riss die Augen auf; eine solche Organisation war ihm neu.

Hansjörg sah ein paar Sekunden vor sich hin. »Damit werden die Klassen kleiner. Das ist gut.« Er blickte auf. »Aber warum die beiden ersten Jahrgänge in eine Klasse? Warum nicht die beiden letzten?«

»Da sieht man, meine Herren, dass Sie keine eigenen Kinder haben. Der griechische Philosoph Aristoteles hat gesagt:

*Der Anfang ist die Hälfte des Ganzen.* Und vor ihm hat sein Kollege Sophokles gelehrt: *Hast du bei einem Werk den Anfang gut gemacht, das Ende wird gewiss nicht minder glücklich sein.*«

Beide Lehrer schauten ihren Pfarrer verblüfft an.

»Das haben Sie wohl in Ihrer Ausbildung nicht gelernt. Ja, auf den Anfang kommt es an. Wie Sie wissen, habe ich fünf Kinder. Jedes ist anders. Jedes ist mit einem unverwechselbaren göttlichen Plan auf die Welt gekommen. Obwohl alle fünf bei meiner Frau und mir und im selben Haus aufwachsen, nimmt jedes Kind das anders wahr. Jedes entwickelt seine persönlichen Sprach- und Verhaltensweisen. Wie groß sind dann erst die Unterschiede, wenn die Kinder aus *verschiedenen* Familien in einer Klasse zusammenkommen?« Schütz rückte seinen Stuhl näher an den Tisch heran. »Nein, meine Herren, nicht auf die Schulklasse kommt es an, sondern darauf, dass jedes Kind seinen persönlichen Weg zum Lernen und ins Leben findet. Darum brauchen kleine Kinder viel mehr Zuwendung als große. Zwei Jahrgänge zu Schulbeginn in einer Klasse sind genug, wenn nicht sogar schon viel zu viel.«

Hansjörg steckte seinen Bleistift in die Jackentasche und faltete den Kanzleibogen zusammen, auf dem er die Konferenzen mit Pfarrer Schütz mitzuschreiben pflegte.

»Wir sind noch nicht fertig, Herr Rössner.« Schütz hob den Zeigefinger und lehnte sich auf seinem Stuhl zurück. Er grinste die beiden Lehrer an. »Was machen wir mit der Sonntagsschule?«

Hansjörg schlug die Hände vors Gesicht.

»Den Jubelsturm habe ich erwartet«, lachte Schütz, »aber das Schulgesetz zwingt uns, alle Schulentlassenen bis zum 18. Lebensjahr wöchentlich wenigstens eine Stunde, besser zwei zu unterrichten, normalerweise sonntags nach der Kirche.«

»Ich habe noch kein Mädchen und erst recht keinen Jungen getroffen, der an der Sonntagsschule auch nur einen guten Faden gelassen hätte«, sagte Hansjörg betreten.

»Weiß ich«, bestätigte Schütz. »Die Lehrherren und vor allem die vornehmen Damen liegen mir seit Jahren in den Ohren und flehen mich an, ihr Dienstpersonal von dieser Schulpflicht zu befreien. Gerade am Sonntag müssten die Mädchen in der Küche mithelfen und könnten nicht in die Sonntagsschule.«

»Gibt Ihnen, Herr Pfarrer, die Krankheit unseres Schulmeisters nicht das Recht, die Sonntagsschule auszusetzen?«, fragte Gundert.

»Das Gesetz ist eindeutig. Für jedes Schulversäumnis am Sonntag vier Kreuzer und im Wiederholungsfall sechs Kreuzer Strafe.« Schütz schüttelte den Kopf, fuhr sich mit der Hand über die Augen und dachte angestrengt nach. Nur die Standuhr in der angrenzenden Wohnstube hörte man ein Weilchen ticken. »Bald ist Sommervakanz. Bis dahin halten wir keine Sonntagsschule ab; das kann ich verantworten. Aber nach den Ferien müssen Sie ran, mein lieber Rössner.«

Hansjörg verzog das Gesicht, als habe er auf eine Zitrone gebissen. Schütz lachte, und die jungen Leute starrten vor sich hin und schwiegen verlegen.

»Wie wär's«, sagte der Pfarrer nach einer Weile, »wenn wir die Sonntagsschüler nicht mit Lese- und Schreibübungen langweilen, sondern sie etwas Nützliches lehren.«

Hansjörg blickte überrascht auf. »Zum Beispiel etwas aus der Geographie und Geschichte? Oder wie man ein Haushaltsbuch führt und eine Quittung schreibt?«

Schütz nickte. »Oder wie man eine technische Zeichnung macht.«

»In einer Lehrerzeitschrift waren ein paar Vorschläge, wie man die Sonntagsschule für die jungen Leute interessanter machen kann.«

»Und dann sogar auf die Winterabende verlegen darf, wöchentlich zweistündig von Martini bis zur Fastenzeit«, ergänzte Schütz. »Machen Sie sich kundig, lieber Herr Rössner, und dann entwerfen Sie einen Plan für eine Winterabendschule in Winterhausen. Aber zuvor setzen Sie sich bitte mit Provisor Gundert zusammen. Sie sollten den Unterricht für die ganze Schule gemeinsam planen und vorbereiten. Dann lernt Ihr

Kollege von Ihnen, wie man den Unterricht nach der wechselseitigen Methode gestaltet.«

Am nächsten Morgen waren die beiden jungen Pädagogen früh auf den Beinen. Um sieben Uhr trafen sie sich im unteren Schulsaal und besprachen den Ablauf des Tages. Es galt jetzt, den Schülern die Angst vor dem Lehrertausch zu nehmen.

Kurz vor acht traf Pfarrer Schütz in der Schule ein. Gundert und Hansjörg sammelten ihre Klassen vor dem Schulhaus und führten die Kinder in die Kirche. Der Pfarrer ging dem Zug der Schüler voraus.

In der Kirche sangen sie alle vier Strophen des Liedes *Jesu, geh voran auf der Lebensbahn*. Dann richtete der Pfarrer Grüße von Schulmeister Wieler an seine Oberstufenschüler aus. Er habe gestern den kranken Mann besucht und könne nicht verschweigen, dass der alte Schulmeister schwer darniederliege und in nächster Zeit nicht unterrichten könne. Als Verantwortlicher für die Schule müsse er den Unterricht neu organisieren. Provisor Gundert übernehme ab sofort die Unterklasse und führe alles so weiter, wie es Herr Rössner eingeübt habe. Und Unterlehrer Rössner übernehme gleich nach der Kirche die Oberklasse. Er als Pfarrer werde in beiden Klassen Religion und Biblische Geschichte unterrichten, um alle Kinder noch besser kennen zu lernen. Dann bleibe für die beiden Lehrer genug Zeit, aus allen Klassen einen Schulchor zu bilden. Unterlehrer Rössner werde jetzt vormachen, was man im zusätzlichen Musikunterricht so alles lernen könne.

Hansjörg bat den ältesten Jahrgang der Unterstufenklasse, sich vor dem Altar zu versammeln. Dann zog er eine Stimmgabel aus der Tasche, erklärte den Schülern das einfache Instrument, das ein Engländer vor langer Zeit erfunden hatte, schlug es kräftig auf seine linke Handfläche und hielt es ein paar Kindern, die neben ihm standen, ans Ohr. Die nahmen den Ton auf und summten ihn, wie sie es in der Probe gelernt hatten. Als die Viertklässler zweistimmig das Lied *Ein Vogel wollte Hochzeit halten* sangen, erhoben sich andere Unterstufenkinder und spielten vor, was die fünfzehn Strophen sagten. Die Zuhörer lachten, und die Erstklässler klatschten vor Freude in die Hände.

Als die Kinder wieder auf ihren Plätzen saßen, erklärte Pfarrer Schütz: »Liebe Kinder, wisst ihr, was ein Schülerchor ist?«

Eine Schülerin meldete sich: »Das ist wie ein Gesangverein. Nur sind die Sänger Schüler und nicht Erwachsene.«

»Sehr gut«, lobte der Geistliche. »Im Schülerchor, den die Herren Gundert und Rössner gemeinsam leiten, werden die älteren Schüler natürlich andere Lieder lernen als die jüngeren.«

Alle sangen das Lied *All Morgen ist ganz frisch und neu* und sprachen ein Gebet. Der Pfarrer segnete die Kinder, und die beiden Lehrer führten die Schüler ins Schulhaus zurück, Provisor Gundert die Unterstufenjahrgänge in den Schulsaal im Erdgeschoss, Unterlehrer Rössner die vier älteren Jahrgänge in den darüberliegenden Raum.

Hansjörg setzte sich in seinem neuen Klassenzimmer ans Pult und wartete, bis alle Kinder saßen, zur Ruhe gekommen waren und ihn erwartungsvoll ansahen.

»Jedes Kind ist anders.« Er machte eine kleine Pause und ließ seine Augen über die Schülerköpfe schweifen. »Jeder und jede von euch kann etwas gut. Jede und jeder von euch kann etwas nicht so gut. Das ist nicht wichtig. Hauptsache, jedes Kind bemüht sich, etwas zu lernen.«

Die Kinder hörten aufmerksam zu. Das waren neue Töne. Ein Kind in der letzten Reihe meldete sich, ein kleiner Junge, ein Fünftklässler.

Hansjörg rief ihn auf.

Der Junge erhob sich. Im gleichen Augenblick erschrak er über seinen Mut und stand wie zur Salzsäule erstarrt in seiner Bank. Mit hochrotem Kopf brachte er mühsam hervor: »Sie haben die Morgeneröffnung vergessen, Herr Lehrer. Schulmeister Wieler hat gesagt, dass man den Unterricht immer mit einem Lied und einem Gebet eröffnen muss. So ist es Vorschrift.«

Die älteren Kinder lachten, und der Junge stand in seiner Bank, puterrot, verschämt und verschüchtert.

»Du hast Recht, mein Junge. So ist es Vorschrift. Wenn man aber aus der Kirche kommt und dort gebetet und gesungen hat, dann gilt die Vorschrift nicht.«

Der Junge setzte sich und Hansjörg wartete, bis die Klasse wieder ruhig war.

»Wie heißt du, mein Junge?«, fragte er und zeigte auf den Frager in der letzten Reihe.

Der Junge stand ängstlich wieder auf: »Martin.«

»Das hat mir gut gefallen, Martin, dass du dich getraut hast, uns zu sagen, was dir auffällt. Dir ist aufgefallen, dass wir heute anders begonnen haben als sonst. Mir ist auch etwas aufgefallen, als du aufgestanden bist, Martin.«

Alle Schüler drehten sich zur letzten Bank um.

»Mir ist aufgefallen«, sagte Hansjörg, »dass die kleinen Kinder hinten sitzen und die großen vorn. Euch sind die Plätze nach der Lokation zugewiesen worden. Das weiß ich. Dennoch möchte ich es anders haben.«

Die Kinder starrten ihren neuen Lehrer ungläubig an.

Hansjörg lächelte. »Vorn sollen die Fünftklässler und hinten die Achtklässler sitzen. Die Großen können über die Kleinen hinwegsehen, umgekehrt ist's schwieriger. Außerdem«, er wartete, bis es wieder ganz still im Schulsaal war, »außerdem darf sich jeder seinen Nebensitzer selber suchen.«

Die Kinder sahen sich an. Einige freuten sich, andere waren erschrocken.

Hansjörg ließ den Schülern Zeit, sich wieder zu beruhigen, und sagte dann: »Darum machen wir jetzt Folgendes.«

Die Kinder tuschelten und verabredeten mit Blicken und Gesten, mit wem sie zusammensitzen wollten.

»Bitte zuhören, liebe Kinder: Jeder packt jetzt seine Sachen zusammen. Wer einen Ranzen hat, setzt ihn auf. Aber alle bleiben in ihrer Bank stehen.«

Die Kinder redeten durcheinander, wie zu erwarten war. Manche feixten, was da wohl kommen werde. Aufs Ganze gesehen waren sie jedoch diszipliniert. Zwei, drei Minuten später standen alle Schüler in ihren Subsellien und warteten gespannt auf den nächsten Auftrag.

»So, alle Fünftklässler genau zuhören! Kommt bitte zu mir an die Tafel.« Hansjörg stieg vom Podest herab und stellte sich vor die Tafel. Er wartete, bis die Aufgerufenen um ihn herumstanden.

»Die Achtklässler setzen sich jetzt auf die freien Plätze in den letzten Reihen. Die Fensterplätze gehören den Mädchen. Zur Türe sitzen die Jungen.«

Hansjörg ließ den Entlassschülern, die bisher in den ersten Reihen gesessen waren, genügend Zeit, sich einen neuen Platz in den hinteren Reihen auszusuchen. Er sah wohl, dass einige Schüler verwirrt waren. Galt die Lokation überhaupt nicht mehr, die Sitzordnung nach Leistung? Durfte man sich hinsetzen, wohin man wollte? Hansjörg sah die Hilflosigkeit in den Gesichtern mancher Schüler, griff aber nicht ein.

Als wieder alles ruhig war, bestieg er das Podest und setzte sich ans Lehrerpult. »Jetzt setzen sich die Fünfklässler ganz vorn auf die freien Plätze.« Geduldig wartete er so lange, bis kein Kind mehr stand.

»Und jetzt tauschen die Sechst- und Siebtklässler die Plätze«, sagte Hansjörg. »Hinter den Fünftklässlern sitzen die Sechstklässler. Zwischen den Sechstklässlern und Achtklässlern suchen sich die Siebtklässler einen Platz. Einzige Regel für alle: Die Mädchen sitzen auf der Fensterseite, die Jungen auf der Türseite.«

Die Kinder reckten die Hälse und schauten neugierig im Schulsaal umher. Wer saß jetzt wo? Sie tuschelten miteinander und sahen zu Hansjörg auf, der auf dem Lehrerpodest über ihnen am Pult thronte und seine Augen über die Schülerschar schweifen ließ.

»So, liebe Schüler. Das war der erste Schritt, unsere neue Sitzordnung. Jetzt können alle besser zur Tafel sehen, stimmt's?«

Beifälliges Gemurmel.

»Wenn ich in den nächsten Tagen feststelle, dass jemand keinen guten Blick nach vorne hat, dann werde ich das ändern. Und wenn Nebensitzer nicht miteinander auskommen oder zuviel miteinander schwätzen, dann versetze ich sie.«

Hansjörg stand auf, stieg vom Podest herab und ging zwischen den Bankreihen auf und ab. Die Kinder folgten ihm mit neugierigen Blicken.

»Ich sagte, dass jedes Kind anders ist. Darum will ich mich bemühen, jedem Kind gerecht zu werden. Es ist nicht gerecht, die besten Schüler ganz vorne hinzusetzen, wenn die Klasse aus jüngeren und älteren Kindern besteht. Dann sitzen vorn immer die älteren Schüler, weil die schon länger auf der Welt und in der Schule sind als die jüngeren. Ein elfjähriger Schüler ist einem vierzehnjährigen in den Schulleistungen unterlegen, das muss man nicht mit der Sitzordnung im Klassenzimmer zeigen.«

Die Kinder sahen ihn erstaunt an. Nicht alle verstanden, was ihr neuer Lehrer meinte. Sie wisperten und flüsterten miteinander. Ein Mädchen musste niesen.

»Zustimmung«, sagte Hansjörg, und die Kinder lachten laut.

»Jetzt, liebe Schüler, kommt der zweite Schritt, unsere Arbeitsordnung.«

Hansjörg schrieb *Rechenhelfer, Schreibhelfer, Bücherdienst, Tafeldienst, Blumendienst* und noch andere Wörter an die Tafel. Dann klärte er im freien Gespräch mit den Kindern, was die Wörter bedeuten und dass jedes Wort eine Aufgabe für die ganze Klasse beschreibt. Wer für den Blumendienst verantwortlich sei, der müsse Blumentöpfe mitbringen und auf dem langen Fensterbrett abstellen und pflegen. Wer Schreibhelfer sei, der müsse die Stahlfedern verwalten, die Tintengläschen regelmäßig auffüllen, sie vor den Schreibstunden in die Blechkästen der Subsellien setzen und nach dem Unterricht wieder einsammeln.

»Jetzt fahren wir mit Rechnen fort, liebe Schüler, dann haben wir Lesen, dann Schreiben«, sagte Hansjörg und beobachtete die Kinder. Die verstanden nicht, warum ihr neuer Lehrer so unvermittelt das Thema gewechselt hatte. Deshalb sahen sie ihn fragend an.

Hansjörg verkniff sich ein Lachen. »Bis zur letzten Vormittagsstunde überlegen sich die Achtklässler, welchen Dienst sie gerne übernehmen würden. Dann erstellen wir eine erste Liste der Klassendienste, die wir an die Innenseite der Türe hängen. Jeder Achtklässler muss sich für einen Dienst entscheiden. In den nächsten Tagen verteilen wir noch mehr Dienste für die Fünft-, Sechst- und Siebtklässler. Jeder soll, nein, jeder darf eine Aufgabe übernehmen.«

Bevor die Kinder in die Mittagspause gingen, vergab Hansjörg die Klassendienste für die Achtklässler.

Eine halbe Stunde vor dem Nachmittagsunterricht sammelten sich ein paar Kinder vor dem Schulhaus und spielten, wie häufig in den letzten Tagen, Hopsegäbele, wie sie sagten.

Zehn Minuten später kam Bertha, die sich für den Blumendienst gemeldet hatte, mit zwei Blumenstöcken im Arm. Hansjörg eilte vors Haus und nahm ihr eine Pflanze ab. »Herein in die gute Stube, Bertha«, ermunterte er sie. »Walte deines Amtes.«

»Meine Mutter topft noch ein paar Blumen für uns ein«, sagte das Mädchen stolz. »In der nächsten Woche blüht's in unserem Schulsaal wie im Blumengarten daheim.«

Um zwei Uhr saßen alle Schüler an ihrem Platz. Hansjörg lobte sie und versprach ihnen zum Dank einen Lerngang in der nächsten Woche. Die beiden Schulstunden vergingen wie im Flug. Die Kinder waren aufmerksam und wissbegierig und verabschiedeten sich um vier Uhr fröhlich von ihrem neuen Lehrer.

Am Abend klopfte Hansjörg an die Tür der Verwalterwohnung. Eugen öffnete, Freude im Gesicht und Trauer in den Augen. Er sah durch Hansjörg hindurch und sagte abwesend und mechanisch: »Ich freu mich, Hansjörg, dass du gekommen bist.«

»Ist was, Eugen?«

»Was soll sein? Vor zwei Stunden bin ich gekommen, und schon hab ich mit meinem alten Herrn den größten Krach«, sagte Eugen verbittert.

»Dann komm ich morgen wieder.«

»Bleib. Lass mich mit dem Forstverwalter nicht allein.«

Eugens Mutter kam hinzu, begrüßte Hansjörg mit Handschlag, fasste ihn am Arm und bat ihn, zu bleiben.

Die Tür zur guten Stube stand offen. Eugens Vater saß in der gegenüberliegenden Ecke im Ohrensessel und las Zeitung. Über ihm hingen Jagdtrophäen an der Wand. Das Fenster neben ihm war geöffnet.

Er blickte nicht auf, als seine Frau ins Zimmer trat. Eugen blieb mit Hansjörg im Türrahmen stehen und beobachtete das Schauspiel.

»Karl, Herr Rössner ist da.«

Er rührte sich nicht.

Frau Luz sah ihren Sohn hilflos an. Eugen bebte vor Zorn und ballte die Fäuste, schwieg jedoch.

In die peinliche Stille hinein sagte Eugens Vater über die Schulter, den Blick aufs Fenster gerichtet: »Ah, hoher Besuch. Der Herr Unterlehrer.«

Aufreizend langsam legte er die Zeitung zur Seite. »Was verschafft mir die Ehre?« Er betonte das Mir und zog es in die Länge.

»Hansjörg kommt zu *mir*. *Mein* Besuch, nicht deiner«, zischte Eugen.

»Du bist in meinem Haus, merk dir das.«

»… in meinem Haus …«, äffte ihn Eugen nach.

»Richtig. Deshalb verbitt ich mir, in meinen Sachen herumzuschnüffeln.«

Mit flammenden Augen stieß Eugen zornig hervor: »Alles gehört dir, du bestimmst alles.«

»Mein Herr Sohn ist zornig?«

»Besuch ich meine Mutter, bist du beleidigt. Frag ich jemand irgendwas, beschimpfst du mich. Das ist nicht recht!«

»Wenn einer Leute aushorcht, wann und wo ich gewesen bin, dann soll er sich vor mir in Acht nehmen.«

Hansjörg wurde blass.

»Verstehst du den«, wandte sich Eugen an seinen Freund, »der ist doch nicht mehr bei Sinnen.«

Luz höhnte, sein Gesicht zuckte: »Vielleicht versteht's dein Freund besser als du?« Er wandte den Kopf und fixierte Hansjörg: »Nicht wahr, Herr Unterlehrer, Sie verstehen doch, was mein dämlicher Sohn nicht verstehen will.«

Eugen raste: »Ich gehe.«

Er packte Hansjörg an der Jacke, bebend vor Zorn, und sagte leise. »Komm, wir gehen.«

Er schob seinen Freund zur Haustür. Seine Mutter kam weinend hinterher. »Ich komm morgen, wenn er fort ist«, flüsterte er ihr zu. »Reg dich bitte nicht auf, Mutter.«

Schweigend gingen die Freunde ein Stück, den Fußweg nach Winterhausen hinab, dann wurde Eugen ruhiger und konnte wieder sprechen.

»Lass gut sein, Eugen.« Hansjörg blieb stehen und grinste seinen Freund an.

»Hätt ich den gleich beim ersten Krach erwürgt, dann wär ich jetzt schon wieder aus dem Zuchthaus raus.«

»Wenn Du einen milden Richter gehabt hättest.«

Eugen lachte.

»So gefällst du mir schon besser.«

»Du regst dich wohl nie auf.«

»Hast du eine Ahnung.«

»Und was ist bei dir anders?« Eugen sah seinen Freund von der Seite an.

»Früher hat's außen geschäumt, wenn's innen gekocht hat.«

»Und heute?«

»Bleibt's außen ruhig, wenn's innen brodelt.«

Sie setzten sich neben den Weg ins Gras und sahen auf Winterhausen hinab. Eugen erzählte, wie er kurz vor seiner Konfirmation zum ersten Mal über seinen Vater so wütend gewesen war, dass er ihn am liebsten erwürgt hätte. Zum

Glück sei er gleich nach der Entlassung aus der Volksschule nach Ringelfingen gekommen. Aber seit damals gerate er mit ihm bei jeder Begegnung in Streit.

»Mein sauberer Herr Vater hat sich nie um mich gekümmert. Er war nie für mich da. Kein gutes Wort, nur Kälte, Kontrolle und Kommandos. Er lag immer und überall auf der Lauer, solang ich ihn kenne, als müsse er sich vor irgendwas oder irgendwem in Acht nehmen. Du hast's doch selbst gehört: Ich frag meine Mutter, ob's ihr gut geht, und er bezichtigt mich, ihm hinterherzuschnüffeln. Das ist doch krankhaft.«

Von Eugens Zorn kamen die Freunde auf das menschliche Benehmen im Allgemeinen zu sprechen und philosophierten über das Verhalten und den Charakter der Menschen.

Jeder Mensch, behauptete Hansjörg, bestehe aus einem Bündel von Eigenschaften, die nicht zusammenpassen: Liebe und Hass, Freude und Trauer, Mut und Angst, Zuversicht und Verzweiflung. Kein Mensch sei aus einem Guss. Vielmehr gäbe es Risse und Brüche im Innern. Einmal sei man traurig, anderntags schäume man über vor lauter Freude. Ein andermal arbeite man bis zur Erschöpfung, tags darauf sei man stinkfaul. »Ich erkläre mir das so«, sagte Hansjörg. »Gerät ein Mensch in Not oder packt ihn die Angst oder wird er in die Enge getrieben, so verlässt sein Verhalten die eingefahrenen Spuren und springt auf andere Gleise über. Das Benehmen ist dann oft gegensätzlich zum üblichen Auftreten und befremdet andere Menschen.«

Eugen widersprach. Auffälliges Verhalten, das ins Auge sticht, sei bei näherem Hinsehen nur die konsequente Fortsetzung seitheriger Verhaltensmuster. Es erstaune uns nur deshalb, weil es gerade nicht verändert und an die neue Situation angepasst werde. Das sture Festhalten am bewährten Verhalten, selbst wenn es in der Situation nicht mehr zielführend sei, befremde und erschrecke uns. »Schau dir meinen alten Herrn an. Der ist in jungen Jahren zum Forstverwalter aufgestiegen, hat den ganzen Tag kommandiert und kontrolliert und den feinen Herrn gespielt, bis er nicht mehr gewusst hat, wann er nichts zu sagen hat oder wann auch er Respekt und Wertschätzung zeigen muss.«

Hansjörg sah seinen Freund mit schief gelegtem Kopf von der Seite an und schwieg.

»Und so läuft er als Gockel und Wichtigtuer herum.« Eugen machte eine wegwerfende Geste. »Er begrüßt die Leute herablassend und mit der linken Hand und hetzt durch die Gegend, immer in der Angst, die Leute könnten ihm auf die Schliche kommen, wenn er die Zügel nicht in der Hand hält.«

Hansjörg stand auf und klopfte sich den Hosenboden aus. »Jetzt gehen wir zu mir, Eugen. Wir haben doch ausgemacht, dass du bei mir übernachtest.«

Eugen nahm dankend an. Am Samstag müsse er ohnehin wieder an seinen Dienstort zurück, denn im Oberamt Stuttgart ende die Sommervakanz schon am Wochenende. Morgen und übermorgen wolle er seine Mutter besuchen und in der übrigen Zeit Hansjörg in der Schule helfen. Eine Klasse in überschaubare Lerngruppen aufteilen, das habe er schon lange ausprobieren wollen.

Hansjörg hatte von der Nachbarin einen gewaschenen Leinensack ausgeliehen, mit frischem Stroh gefüllt und damit in seiner Kammer eine Schlafgelegenheit für seinen Freund hergerichtet.

Zum Abendvesper hatte er Wurst, Käse, Brezeln und Wein besorgt. Kinder hatten ihm in den letzten Tagen Rettiche, einen Hefezopf und hart gekochte Eier mitgebracht. Er stellte alles auf den Tisch und lud seinen Freund zum Gesprächsvesper ein, wie sie es seinerzeit in Ringelfingen genannt hatten. Hansjörg schenkte Rotwein ein und brachte das Gespräch auf das Armenschulwesen, weil er wusste, dass Eugen hier Fachmann war. »Jedes Kind ist anders, hat Pfarrer Schütz neulich gesagt. Darum müsse man vor allem auf die Schulanfänger eingehen und jedes Kind auf seine Weise ans Lernen und Leben heranführen.«

Sie prosteten sich zu und tranken auf eine gute Zukunft.

»Das finde ich gut«, sagte Eugen. »Man darf in der Schule nicht mit der Sense oder Sichel über die Kinder hinwegmähen und lauter gleich lange Halme machen wollen.«

Hansjörg lachte. Das Bild vom Lehrer als Sensenschwinger gefiel ihm.

»Erst muss man die Kinder wachsen lassen«, setzte Eugen hinzu. »Oder soll die Schule immer noch ein Kasernenhof sein, wie vor fünfzig Jahren, als die meisten Volksschullehrer ausgemusterte Soldaten waren?«

Hansjörg stellte amüsiert fest, dass sein Freund in Zorn geraten war. Er schwieg jedoch.

Eugen stand auf, streckte sich und stöberte in Hansjörgs Büchern im Wandregal. »Ach, unser Leib-und-Magen-Buch aus Ringelfingen.« Er nahm Zellers *Lehren der Erfahrung für christliche Land- und Armenschullehrer* zur Hand und schlug es auf. »Da ist ja eine Widmung vom Steinhilber drin.« Er las sie vor: »Leben heißt, aufstehen und weitergehen.«

»Als ich Streit mit meinen Eltern hatte, weil ich Lehrer werden musste, hat mir Steinhilber das hineingeschrieben.«

»Gefällt mir gut. Stillsitzen und zuschauen, das ist nichts für Kinder. Sie müssen aufstehen, sich umschauen, den Wind und das Wetter prüfen und dann etwas tun. Tun, tun«, wiederholte Eugen, »mit den Händen, mit dem Kopf und mit dem Herzen.« Er schlug das Buch geräuschvoll zu. »Hörst du überhaupt zu, Hansjörg?« Er stellte das Buch zurück ins Regal, setzte sich wieder an den Tisch und sagte nachdenklich: »Man sollte nicht nur die armen Kinder in der Armenschule lehren, ihre Hände und ihren Verstand zu gebrauchen.«

Hansjörg hörte tatsächlich nicht zu, weil er an Pfarrer Schütz denken musste. Was hatte der gesagt? Als es ihm einfiel, sagte er laut: »Weil jedes Kind anders ist und weil in jedem von uns Tugenden und Untugenden, Nächstenliebe und Hass, Fähigkeiten und Fertigkeiten in einem besonderen Mischungsverhältnis brodeln, darum muss man …«

»… Herz, Verstand und Hände schulen«, ergänzte Eugen. »Das ist wichtig. Ich hab mich manchmal schon gewundert, warum die Kinder in der Volksschule lesen und schreiben lernen und nicht falzen und leimen, nähen und häkeln oder Bäume beschneiden und veredeln. Aber bis zum Ende hab ich das noch nicht …« Er ließ den Satz in Luft hängen und sah seinen Freund nachdenklich an. »Du hörst mir nicht zu. Bist du müde?«

Hansjörg sah durch ihn hindurch.

Eugen stand auf, wartete, bis Hansjörg zu ihm aufsah, und breitete dann die Arme aus: »*Schafft der Bauer bei Tag und Nacht / und tut's ganz ohne Kopf / so wird er um seinen Verstand gebracht / und bleibt doch ein armer Tropf.*«

Hansjörg grinste. »Singen kannst du nicht, Eugen. Aber du bist ein toller Pädagoge und ein grausiger Verseschmied.« Er schenkte nach und erhob sein Glas. »Prosit, Eugen.«

Sie diskutierten bis spät in die Nacht hinein und erfanden eine kindgerechte Schule. Eugen gestand seinem Freund, dass er gern in seiner alten Heimat Lehrer wäre, wenn er seinem Vater nicht über den Weg laufen müsste und eine Stelle mit sicherem Auskommen bekäme. Er bat Hansjörg, ihm zu schreiben, auf welche freien Stellen in und um Winterhausen er sich bewerben könne. Dann gähnte er herzhaft, lobte den Wein und dankte seinem Freund mit schwerer Zunge: »*Befiehl dem Herren deine Wege / und sei ein guter Christ. / Und meide schmale Stege / wenn du besoffen bist.*«

Am ersten Mittwochnachmittag nach der Sommervakanz eilte Hansjörg ins Schloss, denn Fürst Gottfried hatte ihn auffordern lassen, zur Audienz ins Schloss zu kommen. Als er mit Riesenschritten an der Forstverwaltung vorbeistürmte und in den Torbogen zum Schlosshof einbiegen wollte, trat der Forstverwalter aus dem Haus und rief ihm nach: »Ich muss ein Wörtchen mit Ihnen reden, Herr Lehrer.«

Hansjörg blieb stehen und drehte sich um, obwohl ihn der herrische Ton warnte.

»Was gehen Sie die alten Geschichten an?« Luz kam ein paar Schritte näher, zielte mit dem Zeigefinger auf Hansjörg und schnauzte ihn an: »Überall schnüffeln Sie herum. Das verbitt ich mir.« Er näherte sich drohend: »Wer sind Sie eigentlich, Herr Unterlehrer?«

Hansjörg rümpfte die Nase, warf den Kopf in den Nacken und stürmte wortlos in den Schlosshof.

Als er in den Audienzsaal geleitet wurde, saß Fürst Gottfried an seinem Schreibtisch, blickte kurz auf und sagte: »Willkommen, Herr Lehrer. Nehmen Sie Platz.«

Hansjörg verneigte sich und ging auf den Schreibtisch zu, unsicher, wohin er sich setzen sollte. Auf den Stuhl am Schreibtisch, so nahe am Fürsten?

Der Fürst lächelte verschmitzt: »Wollen Sie meinen Platz oder reicht Ihnen der Stuhl hier?« Er deutete mit einer kurzen Kopfbewegung auf den Polsterstuhl vor seinem Schreibtisch.

Hansjörg errötete und setzte sich auf den vorderen Rand des Stuhles.

»Was macht das Heimatbuch, Herr Lehrer?« Der Fürst setzte schwungvoll seine Unterschrift unter ein Papier, streute Sand darüber, lehnte sich zurück und sah Hansjörg prüfend an.

»Die Zusammenarbeit mit dem Herrn Aktuar ist so gut, dass wir voraussichtlich nächsten Sommer fertig werden.«

»Großes Lob, Herr Lehrer. Auch der Gesangverein blüht mächtig auf, wie mich Pfarrer Schütz unterrichtet hat. Wie geht's da weiter?«

»Wir proben für unseren ersten öffentlichen Auftritt. Zu Weihnachten wollen wir zeigen, was wir können.«

»Ich habe einen Brief von Pfarrer Hofmann bekommen.« Der Fürst durchsuchte seine Papiere und nahm dann ein Schreiben zur Hand. »Er schreibt: *Durchlaucht, ich lege Ihnen den Lehrer Rössner ans Herz. Er ist ein kluger und findiger Kopf und verdient Ihre Unterstützung.*«

Er sah Hansjörg lange an und sagte dann: »Hofmanns Rat war immer ehrlich und gut. Wie sind Ihre Pläne für die Zukunft, Herr Lehrer?«

»Ich würde gerne heiraten.«

»Und wer hindert Sie daran?«

»Ich weiß nicht, ob mich die Angebetete erhört.«

Der Fürst lachte. »Sie haben sie noch nicht gefragt?«

»Erst wenn ich eine Familie ernähren kann, möchte ich sie fragen.«

»Und wann wird das sein?«

»Wenn ich Schulmeister bin.«

»Da müssen Sie aber noch lange warten, wenn Sie ins Schwabenland zurück wollen«, sagte der Fürst verächtlich. »Bei den Schwaben gilt die Ochsentour: Erst viele Jahre Provisor spielen, dann ein halbes Jahrhundert lang ein paar Gastspiele als Unterlehrer geben, nachher tausend Jahre auf eine Schulmeisterstelle hoffen. Und wenn Ihnen die Haare und die Zähne ausgefallen sind, dann sind Sie für die Schwaben reif genug für wichtigere Aufgaben.« Er grinste seinen Gast an. »Und wenn's dumm kommt, Herr Lehrer, dann macht man Sie nur zum Schulmeister, wenn Sie die Witwe des Amtsvorgängers freien, damit sich der Gemeinderat die Witwenversorgung sparen kann.«

Hansjörg verkniff sich ein Lachen und verzog das Gesicht zu einer Grimasse.

Der Fürst lachte dröhnend: »Klingt zwar wie ein Witz, ist aber keiner. So was gibt's bei den sparsamen Schwaben wirklich.« Er sah den jungen Mann wohlwollend an. »Wenn Sie bei mir in Hohenlohe bleiben, dann können Sie nächstes Jahr Schulmeister werden. Dann müssen Sie auch nicht befürchten, dass die klapprige Witwe des Vorgängers in Ihrem Bett landet.«

Hansjörg gluckste.

»So gefallen Sie mir besser. Jetzt fragen Sie endlich Ihre Angebetete! Fürstlicher Befehl!«

Hansjörg dankte für das Wohlwollen und wollte sich erheben.

»Noch etwas, Herr Lehrer.«

Hansjörg stutzte.

»Der Luz habe einen Sohn, der Lehrer ist, behauptet Pfarrer Schütz. Stimmt das?«

»Ja, Durchlaucht.«

»Davon hat mir der Luz nie etwas gesagt.« Er schüttelte den Kopf und sprach vor sich hin: »Typisch Luz.« Laut fragte er: »Und was für ein Mensch ist der junge Luz?«

»Durchlaucht, mein Freund Eugen Luz ist ein vorzüglicher Lehrer, ein lustiger Vogel, ein Verseschmied vor dem Herrn und ein abscheulicher Sänger.«

Der Fürst lachte. »Die Beschreibung könnte auch auf mich passen. So, so, ein Verseschmied. Kostprobe parat?«

»Neulich hat er mich besucht. Da hat er den Vierzeiler gereimt: *Befiehl dem Herren deine Wege / und sei ein guter Christ. / Und meide schmale Stege / wenn du besoffen bist.*

Der Fürst klopfte sich auf die Schenkel und lachte aus vollem Hals. Als er sich beruhigt hatte, sagte er: »Herholen, Herr Lehrer. Heimkommen soll er, der junge Luz. Dienstlicher Befehl!«

Hansjörg eilte die flachen Stufen der steinernen Wendeltreppe hinab in den Schlosshof und betrat im Gebäude gegenüber die Schreibstube der fürstlichen Verwaltung.

Biedermann begrüßte ihn überschwänglich; er war guter Laune. Der Fürst habe ihn kürzlich für seine Mitwirkung am Heimatbuch gelobt, berichtete er freudestrahlend und stand auf.

»Was ich Sie schon lange fragen wollte, lieber Herr Aktuar: Womit müssen Sie sich von Amts wegen befassen?«

Biedermann setzte sich wieder an seinen Schreibtisch: »Alles, was dem Fürsten gehört oder womit die fürstliche Verwaltung befasst ist, landet früher oder später bei mir.«

»Von Pfarrer Schütz weiß ich, dass Sie sogar alle Schulsachen bearbeiten.«

»Seine Erlaucht hat der Entpflichtung des Schulmeisters schon zugestimmt. Bald schreiben wir die Stelle aus. Wär doch was für Sie, Herr Lehrer.«

Hansjörg lachte und trat dicht vor den Schreibtisch.

Biedermann sah ihm in die Augen. »Wär ein Segen für Winterhausen, wenn Sie bleiben würden, Herr Rössner.«

Hansjörg malte mit dem Finger Kringel auf den Tisch, sah vor sich hin und ließ die Schultern hängen. »Für eine solche Stelle bin ich eigentlich noch zu jung.« Er blickte auf: »Aber wenn ich eine Chance bekäme, würde ich mich freuen.«

»Lassen Sie sich keinen neuen Schulmeister vor die Nase setzen, nach dessen Pfeife Sie als Unterlehrer tanzen müssen.« Der alte Schreiber betrachtete den jungen Mann wohlwollend von Kopf bis Fuß.

Hansjörg nickte. »Landen bei Ihnen die Rechnungen aller fürstlichen Behörden?«

»Natürlich.« Biedermann hob die Schultern und drehte beide Handflächen nach oben. »Ich verwalte doch das fürstliche Vermögen.« Er hob den rechten Zeigefinger, senkte das Kinn und sah Hansjörg mit hochgezogenen Augenbrauen an: »Ich zahle sogar alle Löhne aus. Ich kontrolliere alle Rechnungen und verwahre sie im Archiv.« Er stand auf. »Warum fragen Sie?«

»Ich würde gern in unserem Buch berichten, was verschiedene Leute verdienen und sich leisten können. Zum Beispiel ein Tagelöhner, ein Waldarbeiter und ein Handwerker. Oder ein Straßenwärter und ein Lehrer.«

»Ich verstehe. Und die Einkünfte dann mit den Ausgaben ins Verhältnis setzen?«

»Genau das meine ich, lieber Biedermann, Löhne und Preise miteinander vergleichen.« Er wippte nachdenklich mit dem Kopf. »Aufzeichnen, wie gut oder wie schlecht es den Leuten gegangen ist.«

»Kommen Sie.« Biedermann ging in den hintersten Archivraum voraus, zeigte auf ein Regal am Fenster und erläuterte Hansjörg, in welcher Ordnung und Reihenfolge er die Rechnungen abgelegt hatte.

»Die Jahreszahlen auf den Schildchen der Aktenbündel geben den Zeitraum der Belege an«, erläuterte er Hansjörg und zeigte dann auf eine vergilbte Liste, die ans Regal geklebt war. »Und hier steht, wie die Rechnungen in jedem Bündel geordnet sind: erst das Fürstenhaus betreffend, dann den Hofstaat, dann die Forstverwaltung, dann das Kirchen- und Schulwesen und so weiter.«

Hansjörg rieb sich die Hände und betrachtete die Liste. »Danke, lieber Aktuarius, da finde ich mich rasch zurecht.«

»Wenn Sie was brauchen, Herr Lehrer«, Biedermann wandte sich zum Gehen, »Sie wissen ja, wo Sie mich finden.« Er eilte in seine Schreibstube zurück.

Hansjörg suchte das Aktenbündel mit der Aufschrift »1827 bis 1831« heraus, warf nochmals einen Blick auf die ausgehängte Liste und nahm es an seinen Schreibtisch im vorderen Archivraum mit.

Er überblätterte die Belege bis zu der Stelle, wo die Ausgaben für die Forstverwaltung begannen, und kontrollierte ab da jeden einzelnen Rechnungsposten auf den Blättern.

Nach ein paar Minuten fand er eine Bestellung für Arsenik mit zugehöriger Rechnung. Luz hatte Biedermann schriftlich gebeten, das Gift zu bestellen, weil es die Forstverwaltung gegen Nagetiere und Insekten einsetzen und für die Konservierung von Fellen und Häuten verwenden wolle.

Auch die Aktenbündel der Folgejahre enthielten Rechnungen für Arsenik. Das Gift war der Forstverwaltung direkt geliefert worden. Luz hatte den ordnungsgemäßen Erhalt der Ware jedes Mal auf der Rechnung bestätigt und diese an Biedermann weitergegeben mit der Bitte, sie zu begleichen.

Tags darauf stieg Hansjörg nach der letzten Vormittagsstunde in den unteren Schulsaal hinab und lud Provisor Gundert zum Mittagessen ein: »Ich bin heute so aufgedreht und möchte nicht allein sein«, sagte er, »und wir müssen den Unterricht der kommenden Tage und Wochen besprechen. Wie Sie ja wissen, wünscht es Pfarrer Schütz so.«

Beim Postwirt setzten sie sich abseits an einen Tisch, erzählten sich von ihren vormittäglichen Erfahrungen, aßen nebenbei den *Gaisburger Marsch*, den ihnen der Wirt servierte, und besprachen die Schulorganisation nach der wechselseitigen Methode. Sie vereinbarten, den Unterricht der kommenden Monate gemeinsam zu planen und vorzubereiten, und sie nahmen sich vor, gleich heute nach der letzten Schulstunde damit zu beginnen.

Als der Nachmittagsunterricht zu Ende war und die Schüler das Schulhaus verlassen hatten, sichteten die beiden jungen Lehrer gemeinsam die vorhandenen Schulgerätschaften für die Oberstufenschüler. Sie blätterten das neueste Lehrerhandbuch und die letzten beiden Jahrgänge der Zeitschrift *Württembergisches Schulblatt* durch. Und sie notierten, welche Anschaffungen sie Pfarrer Schütz bei der bevorstehenden Schulfonds-Sitzung vorschlagen wollten.

Jemand hämmerte an die Schultür. Hansjörg erschrak, öffnete das Fenster über der Schulhaustür und streckte den Kopf hinaus. Der Knecht vom Postwirt rief herauf, er habe hier einen Brief für den Herrn Unterlehrer Rössner.

Hansjörg flitzte die Holztreppe hinab, öffnete die Tür, nahm dankend den Brief in Empfang und verschloss das Schultor wieder sorgfältig. Beim Hinaufsteigen in den ersten Stock riss er den Umschlag auf und las. Sein Vater dankte für die Post und kündigte an, dass er an Michaelis nach Winterhausen kommen werde und sich auf ein paar schöne Tage in Hohenlohe freue. Er begnüge sich mit einem Strohsack in Hansjörgs Kammer, nehme aber auch eine Unterkunft im Gasthaus in Kauf.

Als Hansjörg wieder den Klassenraum betrat, las ihm der Provisor die Freude im Gesicht ab. »Gute Nachricht, Herr Kollege?«

»Mein Vater kommt mich besuchen. Gleich nach der Herbstvakanz. Darauf freue ich mich.«

»Und mich freut's für Sie, Herr Kollege. Mein Vater hat nicht die Zeit und das Geld, mich zu besuchen.«

Hansjörg stutzte und sagte: »Tut mir leid.« Er zögerte und setzte dann hinzu: »Ach was, genug der Förmlichkeiten. Ich heiße Hansjörg. Schlag ein, wir sagen ab jetzt Du zueinander.«

Sie reichten sich die Hand und kamen kurz auf ihre Vornamen zu sprechen. »Ich heiße Georg, Georg Gundert. Das doppelte G hat meinen Eltern gut gefallen. Mein Vater ist Hufschmied, und der Heilige Georg ist der Schutzpatron der Pferde und Schmiede.«

»Und ich heiße nach meinem Vater Hans Rössner. Er war an der berühmten Ackerbauschule im Schloss Hohenheim bei Stuttgart, wo er meine Mutter geheiratet hat. Jetzt bewirtschaftet er einen großen Hof in Sommerfelden. Das ist in Oberschwaben.«

Sie kehrten zu ihrer Arbeit zurück und notierten die Themen, die sie bis zum Jahresende in beiden Schulklassen abhandeln wollten. Sie entwarfen Verlauf und Inhalt der Schulstunden bis Weihnachten. Sie vereinbarten Kürzel für die Rituale im Unterricht, für Tafelanschriebe des Lehrers und Tafelaufschriebe der Kinder, fürs laute Sprechen im Chor und fürs Vorlesen eines einzelnen Schülers, fürs Kopfrechnen und halbschriftliche Rechnen und manches andere mehr. Sie entwarfen eine zweispaltige Planskizze, die sie wieder verwarfen. Schließlich einigten sie sich auf eine dreispaltige Unterrichtsplanung. Mit Hilfe der Kürzel konnten sie den Verlauf jeder Schulstunde übersichtlich in drei Spalten und auf wenigen Zeilen notieren.

»So, mein lieber Georg, können wir im Voraus planen, wie der Unterricht ablaufen soll.«

Der junge Provisor legte den Kopf schief und sah seinen Kollegen fragend an.

Hansjörg lehnte sich auf seinem Stuhl zurück und hob gestikulierend beide Arme. »Den dreispaltigen Entwurf lege ich aufs Pult, dann sehe ich während der Stunde mit einem Blick, was ich im nächsten Schritt zu tun habe.« Er nahm das Planungsmuster in die linke Hand und deutete mit der rechten darauf. »Wenn wir das gleiche Planungsschema benützen, dann können wir unsere Unterrichtsentwürfe austauschen. Und wenn mal einer von uns krank wird, dann weiß der andere sofort, was geplant ist.«

»Und was machst du mit den ausgebrauchten Unterrichtsplanungen, wenn das Schuljahr rum ist?«

Hansjörg rollte die Augen, verkniff sich aber jede Belehrung und sagte nur: »Wir bewahren sie auf, weil wir sie jedes Jahr wieder verwenden können.« Und nach einer kurzen Weile setzte er hinzu: »Vielleicht nicht genau so wie beim ersten Mal, weil jede Klasse anders ist. Aber mit der Zeit haben wir alle acht Schuljahre genau durchgeplant und arbeiten nicht blauäugig in den Tag hinein.«

Kurz nach acht Uhr lud Hansjörg seinen Kollegen in seine Kammer ein, wo sie gemeinsam vesperten und Wein tranken, bis die Nacht über Winterhausen hereinbrach und sie, von der Arbeit und dem Wein ermattet, auseinandergingen und in ihre Betten fielen.

Am anderen Tag gestalteten sie, wie verabredet, ihren Unterricht genau nach Plan, aßen wieder gemeinsam in der Post zu Mittag, sprachen über Plan und Wirklichkeit, kehrten zusammen ins Schulhaus zurück, zogen sich wieder in den oberen Schulsaal zurück und setzten ihre Unterrichtsplanungen fort.

Hansjörg und der Aktuar feilten in den kommenden Wochen am Entwurf ihres Buches. Sie vereinbarten, im ersten Kapitel das Fürstenhaus Hohenlohe mit seinen verschiedenen Herrschaftslinien und Territorien darzustellen. Im zweiten wollten sie die Städte und Gemeinden im Oberamt Gerabronn vorstellen, ihre Geschichte, die wirtschaftliche Lage und das soziale und kulturelle Leben; Kirchen und Schulen eingeschlossen. Und im dritten gedachten sie, die Bevölkerung nach Konfessionen, Ständen, Berufen, Sitten und Gebräuchen zu beschreiben. Das vierte und letzte Kapitel sollte zusammenfassend Land und Leute sowie Natur und Kultur in Hohenlohe erläutern. In diesem Rahmen, darauf beharrte Biedermann, müssten sie auf die geschichtlichen Veränderungen seit 1806 eingehen. Es sei wichtig, die neuen Rechtsverhältnisse und Zuständigkeiten der Behörden herauszuarbeiten. Vor allem aber wollten die Leser etwas über die spektakulärsten Ereignisse der letzten Jahrzehnte erfahren.

Hansjörg hielt dagegen. Man dürfe zwar nichts vergessen und verschweigen, das sei ihm nach der Lektüre der Gerabronner Akten schmerzlich bewusst geworden. Wenn man darüber berichte, dann müsse man den Mut aufbringen, die Ereignisse lückenlos aufzuklären und darzustellen. So nebenbei und mit ein paar Sätzen könne man die alten Geschichten nicht abtun. Nach einigem Hin und Her ließ er sich jedoch unter der Bedingung umstimmen, der Aktuar bearbeite dieses Buchkapitel allein.

Beiläufig sagte Biedermann, die Schulmeisterstelle werde spätestens zu Beginn des neuen Jahres wieder besetzt. Hansjörgs Chancen, Schulmeister zu werden, stünden gut.

Am Samstagmittag brach Hansjörg, kaum hatten die Schüler den Schulsaal geräumt, nach Eisenbronn auf. Die meisten Felder waren abgeerntet, und die Drescharbeiten neigten sich dem Ende zu. Ein kalter Wind fegte durch das Jagsttal. Nur wenige Bauern werkelten noch auf ihren Äckern und Wiesen. Hier und da weideten ein paar Rinder die letzten Grashalme in den Talauen ab. Das Krächzen und das Geklapper der Fischreiher durchbrachen mitunter die Stille der Natur.

Hansjörg schlenderte über die Jagstbrücke in das Dorf hinein und hörte schon von weitem die Stammtischbrüder im Gasthaus lachen und debattieren. Als er die Tür zum Wirtshaus, die wie üblich klemmte, mit einem kräftigen Ruck aufriss, drehten sich viele Köpfe nach ihm um, denn die Schankstube war gut gefüllt. Helga lehnte am Schanktisch, sah ihn mit großen Augen an und konnte ihre Freude, ihn zu sehen, nicht verbergen.

Er schritt grüßend an den Tischen vorbei und gab ihr die Hand. Die Stammtischbrüder grinsten und feixten und machten sich heimlich Zeichen, die Hansjörg zwar bemerkte, aber wohlwollend übersah und mit einem Schmunzeln quittierte.

»Lass sie denken, was sie wollen«, flüsterte er Helga zu. »Da spricht der Neid.«

Hansjörg setzte sich an den Stammtisch, stemmte den rechten Ellbogen auf den Tisch und fragte in die Runde:

»Hat jemand was dagegen, wenn ich meine Helga zuerst begrüße?«

Die Tischgesellschaft erstarrte. Er hatte »seine Helga« gesagt. Hansjörg amüsierte sich darüber und sagte in die Lärmpause hinein: »Die Leidenszeit meiner Helga ist vorbei, meine Herren. Darauf können Sie sich verlassen.« Als Helga einen Krug Bier vor ihn auf den Tisch stellte, klopfte er mit den Knöcheln dreimal auf das Holz, warf ihr einen tiefen Blick zu und nahm einen kräftigen Schluck.

Hansjörgs Tischnachbarn überboten sich, ihm zu versichern, er habe sich da eine außerordentlich hübsche, liebenswürdige und gescheite Frau ausgesucht. Die habe bisher noch jeden abblitzen lassen; wenn sie ihn erhöre, könne er sich etwas darauf einbilden.

Der Wirt erlaubte Hansjörg, mit Helga für eine Stunde wegzugehen, weil seine Tochter heute aushelfen könne.

Hansjörg und Helga schlugen ihren üblichen Weg ein, über die Brücke auf die andere Jagstseite und dort am Fluss entlang. Im Schutz der Brückenmauer fasste Hansjörg das Mädchen bei der Hand, drehte es geschwind zu sich herum und presste seine Lippen so schnell auf Helgas Mund, dass ihr keine Zeit blieb, sich zu wehren.

Sie lachte, nahm seinen Kopf in beide Hände und küsste ihn lang und innig.

Er ließ es gerne geschehen und sagte dann: »Verstecken müssen wir uns nicht mehr. Es weiß jeder, der es wissen muss oder wissen will, dass wir zusammengehören.«

Sie küsste ihn erneut und streichelte ihm die rechte Wange.

»Mein Vater wird mich in der Woche nach Michaelis besuchen.«

Sie sah ihn erstaunt an. »Bis von Oberschwaben kommt er hierher?«

Hansjörg nickte.

»Zeigst du ihm auch Eisenbronn?«

Hansjörg küsste sie auf beide Augen. »Am Mittwoch oder am Samstag nach Michaelis zeig ich ihm deine Heimat.«

Eng umschlungen gingen sie am Ufer entlang und setzten sich bei den großen Weiden ins Gras. Helga kauerte am Boden, die Arme um die Knie geschlungen, wiegte den Kopf und summte, als säße sie an einer Wiege. Hansjörg legte sich neben sie ins Gras, die Arme im Nacken verschränkt, und sah den Wolken zu, die in schneller Folge über das Jagsttal zogen.

Das Mädchen schaute ruhig und zufrieden über den Fluss hin und zog die Knie fester an sich. »Mir ist kalt«, sagte sie, legte sich neben Hansjörg und bettete ihren Kopf auf seine Brust. Sein Körper schien ihr Schutz zu geben, Geborgenheit und Wärme. Sie drehte sich auf die Seite und kuschelte sich an ihn. Er legte seinen rechten Arm um sie, wiegte sie sanft hin und her und sagte: »Ich liebe dich, Helga.« Sie küsste ihn auf den Hals, berührte seine Kehle und fuhr ihm durch sein braunes Haar. Mit der freien Hand streichelte er ihre gerötete Wange, ließ seine Finger über ihre Hüfte gleiten, zupfte an ihrem Rock und suchte nach dem Saum. Sie winkelte ein Bein an, kam mit ihrem Knie seiner liebkosenden Hand entgegen und drückte sich eng an ihn. Seine Finger wussten jetzt genau, wo es langging, schoben den weichen Baumwollflanell zur Seite, strichen sanft über ihre Schenkel und tasteten sich vor zu ihrem Schoß.

Plötzlich setzte sich Helga auf, stützte sich mit einer Hand zwischen seinen Beinen ab, beugte sich über ihn und musterte lächelnd seine lüsternen Augen und sein gieriges Gesicht. »Du weißt, Hansjörg, dass ich mich nach dir verzehre.« Sie küsste ihn auf den Mund und spazierte mit ihren Fingern von seinem Schritt bis zu seiner Nasenspitze. »Aber denk an deinen Eisenbronner Kollegen, der meine Eltern umgebracht hat.«

Er sah sie verdutzt an.

»Wenn du eine Familie ernähren kannst, dann gehörst du mir, und dann kannst du alles von mir haben.«


Am Tag nach Michaelis kam der Rössnerbauer abends in Winterhausen an. Hansjörg erwartete ihn sehnsüchtig vor dem Rathaus, begrüßte ihn herzlich und führte ihn in seine

Kammer im Schulhaus, wo sich sein Vater zunächst Hände und Gesicht waschen wollte. Dann bat er ihn, sich an den Tisch zu setzen, auf dem ein reichhaltiges Vesper und eine Flasche Rotwein bereitstanden.

»Willkommen in Winterhausen, Vater. Du bist hungrig und durstig. Greif zu«, sagte er und stieß mit ihm auf die paar gemeinsamen Tage in Hohenlohe an.

Der Rössnerbauer berichtete aus Sommerfelden. Sophie wolle demnächst ihren Eduard heiraten, und Wilhelm stolziere wie ein Gockeler auf dem Misthaufen herum und krähe, wenn eine Henne vorübergehe. Die beiden Küken, Katharina und Franziska, seien liebenswerte Mädchen und besuchten noch beim Ocker Schule und Sonntagsschule.

Das oberschwäbische Anerbenrecht, das die großen Höfe vor der Teilung bewahrt, habe sich bewährt, denn trotz Missernten und Teuerung seien keine Höfe vergantet worden. Allerdings habe die Armut im benachbarten Vorarlberg und Tirol stark zugenommen. Deshalb stapften jedes Frühjahr viele arme Kinder zu Fuß über die schneebedeckten Alpen bis nach Ravensburg, wo sie sich auf dem Kindermarkt zur Schau stellten und ihre Arbeitskraft feilböten. Reiche Bauern suchten sich ein Schwabenkind aus, das fürs tägliche Brot die Sommermonate über frönen müsse. Sogar sechsjährige Kinder seien darunter, manche krank, alle durchgefroren und halb verhungert. Das Ganze sei eine Schande. Dass aber einige geizige Bauern die Notlage der Kinder ausnützten, die armen Kleinen quälten und um ihren gerechten Lohn betrögen, gehe ihm über die Hutschnur. Im nächsten Frühjahr werde er zwei Schwabenkinder zu sich nehmen und anständig versorgen. Dann hätten sich wenigstens für diese beiden Kinder die Strapazen über die Alpen gelohnt.

»Schwabenkinder? Warum nennst du sie Schwabenkinder?«, wollte Hansjörg wissen.

»So nennen sich die Kinder selber. Sie müssten ihre Heimat verlassen, um bei den Schwaben zu überleben, sagen sie.«

Plötzlich sprang der Bauer auf und holte seinen Koffer, den er neben der Tür abgestellt hatte, an den Tisch. »Ich Esel«, er kniete neben dem Koffer nieder, öffnete ihn und sah über die Schulter zu seinem Sohn: »Ich hab dir was mitgebracht.«

»Das ist vom Wilhelm, der lässt dich herzlich grüßen.« Er überreichte Hansjörg einen Porzellankrug mit einem Zinndeckel. Auf der Vorderseite zeigte ein kleines Farbbild einen Schulmeister, der mit erhobenem Stecken ein paar Schüler im Zaum hielt.

Hansjörg lachte schallend. Der Bauer nahm seinem Sohn den Krug aus der Hand, öffnete den Deckel und hielt den Krug gegen das Licht. »Schau mal hinein.«

Hansjörg sah in den geöffneten Krug und entdeckte im Porzellanboden das Panorama eines Dorfes, eine Kirche, daneben ein Schulhaus, dann ... »Sommerfelden?«

Der Rössner nickte. »Hat Wilhelm extra für dich in Ravensburg machen lassen.« Er bückte sich und zog aus dem Koffer eine Jacke hervor, von schwarzem Barchent mit umgelegtem Kragen, innen mit blauem Tuch gefüttert und mit einer Brusttasche für das Sacktuch ausgestattet. »Nach der allerneuesten Mode g'schneidert. Die ist von Sophie.«

Hansjörg zog die Jacke an. »Passt wie angegossen.«

»Ist auch maßg'schneidert von einem Meistertailleur in Ravensburg.« Der Rössnerbauer lachte und erklärte seinem erstaunten Sohn, dass Sophie beim letzten Zusammentreffen heimlich die Maße mit Bindfäden genommen habe. »Du sollst ein weißes Hemd und eine blaue oder weiße Weste drunterziehen, hat sie g'sagt. So einen Schmusekittel hätten bloß die Reichen und Schönen.«

Dann nahm der Bauer vorsichtig zwei Bilder aus dem Koffer, in Papier eingeschlagen und von Katharina und Franziska für ihren großen Bruder selbst gemalt, und zog schließlich seine Geldkatze unter der Jacke hervor. Er schnürte sie auf und zählte zwei Zehnergulden in Gold und fünf Doppelgulden in Silber auf den Tisch mit der Bemerkung: »Ich könnt's

net leiden, wenn der Sohn vom Rössnerbauern den Hungerleider spielen müsst.«

Hansjörg standen die Tränen in den Augen. Er umarmte
seinen Vater. »Ich dank dir schön, dass du dich so um mich
sorgst. Und sag den Geschwistern meinen verbindlichsten
Dank für all die lieben Geschenke.« Er setzte sich wieder an
den Tisch und betrachtete die kolorierten Bleistiftbilder. Fran-
ziskas Zeichnung zeigte Sommerfelden, während die kleine
Katharina für ihn ein Pferd gezeichnet hatte.

Der Rössnerbauer trat vor Hansjörgs Hängeregal, durch-
stöberte die Bücherreihe von vorne bis hinten, zog diesen und
jenen Band heraus und sagte schließlich über die Schulter:
»Lauter Pädagogik.«

Hansjörg blickte ihn erstaunt an und hob das Glas gegen
seinen Gast. »Hast du Handwerkerbücher erwartet?«

»Als ich noch in der Ackerbauschule war und mit meinen
Schülern Obstbäume hegte und pflegte, ist mir in den Sinn
kommen, dass man mit dem Kopf und«, der Rössner betonte
das Und, »mit den Händen lernen muss.«

»Das machen wir doch in der Armenschule.«

»Warum nur dort?«

»Weil die Armen ihren Lebensunterhalt mit den Händen
verdienen müssen.«

Der Bauer hob die Schultern, als wolle er sich verteidi-
gen, und breitete die Hände aus: »Und wie verdiene ich meinen?«

Hansjörg kratzte sich im Nacken und schwieg.

»Unter deinen Büchern«, der Rössnerbauer hob den Zeigefinger seiner linken Hand, »hab ich gerade eines g'sehen, in
dem steht ein schöner Spruch.« Er fuhr mit dem Zeigefinger
die Buchrücken entlang, zog einen dicken Band aus dem Regal, schlug ihn auf und las laut vor: »*Leben heißt, aufstehen
und weitergehen.*«

»Das hat Pfarrer Steinhilber in Ringelfingen geschrieben.«

»So«, der Bauer stach mit dem Zeigefinger auf Hansjörg,
»geht's im Leben zu. Aufstehen und weitergehen. Nicht liegen

bleiben und weiterdämmern. Aufstehen, weitergehen, weitermachen!«

Hansjörg sah seinen Vater verwundert an, der sich wieder
an den Tisch setzte.

»Alle Kinder, Hansjörg, alle Kinder müssen ausprobieren
und erfahren, was sie mit ihren Händen erschaffen können.«
Der Bauer streckte die Beine weit von sich und verschränkte
die Arme hinter dem Nacken. »Wie kommst du eigentlich auf
die Idee, nur arme Kinder sollten Handarbeiten erlernen?«

Hansjörg schüttelte den Kopf.

Der Rössnerbauer missverstand die Geste und setzte aus
halbgeschlossenen Lidern hinzu: »Glaubst du, ich schick meinen Kühen einen Brief, wenn sie fressen sollen?« Er setzte
sich wieder aufrecht hin und machte eine wegwerfende Geste.
»Tun muss man, was zu tun ist, nicht sagen oder schreiben.
Kopf und Hand g'hören zusammen.«

»Ich hab über meine eigene Dummheit den Kopf geschüt-
telt, Vater.« Hansjörg legte beide Unterarme auf den Tisch und
beugte sich zu seinem Vater vor. »Dass ich da nicht früher
draufgekommen bin. Mein Freund Eugen hat schon mal was
Ähnliches gesagt.« Er schüttelte nochmal den Kopf. »Du hast
Recht, alle Kinder müssen Handarbeiten erlernen, sonst wird
die Arbeit mit der Hand als etwas Armseliges verachtet, das
nur für die Armen taugt.«

»So mein ich's.« Der Bauer streckte wieder die Beine von
sich und verschränkte erneut die Arme im Nacken. »Ein Pfarrer, der mit seinen Händen nichts anzufangen weiß, ist eine
Witzfigur. Und ein Bauer, der seinen Kopf bloß als Hutständer
braucht, ist ein Dummkopf. In der Schule müssen alle Kinder
lernen, ihren Verstand *und* ihre Hände einzusetzen.«

Dann fragte der Rössnerbauer, ob Hansjörg wieder nach
Oberschwaben zurückwolle oder hier in Hohenlohe bleiben
möchte. Der junge Mann rutschte auf seinem Stuhl hin und
her und antwortete ausweichend, er wisse es selbst noch nicht.
Zunächst hoffe er, hier bald Schulmeister zu werden. Die Stelle in Winterhausen sei viel besser besoldet als die in Som-

merfelden und in den anderen oberschwäbischen Dörfern, rechtfertigte er sich. Wenn er allerdings in ein paar Jahren in Leutkirch oder Isny oder in einem anderen evangelischen Ort in Oberschwaben zum Schulmeister gewählt würde, könne er sich eine Rückkehr in den Süden des Königreichs vorstellen.

Der Bauer sah seinen Sohn versonnen an. »Heimat ist überall, wo man sich daheim fühlt.« Ein feines Lächeln, verstehend und verzeihend zugleich, huschte über sein Gesicht. »Heimat, das ist ein Gefühl, Hansjörg. Da ist man im Gleichgewicht, weil man weiß, dass es Menschen gibt, die einen mögen. Man g'hört dazu und ist zufrieden mit sich und der Welt.«

Er warf Hansjörg einen raschen und prüfenden Blick zu, denn er spürte, dass da jemand im Spiel war, der seinem Sohn eine neue Heimat bot und ihm zugleich das Herz schwer machte. Deshalb versuchte er, ihn zu trösten. »Die Heimat ist nicht nur für Einheimische gedacht und nur von Einheimischen gemacht worden. Vieles, was uns in der Heimat so wichtig ist, stammt aus der Fremde. Den Wein und viele Fernstraßen haben uns die Römer hinterlassen. Das Christentum haben uns Mönche aus dem Norden und Westen Europas gebracht. Die hohen Herren haben schon immer über die Grenzen ihres Landes g'schaut und Baumeister und Künstler in unsere Gegend g'holt. Und was an Möbeln und Gerätschaften, an Kleidung und Schmuck, an Essen und Trinken, an Liedern und Tänzen, an Sprichwörtern und Erzählungen ist nicht von hier?«

Der Rössnerbauer machte eine kleine Pause und wartete auf eine Antwort. Doch Hansjörg sah mit roten Ohren zu Boden, hörte ihm aber aufmerksam zu.

»Vieles von dem, was uns so bestimmend für unsere Heimat erscheint, hat seinen Ursprung in der Fremde. Es ist uns aber über die Jahrzehnte hinweg schon so vertraut g'worden, dass wir es als Eigengewächs betrachten. Und viele, die sich in den Dienst ihrer Heimat stellen, stammen gar nicht von hier; sie sind aus der Fremde gekommen, treffen liebe Menschen und werden heimisch. Auch meine Elisabeth war anfangs eine Fremde in Sommerfelden. Sie ist mir zuliebe geblieben und hat schon bald dazug'hört. Sie hat sich eine zweite Heimat erobert. Viele haben nämlich nicht nur eine Heimat, sondern sind in zwei oder sogar drei Gegenden daheim.«

Hansjörg ließ sich kein Wort entlocken. Er sah seinen Vater mit großen Augen an, weshalb ihm der begütigend auf den Rücken klopfte. »Heimat, lieber Hansjörg, Heimat ist einfach ein Gefühl. Mit der neuen Heimat gibst du die alte nicht auf. Die Hauptsache ist, du fühlst dich hier geborgen.«

Sie plauderten noch über dies und jenes, bis sie von den Gesprächen und vom Wein ermattet waren und sich schlafen legten, der Rössnerbauer aufs Bett und Hansjörg auf den Strohsack, den er erneut bei der Nachbarin ausgeliehen hatte.

Anderntags beendete Hansjörg den Nachmittagsunterricht eine Viertelstunde zu früh, was er noch nie getan hatte, und rannte vom Schulhaus direkt zum Schloss. Er nahm allen Mut zusammen und klopfte außer Atem dreimal gegen die Bürotüre des Forstverwalters, obwohl ihn große Angst befiel. Sein Herz pochte bis zum Hals, und er wäre lieber davongelaufen.

Mit weichen Knien zwang er sich, das Reich des Gefürchteten zu betreten.

Luz saß an einem riesigen Eichentisch, schrieb mit der Stahlfeder auf einen Kanzleibogen, blickte nur kurz auf und sagte herablassend: »Ah, der Unterlehrer traut sich hierher. Wollen Sie sich entschuldigen, oder was verschafft mir das Vergnügen?«

»Für mich wird's bestimmt kein Vergnügen«, entgegnete Hansjörg mit hochrotem Kopf und rasendem Herzen und blieb an der Türe stehen.

Das Mienenspiel des hohen Herrn wechselte zwischen Belustigung, Verwunderung und Verärgerung. »Wenn's für Sie kein Vergnügen ist, kann's für mich immer noch eins werden.« Spöttisch fügte er an »Wollen Sie nicht Platz nehmen?«

und deutete mit der Kinnspitze auf den Besucherstuhl vor seinem Tisch.

»Ich stehe lieber.«

Im Gesicht des Verwalters spiegelte sich einen Augenblick lang Ärger, dann machte er eine wegwerfende Handbewegung und arbeitete weiter an seinem Schriftstück.

»Ich schreibe im Auftrag Seiner Durchlaucht an einem Heimatbuch.«

Der Verwalter blickte nicht auf. »Weiß ich.« Er beugte sich noch tiefer über das Schreibpapier. »Hat mir der Biedermann schon gesagt.«

»Aber neu dürfte für Sie sein, dass ich dabei auf ein paar Ereignisse gestoßen bin, die mir in letzter Zeit schlaflose Nächte bereiten.«

Der Verwalter sah kurz auf, legte die Feder zur Seite und fragte ärgerlich: »Was wollen Sie?«

»Gerechtigkeit, Herr Verwalter.«

»Gerechtigkeit?«, herrschte ihn Eugens Vater an. »Wissen Sie überhaupt, was das ist?« Luz erhob sich ein wenig aus seinem Armsessel, stützte sich mit beiden Fäusten auf dem Tisch ab und stemmte sich hoch. »Noch nicht trocken hinter den Ohren und schon muntere Sprüche klopfen«, schimpfte er. »Genau wie mein Herr Sohn.«

»Das neue Strafrecht und die neue Strafprozessordnung gehen nicht mehr so leichtfertig mit Unrecht und Straftaten um wie die alten Rechtsordnungen.«

»Was fällt Ihnen ein?« Luz zielte mit dem Zeigefinger auf ihn. »Wollen Sie mich belehren?«

Hansjörg ballte die Fäuste vor der Brust, als müsse er Schläge abwehren: »Ich will Ihr Gedächtnis auffrischen.«

Der Zorn stieg dem Verwalter ins Gesicht. Darum schleuderte Hansjörg seinem Widersacher ein paar Sätze entgegen, die ihn in die Defensive zwingen mussten. »Lassbach vor über zwanzig Jahren«, stieß er erregt hervor, »ein erwürgtes Schulmädchen.« Er schluckte. »Römerwiese, im Jahr drauf. Noch ein erwürgtes Mädchen. Und tags darauf in Eisenbronn ein Giftmord.«

»Und? Weiß jeder.« Luz nahm den Kanzleibogen und schlug ihn wütend auf den Tisch. »Die Mörder sind verurteilt worden.«

»Und unschuldig hingerichtet, sollten Sie hinzufügen.« Hansjörg wich einen Schritt zurück. »Das Urteil war falsch.«

»Was unterstehen Sie sich!«, brüllte der Verwalter.

Hansjörg erwiderte leise: »Ich unterstehe mich, Sie darauf hinzuweisen, dass Sie in der Nähe waren, als die Morde geschahen. Und Sie haben bei all diesen Verbrechen das Protokoll geführt.«

Der Verwalter sprang auf und kam drohend auf Hansjörg zu.

»Unterstehen Sie sich, Herr Verwalter«, kreischte Hansjörg in höchster Not und griff nach der Türklinke, »ich habe alles genau aufgeschrieben.«

Der Mann zuckte zusammen, zögerte und sah Hansjörg mit großen Augen an.

»Setzen Sie sich hin und hören Sie mich an, Herr Verwalter«, schrie Hansjörg gellend vor Angst und Wut, denn er spürte, dass der andere ihn vernichten wollte. »Wenn ich nicht um fünf Uhr daheim bin, dann ist mein Bericht heute noch auf dem Weg ins Oberamt und eine Abschrift davon ans neue Obertribunal in Stuttgart.«

Der Verwalter tastete sich mit der Hand am Schreibtisch rückwärts zu seinem Stuhl und ließ seinen Widersacher keine Sekunde aus den Augen. Kalkweiß im Gesicht und bebend vor Zorn setzte er sich und atmete schwer.

Jetzt gilt es, die wenigen Sekunden für einen Überraschungsangriff zu nutzen, schoss es Hansjörg durch den Kopf. Er schleuderte seine Beweise in den Raum, schrill, furchterregend und ohne die kleinste Atempause: »Die Holzhauer, die damals bei Lassbach und Eisenbronn Holz geschlagen haben, hörten die geschändeten Mädchen um Hilfe schreien und durften nicht helfen. Sie, Herr Verwalter, haben das verhindert. Warum?« Er schnappte nach Luft.

»Sie waren an dem Abend, als Eugen geboren wurde, nicht

in Gerabronn. *Sie* waren auf der Römerwiese, genau dort, wo das Schulmädchen erwürgt wurde.« Seine Stimme überschlug sich. »*Sie* haben dem Unterlehrer Wiegner, der beim Mord an dem Mädchen aus Eisenbronn in der Nähe der Römerwiese war, nachgestellt. Wollten Sie ihn zum Schweigen bringen?«

Er sah, wie Luz auf seinem Schreibtisch wie von Sinnen hin und her wischte und vor sich hinschimpfte, aber Hansjörg musste alles loswerden. »Als Ihnen der kleine Jakob Sauer auf dem Weg zum Schulhaus begegnete, haben Sie dem Kind das Gefäß aus der Hand genommen. Wer hat das Fleisch vergiftet? Der Junge wusste nicht, wie Gift aussieht, und der Unterlehrer hat keines besessen. Aber Sie, Herr Verwalter, Sie hatten Arsenik. Die Rechnungsbelege dafür sind beim Biedermann im Archiv.«

Seine Erregung schlug in unbändigen Zorn um. »Sie haben den kleinen Jakob bei der Vernehmung eingeschüchtert. Der Bub durfte nur aussagen, er sei vom Unterlehrer zum Schulmeister geschickt worden. Er konnte nicht sagen, dass ihn der Herr Verwalter hoch zu Ross unterwegs angehalten hatte. Der frühere Eisenbronner und jetzige Haller Pfarrer Hofmann bezeugt, dass Sie nach glaubhafter Aussage des Unterlehrers Wiegner zur Tatzeit auf der Römerwiese waren. Der alte Gendarm Wagner sagt, dass Sie alle Protokolle in den Mordfällen gefertigt haben.«

Hansjörg fauchte seinen Gegner an: »In keinem Protokoll haben Sie erwähnt, dass *Sie* am Tatort waren, *Sie*, Herr Verwalter. Warum haben Sie verschwiegen, wo Sie sich aufgehalten haben? Warum, Herr Verwalter, warum?«

Luz starrte Hansjörg mit offenem Mund an, dann stützte er beide Ellbogen auf den Tisch und begrub sein Gesicht in den Händen.

»Vielleicht waren es mehr als drei Verbrechen, wer weiß? Da gab es doch die zwei Kinderschändungen bei Riedbach. Ich bin noch lange nicht am Ende meiner Nachforschungen.« Hansjörg wurde ruhiger und mutiger. »Mindestens sechs unschuldige Menschen mussten sterben, und der Mörder läuft immer noch frei herum.«

Luz stierte ihn eine Weile mit verkniffenem Mund an, atmete tief durch und stieß wütend hervor: »Ich hätte nicht geglaubt, dass mir der Freund meines Sohnes solche Lügengeschichten auftischt.«

»Lassen Sie den Eugen aus dem Spiel. Der hat einen unbändigen Hass auf Sie. Dem hätte mein Vortrag gefallen, aber er weiß nichts davon und wird nie etwas erfahren.«

»Was wollen Sie?« Der Forstmann schlug dreimal mit der Faust auf den Tisch. »Was gehen *Sie* die alten Geschichten überhaupt an?«

Hansjörg machte einen Schritt nach vorn. »Ich sagte es schon: Gerechtigkeit. Wissen Sie, was das ist, Gerechtigkeit?«

»Das geht nur die Gendarmerie und mich etwas an.«

Hansjörg sah seinem Gegenüber direkt in die Augen und entgegnete eiskalt: »Und den Sohn des unschuldig hingerichteten Paares aus Eisenbronn.«

Luz fiel in sich zusammen. »Sind Sie …?« Er stockte und sah Hansjörg mit weit aufgerissenen Augen an. »Sind Sie …?«

»Eugens Freund? Ja, der bin ich. Eugens bester Freund.« Hansjörg grinste den Verwalter überlegen an und musterte ihn ein paar Augenblicke voller Verachtung.

Luz starrte seinen Besucher fassungslos an. Er gaffte und glotzte, er sichtete seine Erinnerungen und begriff, wer vor ihm stand. Er schnappte wie ein Ertrinkender nach Luft und bedeckte sein Gesicht mit beiden Händen. »Was haben Sie vor?«, fragte er endlich verstört.

Hansjörg lächelte höhnisch. »Nichts. Abwarten und beobachten. Abwarten, was Sie tun, und beobachten, ob alle Zeugen den nächsten Sonntag erleben.«

Der andere schwieg. Hatte er alles verstanden? Belauerte er ihn noch?

»Entweder werden die alten Protokolle berichtigt, oder«, Hansjörg zielte mit dem Zeigefinger auf Luz, »oder Sie, Herr Verwalter, Sie verschwinden. Eine dritte Lösung gibt es nicht.

Ich warte nur ab und beobachte.« Er machte eine kleine Pause. »Und jetzt muss ich nach Hause. Ich werde erwartet; in den nächsten Tagen bin ich nie allein. Haben Sie das verstanden? Tag und Nacht bin ich nicht allein. Ein Übernachtungsgast ist bei mir und wartet gerade auf mich. Ich werde niemand etwas sagen, nur beobachten. Mein Ehrenwort.« Zynisch setzte er hinzu: »Sie sind am Zug, Herr Verwalter, entweder – oder.«

Luz saß versteinert am Schreibtisch und schwieg.

Hansjörg machte einen kleinen Schritt auf den Reglosen zu. »Wenn Sie nicht handeln, werde ich, von heute an gerechnet, in drei Tagen das Oberamt und das Obertribunal benachrichtigen. Wenn mir oder einem der Zeugen etwas zustößt, dann ist die Nachricht eher dort.«

Der Verwalter schwieg und tastete hilflos auf seinem Tisch herum, als suche er verzweifelt nach einer wichtigen Unterlage.

»Adieu, Herr Verwalter. Ich nehme an, Sie wissen, was das kleine Abschiedswort bedeutet.« Hansjörg wandte sich zur Tür und sagte über die Schulter: »Gott befohlen, Herr Verwalter.«


Am Mittwoch wanderte Hansjörg mit seinem Vater nach dem gemeinsamen Mittagessen in der Post nach Eisenbronn. Der Rössnerbauer bestaunte die schöne Landschaft, schüttelte jedoch öfters den Kopf über die ungepflegten Obstbäume, die er auf Schritt und Tritt begutachtete.

»Schau dir das an, Hansjörg.« Er stand in einer Obstwiese und deutete in die Krone eines Apfelbaums hinauf. »Was wir vorgestern besprochen haben.« Sein Gesicht verfinsterte sich. »Wie kann man einen Baum so verkommen lassen.«

Hansjörg stellte sich neben seinen Vater und legte den Kopf in den Nacken. »Wenn man gutes Obst ernten will«, der Bauer nahm einen Zweig in die Hand und zeigte auf die kleinen, verschorften Äpfelchen, »dann muss man etwas von den Naturgesetzen verstehen. Wie Bäume wachsen und austreiben, und nach welchen Regeln sie ihre Kronen und Fruchtäste bilden. Und man braucht handwerkliches Können, wie man Äste ausputzen muss und Triebe veredeln kann.« Er besah sich die Unterseiten der Blätter. »Wenn der Pfarrer eine Predigt halten will, dann muss er sich in der Bibel auskennen, grad so wie der Obstbauer in den Naturgesetzen seiner Bäume.«

Der Rössnerbauer sah kopfschüttelnd von einem Baum zum nächsten: »Schau dir das an.«

In der letzten halben Stunde ihres Weges bereitete Hansjörg seinen Vater auf die Begegnung mit Helga vor. Erst auf hartnäckiges Nachfragen gestand der junge Mann, dass er ernsthafte Absichten hege und der Fürst ihm befohlen habe, endlich klare Verhältnisse zu schaffen. Dann bekomme er die Schulmeisterstelle.

Der Rössnerbauer begriff, dass sein Sohn unsicher und vielleicht zu schüchtern war, einen Heiratsantrag zu machen. Ganz nebenbei erwähnte Hansjörg, Helga wohne seit frühester Kindheit bei ihrer älteren Schwester, weil beide Eltern schon lange tot sind.

»Das Schicksal kennen wir beide«, sagte der Bauer, »und darum ist aus uns etwas g'worden. Mach dir keine Sorgen, Hansjörg. Lass mich machen.«

Als sie das Gasthaus in Eisenbronn betraten, stand Helga am Schanktisch, frisch gekämmt und hübsch gekleidet. Sie hatte sich zusammengereimt, dass die beiden sie besuchen würden, und hatte ihre Schwester und ihren Schwager vorgewarnt. Der Wirt lehnte an der Küchentür und bestaunte mit offenem Mund das Schauspiel.

Hansjörg stellte Helga vor, und der Rössnerbauer begrüßte sie herzlich. Sie bat ihn, er möge sie nach Hause begleiten; dort könne man offener reden als hier in der Gaststube.

Helgas Schwester und Schwager hießen die Gäste überschwänglich willkommen und baten sie zum Kaffee ins Haus.

Sie unterhielten sich zunächst über die Landwirtschaft in Oberschwaben und in Hohenlohe, über die großen und kleinen Höfe wegen des unterschiedlichen Erbrechts und über die Anbauweisen in beiden Landstrichen. Sie stellten fest, im Alpenvorland gäbe es viel Grünland, weshalb man auf die Milchwirtschaft und den Obstbau setze, während die Bauern in Hohenlohe die Schweine- und Rinderzucht bevorzugten.

Der Rössnerbauer kam auf den Obstbau zu sprechen und auf den Ertragsverlust ungepflegter Bäume, den Astbruch, die kleinen Früchte, den hohen Anteil sauren Schattenobstes und den Pilzbefall der Blätter.

Helgas Schwager staunte über das Fachwissen seines Gastes und fragte ihn, ob er ihm auf seiner Obstwiese hinterm Haus zeigen wolle, was er besser machen könne.

Der Rössnerbauer sah seinen Sohn fragend an.

»Geh ruhig«, winkte Hansjörg ab und fügte lachend an: »Aber vergiss nicht, wir müssen rechtzeitig wieder nach Winterhausen zurück. Heute Abend ist Singstunde.«

Die Gastgeber und der Rössnerbauer gingen nach draußen und ließen das junge Paar in der Wohnstube zurück.

Helga raffte ihre Haare mit beiden Händen nach oben zusammen und lachte Hansjörg an. »Dein Vater ist nett.«

»Bloß nett?«, Hansjörg hob die Augenbrauen.

Sie streichelte ihm mit dem Finger das Kinn. »Was willst du hören?«

»Nett und klug.«

Helga fasste ihn an beiden Ohren und zog ihn zu sich heran. »Gut. Nett und klug, wie du.«

Sie küsste ihn auf den Mund. »Zufrieden?«

Er nahm sie in die Arme. Sie alberten herum und küssten sich, bis sie draußen wieder Stimmen hörten.

Die beiden Bauern betraten, in ein lebhaftes Fachgespräch vertieft, die Stube und setzten sich an den Tisch. Die Bäuerin kam etwas später, servierte allerlei Wurstwaren aus eigener Schlachtung und Gemüse aus ihrem Garten, drückte ihrem Mann eine Flasche Rotwein in die Hand und forderte ihn auf, allen einzuschenken.

Der Hausherr sprach ein Tischgebet, und die Bäuerin legte den Gästen von allem etwas auf den Teller.

»Bevor wir uns den köstlichen Gaben zuwenden«, ergriff der Rössnerbauer das Wort und wurde feierlich, »möchte ich für meinen Hansjörg um Helgas Hand anhalten und zunächst dich, liebe Helga, fragen, ob du meinen Hansjörg zum Mann haben willst.«

Hansjörg errötete und senkte den Blick. Helga, die neben ihm saß, sah ihn mit roten Wangen und lachendem Gesicht an und stieß ihn in die Seite. Dann wandte sie sich dem Rössnerbauern zu und blickte ihm direkt in die Augen. »Ja.«

Der Rössnerbauer sah seine Gastgeber an: »Wenn Sie als Schwester und Schwager an Eltern statt keine Einwendungen haben, dann wollen wir meinem Hansjörg und Ihrer Helga ein schönes Hochzeitsfest ausrichten.«

Die Bäuerin erhob ihr Glas, warf ihrem Mann einen strengen Blick zu, bis der sein Glas in die Hand nahm und sagte: »Dann trinken wir auf das Wohl des jungen Paares. Ich heiße Karl, und das ist meine Bertha.«

Der Rössnerbauer sagte: »Und ich bin der Hans, und meinen Hansjörg kennt Ihr ja.«

Sie stießen auf das Wohl des Brautpaares und auf eine glückliche Zukunft an.

»Noch was«, sagte der Rössnerbauer verschmitzt, machte eine kleine Pause und sah in die Runde. »Mein Hof steht gut da. Drum werd ich dem jungen Paar dort ein Haus kaufen, wo es wohnen wird.«

Hansjörg war sprachlos. Er sah seinen Vater fragend an, doch der lachte zurück. »Ist was, mein Sohn?«

Helga saß verdattert daneben; ihre Schwester blinzelte ihrem Mann zu.

»Darüber«, sagte Hansjörg, »darüber haben wir noch nie gesprochen. Danke, Vater.«

»Ich hör mich beim Postwirt um, ob in Winterhausen etwas angeboten wird«, sagte der Rössnerbauer und probierte zufrieden von allem, was ihm die Bäuerin vorgesetzt hatte.

Nach dem Essen dankte der Rössnerbauer für die Gastfreundschaft. Die Bäuerin forderte ihren Mann auf, den Wagen einzuspannen und die Gäste nach Winterhausen zu fahren.

»Du fährst mit, Helga«, sagte sie, »und ich geh zum Wirt und sag ihm, dass du heute nicht mehr kommst. Er soll wissen, dass er sich bald eine neue Schankmagd suchen muss.«

Gegen sechs Uhr rumpelte der Wagen über den gepflasterten Marktplatz von Winterhausen direkt vor die Post. Der Rössnerbauer stieg ab, half Helga vom Wagen und sagte: »Karl, komm mit deiner Helga für einen Augenblick zum Postwirt rein.«

Sie betraten die Schankstube. Hansjörg eilte ihnen nach. Als er die Türschwelle überschritt, sah er auf den ersten Blick die Erregung der Gäste und spürte im selben Augenblick den Aufruhr der Gefühle im Saal und die Fassungslosigkeit der Menschen. Etwas Ungeheuerliches musste sich ereignet haben.

Die Sangesbrüder, die sich mittwochs schon am frühen Abend in der Post zu versammeln pflegten, um sich ausgiebig auf die Singstunde vorzubereiten, saßen und standen dicht an dicht und steckten erregt die Köpfe zusammen. Als sie ihren Dirigenten in der Türe stehen sahen, erstarrten sie für den Bruchteil einer Sekunde, dann schrien sie, wild gestikulierend, auf ihn ein. Ob er schon gehört habe, was am Nachmittag passiert sei, wollten sie wissen, und als Hansjörg das verneinte, überschütteten sie ihn mit den neuesten Nachrichten. Der Forstverwalter habe einen Jagdunfall erlitten. Entweder sei er gestolpert oder habe unvorsichtig mit seiner Waffe hantiert; jedenfalls habe sich ein Schuss gelöst und ihn unglücklich getroffen. Die vier Männer aus dem Ort, die von einem Waldarbeiter alarmiert worden seien, hätten den Luz tot auf einem Waldweg aufgefunden, gerade so, als sei der Forstmann eben über eine

Baumwurzel gestolpert. Der Hund sei treu neben seinem Herrn gesessen.

Am Stammtisch rückten die Männer zusammen und forderten ihren Dirigenten auf, sich zu ihnen zu setzen.

Hansjörg blieb unschlüssig stehen. Er war kalkweiß im Gesicht. Ratlos irrte sein Blick zwischen den Sangesbrüdern und seinem Vater und Helga hin und her.

»Hat Ihnen das Unglück des Forstverwalters so auf den Magen geschlagen, Herr Lehrer?«, fragte der Wirt, der alles mit sorgenvoller Miene beobachtete.

Hansjörg wirkte wie abwesend und fuhr sich mit beiden Händen übers Gesicht. »Ich muss das erst verdauen«, sagte er leise. Der Lärm setzte ihm zu. Er öffnete seinen oberen Hemdkragen und atmete tief durch.

Helga warf ihm einen fürsorglichen Blick zu. »Geht's dir nicht gut, Hansjörg?«, flüsterte sie.

»Mach dir keine Sorgen.« Hansjörg schluckte heftig, sah Helga liebevoll an und nickte seinem Vater zu.

»Herr Bürgermeister«, sagte der Rössnerbauer, »eine Neuigkeit für Sie. Mein Hansjörg wird die Helga Feucht aus Eisenbronn heiraten.«

Der Postwirt lachte. »Wissen wir längst. Mein Kollege aus Eisenbronn hat es uns verraten.« Er stand auf und ging auf Hansjörg zu: »Ich wünsche Ihnen alles Gute, Herr Lehrer.« Er schüttelte ihm überschwänglich die Hand. »Mit *der* Braut können Sie sich sehen lassen.« Höflich wandte er sich an Helga: »Da möcht ich nochmals zwanzig sein. Meinen herzlichen Glückwunsch.« Er gab ihr seine rechte Hand, hielt ihre fest und legte seine linke drauf. »Mein Glückwunsch kommt aber nur von Herzen, wenn Sie zu uns nach Winterhausen ziehen. Unseren Dirigenten, der bald Schulmeister wird, wie ich aus dem Schloss gehört habe, geben wir nicht mehr her.«

Die Sangesbrüder stellten sich vor der Theke auf, erhoben ihr Glas auf das Brautpaar und sangen ein altes Lied, das sie ein klein wenig umgedichtet und heimlich, von Provisor Gundert unterstützt, einstudiert hatten:

*Ei Mädchen, wenn du heiraten willst,*
*so nimmst du einen Pfaffen,*
*der kann dir deine Sünden vergeben,*
*und du brauchst nicht zu schaffen.*
*Ich habe g'hört, die Pfaffenweiber*
*müssten gar so viel beten,*
*drum nimm dir einen Lehrer,*
*hat er genug Moneten.*

Helga verabschiedete sich mit roten Ohren von den Sängern und verließ mit Hansjörg und ihrem Schwager die Gaststube. Sie blickte zum wolkenverhangenen Himmel auf und erspähte einen weißen Flaum, der über das Haus auf sie zusegelte. Sie fing ihn im Flug. Es war eine winzige Gänsefeder. Und sie dachte bei sich, dass das ein gutes Zeichen sei. Hansjörg folgte dem Geschehen und lächelte.

# Personen

Die handelnden Personen und die Romanhandlung sind frei erfunden.

## Familie Rössner

| | |
|---|---|
| Hansjörg.............. | *Der Schulmeister* |
| Hans und Elisabeth ...... | *Hansjörgs Eltern* |
| Sophie................ | *Hansjörgs älteste Schwester* |
| Wilhelm .............. | *Hansjörgs jüngerer Bruder* |
| Katharina u. Franziska ... | *Hansjörgs jüngere Schwestern* |
| Rummler ............. | *Hansjörgs Großeltern in Bietigheim* |

## Andere wichtige Personen

| | |
|---|---|
| Anger ................ | *Bauer in Bächlingen* |
| Biedermann ........... | *Fürstlicher Aktuar in Winterhausen* |
| Feucht, Helga.......... | *Hansjörgs zukünftige Frau* |
| Futter ................ | *Schulmeister in Ringelfingen* |
| Gläser ................ | *Vikar in Bächlingen, Pfarrer in Plieningen; Hansjörgs Taufpfarrer* |
| Gradmann ............. | *Buchbinder in Winterhausen* |
| Gundert ............... | *Provisor in Winterhausen* |
| Hartmann.............. | *Schulmeister in Neustadt* |

Hofmann . . . . . . . . . . . . . . *Vikar in Michelbach, Stadtpfarrer in Schwäbisch Hall*
Luz . . . . . . . . . . . . . . . . . *Fürstlicher Forstverwalter*
Luz, Eugen . . . . . . . . . . . . *Hansjörgs Freund*
Maier . . . . . . . . . . . . . . . . *Pfarrer in Neustadt*
Müller . . . . . . . . . . . . . . . *Bezirksschulinspektor*
Ocker . . . . . . . . . . . . . . . . *Schulmeister in Sommerfelden*
Reiser . . . . . . . . . . . . . . . . *Vikar in Gerabronn, Konsistorialrat im Oberkirchenrat in Stuttgart*
Schütz . . . . . . . . . . . . . . . . *Pfarrer in Winterhausen*
Sauer . . . . . . . . . . . . . . . . *Bauer in Eisenbronn*
Staib . . . . . . . . . . . . . . . . *Schreinermeister in Ringelfingen*
Steinhilber . . . . . . . . . . . . *Pfarrer in Ringelfingen und Leiter der »Privaten Schullehreranstalt für christliche Land- und Armenlehrer«*
Volk, Helene . . . . . . . . . . . *Hauswirtschafterin in Hohenheim*
Wagner . . . . . . . . . . . . . . . *Landjäger in Michelbach*
Wieler . . . . . . . . . . . . . . . . *Schulmeister in Winterhausen*
Zoller . . . . . . . . . . . . . . . . *Malermeister in Reutlingen*

# Erläuterungen

## Lehrerausbildung/-anstellung im Königreich Württemberg

Das **Volksschulgesetz von 1836** vereinheitlichte die bis dahin unterschiedlichen schulischen Rechtsverhältnisse. Für die Lehrerausbildung wurden staatliche Lehrerseminare vorgeschrieben, deren Ausbildungskapazitäten jedoch nicht ausreichten. Darum wurden weiterhin viele Volksschullehrer von lizenzierten Schulmeistern und in Privatseminaren ausgebildet.

**Aspirant** | Bewerber für die Ausbildung zum Volksschullehrer.

**Präparand** | Volksschüler, der sich bei einem Pfarrer auf die Aufnahmeprüfung in ein (staatliches oder privates) Volksschullehrerseminar vorbereitet (Regeldauer: zwei Jahre).

**Seminarist** | Auszubildender an einem Volksschullehrerseminar. Staatliche Seminare: Esslingen, Nürtingen und Schwäbisch Gmünd; private Seminare (von einem Pfarrer haupt- oder nebenamtlich geleitet und von erfahrenen Schulmeistern unterstützt) an rund 20 Orten im Land.

**Inzipient** | Lehrling bei einem Schulmeister (ab 1836 war dafür eine Ausbilderlizenz erforderlich).

**Provisor** | Examinierter, aber nur provisorisch (nicht ständig) angestellter Volksschullehrer, der unter Aufsicht eines Schulmeisters seine ersten Lehrerjahre verbringt; in manchen Gegenden auch Lehrgehilfe genannt; muss nach Bewährung im Schuldienst eine Anstellungsprüfung ablegen, um fest angestellt zu werden.

**Unterlehrer** | Fest angestellter, aber noch nicht zum Schulmeister gewählter oder ernannter Volksschullehrer.

**Schulmeister** | Fest angestellter, von der Schulgemeinde gewählter und von der Kultusbehörde bestätigter (erster und bei einklassigen Dorfschulen auch einziger) Lehrer einer Volksschule.

## Fachbegriffe

**Abstand- oder Geradhalter** | Der *eiserne* Halter wird so an die Schreibfläche der Subsellie angeschraubt, dass unruhige oder nicht korrekt sitzende Schüler sich nicht nach vorn oder zur Seite beugen können. Der *lederne* Halter wird um die Brust des Schülers geschlungen und an der Rückenlehne (identisch mit der vorderen Verkleidung der hinteren Subsellie) befestigt.

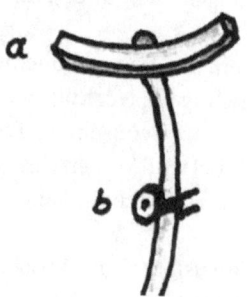

*a* eiserner Querstab, an die Brust des Schülers angelegt

*b* Schraube, höhenverstellbar, mit Klemme zur Befestigung an der Tischplatte

**Anerbenrecht** | Ein Erbe, in der Regel der älteste Sohn, übernimmt den Hof; die anderen Erben werden ausbezahlt oder erhalten eine Berufsausbildung oder gehen leer aus. Das Anerbenrecht galt im Schwarzwald und in Oberschwaben.

**Anschauungsunterricht** | Ungefächerter Gesamtunterricht in den unteren Klassen der Volksschule, vergleichbar dem Heimatkundeunterricht zu Beginn des 20. Jahrhunderts.

**Armenkasten** | Örtlicher Stiftungsfonds, gebildet über Jahrzehnte aus Erbschaften und freiwilligen Zuwendungen (Grundstücke, Naturalien, gelegentlich auch Häuser) reicher und frommer Ortsbewohner. Verwaltet wurde der Armenkasten vom Kastenpfleger unter Aufsicht des Ortspfarrers. Bedürftige fromme Bürger, insbesondere arme Kinder, wurden aus dem Ertrag des Fonds mit Geld und Naturalien unterstützt.

**Besoldung** | Eine *typische Schulmeisterbesoldung* aus dem Jahr 1845, bestehend aus Bargeld, Nutzungsrechten und Naturalien (Jahreslohn):

*Bargeld*
*Geld von der Gemeinde (einschl. Schulgeld): 180 Gulden*
*Geld von der Kirche für Mesnerdienste: 12 Gulden*

*Kostenlose Nutzungsrechte*
*1 Gemüsegarten*
*2 kleinere Getreidefelder*
*1 Wiese*

*Naturalien*
*8 Scheffel Dinkel*
*7 Scheffel Hafer*
*4 Bund Stroh*

*1 Klafter Buchenholz*
*Kerzenreste aus der Kirche*
*jährlich ein paar alte Hosen*

Die meisten *Provisoren* verdienten jährlich 100 bis maximal 120 Gulden in bar; sie hatten keine Nutzungsrechte und keinen Anspruch auf Naturalien, erhielten gelegentlich Lebensmittelspenden von begüterten Eltern, allerdings viel seltener als ihr Schulmeister.

Zum Vergleich: Ein *Straßenwärter im Landesdienst* erhielt 1850 einen Jahreslohn von 150 bis 200 Gulden in bar; hinzu kamen Zulagen für Arbeitskleidung, Arbeitsgeräte und Wohnung sowie Verzehrgeld bei Auswärtseinsätzen. Der *Tagesdurchschnittslohn eines Tagelöhners* betrug 1850 etwa 40 Kreuzer und der eines *Handwerksgesellen* ungefähr 52 Kreuzer.

**Bezirksschulinspektor** | Geistlicher, im Auftrag des Dekans für die Schulen des Dekanatbezirks verantwortlich (siehe auch: Konsistorium).

**Bleistift** | Seit 1662 in Nürnberg (Staedtler, später auch Faber) aus Graphit hergestellt. Verwendet wurden weiche, rußfreie, von Zedernholz ummantelte Stifte, die man mit dem Messer spitzte. 1847 wurde der Bleistiftspitzer mit dem schräg stehenden Messerchen in einem Trichter erfunden.

**Einschulung** | Das Schulgesetz von 1836 stellte nur die Schulpflicht vom 6. bis zum 14. Lebensjahr fest. Der tatsächliche Schulbeginn wurde nicht festgelegt. Ursprünglich wurden die Kinder, die an Martini (siehe dort) sechs Jahre alt waren, mit Beginn der Winterschule eingeschult (etwa Mitte November). Bis ins 19. Jahrhundert hinein besuchten die Kinder in vielen Orten nur winters die Schule, sommers mussten sie ihren Eltern in der Landwirtschaft oder im Handwerksbetrieb helfen. Zu Beginn des 19. Jahrhunderts, als sich der ganzjährige Unterricht flächendeckend durchsetzte, beschwerten sich viele Eltern über diese Einschulungspraxis. Sechsjährige mit längerem Schulweg seien überfordert, bei einsetzendem Winter mit dem Schulweg zurechtzukommen. Darum wurden die Erstklässler in vielen ländlichen Gemeinden erst um Georgi (siehe dort), in der Regel unmittelbar nach Ostern, eingeschult. In größeren Gemeinden mit mehreren Lehrern gab es manchmal zwei Einschulungstermine im Jahr: nach Georgi und nach Martini. 1826 verordnete ein spezieller Einschulungserlass, dass »allgemein mit dem Anfang des Sommerhalbjahres« eingeschult werden solle, aber die Gemeinden aufgrund örtlicher Gegebenheiten davon abweichen könnten.

**Eisenbahn** | Von 1843 bis 1862 wurden im Königreich Württemberg fünf Bahnlinien gebaut: *Hauptbahn* (West-Ost-Linie von Bruchsal bis Ulm), *Südbahn* (Ulm bis Bodensee), *untere Neckarbahn* (Anschluss an *Hauptbahn* Richtung Norden: Bietigheim – Heilbronn – Schwäbisch Hall-Hessenthal), *Remsbahn* (Stuttgart bis bayerische Grenze bei Nördlingen) und *obere Neckarbahn* (Anschluss an *Hauptbahn* Richtung Süden: Plochingen bis Rottenburg am Neckar, dem Sitz des katholischen Landesbischofs).

**Gant** | Süddeutsches Wort für Zwangsversteigerung (von lat. *quantum: für wie viel?*). Im 19. Jahrhundert waren die Zeitungen, Anzeigen- und Intelligenzblätter voll von Anzeigen über Vergantungen von Bauernhöfen und Handwerksbetrieben.

**Geld** | Im Alltag wurden nur Münzen als Zahlungsmittel akzeptiert. 1849 erörterte die württembergische Regierung die Einführung amtlicher Banknoten (Papiergeld), verwarf diese Idee jedoch wieder. Ein einheitliches deutsches Münzsystem (Reichswährung »Mark und Pfennig«) wurde erst im Dezember 1871 für das kurz zuvor gegründete

Deutsche Kaiserreich beschlossen *(Währungsumstellung 1873: 1 Gulden = 1,71 Mark)*. Davor gab es in Deutschland sieben verschiedene Währungen. In Süddeutschland (Bayern, Württemberg, Baden, Hessen-Darmstadt, Nassau und Frankfurt) galt seit 1837 die *Guldenwährung nach der Münchner Münzkonvention*.

**Württembergische Münzen: 1 Gulden = 60 Kreuzer** | *Württemberg prägte die folgenden Münzen:*
*10 und 5 Gulden (Gold)*
*2, 1 und ½ Gulden (Silber)*
*6, 3 und 1 Kreuzer (Billon)*
*½ und ¼ Kreuzer (Kupfer)*

Darüber hinaus waren in Württemberg auch die Münzen der Konventionsstaaten als sog. *»Konventionswährung«* gültig.

**Georgi** | 23. April (auch Jörgentag genannt), Tag des Frühlingsbeginns. Bis zum Jahr 1908 führten die württembergischen Gemeinden und Kirchen ihre Rechnungsbücher von Georgi bis Georgi. Georgi war in der Buchhaltung eine Art Neujahrstag. Der Tag wurde mit Flurprozessionen, Umritten (Georg war auch der Schutzpatron der Pferde) und feierlichen Vereidigungen des Sommerpersonals (Hirten, Schäfer, Feldschütz, Forstarbeiter usw.) begangen.

**Heiligenpfleger** | Alte Bezeichnung für Kirchenpfleger, der das dem »Heiligen« (der Kirche) gehörende Vermögen (meistens Grundstücke) verwaltete. In vielen Gemeinden war nicht der Pfarrer, sondern ein Gemeindemitglied mit dieser Aufgabe betraut.

**Kanzleibogen** | Altes Papierformat, 21 x 33 cm, auch Folioformat genannt.

**Kirchenkonvent** | Eine Art Sittengericht, das meistens aus dem Pfarrer, dem Schultheißen, dem Heiligenpfleger und zwei gewählten Gemeindemitgliedern bestand und regelmäßig, mindestens einmal monatlich, am Sonntagnachmittag zusammentrat. Der Kirchenkonvent überwachte die Kirchenzucht und den Lebenswandel der Bevölkerung und konnte Strafen verhängen. Die heimlichen »Angeber« oder »Heimbringer« bekamen für ihre Meldungen an den Kirchenkonvent ihren Anteil an der Strafe, das so genannte »Anbringdrittel«, wenn eine Geld- oder Sachstrafe fällig wurde.

**Knöpfle** | Schwäbisches Nationalgericht (Spätzle): Teigwaren aus Eiern, Mehl und Milch; manchmal auch mit Weißbrot. Bei den armen Leuten im 19. Jahrhundert nur aus Wasser und Mehl hergestellt.

**Konsistorium** | Zentralbehörde der evangelischen Landeskirche in Württemberg, zugleich oberste Schulbehörde für das evangelische Volksschulwesen. Die evangelische Landeskirche war in sechs Generalate (= Kirchenbezirke; Vorsteher: Prälat) bzw. 64 Dekanate (= Kirchensprengel; Vorsteher: Dekan; Verantwortlicher für die Schulen: Bezirksschulinspektor) unterteilt. (Für das katholische Volksschulwesen in Württemberg war der *Kirchenrat* verantwortlich.)

**Lokation, Lozieren** | In vielen Schulen mussten die Schüler nach der Schulleistung sitzen, der beste am ersten Platz neben dem Lehrerpult, der schlechteste auf dem letzten Platz in der hintersten Reihe. Oft waren deshalb die Sitzplätze der Schüler durchnummeriert. Diese Sitzordnung nannte man Lokation. Bei Schulprüfungen wurde die Lokation mit der Schultabelle (siehe dort) verglichen. Deshalb musste der Lehrer in den Orten, in denen der Vorgesetzte auf der Lokation bestand, darum besorgt sein, seine Schüler regelmäßig nach dem aktuellen Leistungsstand umzusetzen. Dieses Umsetzen nannte man im 19. Jahrhundert »locieren« (von lat. »locus«: jemandem einen Ort oder Platz zuweisen). Die Lokation war sehr umstritten, wie das ganze Zensieren und Zeugnisschreiben, und wurde damals von den wichtigsten Pädagogen abgelehnt. Die heute in Deutschland üblichen Halbjahreszeugnisse wurden erst am Ende des 19. Jahrhunderts eingeführt.

**Martini** | 11. November, Tag des Winterbeginns. Der wichtigste Tag im Bauernkalender, der so genannte »Zahl- und Ziehtag«, an dem Zahlungen fällig waren und Dienstboten wechselten.

**Maße und Gewichte** | Die württembergischen *Längenmaße* basierten auf dem *württembergischen Fuß* und waren so unterteilt:

*1 württ. Fuß = 127 Pariser Linien = 28,6 cm*
*1 württ. Rute = 10 Fuß = 100 Zoll*
*1 württ. Elle = 0,61 m*
*1 Poststunde = 3707 m = 1300 Ruten*
*1 Poststation = 4 Poststunden*
*1 Reisestunde = 4562 m = 1600 Ruten*
*1 geogr. Meile = 7448,7 m (etwa 26 000 württ. Fuß)*

*Die württembergischen Hohlmaße:*
*1 Scheffel = 8 Simri (1 Scheffel = 354,4 Liter)*
*1 Simri = 4 Vierlinge (1 Simri = 44,3 Liter)*
*1 Vierling = 8 Ecklein*
*1 Ecklein = 4 Viertelein*

Auf den Landmärkten wurde auch mit **Achtel (= ½ Vierling), Halbachtel und Mäßlein (= 2 Ecklein)** gehandelt.

Durch Gesetz wurde 1856 der Verkauf von Getreide, Öl, Hülsenfrüchten, Mehl, Kartoffeln und Obst nach Hohlmaßen untersagt und nach dem Gewicht vorgeschrieben.

*Für Holz gab es in Württemberg besondere Holzmaße:*

1 Klafter =   Holzscheiter, aufgeschichtet 4 Fuß tief,
              6 Fuß breit und 6 Fuß hoch (= 144 Kubikfuß)
1 Büschel =  zusammengebundenes Holzreisig, 4 Fuß lang
             und 1 Fuß im Durchmesser

*Auch für Heu und Stroh hatte Württemberg*
*eigene Heu- und Strohmaße:*

1 Wanne Heu = 5 Bund          1 Fuder Stroh = 4 Bund
1 Bund Heu = 20 Pfund         1 Bund Stroh = 20 Pfund

*Für Wein, Bier und Schnaps benützte man besondere*
*Flüssigkeitsmaße:*

1 Fuder = 6 Eimer (= 1763,56 Liter)
1 Eimer = 16 Imi (= 293,93 Liter)
1 Imi = 10 Maß (= 18,37 Liter)
1 Maß = 4 Schoppen (= 1,84 Liter)

*Bis 1859 galten in Württemberg folgende Gewichte*
*(Marktordnung von 1806 bzw. Medizinalordnung*
*von 1812):*

1 Pfund = 357,6 französ. Gramm (»leichtes Pfund«)
        = 12 Unzen
1 Unze = 8 Drachmen
1 Drachme = 3 Scrupel
1 Scrupel = 20 Gran

*Das württembergische Maß- und Gewichts-Gesetz*
*von 1859 setzte neu fest:*

1 Pfund = 500 französische Gramm (sog. »schweres Pfund«)
        = 32 Lote (1 Lot = 16,6 Gramm) zu je 4 Quentchen.

**Memorieren** | Weil es im 19. Jahrhundert keine Lernmittel-
freiheit und folglich in vielen Volksschulen bis zur Einführung der obligatorischen Fibel und des vorgeschriebenen
Lesebuchs (1854) keine Schulbücher gab, war die einzige

Lernmethode der Volksschüler das Memorieren, das Auswendiglernen. Nach dem württembergischen Volksschulgesetz von 1836 besuchte ein Kind normalerweise acht Jahre lang die Volksschule und musste in dieser Zeit rund 1200 Memorierstücke (in Württemberg sagte man »Gedächtnisstücke«) auswendig lernen, vor allem Kirchenlieder, Bibelzitate, Katechismusabschnitte und Merkverse.

**Michaelis** | 29. September. Am Sonntag danach oder am 1. Oktober wird Erntedank und Kirchweih gefeiert.

**Oberamt** | Altwürttembergische Bezeichnung für Landkreis. Das Oberamt wurde vom Oberamtmann (heute Landrat) geleitet. Es war flächenmäßig deckungsgleich mit dem (evangelischen oder katholischen) Dekanat, dem kirchlichen Verwaltungsbezirk, der vom Dekan geleitet wurde. Im Auftrag des Dekans, der für alle »niederen Schulen« (Volksschulen, Armenschulen, Arbeitsschulen usw.) in seinem Bezirk verantwortlich war, überprüfte der Bezirksschulinspektor (siehe dort) die Volksschulen und die Volksschullehrer und leitete die Schulkonferenzen (siehe dort). Dekan und Oberamtmann bildeten das so genannte »Gemeinschaftliche Oberamt«, das für den Schulhausbau zuständig war.

**Papier** | Weil liniertes Papier teurer war als unliniertes, wurden in den Volksschulen, wenn überhaupt, meistens unlinierte Kanzleibogen (siehe dort) verwendet, die dann die älteren Schüler oder der Lehrer mit Bleistift linieren mussten.

**Parochialbericht** | Pfarrbericht über den Zustand einer Gemeinde; dazu gehörte auch der Bericht über die Volksschule, weil die »niederen Schulen« Teil der Kirchenverwaltung waren und den Ortsgeistlichen unterstanden.

**Patronatsschule** | Volksschule in den Orten, in denen einem Adligen von alters her das Recht zustand, die Lehrer zu ernennen und zu entlassen.

**Pausen** | Pausen zwischen den Schulstunden waren ursprünglich nicht vorgesehen. Erst in der zweiten Hälfte des 19. Jahrhunderts genehmigten die Ortspfarrer, die zugleich die Volksschulen leiteten, manchenorts nach zwei Vormittagsstunden eine zehn- bis fünfzehnminütige Pause (Fachbegriff: Interstitium).

**Post** | Bis 1806 lag das Postmonopol beim Fürsten von Thurn und Taxis. Von 1806 bis 1819 übte die württembergische Regierung das Postrecht selbst aus. Von 1819 bis 1851 war wieder der Fürst von Thurn und Taxis mit diesem Recht betraut. Ab 1. Juli 1851 übernahm die württembergische Postdirektion (eine Abteilung des württembergischen Finanzministeriums) die Post endgültig in staatliche Regie. Es gab zu dieser Zeit rund 280 Postämter, oft mit Eisenbahnstationen verbunden. In den Postämtern waren etwa 1000 Postexpediteure und Postboten mit der Brief- und Paketannahme sowie der Postzustellung beschäftigt; zudem beförderten rund 400 Postillione sowohl die Post als auch Reisende in Postkutschen. 1850 versandte jeder Württemberger durchschnittlich fünf Briefe und zwei Pakete im Jahr; jeder fünfte Einwohner fuhr einmal im Jahr mit der Postkutsche. Die Post machte damals so große Gewinne, dass die württembergische Regierung das Briefporto für einen Inlandsbrief (also innerhalb des Königreichs Württemberg) von vier auf drei Kreuzer herabsetzte.

**Präparandenbuch** | Handbuch, in dem der Berufsanfänger Vorschläge für den Schülergottesdienst, das Schulgebet und den Schulunterricht fand.

**Realien** | Zusammenfassende Bezeichnung für naturkundliche (physikalische und chemische) und naturgeschichtliche (geographische und biologische) Lehrstoffe, die im 19. Jahrhundert umstritten und in den Volksschulen anfangs unerwünscht waren; in den Oberklassen auch »gemeinnützige Kenntnisse« und in den Unterklassen »Anschauungsunterricht« genannt.

**Realteilung** | Alle Erben erhalten den gleichen Teil vom Erbe. Deshalb wird ein Bauernhof im Realteilungsgebiet in immer kleinere Teile zerlegt. Realteilung galt im Neckarland und in der oberrheinischen Tiefebene.

**Reskript** | Schriftlicher Bescheid einer vorgesetzten Behörde. Man unterschied zwischen *Generalreskript* (»Aus gegebenem Anlass …«), das sich in Schulsachen an alle Schulen richtete, und *Spezialreskript,* das nur für eine Einzelschule galt.

**Scharwächter** | Ehrenamtlicher Hilfspolizist, der den Gendarmen/Landjägern in den Dörfern und Städtchen ohne Polizeiposten zuarbeitete. Auf Jahrmärkten und Kirchweihen sorgte er für Ordnung. Bei Gesetzesübertretungen und Verbrechen sicherte er die Spuren, nahm die Verdächtigen fest und übergab sie der Gendarmerie.

**Schreibfeder** | Zunächst aus dem Kiel einer Vogelfeder (meist Gänsefeder) mit Hilfe eines speziellen Federmessers geschnitten. Stahlfedern wurden in England seit 1830 maschinell hergestellt, um 1840 auch in Deutschland eingeführt; 1842 wurden europaweit bereits über 70 Millionen Stahlfedern produziert. 1852 entstand in Berlin die erste Stahlfederfabrik Deutschlands. Federhalter und Stahlfeder wurden zunächst aus einem Stück gefertigt und waren ganz aus Metall. 1853 erfand C. Goodyear den Federhalter aus Hartgummi; 1882 stellte F. Soennecken die ersten Federhalter aus Holz mit Metallhülse her.

**Schreibtafel** | Seit dem Altertum waren Wachstafeln üblich. Im 18. Jahrhundert kamen Schiefertafeln (im Holzrahmen) in der Schule in Gebrauch, die man mit einem Griffel beschreiben musste. Schiefertafeln wurden zunächst von »Tafelmachern« in Heimarbeit (vor allem im Frankenwald und im Thüringer Schiefergebirge, insbesondere rund um Sonneberg) hergestellt. 1860 entstand die erste deutsche Tafelfabrik im oberfränkischen Geroldgrün (Außenstelle der Nürnberger Firma Faber-Castell); damit begann die deutsche Griffel- und Tafelindustrie. 1791 wurden in England erstmals Tafeln hergestellt, die aus Karton oder Holz bestanden und mit Tafelfarbe (Mischung aus gemahlenem Schiefer und Leim, später Harzlack mit Tonerde oder Graphit gemischt) überzogen waren.

**Schulgeld** | Im Königreich Württemberg betrug das Schulgeld für jeden Volksschüler, je nach Gemeindegröße, zwischen 48 und 90 Kreuzern im Halbjahr (etwa einen bis drei Tagelöhne eines Tagelöhners).

**Schulgesetz für Kinder von 1847 (Auszug)** | Unter Schulgesetz für Kinder verstand man die von den Kirchen verordneten und landesweit gültigen Verhaltensvorschriften für Kinder.

I. *Gott der Allmächtige ist Schöpfer und Herr deines Lebens. Ihn habe du überall, auch in der Schule vor Augen und im Herzen. Wandle vor Gott und sei fromm.*

II. *Sei dankbar in allen Dingen, auch dafür, dass du zur Schule gehen kannst und darfst, und versäume sie nie. Denn sie ist eine große Wohltat Gottes und eine Pflanzstätte der Weisheit.*

III. Ehre und liebe deine Lehrer und folge ihnen, auf dass sie ihr Amt mit Freuden tun und nicht mit Seufzen; denn das wäre dir nicht gut.

IV. Sei stille und andächtig beim Gebet in der Schule und in der Kirche. Bitte aber auch selbst alle Tage den Herrn deinen Gott, er wolle dir ein feines, gutes Herz geben, dass du die Unterweisungen deiner Lehrer verstehen und bewahren mögest.

V. Komme immer zur rechten Zeit in die Schule, rein gewaschen an Gesicht und Händen, mit gekämmtem Haare, sauber und ordentlich in der Kleidung. Denn mag auch eine reine Seele in einem schmutzigen Leibe wohnen?

VI. Während des Unterrichts sei achtsam und lernbegierig, dass kein gutes Wort auf die Erde falle. Sei nicht träge, zu lernen und zu tun, was dir aufgegeben ist. Bewahre deine Zunge vor bösem Geschwätz; sei kein Einbläser und dulde auch keinen; du betrügst sonst und wirst betrogen.

**Schulhaus** | Rege Schulbautätigkeit im 19. Jahrhundert wegen der starken Bevölkerungszunahme, insbesondere nach 1830 und 1870. Viele französische Reparationsleistungen (das sog. »Franzosengeld«), die Frankreich nach dem Krieg von 1870/71 abgefordert wurden, flossen in den Schulhausbau. Damit jeder Dorfhandwerker ein solches Spezialgebäude fachgerecht errichten konnte, gab es Fachbücher, die den Handwerkern alle wichtigen technischen Details vermittelten. Die Fachbücher im Königreich Württemberg enthielten z. B. Abbildungen von gusseisernen Säulen, die bei größeren Spannweiten der Zimmerdecken erforderlich waren und die der Maurer in der staatlichen württembergischen Eisengießerei in Wasseralfingen bestellen konnte.

Mit Bestellvordrucken, die den Fachbüchern beigelegt waren, orderte der Dorfhandwerker die gewünschten »Fertigbauteile«. So entstanden die für das 19. Jahrhundert typischen württembergischen Schulhäuser.

**Schulkonferenz** | Pflichtfortbildung für die Lehrer eines Schulbezirks unter Leitung des Bezirksschulinspektors.

**Schultabelle** | Tabellarische Auflistung der Schüler: Name, Geburtsdatum, Wohnung, Beruf der Eltern, Schulleistungen (nach Fächern aufgeschlüsselt) und Rangplatz in der Klasse (Lokation, siehe dort). Vorläufer des Schulzeugnisses.

**Schultheiß** | Ursprüngliche Bedeutung: »Schuldenheischer« = Schuldeneintreiber. Bei den Langobarden war der Schuldeneintreiber der örtliche Stellvertreter des Fürsten. In Süddeutschland nannte man den aus dem Ortsadel hervorgegangenen Ortsvorsteher seit dem 15. Jahrhundert Schultheiß; er wurde seit 1648 in Altwürttemberg (siehe unter »Württemberg«) von der Einwohnerschaft in freier Wahl gewählt. Der Schultheiß, in vielen württembergischen Gemeinden auch »Schultes« genannt, war Gemeindeoberhaupt, Vorsitzender des Gemeinderats, stellvertretender Vorsitzender des Kirchenkonvents (siehe dort; nur in evangelischen Gemeinden) und meistens auch Wirt und Posthalter. Nur Reiche konnten das Amt in Württemberg ausüben, weil der Schultes bei Dienstantritt eine Kaution stellen musste, die er erst beim Ausscheiden aus dem Amt mit Zins und Zinseszins zurückbekam, sofern er gut gewirtschaftet hatte. Die Kaution war als Darlehen an die Gemeinde gedacht; der Schultheiß wurde so zum Teilhaber am Gemeindevermögen und hatte am Wohl seines Ortes höchstes Interesse.

**Schwörstab** | Hölzerne, meistens vergoldete Schwurhand, die auf einen Stab montiert war. Bei Eidesleistungen wurde der Stab mit der rechten Hand hochgehalten und galt als Schwurhand. Manches Schlitzohr hatte früher versucht, den Eid zu umgehen, und deshalb die vorgeschriebene Geste der eigenen Hand verändert oder mit der linken Hand heimlich auf den Boden gezeigt, die Zeremonie also ungültig gemacht. Der Eid mit der goldblitzenden Schwörhand galt als nicht anzweifelbare Eidesgeste.

**Seele** | Oberschwäbische Backspezialität: an beiden Enden spitz zulaufendes Weißbrotgebäck, mit Kümmel und Speckwürfeln bestreut. Wurde dem Pfarrer auf den Altar gelegt und galt als Bitte, für einen Toten zu beten.

**Sonntagsschule** | »Die Sonntagsschulen haben den Zweck, teils das in den Volksschulen Erlernte durch Übung zu erhalten, teils die Fortbildung der erwachsenen Jugend zu befördern«, bestimmte die württembergische Generalschulverordnung von 1810. »Dem Schulmeister ist es zur Pflicht gemacht, in der Regel entweder nach dem öffentlichen Gottesdienst oder auch vor demselben die schulentlassene Jugend bis zum vollendeten 18. Jahre eine volle Stunde zu unterweisen.« Und eine Verordnung ergänzte, die Sonntagsschule solle verhindern, dass die Jugendlichen »nicht die übrige Zeit an Sonn- und Feiertagen liederlich oder gar sündig zubringen«. In den 1820er Jahren wurden die »allgemeinen Bürger- und Untertanenpflichten« dem traditionellen Lehrstoff der Sonntagsschule (Religion, Lesen, Schreiben, Rechnen, Singen) hinzugefügt. Ab 1840 wurde empfohlen, auch allerlei Nützliches wie Blitzableiter, Obstbaumveredelung, Felddüngung oder technisches Zeichnen zu lehren. So entwickelte sich die Sonntagsschule zur Sonntagsgewerbeschule und Winterabendschule und schließlich zur Berufsschule.

**Strafverfahren** | In Württemberg wurde bis ins 19. Jahrhundert hinein das schriftliche und geheime Strafverfahren angewandt. Das Urteil wurde nicht im öffentlichen Verfahren gefällt, sondern behördenintern. Der zuständige Beamte erklärte ex officio, ob ein Verbrechen begangen wurde und wer als Täter in Betracht kam. Er ließ Indizien sammeln und Zeugen verhören. Auf dieser Grundlage entwarf er ein Urteil, das er seiner vorgesetzten Stelle vorlegte. Wurde ein Todesurteil gefällt, so wurde es dem Landesherrn vorgetragen. Der prüfte, in der Regel nur anhand der Aktenlage, ob eine Begnadigung in Frage kam. Erst das neue Strafgesetz von 1839 und die Strafprozessordnung von 1843 schufen ein modernes, landeseinheitliches Strafrecht.

**Straßen** | 1850 hatte das Straßennetz im Königreich Württemberg eine Länge von 2500 km (ohne Ortsdurchfahrten). Diese Staatsstraßen waren zwischen sechs und neun Meter breit und wurden von »Straßenwärtern« ständig gewartet: Ausbesserung des Straßenbelags, Reinigung der Dolen (Gullys), Aufstellung von Geländern und Wegweisern, Erhaltung der »Numero-Stutzen« (Kilometersteine) und Anpflanzen von Chausseebäumen. Die wichtigsten Staatsstraßen waren als »Steinstraßen« gebaut (20 cm Unterbau aus Steinen, dann 8 cm Schotter, schließlich 8 cm feiner Splitt), die weniger wichtigen als »Kiesstraßen« (Schotter- und Kiesbelag ohne Unterbau). Neuere Staatsstraßen durften eine maximale Steigung von fünf bis sechs Prozent haben. Alte Straßen aus dem 18. Jahrhundert hatten noch bis zu acht Prozent Steigung. Sämtliche Brücken wurden in der ersten Hälfte des 19. Jahrhunderts – dem damaligen Stand der Technik entsprechend – als Gewölbebrücken in Naturstein oder als Holzbrücken erbaut. Durchschnittlich wurden, nach einer Erhebung der königlich-württembergischen Straßenmeisterei, im Jahr 1850 rund 180 Kutschen und Transportwagen pro Tag und Kilometer Staatsstraße gezählt; die meistbefahrenen Straßen mussten bis zu

500 Fahrzeuge am Tag verkraften. Die »Vizinalstraßen« (gemeindeeigene Straßen), die nicht als Post-, Staats- oder Handelsstraßen galten, mussten von den Gemeinden nur in »brauchbarem Zustand« gehalten werden.

**Subsellie** | Spezialschulmöbel (das sich in der ersten Hälfte des 19. Jahrhunderts durchsetzte): Sitzbank und Schreibtisch miteinander verschraubt, je nach Breite für einen bis sechs Schüler geeignet. Die Subsellien wurden so dicht hintereinander aufgestellt bzw. verschraubt, dass sich die Schüler an die vordere Tischverkleidung der dahinterstehenden Subsellie anlehnen konnten.

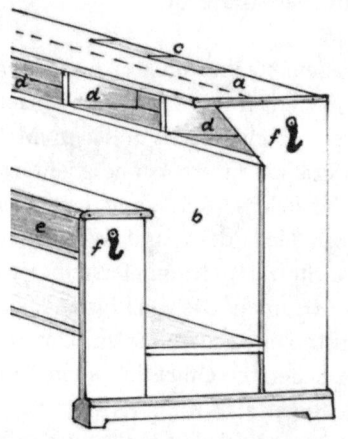

a   Tischplatte mit Scharnier (dadurch ist die vordere Hälfte der Tischplatte hochklappbar)

b   Verkleidung der Tischplatte (zugleich Rückenlehne für die Schüler, die in der Subsellie davor sitzen)

c   in die Tischplatte eingelassener Blechkasten (für Griffel, Federn, Tintenglas)

d   abgeteilte Fächer unter der Tischplatte (für Schreibutensilien)

e   Bücherregal unter der Sitzbank (für Schulbücher)

f   vier Haken für die Schulranzen (zwei auf beiden Seiten des Pultes und zwei auf beiden Seiten der Sitzbank)

**Telegraph** | Am 1. Mai 1851 trat Württemberg dem deutsch-österreichischen Telegraphenverein bei, der im Juli 1850 gegründet worden war. Die württembergische Regierung subventionierte die »telegraphische Correspondenz« von Anfang an stark; eine einfache Depesche (= 20 Wörter) innerhalb Württembergs kostete 20 Kreuzer.

**Tinte** | Wurde vom Lehrer selbst hergestellt, z. B. nach folgendem Rezept: sechs Lot (1 Lot = 16,6 g) gestoßene Galläpfel und zwei Lot Vitriol, mit einem Maß (1 Maß = 2 württembergische Liter = 1,84 l) Wein- oder Obstessig aufkochen; dann zwei Lot fein gestoßenen arabischen Gummi einrühren; abgekühlt in verschlossener Glasflasche aufbewahren.

**Trinitatis** | Dreifaltigkeitsfest, erster Sonntag nach Pfingsten.

**Württemberg** | Ursprünglich eine Grafschaft, seit 1495 ein Herzogtum. Das Gebiet, das bis zum Ende des 18. Jahrhunderts zum Herzogtum Württemberg gehörte, wurde im 19. Jahrhundert *Altwürttemberg* genannt. Durch Napoleons Gnaden stieg Württemberg 1803 zum Kurfürstentum und 1806 zum Königreich auf. Von 1800 bis 1815 (Wiener Kongress) verdoppelte sich die Staatsfläche Württembergs. Zahlreiche Fürstengebiete (z. B. Hohenlohe im Norden und Waldburg im Süden), österreichisches Territorium (das so genannte Vorderösterreich), geistliche Gebiete (Bistümer und Klostergebiete) und Reichsstädte (z. B. Biberach, Esslingen, Heilbronn, Hall, Isny, Ravensburg, Reutlingen und Ulm) wurden einverleibt. Die hinzugewonnenen Landesteile nannte man zusammenfassend *Neuwürttemberg*. Die Altwürttemberger waren nahezu ausschließlich evangelisch, die Neuwürttemberger mehrheitlich katholisch. Die unterschiedlichen Rechts- und Konfessionsverhältnisse in den beiden Landesteilen machten sowohl umfangreiche Neuorganisationen als auch große Investitionen in die Infrastruktur des neuen Königreichs erforderlich.

**Zitrone** | Die Frucht kam durch Pilger und Kreuzritter nach Deutschland. Seit dem 17. Jahrhundert legte man in vielen Orten den Toten eine Zitrone in die Hand als Zeichen für die Pilgerreise, die nun bevorsteht. Auch der Pfarrer bekam bei der Beerdigung ein oder zwei Zitronen als Dank und Mahnung, für das Seelenheil der Toten zu beten.

# Mehr von Gerd Friederich

# Zum Weiterlesen

**Gerd Friederich**

## Fräulein Lehrerin

### Roman

Württemberg 1871: Schon als kleines Mädchen hatte Sophie davon geträumt, Lehrerin zu werden – nun besucht sie das kurz zuvor gegründete Lehrerinnenseminar. Doch in den Schulen im Land herrscht harter Drill und die jungen Frauen müssen in ihrer Ausbildung und ihrem Berufsalltag viel erdulden. Anstatt Kopfnüsse und Ohrfeigen zu verteilen, kümmert sich Sophie um die Sorgen und Nöte der Kinder. Mit ihrer einfühlsamen Art und modernen Einstellung eckt die junge Pädagogin an. Während sie um Respekt und Anerkennung kämpft, versucht sie gleichzeitig den rätselhaften Selbstmord ihrer Kollegin Hanna zu lösen und gerät dabei selbst in persönliche Konflikte.

544 Seiten.
ISBN 978-3-8425-1433-1

SILBERBURG